Porta do Sol

SANDRO VITA

ISBN: 9781520670652
Independently published

www.sandrovitastory.studio

Para a
Querida Família
Alegria.
Por favor aceitem este livro
como um obrigado meu e do meu
amigo Christopher.
Aproveitem a leitura.
Um grande abraço.

E sabemos que todas as coisas contribuem juntamente para o
bem daqueles que amam a Deus,
daqueles que são chamados segundo o seu propósito.
Romanos 8:28

Dedicado à memória de Eulália Altgott e aos meus pais.

O meu obrigado repetido a cada ato, a cada olhar,
Por mais sincero que seja,
jamais será, do meu ponto de vista, tido como muito.

Tina,
que esta história
a inspire a concluir o
seu próprio livro/história.

CAPÍTULO 01
1986

Sabe aquela sensação que alguém vai tocar a campainha e segundos depois ouvimos o ding dong? Ou quando atendemos o telefone e percebemos que a pessoa do outro lado da linha estava em nossos pensamentos, pouco antes de ligar? Ou ainda, aquela cisma que nos mantém preocupados com uma porta entreaberta?

Naquela noite eu estava com um sentimento parecido e apesar de sonolento, podia jurar ter ouvido o estrondo do portão da rua.

O instinto me fez descer cauteloso, no entanto acordei meu irmão que dormia na cama debaixo. Talvez ele também estivesse pressentindo algo. Escapuli para o quarto dos meus pais e fiquei surpreso por não encontrá-los. A cama arrumada deu-me uma pista. Ressabiado, fui até a sala e notei que a porta estava com os trincos abertos. Arrisquei, mas ela não cedeu, confirmando estar trancada pela chave. Era uma daquelas portas antigas com uma janelinha de vidro na parte superior. O que serviu para espiar o quintal deserto.

Eu tinha oito anos e uma ideia assustadora brotou na minha cabeça, fazendo as sombras que vinham da cozinha, ganharem formas estranhas. Meu pai vivia reclamando quando alguém deixava as luzes acesas, mas o medo obrigou-me a ligar todas as lâmpadas. Respirei fundo imaginando o que fazer. O cheiro fresco do sereno entrando pela escotilha me deu coragem para voltar ao quarto e pegar a chave extra, escondida em uma gaveta. Meu irmão adivinhou o plano, contudo eu era quatro anos mais velho. Isso mostrou-se suficiente para empurrá-lo de volta até a cama, onde o soterrei com lençóis e travesseiros, ganhando o tempo certo para sair e deixá-lo trancado.

Era madrugada de verão na baixada do Rio de Janeiro e a única luz vinha das poucas casas que margeavam a rua, desde uma esquina, até a outra, onde morava minha avó. O medo começou a infiltrar-se, porém uma esperança brotou. Eu não conseguia distinguir quem era ao certo, mas percebi um movimento à frente da casa dela. Observei durante um tempo e lembrei que meu avô acordava cedo para tratar da sua criação de passarinhos. Acreditei que não poderia ser outro e iniciei minha caminhada pelo breu.

Já tinha andado um bom pedaço quando o perdi de vista. No meio do trecho de barro socado, parei sob um ponto mais claro, na tentativa de conferir se ele ainda estava por lá. A luz atrapalhou mais do que ajudou e precisei retornar ao escuro para conseguir enxergar. Assim que meus olhos se adaptaram, as pernas bambearam e uma onda de calor percorreu meu corpo, causando uma repentina vontade de vomitar. O pavor que antes espreitava, invadiu de uma só vez, quando reconheci meu engano. Aquele decerto não seria meu avô. De onde estava agora, eu conseguia ver a figura de um homem alto, entrando e saindo das partes mais sombrias da rua. Tentei manter a calma, mas de alguma forma minha presença chamou a atenção do desconhecido, trazendo-o ao meu encontro. Um zumbido oco espalhou-se ao meu redor e só não desmaiei porque senti um pingo no rosto. Olhei para cima, mas o céu estava negro, vazio de estrelas. Tentei procurar pelo chão uma pedra, ou qualquer coisa para usar como defesa, mas os músculos não obedeciam. Quanto mais o estranho se aproximava, mais pingos eu sentia e quando ele chegou bem perto, a chuva desabou.

Fiquei aterrorizado ao ver apenas uma silhueta negra na forma de um homem vestido com um chapéu de abas largas. Um vulto composto apenas por uma profunda escuridão. Sem rosto e sem corpo, somente uma sombra, mais densa que a própria noite, pela qual os pingos de chuva passavam através. Eu estava encharcado e precisei trincar os dentes para conter a tremedeira. Uma intensa vontade de gritar por ajuda tentou escapar dos meus pulmões, mas algo sufocou minha voz.

A criatura curvou-se para frente, ficando a poucos centímetros, como se analisasse minha alma. O aguaceiro estiou sem qualquer aviso anunciando que o pior estava para acontecer. Reuni as forças que restavam e virei o rosto, evitando encarar a morte iminente. Uma oração que minha mãe costumava repetir baixinho surgiu na minha cabeça e então, ouvi um som familiar. Ao longe escutei os gemidos que os pedais da bicicleta do meu pai faziam ao serem pressionados. Eu conhecia bem aquele som e consegui olhar na direção de casa, tempo suficiente para ver que ele pedalava rápido aproveitando a trégua da chuva.

Eu não lembrava com exatidão o que aconteceu a partir daquele instante. Às vezes, brotavam umas imagens do meu pai falando sobre ter levado minha mãe para o trabalho. Outras, eu o via com os olhos esbugalhados, comigo em seu colo, enquanto, as pressas, ele tentava fechar o portão. Por inúmeras noites, quando a chuva caía forte, eu ainda sentia que por entre as sombras, um olhar fixo me perseguia.

Esta história aconteceu há anos, porém as pessoas da minha família, jamais tocaram no assunto e acabei aceitando tudo como um pesadelo, que aliás, eram comuns na minha infância. Até que um dia...

CAPÍTULO 02
2009

Eu tinha acabado de abrir a empresa. Ainda tirava o pó do balcão e das cadeiras quando os dois carros da polícia se aproximaram. Um nem se quer parou e já estava com a porta aberta, de onde saiu um policial baixinho, usando óculos escuros no melhor estilo brega. Ele foi direto para a entrada e ficou por lá, de arma em punho, dedo no gatilho e cara de poucos amigos. O segundo carro bem maior e moderno parou de forma tão brusca que por pouco não bateu no primeiro. Os dois veículos ficaram trepados sobre a calçada, impedindo de maneira proposital o trânsito das pessoas. Eram oito da manhã, mas o comércio local já bombava.

Pensei onde estaria o meu funcionário Daniel, afinal toda vez que ele não chegava no horário, o dia começava torto. De algum jeito o seu anjo da guarda o poupava.

Coloquei-me próximo do balcão, receoso com a cena ameaçadora. Outros três policiais saíram do carro e vieram na minha direção, todos armados e trajando coletes a prova de balas. Organizaram-se na entrada da minha loja como se fossem realizar uma operação de guerra. A porta traseira do veículo abriu e um homem negro, vestindo uma farda impecável, repleta de insígnias, aproximou-se.

– Bom dia! Meu nome é Major Teobaldo Villas Boas e estou à procura do sr. Alexandre Natan.

– Sou eu mesmo. Como posso ser útil?

Eu suava, por baixo da camisa de mangas compridas e sentia o coração pulsar diante de todo aquele aparato bélico.

– Fui informado que o senhor é capaz de recuperar informações de computadores danificados.

O Major olhou para os seus homens e fez um gesto com a mão determinando que dessem privacidade. Logo que se afastaram, ele debruçou sobre o balcão com uma expressão cavernosa.

– Veja bem rapaz, eu vim aqui indicado pelo Denis Aguiar e é o seguinte.

O Major então mostrou um laptop todo amassado, que parecia atropelado por um tanque.

– Nossa! O estrago foi feio, mas como o Aguiar deve ter comentado, esta é a minha especialidade.

– Positivo, mas você compreende a gravidade da situação, certo? Quero dizer, isso é sigiloso e ninguém pode ter acesso ao conteúdo deste aparelho. O Denis garantiu que posso confiar em você.

O Major então desmontou seu olhar ameaçador, escreveu seu telefone em um cartão de visita e me entregou.

– Major Villas Boas, o nosso amigo jamais me indicaria, se não conhecesse nossa política de atendimento. Posso garantir que nem mesmo meus funcionários terão acesso ao seu equipamento. Apenas eu e mais ninguém cuidará deste serviço.

Ele estendeu a mão para selar o acordo. Cumprimentei-o demonstrando estar ciente da responsabilidade, mas quando ia explicar sobre a forma de pagamento, fui interrompido.

– A gente entra em contato amanhã.

Sentenciou o baixinho dando as costas. Ele foi o último a completar a escolta atrás do Major.

A rua retomou sua calmaria e Daniel, sorrateiro, chegou pela porta dos fundos. Ele evitava olhar na minha cara porque sabia do meu instinto voraz para detectar mentiras. Aliviei a barra dele e nem perguntei o porquê do atraso, afinal, agora eu tinha problemas maiores.

O dia passou rápido e ainda faltavam vinte por cento para finalizar o serviço do Major quando o celular tocou.

– Oi amor, onde você está? – Atendi com a voz cansada.

Tessa ligava todos os dias quando chegava e quando saía do trabalho. Não que eu fosse controlador ou algo do tipo. Era apenas uma questão de segurança, já que ela dirigia por áreas perigosas do Rio de Janeiro. É claro que se algo acontecesse eu não teria tempo hábil para socorrê-la, mas o psicológico ficava mais tranquilo ao saber que ela tinha dirigido com sucesso os mais de sessenta quilômetros entre nossa casa e o hotel onde trabalhava.

Tessália Wasser, tinha o talento natural para lidar com o cotidiano do setor de hotelaria e turismo. Sua descendência germânica beneficiava-a como uma mulher organizada com suas funções administrativas. Lidar com reclamações de hóspedes ilustres e desconhecidos nunca foi um problema para ela que tratava todos de maneira imparcial. A questão mais complicada ficava por conta do estresse de cumprir uma jornada de trabalho que, nos dias calmos, ficava acima das dez horas. No início ela lidava bem com tudo, mas com o tempo, seus turnos começaram a mudar impossibilitando qualquer vida social. Fazia seis meses que não passávamos um final de semana juntos.

Eu tinha o meu horário mais flexível, mas pouco adiantava, porque quando ela estava em casa, precisava descansar e passava a maior parte do tempo dormindo ou fazendo suas tarefas pessoais. Até empregada nós contratamos para ajudar com a rotina doméstica e mesmo assim ela vivia pilhada.

Para uma pessoa que trabalha resolvendo problemas e que não tem nenhuma estrutura por parte do empregador, a única opção para não explodir, é desabafar com aqueles que estão por perto. No caso de Tessa, eu era essa válvula de escape, o que fazia nossa vida ser bastante complicada. Eu também tinha os meus problemas, mas precisava guardá-los em algum canto do estômago, porque nos raros momentos juntos, era Tessa quem falava sem parar. As dificuldades na nossa comunicação começavam a minar nosso relacionamento e a linha do fim se aproximava a cada briga.

Tessa ainda demoraria uma ou duas horas até chegar e decidi conferir alguns detalhes no sistema financeiro da empresa. Abri o programa que gerenciava as despesas e por uns dez minutos fiquei enfrentando a tela do computador. Os números em vermelho falavam por si e, caso continuasse assim, em alguns meses seria necessário tomar alguma atitude. Apesar de ter um bom nome e de muita gente da cidade conhecer o nosso serviço, a região era carente e os clientes que apareciam para consertar computadores e instalar programas quase não tinham recursos. Quando fazia atendimentos a domicílio eu via clientes sem ter o que comer na mesa da cozinha, mas que ostentavam um computador na sala. A explicação para isso não era a vontade desenfreada por acessar o conhecimento que um computador oferece, até porque internet era complicado de obter e cara de pagar. Mesmo os comerciantes precisavam desembolsar fortunas para conseguir uma linha telefônica que disponibilizasse o serviço de conexão. No meu entender, o que faz um pobre ter um computador no seu barraco é a vaidade. Talvez fosse aquela a única forma que tinham para se sentir especiais.

Quando decidi sair do antigo emprego em uma conceituada rede bancária para investir no meu próprio negócio, não pensei no aspecto do meu público-alvo. Estava inebriado com a possibilidade de ficar mais próximo da minha família, de ser dono das minhas próprias decisões.

Além disso eu era conhecido por todos na vizinhança. Cresci em Piabetá e era tão popular que as pessoas, me incentivavam a iniciar uma carreira na política, como vereador.

Dois anos depois, ali estava, com uma vida mais bagunçada do que nunca, caçando clientes a unha, trabalhando de segunda a segunda e sem hora para começar ou para sair. Impostos, despesas, contas e custos pareciam gritar que meu fracasso era uma questão de tempo.

Havia um silêncio raro a ser apreciado no bairro. Pude ouvir o carro de Tessa parar do lado de fora e corri para desligar tudo, deixando apenas o processo da recuperação de dados executando os últimos cinco por cento. Fechei as portas, liguei o alarme e encerramos nosso dia às duas da madrugada.

Eu nunca fui de dormir mais do que seis horas por dia, mas naquela noite eu dormi menos de três e o esgotamento podia ser visto nas minhas olheiras. Sempre fui magro, mas estava sendo consumido pelas preocupações e tinha os ossos do rosto bem marcados.

No dia seguinte, Tessa trabalharia somente à tarde e aproveitei o carro para sair mais cedo de casa. Aproveitei para levar meu filho a escola. Quando me divorciei, eu e minha ex-esposa optamos por deixar a guarda com meus pais. Não que fôssemos relapsos ou que não desejássemos cuidar do nosso filho, mas na ocasião foi a melhor solução para que todos pudessem seguir em frente.

Apesar da pouca idade, ele conversava sobre tudo, desde as aventuras de seus desenhos favoritos até os escândalos políticos que via nos jornais da televisão. Muitas vezes a conversa mais inteligente que eu tinha durante todo o dia era a que tínhamos durante aquela curta viagem. Entre minha casa, a escola, a casa dos meus pais e a empresa havia no máximo uns três quilômetros e com o carro tudo era ainda mais fácil.

Entrei pela porta dos fundos e verifiquei o conteúdo da recuperação de dados do Major. Eram sete e quarenta da manhã e precisava ser rápido. Desconectei tudo e iniciei o processamento das informações recuperadas pelo sistema automático. Para meu espanto o programa não havia recuperado muito. Abri alguns documentos de texto e nada chamou atenção, apenas receitas de comida, dicas sobre como usar melhor a internet e umas imagens em pastas separadas do que parecia ser o Major em churrascos e festas de aniversários. Nada de secreto saltou aos olhos. Certo que tudo estava em ordem e que não havia nada de perigoso, deixei o computador transferindo as informações para um disco novo e fui abrir a loja.

Voltei bocejando para a sala que ficava atrás da recepção e para meu espanto lá estava Daniel.

– Está maluco?! Quer me matar do coração. – Xinguei alto ao vê-lo sentado.

– Foi mal, entrei pelos fundos porque estava aberto. – Dizia ele se protegendo com os braços porque eu ameaçava acertá-lo com algumas ferramentas que estavam por perto.

– Vá para a frente da loja. – Ordenei sabendo que ele detestava lidar com o público. Toda vez que ficava à frente do balcão, alguns velhos que frequentavam a mesma igreja que seus pais, paravam para pedir ajuda com equipamentos eletrônicos. Alguns levavam até torradeiras para que ele consertasse.

Eu me divertia com a reação dele, sem poder negar o serviço e ao mesmo tempo querendo arremessar os aparelhos e os velhos, todos juntos, porta afora.

– Olha, você colocou para transferir as informações, mas não selecionou os arquivos ocultos, vê se não esquece, vai que é alguma coisa importante.

Por um tempo não me toquei que o rapaz estava à frente do serviço do Major. Engoli seco, antes de perguntar se ele tinha aberto alguma imagem ou arquivo, mas para minha sorte ele apenas ficou lá parado e a tela exibia a mensagem sobre a transferência, ainda da mesma maneira que quando a deixei.

– Sei o que faço, não se preocupe, mas obrigado por avisar. – Disfarcei, impedindo que percebesse meu descuido.

Assim que ele saiu, virei o monitor em um ângulo que não permitisse a mais ninguém ver as imagens quando fossem abertas. Retirei o som do computador e abri a pasta oculta com cinco arquivos de vídeo. Dei um duplo clique no primeiro que tinha um nome sugestivo e parecia um arquivo feito por câmeras de celular.

O programa marcou um total de oito minutos de duração para o vídeo e abriu com uma cena toda em preto. Cinco segundos se passaram e por um instinto que não sei explicar, antes que qualquer imagem surgisse na tela, cancelei tudo. Levantei da cadeira e alguns pensamentos preocupantes me ocorreram em relação aquele trabalho.

– Natan. Tem um moço aqui te chamando. – Daniel gritou lá da frente.

– Já estou indo, peça para esperar só um minuto, por favor.

Eu precisava decidir o que fazer com os arquivos recém-descobertos, mas Daniel voltou com uma cara assustada.

– Natan, venha logo, porque é da polícia. – Eu gelei com aquele aviso.

O Major se adiantou, pensei comigo e em um lance rápido, desliguei tudo. Arranquei as tomadas, respirei fundo e fui receber o ilustre cliente.

– Muito bom dia, Major Villas Boas. – Cheguei com um ar simpático, mas mantive uma postura profissional. O Major estava sem a farda imponente, porém continuava ameaçador em um paletó cinza claro que lhe conferia ainda mais respeito aos seus poucos fios de cabelo branco.

Ele retribuiu o aperto de mão firme, logo após guardar o distintivo que usou para se identificar a Daniel. Ergueu o olhar mudo à espera de uma posição sobre o serviço.

– Infelizmente não tenho boas notícias. Venha, entre que mostrarei os resultados.

O Major observava com meticulosidade tudo que havia na sala sem mover um dedo, ou mesmo pronunciar uma palavra. Apenas ficou em posição de sentido com o peito estufado e uma carranca à espera que eu decifrasse o que estava a frente dele.

– Bem, o senhor está vendo este equipamento aqui? – Antes que ele respondesse continuei.

– É um dispositivo especial que utilizamos para recuperar as informações de todo tipo de equipamento. É uma excelente máquina e faz milagres. – O Major, agora, passava a mão pelo queixo dando a impressão que entendia os termos técnicos.

– Major, eu trabalho com isso há quase quinze anos e nunca vi algo assim. Peço que se afaste um pouco enquanto conecto este último cabo.

O policial retorceu a expressão do rosto considerando que estava sob ameaça. Pressionei o botão de início e uma faísca azulada percorreu os fios em direção a máquina de recuperação de dados. A eletricidade fluía torrando tudo que estava pela frente e provocava uma fumaça escura. O cheiro de borracha derretida encarregou-se de expulsar o Major da sala.

– Meu Deus, o que foi isso? – Ele perguntou tossindo e abanando as mãos já do lado de fora.

Daniel também veio correndo dizer que os disjuntores do quadro de energia se desligaram e tudo estava apagado na recepção.

– Era isso que queria mostrar Major. Desculpe mas precisava que o senhor testemunhasse como aconteceu ontem, quando tentei a recuperação de dados do seu notebook.

– Meu Santo Expedito, eu não imaginava que isso fosse possível. Não fazia a menor ideia que o dano no equipamento fosse tão sério. – Ele passava a mão pela cabeça, mas ao mesmo tempo parecia aliviado em saber que as informações estavam perdidas para sempre.

– Bem, o que podemos fazer, não é mesmo? São coisas da minha profissão. Infelizmente não terei como ajudá-lo. O senhor pode esperar aqui que vou pegar seu equipamento e já retorno.

O policial encaminhou-se para a poltrona da sala de espera e ficou lá pensativo, enquanto corri para buscar seu aparelho. Antes de desconectar tudo, tratei de dar outra carga de alta voltagem, desta vez direto na placa principal do dispositivo para ter a certeza que estaria irrecuperável.

– Prontinho. Aqui está. É uma pena não ter acessado nada das informações. – O Major se levantou e estendeu a mão.

– Muito obrigado pelo esforço. Sua tentativa apesar de frustrada serviu para mostrar o seu bom caráter e a competência da sua empresa. Obrigado e tenha certeza que recomendarei os seus serviços a todos os meus amigos.

Eu fiquei imaginando por alguns momentos que tipo de maravilhosos amigos ele teria para recomendar.

– Será um prazer. – Me despedi do policial, que saiu escoltado por dois capangas em roupas civis, até seu carro, que desta vez estava do outro lado da rua.

Assim que o policial foi embora, Daniel veio questionar.

– O que houve lá? Você conectou a fonte de alimentação errada?

Ele se fazia de bobo e por vezes tinha atitudes ingênuas que não correspondiam aos seus dezoito anos de idade, mas uma coisa fazia muito bem. Observar.

– Não, eu coloquei a certa, mas como o notebook dele já estava todo destruído eu apenas não queria desperdiçar nosso tempo. Esqueça este cliente e vá varrer a frente da loja enquanto não temos serviços para fazer.

O rapaz me olhou atravessado sem engolir a explicação e foi

procurar a vassoura.

Voltei à sala que ainda cheirava a componentes eletrônicos tostados. Religuei as tomadas rezando para que mais nada estivesse danificado. Eu tinha desperdiçado a rara chance de fazer um bom dinheiro, mas não era isso que me intrigava. Fazia um longo tempo que não me sentia daquela maneira. Com o sussurro dentro da minha cabeça ordenando o que fazer, semelhante a um aviso de perigo iminente. Eu conhecia o preço de não acatar aquele conselho, só não entendia ao certo se desta vez, tinha agido por medo ou por coragem.

Sentei-me e como sempre acontecia, após o calor do momento, as coisas começavam a ganhar sentido. Refleti nas possibilidades caso o serviço do Major fosse finalizado com sucesso. Sabe-se lá o que aconteceria comigo e com a empresa se algum dia, aquelas informações vazassem. Ou ainda pior, se aqueles vídeos fossem comprometedores para o próprio Major e viessem a público. Cheguei a pensar que tinha escapado de uma armadilha preparada pelo meu amigo Aguiar, afinal ele também possuía uma empresa de informática na cidade. Agradeci a Deus pela sorte e percebi que agi da melhor maneira quando causei de propósito o curto-circuito no sistema.

CAPÍTULO 03
O BOM SAMARITANO

Com o movimento fraco na empresa criei um sistema de pagamentos que apelidei de *Rodízio de contas*. Funcionava assim: A cada mês eu escolhia uma ou duas despesas que não seriam pagas, priorizando apenas as que eram essenciais para manter os serviços operando.

Como se não bastasse, Tessa e eu também estávamos com problemas em manter o apartamento alugado. Quando nos mudamos para Piabetá, pensamos que seria uma boa ideia, já que ficaríamos perto das nossas famílias e principalmente dos negócios. Todo o nosso planejamento para melhorar a qualidade de vida desmoronou com o péssimo andamento da empresa.

Em resumo, nosso dinheiro não rendia e tudo que ganhávamos servia para pagar dívidas e apenas sobreviver. Passamos mais de oito meses sem sair à noite para nos divertir, não sobrava grana nem mesmo para uma pizza nas redondezas. Nosso conceito de jantar fora, tornou-se passar na banca de cachorro-quente no retorno para casa. Tessa adorava comemorar as datas importantes, mas aniversários eram marcados por simples cartões impressos. A vida parecia injusta e tudo que eu queira era uma ajuda. Nas minhas orações não desejava que uma fortuna caísse nos meus braços, ao invés disso pedia saúde para trabalhar e aproveitar com sabedoria as oportunidades. Queria garantir uma vida melhor para as pessoas à minha volta. Eu tinha dezenas de responsabilidades como empresário, marido, pai, cidadão e a melhor das intenções de responder por elas. Mesmo assim todas as tentativas de inovar me atiravam ao chão e me deixavam com mais prejuízos no bolso e no ego.

Certa noite Tessa chegou cedo. Graças a um problema na caldeira do hotel e ficamos na varanda do apartamento, conversando sobre como estávamos vivendo. Divagamos se no futuro teríamos condições de realizar um dos nossos sonhos. Ela falava com entusiasmo sobre conhecer suas origens na Alemanha, de poder visitar a Grécia, Inglaterra e a França.

Ficamos ali, no nosso cantinho, aproveitando a insólita chance de ficarmos juntos e chegamos a conclusão que precisávamos tomar atitudes. A primeira seria entregar o apartamento, o que nos pouparia dinheiro de imediato. Ela também mudaria de emprego, apesar de ser o que amava fazer. Ela entendia que insistir naquilo acabaria com nosso casamento. Eu deveria fazer minha parte e prometi encontrar uma maneira de alavancar a loja.

Com o início da primavera passamos a morar na cidade imperial de Petrópolis. Morar com a sogra nunca é uma boa opção, seja para o marido ou para a esposa, mas nos casos onde o desespero bate à porta, seguido por cobradores, a última das coisas que se vê, são os problemas de convivência. A casa era grande, com seis quartos, sendo três suítes e uma sala confortável, cozinha, área de serviços e um sótão imenso. O problema era a disposição destes cômodos, distribuídos em dois andares, o que a tornava um pesadelo imobiliário.

Localizada em uma rua sem saída, a casa estava à venda por mais de dez anos. Diversas agências da cidade faziam publicidade do imóvel, mas quando os interessados visitavam o possível investimento, decidiam não comprar. Por um lado, isso foi bom porque nos possibilitou morar sem qualquer custo de aluguel. As únicas despesas a nosso cargo eram rateios dos impostos anuais, contas de água, energia e, claro, nas despesas com alimentação. Um ótimo acordo feito entre minha sogra, Tessa e eu.

Dona Zoraide, no auge dos seus cinquenta e nove anos, era uma pessoa singular. Professora aposentada de história e geografia, detinha uma cultura geral que a permitia conversar sobre qualquer assunto. Fosse sobre o time do Flamengo, ou sobre a economia do Sudão, ela argumentava com maestria. Depois que se divorciou, continuou morando na casa com as duas filhas. Lá, Tessa cresceu e viveu até pouco antes de mudar para o Rio de Janeiro, quando foi trabalhar e cursar a faculdade, logo seguida de sua irmã pelos mesmos motivos. Somente vez por outra, nos finais de semana e nos feriados, as duas filhas subiam a serra para visitá-la. Dona Zoraide costumava repetir que gostava de ficar sozinha, porém recebeu com entusiasmo a nossa proposta de morarmos os três sob o mesmo teto.

Tessa conseguiu sair do Hotel e ganhamos pela primeira vez em anos, alguma qualidade de vida. Da minha parte, bastava descer a serra da Estrela com seus doze quilômetros para estar dentro da loja ou na casa dos meus pais. Além disso, como Tessa não utilizaria mais o carro, passei a dispor desta regalia, salvo alguns dias, em que ela precisava levar a mãe a algum evento especial.

A vida seguia e até mesmo o movimento da loja teve um ligeiro aumento. Talvez por culpa das festas de final de ano que motivavam as pessoas a consertar e comprar computadores. Além disso dezembro era o melhor período nos negócios porque chovia forte ao final do dia. As chuvas do verão carioca eram acompanhadas de relâmpagos e raios, o necessário para danificar uma generosa quantidade de dispositivos eletrônicos.

Eu estava no balcão porque Daniel ainda se recuperava da dengue que o deixou uma semana ausente. Quando iniciamos a empresa, éramos um total de oito pessoas trabalhando e era fácil gerenciar, mas o plano não correu como esperado. Daniel foi o último remanescente porque se fazia indispensável. Aliás esta foi uma lição que aprendi com ele. Apesar da pouca idade, aos poucos o rapaz ganhou confiança e toda vez que eu precisava resolver um assunto externo, era nele que acreditava ser capaz de cuidar do meu maior patrimônio. A melhor maneira de crescer dentro de uma empresa é fazer com que esta fique dependente de você, ou melhor, que você se torne indispensável sob vários pontos de vista.

O ventilador, com o apelido sugestivo de tufão, não ajudava com sua rajada de vento quente, mas impedia que os computadores ficassem comprometidos por superaquecimento.

Uma senhora surgiu andando sob o sol escaldante e parou bem a frente da loja, bambeando como se fosse desmaiar. Ela parecia ter uns oitenta anos e era pouco maior que uma criança. A velinha curvou-se para frente e pensei em pular o balcão para ir em seu auxílio, mas quando me desvencilhei dos cabos e fios, um homem atravessou a rua e a segurou pelo braço, conduzindo-a até a recepção.

– Obrigada meu filho, acho que tive uma vertigem.

A simpática velhinha estava pálida e suava tanto que seus cabelos tinham o aspecto de flocos de algodão molhado. Indiquei a poltrona de espera para que o homem a sentasse enquanto fui providenciar um copo com água fresca.

– Aqui senhora, beba um pouco e descanse por uns minutos.

O homem barrigudo não tirava os olhos dela.

– Não se preocupe, ela é guerreira e vai ficar bem – Disse, esperançoso que a velha não morresse dentro da minha loja. A frágil senhora colocou o copo na testa e ficou esfregando de um lado para o outro na tentativa de baixar a própria temperatura corporal. Antes de beber ainda enfiou dois dedos na água e passou ao redor do pescoço.

Eu tinha certeza que os dois não se conheciam, porém de uma forma estranha, eles pareciam mãe e filho. O desconhecido segurou seu pulso e ficou acompanhando o movimento dos ponteiros em seu próprio relógio. Ele puxou a manga da camisa de linho branco que vestia e pude ver um pedaço de uma bela tatuagem. Algumas letras em cor vermelha na parte interna do braço. Ele ergueu-se ao perceber que a senhora estava melhorando e com um ar mais leve veio até mim com a mão estendida.

– Ora, pois! Boa tarde. Ruberte Henriques, muito prazer.

Na hora fiquei com a impressão que ele tinha problemas de dicção, mas me contive e fiz meu cumprimento de vendedor, envolvendo a mão dele entre as minhas, ao mesmo tempo em que a apertava com firmeza.

– Obrigado por socorrê-la, estava vendo a hora que ela iria desfalecer. – Sacudi a cabeça em sinal de respeito pela atitude do visitante que falava esquisito.

– Pois, pá! Estava a sair do carro que parqueei aqui mesmo na beira da via, quando dei de vistas com a pobrezinha e não poderia fazer diferente, não achas?

Desta vez eu não resisti e deixei escapar um riso constrangido.

– Diga-me lá, tu fazes impressões cá nesta loja?

Pensei que ele estava de sacanagem, falando daquele jeito de propósito.

– Sim, claro, fazemos qualquer serviço de informática. – Eu já respondia aquele tipo de pergunta com um discurso automatizado.

– Pois bem pá, fazes então um favorzito. Imprimes um documento com o nome de *Telefonia*, que tenho cá dentro desta *pen drive*, se fazes o favor.

Eu era um ignorante, mas logo percebi do que se tratava aquele jeito de falar.

– O senhor é português de onde em Portugal? Se me desculpa a pergunta.

Indaguei enquanto recebia o pequeno dispositivo com o logotipo de uma famosa empresa de telecomunicações.

– Olhe sendo sincero contigo, estou a morar em Lisboa com a esposa e os filhos faz anos, mas sou nascido no norte, uma região chamada Trás-os-Montes. Conheces lá minha terra, alguma coisa?

Ele perguntou voltando sua atenção para a senhora que vinha devolver o copo vazio.

Pensei em responder que não conhecia Portugal, mas a senhora estava bem mais disposta e se antecipou, pegando-o pelas mãos e falando com sua voz cansada da idade.

– Muito obrigada, meu filho, foi Deus que te enviou para me ajudar. Que Ele te abençoe e ilumine seu caminho.

A senhora me ignorou e retornou a enfrentar o sol que não dava trégua.

Ruberte ficou calado e deu a entender que aceitou a bênção de agradecimento que recebera, enquanto a velha saiu pela calçada irregular que margeava toda a extensão da rua principal.

– Não. É uma tristeza mas não conheço Portugal, mas já estive na Argentina e no Paraguai, além de conhecer quase todos os estados do Brasil, mas nunca estive tão longe de casa. Respondi na intenção de mostrar que eu não era nenhum bicho do mato e que conhecia alguma coisa do mundo.

– Ora que isso é muito bom, pá. Conheces bastante coisa. Eu mesmo não conheço bem aqui a América do Sul. Esta é minha terceira visita aqui as terras brasileiras, mas já perdi as contas das vezes que fui a países da África e da Europa. Até na China eu lá estive. Tudo por conta da empresa que não me deixa quieto para ver meus putos crescerem.

Deixei escapar uma segunda vez meu sorriso ao ouvir a palavra putos. Eu sabia que puto era como se referiam às crianças nas terras lusitanas, mas no Brasil o significado era um tanto pejorativo. Achei melhor não entrar no mérito das diferenças idiomáticas e segui a conversa entregando as cinco páginas impressas com montes de informações que assemelhavam a endereços, nomes e alguns números de telefone. Tentei dar uma olhada rápida sem que ele notasse, apenas por curiosidade, mas senti que ele me observava.

– Esse seu trabalho é dos bons. Eu sei como é. Antes de abrir esta loja aqui, eu trabalhava em um banco e viajava bastante também.

– Sim, tem as vantagens, mas pá! Eu estou com quarenta e dois anos e tenho um menino de três e uma miúda com nove meses. Agora pensas comigo e veja se isto não faz um gajo pensar em largar tudo e ir trabalhar pertinho de onde moras só para ter a felicidade de viver um bocado com a família.

O português desajeitado, desdobrou a carteira de couro ao mesmo tempo em que segurava os papéis e exibiu com orgulho uma foto de sua bela esposa e seus filhos.

– Parabéns. Eu entendo o porquê de sua saudade.

Ele respirou fundo, organizou as páginas impressas e mais uma vez sua tatuagem cativou meu olhar.

– Você tem aí uma bela obra de arte. Eu não gosto da ideia de marcar meu corpo, mas acho bonito uma tatuagem feita assim, tão elegante. Gostei principalmente da cor. Caiu-lhe muito bem na pele branca.

Eu estava pronto para perguntar o significado, quando me deparei com o português carrancudo, envergando as sobrancelhas. Por algum motivo ele se ofendeu e tratou de esticar as mangas da blusa cobrindo por completo os braços.

– Quanto lhe devo pelo serviço?

Ele perguntou secamente cortando qualquer possibilidade de continuar a conversa.

– Nada. Fica por conta da casa pela sua gentileza com a senhora e como boas vindas ao Brasil.

Na hora fiquei tão sem graça com a reação dele que achei melhor nem cobrar os poucos centavos pela impressão. Aquilo não me deixaria nem mais rico, nem mais pobre.

O português deu as costas e saiu pisando forte. Várias vezes eu passei por situações desconcertantes, por ser intrometido. Fazia pouco tempo, um cliente estava conversando com Daniel e notei uma mancha escura próximo a dobra de seu pescoço. Desatento, falei que ele estava sujo e acabei gerando uma constrangedora cena, porque o cliente na verdade tinha uma doença de pele. Ele achou que eu estava sendo rude ou mesmo preconceituoso e foi preciso uma boa conversa para desfazer o mal-entendido. Entretanto, se o português não queria falar sobre a tatuagem bastava dizer, eu na certa me sentiria menos agredido.

Eu retornava para o meu mundo abafado, quando Ruberte reapareceu como um fantasma, vindo do nada, afrente do balcão. Não sei se foi o calor ou se fiquei mesmo desnorteado com a grosseria anterior, mas não o vi chegando.

– Desculpe lá, pá! Mas não apanhei o vosso nome.

Eu agora estava em dúvida se dava o meu nome para o estrangeiro bom samaritano.

– Alexandre Natan. Aos seus serviços.

Evitei qualquer sorriso, mas sabia que precisava ser profissional e estiquei um cartão da empresa, que ele aceitou e conferiu, frente e verso.

– Obrigado, mais uma vez.

Talvez eu estivesse enganado, mas para mim, aquela não poderia ser, *mais uma vez*, já que na anterior ele não se despediu e menos ainda agradeceu.

CAPÍTULO 04
2010

O ano virou e janeiro decorria sem necessidade de usar o rodízio de contas. Daniel e eu tivemos as duas primeiras semanas do mês movimentadas, com dezenas de computadores para consertar e atendimentos em domicílio.

Foi após um cliente chato me alugar por mais de quarenta minutos, pedindo instruções sobre como lidar com vírus e ataques *hackers*, que o telefone tocou a primeira vez. Atendi e não era ninguém.

Outra vez o telefone tocou três vezes e antes da quarta, retirei o fone do gancho. Mais uma vez ninguém falou do outro lado da linha. Comecei a pensar que era um trote. Fiquei parado ao lado do aparelho à espera que tocasse. Eu tinha uns pequenos alto-falantes para ouvir música no computador da recepção e toda vez que o telefone sem fio ia receber uma chamada, por alguns segundos antes de tocar, as caixinhas de som emitiam um chiado, uma interferência ocasionada pelas ondas de frequência.

Bastou eu pressentir o ruído e arranquei o fone da base.

– Estrela soluções em informática, boa tarde, em que posso ser útil?

Lancei a frase como um tiro através do microfone e senti quando alguém reagiu com um susto do outro lado da linha.

– Quem está lá?

Uma voz com eco, bem ao longe perguntou.

– Quem está aonde? Isso é alguma brincadeira?

– Olhe, aqui quem está a falar é Ruberte Henriques, de Portugal. Eu gostava de falar com o senhor Alexandre Natan, se faz o favor.

Apesar da voz de pato, reconheci o sotaque carregado do português.

– Alô, como vai, o senhor? Já faz algum tempo.

Tentei ser educado, apesar de ainda lembrar o quanto ele foi rude no nosso encontro anterior.

– Sim, pá! Eu estou bem, obrigado, mas estou a ligar porque estarei no Rio de Janeiro na próxima semana e por coincidência na sua cidade. Pensei em tomamos um café.

– Semana que vem? – Perguntei fingindo um desapontamento.

– Puxa vida, justo quando estarei em atendimento a uma

indústria na cidade vizinha. Uma pena não é mesmo? – Joguei a pergunta de volta na tentativa de fazê-lo recuar.

– Pá! Não tem problema então, de toda forma foi bom falar contigo outra vez.

Demorei um tempo até perceber que ele tinha encerrado ali a ligação. Eu ainda tinha a boca semiaberta, pronta a desferir um adeus. Fiquei tão irritado que bati o fone contra a base. Eu não conhecia outros portugueses, mas desejei não conhecer nenhum, caso eles fossem todos mal-educados como aquele.

Eu nem percebi a semana passar e depois de mais um dia de luta, avisei Tessa que chegaria perto das oito para o jantar. Ela agora trabalhava em uma agência de viagens pertinho de casa. O trabalho era voltado para o setor de vendas, o que incluía pacotes turísticos e hospedagem em grandes redes de hotéis. Não era bem o que ela tinha em mente quando conversamos sobre mudar nossa maneira de vida, mas ao menos servia para ela chegar cedo e ter um pouco de tempo extra. Ela mal tinha começado, mas já tinha uma longa lista de reclamações sobre o novo emprego.

Pelo telefone ela avisou que sua mãe arriscaria fazer um prato novo, chamado *bife bourguignon* e que seria ótimo eu levar um refrigerante. Eu não imaginava o que era aquela comida e nunca tinha ouvido falar naquele nome. Na verdade, eu tive até dificuldade de entender o que ela falou e pedi para repetir umas duas vezes. Ela ria, mas afirmava que eu gostaria de ser cobaia da minha sogra, em sua tentativa de fazer um jantar metido a besta.

Apaguei tudo e sai para pegar o carro estacionado na rua lateral que de certa forma, por ter moradores conhecidos, era considerada segura para estacionar durante o dia.

Eu tinha receio de roubos e assaltos. Durante a vida no Rio de Janeiro sofri com o crime. Cheguei a perder as contas das vezes que levaram todo o dinheiro da minha carteira em assaltos dentro de ônibus ou no trem. Passei por algumas situações críticas com bandidos me ameaçando com arma na cabeça, sequestro relâmpago e perdi para os bandidos, dois carros do antigo patrão nas ruas cariocas. Eu parecia marcado par ser otário, mas por algum milagre nunca saí machucado destas situações.

Estacionei bem à frente da padaria, perto da casa dos meus pais para comprar o refrigerante antes de subir a serra e logo que virei com as garrafas na mão, fui surpreendido com um eloquente *pá*!

– Estava cá a pensar justo em ti. Como a vida nos coloca no

lugar certo no momento exato, pá.

O português estava na tocaia, sentado em uma cadeira de ferro com um copo de café em uma mão e um pão com mortadela na outra. Passei os últimos dias antenado para evitar o encontro e acabei dando de cara com ele. Não tive escolha senão retribuir o cumprimento.

– Então, este português de Trás-os-Montes vai acabar virando carioca de tanto que visita esta terra.

Brinquei enquanto pagava pelas minhas bebidas.

– Sente-se aqui uns minutos que ao final, o Senhor nos concedeu essa bênção e não podemos desperdiçar.

Cheguei a pensar que ele estivesse meio alterado, porque estava com o rosto vermelho, suado e com os cabelos em alvoroço. Como da primeira vez, estava bem vestido, mas a camisa aberta, exibindo sua barriga peluda conferia-lhe um visual desagradável.

– É uma pena, mas não posso ficar. Quem sabe na próxima?

– Olhe cá, as oportunidades são assim. Deus coloca na nossa frente e se não a enxergamos, deixamos de atravessar a porta que nos leva à Sua bênção.

Achei aquela frase um tanto ensaiada, mas alguma coisa fazia sentido nela. Respirei contrariado antes de me virar em direção à mesinha onde o português fazia seu lanche.

– Tudo bem, foi uma bela frase, essa que você disse. O senhor é de alguma religião ou o quê?

Pedi uma água tônica e um pão com manteiga na chapa. Era quase noite, mas ainda fazia uns trinta graus e só um estrangeiro tomaria café com aquela temperatura.

Ficamos sentados vendo as pessoas passar na rua. Vez por outra nos entre olhávamos e fazíamos sinal de positivo sacudindo a cabeça um para o outro enquanto mastigávamos nossos pães. O português parecia adorar a iguaria, porque comia com cuidado para não deixar nem as migalhas fugirem do seu apetite.

Eu estava sem graça, sentado com uma pessoa que mal conhecia e que foi mal-educada comigo por duas vezes. Estava determinado a não deixar acontecer uma terceira. Puxei dois guardanapos de papel que em nada ajudavam a limpar as mãos, mas serviram para fazer minha deixa de ir embora.

– Tu sabes que trabalho para uma empresa de telefonia, não sabes?

Ele quebrou o gelo e destruiu a minha oportunidade de deixa-lo no vácuo.

– Não lembro bem, acho que não chegou a comentar sobre isso em nosso último encontro. Convenhamos, já faz um tempo.

– Pois!

Ele usava um *pois* ou um *pá* nas suas frases, por vezes no início, ora no final e quase sempre em ambos.

– Esta é minha última visita aqui ao Rio de Janeiro e provavelmente ao Brasil. Depois vou para o Canadá.

– Fico feliz por você. Digo, que bom que vai conhecer outro país e uma pena que não o verei mais. – Falei com um ar sarcástico.

– Pois! Mas eu estava cá a pensar e talvez tenhas como me ajudar a resolver uma coisa.

Cheguei a acreditar que ele fosse propor algum tipo de parceria entre nossas empresas e senti uma pontada de ânimo em continuar a conversa.

– Como eu lhe disse, não tenho muito tempo, mas vamos direto ao assunto para não desperdiçarmos a Bênção.

Eu começava a brincar com as palavras como tão bem sabia fazer.

– Pois bem, vamos direto ao ponto, então. Recordas que na outra vez que estive na sua loja perguntastes sobre a minha tatuagem?

Não acreditei que o português me manteve todo aquele tempo ali, apenas pela tal tatuagem.

– Sim, recordo, inclusive fiquei bastante chateado pela sua rispidez quando a mencionei.

Achei melhor colocar as cartas na mesa e expor que não tinha gostado. Afinal eu não devia nada para aquele estrangeiro.

Ele então dobrou as mangas da camisa até o meio dos braços e os esticou para frente. Ao mesmo tempo os girava, expondo tanto a parte interna como a externa. Fiquei uns bons minutos, estático, tentando entender do que se tratava e se ele estava gozando com minha paciência. Me debrucei um pouco para a frente examinando melhor a região do braço esquerdo. Eu via suas veias saltadas sobre a pele branca e do outro lado apenas os pelos ralos.

– Você retirou?

Falei alto, um bocado assustado e chamando a atenção das outras pessoas que estavam na padaria. O português se sentiu incomodado ao ser alvo do olhar de todos à nossa volta e levantou tirando do bolso um bolo de dinheiro amassado.

– Pague o do meu amigo aqui também e fique com o troco. – Ele determinou para a atendente.

Eu estava sem entender nada, mas o acompanhei. Desta vez ele não iria embora sem uma despedida cordial.

– Me responda!

Eu deixei escapar minha irritação contida desde o primeiro encontro.

– Vamos andar ali para fora e te digo.

Agradeci aos funcionários da padaria com um sorriso largo e caminhamos até próximo do meu carro. Eu estava impaciente e arremessei as garrafas de refrigerante pela janela adentro sobre o banco do carona.

– Posso dizer duas coisas e estas são o motivo de eu querer ter estado aqui com você mais uma vez. Primeiro...

Ele fez uma pausa e respirou mexendo o maxilar de um lado para o outro em sinal de dúvida.

– Eu nunca tive tatuagem em nenhum lugar do meu corpo.

– Impossível! Eu posso jurar que vi uma, bem aí no seu braço esquerdo. Parecia um nome ou uma frase escrita. Além do mais a sua reação quando perguntei o que estava escrito foi a de quem tem uma tatuagem. Do contrário você teria reagido diferente.

Eu ainda estava irritado e tinha a certeza que o português, ou era doido de pedra ou estava curtindo com a minha paciência.

– Segundo. Eu não tenho, mas vou ter em alguns dias. Há um estúdio renomado em Lisboa, onde é preciso agendar com meses de antecedência e foi lá que fiz uma marcação em agosto do ano passado. Na ocasião entreguei ao tatuador um desenho como você descreveu. E que será desenhado sobre o meu antebraço, na parte de dentro, na cor vermelha.

Fiquei olhando Ruberte sem saber o que significava tudo aquilo e para reforçar minha tese que ele estava mentindo, retomei a questão:

– Digamos que eu acredite nisso. Diga-me qual o significado da tatuagem, porque o que vi era real e parecia escrito em um idioma que desconheço.

– Cerca de uns cinco anos atrás eu estava no hospital a beira do leito de minha esposa que se recuperava de complicações por ter perdido o bebê. Ela ficou muito debilitada e passei dia e noite ao lado dela até que acordasse para lhe dar a triste notícia.

Os olhos do homem ganharam brilho enquanto contava a

história e o tom de sua voz enfraqueceu. Parecia doloroso para ele falar sobre aquele assunto, mas não o interrompi.

– Uma daquelas noites o médico de plantão veio conferir como ela reagia ao medicamento e me viu a chorar na cadeira de acompanhante. Ele abaixou-se, olhou bem nos meus olhos e disse algo que até hoje recordo em minúcias: "*Fique tranquilo. Suas decisões causaram este problema. Não se culpe por isso, mas de uma maneira que ainda não entende, estas mesmas escolhas o guiarão até uma família rica em amor e saúde*". O português contava o caso em transe e seu olhar estava perdido no espaço, talvez revivendo a cena em sua mente.

– Natan. Eu posso te chamava de Natan, não posso? Ou preferes Alexandre?

Ele não me deixou responder e continuou.

– Lembro que o médico tinha uma voz suave e que senti um conforto em minha alma, ao ouvir aquelas palavras. O mais estranho foi que o doutor sabia sobre eu ter optado por algo que deixou minha esposa naquele estado e que eu me culpava por aquilo. Dias antes de irmos para o hospital, eu tinha aceitado trabalhar nesta empresa de Telecom que estou até hoje e discuti com minha mulher sobre o fato de ter que viajar. Foi por causa da discussão que ela passou mal aos quatro meses de gravidez e acabou perdendo nosso filhinho. Hoje entendo que, em boa parte, a culpa foi minha. Por que mesmo ela sendo uma mulher firme e decidida, cabia a mim não levar a discussão adiante. Era minha a responsabilidade de cuidar dela e do bebê. Somente eu poderia ter escolhido abrir mão daquele momento ingrato.

Eu ouvi a história com um pouco de sensibilidade, afinal não é fácil para ninguém perder um filho, seja lá em que idade for. Uma vez ouvi alguém dizer que quando perdemos os pais ficamos órfãos, quando perdemos o cônjuge ficamos viúvos, mas quando perdemos um filho é algo tão doloroso que ninguém foi capaz de criar um nome para isso. Decidi acreditar na história do português consternado.

– Meus sentimentos pela sua perda. – Toquei o seu braço com duas batidas firmes na intenção de trazê-lo de volta à realidade e demonstrar que sentia por ele e sua esposa.

– Não tem problema. Isso passou e como o médico disse, hoje entendo melhor o porquê. Mas antes de deixá-lo ir embora quero responder sua pergunta sobre a tatuagem.

Fiquei feliz naquele momento, pois enfim teria uma despedida educada e justa.

– O que será escrito no meu braço é um nome e significa algo como *Aquele que já é o que precisa ser.* Será em uma língua antiga e esta é apenas uma tradução geral. É um nome dado a algumas pessoas que trilham um caminho espiritual, digamos assim.

Aquela era uma explicação profunda sobre uma tatuagem.

– Uau! Que interessante. – Foi tudo que saiu da minha boca.

Apertamos as mãos antes de eu entrar no carro. Ainda estava comovido pela história de uma maneira misteriosa, porque nunca fui de me envolver com histórias assim. Talvez por isso tenha decidido convidá-lo.

– Veja, hoje estou realmente com pressa e não posso ficar, porém até quando estará na cidade?

– Fico até domingo pela manhã.

– Muito bem, então se quiser, apareça na loja amanhã e continuaremos esta conversa. Além disso, talvez possa dar umas dicas sobre o seu país. Vai que um dia fico rico e consigo viajar para lá?

Ruberte tinha um sorriso leve, quase ingênuo e eu não sabia se era pelo fato de tê-lo convidado ou se porque mencionei uma possibilidade de visita ao seu país.

– Vou tentar aparecer sim, será bom conversar com você, Natan.

Nos despedimos outra vez e segui caminho pelas ruas que atravessavam a cidade até o início da Serra da Estrela. Passei todo o percurso tortuoso da subida pensando, o quanto estranha tinha sido aquela conversa. De fato, não era a primeira vez que pessoas loucas como aquele português se aproximavam de mim, mas o fato de ter visto a inscrição em seu braço me preocupava um pouco. Eu era reservado, com apenas um punhado de amigos e mesmo assim, nenhum deles próximo o suficiente para confidenciar meus segredos. Não que precisasse esconder algo, mas às vezes, eu sentia falta de alguém que pensasse na mesma frequência. Alguém para determinar se certas coisas eram reais ou apenas a minha imaginação trabalhando.

CAPÍTULO 05
BORBOLETAS PARA O ALMOÇO

Tessa não era obrigada a trabalhar aos sábados, mas quando era escalada não podia dar-se ao luxo de negar. Afinal, ainda que a contragosto, aquele era o menos pior dos trabalhos que pudera conseguir na região.

Deixei-a em frente ao prédio onde trabalhava e segui para a loja. O caminho era cheio de curvas perigosas, sem qualquer sinalização e era impossível determinar quem estava vindo na direção oposta. Passei minha juventude subindo e descendo aquela serra e conhecia os truques e sinais que a vegetação indicava. Na metade do caminho avistei um homem com os braços levantados fazendo sinal de atenção. Mais adiante era possível ver alguns veículos parados e com o motor desligado.

– Bom dia, o que houve aí a frente?

Perguntei já sabendo que se tratava de um acidente.

– Umas árvores caíram agorinha há pouco e acertaram um micro ônibus que ia passando. Ninguém se machucou, mas a árvore ainda está sendo retirada pelos bombeiros.

Eu ouvia o barulho das motosserras ao longe. Agradeci ao senhor que parecia morar na região e se colocou mais atrás para sinalizar aos próximos motoristas que viessem.

A estrada não era bastante movimentada, mas alguns motoristas a utilizavam como forma de evitar pagar o caro pedágio, cobrado na estrada alternativa. Eu estava atrasado para abrir a loja, mas não tinha o que fazer.

Saí do carro para esticar as pernas e tomei apenas o cuidado de levar comigo as chaves e a carteira. Aquele lugar transmitia uma paz imensa e respirar o cheiro fresco da vegetação revigorava minha energia para o que prometia ser um dia cheio. Do meu lado um pequeno córrego que margeava a pista ia até um buraco entalhado na rocha onde a água se acumulava, antes de desaparecer por debaixo da pista. Cheguei mais perto pela curiosidade e deparei-me com lindas borboletas imperiais pousadas sobre as plantas. Estavam captando pequenas gotas de água e fiquei encantado com a cena. Os insetos eram grandes e havia vários exibindo o exterior de suas asas em marrom e cinza, com desenhos que lembravam olhos abertos. Algumas se movimentavam repetindo um abrir e fechar das asas que revelavam o interior de um tom azul cintilante, margeado por uma borda preta. Tive vontade de espantá-las para que todas saíssem voando ao mesmo tempo e poder contemplar um espetáculo particular. Peguei um pedaço de madeira e quando ia jogar sobre elas um policial surgiu ao meu lado, desejando bom dia. Exigindo que eu retornasse ao carro para desobstruir a via.

Cheguei quase uma hora atrasado. Atendi às pressas o primeiro e enquanto ele aguarda a impressão do recibo de pagamento, eu atendia o segundo. Vez por outra pedia uns minutos de paciência ao terceiro que também não tinha esperança de ser atendido de pronto.

A loja nunca tinha movimento antes das onze da manhã, salvo um ou outro cliente que se aventurava a madrugar. O problema é que todas as vezes que me atrasava, os clientes decidiam comparecer as nove em ponto. Todos juntos e com os mais variados tipos de problemas. Em dias assim eu ficava acelerado pelo resto do expediente. Achava deselegante e até desrespeitoso chegar depois do horário oficial de abertura da loja, mas no sábado eu trabalhava sozinho e tudo ficava mais difícil.

Em trinta minutos todos estavam atendidos e o dinheiro guardado na caixa registradora. A correria foi tão intensa que só então terminei de abrir as portas da loja. Estava pronto para o que viesse naquele bonito dia de sol e ouvi os alto-falantes vibrarem sobre o telefone sem fio. Uma chamada soaria em poucos segundos e antes de tocar, atendi.

– Estrela soluções em informática, bom dia, em que posso ser útil neste lindo sábado de sol?

– Pá! Estou a ver que a noite passada foi mesmo especial. Muito bom dia para o senhor também.

Era Ruberte com a voz de quem acabou de levantar da cama.

– Sim, foi um excelente jantar, por sinal, mas me diga, decidiu se vem aqui para contar mais histórias?

– Olhe que não terei como ir, mas estava cá a pensar e talvez fosse mais fácil para ti, vir aqui.

O português estava mesmo com a intenção de me quebrar.

– Não posso, infelizmente tenho que trabalhar na loja e hoje fico sozinho.

– Olhe, você falou infelizmente e se gostasse de estar aí jamais usaria esta palavra, então acredito que não vai doer se fechar as portas, digamos às duas da tarde, que tal? Aí nos encontramos em um restaurante de sua escolha.

Eu tinha chegado atrasado, enfrentando uma serra cheia de obstáculos, clientes nervosos e agora aquele doido pedia para fechar mais cedo e ir bater papo com ele. Quem pagaria minhas contas no final do mês? Pensei comigo mesmo. Demorei a responder e o português insistiu.

– Ouvi falar de um restaurante chamado Forno de Barro, indicação aqui do pessoal onde estou hospedado. Dizem ser dos melhores. Estou a te convidar pá, e faço questão de pagar, não se preocupe.

Acabei concordando, não pela insistência, mas porque da mesma maneira que Tessa, eu odiava ter que trabalhar aos sábados.

– Combinado, eu sei onde fica. Te encontro lá às duas.

Quando cheguei, Ruberte já estava olhando para o cardápio escrito em giz branco na lousa verde, sobre a porta da cozinha do restaurante. Eu não era um frequentador assíduo, mas conhecia a maioria das pessoas do lugar. Buba, a dona do estabelecimento, consertava seus equipamentos de informática comigo e costumava ajudar com a publicidade da loja junto aos fregueses do restaurante.

Entrei cumprimentando as pessoas, mesa por mesa. O local era simples, mas a comida era tão boa que até o prefeito e outras personalidades compareciam para almoçar por lá. Antes de sentar vi o Major Villas Boas, sentado ao fundo, rodeado de outros policiais. Acenei para todos fazendo uma continência em sinal de respeito. Ele ameaçou levantar e retribuiu o gesto, me deixando satisfeito, depois do episódio com o *notebook*.

– Então pá, eu já ia escolher aqui meu pedido sem ti. Digas lá o que recomendas.

O português estava fora de serviço e vestia uma camisa florida em verde e amarelo, como se fosse dia de carnaval.

– Aqui qualquer pedido é bom, mas hoje é sábado tem a feijoada especial da Buba, com direito a aipim frito e um abre de pinga.

O português coçou o queixo com a espessa barba por fazer.

– Feijoada, eu já ouvi dizer o que é, mas o que me diz sobre este tal abre de pinga? És o que estou a pensar, pá?

Ele relaxou sobre a cadeira ao perceber que o prato acompanhava uma pequena degustação de cachaça.

– Exatamente isso. Serve para abrir o apetite antes do feijão chegar.

Ruberte estufou o peito confirmando que era este o prato desejado e Buba veio nos atender.

– Olá, Natan, seu sumido. Como vão os negócios?

Ela brincou enquanto olhava para o meu novo amigo que era um total desconhecido no restaurante dela.

– Estou sobrevivendo, pagando uma conta de cada vez, você sabe como é.

– Olha por falar nisso, o computador do meu filho está com problemas de vírus e se você puder dar um pulinho lá em casa no final do dia, seria legal da sua parte.

Era sempre assim, aonde eu chegava era recebido com sorrisos e boas vindas para logo em seguida, ser pego com um pedido para arrumar algum equipamento com problemas.

– Claro, vou sim. Hoje não posso prometer, porque estou aqui com este senhor que é de Portugal e está nos visitando, mas na segunda-feira com certeza apareço lá.

– Legal, ficamos combinados então. O que vão querer?

Ela não me deu chance de apresentar Ruberte de maneira mais cortês. O povo de Piabetá era hospitaleiro, porém desconfiados, com as pessoas novas na cidade.

– Nós vamos de feijoada com direito a tudo e mais um pouco. Duas no capricho porque o meu amigo aqui nunca provou e fiz elogios sobre a sua comida. Por favor não me deixe em maus lençóis com o pessoal de Portugal.

Foi minha vez de brincar com ela, conseguindo até um sorriso da parte de Ruberte, mas antes que ela guardasse o pequeno bloco de notas onde rabiscou nossos pedidos, o português de maneira inesperada levantou-se.

– Ruberte Henriques, minha senhora, é um prazer ser recebido em seu estabelecimento.

Buba que era descendente de imigrantes japoneses agradeceu o gesto, curvando o corpo para frente e saiu para providenciar nossa comida.

– Bem meu amigo, vejo que você é muito querido na região. Isso é bom para os negócios.

– Pois é, mas alguns dizem que estou na profissão errada, que eu deveria ser candidato a prefeito ou algo assim. Talvez um dia.

Eu até que gostava da popularidade e a ideia da carreira política começava a tomar forma no meu subconsciente.

Uma das funcionárias de Buba colocou um pequeno barril

sobre a mesa e com eficiência encheu, até quase transbordar, dois copos curtos. Entregou em mãos um para mim e outro para o português que olhava ao ritual com admiração. Colocou também uma cesta com aipim salgado. Fresquinho, ainda com a manteiga derretendo entre os pedaços.

Com cuidado para não derramar, brindamos sem bater os copos. Ruberte virou o líquido transparente garganta abaixo em um único tiro. O português arreganhou os olhos e parecia ter mordido uma pimenta de tão vermelho que ficou. Ao mesmo tempo, ria como um bobo, talvez pelo nervosismo de vivenciar algo tão típico da cultura brasileira.

Começamos a degustar o aipim e ele voltou a puxar conversa:

– Me diga cá, meu amigo Natan. Alguma vez lhe aconteceu algo assim de estranho nos seus dias? Coisas como a que ocorreu com a visão da minha tatuagem?

– Olha, para falar a verdade eu tenho uma imaginação fértil, mas não lembro de nenhuma situação onde tenha ocorrido algo parecido.

O português se deliciava com a iguaria e ainda mastigando, manteve o assunto em pauta.

– Estou a ver pá. Me desculpe lá a intromissão assim na sua vida que não tenho nada com isto, mas nunca soube de nenhum caso, nenhum acontecimento mais extraordinário que tenha ocorrido a sua volta, nem mesmo quando miúdo?

– Miúdo? – Eu perguntei sem ter muita noção do que significava ser um miúdo no português de Portugal.

– É miúdo pá, quando eras criança pequena.

– Ah! Meus pais nunca foram de contar muita coisa, mas sei de uma história de quando era bem pequeno, com alguns meses de vida. Um dia comecei a chorar, sem motivo e não parei mais. Chorei por cinco dias seguidos. Na verdade, pelo que contaram, uma rezadeira foi chamada para ajudar e somente então eu parei. É uma coisa antiga e se você procurar não é muito raro nas crianças.

O português alcançou um guardanapo de pano que estava na mesma cesta do aipim e mostrava grandes círculos de gordura. Mesmo assim ele esfregou nas mãos e depois passou sobre os lábios para retirar o excesso de sal.

– Sim, realmente não é raro, pois na minha terra lá do norte de Portugal, já eu mesmo, vi acontecer com um puto, filho de um amigo.

O português me olhava diferente como se tentasse confirmar pela minha linguagem corporal se eu estava falando a verdade.

– Além deste episódio, também quando eu era criança fiquei muito doente. Acho que foi por sarampo e tive febre de 44 graus, os médicos disseram que eu não passaria daquela noite, mas pelo visto eles erraram o diagnóstico.

Descontraí enquanto reabastecia com a pinga.

– Não posso dizer que suas histórias de miúdo são boas, porque teus pais devem ter passado por apuros contigo, mas dá para dizer que és no mínimo um sobrevivente, pá.

– Mas porque essas perguntas? Ou melhor, qual é a relação entre isso, o lance da tatuagem e você. Me desculpe, mas sou bem direto quando tentam enrolar e por mais que você seja uma pessoa simpática, desde que nos reencontramos, posso sentir que está procurando algo, seja franco.

O português ajeitou-se na cadeira de ferro um tanto desconfortável e ia abrir a boca quando Buba e sua funcionária se aproximaram com duas panelas de barro artesanais. Estava quente e a fumaça escapava pelo topo libertando um aroma de carne, temperos e do próprio feijão fervido e refogado em muito alho e pimenta.

– Esta é a primeira leva, especial para o gringo. – Buba ousou brincar com o português.

Eu já tinha comido ali algumas vezes, mas nunca fui servido com uma porção tão generosa de carnes como naquele dia. Em geral era preciso procurar os pedaços de paio e carne de porco dentro da panela, mas naquele dia dava para ver tudo saltando de tão cheia. Erguemos mais uma vez os copinhos e bebemos, desta vez já mais acostumados com o sabor.

Comecei a servir e Ruberte acompanhou. O cheiro fazia jus ao sabor. Ficamos em silêncio por um tempo, apreciando a comida. O Português devorava a iguaria como se não comesse desde que saiu de sua casa do outro lado do Atlântico.

Depois de algum tempo ele reclinou sobre a cadeira, abandonando os talheres sobre o prato vazio, talvez pedindo perdão a Deus pela própria gula.

Empurramos os pratos e as panelas para o lado de forma a ganhar espaço e o encarei forçando uma resposta. Agora ele não teria outra opção senão falar para ajudar a digerir a comida.

– Natan, na vida temos dois tipos de pessoas. As que aprendem a tocar violão e as que nascem sabendo tocar violão. Faz algum tempo eu fui ensinado a ler as pessoas para identificar as diferenças entre elas.

Eu estava um pouco confuso, com aquela sentença e começava a acreditar que a cachaça já fazia efeito no meu amigo estrangeiro.

– Tenho a certeza que você possui muitas histórias para contar. Que coisas sensacionais ocorreram com você durante a sua vida e que aquele momento da tatuagem foi apenas um vislumbre de tudo que você guarda só para si.

– Desculpe, mas não entendi onde quer chegar, com esta coisa de violão. Entendo que está buscando mostrar um tipo de filosofia, mas sou bastante prático e seria melhor você elaborar o que diz de forma mais direta.

Falei com um ar meio debochado, apesar de ter entendido sobre o que ele falava. Queria extrair o máximo do português e enchi os copinhos pela última vez com o que sobrou no barril.

– Informação é uma coisa valiosa e como tudo que tem muito valor deve ser utilizado como moeda de barganha. Eu não posso ser mais claro se não tenho um exemplo transparente da sua parte. Me conte algo que capture a minha atenção e prometo ser o mais direto que puder ao reformular o que tenho a te oferecer.

Em fim uma proposta concreta aparecia. Respirei fundo e confirmei se alguém estava próximo o suficiente para nos ouvir. Aquela altura o lugar estava lotado e havia fila de espera por uma mesa livre, mas nós estávamos sob a proteção da proprietária e ninguém arriscaria apressar nossa saída.

– Faz mais ou menos trinta anos um casal saiu para fazer compras. O marido angustiado insistiu que a esposa ficasse em casa, mas ela estava entediada e foi mesmo a contragosto dele. Pegaram o ônibus e em poucos minutos estavam no mercado próximo de casa. Enquanto faziam as compras, uma das irmãs da esposa apareceu. Ela tinha ido ao encontro deles, porque sabia que a irmã precisaria de ajuda, afinal uma grávida requer um pouco mais de cuidados e atenção.

– Era o primogênito do casal e o primeiro neto de uma enorme família, tanto do lado do marido como da esposa e o entusiasmo com a chegada da criança era alto. A futura mamãe tinha desejos ao passar por cada corredor e o carrinho de compras estava lotado quando chegaram ao caixa.

– Cheios de sacolas não tinham como retornar a casa usando o transporte público e por isso decidiram pegar um táxi. O marido fez sinal e um carro modelo padrão dos anos setenta encostou com um motorista de olhos vermelhos que ao ver as sacolas, tratou de colocá-las no porta-malas com a maior agilidade.

– A esposa grávida pediu para ir no banco do carona devido a barriga de oito meses e as pernas inchadas. O marido e a cunhada acomodaram-se no banco de trás e deram o endereço ao motorista que arrancou sem notar que a própria porta ainda estava aberta. No susto ele freou bruscamente para fechá-la. O vento que entrou por sua janela levou até o marido um forte cheiro de bebida, mas era tarde demais para desistir e o carro saiu em disparada, cortando outros veículos na contramão. O marido começou a exigir que o motorista fosse mais devagar, enquanto as mulheres se protegiam como podiam. O trajeto era curto, porém repleto de cruzamentos de grande movimento. Seria necessário cruzar dois semáforos que faziam o controle do trânsito das mais movimentadas avenidas daquele bairro. O marido sabia do risco e pôs a mão sobre o ombro do motorista, logo que viu o sinal vermelho, mas fui inútil. O condutor, talvez pelo efeito da bebida, avançou o sinal de parar e por um milagre escapou do choque com um ônibus que vinha pela lateral.

– Todos gritavam dentro do automóvel e a mulher grávida paralisada pelo medo rezava baixinho para ela mesmo na expectativa de chegar em casa.

– Ela teve tempo de ver em câmera lenta o vidro dianteiro estilhaçar e as centenas de pedaços virem em direção ao seu rosto. O motorista se debatia como um boneco entre o volante e a lateral da porta, preso pelo cinto de segurança abdominal. Ela ouvia os gritos do marido e da irmã no banco traseiro, até que tudo ficou escuro.

– Ela abriu os olhos e com sacrifício conseguiu levantar. Sentiu que algo escorria por sua testa e pingava pelo nariz. Uma dor forte fazia seu braço direito tremer sem controle, mas ainda assim ela foi se recuperando. Olhou em volta e viu que estava a uns dez metros de distância do veículo destruído, após colidir contra um poste de iluminação na calçada. A mulher se arrastou e passou pelas pessoas que faziam caras de terror diante do violento acidente. Já próxima ao carro viu através da janela traseira, o marido e a irmã desacordados. Mais a frente o motorista, com os olhos abertos, imóvel e com a cabeça coberta de sangue. Ao lado dele, ela encontrou seu próprio corpo, pálido, com um corte profundo rente ao supercílio. Ela soluçava sem entender o que tinha acontecido e foi neste momento que sentiu uma presença.

– Um menino negro, de olhos amendoados, esgueirou-se até a janela do carro. O jovem vestia apenas um calção branco e a fitou desafiando sua coragem, como se soubesse que havia duas dela naquele instante. Ele esticou o braço e com a ponta do dedo indicador direito tocou a barriga da esposa desacordada. O tecido do vestido se consumiu instantaneamente, deixando uma pequena marca negra em formato esférico sobre a pele.

– O garoto então esticou o outro braço para o alto e a mulher que testemunhava atônita, perdeu a consciência.

– Três dias depois ela acordou no hospital cercada pelos familiares, cheia de tubos e fios que monitoravam sua saúde e a do bebê. Quando o horário de visita acabou, ela e o marido puderam conversar a sós. A mulher contou tudo que viu e seu parceiro ainda incrédulo, revelou que os médicos não conseguiram explicar como ela e o bebê resistiram ao acidente. Os dois choraram abraçados por um longo tempo e agradeceram pelo que consideraram um presente de Deus.

O português estava hipnotizado com meu relato. Parecia conseguir imaginar em sua mente os acontecimentos que narrei. Bati na mesa para forçá-lo a sair do transe.

– Esta sim é uma história boa. Digo-lhe uma coisa depois de ouvir isto. Estás mesmo na profissão errada. Não deverias nunca ter ido trabalhar com computadores e menos deves ir para a política.

Deixei escapar uma gargalhada por ver a expressão de fascínio que ele teve com a história.

– Nunca pensaste em escrever, pá. Tu levas jeito para contar histórias. Estou impressionado.

– Não, que nada, o mais perto que já cheguei de escrever foi em um concurso de redação no colégio, onde fiquei em terceiro lugar. – Retruquei, para retirar aquela ideia louca da cabeça dele. Ser político me agradava bem mais do que ser escritor.

– Mas a história ainda não acabou, há um último detalhe.

Ele fez um bico e franziu as grossas sobrancelhas na expectativa.

– Pois, pá, queres matar-me com este segredo, contes logo, ora pois.

Me afastei um pouco da mesa e puxei uma das pernas da calça até bem acima, revelando o joelho com uma marca semelhante a uma queimadura feita por cigarro.

– Minha mãe tem a mesma marca, na barriga, mais ou menos um palmo acima do umbigo.

Ruberte demonstrava estar emocionado com o desfecho da minha história e levantou esfregando o rosto com as mãos.

Buba apareceu para conferir se desejávamos mais alguma coisa e de maneira sutil nos incentivar a liberar a mesa. O estrangeiro gostou tanto da comida que teceu vários elogios a frente de todos. Pediu com toda a sua educação se poderia conhecer as mãos mágicas da cozinheira e talvez tenha sido o único que recebeu permissão para entrar na cozinha do famoso restaurante. O português era uma pessoa diferente e seu carisma capturava as pessoas com a mesma paciência que um pastor reúne suas ovelhas.

Caminhamos devagar em direção ao meu carro, ele calado ainda digerindo a comida e a história, eu à espera de uma explicação mais clara sobre a tal filosofia do violão.

– Natan, você já reparou que seu nome é igual, mesmo se escrito de traz para frente? – Ele quebrou o silêncio.

– Claro que sim, desde que era miúdo.

Brinquei com ele usando a palavra que antes me fora tão estranha para o português falado no Brasil.

– Olhe, esqueça o que falei sobre o violão. Não foi o melhor dos exemplos. Vamos tentar de outra forma. Estás a ver a cor brilhante do sol a sumir no horizonte e logo acima dela o azul se desfazendo até ficar negro?

– Sim, consigo ver e gosto muito. O crepúsculo vespertino é um dos meus momentos preferidos do dia.

– E consegues ver também, uma linha que separa a noite do dia?

Eu nunca tinha reparado, mas de fato ao prestar atenção, conseguia ver uma fina borda que delimitava o horizonte.

– Sim, posso ver com toda a certeza.

– Saiba que são raras as pessoas que conseguem ver esta linha no céu. Eu mesmo só sei que está lá porque alguém me contou. O que desejo dizer, com isto, é que se tu és capaz de ver o que as outras pessoas não podem, não conseguem, ou não querem ver, tu devias aceitar esta bênção e fazer um bom uso dela.

Apenas balancei a cabeça fingindo que tinha entendido o que

ele disse e ficamos outra vez calados, assimilando toda aquela divagação.

– Obrigado pela lição, acho que entendi a sua mensagem sobre esta tal filosofia de vida que tentou expor. – Foi minha vez de puxar conversa. O dia havia batido a cota suficiente de histórias incomuns.

– Eu que agradeço por tudo, principalmente pela paciência, pá. Saibas que sempre terás um amigo onde quer que eu e minha família estejamos e se algum dia visitar as terras portuguesas. Serás bem-vindo à minha casa para provares uma boa comida Transmontana, que em nada deixa a desejar para esta delícia que comemos aqui, a não ser pela cachaça.

Ele mostrou um sorriso cheio que fez seu rosto parecer ainda maior e despediu-se com um abraço que não tive chance de recusar.

Ruberte caminhou sem olhar para trás, de cabeça baixa, até entrar no seu carro. Aguardei-o manobrar e pegar distância para só então me preparar para subir o caminho de casa. O meu carro parecia um forno e precisei ligar o ar condicionado, mas logo que os jatos de ar começaram, percebi um vulto na parte de trás. A história também tinha surtido efeito em mim e assustei-me mais que o normal. Me preparei para fugir, mas fui agraciado com uma verdadeira dádiva.

Pelo espelho, vi uma enorme borboleta imperial sobre o banco traseiro. Ela resistia ao calor abrindo e fechando suas asas azuladas. Meus olhos encheram-se de lágrimas e ela voou janela afora, me deixando com o pensamento do quão marcante foi aquele sábado. De como Deus manifestava-se perfeito em nosso dia, através de seus diferentes anjos.

CAPÍTULO 06
AS PORTAS DA IMPERATRIZ

Abri o programa de mensagens no computador e logo na primeira remessa encontrei o nome de Ruberte Henriques. O assunto mencionava: "*tenho saudades vossas*".

Fazia um bom tempo que não nos falávamos e fiquei curioso. A mensagem datava da semana anterior, quando a empresa estava fechada por conta dos festejos de carnaval. No corpo do email, o português dizia em linhas curtas que ligaria para a loja no dia 22 de fevereiro e por alguma mágica que não sei explicar, quando olhei para o calendário, o telefone tocou.

Por brincadeira atendi como se estivesse à espera da chamada do português, só para impressioná-lo.

– Muito bom dia, pá! Como está este sobrevivente de uma feijoada brasileira?

O silêncio inicial me deixou aflito por ter cometido um engano. E se fosse um cliente? Era tarde para arrependimentos.

– Eh pá! Mas assim já deves estás até a sonhares comigo. Como sabias que era eu? Me assustas desta maneira.

Rimos um pouco e, apesar da ligação ruim, desta vez eu conseguia compreender o que ele dizia sem esforço.

– Quando que vem para o Rio outra vez?

– Pois é, sobre isto mesmo que queria tratar contigo, porque eu mesmo não irei tão cedo. Estou com data marcada para ir trabalhar por uns tempos em Angola. De lá então, volto para pegar a família e mudar em definitivo para o Canadá, tudo por conta da empresa que neste início de ano teve uma fusão com outra grande Telecom americana e vai investir por aquelas bandas. Bom para mim, pá, que vou para um lugar que não está entrando em crise econômica como cá em Lisboa.

Eu ouvia com atenção e concordava vez por outra com resmungos de sim ou ok, apenas para manter o ritmo da prosa.

– Está lembrado do médico que mencionei quando estive aí?

– Lembro sim, não teria como esquecer.

– Então, pá, depois daquele incidente no hospital, ficamos amigos e hoje ele é um tipo de mentor para mim. Digamos que é uma espécie de amigo com quem, vez por outra, me reúno para beber um copo e falar sobre nossa filosofia de vida, como você mesmo intitulou tão bem.

Nossa conversa fluía como se fôssemos amigos desde crianças.

– Sim tudo bem, mas onde eu entro nisso tudo? – O interrompi sabendo que a resposta seria no mínimo estranha.

– Bem, eu contei para ele, faz uns dias, sobre as tuas histórias e ele adorou. Ele inclusive disse que tu deverias pôr isto no papel e fazer um livro. Disse que ia ganhar dinheiro fácil com estes seus contos.

Eu ria, com o fone colado na cara. Aquele português e suas ideias extravagantes.

– Mas então, pá! O tal médico é chegado a um jornalista cá em Lisboa e até se propôs a, quem sabe, publicar uma ou duas histórias suas em troca de um pagamento a combinar. Isso se te dares o interesse é claro.

– Por mim seria interessante, mas como te falei, são só histórias bobas e não fazem sentido quando lidas por alguém que não acredita neste mundo paralelo.

Ruberte falava ao telefone esbaforido.

– Então fazemos assim, vou te mandar um e-mail com os detalhes sobre esta nossa filosofia e você junta as nossas histórias em uma só. Assim fica mais palpável para quem ler e você usa seu talento em um conto mais elaborado para impressionar o jornalista.

Eu não sabia o que responder e minha voz por automático deixou escapar um grunhido que concordou em dar sequência àquela situação.

– Bem, deixe eu ir então que senão, esta ligação internacional vai levar à falência a Telecom que me emprega.

Eu ri do exagero nas palavras dele, mas concordei que o valor ficaria absurdo, visto que estávamos no pico do horário comercial.

– Tudo bem então meu amigo, fico aguardando os detalhes. Aproveite para mandar seus contatos também, assim poderei localizá-lo para tirar qualquer dúvida e dividimos os custos das ligações.

Ele riu sabendo que eu não ligaria de volta, mas prometeu mandar pelo menos o número do "telemóvel". Era como ele se referia ao telefone celular em Portugal.

Deixei Daniel tomando conta das coisas, logo após que retornou do almoço e fui à casa de minha mãe para ver como meu filho foi no retorno às aulas. Era o primeiro dia desde as férias de verão e a mãe dele fez questão de tirar o dia de folga para acompanhá-lo. Ela era assim, uma mulher determinada que, apesar do fim de nosso relacionamento, tinha muito carinho pela minha família. Em especial pelos meus pais. Ela fazia questão de estar presente.

Nas semanas que seguiram os clientes desapareceram e comecei a perceber o quão rápido o tempo estava passando. Àquela altura, já tinha os pensamentos de volta para as dificuldades financeiras que retornavam com força. Nem lembrava mais do assunto sobre escrever a tal história para o amigo jornalista de Ruberte e voltava a rotina, inclusive reiniciando o uso do sistema de rodízio de pagamentos

No fim do expediente, sozinho, listei em uma planilha todos os custos e despesas. Depois de inserir todos os valores, o programa calculava automaticamente um cenário, baseado nas últimas receitas da empresa, permitindo fazer uma pequena previsão.

O cenário era triste, na tela via-se apenas números em vermelho e eu não encontrava uma justificativa. Eu seguia as regras do jogo. Fazia de tudo para pagava as dívidas, às vezes atrasava, mas no fim, pagava. Mantinha os investimentos, fazia propaganda para melhorar o volume de clientes, tinha uma boa reputação e mesmo assim o dinheiro não rendia. Mesmo com todas as economias, Tessa e eu não conseguimos guardar nenhum centavo para investir no nosso futuro.

Comecei a pensar em Tessa, trabalhando em um emprego que detestava, apenas para que pudéssemos sobreviver ao final do mês. Ao mesmo tempo pensava no quanto meus pais me ajudavam no dia a dia. Eram eles, praticamente, quem custeavam as despesas de meu filho, pois eu quase nunca tinha dinheiro para pagar as despesas mais básicas.

Me senti pequeno, impotente, exausto com aquela luta injusta e uma energia negativa se apossou da minha alma. Eu tinha dificuldade para respirar e meus olhos ardiam sem qualquer razão. Apaguei as luzes e fiquei ali, com o clarão da tela do computador que mostrava minha derrota.

No silêncio da loja, as lágrimas vieram devagar e transbordaram entre pensamentos que me faziam acreditar no quanto eu era um péssimo pai por deixar meu filho ser criado pelos avós. Em como tinha sido um péssimo marido para minha primeira esposa. Em como eu era um péssimo marido para Tessa, sem conseguir dar o suporte que precisava. Em como era um chefe idiota com meu único funcionário ao deixar a empresa ir pelo ralo, mês após mês.

Sentia um aperto no peito e a rotina destrutiva emergiu no meu choro. Por alguns meses toda aquela emoção tinha ficado escondida, com a ligeira melhora dos negócios, mas ali, longe da vista de todos, tudo vinha à tona em um só golpe.

Eu queria quebrar tudo, atear fogo e me trancar até que tudo virasse pó. Chorei de ficar sem fôlego e só comecei a melhorar quando fiz uma oração pedindo a Deus que apontasse o caminho. Que Ele permitisse enxergar uma saída ou uma solução para aquele tipo de vida desumano. Pedi perdão pelos meus erros e da minha maneira, acho que discuti com o Altíssimo. Eu esbravejava contra Ele, sozinho na sala, repetindo que não era justo receber tão pouco em troca de tanto que eu fazia. O ameaçava dizendo que tinha muitas responsabilidades e derrubar-me seria derrubar a todos que dependiam de mim. Eu sentia raiva de mim mesmo e culpava a Deus pelo meu fracasso.

Aos poucos voltei a ser o Natan, calmo e moderado, um homem que nunca perdia a cabeça, mesmo nas situações mais críticas.

Percebi a besteira que estava fazendo, afinal se eu perdesse tudo, a única coisa que me restaria seria a minha fé. Eu ainda estava com os olhos fechados quanto ouvi o aviso de uma nova mensagem no computador. "Ruberte Henriques" aparecia em letras destacadas no remetente. Mais uma vez o português tinha aparecido em um momento especial. Mesmo com pouca vontade de ler a mensagem, a lembrança do nosso almoço me deu forças a arriscar.

Meu saudoso amigo Alexandre Natan,

Espero que esta mensagem te encontre bem.

Desde minha partida tenho pensado em tudo que falamos e compartilhamos. Tive muitas ideias e como havia prometido estou escrevendo para lhe convidar a participar de um projeto de vida que, não tenho dúvida, irá gostar de conhecer. Estive a debater com meu orientador e ele permitiu dividir contigo uma história interessante que pode ajudá-lo no processo de escolha para vir fazer parte do nosso grupo. Bem aqui abaixo você pode ler este pequeno conto, que não é tão bom quanto os teus, mas que é conhecido por alguns.

Diz-se que em um império antigo, certa vez uma imperatriz disposta a mostrar aos súditos a sua generosidade, decidiu conceder a possibilidade de libertar quatro escravos. A imperatriz determinou então que para ser justa na decisão, os escravos escolhidos deveriam provar seu valor antes de serem donos do próprio destino e por isso, pediu aos seus sábios conselheiros que criassem uma charada.

Quatro escravos foram selecionados e colocados em celas separadas, distantes entre elas. Em cada cela havia duas portas. Uma levava à liberdade e a outra à morte. Na frente de cada porta havia um guarda.

Os conselheiros avisaram aos escravos que poderiam fazer uma pergunta, apenas uma, para apenas um dos guardas. Além disso, contaram que um dos guardas falava somente a verdade e o outro, só mentiras, mas não mencionaram qual era qual.

O primeiro escravo, diante do desespero, não entendeu nada do que os sábios disseram e continuou preso até morrer, conformado com sua prisão, sem fazer nenhuma pergunta aos guardas. Ele decidiu que viver preso era melhor do que arriscar.

O segundo escravo se ajoelhou e rezou durante cinco dias seguidos, sem comer e sem beber. Quando levantou, tonto pela fraqueza do corpo caminhou de olhos fechados na direção de um dos guardas e sem saber o que estava fazendo, abriu a porta de ferro maciço que o permitiu ser recebido pela própria imperatriz. "Como você escolheu a porta correta?" Perguntava ela impressionada com a bravura do homem franzino. "Foi Deus, senhora, foi Deus quem me guiou. A imperatriz o abençoou e permitiu que fosse em paz, somente com a roupa do corpo, mas com a alma livre para fazer o que desejasse de sua vida.

O terceiro escravo tentou analisar o perfil dos guardas antes de fazer sua pergunta. Ele notou que um deles suava mais que o outro e acreditou que se tratava do mentiroso. O escravo então estava prestes a fazer a sua pergunta quando pensou que poderia estar enganado, afinal o calor era constante naquela terra e suar poderia não ser o sinal que precisava para escapar com vida. Ele continuou sua análise por dias, mas toda vez que encontrava uma boa razão para acreditar que estava a frente da porta correta, seus próprios pensamentos o convenciam do contrário. Dizem que este escravo, até hoje está indeciso sobre o que fazer.

O quarto escravo ficou parado por alguns momentos, de costas aos dois guardas, apenas pensando nas afirmações dos sábios. Ele fazia caretas e parecia responder para si mesmo as perguntas que fazia em voz baixa. A certa hora ele se virou e olhando convicto nos olhos de um dos guardas perguntou: "Segundo o outro guarda qual é a porta que leva para a liberdade?" O guarda apontou para uma das portas sorrindo com malicia, porém foi ignorado pelo escravo que cantarolando uma canção saiu pela porta contrária à da resposta.

Do lado de fora a imperatriz ficou surpresa com a calma do escravo e com tamanha confiança em decidir, tanto o guarda como a porta. "Diga-me como fez sua escolha com tamanha paz de espírito." O escravo pediu permissão para confidenciar seu truque e ela permitiu que ele chegasse bem próximo a seu ouvido, onde sussurrou seu segredo. A imperatriz olhou para os sábios que curvaram-se, confirmando a proeza do humilde homem e assim, ela concedeu-lhe não só a liberdade, mas a oportunidade de reinar ao seu lado. Fazia tempo ela procurava um homem como aquele para ser seu marido e imperador.

É isto, pá. Quando li esta narrativa pela primeira vez, não entendi nenhuma linha e por dias me vi no lugar dos escravos, a pensar se seria capaz de encontrar a solução, caso estivesse no lugar deles. Foi então que tudo começou a fazer sentido. As informações que meu orientador passou e as atitudes que o projeto me permitiu realizar, começaram a se encaixar. Entendi que aquele episódio do hospital, junto com minha esposa, foi um momento crucial em nossas vidas. Lá, chorando a perda de um filho eu queria desistir de tudo. Pensei em deixar um bilhete explicando que não conseguiria mais viver e cheguei até, por alguns instantes, a cogitar tirar minha própria vida. Na hora não percebi, mas estava diante de uma oportunidade única e tinha que tomar uma decisão para poder viver em paz comigo mesmo.

Eu poderia ter feito a pergunta para o guarda errado, mas por sorte um amigo, que no caso foi meu orientador, na época apenas um médico dedicado, se mostrou bondoso e estendeu a mão para mim.

Da mesma maneira eu acredito que você tem o caráter necessário para embarcar neste projeto e além de poder auxiliar muita gente, tenho absoluta certeza que muitos vão querer ajudá-lo a encontrar a pergunta certa para o guarda correto. Algumas pessoas podem fazer coisas incríveis quando atuam sozinhas e coisas extraordinárias quando agindo em equipe.

Mediante tudo isto posso dizer que nossa filosofia, nada mais é do que ajudar as pessoas a detectar os momentos críticos de suas vidas, para que elas mesmas possam tomar a melhor decisão possível, baseado no que aprenderam conosco e com as suas próprias experiências de vida.

Queremos que mais pessoas tenham a capacidade de agir como o quarto escravo e encontrem a realização de seus sonhos, não apenas por sorte, mas porque foram capazes de chegar até lá.

Meu orientador ficou bastante interessado no seu caso e leu cada detalhe das minhas anotações, que já agora, peço desculpas a você, por tê-las feito sem seu consentimento. Ele me disse que seu perfil despertou outros interesses e que pode vir a estabelecer bons frutos sob a correta orientação. Disse ainda que apesar de disso, ele não teria como ser seu orientador, facto que deixou-me triste. Acontece que cada orientador pode cuidar apenas de cinco pessoas e ele não tem mais como receber ninguém. Entretanto, ele discutiu sua história com um terceiro, alguém que ele conhece de longa data e que se dispôs a conversar com você para obter mais detalhes. Quem sabe até lhe explicar em pessoa como fazer parte deste nosso grupo.

Bem não quero alongar com esta mensagem e acredito que manteremos contato por uma longa data ainda, independente de você aceitar o meu convite ou não. Despeço-me dizendo que torço pelo seu sucesso e que decidas aquilo que for melhor para si e para aqueles que estão à sua volta.

Um imenso abraço e que tudo de bom lhe chegue na hora certa.

A propósito, ia esquecendo. A pessoa que se dispôs a conversar contigo estará aí no Brasil pelo menos até o mês de agosto e caso queria escutar o que ele tem a dizer, envia-me uma mensagem, que dou um jeito de fazer com que te visite.

Tudo de bom e meus sinceros cumprimentos
Do seu amigo português
Ruberte Henriques

A mensagem me deixou um pouco entusiasmado, porém senti um tom estranho naquela história sobre escravos. A relação criada entre o conto e a vida real com a possibilidade de receber uma chance única de ter o destino sob controle soava bem. Ou talvez eu ainda estivesse sensível com emoções despertadas pelo choro de antes.

Dia após dia, eu e Daniel, continuávamos nossa luta, tentando sobreviver com os poucos clientes que apareciam. Como uma tentativa desesperada para agarrar novos serviços mandei imprimir mil panfletos que faziam propaganda da nossa loja e dos nossos serviços. Nos revezávamos pelas ruas da cidade, indo de porta em porta entregando a publicidade. Passamos semanas sem qualquer resultado e a necessidade de fazer dinheiro me deixava de mal humor.

A vida estava um inferno. Os problemas acumulavam-se e para piorar, certa noite, Tessa e eu discutimos feio.

Ela estava frustrada com seu emprego que a forçava a trabalhar em um sistema insano, onde não existia salário, apenas comissões. Para receber algum dinheiro ao fim do mês os empregados da tal agência de viagens deveriam se matar para atingir as metas propostas pelos donos da empresa. Quase sempre acima do possível.

A vida não estava fácil e a cada tentativa de melhora, éramos atirados uns contra os outros sem piedade. Tessa ainda precisava lidar com a minha amargura e com a pressão de estar sob o mesmo teto que sua mãe. Dona Zoraide não sabia mais o que fazer para vender a casa. Ela tinha noção dos problemas e queria, a sua maneira, usar o dinheiro da venda para ajudar as filhas e poder curtir melhor a sua aposentadoria.

As pessoas dizem que o homem cai em desgraça quando vai morar com a sogra, mas posso dizer que não é bem assim. O homem, se possuir um mínimo de jogo de cintura, vai conseguir adaptar-se e evitar as disputas de poder dentro da casa, afinal a sogra não o conhece tão bem para atingir suas fraquezas. Já a mulher, a filha, terá um problema grave, porque toda mãe quer proteger sua cria e isso acaba por forçar uma quebra nos limites entre as duas.

Como toda briga estúpida, aquela começou sem razão nenhuma e por um motivo desconhecido. Semelhante a um pequeno demônio que sussurra em nosso ouvido, apenas o suficiente para nos gladiarmos. A noite foi horrível e morando na casa da sogra não era possível nem sequer ir dormir em outro cômodo, ou teríamos que permitir a intromissão na nossa vida de casal. Passamos a noite toda brigados dormindo cada um em uma extremidade da cama. Depois de um longo tempo respirando pesado, Tessa dormiu de cansaço.

Permaneci acordado e a briga quase não me atrapalhava. Minha insônia eram os problemas com dinheiro e a incapacidade de encontrar uma solução definitiva.

Quase uma semana depois eu ainda não sabia o motivo de ter brigado com Tessa e menos ainda conseguia encontrar uma razão para continuarmos a nos evitar. Estávamos diferentes um com o outro e sabia que insistir naquela situação só teria um desfecho.

Estava prestes a pegar o carro e ir trabalhar quando senti que precisava tomar uma atitude. Não lembro o dia, mas antes de sair de casa abracei minha esposa. A mantive entre meus braços, quietinhos, por alguns segundos até que consegui pedir desculpas.

Alguém precisava ceder e se a vida me ensinou uma coisa durante as minhas trapalhadas amorosas, foi que pedir desculpas sinceras, não faz mal nenhum, mesmo quando não se sabe o porquê.

Tessa me deu um beijo e disse que não iria trabalhar aquele dia. Ficaria em casa e procuraria um novo emprego. Apoiei sua decisão e senti até uma ponta de inveja, porque na minha condição de empresário, agir daquela maneira não era uma opção.

O dia passava normal, sem clientes. Daniel e eu nos distraímos um pouco com um jogo de computador quando meu amigo Tomas apareceu para uma visita. Além de ser um dos meus poucos amigos, era também um dos sócios da empresa. Na verdade ele era um colaborador de nível privilegiado. Uma vez que sua contribuição era com o que conhecia sobre computadores e equipamentos eletrônicos. Além disso ele tinha ótimos contatos e toda vez que podia nos indicava um serviço.

Tomas não investiu dinheiro na fundação da empresa e para efeitos legais, somente Tessa e eu tínhamos esta responsabilidade. Ele considerava sair da companhia onde trabalhava e ao receber sua indenização, aplicaria a grana na Estrela Soluções de Informática. Isso seria uma oportunidade imensa para nós, caso viesse a acontecer.

Conversamos um bocado, falei sobre o excelente serviço que Daniel estava fazendo e o quanto o rapaz se tornara indispensável. Meu sócio dava seus palpites, na tentativa de ensinar para Daniel alguns métodos mais profissionais de trabalhar em uma empresa de tecnologia. No meio disso tudo ele puxou assunto dizendo que uma das maiores varejistas da região estaria interessada em um contrato de prestação de serviços. A notícia cativou meus ouvidos prestei máxima atenção a cada palavra que meu amigo disse, com a certeza que minha vida dependia daquilo. Era a chance que precisava para sair do buraco.

Tomas também prestava serviços particulares para a tal companhia varejista e por isso tinha detalhes privilegiados sobre como funcionaria a processo de seleção. Ele me entregou um papel com alguns itens e por sorte possuíamos oito, dos nove pontos exigidos para adquirir o contrato por dois anos. O único item ao qual não satisfazíamos era a especialização em um determinado modelo de impressora. Entretanto sabendo que este seria um importante quesito, já que a empresa possuía centenas daquela impressora, Tomas fez sua parte e obteve também um contato com a fabricante dos equipamentos em questão.

Bastava eu fazer o treinamento e seria a única de todas as empresas da baixada fluminense a possuir as exigências.

A data limite de entrega dos requisitos para se candidatar era dali a umas semanas. Em dois ou três meses, receberia a primeira transferência bancária com um valor gordo o suficiente para ficar tranquilo com minhas responsabilidades. Tomas levou Daniel, para almoçar como uma forma de motivação e reconhecimento por seu bom trabalho.

Eu não podia esperar e dispensei o convite para de pronto contatar a empresa do tal treinamento. Procurei na internet, mas não localizei uma filial no Rio de Janeiro. Aquela chance acendeu meu espírito empreendedor e insisti na procura até que um telefone para contatos surgiu. Não tive dúvidas e liguei pedindo para falar com a pessoa que supervisionava o setor de treinamentos.

Fiquei à espera por uns quinze minutos e por fim uma mulher atendeu. Passei por um número infinito de transferências até que a ligação caiu. Tentei mais uma, duas, três, quatro vezes e toda vez acontecia o mesmo, após as primeiras tentativas de transferência a ligação caía. Aquilo me deixou furioso, porque parecia ser proposital, como se o atendente, por não saber para onde transferir ou apenas por não querer atender, derrubava a chamada.

Voltei ao *website* e encontrei o nome do gerente de projetos especiais, que estava destacado em dois anúncios logo na primeira tela. De conhecimento do nome, fui até o buscador da internet e encontrei a pessoa em duas redes sociais. Consultei o perfil e confirmei que tratava-se de quem eu procurava. Antes de enviar um pedido de amizade, mandei uma mensagem com o título "*não consigo falar com você*", e escrevi: "*sou um cliente do Rio de Janeiro e meu telefone está aqui mencionado para um contato, acredito que uma importante empresa como esta encontrará um momento para retornar a chamada e saber o que tenho a dizer*".

Eu pretendia insistir até conseguir. Tirei o telefone da base e pressionei o botão de rediscar, mas ao invés do tom de linha, ouvi a voz de uma mulher dizendo alô.

– Alô, pois não, Estrela soluções de informática como posso ser útil?

– Boa tarde, estou ligando a pedido do senhor Donato, da empresa AllPrint, eu gostaria de falar com o sr. Alexandre Natan, se possível. – Eu não acreditei, a estratégia tinha dado certo e mais rápido do que imaginado.

– Sim, pois não, é ele quem fala.

– O sr. Donato está fora da empresa, mas pediu que realizasse o contato para saber no que a AllPrint pode ser útil. Ao que fui informada existe um problema sobre um atendimento certo?

A voz da mulher era macia e dava a imaginar uma linda

secretária, em um vestido curto, sentada com as pernas a mostra sob uma imponente mesa de vidro em um escritório bem decorado.

– Sim, mais ou menos isso. Sou do Rio de Janeiro e estou tentando realizar uma parceria com a AllPrint, porém sempre que ligo acontece algum problema com a sua central telefônica.

– Entendo, sr. Alexandre Natan, mas me diga qual seria a sua oferta para a AllPrint, visto que deseja uma parceria conosco.

A voz dela agora tinha um tom seco.

– Bem, estou em vias de finalizar um grande contrato em uma das cidades onde minha empresa faz suas operações e me foi informado que para isso, precisaria que meus funcionários fossem treinados em um modelo específico de impressora da AllPrint. Minha questão é saber as condições necessárias para isso.

Eu tentei ser o mais profissional possível dando a entender à dona daquela voz que o sr. Donato não se arrependeria em ser tão generoso por retornar o meu contato.

– Claro, mas entendo que isso não se trata de uma parceria. O que o senhor propõe está mais para uma representação e se me der seu endereço de correio eletrônico terei prazer em enviar nosso calendário de cursos. Junto com ele, irão todos os detalhes necessários.

Ela parecia apressada em se livrar de mim e cheguei a duvidar se mandaria mesmo as informações, mas a tal mulher fez questão de aguardar na linha até que eu confirmasse a chegada da mensagem com tudo o que precisava.

– Bem então eu agradeço seu contato em nome da AllPrint e em nome do sr. Donato. Tenha um bom dia.

A ligação foi encerrada com tal brutalidade que pude ouvir o impacto quando a mulher colocou o telefone no gancho. Fiquei sem ação, ouvindo o tom repetitivo que me dizia para desligar e agradecer por pelo menos estar de posse do que precisava, a lista de cursos e treinamentos que me abriria as portas do sucesso.

As opções eram poucas e forneciam treinamentos apenas duas vezes por ano, uma no primeiro semestre e outra em dezembro. Para minha agonia todas as turmas estavam lotadas, com uma indicação destacando que só havia vagas para dali a dois anos. Era o fim da esperança. Não podia crer que depois de tanta sorte e determinação, acabaria ali, assim, sem poder fazer nada para mudar o meu destino. Tive vontade de quebrar o telefone e só não o fiz porque sabia que não tinha grana para comprar um novo.

Já cabisbaixo, vi ainda que a empresa não oferecia nada além do treinamento e que todos os custos seriam por minha conta. Havia desde hospedagem para os dois dias de curso, até passagem de avião ou ônibus para cada um dos lugares que provinham o treinamento. Nenhum no Rio de Janeiro. Fiz uns cálculos rápidos e mesmo que houvesse uma vaga disponível, não teria onde arrumar todo o valor necessário.

Desanimado liguei para o celular do meu sócio. Pretendia agradecer pela chance e deixar claro que não seria possível.

Tomas atendeu e ouviu enquanto apenas o som de sua boca mastigando as guloseimas de Buba atravessavam o fone.

– Natan, seu maluco, eu te falei que está tudo arrumado. O meu contato lá na empresa, o que quer nos contratar já resolveu tudo. Não era preciso ligar para a AllPrint. Olha aí na lista de cursos, olhe na tabela com título de novos credenciados. Você vai ver seu nome lá.

Peguei os papéis que ele tinha me entregue e fiquei mudo. Conferi na lista que a grossa secretária tinha enviado e respirei aliviado. Eu estava tão irritado por não haver vagas disponíveis que nem percebi que um dos nomes que ocupavam uma vaga, era o meu.

Era inegável que Tomas tinha um bom contato com aquela empresa e já tinha providenciado até os mínimos detalhes. Na lista meu nome estava entre outros doze e ao seu lado vários estados do Brasil, indicando que o treinamento era cobiçado por companhias de todo o país.

Desliguei Tomas da mesma maneira que a mulher da AllPrint fez comigo. Verifiquei os outros detalhes que seguiam o meu nome e pude ver que o treinamento seria nos dias dois e três de abril, na cidade de Belo Horizonte em Minas Gerais.

CAPÍTULO 07
ENCRUZILHADA

O avião decolou às cinco da tarde e à medida que subia, eu pensava no quanto era fascinado por voar. Todas as pessoas deveriam ter o direito garantido, por lei, de fazer pelo menos uma vez na vida, uma viagem de avião. Ainda que curtinha, de trinta ou quarenta minutos.

Aproveitei o tempo para conferir os papéis da reserva do hotel e os documentos para apresentar na entrada do curso no dia seguinte. Ao abrir a pasta, preso por um grampo, um bilhetinho amarelo dizia. "*Eu te amo. Já estou com saudades.*"

Tessa era assim, conseguia surpreender quando eu mais precisava. Só nunca entendi como ela conseguiu dinheiro para pagar a passagem aérea, hotel e ainda uma graninha para as outras despesas. Nós estávamos zerados. Nem moedas havia para contar, mas como de costume Tessa encontrava uma maneira de fazer acontecer e eu estava a caminho do treinamento que mudaria nossas vidas.

Fiquei passando os dedos pelo contorno da letra, lembrando de nossas brigas. Eu já tinha passado por um casamento antes e sabia que as brigas com Tessa tinham enfraquecido a magia entre nós. Os problemas financeiros, a falta de comunicação pela minha parte, as frustrações do cotidiano e as intromissões alheias eram um golpe duro contra nosso sentimento. Talvez fosse a hora de decidir o que fazer de nossas vidas quando retornasse de viagem.

Eu estava pensativo, inebriado com o som oco produzido pelo motor da aeronave quando de repente uma aeromoça apareceu, toda sorridente.

– Bebida senhor?

Saí do devaneio e no instinto respondi que sim.

– Deixa eu adivinhar. Carioca e um uísque sem gelo?

Não sei por quê, mas a maneira dela olhar me deixou tímido.

– Não, obrigado. Vou ficar com um refrigerante e bastante gelo, por favor.

Ela recusou o não como resposta e por conta própria serviu as duas bebidas. Primeiro o que pedi e depois em um copo de plástico, o uísque brilhando num tom amarelado, cheirando a combustível.

Fiquei sem entender a cantada até que vi o guardanapo que

envolvia o copo. Nele um número de telefone e o nome Débora, rabiscados com caneta vermelha.

Confesso que não foi a primeira vez, mas algo acontecia quando me concentrava profundo em um assunto. De alguma maneira minha alma escapava e capturava os desatentos à minha volta.

Fui o último a sair do avião, apesar de não ter bagagem. Tudo que levava era uma bolsa a tiracolo que servia como pasta executiva e ao mesmo tempo mala de roupas. Dentro dela, estrategicamente dobradas por Tessa, duas mudas de camisas, uma cueca e um par de meias. Além do carregador do telefone, um bloco de notas e um envelope com documentos sobre o curso, o hotel e a passagem de volta.

Ao descer não vi a aeromoça. Eu queria me despedir com um obrigado, porém ela tinha desaparecido. Na fila do táxi havia umas cem pessoas. Incrível como brasileiro faz fila para tudo. Ao menos aquela andava rápido e pouco antes da minha vez, vi quando a bonita comissária entregou sua mala para um motorista e seguiu, me deixando apenas com a curiosidade sobre aquele episódio. Pensei comigo se talvez não fosse um sinal que as coisas mudariam de verdade após aquela viagem.

Quando o táxi parou em frente ao hotel achei que estava diante de um cinco estrelas. A recepção cheirava a gente rica. Um tipo de perfume que para mim é a combinação perfeita entre o cheiro de roupas novas e o interior de carros de luxo. Este cheiro dava a primeira impressão.

Meu quarto ficava no décimo andar com uma vista bonita do centro da cidade. Eu já conhecia Belo Horizonte, tinha estado ali a serviço do meu antigo emprego. Senti uma pontinha de saudades daquela época em que tinha a cada mês uma oportunidade de conhecer diferentes cidades do Brasil.

Curti a vista por uns momentos e liguei para Tessa avisando que tinha chegado bem. Contei sobre o hotel, que o voo foi tranquilo, mas achei melhor omitir o ocorrido com a comissária. O custo da ligação era altíssimo e falamos só o necessário. Era raro nos separarmos e, apesar das brigas, sempre tínhamos um ao outro por perto.

O relógio marcava quase oito da noite e o estômago reclamava. Na última semana os dias foram complicados em meio aos preparativos para a viagem e nem tive tempo para ir ver meu filho ou os meus pais.

Na recepção tentei descobrir um bom restaurante nas redondezas. Um rapaz simpático me olhava de cima a baixo. Ele parecia saber que meu terno tinha mais de seis anos de uso e que era o único remanescente no meu armário.

– O senhor tem uma ótima opção se subir a rua até o final. Quando chegar a um semáforo, encontrará duas das melhores casas de comida mineira da cidade.

Agradeci e virei antes que ele esticasse a mão pedindo uma gorjeta.

– Senhor?!

O rapaz me parou antes mesmo do primeiro passo.

– Com este cupom, o senhor tem um desconto especial no Cantinho da Roça.

Por um minuto meu orgulho fervilhou e pensei em humilhá-lo com uma resposta. Na minha cabeça aquilo era uma ofensa. Onde já se viu oferecer um cupom de desconto para um cliente como eu? Quem era ele para insinuar que não tinha meios de pagar um bom jantar?

Respirei fundo, evitando o rapaz, porém aceitei o cupom e me limitei a agradecer apenas com um resmungo.

A rua era larga, com pouco trânsito e várias amendoeiras altas, verdinhas espalhadas pelos dois lados da calçada. Andei uns duzentos metros, parando, vez por outra, para admirar as lojas. Mania de pobre, que fica comparando preços, mesmo quando não pode pagar se quer o mais barato.

Cheguei no semáforo e conforme o atendente havia dito lá estavam, bem vistosas duas fachadas convidativas. Estava faminto e logo que o sinal ficasse verde eu seguiria sem dúvidas na direção do Cantinho da Roça, onde o cupom me garantiria alguma economia do dinheiro que Tessa desencavou.

Antes que finalizasse a travessia, uma mulher com vestido vermelho passou por mim quase me derrubando. Apressados, os dois saímos do meio da rua e eu já preparava para xingá-la quando ela me direcionou seu olhar vibrante. Seus olhos chamavam tanta atenção que pareciam pintados a mão com tinta fresca. A maquiagem pesada contrastava sobre a pele clara da esguia mulher de cabelos negros. Inspirei a raiva e me contive admirando-a, sem saber bem o que falar.

– Desculpe. Você sabe dizer onde fica o restaurante Estilo Mineiro?

A voz da mulher era doce, porém firme e as palavras capturaram meus sentidos. A sua presença era tão marcante que me senti absorvido e acredito que algum feitiço se iniciou quando um cheiro almiscarado, seco e intenso se apoderou da minha alma.

– Desculpe, não entendi o que você perguntou.

Me senti um idiota por ter fixado a atenção nela e não no que ela disse.

– Estou procurando um restaurante para jantar e indicaram um tal de Estilo Mineiro. Você conhece?

A beleza da desconhecida hipnotizava. Um dos ombros, deixado à mostra pelo vestido, expunha finas linhas negras do que julguei ser uma tatuagem que descia desde o pescoço.

– Sim. Acredito que seja aquele ali, do outro lado da rua. Eu estava mesmo indo para lá. Se quiser pode me acompanhar.

– Olha que coincidência! Mas você não é daqui da cidade. Pelo sotaque, diria que é do Rio.

– Na mosca, estou aqui a negócios e também me indicaram o lugar como um ótimo restaurante.

Me sentia quente apesar de o clima estar um tanto chuvoso. Sentia as pernas esquisitas e tive dificuldade em dar os primeiros passos rumo à nova opção de restaurante.

– Mesa para dois, senhor?

O maître, logo à entrada, nos perguntou considerando que éramos um casal.

– Não, obrigado. Nós não estamos juntos.

O educado rapaz pediu que aguardasse e foi verificar um lugar.

Logo atrás de mim a estonteante mulher olhava para a rua, decerto esperando pelo marido ou pelo namorado. Não sei o que me deu, talvez tenha sido o instinto, mas decidi arriscar.

– Por favor, primeiro as damas.

Surpreendi-lhe fazendo um sinal para que ela passasse à frente, mas, com um tom espantado, ela corou o rosto e se aproximou como um felino entrelaçando o braço no meu.

– Por que não sentamos juntos? Ou você está esperando alguém?

Ela fazia perguntas diretas e parecia ler meus pensamentos. Quando trabalhei no setor de recursos humanos, fiz um treinamento sobre comportamento humano e aprendi que aquilo era perigoso. Pessoas que fazem perguntas em sequência são predispostas a uma atitude maquiavélica e com frequência planejam na precisão tudo o que falam.

– Estou sozinho, mas você parece aguardar por alguém.

– Não mesmo. Estou sozinha também e acho que seria agradável ter alguém para conversar. Estou cansada de falar sobre cosmética, produtos de beleza, moda e todo este meu mundo cor-de-rosa.

Eu sabia o que estava acontecendo, mas não conseguia bloquear o efeito que ela provocava em mim. Eu vinha do Rio de Janeiro e apesar de não ser nenhum malandro estava acostumado com as malandragens. De qualquer maneira me deixei levar.

– Sem problemas, então.

O maître se apresentou para informar que minha mesa individual estava pronta, quando o interrompi e aceitei a sugestão anterior.

Ela com seu vestido sensual, eu com meu terno surrado, até que fazíamos um belo casal refletidos no vidro da antessala.

A comida era cara e decerto gastaria mais do que podia. A minha salvação seria o cartão de crédito que tinha um limite extra disponível para casos de emergência. Tessa me cortaria em fatias finas se descobrisse, porém não era hora para pensar em problemas.

A mulher parecia ansiosa enquanto eu procurava algo que não me deixasse com indigestão quando fosse explicar o custo para minha esposa. A visão dela estava tão fixa em mim que me fazia sentir o efeito do olhar atravessando o menu.

– Você conhece a comida mineira?

Ela tentou iniciar conversa percebendo que eu me escondia atrás das opções.

– Sim. Já estive em Belo Horizonte algumas vezes e acho que vou provar este prato do pururuca com uma dose de cachaça da casa.

Ela balançou a cabeça em sinal positivo e confirmando minha boa escolha, fez o mesmo pedido.

Enquanto o garçom anotava observei que a mulher fitava a entrada do local. Decerto era comprometida e um brutamontes surgiria exigindo explicações a qualquer momento. Não me intimidei, afinal aquela viagem também marcaria uma nova fase na minha vida e eu estava preparado para fortes emoções.

Ela passava a mão sobre o pescoço colocando o cabelo de lado, expondo ainda mais o confuso desenho que lhe percorria a pele.

Foi então que algo estranho aconteceu.

Por alguns instantes tive a nítida impressão de ver a tatuagem se mover. As linhas negras e delicadas que desciam contornando sua orelha pareciam ter-se ajustado a luz do lugar, lhe conferindo um tom de pele perolado. Os detalhes desenhados no ombro pareciam tentar se expandir rumo ao busto. Um movimento sublime, mas que meus olhos não deixaram escapar.

– Está tudo bem?

Perguntou ela, talvez por perceber minha cara estarrecida.

– Ah! Sim. Tudo bem. É que a viagem me deixou um pouco cansado, sabe como é?

Ela fez um movimento com as sobrancelhas deixando claro que não acreditou na desculpa furada.

– Bem você não disse o seu nome, mas é um prazer conhecê-lo. Me chamo Maud.

Ela sorria de um jeito afrodisíaco, apenas com um dos lados do rosto e uma covinha se formava entre o queixo e a bochecha.

– Sim, você tem razão. Me desculpe. É um prazer conhecê-la, Maud.

– Eu me chamo Antônio. Antônio Torres. – Reforcei para garantir que desta vez que ela engoliria a mentira.

– Você não tem cara de Antônio.

Ela acirrou os olhos enquanto esfregava uma mão na outra, deixando visível uma delicada corrente de ouro rosado que escorregava meio frouxa pelo antebraço direito.

O garçom trouxe as bebidas e saudamos com um brinde. Eu aos destinos desconhecidos para os quais a vida nos leva. Ela mais profunda, brindou às decisões que fazemos e que mudam para sempre a nossa vida. Em um golpe rápido ela virou a bebida garganta abaixo e eu ainda estava com o meu copo entre os dedos, fitando-a. Maud tinha um semblante misterioso como se sua alma fosse muito antiga. De forma oposta cada milímetro do seu corpo confirmava que não tinha mais do que vinte dois anos de idade.

O jantar decorria tranquilo e conversávamos sobre lugares exóticos que conhecíamos no Brasil. Maud contou que já tinha ido ao Egito quando criança e acabara de voltar dos Estados Unidos. A moça parecia à vontade em abrir um pouco da sua vida a um estranho. Contou sobre a mãe que vivia não longe dali. Falou sobre seu trabalho como modelo e empresária do setor de moda e permitiu até uma pequena explicação sobre como funciona a cabeça das mulheres com relação a sapatos, bolsas e vestidos. Algo que eu nunca consegui entender ao certo.

Fiquei extasiado, abduzido por tudo que saía daqueles lábios suculentos. Ela estava a uns setenta centímetros de distância e mesmo que tentasse, precisaria se esticar sobre a mesa para me tocar, porém senti algo deslizar sobre meu braço. No susto voltei a vida e a imagem de Tessa piscou no fundo na minha consciência.

O que ela pensaria se pudesse ver onde estou. Gastando uma fortuna que não tinha com uma mulher desconhecida. Desperdiçando o que era um dos principais motivos de nossas brigas e aborrecimentos. Me senti culpado, mas tentei manter o foco e evitar que entrássemos no assunto casamento.

Bastou que me acomodasse na cadeira, fazendo charme enquanto posava de bom ouvinte, para ela lançar a pergunta como um dardo.

– Você é casado, não é? Sua mulher não vai ficar com ciúme?

Tive que usar o raciocínio rápido para transformar aquela questão em ponto a meu favor.

– Eu sou casado. Eu já fui casado e pretendo ser casado em um futuro próximo.

Talvez tenha sido o álcool, mas por um impulso confessei minha vida amorosa para ela. Contei todos os meus casos, desde o meu primeiro beijo na escola, passando pela primeira relação sexual, as namoradinhas, o primeiro casamento, e como eu tinha conhecido Tessa.

Maud pela primeira vez na noite ficou calada, registrando em algum lugar de seus pensamentos cada palavra que eu libertava. Esperta, ela fazia uma ou outra pergunta durante minha narrativa, só para demonstrar que estava gostando da conversa. Quando terminei, notei que o local estava vazio e só restavam nós dois. Olhei o visor do telefone que mostrava ser uma da madrugada.

– Acho que está na hora de irmos.

Ela se antecipou e fez o sinal universal para pedir a conta, escrevendo no ar com um gesto em direção a alguém atrás de mim.

A comida tentou voltar garganta a cima quando vi o valor total no canhoto do pequeno papel sobre um pires de metal. Eu precisava decidir entre pagar apenas a minha parte e transmitir uma imagem de deselegante ou ter o cartão rejeitado por insuficiência de fundos, caso assumisse a conta inteira.

Pedi a máquina do cartão e anunciei convicto que a conta era minha. Torcendo com todas as forças que Maud fosse uma daquelas mulheres que não aceita este tipo de gentileza de um homem.

Fiquei esperando o som de recusado quando o garçom processou o pagamento, mas para minha tristeza o único ruído que ouvi foi o papel deslizando sobre a máquina.

Seria preciso consertar trinta computadores, no mínimo, para adquirir aquele montante. Dobrei a conta e coloquei no bolso, o mais fundo possível para não tocar no assunto até que fosse necessário. Maud agradeceu a gentileza enquanto caminhamos até a porta.

A noite estava envolvente e um vento fresco revirava algumas folhas na rua quase deserta. Dali para frente, só eu e ela, seríamos testemunhas do que fosse acontecer.

– Perdi a noção das horas e, não que seja perigoso aqui nesta região, mas eu me sentiria mais segura se você me acompanhasse até o hotel.

Fingi não escutar o que ela disse, me aproximei e desta vez fui eu quem a atravessou com um olhar malicioso. Olhei tão dentro de seus olhos que cheguei a ver o meu próprio reflexo, com se fosse uma pequena silhueta negra em sua íris. Maud tinha a respiração trêmula e me permitiu ficar a poucos centímetros de seu rosto.

– Sim, vamos. Eu também estou em um hotel aqui perto e te acompanho.

Ofereci o braço e começamos a andar em silêncio pela noite. Após uns metros percebi a movimentação de dois homens do lado oposto da rua e de imediato diminuí o passo me colocando um pouco à frente de Maud. Quando vi que um atravessou a rua e o outro continuou seu caminho, mas ambos vindo em nossa direção, não tive dúvidas, seríamos assaltados.

Não deu tempo nem de reagir e o homem impediu nossa passagem. Ele tinha a mão enfiada sob a camisa, e fazia questão de mostrar que segurava algo prateado junto à cintura.

Esperei que ele tomasse a iniciativa de pedir a carteira ou que iniciasse um ataque. Foi por um milagre que uma voz rouca, bradou sobre nós, como um trovão.

Uma sombra cruzou entre Maud e eu, nos separou e afrontou a ameaça. Uma lembrança de infância se fez presente como um estalo na minha memória, congelando minhas pernas. Maud estava tão assustada quanto eu e aos poucos notei que a sombra nada mais era do que um homem de cabelos bagunçados, vestido com um terno escuro.

Acreditei que fosse um agente de polícia ou mesmo um segurança local que havia percebido a situação e veio em nosso socorro. Alguns minutos tensos se passaram enquanto o desconhecido trocava alguns sussurros com o nosso algoz. Não demorou e o assaltante atravessou a rua para se unir a seu comparsa que observava tudo da outra calçada.

A adrenalina corria por minhas veias como se tivesse saltado de paraquedas e o nosso salvador virou-se para nós, revelando um bigode pomposo.

– Esta área é perigosa. Eu vi estes dois delinquentes lá da porta do Cantinho da Roça e quando notei vocês dois caminhando na direção deles, tive a certeza que seriam a próxima vítima.

– Muito obrigado, mas como o senhor fez o cara ir embora?

Eu estava intrigado se não tinha trocado seis por meia dúzia.

– Dei mil reais a ele em troca da passagem de vocês. Por sorte ele aceitou.

– Quanto? O senhor é louco? – Eu não podia acreditar no que ouvia.

– Meu filho, a vida de vocês vale muito mais do que mil reais. Dinheiro foi feito para gastar, então que seja com coisas boas.

O homem que aparentava um pouco mais de sessenta anos tinha um sorriso familiar e logo nos colocou a andar se posicionando entre Maud e eu.

– Vou acompanhá-los até a esquina se me permitem. Meu hotel fica naquela direção.

Eu estava atordoado com os últimos minutos. Tudo ocorreu tão rápido que me sentia desnorteado, mas a voz do homem causava um efeito estranho, parecia trazer-me a realidade a cada letra que ele pronunciava sobre os perigos de andar sozinhos por algumas capitais do Brasil.

Chegamos ao hotel de Maud e pude sentir mais uma vez o cheiro almiscarado entorpecer minha mente, mas o homem brandiu um sonoro boa noite e forçou a situação para que ela fosse logo para dentro.

– Obrigada pela ajuda.

Ela agradeceu, meio constrangida, ao senhor que agora franzia a testa sem retribuir nenhuma palavra. Maud veio até mim, deu um abraço longo e disse baixinho no meu ouvido.

– Adorei o jantar, mas o nome que vi no seu cartão não foi Antônio.

Uma vergonha sem tamanho emergiu apagando qualquer palavra que eu pudesse usar como desculpa. Preferi deixar como estava. Qualquer palavra estragaria ainda mais o final daquela noite.

Maud entrou sem olhar para trás, deixando apenas a lembrança de seu sorriso e a minha imaginação sobre como aquela noite poderia ter sido diferente.

–Ora, ora, aqui estamos então. O seu hotel só pode ser este aqui que inaugurou há pouco tempo. Havia cinco hotéis naquela rua, dois colados ao meu e ainda assim o velhote tinha acertado.

– Sim. O senhor falou que ia virar a esquina e acabou me acompanhando também.

– Pois é, não queria que depois do susto, vocês ficassem a deriva por aí. Desculpe se estraguei alguma coisa entre você e a moça.

Eu até pensei em esganá-lo quando ele se colocou entre Maud e eu no caminho, mas afinal ele me salvou de um fracasso ainda maior e acabei por relevar.

– Que nada, eu a conheço de pouco.

– Eu sei como estas coisas funcionam, não se preocupe. – O velho retrucou sacudindo a cabeça de maneira debochada enquanto seguia seu rumo, já de costas para mim.

– Deus lhe pague! Tenha cuidado aí pela rua, sozinho.

Sem se virar ele contestou, fazendo sua voz cavernosa ser ouvida a curta distância:

– Assim como você, eu nunca estou sozinho.

CAPÍTULO 08
O AZHYM

Na manhã seguinte eu parecia um zumbi, ainda sentindo os efeitos da cachaça mineira. Cheguei na sede da AllPrint às oito em ponto. O instrutor passou toda a manhã falando sobre os benefícios de ter uma impressora daquele modelo nos estabelecimentos de venda. Tudo que um bom vendedor falaria para empurrar a venda de seus produtos. O almoço foi por conta da empresa anfitriã, em um refeitório para não perdermos tempo. Aproveitei para fazer novos contatos e trocar informações com outros participantes.

Eu era bom em colher informações e não dar quase nenhuma, quando as perguntas não vinham de uma boca carnuda ou quando não estava em transe pelo cheiro de almíscar.

Passamos a tarde fazendo um passeio pela fábrica que se estendia por dois quarteirões do bairro, distribuída em dois gigantescos galpões. Saí do treinamento com a sensação de ter assimilado apenas o que eu já sabia e com uma certa tristeza por ter gasto tanto dinheiro com um curso estúpido. Os participantes se juntaram e decidiram farrear em um bar da cidade. Pensei em acompanhá-los, mas a conta da noite anterior me negou a oportunidade de marcar bons pontos com o grupo. Entrei no táxi que me deixaria de volta no hotel, onde teria muito tempo para remoer a culpa.

Entrei pelo saguão do hotel pensando em perguntar para o recepcionista se ele sabia de algum lugar que vendesse cachorro-quente ou algum lanche rápido. Caso ele argumentasse, desta vez eu o cortaria ao meio por se meter na minha opção sobre onde comer. Me esgueirei até o balcão e quando ia abrir a boca, o rapaz da noite anterior esticou a mão com um envelope.

– Pediram para entregar ao senhor.

Soltei um obrigado automático e até esqueci de perguntar sobre a comida. Me dirigi para o bar do hotel, onde poderia ler sem ser notado, apesar de acreditar ser uma surpresa de Tessa. Ela tinha seus contatos dentro dos hotéis e seria previsível, ela mandar algum funcionário preparar algo especial para mim.

Abri o envelope e saquei o papel cartão que dizia: "*Uma vez que nossos caminhos se cruzaram, deveríamos aproveitar o momento. Espero encontrá-lo no restaurante Cantinho da Roça às oito. PS: Eu pago o jantar.*"

Cheirei o papel à procura do perfume almiscarado, mas só senti o cheiro de petróleo deixado pela tinta da caneta. Subi e aproveitei para tirar uma soneca de meia hora. Suficiente para revigorar as forças e quem sabe poder aproveitar melhor a madrugada que prometia ser longa.

Às dezenove horas e vinte minutos, o alarme no meu telefone disparou, me acordando de um sonho onde eu brigava com Tessa de maneira violenta. A discussão parecia real e fiquei feliz por ter acordado.

Fiquei olhando o teto do quarto e o reflexo das luzes que passavam como estrelas cadentes a medida que um carro ou outro atravessa a rua lá em baixo. Me peguei pensando o que estava fazendo e se deveria ir até aquele restaurante. O preço a pagar por aquele encontro seria alto e eu conhecia bem do assunto, porque foi o mesmo tipo de escolha que me fez perder o primeiro casamento.

Tomei um banho frio para desfazer a cara de sono e em dez minutos estava pronto. Antes de sair dei uma conferida no horário do voo do dia seguinte. Depois do treinamento eu iria direto para o aeroporto. Ao abrir a pasta o bilhetinho de Tessa saltou a vista, porém minha escolha estava feita.

Andei pela rua com passos rápidos meio desconfiado. Cheguei à porta do Cantinho da Roça e antes de entrar olhei o menu escrito a giz no quadro negro sobre um cavalete. Fiquei impressionado com a variedade de comida e com o preço que era um quinto do que paguei no restaurante vizinho. Era inútil ficar lamentando e estava decidido que levaria o melhor que pudesse como prêmio pela minha viagem a Belo Horizonte.

O garçom atendeu e quando perguntei por Maud, respondeu que não havia ninguém com aquele nome. Que o restaurante não trabalhava com reservas. Bastava chegar, sentar, pedir, comer e pagar. Era um lugar simples e sem frescuras. Revistei todo o local e nem sinal dela, apenas alguns casais rindo baixinho e um grupo de homens mais idosos que pareciam comemorar um aniversário mais ao fundo.

Escolhi uma mesa de onde pudesse ver a entrada para não ser surpreendido quando ela chegasse.

Pedi uma água tônica. A única coisa que poderia pagar, caso ela desse cano.

Oito e trinta, nove horas, nove e vinte e o sabor da bebida já oxidava a língua quando levantei e pedi ao atendente que caso alguém procurasse por mim, avisasse que tinha ido ao banheiro.

Aliviei na privada a tensão que a bebida e a longa espera causaram, mas quando comecei a lavar as mãos, de frente para o espelho, percebi que estava absolutamente sozinho. O banheiro com as luzes frias, as paredes com manchas de infiltração e o cenário deteriorado trouxeram um sentimento que só tive aos meus oito anos de idade. Um medo terrível fez meus pelos, do braço à nuca, se arrepiarem e mesmo bebendo água da torneira, sentia minha garganta áspera. Seria um erro estar ali aquela noite, talvez o lugar errado e a hora errada. Quem sabe, a premonição fosse um sinal, um aviso para ir embora o quanto antes, voltar para o hotel, terminar o maldito treinamento do dia seguinte e regressar ao Rio de Janeiro para viver minha vidinha agonizante com Tessa. Sofrer a cada dia por não poder dar o melhor para meu filho, ver minha empresa fracassar até fechar as portas, continuar dependendo dos meus pais e amigos para não enlouquecer.

Lavei o rosto e deixei que a pele secasse por si mesma, o que conseguiu afastar um pouco do pressentimento de terror. Me ajeitei e saí do banheiro com o objetivo de ir direto ao caixa, pagar a tônica e correr até o quarto do hotel, mas quando passei pela minha mesa, levei outro susto.

– Ah! Aí está você, desculpe o atraso, mas tive uma reunião e demorou mais do que o imaginado.

Tudo fez sentido então. O bilhete não era de Maud, mas do senhor que nos salvou dos assaltantes. Fingi que não tinha interpretado errado e sem dizer nenhuma palavra o cumprimentei. Ele retribuiu, envolvendo a minha mão entre as dele. Aquele gesto foi algo que desenvolvi anos atrás para deixar uma marca toda vez que desejasse ser lembrado por alguém. Era uma maneira de cumprimentar diferente e que abria mais oportunidades do que um simples chacoalhar de mãos.

– Sente-se Natan. Perdão! Você prefere ser chamado de Natan ou de Alexandre?

– Natan está bom. Eu não tenho problemas com meu nome, gosto de todos.

Fiquei na expectativa que ele dissesse o dele em contrapartida.

– Bem, Natan, eu me ofereceria para dividir a conta com você, mas devido ao meu atraso deixe tudo comigo.

Senti minha expressão mudar ao ouvir a frase dele e fiz questão que ele percebesse que não estava nada feliz pelo atraso. Eu precisava garantir a comida grátis e a verdade é que nunca estive a espera dele, mas ninguém precisava saber disso.

O senhor educado e com conversa cativante envolveu-me em suas histórias que falavam de política, economia, crises humanitárias nas fronteiras da Síria, mulheres, carros de luxo e dinheiro, mas foi quando ele tocou no assunto do jogo de xadrez que me senti interessado pela conversa, abrindo uma brecha para que ele se aproveitasse.

– Natan, você tem que entender que a vida é um reflexo das decisões que fazemos. É como no xadrez. Às vezes o xeque-mate vem do movimento de um simples peão.

Eu conhecia aquela citação das minhas partidas com um antigo professor de matemática.

– Sim senhor. Tenho certeza que no tabuleiro da vida, uma hora somos peça, outra, a mão que faz o lance.

Ele sacudiu o dedo indicador no ar em aprovação ao que eu disse.

– Olhe, nossa conversa está boa, mas preciso te dizer o real motivo de o ter convidado.

O velho saboreava seu jantar e nem se importava em sujar o bigode com a farinha do prato.

– Primeiro diga seu nome. Não quero continuar a chamá-lo de senhor o tempo todo.

– Ora rapaz, bastava ter perguntado antes. Meu nome é Azhair Azhym Philip Zahara.

Demorei uns segundos para captar a pronúncia cheia de zês e ésses do nome.

– Muito bem. É um prazer. Como prefere que o chame?

Eu ainda não tinha decorado tantos nomes estranhos para dar opções, mas devolvi a pergunta no mesmo tom.

Ele riu com seu ar de desdém.

– De hoje em diante, você me chamará de Azhym. E tenho certeza que sua próxima pergunta vai explicar o porquê.

Na noite anterior eu percebi que em algumas palavras ele tinha um sotaque diferenciado, um tanto estrangeiro, mas deixei passar, afinal o que interessava se ele era ou não brasileiro. Fiquei em dúvida se disparava minha pergunta e ganhei tempo comendo e bebendo à medida que o homem apenas observava.

– Muito bem sr. Azhym. O que deseja de mim? Se for para

cobrar pelo seu ato heroico de ontem, esqueça, porque não tenho dinheiro.

O velho me imitava e passou a ganhar tempo, também entre uma garfada e outra.

– Natan, eu entendo a sua situação e o respeito por ser tão sincero, mas, como disse, sua pergunta levaria a resposta do porquê passará a chamar-me, Azhym.

Nisso ele escreveu o nome e um número de telefone celular em um pedaço da toalha de mesa que era de papel reciclado. Rasgou sem nenhuma delicadeza e fez chegar a minha mão.

– O nome Azhym, significa "meu caro", ou, como se diz aqui no Brasil, "meu amigo", "meu chapa", algo deste tipo. Eu sou um amigo, de um amigo de um homem que contou sobre você a outro amigo. Acredito, que isso esclarece o motivo do nosso encontro hoje. Que na verdade deveria ter sido ontem, mas foi interrompido pela dama que o conduziu até o outro restaurante e mudou a sua decisão de vir jantar aqui, onde eu o esperava.

De repente alguém acendeu a luz e veio a voz de Ruberte a minha lembrança, o e-mail que ele tinha escrito, a história sobre os escravos, o rapaz me olhando estranho e entregando o cupom para jantar no Cantinho da Roça. Tudo orquestrado e me senti um tanto manipulado. Engoli a última garfada do meu jantar e me fiz de duro, como se já esperasse o que ele tinha dito.

– Pois é. Achei que Ruberte tinha entendido que não desejo participar desta tal filosofia de vida quando parei de responder as mensagens dele. Aliás, estou surpreso por você me achar aqui.

Azhym não me olhava mais, parecia distraído com algo lá fora na direção da porta e cheguei a duvidar se continuava ouvindo.

– Eu liguei para a sua empresa e alguém chamado Daniel disse que você viria para a AllPrint fazer um treinamento, pedi a um amigo que pesquisasse por hóspedes com o seu nome nos hotéis da cidade e dei sorte.

Ele ficou encarando, sustentando a mentira deslavada que acabara de contar.

– Olhe! Sua primeira lição será esta e não poderia ser outra, porque também foi a minha primeira algumas décadas atrás.

O homem puxou uma caneta prateada com as iniciais A.A.P.Z. gravadas em preto e com as letras separadas por uma minúscula joia brilhante. Ele escreveu: "*Nunca permita que alguém decida por você. Certo ou errado é o momento em que se toma a decisão que abre a porta que mais precisamos.*"

Fiquei meio sem entender do que o homem maluco falava. Eu o tinha conhecido em uma situação tensa, sob circunstâncias difíceis, não sabia nem seu nome direito e ele bancava o mestre tibetano para cima de mim. Dobrei o pedaço de toalha e o coloquei no bolso do paletó, sem dar atenção.

– Pense comigo Natan. Ontem quem decidiu qual seria o restaurante para o jantar? Quem decidiu o que comer e o que beber? Foi você quem decidiu pagar a conta? A hora de ir embora?

Eu fiquei confuso com tantos quem e com tantas decisões. Não tinha pensado em nada do que ele perguntava, mas quando se calou até que fez sentido. Pensei em Maud esbarrando em mim após cruzar a rua, em tudo que ela falou durante a noite e como fui conduzido.

– O senhor vai desculpar, mas se eu for por esta ótica, fica fácil imaginar a possibilidade que você e a moça estejam juntos nessa história e agora mesmo que não quero participar de droga nenhuma desse seu blablabá.

– Errado, Natan. A jovem de ontem não fez escolha nenhuma. Todas as decisões foram resultados de um único momento. O instante crucial em que você estava prestes a mudar sua vida. E me refiro a quando você parou bem lá na frente e já tinha decidido entrar aqui neste estabelecimento, mas que acabou por mudar, quando viu o rabo de saia. Foi esta sua decisão que causou todas as demais escolhas e você não pode negar que a decisão de acompanhar a mulher tenha sido sua.

Coloquei o prato para o lado na esperança que o garçom nos desse mais espaço.

– Sim, mas só mudei de opinião porque a moça me influenciou.

– Não interessa quem tenha influenciado. Interessa quem decidiu, seja para certo ou para errado. Aposto que já lhe contaram a historinha sobre a imperatriz e os escravos.

Ele não me deixou responder e continuou a explicação.

– Pois então, é exatamente isso. A escolha estava na sua mão, você tinha a resposta para saciar sua fome, voltar ao hotel em segurança, ter uma ótima noite de sono e poder aproveitar ao máximo o treinamento que veio fazer, isso sem contar outros detalhes conjugais que, por pouco, não foram à ruína.

Engoli seco ao lembrar de Tessa e da conta que eu ainda teria que pagar no cartão de crédito, mas fiquei com medo ao perceber que aquele homem sabia muito mais sobre a minha vida do que meus parentes. Cheguei a pensar que ao sair dali eu seria sequestrado ou perderia um rim ou um órgão qualquer. Já tinha ouvido falar da existência de grupos que pegavam otários como eu, daquela mesma maneira e além de roubar tudo que tinham ainda retiravam os órgãos para vender no mercado negro.

– Fique calmo Natan, só sei estas coisas porque Ruberte entregou a pesquisa que fez sobre você ao professor dele, que por sua vez confiou aos meus cuidados para que pudéssemos conversar. Desculpe se as coisas saíram um pouco fora do que planejei, mas não importa. Tudo acontece quando tem que acontecer.

Já era quase meia-noite e agora eu tinha receio do que me esperava quando cruzasse a porta. Olhei o telefone e vi que havia cinco chamadas perdidas de Tessa.

– Natan! Não vou prendê-lo mais. Agradeço por ter esperado por mim e por esta rápida conversa.

O homem de fisionomia cansada adivinhava minhas intenções, mas não me deixava falar.

Azhym não precisou fazer o gesto universal para que a conta chegasse até ele. O garçom recebeu o valor e nos ofereceu duas balinhas de hortelã, o que para mim, caracteriza o lugar como uma opção errada para Maud.

– Antes de ir, uma coisa. Não fique assustado com os acontecimentos recentes. Foram as suas decisões que o trouxeram aqui. Aliás que me trouxeram aqui também, se olharmos de um outro ponto de vista. Tenho certeza que você vai entender isso mais à frente.

Eu não queria aumentar meu envolvimento, porém ao atravessarmos a porta decidi arriscar.

– Obrigado pelo jantar. Foi um prazer conhecê-lo, senhor Azhym.

– O prazer foi meu Natan, apesar de achar que Alexandre lhe fica melhor.

Ele sorria sem mostrar os dentes enquanto repetia o gesto do aperto de mãos, o que me fez ficar mais calmo.

– O que esta tal filosofia de vida teria a oferecer?

– Natan, a história dos escravos é apenas para ilustrar, e ao mesmo tempo esconder, uma verdade. Algo que há muito tempo, nós que praticamos esta filosofia de vida, aceitamos como responsabilidade e que temos dedicado nossas vidas para que o mundo não a desperdice.

Lá vinha ele de novo com o papo de Dalai Lama.

– A filosofia não te oferece nada. É você quem tem que oferecer a ela. Às vezes mais do que tem. São estas decisões, sobre o que oferecer e o que aceitar, que tem o poder para criar ou destruir uma oportunidade. Por hora, entenda que toda pessoa, ao menos uma vez na vida, fica diante uma oportunidade única, capaz de mudar o próprio destino. A isto chamamos Porta do Sol, mas façamos assim. Se quiser falar mais sobre assunto, poderá continuar a chamar-me de Azhym. Isso quem te oferece sou eu e não a filosofia de vida da qual estamos falando.

Agradeci mais uma vez o jantar e esperava que ele caminhasse comigo como fez na outra noite, mas ele apenas me ignorou. Entrou em um luxuoso carro parado à frente do restaurante e arrancou, me deixando sozinho com o estabelecimento que já fechava as portas. Segui meu caminho atento e o mais rápido que pude para evitar a infelicidade de topar com algum meliante outra vez.

CAPÍTULO 09
SELEÇÃO NATURAL

O instrutor tinha uma voz mecanizada, enfadonha e agradeci aos céus quando ele deu a ordem para que todos acompanhassem na prática como montar e desmontar uma impressora do novo modelo AllPrint.

Ficar apertando parafusos, soltando e repondo componentes eletrônicos lembrou-me do tempo em que era técnico de eletrônica em um dos meus primeiros empregos.

Já no final do treinamento um fato curioso. Donato Duques, o gerente de projetos especiais fez o discurso de encerramento. Tive a chance de cumprimentá-lo quando recebi de suas mãos uma bolsa com alguns brindes que a Allprint distribuía ao final de seus treinamentos.

Canetas, lápis, réguas e um bloco de notas para fazer publicidade gratuita da AllPrint. Por um instante fiquei pensando se era adequado uma empresa que fabrica impressoras entregar como brinde, aqueles itens para quem participa de seus cursos, mas guardei o pensamento para mim.

O curso havia terminado cedo e meu voo era para as dezenove e trinta. Já no aeroporto fui ao guichê na tentativa de antecipar a volta para casa, mas todos os voos estavam lotados. Fiquei irritado com situação que me faria desperdiçar quatro horas do meu sábado. Procurei um canto menos tumultuado e sentei para fazer um balanço da viagem.

Usei os brindes para anotar meus gastos e organizando as coisas, quando reconheci a voz que surgiu do meu lado.

– Veja, se não é o destino nos encontrarmos aqui.

Azhym estava com a mesma roupa da noite anterior e profundas olheiras, mas ostentava um ar renovado, emoldurado pelo característico bigode. Ele sentou no banco ao meu lado sem qualquer convite.

– Natan, se eu acreditasse em coincidências diria que esta é uma delas.

– Como assim se você acreditasse? Qual o problema com as coincidências?

– Calma meu rapaz, uma pergunta de cada vez.

Azhym estava mais leve e sua voz não tinha mais o tom irônico, o que dava a acreditar que nosso encontro não foi por acaso.

– Bem, faz anos que deixei de acreditar em coincidência. O que existe é o encontro do resultado das escolhas que fizemos com as escolhas que outros fizeram.

– Está certo então. Se você diz eu acredito.

Olhei meio atravessado expressando minha suspeita sobre o que ele profetizava.

– Meu jovem Natan, o que te aborrece ficou para traz. Não permita que coisas do passado atrapalhem sua visão sobre o futuro.

– Eu sei que o senhor gosta desta conversa de monge e coisa e tal, mas na boa. Eu não estou no clima. Só quero esquecer este maldito treinamento e o tempo que passei aqui.

– Maldito? Agora precisamos mesmo analisar isso.

A cada vez que eu abria a boca me sentia mais culpado por dar munição ao velho que esperto, usava contra mim.

– Olhe, eu estava aqui pensando na minha esposa que esta longe e nos problemas que temos com nossa vida. Para ser honesto não desejo discutir nada por agora.

– Tudo bem, vamos pensar em conjunto por uns instantes.

Ele não me ouvia e seguia adiante com seu plano para me deixar ainda mais irritado no meio daquele aeroporto abafado.

– Natan se você não pensar nas escolhas que fez, se considerar apenas os fatos que transitaram por você nestes últimos dias, então de fato você pode chamá-los de malditos. No entanto me ajude. Anote aí nesse bloco as coisas que ocorreram. Vamos lá, deixe de ser ranzinza. O velho aqui sou eu.

Ele conseguiu arrancar-me um sorriso discreto e cedi à sua loucura.

– Vamos começar pela parte negativa então. Anote aí o que acha que foi ruim.

Obedeci a ordem do idoso metido a sabe tudo e comecei a lista.

– Gastei mais do que devia, conheci uma mulher espetacular e não rolou se quer um beijinho, não aprendi nada de útil no treinamento, quase fui assaltado, não fiz nenhum contato interessante com os participantes do curso, tenho que esperar quase quatro horas para pegar um voo para casa e estou com uma terrível dor de cabeça.

– Nossa, Natan! Quanta coisa. Vamos dar um jeito nisso então. Anote agora as coisas boas. E pode começar com o fato de ter me conhecido, já que não incluiu isso na lista das coisas ruins.

– Bem, acho que posso sim começar com isso. Ainda lhe devo

pelo resgate na noite do quase assalto.

– Não tem de quê – Ele me interrompeu.

– E posso acrescentar que não ter rolado nada com a moça bonitona também foi bom por que sou casado.

– Sim, eu vi sua aliança. – Ele não se continha em interromper.

– Também conheci um dos gerentes da empresa do treinamento, o que foi uma chance única. E se olhar por outro prisma, esperar quatro horas para pegar meu voo, me deu chance de conhecer mais sobre a tal filosofia com você.

O velho me olhava satisfeito e mal imaginava que eu havia dito aquilo apenas para captar sua reação.

– Está vendo? Depois de tudo que anotou, acho que só a dor de cabeça é um problema real. Sendo assim, vou pegar um café para nós dois, ou prefere outra coisa?

– Uma água tônica por favor. Enfiei a mão no bolso para pegar umas moedas que foram o troco do táxi, as últimas que sobraram, mas o velhote largou o paletó sobre o banco e saiu apressado sem pegar o meu dinheiro.

Fiquei olhando para aquele senhor de camisa rosa, a calça de risca de giz e sapatos que refletiam as luzes brilhantes do saguão.

O que levaria um homem daquela idade e com tamanha pose a querer me levar para um tipo de sociedade *hippie*. Enquanto ele esperava chegar o seu pedido, tendo a barriga encostada no balcão de um quiosque de sanduíches, fiquei observando seu jeito de agir. A forma como analisava todos e tudo ao seu redor como um radar. O olhar para a garçonete que deixou escapar um sorriso, a forma como ele dobrava a manga da camisa braço acima deixando o largo anel que usava na mão direita em evidência.

– Aqui está sua tônica e um comprimido para a dor de cabeça. Pegue e pode zerar os seus problemas ou, ainda melhor, pode começar a enxergar que no final destes dois dias de treinamento você ainda saiu ganhando.

O quinino da água tônica ajudava a lembrar do gosto amargo da vida que levava, apensar da tentativa do velho em mudar meu ponto de vista.

– Vamos lá então. Me conte mais sobre esta filosofia. Me diga o que Ruberte não contou sobre estes *hippies*. Eu usei a palavra de propósito para provocá-lo.

– *Hippies*?! – Ele fez uma careta de indignação.

– Não, de Hippies não temos nada, mas sim Ruberte não

contou tudo. Não por maldade da parte dele, mas porque ele sabe pouco e ainda está fazendo o próprio caminho, apesar de ter ganho muitos pontos encontrando você.

A frase despertou minha curiosidade, mas deixei o velho prosseguir.

– A sociedade para a qual estou oficialmente te convidando é um grupo de homens e mulheres que trabalham em conjunto para que determinados eventos aconteçam no cenário mundial. Eu poderia detalhar, mas a sua dor de cabeça aumentaria, então vou tentar uma versão resumida.

Azhym parecia animado com a oportunidade de falar sobre o assunto e continuou ao notar meu interesse.

– Digamos que toda pessoa tem em uma das mãos, uma fechadura e na outra uma chave. Uma porta errada não abre, mesmo que você tenha a chave correta. No mesmo raciocínio a porta correta não abre com a chave errada.

Os praticantes desta nossa filosofia de vida são encarregados de auxiliar no processo que possibilita, a cada pessoa, encontrar a chave certa para usar na porta adequada.

– O senhor vai desculpar, mas isso está parecendo um grupo de auxílio para formar casais. Sabe aqueles encontros?

Ele soltou uma gargalhada que capturou a atenção de todos no aeroporto e ainda aos risos pegou o bloco e a caneta da minha mão. Desenhou uma cruz no meio da folha e criou quatro áreas distintas no papel.

– Natan o que digo é que existem quatro grupos de pessoas no mundo. Deste lado, no primeiro quadrado, vamos colocar o que chamamos de NVNP. Este grupo representa cerca de sessenta por cento da população do planeta. São pessoas que não conseguem encontrar o motivo de suas vidas. Elas vivem em suas rotinas massacrantes e não importa o quanto lutem, jamais conseguirão mudar. Elas não conseguem ver a fechadura e menos ainda a chave em suas mãos. São homens e mulheres que reclamam de tudo e ao morrer desaparecem da lembrança do mundo. Nos tempos primórdios eles eram apelidados como o grupo das cigarras, porque igual ao inseto, eles têm um ciclo curto onde nascem, procriam e morrem. O nome NVNP, vem do conceito que para usar a chave ou a fechadura, devemos ter a iniciativa de decidir sobre nossos destinos. A esta decisão, a este momento mágico em que tomamos posse de nossas vidas chamamos *porta*. Por isso o termo NVNP, ou seja, "Não Vê, Não Passa" em referência as pessoas que nunca atravessaram suas portas, porque não enxergam suas chaves ou as fechaduras.

Eu estava meio perdido com todo o lance de porta, cadeados e chaves, mas tentava demonstrar interesse enquanto ele escrevia.

– Seguindo este pensamento, no segundo bloco temos os VNP. Este grupo inclui cerca de trinta por cento da população. São pessoas que ao perceberem as responsabilidades e as consequências de suas escolhas, preferem não a fazer. Preferem sua vida como já possuem e evitam a todo custo arriscar atravessar a porta, por medo de pagar o preço. Em outras palavras, eles preferem não arriscar perder o que já possuem, mesmo que seja uma vida medíocre. Eles não abrem mão por culpa da incerteza. Antes este grupo tinha o apelido de grupo do avestruz, porque como a ave, eles enterravam a cabeça, renegando a oportunidade à sua frente. O termo VNP, provém do conceito que eles conseguem Ver, mas Não Passam.

Sem interrompê-lo gesticulei com a mão erguida como quem pede autorização a um professor para poder falar.

– Quando você diz passar. Significa passar por uma porta. É isso?

Perguntei ao mesmo tempo que respondi.

– Sim Natan, você já pegou a prática da explicação. Bem, no terceiro bloco, aqui abaixo do grupo das cigarras, colocaremos o grupo NVP. Estas pessoas são próximo de oito por cento da população mundial e são pessoas cuja capacidade de decisão, seja certa ou errada, acaba por direcioná-las pelo caminho até cruzarem a porta. São pessoas fáceis de reconhecer, porque atribuem tudo que conquistam a uma entidade sagrada. Os mais religiosos atribuem suas conquistas a Deus, enquanto outros à mera sorte. Na posterioridade eram apelidados como os loureiros, em referência a coroa de louros que acreditava-se dar boa sorte. Explicando um pouco melhor, este é o grupo daqueles que mesmo sem ver suas chaves e fechaduras, conseguem atravessar a porta. Entende?

– Acho que sim. A sigla NVP seria na prática Não Vê, mas Passa. Certo?

– Perfeito. – Azhym demonstrou satisfação com o meu entendimento.

– No quarto e último bloco encontramos um grupo especial de pessoas. Os VP. Que consistem naqueles que conseguem ver com precisão suas chaves e suas fechaduras e aproveitam deste dom para progredir na vida. Estes são dois por cento da população e são pessoas que nascem com um talento para aproveitar as oportunidades que a vida lhes concede. São reconhecidos por suas decisões rápidas e certeiras. Eram apelidados pelo nome de os iluminados.

Naquele ponto da explicação eu já estava envolvido por completo tentando acompanhar o desenho que ele rabiscava e os pontos mais importantes em cada quadrado da folha.

– Vê e Passa? Seria isso? – Arrisquei um tanto inseguro.

Azhym sacudiu a cabeça em sinal positivo com uma expressão de surpresa desta vez.

– Em qual deste o senhor se encontra? – Não contive a curiosidade.

– Natan, eu e você nos encontramos aqui.

Ele forçou a caneta criando um ponto negro onde as duas linhas da cruz se tocavam.

– Mas você não disse nada sobre este ponto aí, agora fiquei confuso.

– Este é o grupo ao qual chamamos construtores. São pessoas que carregam um fardo mais pesado do que qualquer outro grupo, pois tem a responsabilidade de manter a ordem entre os demais. Não sabemos precisar quantos são ou qual a porcentagem deles no mundo. Alguns não chegam a desenvolver a sua capacidade porque não recebem o treinamento necessário. Os que conseguem, em geral são da mesma linhagem genética, ou seja, aprendem o conhecimento que passa de pai para filho, embora alguns acreditem que seja uma ligação além do plano físico, o que determina a linhagem dos construtores.

– Estas pessoas são especiais porque conseguem identificar quando e onde, outras pessoas ficarão diante de uma porta. Quando um construtor tem a sua frente uma pessoa que possui a fechadura certa e a chave errada, cabe a ele criar os mecanismos necessários a corrigir o problema. É claro que trata-se de uma linha sensível e esta, é a razão que lhes exige um treinamento adequado.

– Não cabe ao construtor mostrar a porta, menos ainda ensinar como atravessá-la. Cabe a ele construir um caminho acessível sob determinados aspectos, que encaminharão a pessoa. Cabe a ele colocar a porta no caminho da pessoa. Cabe a ele colocar a pessoa no caminho, porém não lhe cabe decidir pela pessoa. Cada um deve escolher o que deseja no momento em que se depara com suas oportunidades de mudar o próprio destino, com a sua própria porta do sol.

Eu estava confuso e fascinado com a história sobre a tal filosofia, pois desde criança sempre quis fazer parte de uma organização secreta e cheguei até a criar a minha própria com os amigos da rua onde morava, mas só durou até nossos pais descobrirem e nos obrigarem a deixar a ideia de lado, alegando ser coisa do diabo.

– Fiquei interessado. Como é que um construtor faz isso?

Olhei o relógio que se arrastava e garantia tempo para ir mais fundo naquele quebra-cabeças.

– Através de pequenas ações que desencadeiam um efeito sobre a pessoa alvo. Também é possível que um construtor dedique uma parte de seu tempo em missões específicas onde atenderá a uma pessoa individualmente. Ou ainda que trabalhe em conjunto com outros construtores para o mesmo objetivo. O construtor pode até ser um tipo de *personal trainer, em raros casos.*

Ficamos um tempo olhando o pedaço de papel todo rabiscado com as anotações.

– Tome! Guarde porque daqui um tempo você vai precisar consultar e tenho certeza que não decorou nada do que falei.

Mantive o papel preso no bloco para não correr o risco de perder e guardei tudo para ver se despachava o velho de maneira educada, agora que ele já tinha acabado o papo de mestre dos magos.

– Senhor Azhym, você vai desculpar, mas da maneira como fala sobre esta sociedade, me soa como uma entidade secreta ou algo do tipo. Como vou saber se vocês não são um grupo de lunáticos que apenas querem envolver-me nesta coisa e depois retirar um dos meus rins para vender no mercado negro. Isso sem falar que toda esta lorota parece um daqueles esquemas de pirâmide para ganhar dinheiro às custas de gente inocente?

Azhym soltou outra gargalhada.

– Natan! Entenda que não somos nada secretos, com o tempo você vai entender que não precisamos ser uma sociedade secreta e que não precisamos vender nada a ninguém porque levamos nossas vidas da maneira simples.

– Eu sei, mas isso não soa tão bem quando um estranho chega falando estas coisas na minha loja. Depois conheço você e aqui estamos discutindo estes assuntos. Não seria para menos eu ficar com o pé atrás.

– Natan, se você aceitasse de primeira, eu teria certeza que não é a pessoa certa para o que estou oferecendo.

– Mas explique melhor o que está realmente oferecendo!

Azhym se contorceu no banco para ficar frente a frente comigo antes de falar.

– Lhe ofereço a oportunidade de mudar sua vida e realizar suas vontades em troca da sua ajuda. Em troca de ajudar outras pessoas pelo mundo a usarem a chave certa na fechadura correta.

– No mundo? Mas como eu poderia ajudar pessoas no mundo se mal tenho dinheiro para viver no bairro onde moro? Como faria a diferença para alguém se nem consigo satisfazer as minhas necessidades mais básicas de sobrevivência?

Azhym levantou ajeitando a camisa para dentro da calça e foi então que percebi algo sob sua blusa. Parecia o desenho de um besouro pintado de verde e que percorreu em sentido diagonal a barriga dele, no curto instante que levantou a blusa.

– Acho que você tem um inseto no seu corpo, sob a camisa!

Apontei sem a intenção de assustá-lo, mas com o gesto rápido ele se exaltou.

– O que você viu? O que você viu?

– Não sei ao certo, mas algo se moveu aí dentro da sua camisa e pensei ser um besouro ou um bicho, sei lá, de cor meio esverdeada.

Azhym colocou a mão no meu ombro em uma posição que parecia estar concedendo uma bênção.

– Está na hora de ir embora e deixá-lo decidir por si, o que fará da sua vida.

De um momento para o outro o velhote mudou seu comportamento.

– Embarcarei em trinta minutos para a Turquia. O voo tem uma escala em São Paulo e outra em Londres, por isso, ainda que tente falar comigo, não vai conseguir por um tempo. Eu gostaria que considerasse tudo que conversamos e tudo o que aconteceu nestes últimos meses. Pense se você estaria disposto a sair do Brasil para viver uma vida nova em outro lugar. Pense no preço que estaria disposto a pagar por isso e vai saber se o seu desejo é o de entrar para esta nossa filosofia. Para esta nossa sociedade.

– Como assim viver fora do Brasil? Minha família inteira está aqui. Isso está fora de cogitação.

– Eu sei e é por esta razão que deve considerar com cautela antes de tomar a sua decisão. Além do mais, também precisa saber se vai entrar sozinho ou se vai levar sua esposa junto. Outra vez, preciso alertá-lo que haverá um preço para cada decisão que tomar, seja ela certa ou errada.

Estava cansado da conversa e queria muito que ele sumisse o quanto antes.

– Está certo. Então a tal sociedade não me oferece nada, mas quer que eu largue minha família e ainda pague por isso. Ótimo! Acho que não precisarei pensar para decidir.

Azhym balançou a cabeça de um lado para o outro e jogou o paletó sobre as costas de onde tirou um cartão para me entregar.

– Natan, sobre família, não se preocupe tanto, todos precisamos de alguém para sentir saudade. Aqui, pegue. São os meus contatos. Fique bem e boa sorte com sua esposa. Algo me diz que você vai precisar.

O velho desapareceu e mais uma vez, rumo ao portão de embarque, me deixando sozinho e cheio de pensamentos confusos.

Dentro do avião, eu continuava com a voz de Azhym na cabeça, falando sobre os tipos de pessoas e fiquei imaginando em qual grupo eu estaria. Até porque eu não levei muito a serio o que ele disse sobre eu estar no ponto de interseção. Ainda que eu me achasse diferente desde pequeno, eu sabia que aquilo estava bom demais para ser verdade. Quando dei por mim o serviço de bordo começou e para minha surpresa ouvi uma voz conhecida.

– Uísque certo?

Um sorriso matematicamente equilibrado sob lábios vermelhos revigorou meu espírito.

– Sim, com certeza.

As chances de viajar com a mesma tripulação em tão curto tempo eram mais raras que os tais construtores dos quais Azhym tinha mencionado. Ainda assim, lá estava Débora, a mesma comissária de bordo da viagem de ida. Trocamos uns olhares e ela seguiu seu trabalho, vez por outra espiava na minha direção fazendo charme.

Minha primeira reação foi esperar o serviço finalizar para ir até lá falar com ela. Quem sabe descobriria em que grupo de pessoas ela estaria.

Cheguei a desafivelar o cinto de segurança, mas olhei pela janela e a lua estava cheia lá fora, tão brilhante sob o tapete de nuvens que trouxe a imagem de Tessa a minha memória. Era inevitável não pensar nela ao ver a lua alta no céu e me impus a tomar uma decisão. Quando chegasse, teríamos uma conversa definitiva. Eu não viveria mais arrastando aquele relacionamento. Para bem ou para mal tomaria uma decisão que acabasse em definitivo com as brigas, com as discussões, com os problemas por falta de dinheiro e principalmente com a falta de conversa entre nós dois. Seria o nosso tudo ou nada.

Lembrei da proposta de Azhym, sobre ir morar fora do Brasil, algo que Tessa tanto sonhava. Deixei a vontade de ir conversar com Débora ser substituída pela lembrança do dia que conheci minha esposa. Do momento que optei por tentar dar uma guinada na minha vida e fui fazer um curso para ser guia de turismo. Algo que nunca utilizei, mas que de fato mudou minha trajetória ao permitir que Tessa e eu nos encontrássemos. Pensei na minha vida sem ela e foi o suficiente para esquecer qualquer outra mulher.

CAPÍTULO 10
DE VOLTA A REALIDADE

Quando atravessei o portão de desembarque tinha a expectativa de encontrar Tessa à minha espera. Algumas pessoas recebiam abraços antes mesmo de completarem o percurso até o limite da área de saída. Em todos os meus voos sempre estive sozinho. Talvez fosse a saudade de casa, mas naquela noite em especial, chegar de viagem sem ter ninguém à espera deixou-me com uma sensação de vazio.

O restante da viagem entre o terminal Santos Dumont e Piabetá levava em média uma hora e vinte minutos, mas em noite de sábado era impossível prever quando chegaria em casa. Dentro do ônibus desconfortável cheguei a cochilar e sonhava estar no meu carro, com o ar condicionado no máximo, enquanto Tessa dirigia para casa e eu contava sobre o treinamento. Sobre as oportunidades que surgiram e o quanto a vida poderia mudar se todas as engrenagens alinhassem dali para a frente.

Entrando nos limites da cidade de Magé meu celular vibrou.

– Que saudade!

Atendi e ao mesmo tempo respondi à minha esposa que estava preocupada com a demora.

– Sim, estou indo para Piabetá e de lá pego o ônibus para Petrópolis.

Talvez tenha rolado uma transmissão de pensamentos e Tessa decidiu me buscar em Piabetá.

Quando ela chegou já não havia mais ninguém a espera de ônibus. Alguns mendigos preparavam suas camas sobre os bancos vazios da estação e no ar pairava apenas o barulho das festas de funk.

Dei um beijo, mas não fui correspondido. A cada curva da subida eu era arremessado contra a janela. Cheguei a me arrepender por ter desejado o ar condicionado.

Na rua de casa Tessa desceu do carro e pediu que eu estacionasse. Nem mesmo uma boa noite foi dito quando ela entrou pisando forte.

Finalmente em casa, pensei. Mas enquanto fechava o portão vi no alto da rua uma figura sob a luz de um poste. Parecia um homem encostado, apenas curtindo a fresca da noite. Olhei para os lados e quando insisti com mais atenção percebi que ele não estava mais lá.

Estas visões eram comuns quando estava cansado e não assustavam tanto quanto no passado. Tranquei tudo e desci para ter um pouco de descanso sem me preocupar com filosofias de vida, sociedades secretas, grupos de pessoas, chaves, fechaduras e tão pouco com mulheres, até porque Tessa ainda parecia chateada comigo. Outra vez eu não fazia ideia do motivo.

Eu precisava dormir e encontrar uma estratégia para me aproximar dela, sem despejar os problemas de uma única vez e estragar o domingo.

Na manhã seguinte acordei de maneira atípica. Era raro Tessa desgrudar da cama antes de mim e quando conferi o relógio no telefone entendi. Eram duas da tarde.

Na sala a mesa estava pronta para o almoço. Tessa e minha sogra assistiam a um filme. Xeretei as panelas tentando descobrir se valeria a pena substituir meu café da manhã pelo almoço.

– Venha, vamos comer que temos uma boa notícia.

As duas levantaram junto com os créditos finais. Tessa estava mais carinhosa e senti que estava próximo o momento de uma reconciliação. Eu precisava melhorar a atmosfera e preparar o espírito dela antes de termos uma conversa definitiva.

Servi os pratos e Dona Zoraide com a alegria estampada de orelha a orelha anunciou.

– Temos um interessado em comprar a casa, acho que agora vai!

Eu quase não acreditei que existia uma possibilidade real de vender aquela cabeça de porco. Vibrei com a notícia apenas para não retirar o contentamento da minha sogra. Eu sabia o quanto difícil seria vender o imóvel. Ainda mais pelo valor que ela queria.

O almoço correu bem e fizemos projetos audaciosos com o dinheiro da virtual venda. Na cabeça de Dona Zoraide já estava tudo certo, dividiria o dinheiro em duas partes iguais. Daria metade a cada filha como um tipo de herança em vida. Não que as filhas fossem brigar por dinheiro quando ela morresse, longe disso, mas Dona Zoraide conhecia as dificuldades da vida e sabia que qualquer quantia de dinheiro naquela altura, faria a diferença para o futuro das duas.

– Você podia aproveitar para visitar a Alemanha.

Sugeri quando ela e Tessa discutiam se era um bom investimento comprar Euros para guardar. Minha sogra parecia não ter pensado na ideia, mas com elegância, disse que estava considerando pegar uma parte do dinheiro e ir passar umas férias na Europa.

– Se pudesse eu iria com você. Eu e Tessa poderíamos abrir um restaurante por lá e garanto que seria bem melhor do que viver aqui.

Um segundo de silêncio se fez à mesa e como se nossas mentes estivessem conectadas, Tessa seguiu minha deixa.

– Eu topo, mas no lugar do restaurante poderíamos abrir um charmoso hotel.

Dona Zoraide animou-se ainda mais e começou a fazer planos de como poderíamos aprender a falar alemão e em que cidades moraríamos para melhor nos habituar com a cultura. Eu tinha sugerido um passeio e elas já discutiam a cor das paredes do banheiro da nova casa em algum vilarejo do sul da Baviera.

Aproveitei a alegria para convidar Tessa a ir na casa dos meus pais para visitá-los e ver meu filho. Fazia uma semana que não tinha notícia deles e ficava deprimido quando não ia até lá checar se estavam todos bem.

Eu tinha uma típica família brasileira e era comum todos saberem da vida dos outros, com um certo grau de discrição, mas todos estavam sempre por perto para ajudar quando preciso. Eu costumava brincar que nos assemelhávamos a uma colmeia de abelhas de tão próximos que vivíamos. Era algo bom, poder contar com tias, tios, avós, primos e agregados, tanto nos momentos bons quanto nos ruins. Talvez fosse o fato de morarmos todos na mesma rua que nos mantinha tão próximos.

Eu era o neto mais velho, minha mãe a filha mais velha, meu filho, o primeiro bisneto e tínhamos um papel importante na família. Os primos, quando iam casar pediam meu aval, e quando existia algum conflito era a minha casa que servia de campo neutro para intermediar a situação. Acho que toda família brasileira é assim, tem sempre alguém disposto a levar algumas pedradas para estabelecer o bem geral.

Tessa estava com um excelente humor e descemos a serra falando sobre o meu treinamento. Parecia que a noite anterior não tinha existido e todos os problemas desapareceram. Contei sobre o que aprendi e que com toda a certeza conseguiríamos o contrato com a empresa indicada por Tomas.

Ela ainda não tinha encontrado um emprego dentro do que

queria para voltar a trabalhar e agora investia em dar palestras sobre sua profissão em um pequeno centro de requalificação profissional que era coordenado por uma amiga de Dona Zoraide. Nada que rendesse um salário, mas o suficiente para ela motivar-se e continuar à procura.

Contei o episódio da borboleta azul e ela disse ter ficado arrepiada com a história. Até mesmo eu fiquei ao lembrar, mas preferi omitir a existência de Ruberte, da mesma maneira que não comentei nada sobre as pessoas que cruzaram meu caminho em Belo Horizonte.

Aproveitei o bom astral e tratei de falar sobre a conta do cartão de crédito. Disse que no final do curso os participantes saíram para celebrar em um restaurante da região. Quando fechamos a conta, cada um tinha uma parte do valor, mas em meios de pagamento diferentes. Recolhi os valores picados e para facilitar ao garçom paguei o total no cartão. Tessa aceitou a desculpa elaborada em detalhes, mas como boa descendente alemã, perguntou se eu estava andando para lá e para cá com todo aquele dinheiro no bolso.

– Claro que não! Depositei na conta da loja no primeiro banco que vi. E dei sorte porque na rua do hotel havia uma agência com posto de atendimento automático para depósito. O valor deve entrar na conta segunda ou terça-feira. Estou contando mais para você não levar um susto quando conferir a fatura.

A estratégia parecia ter resultado e a empolgação com a venda da casa ainda estava tão presente que logo mudamos de assunto.

O sol já ia baixo no horizonte e a casa parecia uma festa. Os parentes todos curtiam à beira da piscina em um churrasco improvisado, sem motivo nenhum para comemoração. Vez por outra, aquilo acontecia. Alguém sugeria queimar uma carne e pronto. Um trazia uma panela de arroz, outro, o feijão, uma salada, uma garrafa de refrigerante, cervejas e quando menos se esperava a festa ficava pronta com fartura de comida e carinho.

Tessa usava um vestido verde e foi logo cercada pelas mulheres para fazer os comentários a respeito. Eu fui dar um abraço no meu filho que havia machucado o dedo ao pular na piscina. Conversamos um pouco, perguntei como tinha sido a escola e se tudo estava em ordem. Ficamos um bom tempo até que ele esqueceu da dor e saiu correndo fazendo piruetas para mostrar como era bom em mergulhar e nadar.

Estava calor e também entrei na água para aproveitar o

momento de reunião familiar.

Havia sempre um primo ou um tio que inventava uma brincadeira nova, porém todos adoravam a "luta de galos". O jogo era simples: Uma pessoa de pé, dentro da água, carregava uma segunda sobre os ombros e juntos, enfrentavam uma dupla oponente. Vencia quem ficasse de pé por último e valia de tudo, desde jogar água nos olhos, até agarrar e forçar uma queda. Arranhões e pequenos hematomas eram rotina.

É incrível como pequenas coisas que fazemos na vida ficam gravadas em nossa mente e aquele foi um final de tarde inesquecível. Tomamos o café majestoso que minha mãe fazia e, com a chegada da noite, nos despedimos. Minha mãe, meu pai e meu filho ficaram no portão, olhando eu ir embora com Tessa. Pelo espelho retrovisor os via acenando e de alguma maneira eu previa o que estava para acontecer.

CAPÍTULO 11
OS EMISSÁRIOS DA ORDEM

O mês de maio passou entre reuniões e mais reuniões sobre o processo de contratação da empresa varejista. Em poucos dias sairia o resultado da disputa. Por mais que meu sócio confiasse no seu esquema, eu ainda tinha dúvidas. Precisava ver todas as assinaturas no papel para acreditar que a sorte tinha passado para o meu lado.

Voltando do almoço, cheguei na empresa e Daniel estava conversando com dois senhores de terno e gravata. Pensei se tratar de algum amigo do Major Villas Boas.

Um senhor de cabelos amarelos e com um sorriso cheio de tártaro se apresentou dizendo ser um fiscal da Receita do Estado. Dizia que estava ali para averiguar os papéis da empresa, se os impostos estavam pagos e as taxas em dia. Não que eu tenha deixado transparecer meu nervosismo na hora, mas senti o chão desaparecer, quando ouvi aquela última frase. Despachei Daniel para que ele não ficasse sabendo como andava nossa situação e convidei os dois senhores para tomar um café na padaria da esquina.

Pedi minha tradicional água tônica acompanhada do pão com mortadela enquanto os outros dois escolheram somente um café cada. O dia não estava muito quente e ameaçava chover, mas ainda não estava frio para pedir um café.

– Muito bem, senhor Alexandre Natan, acredito que agora podemos falar mais à vontade.

Pensei se tratar da deixa para eu oferecer dinheiro em troca de uma vista grossa sobre os documentos da loja. Eu precisava enrolar naquelas dívidas pelo menos por mais algumas semanas, até o novo contrato vingar.

– Claro. Quanto preciso pagar?

Os dois sacudiram a cabeça em sinal negativo. O homem de terno bege, todo amarrotado e que ficou calado até então, sacou um cartão e o deslizou sobre a mesa enferrujada.

Eu já tinha visto aquele logotipo antes e levei um susto ao perceber que era o mesmo símbolo do cartão de Azhym.

– Viemos falar com você sobre as condições para a sua aceitação na sociedade. Pensamos que tivesse nos identificado quando convidou para o café.

Eu nem lembrava da conversa com Azhym. Olhei os dois senhores com semblantes tensos e senti que não teria outra opção, senão dar uma resposta definitiva sobre o assunto.

– Muito bem, mas antes de anunciar minha decisão tenho algumas perguntas.

Um dos homens retrucou com a voz nasalada dizendo que a decisão já tinha sido tomada, mas que eles responderiam a qualquer pergunta sem nenhum problema. Eles pareciam confiantes sobre a minha participação naquela história e deixei passar o seu pretensiosismo.

– Eu já ouvi a história dos escravos e a dos grupos. Porém no resumo, continuo sem saber o que é essa tal filosofia de vida, ou como você citou, esta sociedade. Será que um dos dois poderia explicar aonde estou me enfiando?

Os dois se ajeitaram na incômoda cadeira de bar e tiveram dificuldades em decidir quem assumiria a responsabilidade pela resposta, mas o de cabelos amarelo tomou a frente.

– Esta é uma pergunta fácil, porém com uma resposta difícil. Para que você entenda melhor permita-me ilustrar com um exemplo. Imagine um homem que está no seu vigésimo andar rodeado de poder e luxúria, quando então, ele olha pela janela semiaberta e vê uma pequena mariposa entrar. Ele pensa como aquilo seria possível e não consegue a resposta até acreditar com todo o seu coração que foi testemunha de um milagre. Se você visualizar esta cena irá entender na íntegra aonde está se metendo. Quero dizer: você pode ser o homem, você pode ser a pequena mariposa, você pode ser a janela aberta, você pode ser o pensamento na cabeça dele que sem motivo aparente o fez virar o rosto no momento certo, você pode ser o vigésimo andar e pode até ser o milagre que reuniu tudo isso.

– Algumas pessoas são tão simples que quando entram na vida de outras, causam uma interferência avassaladora. – O homem de voz fanha cortou o monólogo do amigo de forma abrupta.

– O que queremos dizer é que a organização varia de muitas maneiras e cada participante precisa aprender como virá a fazer a sua parte dentro dela. Só quando se aprende isso é que se sabe aonde está entrando.

Alisei meu queixo com a barba por fazer antes de insistir em uma resposta mais específica.

– Entendo, mas o participante tem que aprender certo? Existe algum tipo de curso, ou o quê?

– Sim e foi por isso que viemos vê-lo hoje, para dizer que iniciamos a pedido do seu mentor. Todas as providências para o seu treinamento foram iniciadas. Em geral, todos os participantes fazem um treinamento de dez anos, mas alguns conseguem amadurecer e se livrar da Mão que governa o mundo antes deste tempo.

– Mão que governa o mundo? –, Expressei minha curiosidade com o termo.

– Sim, Natan, se você pesquisar nos seus computadores vai achar respostas sobre isso, mas não vamos desviar do assunto.

Foi a vez do homem fanho reassumir a história.

– Natan, o que está a sua frente é a oportunidade de ingressar em uma missão que lhe dará a chance de mudar a sua vida. Não só a sua como a de outros também. Sendo mais claro, para entrar na sociedade você precisa passar por um tempo de adaptação e serão eleitas quatro pessoas para te conduzir neste caminho. A primeira, você já conheceu e é o senhor Azhym. Ele será o seu mentor dentro da jornada, o seu Norte, o seu guia e vai ter a responsabilidade de prover tudo que você precisar, até estar pronto a caminhar sozinho.

– A segunda pessoa será alguém de fora da organização e que apesar de nos conhecer, não possui o dom necessário para ser um integrante efetivo. Essa pessoa participa auxiliando os iniciantes como você a encontrar as respostas para suas perguntas e age como um conselheiro, digamos assim. São como irmãos que às vezes nos ajudam sem pedir nada em troca e que por outras vezes acabam nos atrapalhando. A terceira será uma que irá colocá-lo à prova quando Azhym decidir que você precisa ser testado e posso garantir que ele irá testá-lo à exaustão. Esta terceira pessoa representa o último passo no treinamento, porque será ela quem vai definir a quarta e última a te acompanhar dentro da sociedade. Quando isso acontecer você estará pronto.

O homem de voz esquisita mau pegava fôlego e já continuava o discurso ensaiado.

– O fato de conhecer esta última pessoa fará de você um membro efetivo, da Sociedade. Mas não se preocupe com isso tudo, o importante é você saber que passará por um período de aprovação, realizando pequenas tarefas que auxiliarão na sua integração. Tudo isso para desenvolver suas habilidades, seus conhecimentos. O resultado de cada uma destas tarefas pode vir a encurtar ou aumentar o tempo do seu treinamento.

Naquele ponto da conversa comecei a desejar que eles fossem da Receita Estadual. Algo empurrava-me a aceitar o que falavam como verdade, apesar de meu sexto sentido carioca avisar a todo instante que existia algo de errado na história.

– Tudo bem, então a sociedade em palavras curtas é um grupo de pessoas espalhados por aí que usam seus talentos para melhorar a vida das pessoas. Interessante! Acho que vou arrumar uma capa e uma máscara, o que acha?

Nenhum dos dois gostou da brincadeira e ficou nítido que seguraram suas indignações.

– Outra pergunta. Sobre o tal senhor Azhym. Me contem mais sobre ele.

Os cabelos amarelos do homem de meia-idade me incomodavam. Talvez porque pareciam falsos demais e tinham um aspecto de pintura barata, feita em casa. Ele tirou da pasta uma foto, onde um grupo de pessoas abraçavam-se, em volta de uma mesa coberta com uma toalha de detalhes florais.

– Estas são as pessoas que mais amo na vida. São a minha família e se me perguntar se deve ou se pode confiar no senhor Azhym, a resposta é que eu colocaria a vida de todos estes, incluindo a minha, nas mãos daquele homem e fecharia os olhos porque sei que Deus fala pelos atos dele.

O outro homem fez um gesto com a mão em direção ao céu como se abençoasse as palavras do amigo.

– Está certo, mas me conte algo mais concreto sobre ele, afinal se vai ser meu mentor, preciso saber quem ele é.

– Não é segredo para ninguém a vida do seu mentor e se quiser pode perguntar direto para ele.

O terno amassado do homem fanho me deixava nervoso e eu evitava olhar para ele.

– Eu posso adiantar que ele é um diplomata do meio político internacional. Filho fora do casamento de um militar de alta patente dos Estados Unidos da América que quando estava sediado com suas tropas na Turquia, apaixonou-se por uma mulher conhecida pela alcunha de Turca azul. Azhym só veio a conhecer seu pai na adolescência, depois que sua mãe ficou doente. O militar que não conhecia a existência do filho bastardo, foi ao seu encontro e o assumiu como filho legítimo e o criou junto com os demais filhos em solo americano

O assunto passou de uma história de ficção para algo que poderia valer uma boa ajudar com situação na empresa. Ter um diplomata turco por perto poderia render um bom contrato através das influências dele.

– Tudo bem, estou satisfeito com o que vocês apresentaram, mas antes de aceitar fazer parte disso tudo, gostaria de uma prova real, concreta e incontestável que esta organização existe e da maneira como ela trabalha para ajudar as pessoas.

Os homens se olharam e o que aparentava ser mais velho resmungou no ouvido do de cabelos tingidos.

– Se a sociedade fizer isso, vai revelar a você mais do que uma pessoa poderia saber se não estiver disposta a fazer parte dela.

– Mas o senhor Azhym me disse que não há segredos na sociedade, que todos podem ver o que fazemos e que nada é secreto. Ou vocês estão dizendo que ele mentiu para mim?

Eu começava a pôr minhas garras de fora.

– Como disse no início, a sua decisão já nos é conhecida e por isso faremos o que pediu. Mas saiba que as implicações o levarão a iniciar a sua jornada dentro da organização como aprendiz e por isso precisará, neste meio tempo, decidir se irá sozinho ou com sua esposa.

– Como assim, sozinho? É óbvio que vou com ela e com a minha família para onde quer que eu vá. Jamais os deixaria para trás.

O mais velho torceu os lábios e deixou claro que nada do que eu disse seria permitido. Logo na sequencia o outro entrou com novos argumentos, esclarecendo o ponto.

– Veja! Natan. Você não tem como prever o que te espera e temos a certeza que sozinho, se sairá bem. Por outro lado, se for acompanhado as possibilidades mudam e passam a exigir mais do aprendiz. Entenda que no período de treinamento se você estiver preocupado com pessoas que não aguentam o ritmo à sua volta, será sugado pela força dos acontecimentos e das emoções. Isso o deixará vulnerável e vai forçá-lo a desistir. Não é fácil para ninguém ser oficializado como um membro da Organização.

A conversa tomou um ar ameaçador e a voz nasalada pela primeira vez disse algo doce.

– Nós não queremos que você desista e menos ainda, que sofra além do que pode suportar, aconselho que vá sozinho, mas isso será decidido por você quando o que pediu estiver realizado.

– Muito bem. Eu aceito então e fico à espera de vocês dois.

– Você não vai precisar ficar à espera.

Eles se pronunciaram quase ao mesmo tempo.

– Sua presença em terras lusitanas será marcada para o início do mês de setembro.

– Como assim, terras lusitanas?

– Natan, muito prazer em conhecê-lo. É quase certeza que não nos veremos outra vez, mas de todo coração é uma honra ter conhecido o aprendiz do senhor Azhym. Que Deus o abençoe e que você possa cumprir seu destino com sabedoria.

Eles se levantaram e beberam o café frio em um único gole para a seguir, me cumprimentar com um abraço tosco. Eu evitei que concluíssem o ato devido ao cheiro forte de incenso e suor que vinha de suas roupas.

– Natan, toda a organização está de mãos dadas com você partir de agora.

Achei melhor não questionar mais nada e deixei que se fossem pela rua comprida, sabe-se lá com que destino. Com a saída apressada dos dois, logo que eu disse que aceitava entrar na tal sociedade, nem percebi que deixaram a conta por pagar. Já não bastava estar com a vida financeira por um fio, ainda tinha que custear café para aquela gente esquisita.

Quando voltei à loja Daniel estava matando o tempo com um jogo no computador. Olhei as prateleiras vazias, as bancadas com apenas alguns parafusos e chaves de fenda largados no canto. O ventilador que mais fazia barulho do que refrescava.

Fui para a frente da loja na esperança que minha presença atraísse um ou dois clientes para melhorar o dia. A tarde foi um tédio e Daniel chegou a dormir sobre a bancada. Quando acordou dei permissão para que fosse mais cedo para casa. Faltava apenas meia hora para o fim do expediente e eu também não ficaria ali. Conferi o caixa em um movimento automático, porque sabia que estava vazio e não tinha se quer uma moeda. Abaixei as portas e quando ia ligar o alarme ouvi o telefone chamar. Suspirei de raiva, porque passei a tarde inteira ao lado do maldito aparelho e justo quando estava pronto para ir embora, o miserável tocou. Senti uma vontade verdadeira de atear fogo em tudo, mas voltei a realidade em tempo de pegar a chamada.

– Estrela Soluções em informática. Em que posso ser útil?

– Pá! Que grande satisfação ouvir-te.

Arrependi-me de ter atendido o telefone e mais ainda por não ter um identificador de chamadas para poder evitar aquele português.

– Olhe, que já soube cá das novidades, que fazes agora, parte de nossa filosofia de vida e fiz questão de cumprimentar-te, meu amigo. Sejas bem-vindo.

– Sim, aceitei entrar, mas fiz umas exigências e vamos ver como funciona.

– Sim estou a saber dos pormenores, mas liguei mesmo só para te dar parabéns e desejar-te muita sorte.

– Do jeito que fala parece até que não vamos nos falar nunca mais.

Eu ouvi uma risadinha do outro lado da linha.

– Fica com Deus e cuida-te. Falamos melhor mais para frente.

Quando ele desligou fiquei imaginando a alegria daquele português para ligar ao custo de uma ligação internacional.

Certo que o telefone não tocaria mais, fechei as portas e ativei o alarme. Conferi se estava tudo certo e fui para o carro. O cheiro do interior do veículo transmitia um bem-estar, ainda mais quando o ar condicionado espalhava um perfume gelado sobre meu rosto. Conferi a posição dos espelhos, travei o cinto de segurança, dei a partida na ignição e um calafrio percorreu a lateral do meu pescoço. A impressão de ter alguém escondido entre os bancos de trás despertou uma reação inesperada e me fez saltar para fora.

Desta vez não tinha nenhuma borboleta. Cheguei a pegar alguns passos de distância para certificar que estaria a salvo. A rua sem saída forçaria o provável ladrão a passar por mim para escapar. A luz que vinha do poste impedia uma visão nítida do interior do carro, que permanecia ligado. As luzes do painel criavam um efeito avermelhado que distorciam ainda mais o visual.

Pé ante pé eu me aproximei. Estiquei o pescoço, porém não havia nada no interior do carro. A sensação que alguém me observava de perto não saía da minha cabeça e coloquei uma música no máximo volume para auxiliar a dispersar o medo antes de segui meu caminho.

Quando cheguei em casa Tessa estava sozinha assistindo TV. Perguntei por Dona Zoraide, mas ela informou que estaríamos sozinhos durante o final de semana. Sua mãe tinha viajado para São Paulo. Minha sogra, vez por outra, escapava para as noites paulistanas, onde segundo ela, podia encontrar um mar de cultura e ser atendida sem o mau humor carioca.

Vi a oportunidade perfeita para conversar com Tessa e por um basta nas nossas brigas. Sozinhos poderíamos nos matar a vontade e não precisaríamos manter nenhuma regra de boa convivência conjugal.

– O que temos para jantar? Perguntei na intenção de provocar uma discussão.

– Não pensei em nada, mas tem o que sobrou do almoço na geladeira. Eu não estou muito bem. Tenho dor de cabeça.

Aquilo seria a deixa para frustrar minha noite, porém sem que ela soubesse, eu já tinha um diabólico plano em andamento. Sentei e permaneci calado, não a abracei, nem dei o beijo que costumava marcar minha chegada. Fiquei estático na ponta do sofá, testando sua paciência. O filme que ela assistia, passou pelo comercial e retornou sem que ela movesse um milímetro. Percebi então que o silêncio e a concentração dela na TV já eram em si o meu motivo para falar.

– Precisamos conversar!

Lancei minha deixa como um míssil de curto alcance. Tessa se ajeitou entre as almofadas e desligou a TV. Ela costumava ficar nervosa quando ouvia aquela frase. Isso porque quando era pequena e fazia alguma travessura, era assim que sua mãe a abordava. Na verdade, a frase tinha um efeito psicológico e funcionava como o anúncio de sérios problemas.

– O que foi agora?

– Estou cansado de viver assim.

– Assim como Natan?

– Você saiu do emprego para arrumar algo melhor. Eu estou tentando lá na empresa e nada funciona. O dinheiro não entra e estamos aqui vivendo de favor com sua mãe. Nós não temos vida e estou farto de nossas brigas sem motivo. Estou de saco cheio de ter que pedir desculpas por nada e por tudo. Não quero e não vou viver desta maneira. Me prometi isso antes de conhecer você. Que não aceitaria viver como as outras pessoas, com suas vidas medíocres. Me prometi lutar até ser feliz no casamento, nos negócios e com a família. Essa promessa não deixarei de lado, nem mesmo por você.

Descarreguei sobre Tessa com um só tiro, tudo que estava atravessado no meu peito. Ela fechou seu semblante e pensei que precisaria me proteger para não ser atingido por nenhuma peça da decoração da sala.

– O que você quer dizer com isso?

Os olhos dela brilhavam mais que o normal e seu rosto estava vermelho expondo a respiração ofegante.

– Acho que temos que decidir se vamos ficar juntos de verdade. Talvez seja melhor cada um seguir seu caminho.

O muro de Berlim não resistiu ao meu ataque insensível e ela deixou rolar as primeiras lágrimas por seu lindo rosto.

– Você acha que ficaremos melhor separados, é isso? Você acha que não estou fazendo minha parte na luta?

Eu não conseguia olhar para ela chorando e procurei refúgio ao andar de um lado para o outro da sala.

– Natan, nós já passamos cinco anos juntos e neste tempo vivemos o céu e o inferno, mas atravessamos tudo juntos e não quero deixar isso acabar assim.

– Então precisamos mudar. – Esbravejei ainda sem olhar para ela.

– Mudar como? Não temos dinheiro. Você quer que eu mude como? Me diga o que fazer, mas não vamos fazer nada separados. Eu te amo.

As palavras emergiam entre pequenos soluços que ela insistia em segurar.

– Eu também te amo.

A frase foi sincera, mesmo saindo com a voz falhada.

– Olha. Estou iniciando uma coisa nova. Ainda não sei qual será o resultado, mas acredito que vale o risco, talvez até mude nossas vidas.

– O que você vai fazer?

– Tessa, esta nossa conversa é definitiva. Se vamos continuar juntos, precisamos estar além destas picuinhas, precisamos ser mais do que um casal, devemos ir além da lealdade e da confiança um no outro.

Ela enxugava o rosto enquanto aguardava que eu continuasse o que comecei.

– Você vai fazer algo de errado? Ela falou com a voz fraquejando.

– Não, claro que não. Mas também não tenho certeza se é certo.

Eu queria contar para ela sobre Ruberte, Azhym, Maud e os dois emissários que apareceram na loja. Queria compartilhar a trama na qual estava sendo envolvido, mas falar implicaria em mais perguntas que eu não saberia ou não poderia responder. Era preciso tato da minha parte para encontrar a forma correta de contar a verdade sem criar uma armadilha para mim mesmo.

Sentei ao seu lado, olhando os cabelos longos e embolados sobre o rosto.

– Natan, eu juro que estou tentando conseguir um trabalho. Tenho saído todo dia à procura, tenho mandado currículos pela internet e até acho que existe uma boa chance de entrar no ramo da consultoria com as palestras que minha mãe arrumou para eu fazer com a amiga dela. Além disso se a venda da casa se confirmar teremos algum dinheiro para investir, quem sabe até dar um fôlego novo na loja.

– Não é isso, Tessa. Eu sei que faz a sua parte, mas parece que o próprio Deus está nos punindo. Tudo que fazemos para melhorar, acaba nos empurrando mais para o fundo.

Ela não retrucou e ficamos ali um tempo em silêncio até que ela me abraçou, fazendo eu me sentir ainda pior por ter descontado nela a minha frustração pessoal.

– Vamos à padaria comprar algo para comer.

Argumentei apressado para não dar continuidade no nosso drama. Tessa arrumou os cabelos e colocou seu chapéu no estilo pintor francês que além de lhe ficar bem, escondia a cara de choro.

Da nossa casa até a padaria petropolitana eram uns quinhentos metros e comecei a puxar conversa falando sobre os tais homens que tinham aparecido na loja. Tessa ouvia tudo com atenção, mas talvez por eu ter começado pelo fim da história, ela não estivesse entendendo bem do que se tratava. Nossos passos eram curtos na tentativa de prolongar ao máximo a conversa e fui aos poucos dando conhecimento a ela, sobre como conheci Azhym e quem ele era. Disse que talvez aquelas pessoas fossem um bom contato e poderiam nos ajudar a levantar a loja de uma vez por todas. Tessa ficou empolgada e por confiar no meu instinto empresarial, concordou com meu ponto de vista sobre Azhym ser uma pessoa no mínimo útil naquele momento.

Compramos alguns pães e um pacote de suspiros, que ela amava. Tive que contar as moedas para poder pagar, mas o doce serviria como uma declaração de paz e ao mesmo tempo um pedido de desculpas da minha parte. Em menos de vinte minutos tinha falado sobre Ruberte, Azhym e todos os outros estranhos acontecimentos repentinos desde aquela tarde de calor na frente da loja quando Ruberte socorreu a velha.

Quase chegando em casa, Tessa me puxou para um beijo ainda com gosto de lágrimas.

– Eu te amo e não interessa o que vai nos acontecer. Juntos seremos sempre mais fortes. Você acredita que esta história será boa para a gente?

Ela me perguntou ainda com o rosto colado no meu em meio ao frio gostoso da noite.

– Não sei, mas tenho um bom pressentimento. Vamos ver no que dá. Mal não vai fazer.

– Então estou com você.

Acho que foi naquela noite que selamos um pacto para nunca mais brigar por coisas inúteis e aceitamos o fato definitivo de que juntos, seríamos imbatíveis.

Dona Zoraide chegou um pouco antes do que tinha planejado e não parava de falar sobre as peças de teatro que assistiu e dos cinemas franceses de São Paulo. Dos hotéis e de toda a alegria que ela tinha em visitar a terra que considerava seu berço, por ter morado lá quando era criança e que a conquistou de maneira tão marcante na adolescência.

Deixamos minha sogra falante e fomos, mais uma vez, a casa dos meus pais para uma visita rápida. Desta vez descemos a serra entre risadas e carinhos. Parei no mirante de onde se via a cidade do Rio de Janeiro ao longe. Por uns minutos ficamos ali abraçados, observando a imensidão. De uma maneira sutil e sem nos darmos conta, o universo começava a nos preparar para partir.

Fui direto ver meu filho, que estava com dores na barriga em consequência de ter comido besteiras demais na casa dos avôs maternos.

Jogamos vídeo game e até Tessa arriscou umas partidas com ele. A família estava reunida sobre um bolo de chocolate. Para acompanhar, suco de goiaba, a especialidade do meu pai, que não só tratava dos problemas com a dor de barriga como deixava todo mundo sem ir ao banheiro por dias. Naquela tarde até meu irmão e sua esposa estavam presentes e a casa cheia deixava ainda mais agradável o final do dia.

Contei aos meus pais sobre o possível fechamento do contrato com a empresa varejista e que havia uma grande chance da casa de Dona Zoraide ser vendida. Minha mãe disse que faria uma oração para ajudar que as coisas se concretizassem. Meus pais sempre foram os pilares da minha vida, estavam perto, mesmo nos momentos em que estive mais ausente e nunca se metiam nos meus assuntos. Claro que faziam seu papel de intervir quando julgavam necessário. Todo pai e mãe deve agir assim, mas eles conseguiam o equilíbrio preciso entre o que eles acreditavam ser sua função como pais e o que eles desejavam fortalecer no meu caráter. Ambos confiavam que eu caminharia pelo lado certo da rua, da maneira como ensinaram e que estaria ali caso a família precisasse de mim.

Meu irmão tinha o mesmo envolvimento e apesar de nós dois não sermos, um exemplo de fraternidade, havia um respeito mútuo. Quando me separei da primeira esposa, foi com meu irmão que pude contar para segurar a onda. Para tomar conta dos nossos pais que também sofreram com o processo de divórcio.

A cena era perfeita para guardar em um porta-retratos e expor em uma estante da sala. Todos reunidos e jogando vídeo game na pequena televisão adaptada com os alto-falantes de um rádio velho que geravam ainda mais barulho pela casa.

Em certo momento fiquei encostado a beira da porta olhando a algazarra. Lembrei do emissário de cabelo amarelo, dizendo que eu deveria começar a me preparar para o treinamento e que não poderia contar com a presença de meus parentes. De onde estava comecei então a arquivar na memória, os risos, os gestos, as vozes e as expressões de cada uma daquelas pessoas que eram tão importantes para mim.

De volta ao topo da colina, em Petrópolis Dona Zoraide estava sentada a mesa com uma cara de desânimo e julgamos que fosse cansaço ou o efeito da viagem de ônibus que ela tinha feito. Na idade dela qualquer um sente os efeitos de ficar oito horas dentro de um ônibus desconfortável.

Tessa não tinha problemas em ser direta com sua mãe e ao vê-la ainda acordada sabia que tinha acontecido algo errado.

– O que houve, mãe? O que foi agora?

Dona Zoraide fez um bico retorcido esticando os lábios antes de responder.

– Minha amiga corretora ligou e o interessado na casa desistiu.

A notícia jogava na lama nossa melhor e mais concreta oportunidade de sairmos do buraco.

– Tessa tentou consolar a mãe que estava apenas à nossa espera para poder desabafar um pouco e poder dormir com a cabeça menos pesada. Mesmo após várias tentativas frustradas de vender a casa, ela ainda não tinha acostumado com as desistências. Certa vez ela chegou a receber um depósito, de um homem que ficou encantado pelo bairro, mas quando mostrou o imóvel à esposa, teve que desistir, sem nem mesmo fazer questão de receber o dinheiro de volta.

Ela também queria dar uma mexida na própria vida. Viajar para a Europa e rever suas cidades favoritas, rever os lugares onde morou quando era casada com o pai de Tessa na Alemanha. Ela mencionou até que pretendia morar por lá, já que falava o idioma sem dificuldade.

Minha sogra se recolheu, deixando Tessa e eu conversando baixinho sobre o que a venda da casa nos possibilitaria. Naquele momento algo tomou conta de nossos desejos e embarcamos na aspiração de Dona Zoraide. Imaginávamos a possibilidade de largar tudo e ir viver na Alemanha com a mãe dela. A ideia não era louca, porque Tessa herdara a cidadania alemã, o que garantia o direito de permanecer e viver naquele país.

CAPÍTULO 12
PROVA DOS NOVE

O anúncio sobre quem teria ganho a concorrência para fazer manutenção nas impressoras do contrato mais cobiçado da cidade de Magé foi adiado em função de problemas internos da empresa varejista. Eu pensava em prolongar o rodízio das contas, até que por um milagre um cliente apareceu e encomendou duas dúzias de computares novos. Expliquei que era um investimento alto e precisaria de um adiantamento para garantir um bom preço. Ao fim da negociação o cliente pagou a vista e antecipado, proporcionando uma injeção de ânimo nas finanças da empresa. Não era muito para mudar nossa trajetória negativa, mas resolvia os pagamentos das contas atrasadas.

Eu também não tinha nenhuma notícia sobre a Organização, menos ainda de Azhym ou Ruberte. Tudo parecia calmo até eu receber um e-mail.

Caro Alexandre Natan,

Faz algum tempo que não escrevo em português e por favor perdoe-me uma ou outra palavra errada. Falar é mais fácil e exige menos regras que escrever. Acredito que esteja preparado para receber a prova que pediu. Que somos um grupo organizado e que estimamos a sua iniciação conosco. Este meu contato é para esclarecer alguns pontos de maneira clara e objetiva:

Primeiro quero dizer que você deve providenciar com urgência seu passaporte, bem como a da sua esposa, porque o tempo passa rápido e este documento vai se tornar algo valioso em suas vidas. Estou presumindo que você a incluiu nos planos, porque afinal é o que eu faria, apesar de também ser a ação menos sensata.

Ainda neste assunto, quero que verifique informações básicas sobre Portugal. Faça uma pesquisa sobre a história, os costumes, a economia, a política e planeje onde seria melhor para uma visita de alguns meses.

Sua viagem não está planejada por completo, mas acreditamos que até o início de setembro deste ano você estará em solo português, estabelecido e com os primeiros contatos para nossa segunda abordagem. Procure ficar próximo a Lisboa, onde nosso amigo, senhor Siri Malta, do jornal O Matutino, vai prover-lhe um emprego de forma a sustentá-lo por algum tempo até que você e sua esposa estejam ambientados. Assim poderão se integrar mais fácil à cultura local.

Preciso também que me encaminhe um currículo da sua esposa. E assim que possível, um dos homens que o contatou semanas atrás, vai procurá-lo para alguns detalhes que precisam ser ajustados.

É uma pena que não posso estar com você neste momento para lhe dar as boas vindas com um forte aperto de mãos. Ver a sua reação que acredito ser de grande excitação seria uma recompensa satisfatória. Por fim entenda que esta mensagem lhe dá sinal verde para começar a desfazer-se de tudo que o mantém preso à sua antiga vida.

Um grande abraço e até nosso próximo contato.

PS: Não me ligue, porque estou em viagem e o número que te dei não deve funcionar. Se quiser pode mandar um e-mail para este mesmo endereço, mas não espere resposta rápida, pois como disse estou em viagem.

O texto finalizava com o nome completo de Azhym e um código: *S37-V5*. Fiquei encucado com aquele enigma e pensando o que poderia ser, porém meu pai tinha passado pela loja com meu filho no banco de trás da bicicleta, gritando que o almoço estava pronto. Meu pai era assim, vivia em movimento constante e nada o abatia. Quando alguém precisava construir uma casa, lá estava ele para ajudar. Se era um problema elétrico ou no encanamento furado, era a ele que todo mundo da família e até os vizinhos, recorriam. Ele tinha uma mente criativa, capaz de resolver qualquer problema com suas invenções improvisadas. Na nossa casa um monte de gambiarras científicas podiam ser encontradas, desde sistemas automatizados para a bomba d'água que enchia a cisterna, até alarmes feitos com campainhas velhas e alguns pedaços de fios. Com toda certeza foi dele que herdei a capacidade e a curiosidade para lidar com tecnologia e computadores.

Fui pensando no que poderia ser aquele S37 e quando cheguei na casa dos meus pais escrevi num guardanapo para não esquecer. Conversei um pouco com meu pai e meu filho que já traçavam um prato de feijão com farinha, arroz e ovo. Meu filho disse que estavam preparando um passeio em grupo para o dia dos pais. Segundo ele era obrigatória, tanto a minha presença como a do avô.

Perguntei quanto seria, mas fiquei com medo da resposta, afinal passeios escolares são em geral superfaturados pelos organizadores. Ele disse que a professora ainda não tinha definido, mas assim estivesse certo ela mandaria um bilhete no caderno dele.

Mantínhamos a conversa entre um copo e outro do famoso suco de jaca, outra especialidade do meu pai até que minha mãe chegou e puxou uma cadeira para se juntar a prosa.

– Segue teu caminho sobre Jeová, E confia Nele, e Ele mesmo agirá. Salmos 37, Versículo 5.

Minha mãe era religiosa e bastou ver o código no papel para decifrar o segredo do diplomata turco. Olhei para ela e arrumei uma desculpa para não dizer de onde surgiu a passagem bíblica.

Não demorou e a atenção de todos foi capturada pela televisão. Uma refeição simples, mas capaz de saciar a alma de maneira profunda.

Meu telefone tocou com uma mensagem informando que havia um cliente na loja à minha espera. Dei um beijo nos três, agradeci o almoço e corri de volta.

Esgueirei-me pela porta da frente e dei de cara com um homem conversando com Daniel. Ele me cumprimentou com um firme aperto de mão e Daniel o anunciou como sendo cliente, sem lembrar que era o mesmo homem de antes. Talvez porque agora ele parecesse menos com um funcionário do governo devido ao seu belo terno cinza, alinhado com a barba e os cabelos que já não eram amarelos.

– Podemos falar aqui ou prefere ir tomar uma água tônica?

A padaria da esquina sem querer se transformava em um ponto de encontros. Sentamos e logo que a menina trouxe os nossos pedidos deixei claro que ele deveria pagar a conta. Ele ignorou e tirou um bloco de notas da mochila com algumas folhas anexadas por grampos e dobraduras nos cantos.

– Recebi o e-mail do senhor Azhym hoje e pensei que você fosse demorar um pouco mais para aparecer.

– O tempo não espera ninguém e por isso estou aqui para dar andamento no seu processo.

– Beleza, mas primeiro diga seu nome, por favor, no cartão que me deu há somente o nome da empresa e contatos telefônicos.

O homem passou as mãos pelo rosto oleoso um tanto incomodado com a minha pergunta.

– Joaquim Trindade.

Disse ele sem me olhar nos olhos.

– Senhor Natan, estamos acertando a chegada em Lisboa para agosto.

– Se me lembro do e-mail do senhor Azhym, ele menciona início de setembro.

– Exato, final de agosto ou início de setembro. É quase igual.

Agora preciso dizer que você tem estes dois meses seguintes para desfazer-se da sua empresa, das contas de banco, dívidas, carros, casas, tudo que estiver no seu nome deve ser vendido ou doado.

– Como assim? Vendido ou doado? Está louco e como vou sobreviver sem dinheiro em um país estranho.

– Você leu o rodapé da mensagem de seu mentor?

Eu fiquei calado tentando lembrar o que minha mãe disse sobre o versículo da bíblia.

– Pois é. Confie em Deus que ele agirá em seu favor.

Disse Joaquim percebendo que eu não tinha decorado.

– A parte mais difícil será despedir-se dos familiares e por isso acho que será uma boa ideia, você começar o quanto antes. Se me permite um conselho não diga que está indo embora em definitivo. Você não precisa estarrecer as pessoas, apenas prepará-las e acredito que saiba bem como fazer isso, mas entenda que é urgente.

Eu balancei a cabeça, receoso sobre como faria aquilo em tão pouco tempo.

– Posso fazer uma pergunta Joaquim?

O homem parou de ler seus apontamentos e ficou a espera mordendo a própria língua com os dentes caninos.

– Com que dinheiro vamos conseguir chegar do outro lado do oceano? Estou começando a duvidar desta organização. Seus planos me parecem desesperados e mais desorganizados que esse seu bloco.

Joaquim chegou a abrir a boca para dizer alguma coisa, mas preferiu ignorar mais uma vez.

– É importante que você, Natan, saiba que vamos estar por perto da sua família e principalmente do seu filho para cuidar que nada lhe aconteça neste seu período de aprendizado. Sua mente e espírito deverão estar voltados às suas tarefas e com os resultados. Deixe que nós nos preocupemos com o resto.

Eu me sentia um tanto sequestrado do meu mundo a cada frase. Pela primeira vez a água tônica tinha um sabor azedo e precisei insistir para bebê-la até o fim.

– Natan, preste atenção agora. Daqui por diante, os acontecimentos que surgirem, não revelarão de forma explícita a ação da nossa sociedade. Quero dizer, a sequencia de fatos que estão por vir, serão casados de maneira a ocultar a organização para as pessoas que não fazem parte dela. Mesmo você não conseguirá saber ao certo se o que acontecerá é um ato organizado e planejado com o intuito de conduzi-lo a sua jornada ou se são apenas coincidências mundanas. Para ajudá-lo a visualizar nossos atos, você precisará identificar alguns sinais através destes códigos aqui.

O homem me deu uma caderneta com no máximo vinte folhas, repletas de informação escrita com uma letra difícil de entender.

– Isto é um decodificador de mensagens. Você vai precisar dele para entender as mensagens que receber e o que elas significam. Guarde com cuidado.

– Tudo bem. Mas quando recebo a primeira para decodificar? Como vou saber?

– Quando estiver devidamente estabelecido em Lisboa. Você tem até lá para aprender estes símbolos e o que eles representam. Você pode encarar isso com uma primeira tarefa se quiser.

Coloquei o pequeno manual no bolso da camisa e fiquei à espera de mais instruções.

– Bom, Natan, da última vez estava errado e acabamos nos reencontrando. Uma honra para mim e espero ter ajudado com o meu melhor, mas preciso ir agora. Estou atrasado. Muito atrasado.

– Você quer uma carona até algum lugar? Estou de carro e posso levá-lo.

– Não, obrigado, não será necessário.

O Homem sacou uma nota de cinquenta reais e deixou sobre a mesa. Logo em seguida colocou a mão no meu ombro e disse duas palavras em um idioma diferente. Agradeceu a moça que nos serviu e saiu cortando as ruas com seu passo apressado.

Eu precisava agora pensar uma maneira de executar o que foi instruído. Vender as coisas que Tessa e eu trabalhamos a vida toda para comprar. Isso não seria a pior parte.

Só de pensar em deixar meus pais, meu filho e todos da família, um nó se fazia na minha garganta. Inspirei fundo, paguei a conta guardando o troco para mim e decidi começar no mesmo instante. Quando voltasse para a loja começaria pelo mais leal dos companheiros. Daniel seria o primeiro a saber que eu estaria de partida para Portugal, mesmo que eu não tivesse a menor ideia de como e com que dinheiro faria aquilo.

A reação imediata dele foi pensar que a empresa seria fechada e que perderia o emprego, entretanto ainda assim, ele manteve sua lealdade, ouvindo minha história sem questionar. Talvez na cabeça dele eu fosse mais doido do que parecia e tivesse inventado tudo aquilo só como uma desculpa para fechar a loja.

Conversamos e disse que faria de tudo para não encerrar a empresa. Se Tomas quisesse, eles dois poderiam levar a empresa adiante. Eu nunca acreditei que meu sócio fosse deixar o emprego fixo para cuidar de um negócio próprio. Eu torcia com todo meu coração para que ele um dia me surpreendesse, mas sabia que ele tinha bons motivos para continuar com a vida estável. Lembrei-me do senhor Azhym explicando os quatro grupos de pessoas e quantos conhecidos enquadravam-se naquela descrição. Aquele dia terminou meio triste e um vazio tomava conta de mim enquanto dirigia subindo a serra.

Estacionei o carro e conferi a rua para ver se não havia nada suspeito como da vez em que cheguei de Belo Horizonte. Desde daquele dia eu estava receoso em ficar com o portão aberto.

Quando cheguei a sala fui recebido com um beijo de Tessa que se jogou sobre mim. A mesa estava cheia de folhetos sobre passagens aéreas, informações sobre comidas típicas e mapas da cidade da Alemanha. Tessa ainda estava agarrada no meu pescoço quando Dona Zoraide esticou os braços para o céu e anunciou que tinha vendido a casa.

– Como assim vendeu? O interessado não tinha desistido? – A notícia foi à queima-roupa e me deixou atordoado.

– Sim, apareceu um outro. Ele fez até o depósito com o pessoal da imobiliária e vamos fechar negócio na próxima sexta-feira.

Por alguns minutos imaginei se aquela informação estava escrita no bloco de notas de Joaquim Trindade.

– Venha sentar aqui que vamos decidir juntos o que fazer com o dinheiro. Eu tenho uma ideia, mas quero saber a opinião de vocês dois.

Entre a papelada, cumbucas de uma cheirosa sopa de cebola disputavam espaço.

– Olha, a minha ideia é pegar o dinheiro que receberei pela casa e dividir por dois. Metade para cada filha e assim vocês não precisam brigar quando eu morrer.

Batemos na madeira da mesa para espantar o mau agouro. Tessa então sugeriu que Dona Zoraide pegasse o valor total e retirasse uma parte para ela e só depois dividisse o que restou por dois. Assim ela teria também algum dinheiro para ir passear e foi aí que surgiu novamente o assunto de sair do Brasil.

No meio da discussão sobre o idioma alemão, se era fácil de

aprender ou difícil de entender, comecei a usar meu dom natural e fui contornando o assunto até que chegamos em Lisboa. Uma das revistas sobre a mesa tinha uma mensagem convidando os brasileiros a ir visitar Cascais, a cidade considerada o Rio de Janeiro na terra de Luís de Camões e quase que por mágica, Dona Zoraide teve uma luz.

– Por que vocês não vão morar em Cascais então? É um bom ponto de partida para vocês acostumarem com a Europa, com o frio que faz por lá e até com a cultura. Depois rapidinho vocês aprendem alemão e se juntam a mim.

Pronto, eu tinha nas mãos o trabalho feito e bastava esperar que Tessa aceitasse a opinião, o que demorou um piscar de olhos.

– Mas como vamos fazer com as nossas coisas aqui? Temos o carro, a loja, nossas roupas?

– Ora, vende-se tudo. Podemos fazer um bazar, chamar os amigos e conhecidos e vender a preços bem baixos, só para nos livrarmos das coisas e fazer um dinheiro extra.

Concordei com a solução e ficamos até tarde planejando como reconstruir nossa vida no outro lado do Atlântico.

No decorrer da semana Tessa e eu fomos a polícia federal para dar entrada nos nossos passaportes, enquanto Dona Zoraide fechava a transação da casa na qual morou por quase duas décadas.

Havia hora marcada e assim que entramos uma senhora chamou nossos nomes. Conferiu os documentos, fez uma brincadeira sobre o clima que estava a cada dia mais doido e em vinte minutos saímos com os protocolos dos passaportes. Segundo a atendente em no máximo dois meses receberíamos o comunicado via e-mail para ir buscar os documentos oficiais. Pelos meus cálculos a data batia com o que precisávamos.

Na saída uma banca de jornais, já do lado de fora do aeroporto, mostrava um cartaz enorme dizendo "*aprenda francês, você mesmo*". Minha sogra emprestou algum dinheiro para pagar pelos passaportes e com o que sobrou comprei o volume único do curso. Imaginei que talvez saber o básico de Francês ajudaria com a vida em Portugal.

Julho passou em meio a vendas das quinquilharias da casa de Dona Zoraide. Vendemos quase tudo. Apenas algumas roupas, panelas e utensílios de uso cotidiano sobraram depois que realizamos a venda de garagem. O que sobrou, doamos para a caridade, onde aliás, foi difícil encontrar quem aceitasse. E quando aceitavam existia uma burocracia absurda para receber um casaco ou sapato. É difícil acreditar que em um país onde tanta gente precisa do básico, existam tantos que preferem ficar sem nada do que vestir um casaco usado. Fui testemunha de pessoas que preferiam rejeitar uma panela usada, do que recebe-la de graça, mesmo não tendo uma nova para usar. Acredito a maioria das coisas que demos ou vendemos estavam novas e em bom estado de uso. Mesmo assim, algumas pessoas tinham essa ideia na cabeça. Ouvi várias pessoas resmungando que comprar coisa usada é uma pobreza.

Típico do consumismo enlouquecido que pairava sobre o país na época. Com largos investimentos para sediar os jogos olímpicos e a copa do mundo de futebol, todos diziam que o país se tornaria uma grande potência. A mídia pregava a todo custo no horário nobre da televisão uma mensagem clara: "*compre, compre e compre*". E a população aceitava a mensagem feliz da vida sem saber que ficariam mais e mais endividados quando aquela bolha estourasse, devido a seu capricho estúpido.

Não havia passado nem trinta dias e recebemos o aviso sobre o passaporte pronto. Agora só faltava comprar as passagens e reservar o hotel em Lisboa.

Eu tinha um primo que morava em Portugal, já por alguns anos e ele conhecia bem a vida fora do Brasil. Trocamos alguns e-mails e falamos pela internet. Foi o suficiente para saber que a vida lá não era moleza. A visão que ele passou nas mensagens deixou claro que eu e Tessa precisaríamos de um emprego rápido ao chegar lá ou o dinheiro ficaria escasso em poucas semanas. Lembrei do amigo de Ruberte e como já estava metido naquela história até a cabeça, decidi fazer o contato, eu mesmo desta vez. Primeiro tentei ligar para Azhym, usando o número dos contatos que Joaquim havia passado, mas nenhum deles completava a ligação e por fim liguei para Ruberte. Meu caminho precisava passar pelo homem que iniciou a mudança.

Ruberte atendeu com o caloroso sotaque português e ficamos relembrando a feijoada da Buba. Eu não queria ir direto ao ponto e correr o risco de passar por indolente que liga apenas para pedir. Queria que acontecesse de forma natural e sabia como fazer.

Cozinhei a conversa até que ele perguntou como andavam os preparativos e foi então que coloquei o pedido em pauta.

– Olha Ruberte, estamos prontos e só não compramos a

passagem ainda porque preciso confirmar sobre o emprego com o seu amigo jornalista.

– Pá, claro que sim, anote aí o contato dele. Eu mesmo vou tratar disso antes da minha mudança para o Canadá, mas tenha a certeza que vai ficar tudo arranjadinho.

– Mudança? Como assim?

– Ora, lembras que te disse que ao terminar o serviço de Angola iriam transferir-me para o Canadá? Pois, estou de partida na semana após você chegar, mas não se preocupe, terei tempo para oferecer-te aqui em casa, uma autêntica feijoada transmontana que vai ficar na sua memória para sempre, pá.

Soltei uma gargalhada ao telefone ao relembrar como ele tinha ficado contente com aquela comida.

– Perfeito, mas quando posso ligar para o Siri?

– Pá! Ligue na semana que vem, vamos dar a ele um tempinho para ajeitar as coisas, mesmo porque ele está sendo o último a saber destes planos e sabe como são estas coisas. Português que é português, não abre a bolsa sem dar luta.

– Sem problemas meu amigo, eu lhe agradeço. Obrigado pelo que fez e está fazendo por mim e pela minha esposa.

– Aliás? Diga-me cá, ela virá contigo?

– Sim, está decidido. Não vou a lugar nenhum sem ela.

– Oh, Jesus! Isso que é amor rapaz. Tu estás certo nisso, vocês vão precisar da força um do outro e decerto que estão providenciando alguma coisa para ela fazer quando chegar aqui também. Não te preocupes.

– Assim espero, porque nosso dinheiro está contado para no máximo três meses. – Tentei reforçar a necessidade que teríamos ao chegar.

– Pois! Sei como é. Olhe meu amigo, boa esta nossa conversa, mas tenho que ir e não te preocupes, que tudo vai dar certo. Nos falamos ainda antes de você viajar.

– Claro. Grande abraço.

Me despedi confiante que estava empregado e no máximo em vinte ou quinze dias chegaria nas terras dos colonizadores do Brasil. Aproveitei o resto do dia para praticar meu francês, apesar de ter caído na real de que não precisaria de francês nenhum em Portugal, mas tinha adquirido gosto pelo idioma.

Na casa dos meus pais a notícia tinha espalhado entre todos os parentes e tornou-se a conversa ao redor da mesa. Com a loja praticamente transferida para o nome do meu sócio Tomas, tinha tempo livre e menos preocupação. Deixava ele e Daniel, a maior parte do dia sozinhos para irem se acostumando com a vida dos negócios. Na verdade, Daniel ficava na empresa quase o tempo todo sozinho e me surpreendeu na maneira como lidou com a responsabilidade, assumindo a frente dos negócios. Meu sócio brigava com a dupla jornada, entre o emprego oficial e a nova função de empresário que herdara.

Aos olhos legais Tessa e eu já não tínhamos mais qualquer vínculo com a empresa, uma vez que nosso contador transferiu contas bancárias, contratos, patrimônio social e tudo que era preciso para o nome de Tomas. Em troca, ele me enviaria parte dos lucros durante um ano. Seria a forma dele pagar por ter adquirido a Estrela Soluções de informática. Para ele seria mais fácil assim, afinal com o contrato homologado junto à empresa varejista, o fluxo de dinheiro entrando todo mês, seria suficiente para ajustar as contas e ainda obter um bom lucro.

Quando eu olhava o imenso cartaz que mandei fazer para pendurar sobre a loja com holofotes que ficavam ligados durante toda a noite iluminando nosso logotipo, eu sentia uma pontada de choro subindo pelo peito. Foram anos de luta para criar aquele nome. Tempos tão negros que quase custaram o casamento com Tessa. Daquele ponto de vista era injusto abrir mão de tudo, logo agora quando as coisas começaram a entrar nos eixos.

Eu me convencia que tudo seria diferente ao chegar em Portugal e que nossa vida jamais voltaria a ser tão complicada.

Mesmo podendo dormir até mais tarde eu acordava cedo e aproveitava para ir levar meu filho na escola. Foi o período que mais ficamos juntos e em certo momento, voltando da escola, ele me perguntou porque eu estava indo embora para longe.

Ele foi o primeiro que teve a coragem de fazer a sofrida pergunta. Nem mesmo meus pais tinham criado forças para me questionar. Eu evitava este ponto específico nas conversas, porque seria uma loucura tentar explicar o motivo verdadeiro, falar sobre Azhym, Ruberte e organizações secretas que não são secretas, que só querem ajudar as pessoas no mundo. Toda aquela conversa exigia uma mente aberta, uma forma diferenciada de ver o futuro, para que se tornasse, ao menos plausível.

Ponderei bem as palavras e disse com o coração aberto o que pensava. Meu filho e eu nunca mentimos um para o outro. Mesmo nas perguntas mais cabeludas eu respondia a verdade. Claro que em determinados casos precisava emoldurar a resposta com uma história para que ele entendesse melhor, mas sempre tive o compromisso de dizer-lhe a verdade. Era nosso pacto, ainda que ele tivesse apenas oito e eu, quase trinta e um anos de idade.

A resposta foi que prepararia as coisas para em breve, ele ir me visitar. Contei que havia castelos e fortalezas antigas espalhadas por Portugal e como seria bacana desbravarmos juntos as histórias daqueles lugares. Ele na sua inocência até que aceitou bem a resposta, mas a sua falta de alegria ao resmungar um "legal", me deixou com o coração despedaçado.

Com tempo mais folgado pude fazer o passeio da escola. Avô, pai e filho curtiram um passeio pelo morro do Pão de Açúcar, andamos de bondinho, fomos ao forte de Copacabana e almoçamos em um restaurante escolhido pela escola. Só nós três pela primeira vez, passeando como turistas.

Meu pai teve uma vida agitada e conhecia todas as ruas e cantos da cidade do Rio de Janeiro, mas desde que se aposentou evitava ir ao centro da cidade, devido ao tumulto e a violência que cresciam a cada ano. Eu não podia culpá-lo porque seguia o mesmo caminho até encontrar com Ruberte.

Foi um dos dias mais importantes e felizes que vivi. Lembro de ter desejado, já com o ônibus voltando para casa, que pudéssemos ter mais momentos como aqueles. Me perguntava o porquê de nunca ter feito nada semelhante em vezes anteriores e sentia um bocado de culpa por isso. O pensamento de que em breve eu estaria longe, bloqueou minha mente e manteve meu olhar fixo sobre os dois que dormiam, um sobre o outro, no banco ao lado.

CAPÍTULO 13
O RETORNO DO HOMEM DE PRETO

Toda a vida, pensei que agosto tivesse uma maldição, um tipo de encantamento que o fazia ser o mês mais longo do ano. Os dias se arrastavam e as horas pareciam ter o triplo do tempo, mas procurei aproveitar cada minuto em família. Comparecia a todos os almoços, churrascos, jantares e tentava da minha maneira registrar os últimos momentos do que só então havia percebido, serem os mais preciosos que tinha.

Minha mãe sempre foi mais durona que qualquer mulher que já conheci e ela podia estar com o coração em frangalhos com a minha partida, mas por fora mantinha o entusiasmo. Era a sua maneira de nos apoiar a seguir em busca daquilo que acreditávamos ser o melhor para nossas vidas. Meu pai fazia questão de reforçar que seria uma oportunidade única e ambos pareciam prever do seu jeito carinhoso que eu demoraria um bom tempo para retornar. Eles não se despediam, nem mesmo quando eu ia para a casa com Tessa. Apenas falavam um "*Voltem logo*" ou, "*vão com Deus*". A cada dia meu peito ficava mais pesado.

Na casa de Petrópolis a venda estava finalizada e o novo proprietário aguardava as chaves. Fui ajudar minha sogra com o último adeus, mas não a encontrei. Nem mesmo Tessa estava por lá.

A ideia inicial era Dona Zoraide ficar em uma pousada, de preço acessível, por umas duas ou três semanas. Até que tudo se ajeitasse, Tessa e eu passaríamos as últimas semanas morando na casa de meus pais.

Andei por cada cômodo e meus passos ecoavam no chão de tacos. Foi estranho andar entre as lembranças, mesmo com a casa vazia. Se era difícil para quem viveu ali por poucos meses, Dona Zoraide deveria estar realmente deprimida.

Entramos e saímos repetidas vezes em nossa casa, sem nos darmos conta do quanto é importante ter um lugar seguro para dormir.

Sentei no chão da sala e fiz um resumo rápido da vida. Eu ainda não acreditava como em questão de meses, tudo tinha tomado proporções tão drásticas de mudança. No quanto, outra vez, estava fazendo as pessoas a minha volta sofrer com meu desejo egoísta de sucesso. Eu seria o primeiro da família a cortar os laços umbilicais e isso exigiria força, talvez tanta quanto necessária para Dona Zoraide deixar aquela casa depois de uma vida inteira ali.

Tessa ligou no celular e confirmei que estava na casa à procura delas.

– Amor, minha mãe passou mal e estamos no hospital. Não tive como ligar antes.

– Hospital, como assim? O que aconteceu?

– Nada grave, foi a pressão dela que disparou e decidi trazê-la ao médico.

– Claro! Fez muito, bem. Onde você está? Me diga que estou indo aí.

– Calma, não precisa. Nós já entregamos as chaves para o novo dono da casa e alugamos o quarto para ela ficar na pousada por um mês. Só não fomos direto porque o doutor achou melhor ela ficar aqui de repouso. Eu acho que foi da ansiedade desta semana. Vender a casa e todos os trâmites da documentação devem ter mexido com a sua sogra. Você sabe como ela é.

Eu não sabia. No entanto me despedi de Tessa e mirei a porta.

– O que estou fazendo? – Pensei sozinho em voz alta.

Aquela era a última vez que entrava na casa. Minha tarefa era conferir se tudo estava apagado e trancados na parte de cima e depois que fechasse a porta, jogar minhas chaves pela janela adentro.

Cômodo por cômodo, fui me despedindo e aproveitei para garantir que não havíamos esquecido nenhum pertence. Estava descendo pela fina escada de degraus irregulares e percebi que não estava mais sozinho.

Todos os meus pelos se eriçaram e as pernas vacilaram ainda no meio da escada. Senti um profundo receio de olhar para a escuridão as minhas costas. Tomei coragem e desci ainda com aquele calafrio percorrendo meu corpo, me fazendo respirar com agonia. Atravessei a cozinha, conferindo gavetas, armários e fazendo o máximo de barulho que podia ao bater as portas de madeira.

Fui aos quartos na parte de baixo ainda com a sensação que me era velha conhecida. A cada passo em direção à saída o pavor aumentava.

Depois de tudo feito, conferido, fechado e apagado fui para a sala. Lá eu sabia o que me aguardava.

Na sombra, entre o batente da porta principal e a quina do arco que levava para a saída, ele me esperava.

A lâmpada dali sempre foi fraca, num tipo de meia-luz, para não atrapalhar quem estivesse assistindo TV. Não sabia o que fazer, apenas que precisava atravessar a porta para ir embora, porém não tinha certeza se isso seria permitido.

Estiquei a mão até o interruptor, o único que possuía três gatilhos. Duas do interior da casa. Uma do exterior, sobre o pequeno portão que vivia destrancado e que dava acesso a um jardim. Apaguei primeiro a de fora e pude ver melhor o contorno do senhor de chapéu, recostado de pé ainda no canto a minha frente.

Em seguida apaguei a luz fraca e quase não conseguia mais identificar se era minha imaginação ou se ele havia mesmo retornado, depois de tantos anos longe. Ondas de medo emergiam dos meus pés, subindo até a nuca. Respirei fundo e com um movimento único, fiz estalar o último gatilho, colocando a casa em plena escuridão.

A visibilidade era mínima, proporcionada apenas pela luz fria das casas dos vizinhos e que atravessavam as frestas nas janelas sem cortinas.

O ar se deslocou e tive a certeza de estar cara a cara com aquela criatura. No meio da escuridão meus olhos conseguiam distinguir seu contorno. Eu podia sentir a energia gelada na ponta do meu nariz e nos meus dedos esticados para baixo.

Eu ouvia bem ao longe, os vizinhos falarem qualquer coisa sobre o jantar, um cachorro latindo e alguns passos na rua de cima, próximo a garagem. Sentia meus pés congelando, mas não conseguia me mexer, nem mesmo virar a cabeça para o lado.

Minha respiração começou a voltar ao normal e um alívio se instaurou pelo meu corpo, fazendo minhas extremidades ficarem dormentes com o sangue que voltou a fluir livre em minhas veias. Por muitos anos eu tive encontros daquela natureza, mas aquele tinha sido o mais intenso desde quando tinha os meus oito anos de idade.

Quando senti que estava outra vez sozinho, religuei o interruptor e as sombras dos cantos estavam limpas. Ainda fiquei tempo suficiente para me recuperar do pavor e deixar a adrenalina baixar um pouco. Sentei no chão de madeira e reparei em uma marca no mesmo local onde a sombra boqueou minha saída. Estava rabiscada sobre um dos tacos. Era um borrão, como se alguém com os dedos molhados escrevesse uma mensagem ou um nome. Achei melhor deixar ao menos uma luz acesa. Entrei no carro e hesitei em pegar o caminho para descer a serra. Não sabia se estava recuperado, porque nos encontros anteriores tinha ficado bastante debilitado, inclusive com febre. Encarei meu desconforto e me despedi da cidade imperial de Petrópolis.

CAPÍTULO 14
RENASCIMENTO

Faltavam dez dias para o final do mês, mas ainda não tínhamos nem as passagens compradas, nem o hotel reservado. Meu francês estava ensaiado com algumas frases fluindo bem. Àquela altura comecei a ficar preocupado se cumpriríamos o prazo. Deveríamos estar fora do Brasil no máximo até o início de setembro, mas Dona Zoraide continuava doente e Tessa passava dia e noite com ela. Viver em um quarto de pousada não nos permitia ficar os três juntos e eu também tinha família para dar atenção nos últimos dias antes de partir.

Quando meu telefone tocou e mostrou no visor um número desconhecido achei que era ela ligando da pousada, mas era Ruberte com boas novas.

– Zuca. – Ele tinha arrumado um apelido novo para mim, mas logo deduzi que era derivado da palavra brazuca. Um codinome para brasileiro no exterior.

– Olhe que estou ligando rápido, apenas para dizer que está tudo combinado com o nosso colega Siri. Ele está à espera da vossa ligação para confirmar.

– Puxa, obrigado pela força, Ruberte.

– Que nada, estamos aqui para ajudar um ao outro. Hoje eu, amanha você e assim por adiante.

– Muito obrigado mesmo, quando chegar aí na sua terra faço questão de agradecer em pessoa.

– Sim, sobre isso. Já tens a data certa de sua chegada aqui?

Eu relutei em dizer que não, mas não tinha como enrolar.

– Olha, eu acho que sim, minha esposa ficou de comprar hoje e no máximo em cinco dias estaremos aí.

– Pá! Bem no laço, eu e minha família nos mudamos dia vinte, para o Canadá. Dá tempo de chegares sem pressa. Boa sorte para ti.

Agradeci mais uma vez e deixei que desligasse, ele parecia mesmo com pressa. No mínimo estava usando o telefone da empresa outra vez.

Aproveitei e na sequência liguei para o senhor Siri. Estabelecer o contato para o meu emprego em Portugal parecia uma peça vital.

Ouvi o som de chamada uma dezena de vezes até cair a ligação. Insisti e uma voz anunciou o nome do jornal de maneira automática.

– Por favor gostaria de falar com o senhor Siri. Estou ligando do Brasil e me chamo Alexandre Natan.

Não houve confirmação do outro lado e a voz deu lugar a uma musiquinha computadorizada. Eu detestava ficar à espera no telefone, mas era aquilo ou um futuro incerto sem emprego na capital portuguesa.

De repente uma voz cansada e ríspida surgiu.

– Estou sim, pois não?

– Muito boa tarde, aqui é o Alexandre Natan, estou ligando a pedido do senhor Ruberte Henriques. Tudo bem com o senhor?

– Ora, que bem não está não, mas diga lá o que desejas.

O homem do outro lado da linha não fazia questão alguma de ser simpático.

– Sim, serei rápido e não quero tomar seu tempo, sei que o senhor é um homem ocupado.

– Ora, se soubesse já teria dito o que desejas.

O tratamento dele começava a me irritar.

– Estou ligando para confirmar o emprego e saber se preciso fazer alguma coisa.

– Sim. Está confirmado e lhe espero aqui até o dia vinte de setembro.

– Muito obrigado e sabe informar o salário e os detalhes do serviço?

– Quando chegares falamos disso, procura-me quando chegares, tens a minha palavra como prometido aos teus amigos que terás o emprego e não te preocupes.

Era tudo que eu queria ouvir. Fiquei sem saber se a ligação tinha caído ou se ele havia desligado, pensei em ligar novamente, mas achei melhor não arriscar. Eu poderia colocar abaixo, logo no início, aquela que parecia ter sido uma delicada troca de favores entre o tal Siri e Ruberte.

Dona Zoraide estava um pouco melhor e Tessa desceu a serra para ficar comigo durante o dia. Ela estava exausta por passar vinte e quatro horas com sua mãe.

Nossa conversa foi toda sobre nosso apertado cronograma e o que faríamos com minha sogra, caso ela não melhorasse. Foi duro ver que não tinha ninguém por perto para dar suporte. Eu vinha de uma família enorme e fiquei triste por ela. Sabia que deveria fazer algo rápido, antes que perdêssemos o prazo da viagem.

Minha esposa não entendia como sua mãe adoeceu de um

momento para outro. Sabíamos do problema de estresse pela saída da casa, mas aquilo já estava superado e as duas já tinham até preparado a compra de dois apartamentos pequenos como era o plano original. O que inclusive me pegou de surpresa, porque nos meus planos, contava que elas não fossem usar aquela parte do dinheiro tão cedo.

Em uma semana estaríamos no início de setembro e foquei minha atenção em Tessa. Era preciso aliviar a pressão que sua mãe colocava no momento.

Na noite de quinze de setembro de dois mil e dez, todos estavam presentes na nossa festa de despedida. Apesar de ainda não termos as passagens compradas, dizíamos a todos que seria no final do mês.

Foi uma das melhores reuniões de família que presenciei e lembro de todos os meus tios, tias, primos, alguns amigos mais chegados a família e todos que me conheciam desde criança desejando boa sorte. A maioria perguntava se eu era doido. Louco, por sair assim do Brasil, logo naquele momento em que tudo estava apontando para melhorar. Segundo eles até na economia e na política, o país estava alavancando uma retomada promissora.

Alguns estavam lá sem acreditar que eu fosse de fato deixá-los. Meu filho não me largava e ficamos juntos quase que a noite toda. Ele atento, ouvindo minhas respostas e conversas, analisando cada palavra.

A festa foi ótima e quando todos foram embora, Tessa e eu tivemos um momento a sós. Era preciso intimá-la a tomar uma decisão definitiva.

Ela entendeu que precisava comprar as passagens e só assim teríamos nosso plano em ação, sem possibilidades de mudança. Em nenhum momento falei que já deveríamos estar em Lisboa e que provavelmente as coisas estavam fora dos eixos devido ao atraso. Eu sabia que não viajaríamos nos próximos cinco dias e que a falta de contato da parte de Ruberte e de qualquer outro membro da sociedade indicava um problema.

No dia seguinte logo depois do almoço recebi uma mensagem de Tessa que dizia: "*Agora está feito, não tem mais volta. Passagens compradas para o dia 30 de setembro e hotel reservado por uma semana para começar.*"

Finalmente estávamos prontos e me convenci que com ou sem a tal sociedade de Azhym nós chegaríamos a Lisboa e arrancaríamos nossa vitória a qualquer custo.

Foi um mistério, mas quando Tessa contou sobre a compra das passagens para Dona Zoraide, ela ficou curada e não só fez todo o processo de compra dos apartamentos sozinha como ainda nos ajudou nos preparativos finais.

Na véspera do dia da viagem tudo parecia normal e se não fosse a ansiedade de Tessa em arrumar e conferir as malas mil vezes, mesmo eu, pensaria que era uma noite qualquer, apenas mais uma. Nos despedimos de Dona Zoraide no dia anterior. Ela a princípio queria ir ao aeroporto, mas como ainda se recuperava achou melhor evitar a desgastante viagem de Petrópolis ao Rio de Janeiro. Nos demos um longo abraço e almoçamos juntos para deixar marcado o momento. Ela nos desejou sorte e que deveríamos confiar um no outro porque lá, em outro país, um ao outro seria tudo que teríamos.

O plano inicial de ela ir morar na Alemanha acabou ficando em segundo plano devido às complicações de saúde, mas em nenhum momento ela nos pediu para ficar, pelo contrário.

Tessa e eu fomos para a cama tarde da noite, mas eu não conseguia dormir e levantei para dar uma volta. Andei pelo corredor da casa, vazio e quase em total silêncio. Passei a mão pelos móveis e pelas paredes que recusei-me a ajudar meu pai a construir, inventando algo para fugir do serviço de pedreiro.

Pela janela o céu estava claro e as estrelas tinham um brilho vivo. O contorno esbranquiçado da via láctea se fazia visível e interpretei como um sinal de sorte. Iniciei uma oração, agradecendo por tudo que recebi até aquele momento. Tentei no início não pedir nada, apenas agradecer pelas inúmeras oportunidades que possibilitaram-me viver tão feliz, com quem eu amava. Agradeci com um choro baixinho para não acordar ninguém.

Pedi ao final da oração que Deus protegesse meus pais, meus parentes e que desse atenção especial ao meu filho. Pedi que Ele me desse forças para lutar qualquer luta que viesse e mesmo depois de muito tempo chorando sozinho, não consegui dormir quando voltei para a cama. Acho que fiquei acordado até quase amanhecer, quando o sono venceu e apaguei por algumas horas.

Naquele dia meu filho não foi para a escola. Ele me acordou pulando sobre a cama para irmos jogar videogame. Nossa última partida, como ele dizia. Eu estava sonolento, mas ouvi-lo falar daquela maneira me consternava. Brincamos um pouco, ali mesmo no quarto, mas sem videogames para roubar nossas últimas horas juntos.

– Pai, a que horas o seu avião sai do Brasil?

Ele não me deixou responder e emendou uma segunda pergunta.

– Por que você não usa relógio?

– Eu não gosto de usar relógios, filho.

A imaginação de uma criança surpreende, mesmo quando um adulto não usa a razão para responder de forma convincente. Quando percebi meu braço já estava sobre o colo dele, meio que imobilizado, enquanto ele desenhava com uma caneta de cor preta, um relógio. A parte do círculo ficou quase perfeita e ele acertou a posição dos ponteiros para onze e cinquenta, sabe-se lá por que razão. Quando terminou esticou o próprio braço e pediu que eu fizesse o mesmo desenho no pulso dele, atentando para por os ponteiros também na mesma posição.

– Pronto! Assim ficaremos juntos, não importa onde esteja. Pai e filho devem ficar sempre juntos.

Nos abraçamos e foi difícil segurar a emoção. Por sorte ele não conseguia ficar mais que cinco minutos parado e saiu correndo para mostrar o novo relógio a sua avó. Disfarcei a comoção e me juntei a Tessa, que conferia se todos os documentos estavam na mala de mão, uma última vez. Ela sabia como lidar com os procedimentos de viagem, devido à experiência do trabalho.

Tomei café com meus pais em uma mistura de contentamento e tristeza. Era visível que todos sentiam pela nossa partida. Minha mãe olhava para o chão a quase todo o tempo evitando olhar-me nos olhos. Ela sabia que não resistiria ao choro se o fizesse. Meu pai saiu logo após o café para ir comprar qualquer coisa no mercado, evitando as duras horas de espera até o motorista contratado chegar para nos levar ao aeroporto.

Enrolamos cerca de duas ou três horas até que o meu telefone tocou e o motorista confirmou que estava a caminho. Desci com as duas malas que continham tudo de material que restava de nossas vidas.

Anunciei à minha mãe que o motorista estava chegando e precisávamos nos preparar. Tessa estava pronta e usava roupas o mais confortáveis possíveis para enfrentar o voo de quase doze horas. Aos poucos algumas tias e tios apareceram para dar um adeus e me recolhi no quarto da casa para mais um pedido de proteção. Acho que foi a maneira que encontrei para não desabar no choro.

Tudo pronto. Meu pai retornou das compras e chegou junto com o motorista particular. Meu telefone mostrou uma mensagem de texto que dizia. "*Acredite no seu dom. Confie em Jeová e tudo será uma jornada fascinante. Boa viagem*". Não tinha assinatura, mas pelo número desconhecido acreditei que fosse de Azhym ou Ruberte. Enchi o peito e desci para encarar o destino. As malas já estavam no carro, Tessa com o rosto vermelho abraçando minha mãe que dizia para ela tomar conta de mim. Tentei descontrair brincando que eu, é que deveria cuidar dela, enquanto abraçava alguns parentes. Deixei meus pais para o final.

Mil anos se passarão e eu ainda sentirei a dor daquela despedida.

Quando nossos pais nos amam de forma tão intensa, um abraço deixa marcas mais profundas que ferro em brasa. Nos abraçamos todos, minha mãe, meu pai e eu, tendo meu filho agarrado as minhas pernas. Demorou um tempo curto demais, até que minha mãe me deu um beijo, derretida em lágrimas, desejando boa sorte e que Deus estivesse sempre conosco. Que voltássemos logo para casa, pois ela estaria ali a nossa espera. Meu pai tentava suprimir o choro e nervoso disse antes de me soltar de seus abraços:

– Filho, não tenha medo. Quem já enfrentou o homem de preto consegue enfrentar qualquer desafio. Para mim você já é um vencedor, vá com Deus.

A frase ficou por um instante de segundo fazendo efeito no meu subconsciente, porém antes que eu tomasse coragem para argumentar, meu filho pulou para o meu colo e foi o suficiente para por a história de lado.

Ele estava sem camisa, descalço e cheirava a suor inocente. Os olhos claros, envoltos em água colaram no meu pescoço. Tudo que conseguia dizer para ele era o quanto o amava.

Eu lutava contra o choro, mas o contato da sua pele na minha blusa, os cabelos amarelos passando entre meus dedos e a força que ele punha nos braços entrelaçados em mim foram mais fortes. Cheguei a pensar em desistir quando o coloquei no chão entre os braços de minha mãe.

Eu estava quebrado antes mesmo de começar a jornada e não sei com que forças entrei no carro.

Tessa ia no banco de trás. Ela se esticou para segurar a minha mão, tentando acalmar-me, enquanto o motorista, constrangido, iniciou o trajeto bem devagar.

Acenei com a mão estendida para o alto dando um último adeus enquanto minha família ficava para trás. Eu não conseguia parar de chorar. Toda minha vida corria pela minha cabeça com lembranças que eu nem sabia ter e que se revelavam fora do meu controle.

Chorei de ficar sem fôlego. E mesmo Tessa consolando-me, também as lágrimas, não fazia passar a profunda dor que se instaurou no meu peito. Uma forçar descomunal implorava, do fundo da minha alma para ficar. Para não ir a lugar nenhum. Meu coração clamava por uma desistência. Insistia que meu lugar era ali, com a minha família.

Abri a janela do carro e a força do vento no meu rosto, aos poucos me revitalizou. Quando chegamos ao aeroporto eu estava melhor, mais senhor de mim. Pedi desculpas ao motorista que não se importou e recebeu o combinado pela corrida, desejando boa viagem.

Minha companheira olhava receosa o carrinho de malas a sua frente.

– Ainda dá tempo de voltar. – Disse ela, apenas por generosidade, porém convicta que eu seguiria em frente a qualquer custo.

Respirei fundo, demos as mãos e entramos empurrando o carrinho com todos os nossos pertences: Duas malas e o nosso amor.

Dentro do avião, no pequeno monitor suspenso sobre a cabeça dos passageiros, o plano de voo informava ainda oito horas para chegar em Paris, onde faríamos conexão para Lisboa. Tessa procurava se distrair com uma das revistas de bordo. Eu só conseguia pensar no ponto de partida e em como já estava com saudades dos meus pais. Imaginava o que meu filho estava fazendo naquele momento. No meio da angústia, vi que ainda tinha o pulso desenhado.

Passamos a maior parte da viagem conversando. Tessa em certo ponto expressou que era difícil acreditar que em poucos meses nossas vidas tivessem tomado um rumo tão drástico. Ela estava preocupada com a passagem pela fronteira quando chegássemos em Paris. Os jornais no Brasil a toda hora noticiavam que a imigração estava sendo fortemente contida nos aeroportos da Europa. Nós estávamos como turistas e detínhamos toda a documentação exigida para entrar, desde seguros de saúde com um ano de validade, até cartões com alguma reserva de dinheiro para emergências. Ela certificou todos os detalhes, para que nossa entrada fosse tranquila, mas ainda assim ela estava receosa.

Nossa intenção não era imigrar. Queríamos apenas conhecer um pouco da cultura europeia, ficando por lá alguns meses, mas no fundo eu desconfiava dos planos do grupo de Azhym.

De certo modo foi sobre as águas do Atlântico que o antigo Natan deixou de existir, deixando tudo que tinha e tudo o que era para trás. Pela primeira vez percebi o poder de uma decisão. Certa ou errada aquela escolha abriu uma porta que conduzia para o nosso renascimento.

CAPÍTULO 15
JUNTOS SOMOS MAIS FORTES

Meu estômago doía em uma mistura de medo e ansiedade. Nós não sabíamos bem o que fazer e seríamos os próximos a ser chamados.

– Suivant! Ordenou um senhor do interior de sua cabine blindada, com aqueles microfones que pareciam ter saído de uma sala de interrogatório. Minha esposa foi primeiro, afinal ela falava vários idiomas e tinha dupla cidadania. Isso deveria tornar as coisas mais fáceis.

– Suivant! – Gritou um outro senhor com a cara do Gérard Depardieu. Na minha cabeça a expressão fez sentido. "Próximo", dizia ele. Resultado do meu esforço em aprender francês nos últimos meses. Fiquei feliz, por perceber que ao menos uma palavra eu tinha decorado. Quando Tessa comprou as passagens eu nem sabia que teríamos uma escala na França.

O oficial da imigração encarou-me e pediu com a voz firme:

– Passeport, s'il vous plaît. – Eu mais uma vez radiante, por entender o idioma.

Ele folheou as páginas do meu passaporte e parou por uns minutos olhando às vezes para minha cara, às vezes para o monitor pequenino que refletia em seu rosto uma luz branca e azul. Decerto algum sistema de confirmação para ver se eu não era um criminoso. Eu procurava Tessa com os olhos, mas no lugar onde ela fora atendida, agora estava uma velhinha com uma roupa de cor laranja fluorescente. Eu recebi recomendações de Azhym e Ruberte para ser discreto, mas aquela senhora sabia como chamar a atenção. O que foi bom, porque me distrai e enquanto pensava naquela figura saída de algum desfile de moda excêntrico, ouvi as primeiras boas vindas à Europa, sem contar as que a tripulação do avião nos ofereceu quando pousamos.

– Bonne Journée! Bienvenue en France! – O cara falou com um ar desleixado, me devolvendo os documentos.

Esgueirei-me para fora do guichê confuso. Seria só aquilo? E o resto das perguntas? Ele não vai querer ver todos os documentos que levamos meses juntando? Que gastamos uma fortuna para autenticar em cartório e tirar cópias? Eu tinha duas pastas repletas de documentos, desde o RG até declaração de imposto de renda dos últimos dez anos. Tanto trabalho e o cara mal resmungou um bem-vindo a França.

– Conseguimos. – Celebrei ao encontrar Tessa que aguardava do outro lado das portas de vidro, mas ela não comemorou.

– Venha, vamos procurar onde fazemos a conexão.

O aeroporto Charles de Gaulle parecia uma cidade de tão grande. Os painéis iluminados com informações sobre voos, ônibus, trens e metrô. Uma infinidade de linhas que se cruzavam por diferentes andares. Eu não sabia se estava em Paris ou em Las Vegas, de tantas luzes e sinais piscando, mas eu também nunca estive em LasVegas, portanto tudo era lucro.

Pobre que nunca saiu de casa é um bicho do mato mesmo e eu não era diferente. Tudo bem que já tinha voado de avião diversas vezes, mas nada se comparava a magnificência daquele lugar. Não resisti e parei ao lado de um dos maiores painéis que ostentava o nome do aeroporto para fazer a primeira foto na Europa. A cara torta representava bem o voo de 12 horas, entre turbulências, choro e uma comida estranha.

Procuramos o portão de embarque para o próximo voo que seria dali a 4 horas. Andamos pelo aeroporto inteiro, umas cinco vezes. Eu tinha os pés doendo de tanto ir e voltar pelos infinitos corredores, até que encontramos uma placa escrita em linguagem universal: TERMINAL 08.

– Achamos! – Tessa exclamou puxando-me por um caminho de esteiras rolantes. Eu observava o povo que passava por nós. Uma mistura de pessoas que antes eu só tinha visto em filmes. Pessoas belíssimas, elegantes, outras nem tanto, de chinelos, calças rasgadas, com cabelos moicanos coloridos, burcas, todo tipo de gente transitava por ali.

No ar um som diferente. Um ruído que nunca ouvira antes. Uma mistura de várias vozes falando em diferentes idiomas ao mesmo tempo. Alguns sons eu conseguia distinguir e identificar. Poucas palavras, mas que faziam sentido, mesmo sem saber em que línguas estavam sendo ditas.

O embarque do voo até Lisboa só começaria dali a duas horas. Nós estávamos adiantados e nossa opção foi procurar um lugar para comer.

– Je voudrais deux cafés et Deux croissants, s'il vous plaît. – Eu repetia para mim mesmo enquanto caminhava em direção a atendente do bistrô. Parei atrás de um homem na fila e enquanto me preparava para esbanjar o francês, fui abordado por uma outra garçonete que quebrou meu raciocínio.

– Bonjour monsieur. Je peux vous aider?

– Ahhmmm, é! Ahmmmm. – Eu entendi que a garçonete perguntava se poderia ajudar, mas na hora fiquei mudo. Demorou uma eternidade de cinco segundo até que minha voz pronunciou com maestria o pedido em francês. Eu estava radiante. O mundo era meu. Nada poderia me deter a partir dali. Afinal era mais simples do que imaginava.

– Avec du jambon ou du fromage? – Replicou a moça loira de braços finos.

– Ahhmmm!!! – Passei a mão pela testa, depois disfarcei mexendo no dinheiro do bolso e sem saber o que ela tinha perguntado apontei para a vitrine.

Eu podia jurar que a garçonete fez de propósito.

– Merci beaucoup. – Agradeci com um ar de reverência enquanto pegava a bandeja com os quitutes. Eu já estava de saída quando a garçonete interrompeu.

– Seigneur! Treize euros et soixante centimes, s'il vous plaît. – A moça apontava com seu dedo torto para o visor da máquina registradora.

Juro que foi esquecimento, longe de mim querer passar a perna em alguém, justo na minha chegada. Porém esta parte foi fácil, porque podia ver os números. Além do mais, eu tinha uma nota de vinte euros comigo.

Tessa assistia a cena de longe e pegou no meu pé quando retornei.

– E aí, conseguiu? Parabéns. Falando francês.

Mal sabia ela, mas deixei rolar o elogio. Uma coisa que aprendi ao longo da vida é que quando alguém estiver nos elogiando, não devemos interromper. Deixe elogiar até cansar e agradeça de volta, mas só no final.

Minha esposa pegou o dela e antes da primeira mordida perguntou:

– O meu é de quê? Ou é tudo igual?

Eu gelei. Lembrei que ela era alérgica a um monte de coisas, inclusive a carne de porco.

– Ahhmmm! Espera, acho que pedi de queijo, deixa ver se é mesmo. A moça pode ter errado. – Tentei contornar a situação provando os dois croissants antes dela. Quando senti o sabor do queijo entre a crocante e esfolhada massa dourada, confirmei que ela podia comer tranquila.

A comida ajudou a melhorar o astral, mas a viagem noturna, sem dormir, nos arrebentou. Não fazíamos ideia de como era desgastante um voo daqueles. Nós reservamos os lugares e claro que não era nenhuma primeira classe. Mas não imaginávamos que seria algo parecido como viajar em um ônibus com asas sobre o oceano Atlântico. Eu me sentia exausto e Tessa tinha suas olheiras bem marcadas, parecendo um urso panda.

O voo foi rápido e o comandante avisou que o clima em Lisboa era de sol e aproximados 23 graus Celsius. Quando descemos, estávamos à espera de uma segunda passagem pela imigração, mas pegamos nossas malas e fomos surpreendidos com sonoras boas vindas pelos alto-falantes. Saímos pela porta principal e estávamos tão espantados que Tessa voltou para perguntar a um oficial. Talvez fosse preciso mostrar os passaportes e os documentos para alguém. O simpático senhor informou que estava tudo certo, pois o voo era doméstico, ou seja, dentro do espaço europeu, e como fizemos a imigração na França, não seria necessário repetir o procedimento. Algo que ele atribuiu como leis de circulação do espaço Schengen.

O saguão do aeroporto não era grande e através de uma parede de vidro, dava para ver os ônibus e carros estacionados, nos dando a sensação que agora era para valer. Estávamos em Lisboa.

A luz e o ar que vinham do lado de fora eram diferentes, tudo parecia mais claro e limpo. Tessa parou para pegar informações e um funcionário indicou onde conseguir um táxi. Havia umas doze pessoas na nossa frente. Um homem de bigode longo e preto, administrava o processo, adequando o veículo à quantidade de passageiros e malas.

Chegou nossa vez e o bigodudo nos olhou de cima a baixo. Ao mesmo tempo um carro grande parou a nossa frente. Eu já me movimentava para abrir a porta quando fomos bloqueados.

– Não. Queira desculpar, mas o do senhor é este cá de trás, se faz o favor.

Não entendi o motivo de não poder ir naquele carro grande, afinal nós tínhamos duas malas de bom tamanho, entretanto estava tão cansado que nem quis reclamar. Todos os táxis eram veículos da Mercedes Benz e com um aspecto de novo em folha. Mais do que bom para quem estava acostumado a andar de ônibus entre Piabetá e o Rio de Janeiro.

Tessa disse o nome do hotel e o motorista confirmou que sabia onde ficava, aproveitando para puxar conversa e confirmar que éramos brasileiros. Não era preciso muito para adivinhar nossa nacionalidade naquela época, afinal somos um produto do lugar onde vivemos.

Tentei não prologar a conversa, mas toda a tensão das últimas vinte e quatro horas tinham desaparecido. Entre a conversa eu ia deslumbrado com a cidade que surgia pela janela.

– Cá estamos. – Disse ele parando o taxímetro.

Tessa pagou e apressada saiu do carro com as bolsas. O motorista foi comigo até as malas e antes de abrir, entregou um cartão com seu nome e telefone, caso eu precisasse de seus serviços.

Enfim estávamos no hotel, em Lisboa, na Europa. Usamos o telefone do quarto para avisar as nossas famílias que tudo estava bem e que havíamos feito uma boa viagem, depois disso caímos na cama, exaustos.

Quando acordei, dei de cara com uma parede no meu caminho. Eu não tinha identificado aonde estava e meu cérebro ainda acreditava estar na casa de meus pais. Demorei para perceber que estava longe, muito longe de casa.

– Amor, acorda. Já são três da tarde, vamos levantar e ver o dia.

Tessa já não tinha as olheiras e seus olhos verdes refletiam a felicidade de nosso primeiro sucesso.

– Amor, são três horas aqui em Portugal, mas no Brasil são onze. Nem dormimos tanto assim.

Fomos ao restaurante do hotel e estranhamos os sabores da comida. O açúcar não adoçava, o leite era grosso e engordurado, o sal não salgava. Repusemos as forças do corpo mesmo com a comida estranha, vislumbrando através das janelas largas a cidade em seu dia chuvoso.

– Acho melhor descansarmos um pouco mais por hoje e amanhã saímos para explorar a cidade. O que você acha?

Concordei e voltamos ao quarto para desfazer uma parte das malas. Tessa pegou seus dois mapas e logo traçou uma rota sobre o que explorar e conhecer no dia seguinte. Anotou onde comprar tíquetes de ônibus, estações de metrô, telefones de emergência, embaixada e consulado do Brasil. Até onde comprar um cartão telefônico e chips novos para nossos aparelhos celulares, ela pôs no caderninho de anotações. Ligamos a TV para nos atualizarmos e ir aos poucos nos acostumando com a sonoridade do novo português.

Era estranho o efeito do fuso horário. No relógio da televisão eram cinco da tarde e eu me sentia na hora do almoço. Do lado de fora, como num passe de mágica, as nuvens e a chuva deram lugar a um sol brilhante.

Nossos corpos estavam embaralhados e sem saber a hora de dormir e de acordar. Mas nos disciplinamos a levantar próximo das nove da manhã para dar início ao plano de nos estabelecermos na cidade. Não havia tempo a perder, porque nosso dinheiro era na moeda do Brasil, mas os custos agora seriam em euros, o que significava quatro vezes mais.

Aproveitamos que o café da manhã incluído no preço do hotel e reforçamos bem nossa primeira refeição, para não gastar com almoço na rua. Pegamos algumas orientações na recepção e partimos para a estação de metrô que ficava bem pertinho. Tessa também tinha pensado nisso quando decidiu nossa hospedagem.

Passamos o dia conhecendo os pontos turísticos. Os famosos bondes amarelos, a Praça do Comércio com sua arquitetura imponente, as calçadas com pedrinhas preto e branco. Às vezes me sentia em uma das ruas do centro do Rio de Janeiro, tamanha a similaridade ou talvez fosse aquela, uma forma do subconsciente apresentar-me os primeiros sinais de saudade da cidade maravilhosa.

Quando nos refugiamos de volta no quarto liguei meu velho laptop, mas não consegui falar com a família no Brasil. De nada adiantava a internet do quarto ser ultra rápida se eles lá em Piabetá não tinham acesso. Aproveitei para verificar os e-mails e ver se havia alguma notícia de Ruberte ou Azhym. Nada, o meu atraso talvez tivesse custado caro.

Separei o telefone do homem do Jornal para no dia seguinte tentar marcar uma entrevista ou mesmo um primeiro encontro. Junto com as coisas que eu tinha anotado vi o telefone do meu primo Eduardo. Não nos víamos há muitos anos e seria bom reencontrá-lo.

Arrisquei ligar apesar do horário. Uma voz feminina atendeu com firmeza ainda no primeiro toque e assim que me identifiquei tive permissão para falar com meu primo.

– Como assim, você já está aqui? Você é doido, cara!? – Meu primo continuava com seu sotaque carioca, mesmo depois de anos vivendo em Lisboa.

– Pois é, as coisas estavam bem adiantadas quando nos falamos e aqui estou. Eu e minha esposa, Tessa.

– Puxa, que bom, cara. Vamos nos ver amanhã então. Almoçamos juntos, pode ser?

– Beleza. Combinado então. Como te encontro? Nós estamos em um hotel no centro.

– Tranquilo primão! Pergunta aí no hotel como chegar em Cascais e espere por mim na saída da estação do comboio.

– Comboio? Que isso? Perguntei meio que rindo, achando que ele fazia piada.

– Eita! Desculpe, já estou esquecendo as palavras em português do Brasil. Eu quis dizer na saída da estação do trem. Aqui trem se chama comboio.

– Valeu, então te espero lá amanhã, perto das duas horas.

– Perfeito, primão. Aquele abraço.

Contei a Tessa sobre a calorosa recepção e que teríamos compromisso para o dia seguinte. Ela de pronto concordou, mas quando citei o nome do ponto de encontro fui cortado.

– Não precisamos perguntar nada. Eu sei como chegar a Cascais. – Ela estava eufórica, radiante com a nova rotina de turista. Talvez ainda não tivesse percebido que estávamos sozinhos e em um quarto de hotel a milhares de quilômetros de nossas famílias. Com o dinheiro curto e contado. Sem ter casa garantida, sem ter emprego e nenhuma garantia sobre como seria a nossa vida no tempo que pretendíamos passar ali. A única garantia era que estávamos juntos. Ela e eu, mais juntos do que nunca.

CAPÍTULO 16
FAMÍLIA ALÉM OCEANO

Quando o comboio margeou as belas praias da costa portuguesa, nos admiramos com a beleza e ficamos apaixonados por Cascais. O mar parecia diferente e tornava possível ver o horizonte com uma curvatura maior. Parecia que logo após aquela linha existia um abismo, coisa que nunca tinha reparado nas praias brasileiras.

Na estação não demorou para ver um carro se aproximar, tendo um braço gesticulando através da janela. Eduardo mal encostou e corremos para entrar, porque era proibido parar naquele ponto da cidade. Nos cumprimentamos rápido e parecia que os anos sem o ver nunca existiram. Seu sorriso carioca sob os óculos escuros mostrava que ele não tinha envelhecido nenhum dia.

Do Brasil eu acompanhava sua carreira como um dos pioneiros na arte do Jiu-Jítsu em Portugal. Eu sabia das suas vitórias e da sua determinação em difundir o esporte na Europa. Meu primo era um verdadeiro atleta, um campeão na vida.

Sem rodeios, o que era característico da nossa família, ele logo apresentou sua esposa Petra que o acompanhava no banco da frente.

Apresentei Tessa e ficamos na adrenalina de perguntas e respostas em largos sorrisos, indo em direção ao restaurante que eles escolheram. Ao descer do carro nos abraçamos como dois irmãos e senti exatamente isso, como se eu estivesse reencontrando um irmão mais velho. Falamos sobre nossa viagem, um pouco sobre a vida de Eduardo e sua esposa, de como andava a economia do Brasil e de Portugal, passamos pelas manchetes dos esportes e política. O tempo foi curto para tanto assunto. Emendamos o almoço com um passeio pelos principais marcos de Cascais. A cidade que meu primo escolheu para seu lar na Europa. Entre planos e aspirações, trocávamos nossas histórias, informações sobre nossos familiares que estavam espalhados pelo mundo e que pouco se falavam devido à distância ou as divergências, como em toda boa família.

Ele e Petra nos guiaram até o ponto mais extremo do continente europeu, conhecido como Cabo da Roca e lá assistimos o pôr do sol. Uma experiência mágica que fechou o dia antes de Eduardo nos levar de volta ao hotel.

– Primão, então me diga uma coisa. Vocês vão ficar aqui até quando?

– Ora, até quando? – Exclamei em voz alta olhando para Tessa. – Se tudo der certo, acho que para sempre.

Meu primo até aquele momento pensava que estávamos lá em férias.

– Ué! Mas como assim? Vocês mudaram de vez? E já viram casa e trabalho? Qual o plano de vocês, seus malucos?

Ele e a esposa demonstravam ter ficado pensativos com a nossa proposta.

– Pois é, primo, estamos aqui com a cara e a coragem. Viemos de mala e cuia e estamos procurando um lugar para morar. Por acaso se souberem de alguma coisa, estamos na atividade.

– Cara, eu não estava esperando por essa, sério mesmo! Vocês são doidos.

Ele ria enquanto dirigia, sem acreditar no que eu falava. De repente um telefone tocou e Petra atendeu.

– Eduardo, é o Marcelo e ele quer saber se o churrasco está de pé.

– Sim, claro. Pode confirmar e fala para ele levar a família toda que quero apresentar meu primo recém-chegado do Brasil.

A esposa do meu primo era uma mulher bonita, altiva e dona de uma presença marcante. Não sei o porquê, mas de forma estranha, ela parecia lembrava-me alguém. Talvez fosse uma dessas coisas de vidas passadas que não temos explicar.

– Olha! Vocês dois venham também no churrasco, será bom porque teremos bastante gente e deve ter alguém que sabe sobre casa ou apartamento para alugar. Assim vamos agitando as paradas para vocês.

Foi diferente ouvi-la dizer aquela última frase metade em português de Portugal, metade em português carioca.

Tessa confirmou nossa presença e agradeceu a gentileza do convite. Meu primo nos deixou no hotel e antes de sair do carro trocou algumas palavras baixinho com a esposa.

– Primão, olha estes chips aqui são presente de boas vindas. Vê se funcionam nos telefones de vocês, mas tenho certeza que estão legais, só precisa pôr crédito, porque eram os que eu usava até o mês passado quando trocamos de operadora.

– Pô cara, a gente estava mesmo pensando em comprar um para poder começar a procurar emprego.

– Beleza, agora tem dois e o bom, é que manteremos contato. Eu tenho os números aqui na agenda e qualquer coisa te ligo.

– Valeu mesmo.

Eu e Tessa abraçamos os dois para demonstrar ainda mais nossa gratidão. Eles se foram, acenando e dizendo que nos veríamos sem falta no sábado. Toda aquela hospitalidade e gentileza nos apontaram que estávamos no caminho certo.

Naquela noite não precisamos jantar e aproveitamos para economizar. Tessa tratou de usar o computador para verificar qual a melhor maneira de preparar um currículo naquele país. Existia um modelo preenchido que fizemos no Brasil, mas ela encontrou um padrão utilizado na Europa e passamos a noite modificando o formato para procurar emprego no dia seguinte.

A estratégia era simples. Enviar o máximo de currículos por e-mail para empresas pré-selecionadas dentro de nossas áreas de profissão. Ela em turismo ou hotelaria e eu em administração ou informática, assim não gastaríamos com impressão e teríamos um mapa de onde valia a pena comparecer em pessoa, gastando o mínimo com transporte e outros detalhes.

Eu pretendia ligar o quanto antes para o Jornal e falar com Siri, ou mesmo ligar para Ruberte ou um dos emissários que apareceram na loja tempos atrás. Todos os números estavam disfarçados na agenda do telefone uma vez que Tessa não sabia desta parte da história.

Na manhã seguinte mais uma vez desligamos o alarme do telefone quando tocou as nove da manhã. Nossos corpos recusavam levantar no que seriam seis horas no Brasil e quando descolamos da cama já eram duas da tarde. Deixei Tessa dormir um pouco mais e aproveitei para mandar um e-mail informando da minha chegada para Ruberte e Azhym. A cada minuto que passava eu sabia que precisava resolver aquela situação.

Mandei as mensagens e comecei a procurar por empresas de informática, conserto de computadores, venda de telefones celulares e estas coisas que eu sabia fazer. Por um momento lembrei dos meus clientes, de abrir as portas da loja com Daniel ainda com cara de sono, da maneira automática de atender o telefone e de como foi duro construir minha clientela, para no final deixar tudo de lado. Sacudi a cabeça e afastei a recordação que começava a me arrastar para baixo. Precisava manter o foco na pesquisa, afinal eu sabia que estava atrasado nos planos da

Organização e precisava de uma alternativa.

Passei mais de uma hora no silêncio do quarto no escuro, exceto pela luz da tela do notebook, lendo com cuidado a descrição que encontrava nos websites.

Cheguei a enviar uns cinco currículos quando senti os braços de Tessa passarem pelo meu pescoço, me abraçando e reclamando por tê-la deixado dormir mais que o devido.

– Por que você não me acordou? Olha só como está tarde. Assim não vou acostumar com o horário.

Ela falava com a voz de sono indo para o banheiro.

– Nós só temos um computador, por isso aproveitei e fiz a minha parte enquanto você descansava. Agora você pode usar e vou assistir TV para acostumar com o sotaque.

Foi estranho perceber que em algumas reportagens do noticiário local, havia legendas para transcrever o que os entrevistados falavam. O fato é que mesmo todos falando português, algumas pessoas do norte do país e das ilhas, tinham um sotaque diferente, o que tornava complicado entender sem as legendas, mesmo para quem vivia em Lisboa. Foi a primeira vez que vi um programa em português com legendas em português para entender o que portugueses falavam.

Enquanto Tessa fazia sua parte no computador eu pensava um jeito de ligar para o Jornal sem dar na vista. Fazia parte do meu treinamento não revelar a ninguém esta parte sobre a Sociedade. Fui orientado a contar o mínimo possível para Tessa.

– Vou comprar alguma coisa no restaurante do hotel. Quer o que para você? – Ela abriu a oportunidade que eu precisava.

– Pode ser qualquer coisinha salgada e um café. Talvez um sanduíche.

– Está bem. Não fuja que já volto!

Ela bateu a porta e corri para encontrar o cartão telefônico que permitia ligar do hotel sem sermos cobrados. Disquei os números e uma voz arrastada se pronunciou. Eu sempre fui bom em reconhecer sons, principalmente vozes. Podiam falar cem pessoas ao mesmo tempo que eu conseguia distinguir quem era quem, só pela voz. Eu sabia que aquela pessoa era a mesma que atendeu quando liguei para o tal jornal ainda no Brasil.

– Boa tarde. Eu gostaria de falar com o sr. Siri, por gentileza.

– O Doutor Siri não trabalha mais conosco.

Ela impeliu a palavra doutor fazendo garantir que eu não

esqueceria de mencionar isso na próxima vez.

– Como assim, o Doutor Siri não trabalha mais aí? Ele passou este número e disse que aguardaria a minha ligação.

– O senhor pode vir aqui pessoalmente confirmar o que estou dizendo se desejar, mas ele se aposentou tem poucas semanas.

Eu senti o sangue congelar dentro das veias.

– E quem assumiu o trabalho dele, digo, alguém deve estar fazendo a sua função aí no jornal. Você poderia transferir para esta pessoa? É um assunto de grande importância.

– Sinto muito, mas o cargo que ele ocupava foi extinto, visto a reformulação que estamos sofrendo diante da crise econômica do país. O trabalho que ele fazia foi distribuído para outras cinco pessoas e sem um apontamento prévio eu não posso transferir a sua ligação. Tenha uma boa tarde.

A mulher ríspida como uma navalha desligou na minha cara e fiquei estático segurando o telefone próximo ao rosto enquanto Tessa entrava pela porta.

– Alguém ligou?

Disfarçando disse que o telefone chamou, mas quando atendi não era ninguém. Ela estava acostumada com estas coisas de hotéis e nem deu importância.

Tessa comentou que o cappuccino estava ótimo e antes que ela percebesse o desespero no meu rosto, mostrei-lhe a TV com as legendas.

Ela riu, mas admitiu que era complicado entender a reportagem sem a transcrição.

Passamos aquele dia no quarto e só saímos para ir jantar. Tessa mandou currículos para todos os hotéis e agências de turismo de Lisboa. Quando terminou já eram quase duas da manhã.

– Olha, acho que mandei uns mil currículos. Tem uns hotéis lindíssimos aqui, cada um mais interessante que o outro e acho que agora é só esperar chamarem para as entrevistas. Você não vai mandar mais nenhum não?

– Eu mandei uns cinco quando acordei, foquei mais nas agências de empregos. Para empresas mesmo, só mandei um, mas hoje já estou cansado, amanhã podemos sair para turistar e passamos pelas empresas que anotei o endereço aqui perto. Tem várias aqui no centro e podemos ir pessoalmente. Acho que no meu caso, será melhor.

Eu tinha que ganhar tempo para poder receber uma resposta do e-mail enviado a Azhym e Ruberte. Ainda não tinha digerido bem a falha crítica no meu plano, com a saída de Siri do jornal.

Na manhã seguinte conseguimos levantar às nove em ponto. Eu tinha colocado os dois telefones para tocar alarmes em sequência, um a cada dez minutos e tinha deixado ambos carregando em uma tomada dentro do banheiro. Assim seríamos obrigados a levantar para desligá-los. Tudo correu bem, mas enquanto tomávamos café a televisão do restaurante do hotel mostrava as comemorações do dia cinco de outubro. Só então percebemos nossa mancada. Havíamos feito planos na noite anterior, acordado cedo e era feriado nacional.

Caímos na gargalhada pela nossa ignorância e total desconhecimento, mas no final decidimos aproveitar o dia conhecendo um pouco mais da cidade como dois turistas em lua de mel.

A cada dia que passava ficávamos mais tensos, pensando no dinheiro que estava guardado no banco e que evaporava a cada vez que utilizamos nossos cartões. Até aquele momento nenhuma resposta dos contatos dentro da Sociedade. Comecei a pensar que tudo não passara de um golpe ou uma brincadeira de mau gosto com nossas vidas. Cheguei a pensar que talvez houvesse alguém à nossa procura pelas terras lusitanas, querendo nos fazer mal. Coisas absurdas passaram pela minha mente por que eu sempre ouvi dizer que existia o tráfico de pessoas, ainda mais na Europa e uma pontinha de medo me fez ficar em estado de alerta.

Tessa estava impaciente, mas estas coisas de procurar emprego podem levar semanas, as vezes até meses, dentro do processo de seleção. Ela sabia disso, mas nossa estadia no hotel era de uma semana e se fôssemos estender já estaríamos com o orçamento comprometido.

Passeávamos pela cidade, a pé, andando pelas centenas de ruas e ladeiras. Nem com o bonde poderíamos gastar, porque cada centavo faria diferença. No final foi proveitoso porque conhecemos a cidade por trás da maquiagem feita para os turistas e ganhamos uma boa noção da vida íntima do lugar.

No finalzinho do dia, voltando para o hotel, meu telefone tocou. Imaginei que fosse meu primo, mas ao atender um sotaque português reconfortou minha alma.

"Ruberte em fim me encontrou." – Pensei comigo e mesmo sem fazer o menor sentido, acreditei por alguns segundos que estaria salvo.

– Olá, é o senhor Alexandre Natan?

– Sim sou eu.

– Olhe que estou cá com seu currículo e gostaria de marcar uma entrevista para a próxima segunda o que me dizes?

Eu nem perguntei de onde era a ligação, de que empresa, quem estava falando, nem nada. Minha frustração por não ser Ruberte só não foi maior porque se tratava de uma oportunidade de emprego.

– Sim, pode ser, por favor.

– Perfeitamente então. Obrigado pelo seu tempo. Enviarei o endereço e os contatos para o vosso e-mail. Fica bem e até segunda.

Desliguei e Tessa estava apoiada as grades do longo patamar que nos permitia ver a baixa Lisboa ao fundo. Seu rosto iluminou ao saber da minha primeira entrevista. Eu ainda estava entre a alegria e a frustração, mas comemoramos aquela pequena vitória, ali mesmo, em uma modesta taverna que tinha apenas duas mesas para servir aos seus clientes. Celebramos com um bacalhau a Brás, desta vez rico de sabores e aromas, talvez por estar temperado com a nossa primeira chance de fazer dinheiro.

– Agora só falta eu.

Tessa sempre ansiosa deixava o computador ligado no quarto do hotel, com o programa de e-mails aberto na expectativa que alguém a chamasse para uma oportunidade.

– Calma meu amor! Ainda não tem uma semana que estamos aqui e temos o apoio do meu primo e da esposa dele, já temos telefone e agora uma possibilidade de emprego. Não se preocupe, tudo vai dar certo.

– É eu sei que vai. Eu acredito, mas fico agitada, desculpe.

Aproveitamos aquela refeição que custou bem menos que o imaginado. Para nossa surpresa, quando chegamos ao hotel, eu tinha um e-mail marcando outra entrevista para o dia seguinte. Nossa noite ficou completa e aproveitamos.

Cheguei as três da tarde como agendado. De terno e gravata, pastinha do lado com os documentos e passaporte na mão. Na sala de reuniões outras doze pessoas aguardavam em silêncio. Eu era o único vestido formal e para meu espanto havia gente de bermudas e roupas que não seriam as mais adequadas para participar de uma entrevista de emprego. Melhor para mim, pensei.

Uma mulher e um homem entraram na sala e deram as

primeiras informações sobre a empresa que estava oferecendo a vaga e quais seriam os requisitos para ocupá-la. Após a lista de requisitos ser apresentada no telão, ela sem rodeios pediu aos que não se enquadravam que deixassem a seleção, pois estavam eliminados do processo. Aquilo me deu um choque e tratei de conferir item a item da lista, sobre a mesa de vidro preto. Eu tinha tudo e fiquei confiante. Além do visual, eu tinha conteúdo para competir com os outros seis que ficaram.

O homem começou a explicar do que se tratava o trabalho e após alguns minutos começou um cara a cara com os candidatos, fazendo perguntas à queima-roupa sobre situações que lidavam com cliente e público-alvo da empresa.

Eu tinha ministrado centenas de entrevistas como aquela nos meus antigos empregos no Brasil e uma das disciplinas da faculdade que eu mais gostava era a de comportamento e recursos humanos.

Chegou minha vez e a pergunta veio seguida ao meu nome ser pronunciado de maneira estranha, como se o x de Alexandre fosse na verdade um z. O homem me encarava à distância e respondi com foz firme, indo direto ao foco da questão. Quando finalizei ele olhou para a mulher que anotou qualquer coisa em uma prancheta e passou a reparar mais nas respostas dos outros candidatos, como se comparasse a minha resposta com a deles, apesar de serem perguntas distintas.

Uma hora de interrogatório e a mulher mandou que outros quatro saíssem da sala, pois estavam eliminados. Eu estava confiante que seria o vencedor da disputa e olhava com soberba para os selecionadores, na intenção de mostrar que ninguém ali estava mais qualificado do que eu para assumir a vaga.

O casal colocou sobre a mesa um monte de telefones celulares, chips e produtos que a empresa vendia em formato de pacotes, mas antes que dessem qualquer orientação, a mulher pediu que eu a acompanhasse. O homem ficou com os demais candidatos e iniciou uma conversa logo que sai pela porta.

Entramos em uma sala separada que parecia ser o escritório de trabalho de um presidente, com bandeiras de Portugal e da União Europeia ao fundo, contrastando com uma mesa de madeira.

– Nosso tempo aqui é escasso e vou direto ao ponto. Eu e meu colega de trabalho adoramos seu perfil, entretanto se você não se importar, gostaria de ver seus documentos para poder te apresentar as condições e salários.

Nervoso, saquei uma maçaroca de documentos da pasta.

– Acho que tenho tudo aqui. O que você precisa exatamente?

– Preciso da sua permissão para trabalho em Portugal e do seu passaporte.

Entreguei o que tinha e percebi que a expectativa dela se frustrou, quando ela mordeu o lábio inferior.

– Você é brasileiro. Quero dizer, isso não é problema, mas preciso do seu visto de residência.

A única coisa que me veio a cabeça foi a pesquisa que fiz antes de viajar e que dizia ser possível trabalhar e viver na Europa se fosse casado com uma cidadã da comunidade europeia, o que era o meu caso.

– Sim, isso é o que o senhor precisa para iniciar o processo de emissão do seu visto de residência e trabalho.

– Puxa, me desculpe, não sabia deste detalhe.

A mulher parecia triste com o desfecho.

– Neste caso, apesar de termos gostado do seu perfil, terei que eliminá-lo. Quando estiver com seus documentos em ordem mande um e-mail. Temos oportunidades para pessoas como você nas nossas empresas afiliadas.

Minhas expectativas estavam altas demais para deixá-la me descartar por causa de um simples documento.

– Mas eu não teria como trabalhar na empresa, digo, começar e ir providenciando os documentos já com o trabalho em andamento? Não existe nenhuma outra maneira?

Ela parecia solidária em ajudar e pediu um minuto para ir consultar alguém. Minutos depois retornou acompanhada de uma senhora, bem mais velha que entrou na sala falando alto.

– Vocês brasileiros chegam aqui e acham que este país é igual ao de vocês onde tudo dá-se um jeito.

Ela falava um português diferente, fechado e tive que prestar atenção aos lábios dela para entender o que dizia.

– Como a minha funcionária aqui lhe disse, não podemos fazer nada pelo senhor, se não tem os documentos. A empresa é rigorosa com os procedimentos e este é um pilar da nossa filosofia profissional. Somente ter funcionários qualificados e aptos. Sinto muito.

A mulher demonstrava rancor em seu discurso, mas entendi o recado e ignorando a sua presença na sala, me dirigi até a entrevistadora e a agradeci pela cordialidade.

Encontrei Tessa sentada a minha espera na recepção lendo revistas para passar o tempo e decepcionado contei para ela o ocorrido.

– Não fica assim. Vamos tomar um cappuccino e pesquisar como resolver isso. Estamos na Europa e não deve ser difícil conseguir um documento em um país de primeiro mundo.

Quando estávamos saindo a entrevistadora reapareceu.

– Senhor Alexandre, desculpe por desperdiçar o seu tempo.

– Não tem problema, regras são regras, eu entendo.

– Faça desta forma. Confira sempre a sua correspondência. Se eu souber de alguma outra vaga, mesmo em outra empresa mando para o senhor.

Tessa olhou para ela com um ar de dúvida pela tamanha gentileza. Agradeci outra vez e segui meu rumo, triste por mais uma porta que se fechou, justo quando estava a um passo de atravessá-la.

No dia seguinte o telefone começou a tocar. Uma, duas, três vezes até que Tessa atendeu ainda com voz sonolenta.

– Olá, como vocês estão?

– Quem fala?

– É Petra, a esposa do Eduardo. Acordei você?

– Não! Imagina! Estamos acordados, mas ainda na preguiça.

– Puxa! Desculpinhas.

– Não tem problema nenhum, ainda não acostumamos com o fuso horário.

– Olhe, estou indo aí buscar vocês para o churrasco, o que me dizem?

– Está vindo agora?

– Sim, estou a caminho.

Tessa olhou o relógio do telefone e só então percebeu que eram treze horas.

– Sim, pode vir. Estaremos prontos e esperando lá na portaria do hotel em meia hora.

– Perfeito então, até já, beijinhos.

Quando entramos no confortável carro ainda tínhamos a cara amassada. Petra puxou conversa sobre nossos objetivos de vida e parecia disposta a colocar mais à vontade.

– Olhe vocês são os primeiros da família que vão no nosso churrasco. Estamos muito agradecidos e felizes com isso.

Ela não tinha noção do quanto Tessa e eu nos sentíamos bem em poder ter alguém para conversar e dar suporte naqueles dias. Eu queria até agradecer, mas deveria esperar o momento certo, afinal não conhecia tão bem assim este lado da família.

Quando chegamos apenas um casal com o filho estava na varanda. Falavam alto enquanto tomavam um chá gelado com meu primo na parte de fora da casa, que tinha uma vista legal, na cobertura de um prédio de quatro andares. Uma casa bem-disposta nos seus cômodos e com uma agradável área livre que rodeava todo o apartamento.

Fomos apresentados e para nossa surpresa o casal também era brasileiro. Foi bom vivenciar um ambiente que nos remetia a nossas vidas passadas. Ainda não tinha uma semana completa desde nossa chegada, mas sentia que estava fora do Brasil a meses. Talvez fosse o volume de novidades ou o medo.

– Eita! Só uma semana de Portugal? Ainda tem muita coisa para rolar meu irmão.

O casal se assustou ao saber que éramos recém-chegados.

– Mas e aí? Estão aqui e já têm trampo, estão na atividade?

Ele e a esposa tinham oito anos de Europa e apesar disso ainda tinham o linguajar de Belford Roxo, lugar que eu tão bem conhecia na baixada fluminense do Rio de Janeiro.

– Pois é, ainda não. Fui a uma entrevista ontem, mas não rolou nada.

Fiquei com receio de falar sobre a documentação naquele primeiro encontro.

– Cara emprego aqui está escasso. O país está mergulhando em uma crise econômica séria.

Naquele momento a esposa do meu primo surgiu e sem preliminares foi ao ponto.

– Eles estão procurando um lugar para morar. Não é a sua sogra que tem umas casas disponíveis?

A esposa do homem de olhos claros e cabeça raspada, se prontificou entrando na conversa.

– Sim, minha avó tem sim. Ela conhece umas pessoas e trabalha como agente imobiliária nos tempos livres.

– Ótimo, então diga a ela que o primo do Eduardo precisa de uma casa urgente.

Na mesma hora o homem pegou o telefone e ligou para a mulher que, apesar de ser avó da esposa dele, parecia aceitar bem que fosse chamada de sogra. Tessa e eu, assim como meu primo ficamos calados, enquanto Petra administrava a situação junto ao casal de amigos.

– Parceiro, ela tem uma casa livre, por seiscentos euros mês, mais as contas. Pertinhò da praia em Carcavelos.

Tessa me olhou respirando fundo diante do valor, mas preferiu garantir um mal negócio a não ter nenhum e sugeriu ir ver o imóvel antes de aceitar a oferta.

O homem conversou um pouco mais e entre risadas e meias palavras, desligou o telefone dizendo: Fechado!

A carne ficou pronta e foi servida por meu primo, ali mesmo no tabuleiro, como se fazia no Brasil.

– Falei com ela que segunda-feira vocês vão lá conhecer a casa e se gostarem podem mudar no mesmo dia.

Petra se ofereceu para dar uma carona até o endereço do imóvel, na data marcada.

Tessa e eu nos sentíamos duas crianças sendo cuidadas com total atenção. Acho que nunca sentimos uma gentileza tão grande e tão inesperada, tão verdadeira. Não que acreditássemos que eram pessoas más ou que nunca nos ajudariam, nada disso, mas porque nunca vivenciamos isso em nossa terra natal. Não com aquela intensidade. À exceção da esposa de meu primo, todos ali eram imigrantes, mas mesmo ela, tinha um coração e uma personalidade solidários. Nós não tínhamos como agradecer tanta gentileza.

No final, já voltando para o hotel, Eduardo e Petra ouviram minha conversa com Tessa, no banco de trás do carro dizendo que teríamos que prolongar nossa estadia no hotel.

– Não senhor. Não vão estender nada! Disse Eduardo com voz autoritária, tipo irmão mais velho.

– Segunda-feira passamos aqui para pegar vocês dois e ficam na nossa casa até o lance do aluguel ser resolvido e vocês terem o canto de vocês.

Tessa ainda tentou argumentar, mas meu primo começou a ficar ofendido com a recusa e ela percebeu que éramos um tipo de família que ia além do sangue. A atitude de Eduardo trouxe a imagem de meu pai a minha mente. Sempre disposto a ajudar as pessoas. Sempre com a mão estendida e um coração justo para aqueles que precisassem.

Não tivemos opção senão agradecer aos dois anjos abençoados que pareciam ter sido colocadas no nosso caminho pelas próprias mãos do Senhor.

– Valeu primo. Obrigado mesmo, de coração, mas quase esqueci, tenho uma entrevista na segunda-feira. Que tal nos encontrarmos na tal casa? Assim não atrapalha o dia de vocês e também ganhamos tempo para fazer nossos lances. O hotel já está pago mesmo, então se tudo der certo, voltamos só para pegar as malas.

– Perfeito. Está beleza Natan. O que for bom para vocês é bom para mim.

A rua do centro nervoso de Lisboa, deserta à noite, tinha um ligeiro nevoeiro que molhava o vidro dos carros estacionados. Meu primo desceu do carro e me deu um abraço, encostou a testa na minha e disse algo que significou muito e que guardei com todo carinho.

– Somos família. Conta sempre com a gente.

Cheguei a me emocionar e prometi a mim mesmo que todas as noites, ainda que eu não fosse um homem religioso, pediria a Deus que protegesse ele e sua esposa.

Depois de uma semana Tessa e eu já estávamos mais acostumados com o ar da cidade e não ficávamos tão desorientados.

Eu esperava uma sabatina igual a da empresa anterior. A entrevista foi mais uma leitura de currículo, do que uma análise das minhas experiências profissionais. O gerente com uma expressão desconfiada sobre o que lia, apenas pediu que eu fizesse uma semana de testes. Fiquei tão surpreso com a porta que se abria, sem obstáculo, que eu mesmo criei alguns.

– Espere, eu queria saber algo mais sobre esta empresa, tipo o salário, os horários de trabalho, o tipo do serviço e estas coisas.

Ele descreveu um monte de conquistas da empresa e os planos de inovação que tinham para expandir no exterior, dos prêmios que acumulavam em qualidade de serviços e após cinco minutos sem respirar, me fez esquecer o que eu tinha perguntado.

– Qualquer dúvida você pode entrar no website e verificar melhor. Sobre os termos de trabalho falaremos depois que você mostrar suas habilidades aqui no laboratório.

Ele saiu comigo e mostrou o que seria o ambiente de trabalho. Uma fila de bancadas para reparo de computadores, laptops e pequenos dispositivos de eletrônica. Alguns engenheiros me cumprimentaram, na certa acreditando que eu era um vendedor ou um novo sócio da empresa, porque estava vestido como um alto executivo.

Agradeci e confirmei que retornaria dentro de uma semana para fazer o treinamento de alguns dias e sai acreditando que talvez fosse um bom lugar para me ajeitar, apesar de ter que recomeçar tudo de novo na minha vida profissional.

Desde que tinha saído do trabalho de técnico, quinze anos atrás, nunca mais peguei em um ferro de soldar, a exceção de raríssimas vezes que fiz isso para ajudar Daniel. Seria um recomeço, mas enfim, melhor recomeçar do que não ter por onde começar.

Eu tinha um sorriso no rosto quando encontrei Tessa na recepção e acho que foi isso que denunciou o bom andamento da reunião.

– E aí? Me conta.

– Ah! Acho que o cara gostou de mim, mas quer fazer um treino prático na semana que vem. Não disse salário nem nada, mas acho que vai rolar sim. Gostei do ambiente.

– Mas é para fazer o quê? Administração, serviços de escritório?

– É serviço de bancada, consertar equipamentos. Acho que dou conta. Estou um pouco desatualizado, mas nada que uma noite na internet não resolva.

– Mas amor, tem muito tempo que você não faz isso, será que ainda lembra?

– Não é difícil e quem sabe os fundamentos, sabe tudo. É fácil se acostumar com as novidades e além do mais acho que não podemos escolher.

– Sim, você tem razão. Vamos comemorar com um almoço então.

– Vamos deixar o almoço para quando terminar o treino e for contratado, vai que não dá certo, não quero dar margem ao azar.

Tessa concordou lembrando que ainda teríamos que encontrar com Petra e ver a casa.

– Olha, estou perdido, não sei como sair daqui.

– Já sei tudo. Fiquei de papo com a mocinha da recepção, meio antipática ela, mas consegui as informações sobre ônibus para você vir trabalhar, onde é o ponto, lugar de almoço, valor da passagem, tudo. Sua mulher é completa.

Eu não tinha como discordar da modéstia germânica e nem me preocupei em saber para onde ela me arrastava.

Chegamos adiantados e aproveitamos para conhecer os

arredores. A cidade mais parecia uma vila antiga, com uma pequena praça central onde um coreto maltratado resistia. Um par de ruas de duplo sentido e calçadas espremidas. Um típico sinal que a cidadezinha não se adaptou ao progresso e foi atropelada pela urbanização. Logo que saímos da estação de trem nos deparamos com um painel de azulejos de alto-relevo, que dava as boas-vindas ao concelho de Carcavelos. Em Portugal o que conhecíamos por bairro no Brasil era chamado de Concelho. Um lugar calmo e quase sem comércio. Algumas lojas fechadas, um ou dois cafés, um simpático mercadinho e uma agência bancária.

Um carro parou abrupto perto de nós e lá estava Petra com um sorriso enigmático. Tessa tomou o banco da frente e parecia a vontade na conversa com a nova amiga.

Nem esquentamos os bancos e encontramos a agente imobiliária. A mulher de longe nos reconheceu, talvez pelos adesivos com símbolos da equipe de Jiu-Jítsu do meu primo que cobriam boa parte do veículo. Nos apresentamos todos e Petra assumiu a frente da negociação, perguntando sobre preços, taxas e vizinhança.

A casa mais parecia uma mansão com três quartos, dois banheiros, área de serviço e uma cozinha que dava para jogar futebol de salão, se retirada a mobília.

Achamos a casa um tanto estranha com as paredes pintadas em roxo, laranja e azul claro. Um dos banheiros era feito em formato de cachoeira com direito a plantas e pedras que circulavam uma banheira suspensa para ornamentar. Algumas das paredes da casa tinham longos tubos de luzes neon e na sala um púlpito onde um sofá de dois lugares ocupava mais espaço do que deveria.

A casa era mobiliada, mas algumas coisas não estavam inclusas como a TV, aparelhos de telefone, internet e dentre outros detalhes. Para nós era um luxo, pois não queríamos mesmo gastar dinheiro. Tendo uma geladeira, um fogão para preparar a comida e um chuveiro quente já bastava. Bisbilhotamos por alto os cômodos e tínhamos nossa conclusão.

– Então, o que acharam? – Perguntou a agente imobiliária que vestia uma roupa de oncinha dos pés à cabeça.

– Olha não é bem nosso estilo de decoração e a casa mais parece um palácio, porém vai servir sim. – Tessa respondeu ainda em dúvida sobre o valor.

– Está uma pechincha e preciso ser sincera com vocês. Só vou alugar porque o dono é um amigo que mora no norte do país e não que pagar sozinho as taxas que o governo exige.

Petra aproveitou a deixa e saltou a frente para argumentar sobre os pagamentos.

– Este preço está salgado. A senhora vai deixar-me falar com este seu amigo porque eles são boa gente, são família e merecem um desconto.

A mulher não teve alternativa, senão ligar para o amigo e foi aí que a Petra brilhou na arte de negociar. Conversaram por mais de 40 minutos ao telefone até que falou alto e bom som:

– Vocês fecham por 600 Euros, certo?

Eu e Tessa ficamos decepcionados pelo valor ser o mesmo de antes, mas enfim era que o tínhamos para o momento.

– Sim, dá para pagar, com aperto mas dá.

– E 450?

Tessa inspirou sacudindo a cabeça igual a uma criança quando perguntada se quer ganhar sorvete.

– Fechamos em 450 euros, mas nos seis primeiros meses vocês pagarão apenas 400 euros, porque ele precisa resolver uma situação do gás e aproveitei isto para um desconto extra. O único problema é que precisam esperar o gás e a luz serem religados e isso só no sábado. Até lá passam a semana comigo e o Eduardo.

Tessa ficou tão agradecida que abraçou a esposa do meu primo. A agente imobiliária torcia a boca porque tinha perdido a comissão com toda aquela redução de preço, mas permaneceu de bom astral e nos entregou as chaves ali mesmo, sem contratos, sem dinheiro, sem depósito. Apenas o que ela chamou de acordo de cavalheiros.

Em duas semanas estávamos morando no nosso cantinho. O endereço inspirava o título de um livro: *Rua Pôr do Sol.*

As coisas estavam se ajeitando, mas Tessa estava incomodada por não receber retorno de seus de currículos. Quando saímos do Brasil, a expectativa era que conquistasse rápido uma oportunidade, afinal ela era fluente em vários idiomas e tinha vasta experiência comprovada.

Cheguei a brincar que ela conseguiria emprego no primeiro dia em Lisboa, enquanto eu pegaria o que aparecesse. Tinha certeza que se não rolasse o trabalho no jornal, seria complicado para mim. No entanto lá estava eu, feliz por ter passado no treinamento e pronto para garantir nosso sustento. O salário não era uma maravilha, mas daria para pagar as contas da casa e a comida do mês. Quando Tessa encontrasse seu emprego decerto ficaríamos tranquilos e estabilizados.

Com os acontecimentos mal percebi meu aniversário chegar e Tessa providenciou uma pequena festa com a ajuda de seus novos comparsas. Ela, Eduardo e Petra prepararam uma surpresa, com direito a um delicado bolo de frutas e champanhe.

Recordo que a vela era personalizada e tinha o formato de um dos meus personagens favoritos dos desenhos animados que assistia quando criança. No topo do bolo a pequena figura segurava uma plaquinha que dizia: "O contador de histórias". – Achei interessante a coincidência do detalhe elaborado por Petra.

Tessa presenteou-me com um elegante abridor de correspondências. Todo em prata e que tinha o formato de uma espada em miniatura. Um dia, quando nossa casa tivesse mesas e estantes, o objeto ficaria perfeito ao lado do computador como decoração.

Para não estragar o momento, preferi não saber de onde ela havia arrumado o dinheiro para comprar aquele mimo.

A celebração incluía também um jantar, oferecido por meu primo em um refinado restaurante chinês. Lá encontramos com alguns alunos e amigos da equipe Brazilian Jiu-Jítsu.

Nossa mesa era enorme e eu já fazia amizade quando o garçom surgiu com uma garrafa de uma bebida alcoólica. Dentro dela, ele fazia questão de exibir um lagarto de cor vermelho desbotado, que mais parecia um filhote de dragão.

Ele colocou um copo cheio à minha frente e ordenou que o aniversariante bebesse primeiro. Eu não estava nem um pouco a fim de provar aquele líquido esverdeado, cheirando a experiência de laboratório de escola, mas meu primo explicou que era tradição e não beber significaria um ano sem sorte.

Encarei a bebida por um tempo, raciocinando sobre o termo sorte. Meu pai sempre disse que nós fazemos nossa própria sorte. Que sorte era a soma de talento com a oportunidade. Apesar do meu pensamento lógico, não queria passar por antipático e bebi de uma só vez o estranho liquido.

Foi a primeira vez que consumi uma bebida alcoólica em um único gole.

Foi um aniversário diferente. Simples, porém, repleto de sinceros votos de sucesso. Voltamos para casa e foi a vez de falar com o pessoal do Brasil. Era reconfortante falar com eles pelo telefone, mesmo em uma ligação longe e cheia de ruídos. Ouvir a voz de meus pais e do meu filho deixava minha alma mais leve. Contamos as novidades e que estava indo tudo bem até ali, com grandes chances dos nossos planos darem certo. Ainda não tinha um mês desde a nossa chegada, mas com o agito dos dias, não tínhamos chance de sentir saudade de nossa antiga vida. Estávamos a todo tempo pensativos e buscando uma solução para problemas inesperados que surgiam a todo instante.

O fim de ano chegou em um estalar de dedos enquanto consertava laptops na bancada, de segunda a sexta-feira, dez horas por dia. Nos dois primeiros meses consegui provar que não estava para brincar, mas só então fui informado que existia um pagamento adicional sobre a produção mensal. Eu precisava desesperadamente daquele dinheiro extra, porque sem ele, após pagar as contas não sobrava nenhum Euro no bolso.

Passei a dedicar-me por completo ao trabalho e acho que nunca trabalhei tanto na vida. Inventei meus próprios métodos de trabalho na intenção de aprimorar a velocidade e a qualidade nas reparações.

Às vezes, no final de semana sentia meus braços latejando, repetindo o movimento da chave de fenda, mesmo quando estavam parados.

Às vésperas de dois mil e onze, Tessa ainda não tinha concretizado uma oportunidade de emprego. Havia comparecido a poucas entrevistas, mas sem resultados positivos. Alguns entrevistadores diziam que ela era qualificada demais para as vagas que concorria. Ao nosso entender era um absurdo, porque se você sabe mais do que precisa para ocupar uma vaga, melhor para o patrão que terá uma pessoa especializada e pagará um valor de aprendiz.

Ficar em casa sozinha foi um aprendizado para ela. Imagino que para uma mulher ativa e permeada de aspirações como Tessa, tenha sido difícil ser recusada, sistematicamente, em todo lugar que se apresentava. Chegamos a achar que havia algo errado no currículo.

Usamos o que sobrou das nossas reservas de dinheiro trazidas do Brasil para comprar uma televisão e instalar telefone com acesso à internet, pelo menos assim ela teria algo para se distrair quando não estivesse à procura de emprego. Às vezes Tessa chegava em casa junto comigo, depois de uma peregrinação de porta em porta nas empresas e olhava até a correspondência para se certificar que não perderia uma chance apenas por não checar o correio.

Aliás a correspondência a irritava, porque encontrava várias cartas, mas nenhuma que fosse nossa. A maior parte eram cobranças antigas, cartões de festas que chegavam atrasados e, quase sempre, publicidade. Mesmo sem conhecer os destinatários recolhíamos tudo na intenção de entregar a corretora que nos alugou a casa. Talvez ela conhecesse os endereçados, provavelmente antigos moradores.

Eu, pelo contrário, estava firme no trabalho e já estendia meus contatos. Procurava ao máximo me inserir na cultura portuguesa, lendo sobre sua história, suas tradições e seus costumes. Tentava assimilar as histórias das pessoas que trabalhavam comigo, aproximando-me de suas vidas particulares e profissionais, forçando uma maneira que me deixasse entrar naquela sociedade que parecia relutar para aceitar seus meios-irmãos do outro lado do Atlântico.

Passamos o ano novo a dois. Abrimos uma garrafa de espumante que comprei na última hora, voltando do trabalho no dia trinta e um de dezembro de dois mil e dez. Havíamos passado o natal com Eduardo e a família de Petra, porém a virada do ano era uma ocasião mais festiva, menos familiar e preferimos passar a sós.

Ver os fogos de artifício que enfeitariam as ruas de Carcavelos como em qualquer lugar do mundo nos criou uma expectativa e tanto. Era o nosso primeiro réveillon na Europa.

Antes da meia-noite ligamos para nossos familiares no Brasil desejando um bom ano novo. Não consegui resistir a saudade e a emoção da data, me fez cair aos prantos quando ouvi meu filho dizer "eu te amo" através da ligação cheia de ruídos. Eu nunca tinha virado um ano sozinho. Tessa ainda menos e ela também derramava as lágrimas após falar com os pais em Petrópolis.

À meia-noite em ponto ainda pairava um silêncio no ar. Ao longe um ruído como latas ou panelas sendo batidas, quase inaudível pelo som que vinha da televisão que mostrava os fogos de artifício ao redor do mundo. Portugal entrava de vez nos cortes gerados pela crise econômica e naquele ano, não foram preparados festejos. Os monumentos que embelezavam a cidade com suas luzes e cores estavam às escuras para economizar energia e como forma de protesto pela forte austeridade econômica.

Tessa estava surpresa e indignada com a ausência de comemoração. Em Petrópolis, o réveillon era uma festa importante, tanto na casa de seu pai, como na de sua mãe. Para ela ao menos nas ruas deveria haver alegria.

Arrastei-me para fora e observei as casas dos vizinhos, fechadas e já às escuras. Na estreita rua sem saída, nem cachorros, nem gatos davam as caras. Uma penumbra gelada de um céu estrelado indicava que não estávamos de fato no Rio de Janeiro e fazia meu rosto ficar ainda mais vermelho, congelando o restinho das lágrimas que ainda escorriam. Tessa me observava debruçada em uma das janelas.

Por um instante pensei ter visto um vulto esgueirar-se a cerca de uns cem metros, entre as sombras dos carros estacionados, mas não dei atenção. Enchi os pulmões com o ar frio e voltei para dentro de casa onde abracei minha esposa e orei pedindo a Deus que nos protegesse. Que nos ajudasse a conseguir as oportunidades necessárias à nossa vitória.

CAPÍTULO 17
2011

Cheguei esgotado em casa e estava contente por ter batido meu próprio recorde. Tinha consertado quinze computadores em um único dia de trabalho e o chefe usava meu nome como exemplo nas reuniões matinais junto aos demais engenheiros. Ao mesmo tempo em que começava a ganhar prestígio, um murmurinho, circulava nos outros setores.

Empinei ainda mais o nariz e decidi ser o melhor dos engenheiros da empresa. Na minha cabeça moldava um plano de carreira, selecionando as pessoas apropriadas para pegar apoio e subir na hierarquia.

Tessa não estava em casa. Sobre a TV um bilhete dizendo que fora ao mercado e que eu deveria encontrá-la. Larguei a bolsa da marmita sobre o sofá e disparei através da viela que servia de atalho, até o pequeno centro comercial onde ela esperava com três sacolas penduradas nos braços.

– Oi! Acabei de chegar e vim correndo.

– Que bom que deu tempo, assim não carrego o peso sozinha. Aproveitei que o mercado estava em promoção e comprei umas coisinhas a mais.

Peguei as bolsas pesadas e sem que percebêssemos uma senhora surgiu as nossas costas, oferecendo alguns folhetos.

– Este é para o belo casal. – Disse a velha com uma voz macia que não parecia ter saído de sua boca.

A mulher usava um vestido cor de terra, com delicadas correntes e argolas que ornamentavam seus braços e seu rosto.

– Não queremos nada, obrigado. – Disse Tessa erguendo a mão em sinal de recusa.

– É importante para o casal. Não custa aceitar o panfleto.

A velha insistiu, mas Tessa a afastou com seu olhar bárbaro germânico. Era assim que eu chamava a sua expressão facial quando ficava irritada. Ela curvava as sobrancelhas em direção ao meio do rosto, trincava o maxilar e projetava uma feição quadrada que mais parecia um muro de gelo.

A mulher recuou e permitiu nossa passagem, porém Tessa insistia em olhar para trás a cada dez passos.

– O que foi aquilo? Por que tratou a velha de maneira tão dura?

– Amor, li nos jornais que há um monte de ciganos por aqui.

Não sou preconceituosa, longe de mim, mas ela deveria ser mais sutil ao nos abordar. Desculpe.

– Tudo bem, amor. O que importa é que hoje fiz quinze computadores. Um novo recorde lá no laboratório.

– Nossa! Quinze? Qual a média dos outros engenheiros?

– Eles fazem quatro ou cinco por dia.

– Cruzes! E você fez quinze só hoje? E fez quantos ontem?

– Ontem fiz doze.

Tessa sorria e balançava a cabeça em sinal de preocupação.

– Vamos comemorar! – Propus antes que ela freasse minha motivação.

– Sim, vamos, vá abrindo o vinho. Comprei um ótimo, na promoção.

Minha esposa entendia de vinhos. No curso de sua faculdade de turismo uma das disciplinas ensinava sobre a procedência das uvas.

Abrimos as sacolas e enquanto retirava os produtos a procura das garrafas, encontrei um folheto. O mesmo que a velha cigana tentara nos entregar.

Tessa arregalou os olhos assustada.

– Viu! Te falei que essas pessoas têm a mão leve. Confere aí se está tudo certo.

Olhei para os produtos e não faltava nada do que vinha no recibo das compras.

– Que bom. Minha carteira também está aqui. – Tessa conferia até se os próprios brincos continuavam nas orelhas.

O panfleto em papel barato, de cor rosada e com as letras borradas em preto pela má qualidade da impressão, convidava a ir na tenda da rainha cigana Estrela Tereza. O papel ainda relacionava os serviços que fazia, como orações, vidência, mapa astral e outras especialidades. No rodapé um símbolo remetia ao logotipo da nossa antiga empresa.

– Olha isso! Parece com a nossa estrela.

Tessa olhava desconfiada, mas não podia negar a semelhança.

– Coincidência.

Disse ela pegando as taças de vinho e indo direto para a sala, sem me dar tempo de argumentar.

– Coincidências. – Eu resmunguei para mim mesmo.

A palavra me trouxe a imagem de Azhym e olhei mais uma vez o rodapé do papel. Me desapeguei da recordação e ia jogar o papel fora quando notei que algumas letras estavam em destaque, sublinhadas com caneta esferográfica.

Letra a letra, percebei que algo estava marcado de propósito e em nada poderia ser uma coincidência. Da sala Tessa me chamava dizendo que nossa série de TV favorita ia começar.

Guardei no bolso da calça para analisar depois e fui celebrar com minha esposa. Bebemos a garrafa inteira de vinho e acordei às sete da manhã ainda com o sabor da uva. Dei um beijo em Tessa que ainda dormia confortável sob os cobertores e saí no frio de apenas cinco graus. A bicicleta de terceira mão que comprei pela internet ajudava a fazer o trajeto até o ponto de ônibus. O vento era cortante e tinha apenas os olhos de fora. Toucas, luvas, três calças, duas meias, cachecóis no pescoço e mesmo assim o frio não cedia. Não sabia se o rangido que ouvia era dos pedais da bicicleta ou dos meus joelhos insistindo pela rua deserta.

Percorrido o caminho, trancava o meu transporte de duas rodas próximo a uma delegacia de polícia que ficava em frente à estação. De lá pegava a condução por quase quarenta minutos até o trabalho. No ônibus eu podia relaxar um pouco e até tirava um cochilo, porque todos tinham sistema de aquecimento.

Minhas mãos mesmo protegidas pela luva estavam vermelhas quando as tirei para pegar o panfleto. A curiosidade matava e eu precisava analisar a tal charada. Puxei uma caneta de dentro da mochila e fui anotando na palma da mão o que encontrava no papel.

"*CORRESPONDÊNCIA*". Foi a palavra transcrita após organizar a sequência das letras. Fiquei rindo sozinho e as pessoas a volta decerto imaginaram que eu tinha algum problema mental. Por uns instantes acreditei que fosse encontrar uma mensagem de Azhym ou de Ruberte naquele pedaço de papel. Talvez uma forma de fazer contato ao modo dos bons filmes de espiões. Eu estava louco, delirando sobre a tal história de sociedades secretas. Voltei a realidade e convenci-me que a mensagem indicava como o panfleto deveria ser entregue pela cigana. Provavelmente ela também era uma imigrante e anotou daquela maneira para não esquecer.

Segui frustrado com o resultado do meu achado, mas passei o dia inteiro pensando na palavra coincidência. Várias vezes peguei o panfleto e reexaminei vendo se não tinha deixado passar nada, mas a única coisa que consegui foi uma queda na minha produção.

Cheguei em casa com a cara preocupada e Tessa percebeu que algo estava acontecendo.

– Que foi, amor? Problemas no trabalho? Já sei, hoje só fez vinte máquinas.

Ela fazia brincadeiras por conta da minha obsessão em superar meus próprios recordes.

– Nada não. Só estou cansado e o frio me deixa preguiçoso.

– Venha aqui dar meu beijo e depois vá direto para o banho quente. O jantar está quase pronto.

Segui suas ordens para evitar mais perguntas. A casa era grande, porém quem a construiu concentrou o investimento na decoração e esqueceu de instalar aquecedores. Com o frio do inverno, nos sentíamos em uma geladeira. Depois do banho vesti uma tonelada de roupas e esgueirei-me entre os cobertores para ficar ao lado de Tessa e descansar daquele dia.

– Amor, tenho uma novidade para te contar. – Achei que ela finalmente tinha arrumado um emprego.

– Diga, então, qual é a boa?

– Minha irmã quer visitar a gente.

– Que legal. De quem foi essa ideia?

– Ah! Minha mãe sugeriu que ela viesse passar o restinho das férias aqui, porque está precisando espairecer as ideias.

– Tudo bem, a casa é enorme mesmo. Só fala para ela trazer um casaco, porque a coisa aqui está crítica.

– Sim, ela sabe. Eu também pensei em fazer uma viagem quando ela estiver aqui, para não ficar monótono.

Tessa sabia como me engambelar com suas estratégias.

– Viagem? Mas amor, estamos apertados de grana. Como vamos fazer isso?

– Ah! Eu tenho controlado e economizado. Ainda temos algum na conta do Brasil e venho juntando desde que você começou a trabalhar.

Eu não sabia explicar como ela fazia a mágica com nosso dinheiro. Jesus multiplicou os peixes e Tessa multiplicou os Euros.

– Tudo bem. Você é a contadora e a gerente da situação. Se diz que dá para ir, nós vamos.

Fazia tempo que não via Tessa iluminada daquela maneira. Ela já tinha tudo preparado e puxou a mesa de centro com um monte de anotações.

– Espanha? Isso vai ser caro, amor.

– Que nada, vou falar com minha irmã. Se ela topar rachar as despesas, alugamos um carro e vamos até Santiago de Compostela.

– Uau! Vai ser bacana se rolar, mas o que são estes envelopes aí atrás do notebook?

– Ah! Isso? São estas cartas do inferno que chegam uma atrás da outra para estas pessoas desconhecidas. Já te disse que estou juntando e pretendo entregar tudo para a senhora que nos alugou a casa.

Peguei as duas cartas que chegaram naquele dia em nome de Taarxan Delanne e Elenna Radnaxat. Apalpei os envelopes e antes que Tessa reclamasse, abri um deles, rasgando apenas o suficiente para retirar o conteúdo.

Dentro, uma carta de cobrança de seguro de veículos, dizendo que a apólice estava vencida e que o tal Taarxan, eu deduzi que fosse um homem, deveria renovar o quanto antes. No segundo envelope um pedido de ajuda para a cruz vermelha. Olhei os papéis e passei a ponta dos dedos na tentativa de identificar alguma pista. Quem sabe mais letras em destaque.

– Ahhhmm! Você abriu. – Tessa me repreendeu.

– Seu louco, vai que o dono nos processa. Isso é crime.

Os anos de convivência me garantiam alguma resistência ao olhar bárbaro germânico.

Levantei a procura das outras cartas e com ajuda do meu abridor de prata criei um monte de papel amassado e rasgado sobre a mesa de centro. Revirei as dezenas de cartas e já estava para desistir quando notei que dentro de um dos envelopes havia uma frase escrita. A mania de abrir cartas pela lateral quase me impediu de achar as mensagens que estavam na estreita aba que fechava os envelopes.

"*Quando encontrar durma com a luz da cozinha acesa.*"

Meu coração disparou e senti as mãos suadas com a empolgação. Virei do avesso os outros envelopes.

"*Precisamos nos encontrar. Farei contato*"

"*Faz um mês e preciso falar com você*"

"*Use o livro para decifrar*"

– Tudo lixo! – Disse já embolando os papéis em um monte só.

– Joga fora então. Você já abriu mesmo.

Na lixeira comum eu desfiz a papelada inútil. As que traziam mensagens, destruí jogando na privada, após transcrever o conteúdo.

O segredo estava seguro e agora eu deveria deixar a luz da cozinha acesa e ver o que acontecia.

Esperei um contato por semanas e estava desesperado por ter que deixar a luz da cozinha acesa todas as noites. Além do custo, tive que inventar uma desculpa para Tessa, dizendo que facilitava ir ao banheiro quando acordasse na madrugada. Larguei de mão e resolvi continuar com minha rotina. A contragosto me convenci que as mensagens eram apenas a minha imaginação. Cheguei a pensar que estava enlouquecendo. Até que um dia ao atravessar a pracinha onde pegava o ônibus, deparei-me com dois senhores bem-apessoados com suas malas de couro sobre um banco e um amontoado de revistas em uma pequena estante portátil.

– Meu filho, muito bom dia! Você teria um minuto para ouvir a palavra do Senhor?

A frase fez a imagem de minha mãe surgir como uma lembrança boa. Ela falava o mesmo, quando estava a serviço de sua igreja. Vi por inúmeras vezes ela sair de porta em porta ou ficar em lugares públicos pregando a palavra de Deus como aquele senhor. A vestimenta e a boa educação permitiram reconhecer o homem como da mesma religião que ela.

– Obrigado mas não precisa gastar seu tempo comigo. Minha mãe também é religiosa.

– Jeová está na sua família? Glória Deus. – O estranho bem-apessoado exaltou-se sacudindo sua bíblia no ar.

– Sim, de fato é bom, mas preciso ir. Tenha um bom dia.

– Meu rapaz, Deus Todo-Poderoso nos coloca no lugar certo, no momento exato, em que precisamos e é por isso que estamos aqui. Sente-se conosco um minuto, você perderá o ônibus, mas ganhará sua vitória ao ouvir o que temos a dizer.

Só quando sentei no banco da praça e o senhor de óculos apertou minha mão fazendo o mesmo movimento que Azhym, percebi do que se tratava.

– Aqui está o nome da pessoa encarregada de auxilia-lo em seu treinamento. – Ele anotou o nome *"L. Grando"* na capa de uma revista. A nossa frente, pessoas corriam para não perder a condução que anunciava a sua saída com o roncar do motor.

– Você não precisa mais deixar a luz acesa. Esta pessoa vai encontrá-lo.

– Desculpe, meu senhor, eu tinha um monte de perguntas para vocês, mas depois de me abandonar durante todos estes meses, acho que não quero continuar nisso.

Havia um segundo homem recuado, que parecia apenas

observar o perímetro e acenava com uma revista a cada estranho que passava, afugentando-os.

– Desculpe, não poder ser mais direto. Tivemos que nos desdobrar por culpa do seu atraso. Existia um plano traçado para você, mas alguém o interceptou e no final acabou sendo bom você chegar depois do combinado.

– Como assim alguém o interceptou? O que aconteceu? Eu e minha esposa estamos em perigo?

– Shiiiiiu! – O homem fez um sinal pedindo para não me exaltar.

– A pessoa que lhe encaminhará no seu treinamento vai responder todas as perguntas, mas por agora, fique com este número de telefone e só ligue em caso de extrema necessidade. Você entendeu?

Fiz sinal que sim com a cabeça e ele entregou a revista com o contato escrito em formato de capítulos e versículos da bíblia.

– Lembre-se que a pessoa irá até você. Estamos todos trabalhando para o seu sucesso, não se preocupe.

Um segundo ônibus já estava de portas abertas a espera. Com a condução vazia, achei um lugar confortável, mas quando olhei pela janela os dois estranhos tinham desaparecido. Enfim estava encaminhado no processo de admissão para a tal Sociedade, que a cada contato, mostrava-se mais misteriosa do que Ruberte e Azhym tinham revelado.

CAPÍTULO 18
ENTRANDO NOS EIXOS

O carnaval chegou e junto com ele a minha cunhada. Tessa planejou toda a viagem e partiríamos no domingo de manhã, bem cedinho. Enquanto as duas aproveitavam o carro alugado para conhecer a cidade eu tinha uma meta a superar no trabalho. Rever Íris trouxe um pouco de nostalgia, algo que eu tentava a todo custo manter longe dos pensamentos.

Acho que mesmo quando morávamos em Petrópolis nunca presenciei as duas tão próximas. Era reconfortante ouvir o português do Brasil, sem ser através dos alto-falantes do computador. Tudo bem que eu tinha meu primo para conversar, porém mesmo ele mantendo o bom astral, pessoas diferentes renovam nossa energia.

Avisei meu chefe que não iria trabalhar nos próximos dias e ele ficou sem entender o porquê.

– Como assim não vem na segunda?

– Ora, é carnaval e ninguém trabalha até quinta-feira.

Me fiz de bobo evitando acreditar que em Portugal, eram poucas as pessoas que se importavam com aquele feriado. Eu li que algumas cidades celebravam a data, porém nada comparado ao Brasil. Além do mais, devido a crise econômica, naquele ano, o governo havia declarado ponto facultativo o que reduzia minhas chances de ficar em casa.

– Aqui não é o Brasil e o carnaval não é feriado.

O chefe tinha um ar sisudo e quebrara a possibilidade de ir conhecer a Espanha.

– Veja bem Natan, tenho acompanhado seus resultados de perto e estou impressionado. Tanto é que permitirei a você ficar estes dias em casa descansando. Considere um prêmio extra pelo seu desempenho.

Não sei como aquilo aconteceu, mas sacudi a cabeça agradecido e enquanto ele atendia o telefone na sua mesa, saí em disparada.

Fiquei tão pasmo que nem contei para os colegas de trabalho. Recolhi minhas coisas, entreguei o décimo computador reparado e saí feliz da vida para encontrar Tessa e Íris que me aguardavam na porta do emprego para uma carona.

Antes de viajar liguei para a família no Brasil e falei por quase uma hora. Eles queriam saber como corria a vida em Portugal. Os assuntos eram sempre os mesmos e abordavam a diferença na comida, no preço dos combustíveis, na limpeza e na beleza das ruas, a forma como as pessoas falavam e as variedades de palavras com sentido diferente. Era reconfortante ver meu filho com seu sorriso pela câmera do computador. A saudade doía fundo, mas eu evitava deixar a emoção transbordar ou seria um drama.

Eu amenizava mostrando que tudo corria perfeito como em um sonho que se realizava. E na verdade não mentia, apenas suprimia que o dinheiro tinha acabado e que agora dependíamos do meu curto salário. Além disso, nem mesmo Tessa sabia certos detalhes e não seria justo deixá-los preocupados.

O problema era quando as luzes apagavam. Quando eu deitava na cama e o silêncio trazia à tona a voz da minha mãe, o olhar do meu pai e o abraço apertado que meu filho me deu no dia em saímos do Brasil. Durante os primeiros três meses chorei escondido. Depois, acabei compartilhando minha tristeza com Tessa e foi o carinho dela que ajudou a seguir forte.

O sol ainda não tinha saído no horizonte e já estávamos a caminho de nossa peregrinação. O caminho de Santiago era famoso no mundo inteiro e iríamos fazer uma parte dele com todas as regalias que um carro popular de modelo alemão dispunha.

Eu ia de copiloto ajudando com o mapa, mas um tanto receoso com Tessa ao volante. Nossas aventuras no passado não eram uma boa referência, mas não havia alternativa. Eu ainda não tinha os documentos de residência no país e mesmo com a ajuda da empresa, estava complicado passar pelos processos burocráticos e administrativos uma vez que eu e Tessa não éramos casados no papel.

Atravessamos o país pelas macias estradas de alta velocidade. O sangue germânico se identificava com a aceleração do motor e bastava ver uma placa de alta velocidade que minha esposa expressava um sorriso psicótico. Da minha parte nunca fui bom com mapas e acabei nos colocando no trajeto mais longo até a fronteira com a Espanha.

Portugal revelou-se um país de lindas paisagens. Durante a viagem inteira Tessa explicava a história dos pontos turísticos que a estrada exibia. Paramos apenas duas vezes para comer e conseguimos chegar em Santiago com o cair da noite.

O hotel tinha um aspecto tradicional, mas ficava a menos de um quilômetro da famosa Basílica de Compostela. Larguei as duas gastando seu espanhol na recepção e fui explorar o lugar, para me sentir menos inútil.

As paredes eram revestidas por uma decoração quente que concebiam ao salão dos elevadores um ambiente calmo e reconfortante. Parei a frente da lareira e fui fisgado por uma fragrância conhecida.

Notas leves de um perfume amadeirado conduziram-me até a entrada de um sofisticado restaurante mais ao fundo. O cheiro apesar de fraco, foi suficiente para resgatar a presença da mulher que poderia ter mudado meu destino naquela noite em Belo Horizonte.

– Quer vir jantar aqui quando abrir? – Tessa, com as chaves do quarto na mão me libertou do transe.

– Cadê sua irmã?

– Ela já subiu, mas combinei de sairmos mais tarde para dar uma volta na cidade.

Entramos no elevador que por dentro mais parecia um sarcófago e a conversa sobre o longo dia de Lisboa até ali me fez esquecer o perfume de almíscar.

Eram quase dez da noite e a rua estava lotada de gente. Alguns fantasiados com roupas de palhaços, monstros e personalidades famosas na Espanha e na Catalunha. Outros com elegantes máscaras venezianas e trajes de gala. A maioria das ruas com calçamento em pedras rústicas e pouca iluminação davam um ar sombrio ao local, mesmo com os bares, tavernas e restaurantes lotados.

Andávamos em direção a nossa joia prometida, a catedral de Santiago na praça de Compostela que ficava encravada na parte antiga da cidade. Passamos por algumas lojas que vendiam cajados, lanternas, chapéus e mapas da rota original do caminho do peregrino. De repente ao passar sob um arco de pedra que teria sido um antigo portão medieval, demos de cara com as majestosas torres góticas da catedral, iluminadas em um tom de âmbar.

A praça tinha o chão tão limpo que refletia o cenário sobre as largas placas de pedra polida pelo tempo. Uma visão incrível de uma das igrejas mais antigas do mundo.

Tessa e eu ficamos abraçados contemplando o esplendor do lugar. Era a realização de um sonho estar ali. Me vi ainda adolescente, quando li sobre Santiago no livro de Paulo Coelho, um dos meus autores preferidos. A emoção de ver com os próprios olhos o que imaginei durante a leitura, acendeu uma faísca na minha alma e serviu para me convencer que estava no rumo certo.

– Com a luz do dia deve ser ainda mais bonito, agora vamos que estou com fome. – Íris nos intimou.

Minha cunhada apontou um ou dois lugares ao longe que pareciam lotados de gente. Andamos pelas ruelas escuras e desbravamos verdadeiros labirintos até chegar em uma esquina, onde Tessa avistou uma placa indicando que vendiam cerveja do tipo alemã.

– Meu pai sempre diz que se tem bebida alemã, o restaurante é dos bons.

Minha cunhada conhecia o ditado e foi a primeira a entrar sem qualquer objeção. A taverna parecia escavada na rocha crua do pequeno morro onde ficava. As mesas eram todas cobertas por toalhas nas cores da bandeira nacional. E nas paredes bandeirolas lembravam festa de São João brasileira. Havia pouca gente em relação ao número de mesas. Tessa nos ajudou traduzindo o cardápio e depois fazendo o pedido para uma gentil senhora que nos atendeu.

Conversamos e apreciamos nossas cervejas especiais. Eu pedi uma do tipo escura, por sinal uma das poucas de que gostava. Mesmo no Brasil nunca fui fã de cerveja. Meu paladar ficava mais à vontade com o vinho.

Tessa foi ao banheiro e logo que voltou foi minha vez de resolver o problema com a natureza. Dei-lhe um beijo antes de sair e disse um carinhoso "te amo", baixinho em seu ouvido.

– Eu também te amo e espero que o seu banheiro seja tão bonito quanto o das mulheres.

– Sério? O banheiro é legal?

– Lindo, cheio de velas, com as paredes decoradas com quadros e pias de mármore. Além de cheiroso. É como eu digo, se o banheiro é bom, a cozinha é excelente.

Tessa sabia desses detalhes sobre hotéis e restaurantes, era sua formação profissional e acima de tudo sua paixão. Contudo o banheiro dos homens lembrava uma masmorra.

Lavei as mãos e estava para sair quando a porta explodiu com tamanha violência que fui arremessado de volta para o calabouço.

– Senhora, este é o banheiro dos homens. – Tentei explicar sem lembrar que ali ninguém falava português.

– Alexandre Natan. Meu nome é Lauren Grando e não posso

dizer que é um prazer conhecê-lo, por que fui obrigada a perder um baile de máscaras em Veneza, para estar aqui nesta espelunca com você.

A mulher de cabelos vermelhos exibia uma postura refinada com seu vestido que parecia feito sob medida por um importante costureiro de Paris. Diante do espelho ela ajeitou o colar que brilhava mesmo sob a luz fraca do banheiro e continuou seu discurso: – Precisamos ser rápidos. Amanhã, na catedral, as dez horas e não se atrase.

– Como encontro você? – Perguntei no automático.

– Não encontra. Apenas esteja lá as dez e não diga nada a sua esposa. Aliás parabéns pelo bom gosto.

Eu ainda assimilava a última frase quando ela saiu feito um furacão. Foi a primeira vez que vi uma mulher invadir um banheiro masculino e pensava que aquilo só acontecia nos filmes.

Saí olhando desconfiado, porém nem sinal da ruiva. Quando voltei ao meu lugar, minha cunhada brincou dizendo que se precisasse ela era quase médica e podia receitar algo para problemas intestinais.

Disfarcei meu nervosismo graças à comida que chegou comigo e deu margem para entrar na gozação sem demonstrar o que tinha acontecido. Jantamos apreciando a comida local e o restaurante ficou tão cheio que quase fomos expulsos da mesa. Aquele fenômeno acontecia com frequência. Bastava Tessa e eu entrarmos em uma loja, uma sala, um restaurante, ou o que quer que fosse, para em minutos, as pessoas começassem a brotar. Parecíamos ter um imã.

Na manhã seguinte não foi diferente, mas conseguimos tomar nosso desjejum em uma simpática cafeteria perfumada pela mistura de canela, café e chocolate.

Na rua o som agradável de uma gaita de foles percorria as vielas com um eco convidativo. Minha cunhada e a irmã começaram a dançar para espantar o frio. Foi engraçado ver as duas de mãos dadas entre frenéticos pulos ao ritmo da música que se tornava mais intensa a cada esquina que dobrávamos.

Quando chegamos na praça o céu vibrava em um tom azul claro. A catedral agora tinha cores cinzentas e os entalhes das esculturas espalhadas no exterior saltavam a vista. Colunas erguiam-se e viravam torres com sinos. O dia ainda estava no início e eram poucas as pessoas que chegavam para assistir a missa no interior da pequena construção ao lado da imponente catedral.

Tiramos fotos, muitas fotos e Tessa estava feliz por registrar tudo com sua câmera cor-de-rosa. Do lado de dentro da catedral Íris e eu ficamos abismados com a simplicidade. Minha esposa explicou que o contraste era proposital, um truque da igreja para forçar os fiéis a sentirem-se menores diante dos líderes religiosos da época.

Ela contou também que onde estávamos, era supostamente a verdadeira igreja onde o corpo de São Tiago, irmão de Jesus Cristo, estaria enterrado. A Catedral de Compostela foi erguida tempos depois. O nome era derivado do caminho que os peregrinos faziam tendo uma estrela como guia até chegar aquele campo.

– Ah! Então Compostela, vem de campo da estrela?!

– Claro, você ainda não tinha percebido?

Tessa era uma mulher culta e às vezes me sentia um homem das cavernas a seu lado. Ainda assim gostava de enaltecer o conhecimento dela e a puxei para agradecer pela aula com um beijo.

– Me larga, seu doido. Estamos dentro da igreja.

– Oh! Desculpe, esqueci.

– Venha, vamos lá fora dar mais uma volta pelas outras construções da praça.

Procurei no bolso do casaco pelo meu telefone, mas os sinos começaram a tocar confirmando que eram dez horas.

– Amor, se importa que eu fique mais uns minutos? Quero agradecer por nossas pequenas vitórias até aqui.

Tessa sabia que eu não era religioso, mas que tentava agradecer à minha maneira pelas bênçãos que recebíamos.

– Claro que não, mas vou sair com a Íris. Nos encontre lá fora quando terminar.

Sentei em um dos longos bancos de madeira e quando dei por mim, ao meu lado, estava uma senhora de chapéu elegante e óculos escuros, mesmo com a pouca luminosidade do lugar.

– Nosso tempo é curto, vamos ao que importa.

Me assustei quando ela dirigiu-me a voz e demorei a reconhecê-la, porque agora estava loira, não fosse a voz marcante com seu tom autoritário diria que era outra pessoa.

– Estou ouvindo e desculpe se fiquei nervoso ontem à noite. Eu não esperava.

A mulher deixou os óculos escorregarem pelo nariz fino

expondo o contorno de seus olhos bem maquiados e os cílios longos.

– Como sabe fui designada para orientá-lo no seu aprendizado. Eu e você nos falaremos por cartas, e-mails, códigos e quando possível pessoalmente, como agora. Vou tentar escolher o meio mais seguro para cada ocasião e você deve estar atento.

– Entendo, mas como farei para não deixar minha esposa perceber? Digo, ela pode saber sobre estes nossos assuntos?

– Claro que não. É mais seguro que ninguém de fora saiba sobre a Supremacy, não interessa quem seja.

– Supremacy?

A mulher suspirava sacudindo a cabeça em desapontamento.

– Meu senhor, pelo visto terei trabalho dobrado com você. Não te disseram nada sobre onde está se metendo.

– Sim disseram. Eu sei sobre a história dos escravos e que o grupo tem uma filosofia de vida diferente para ajudar as pessoas ao redor do mundo.

– Só isso? Você deve ser louco para cruzar o oceano apenas com essa informação.

Eu não sabia o que responder e olhava para trás receoso que Tessa ou minha cunhada aparecessem.

– Veja, você precisa voltar para sua esposa. Vamos disfarçadamente caminhando sem nos distanciar muito.

Concordei levantando-me, mas ela me puxou pelo pulso e olhou fixo nos meus olhos.

– Você ainda tem tempo de voltar para sua família. Ainda dá tempo de recuperar sua vida. Ainda pode fazer a escolha fácil, mas se cruzar aquela porta comigo, será para um caminho sem volta.

Soltei meu braço das mãos revestidas com luvas, fiz uma reverência a cruz sobre o altar e saí com ela ao meu encalço.

Do outro lado da praça Tessa e sua irmã estavam distraídas fazendo fotos.

– Qual é mesmo seu nome?

– Lauren. Oh, meu Deus, nem o meu nome eles informaram?

– Me disseram que seria uma pessoa chamada L. Grando.

– Ok, escute. Preciso te contar exatamente onde você está entrando e o motivo de o terem convidado, mas isso não pode ser aqui. Quando estiver em Lisboa voltaremos a nos ver. Irei ao seu encontro quando estiver com tudo pronto.

– Por mim tudo bem. – Respondi sem saber sobre o que ela

falava.

– Uma última coisa antes de ir. Você é mesmo um herdeiro goetia?

– Um herdeiro o quê?

– Goetia.

– Não, eu não sou de me vestir todo de preto, nem nada dessas coisas.

A mulher que estava de costas para mim, virou com uma cara raivosa, quase desmascarando o próprio disfarce.

– Eu disse goetia e não gótico, mas pelo visto não sabe o que significa isso também.

Ela parecia nervosa com a minha falta de conhecimento, mas havia algo gentil na forma como ela me recriminava e acho que foi este o detalhe que impediu-me de ficar ofendido.

– Certo. Farei tudo do início, não tem problema. Aproveite sua viagem e vamos nos falando quando possível.

Lauren fez um aceno discreto e saiu pedindo desculpas em inglês. Só então percebi que Tessa estava a poucos degraus de distância, na lateral da escadaria posicionada para fazer uma foto minha.

– Sorria! – Disse ela sem ter notado a conversa secreta.

Provavelmente aquela foto capturou minha preocupação com relação ao nosso futuro. No lugar do sorriso, muitas interrogações sobre o novo contexto que a tal Sociedade começava a tomar.

Fizemos belas fotos com a majestosa praça ao fundo e aos poucos, a alegria de Tessa e sua irmã me contagiou.

O roteiro da volta era prolongado e depois de nos impressionarmos com a quantidade massiva de igrejas na cidade de Braga, partimos para a cidade do Porto. Íris queria desde o início da viagem, conhecer os famosos vinhos da região e ficou interessada quando Tessa deu mais uma aula sobre o assunto as margens do Rio Douro.

Pegamos a rota de casa e a maior parte, tentei conversar com Tessa para que o cansaço não a distraísse na direção. Contudo, a certo ponto minha cunhada apagou no banco de trás e o silêncio trouxe-me de volta o encontro com Lauren.

Como aquela mulher conseguiu nos achar tão longe do nosso endereço. Como ela sabia quem eu era? Onde eu estava me enfiando?

O planejamento de minha esposa se concluiu na perfeição

quando chegamos em casa antes da meia-noite de quarta-feira de cinzas. Estávamos exaustos, porém não há nada mais reconfortante do que chegar em casa após uma viagem.

O problema é que ali, ainda não era bem a nossa casa, ou pelo menos não era assim que eu sentia. Era onde morávamos, mas faltava aquela sensação de proteção que temos quando passamos pela porta. Aquela certeza que seja como for, ao menos você está na sua casa.

Achei melhor não trabalhar o resto da semana. Depois daria um jeito com o patrão. Nossa visitante estava de partida na quinta-feira e ficando em casa eu aproveitaria um final de semana prolongado com minha esposa. Ainda que sem grana e com as incertezas sobre à Supremacy, Tessa era a minha prioridade.

CAPÍTULO 19
DANDO NOMES AOS BOIS

O trabalho corria melhor que o esperado. A larga compreensão do meu chefe sobre a minha ausência, somada a bonificação no segundo mês consecutivo, começavam a tornar o ambiente turvo. Os colegas de trabalho cochichavam pelos corredores. Ao mesmo tempo eu iniciava as frases com o bordão "pá" que soava um tanto falso, porém servia ao intuito.

Os portugueses não aceitaram bem a estratégia e desencadearam um processo de exclusão, o que por outro lado, serviu para aproximar-me de outros brasileiros que também atuavam na companhia. Não me sentia incomodado com aquela reação, talvez porque contasse com isso. Afinal tinha a meu favor uma larga experiência em uma das maiores empresas do mercado brasileiro, onde a rivalidade e a competitividade eram pré-requisitos no currículo. Um complô de cinco engenheiros resignados contra um estrangeiro, não atrapalharia o plano de carreira que elaborei.

Comentei com o patrão que a empresa deveria investir em mão de obra especializada e evitar a contratação de pessoas que não atendiam os requisitos de uma empresa de tecnologia. Se acreditasse em sorte, aquele seria um bom exemplo, porque adivinhei seus pensamentos e ele por sua vez, repetiu as ideias para os diretores. O único detalhe que não previ, foi ele ter pegado a glória da ideia para si.

– Natan. Nossos patrões adoraram a proposta de contratar mão de obra mais qualificada. Eles impuseram apenas uma condição. Pediram para colocar-lhe a cargo de todos os currículos que chegarem, inclusive permitindo-te opinar no processo das entrevistas.

– Por mim tudo bem, desafios são bem-vindos.

– Além disto a empresa fechou uma parceria com as escolas de Lisboa e vamos receber estagiários nas áreas de informática e eletrônica. Todos também ficarão sob sua avaliação. É óbvio que isso inclui treiná-los e ensinar os procedimentos de trabalho.

A história começava a soar em demasiado trabalho, mas aceitei numa boa. Quando comentei o assunto com os colegas, percebi a cara de felicidade de todos. Piadinhas sobre como Portugal colonizou e explorou o Brasil surgiram. Só então percebi que a sobrecarga era intencional.

Eu a vi antes de estacionar a bicicleta. O sol que ainda nascia tímido ressaltava a cor dos cabelos vermelhos em contraste a um sobretudo cor de chumbo, sobre um vestido claro.

– Bom dia Alexandre Natan. Posso chamá-lo de Natan, não posso?

Ela não me deixou responder e continuou falando enquanto conferia com a ponta dos dedos, o grosso casaco que eu vestia sobre o uniforme.

– Hoje o senhor não irá trabalhar. Você está doente, de cama, com uma dor terrível no corpo. Aqui está o seu comprovante médico para justificar a ausência.

Peguei o papel azulado que tinha até uma receita anexa, apesar de não entender bem o nome do remédio.

– Como assim não vou trabalhar? Que doideira é essa? Onde você falsificou isso?

– Nossa, você deveria ser repórter ou... Já pensou em ser advogado? Poderia questionar as testemunhas ou os réus com esta força que usa nas palavras.

Se ela soubesse o quanto já tinha ouvido aquela pergunta. Não me preocupei em responder.

– Tudo bem, mas o que vamos fazer? Estou um tanto desconfiado destas pessoas da tal Supremacy e quero saber de antemão o que faremos, caso eu não vá trabalhar.

– Primeiro tomaremos um café porque fico faminta quando acordo antes das dez. Isso também significa que estou de mau humor e que a culpa é sua. Depois conversamos sobre seu treinamento. A intenção é ambientá-lo um pouco mais sobre os conceitos da Supremacy. Podemos almoçar e lhe conto sobre meu papel como sua orientadora, além de alguns outros detalhes cruciais para melhorar nossa comunicação. Respondo suas perguntas que serão com toda certeza, muitas, uma vez que não vai assimilar nem dez por cento de tudo que eu falar. No fim do dia te trago aqui de volta e você vai para casa, pensativo e atormentado.

Respirei fundo para evitar soltar um palavrão. Lauren parecia uma dondoca arrogante, mas não evidenciava qualquer ameaça. Encarei-a por um instante e reparei na pesada maquiagem que tentavam esconder sua verdadeira idade.

– E como faremos isso?

Ela ditou o caminhou por uns metros até chegarmos a porta de um extravagante carro esportivo de cor grafite e com pequenos detalhes em vermelho. Fiquei sem fala quando ela abriu a porta e convidou a entrar pelo lado do carona.

– Este é o seu carro?

Nem nos meus sonhos mais radicais tinha visto um carro daquele. No interior o símbolo de um tridente vermelho combinava com o refinado acabamento do painel. O estofado escuro me abraçou e liberou um aroma de tabaco, misturado com perfume característico de coisas que acabaram de sair da loja.

– Não. Eu não gosto destes clássicos, mas meu marido já tinha alugado e não quis trocar.

– Seu marido?

– Sim, vamos começar por ele então.

A mulher elegante por trás do volante fez o carro rugir e disparou quando pressionou o pedal.

– Meu marido é um homem influente. Importante no cenário político europeu. Ele e seu mentor Azhym são amigos de longa data.

– Você conhece o Azhym? – Perguntei por um impulso, mas ela continuou e não respondeu.

– Me chamo Lauren Elizabeth Turtianelo de Bragança e Silva Grando. Nasci no Brasil, na cidade de Fortaleza, mas mudei ainda jovem para a França onde fiz muitas besteiras, inclusive duas tentativas de suicídio e acabei por encontrar o homem da minha vida. Falo oito idiomas e sou formada pela Universidade de Sorbonne Nouvelle em Paris. Desde que fui morar em Veneza, nos anos noventa, trabalho com instituições de caridade de âmbito internacional e tenho participação em uma agência imobiliária.

Lauren falava devagar, mas com orgulho da sua auto apresentação. Em contrapartida eu mal conseguia ler as placas da estrada, meio acanhado com a primeira experiência em um carro a mais de duzentos quilômetros por hora.

Estacionamos na frente de uma cafeteria com ar de butique francesa.

– Lauren, desculpe, mas não tenho dinheiro comigo. Não imaginava que...

– Xiiu! As despesas de hoje são por minha conta.

Eu não estava em posição de negar. Nos acomodamos em um canto que permitia uma ampla visão do lugar. Uma posição estratégica apesar de sermos os únicos ali.

– Lauren, eu gostaria de saber o que é de fato a Supremacy.

– Claro. Entendo sua frustração, devem tê-lo enrolado como é de costume, mas é para isso que estou aqui. Para desfazer os nós da sua cabeça.

Ela se ajeitou na cadeira adquirindo um tom ainda mais soberbo antes de continuar.

– Também conhecida pelas alcunhas: Ordem, Tradição, Filosofia, Caminho e muitas outras, a Supremacy é uma gigantesca rede de influência na qual só participam, pessoas escolhidas sob um meticuloso critério. É um organismo, no qual as pessoas têm a oportunidade de tomar as rédeas do próprio destino, mas em troca, devem comprometer-se a fazer o mesmo por outros que não têm a mesma sorte.

Deixei transparecer uma careta por não entender nada do que ela falou.

– Natan, preste atenção. Durante muito tempo pessoas com talentos especiais perambulavam pelo mundo e desperdiçavam suas vidas com coisas inúteis. É claro que ainda hoje existem pessoas assim. Gente que parece ter nascido para o sucesso, que tem tudo para conquistar o que deseja, mas que não chega a lugar nenhum. Todos temos ao menos um conhecido que se encaixa neste modelo.

– Sim, acho que entendo o que quer dizer. – Na minha cabeça surgiu uma lista de nomes.

– Como toda rede, a Supremacy é organizada em linhas. Quero dizer, vertentes que possibilitam identificar e selecionar as pessoas conforme o seu talento natural. E ao que tudo indica, você provém da linha de Salomão.

– Salomão? Quer dizer o Rei Salomão? Aquele da Bíblia sagrada?

– Exatamente esse. A linha de Salomão é também conhecida como a goetia.

– Ahmm! Chegamos a tal palavra então.

Lauren soltou um sorriso tímido e aproveitou para fazer o pedido à garçonete que se aproximou como uma sombra.

– Um cesto médio de croissant, um chá e um café.

Antes que eu abrisse a boca a moça pegou os cardápios e se foi.

– Eu pedi para nós dois, não se preocupe, mas como eu dizia... Ninguém sabe ao certo quando esta Rede surgiu. Por ser composta de pessoas simples, na sua maioria, torna-se complexa e seria impossível apontar uma pessoa como sendo o líder. Não existem registros, senão os que cada linha toma a iniciativa de anotar e por isso não existem provas de sua existência. No fundo a Supremacy apresenta-se ao mundo, ou aos olhos dos menos sensíveis como uma sequência de coincidências e nada mais.

Antes de continuar a explicação, Lauren entregou um livreto com o título "Livro de receitas". Na capa uma figura geométrica, semelhante a uma porta, ladeada por quadrados, repletos de inscrições estranhas. No interior regras e códigos de conduta que mais pareciam um manual. O pequeno livro também continha centenas de endereços eletrônicos para acessar a *darkweb*, local que algumas pessoas utilizavam para guardar seus segredos mais cabeludos na internet.

– Natan, apesar desta estrutura pouco convencional existe dentro de cada linha, uma hierarquia mínima a ser seguida e esta será apresentada a você durante seu treinamento através de quatro pessoas. A primeira é o seu mentor Azhym. A segunda sou eu. Os demais, ainda demoram um pouco para ter acesso. Crescer na Supremacy pode exigir décadas de estudo e dedicação, mas acho que não deve focar nisso agora. Aos poucos o quadro será pintado para você e por você, não se preocupe. O importante é saber que dentro da sua linha, da linha goetia, temos outras ramificações. Acredito que você foi apresentado a elas através da história dos escravos e de como as pessoas se enquadram dentro de cada grupo na sociedade mundana.

– Sim, lembro da história e Azhym também falou sobre esta divisão de pessoas, os tais construtores e tudo mais.

– Isso mesmo. Bem lembrado. Quero deixar claro que as pessoas selecionadas pela Supremacy não fazem parte dos grupos NVNP, VNP, NVP e VP. Estes grupos são as pessoas normais e que serão alvo de nossas missões no futuro.

– Missões? Como assim? – Interrompi preocupado com a ênfase que ela deu a palavra.

– Calma Natan, uma coisa de cada vez, porém talvez seja melhor você anotar estas explicações. Apenas prometa que vai destruir tudo após memorizar estes conceitos e explicações.

Saquei da mochila um caderno que usava para anotações do trabalho, antes que ela mudasse de ideia.

– Bem! Os membros da Supremacy estão na intercessão entre os grupos, como lhe foi ensinado. Lembra?

– Sim, claro.

São dois os talentos da sua linha. No primeiro caso as pessoas que carregam este talento são conhecidas como Construtores. São pessoas que segundo o próprio desejo, exercem seu dom para criar e identificar o que chamamos de Porta do Sol. No segundo caso aqueles que carregam o talento oposto, são conhecidos como Leões Negros. Eles também, segundo o próprio desejo, exercem seu dom para criar e identificar Linhas Negras. Alguma dúvida até aqui? Está anotando Natan?

– Sim. Estou de boa. Pode continuar.

– Uma Porta do Sol é uma oportunidade criada para conduzir uma pessoa rumo aquilo que ela considera essencial para a própria felicidade. Já uma Linha Negra ou Black Lane, como chamamos de maneira mais comum, é uma oportunidade criada para afastar uma pessoa daquilo que ela considera essencial para a própria felicidade.

Desenhei um verdadeiro fluxograma com as explicações que minha orientadora forneceu. Se outra pessoa tentasse ler o que escrevi, ficaria no mínimo tonta.

– Natan, é importante saber que os Leões Negros são de extremo perigo para os nossos interesses. De maneira geral eles são rebeldes e usam seus talentos para benefício próprio. É claro que nada impede um construtor de fazer o mesmo, mas quem cria uma Porta do Sol, está mais propenso a ética, se é que me entende.

Ela tinha razão quando mencionou que eu ficaria atordoado com o volume de informações. Minha cabeça estava pesada e não fosse pelas anotações, estaria perdido.

– Tudo bem, mas onde entro nessa história toda?

– Você foi identificado como um Construtor, pelo membro em treinamento, conhecido pela alcunha de Ruberte Henriques.

– Quer dizer que o nome verdadeiro dele não é Ruberte?

Senti uma pontada de desespero por nunca ter questionado sobre o português e ter aberto minha vida tão rápido como fiz.

– É claro que não. Da mesma maneira que o sr. Azhym não nasceu com este nome. Todos usam nomes consagrados. Nomes recebidos durante a iniciação. Aliás vamos falar sobre isso mais para frente.

Parecia que eu tinha sido atropelado por uma professora de trigonometria, daqueles cursinhos de pré-vestibular.

– Natan, o seu treinamento levará entre cinco e dez anos pelo que programamos. Você receberá todo o suporte que precisa. Até porque já deve ter percebido que temos alguma influência, não é?

– Para ser sincero senti-me um tanto sozinho e abandonado nestes últimos meses e dei sorte por conseguir um emprego para sobreviver.

– Sorte? Você acha que foi sorte que lhe manteve em um país estranho por cinco meses?

Eu não sabia o que dizer, mas acreditava que Deus tivesse ajudado muito mais do que a sorte.

– Daqui a uns anos falaremos outra vez e aí você dirá se teve sorte ou o quê. Bem, sobre o treinamento que começamos agora, informarei sobre o que fazer, como fazer, quando fazer e é claro, onde fazer. Na prática você levará sua vida normal, mas vez por outra precisará conciliar as coisas para manter sigilo, principalmente quanto a sua esposa.

– Falando sobre minha esposa, será que a Supremacy não conseguiria um emprego para ela?

– Natan, veja o seguinte. Estou aqui para ajudá-lo, porém foi sua opção trazê-la. Minhas ordens são bem simples e claras, desculpe, mas não peça nada deste tipo, porque precisarei negar.

– Tudo bem, desculpe, é só que não gosto de vê-la parada. Ela é uma mulher dinâmica, inteligente e também quero o sucesso dela.

– Não se preocupe, tudo tem seu tempo e tenha certeza que isso faz parte da sua caminhada neste período que estaremos juntos.

– Como assim? Você quer dizer que ela precisará sofrer como parte do meu treinamento? Se for, pode esquecer e parar com tudo agora.

Lauren encostou na cadeira desviando a atenção para agradecer a garçonete que nos servia discretamente.

– Você realmente a ama, não é?

Mantive minha boca ocupada com o café quente e o delicioso croissant. Desta vez fui eu quem a ignorou.

– Vocês não precisam sofrer, mas entenda que se ela fará parte da sua nova vida, precisa deixar para trás algum peso. Seu treinamento vai, de forma inevitável, arrastá-la para um turbilhão de acontecimentos. Aos poucos tudo se encaixa, não precisa ficar fechado com essa cara de mau para cima de mim.

Ela sabia como me desconcertar e por mais que quisesse não conseguiria ficar com raiva dela, pelo menos não ali, enquanto tinha interesse.

– Me fale mais sobre esta tal linha goetia. Fiquei curioso.

– Sim, claro, todos ficam. Vamos direto ao ponto.

Ela afastou-se da mesa, assumindo uma pose provocante antes de fazer um bico e perguntar.

– O que você vê?

Fiquei tímido com a situação porque ela projetava seu decote na minha direção.

– Vejo você, seu rosto, seus olhos, seu pescoço e seus...

– Não. O que você realmente vê?

Ela pegou mais distância para exibir as pernas cruzadas e deslizou o vestido até um pouco acima dos joelhos, exibindo uma tatuagem na panturrilha esquerda. O desenho era benfeito, delicado na forma de uma borboleta nas cores amarelo e azul. Percebi que em uma das asas havia uma inscrição em destaque.

– É uma bela tatuagem.

– E o que mais? – Ela insistia com certa rispidez.

– Ahmmm! Parece ter umas palavras escritas na asa da direita. "De nihilo nihil" Eu acho que é isso que está escrito.

– Nada vem do nada. – Ela falou, recompondo-se em seu assento.

– Interessante. Gostei da frase.

– Natan, eu sei que pode ver as coisas de uma maneira diferente.

– Como assim? Do que está falando?

– A tatuagem se mexeu enquanto você olhava?

Lembrei-me do que vi no braço de Ruberte, no tórax de Azhym e pescoço de Maud.

– Não, a sua não se moveu.

– Mas, você já deve ter visto outras que pareciam sombras vivas pelo corpo da pessoa, certo?

Confirmei enquanto pegava mais um croissant, deixando-a livre para continuar a explicação.

– Natan. Todas as pessoas que participam da Supremacy possuem uma tatuagem. Em geral são nomes escritos em idiomas escolhidos pelo próprio participante, mas também há outros desenhos e símbolos. Cada uma serve para indicar o talento da pessoa e contém o que chamamos de gênio. Vou explicar melhor do que se trata, porque isso explica o que é a linha goetia e ao mesmo tempo é importante para o seu treinamento. Será o fator determinante para medir quanto tempo vai demorar até ser iniciado.

A expressão de Lauren ganhou um tom sério antes de reiniciar:

– As pessoas identificadas como da linha de Salomão dispõem de uma característica singular. Sem exceção, elas relatam contatos paranormais com alguma entidade divina ou infernal, a qual chamamos de Gênios. A iniciação destas pessoas na Supremacy é na verdade um processo pelo qual aprende-se a domar a entidade, o gênio que lhe acompanha.

Eu começava a ficar temeroso outra vez e a acreditar que a tal Supremacy era um grupo de adoradores do diabo.

– Entendo. Então você acha que tenho um gênio comigo e isso me torna um descendente de Salomão?

– Ora! Alexandre Natan, eu sei bem das histórias sobre a sua mãe quando estava grávida de você, assim como sei de outras histórias que recolhi através de meus contatos. Isso sem falar da forma como você reagiu durante seu encontro com Maud. Aliás, você é um tanto safado para um homem casado, sabia?

Fiquei encabulado por ela saber da aventura em Belo Horizonte.

– Eu sabia que tinha algo errado com aquela mulher. Faz tempo que me pergunto se ela não estava na trama que me trouxe até aqui. Obrigado por confirmar as suspeitas.

– Preste atenção, Natan. Aquela mulher estava lá para neutralizá-lo.

O gole de café ficou atravessado na garganta e recoloquei o croissant mordido de volta no prato.

– Você caiu como qualquer homem, afinal aquela mulher é como a noite, inevitável. Algumas mulheres nascem com sorte e outras com sorte demais.

Eu ainda estava sem ação e apenas ouvia as explicações.

– Maud Z é bem conhecida no círculo dos Leões Negros, porque nos últimos dez anos foi submetida ao mais severo treinamento já provido pela Supremacy. Naquela noite ela saiu para realizar a missão final antes de ser iniciada.

– Suponho que eu fosse a missão? – Perguntei nervoso por saber do risco que corri.

– Sim, Natan. Ela estava lá por você, mas ao que tudo indica a missão fracassou.

– Lauren e o que me garante que você também não está aqui com o mesmo intuito?

– Natan, primeiro seria bastante simples para alguém como eu, eliminar você. Segundo apesar de ter aceitado o convite para ser sua orientadora, eu não faço parte da Supremacy e não estou sujeita aos mesmos testes e ordens.

– Como assim, você não pertence a Supremacy? Agora fiquei confuso.

– Sou uma amiga da Ordem Supremacy, um tipo de ajuda terceirizada, devido ao posto que meu marido ocupa. Além disso não tenho o dom, digamos que sou apenas uma colaboradora de luxo.

– Entendo. Foi por isso que sua tatuagem permaneceu estática.

Ela tentou esconder seu ar triste provando o chá.

– Natan, Maud é uma pessoa boa, mas foi ensinada a ser má. É provável que ela o procure outras vezes. Fique atento e avise caso perceba algo errado. Sua segurança e a da sua esposa podem depender disso.

– Lauren, por acaso ela tem como fazer mal à minha família no Brasil?

– Não. E menos ainda contra sua esposa. Se ela fizer, será punida na carne e na alma, mas isso não a impede que tente algo contra você.

A pastelaria estava vazia e fomos os únicos clientes durante todo o tempo em que conversamos. Na rua mais ao longe, através da janela podia ver um multidão circulando pelas calçadas, mas ninguém entrava. Nem mesmo a garçonete ficava à vista.

– Obrigado por avisar, ficarei de olho, porque em Santiago senti o cheiro do perfume dela.

– Sim, preste atenção aos sinais, mas calma, não fique paranoico, qualquer um pode usar um perfume igual ao dela.

– Talvez, mas meu nariz não costuma errar. Agora conte mais sobre o tal gênio e as tatuagens.

– Natan. Você já reparou que seu nome pode ser escrito de trás para frente e ainda assim continua sendo seu nome?

Desdenhei da brincadeira com um olhar frio que a obrigou a retomar o assunto de antes.

– A maioria das pessoas da linha goetia tem por herança a presença de uma entidade que as acompanha durante suas vidas. Certas culturas chamam isso de anjo da guarda, outras de encosto e por aí vai. O que não falta são nomes. Acontece que raras pessoas têm um contato mais profundo com essas entidades e ainda menos conseguem obter controle sobre elas. Na fase inicial do seu treinamento trabalharemos para identificar a entidade que o acompanha e depois lhe daremos as ferramentas para de dominá-la.

– Acho que sei do que fala, mas o que quer dizer com dominar esta entidade? Eu terei poder sobre ela? Comandá-la talvez?

– Exato. Na verdade você já possui este poder. O que faremos é dar-lhe razão sobre isso.

Lauren falava com conhecimento sobre o assunto e transmitia segurança nas informações que a todo instante recordavam-me momentos de minha vida onde tive pequenos contatos com o que ela chamava de gênio ou entidade.

– Eu acho que nunca exerci controle sobre esta coisa. Eu nem sei quando vai aparecer ou sumir.

– Não mesmo? Você nunca passou por uma situação onde só um milagre salvaria a sua pele? Nenhum acontecimento do qual você escapou e até hoje está sem saber o porquê?

Não pude negar e a recordação de centenas de episódios como o que ela descreveu percorreram minha lembrança.

– Natan, vamos dar uma volta. Esticamos as pernas e voltamos para almoçar. Venha, traga suas coisas com você e não esqueça o Livro de Receitas. Aliás use seus conhecimentos de informática para maquiar o conteúdo deste livreto. Vai ser muito útil até o final do seu treinamento.

Sintra apresentava um charme em suas ruas. A fachada das casas trabalhadas com painéis de azulejos coloridos criava uma energia positiva. O ar da cidade parecia tão puro que mesmo frio, era gostoso de respirar. Lauren cessou a enxurrada de informações sobre a Supremacy e de forma inteligente conduziu nossa caminhada falando sobre a história local. Narrou que morou ali por alguns meses, com seu marido, quando ele estava a trabalho pela Organização das Nações Unidas, anos atrás.

Subimos, depois descemos escadas e ladeiras. A conversa menos invasiva deixava a atmosfera agradável e não percebemos o passar das horas. Lauren parou em todas as lojinhas que, segundo ela, eram uma tentação. Sem que eu percebesse retornamos à pastelaria, mas pelo acesso da parte de baixo e ocupamos a mesma mesa onde agora, havia uma plaquinha escrito "reservado". Desta vez o estabelecimento estava cheio e só as mesas marcadas permaneciam vazias.

– O que achou da cidade Natan?

– Encantadora. Gostei muito, principalmente do lado histórico que contou.

Ela suspirava e parecia ter boas recordações do lugar, mas manteve os pensamentos para si.

– Você é ruiva de verdade ou pinta o cabelo?

Lauren retorceu os lábios e mordeu a ponta da própria língua.

– Nunca faça este tipo de pergunta a uma mulher. Nunca, entendeu? Para o seu conhecimento tenho antepassados holandeses e acho que vem daí a genética.

– Mas na igreja em Santiago você estava loira e se não me engano com o cabelo mais longo.

– Observou bem, mas era uma peruca. Caso fosse vista por sua esposa ou sua cunhada, ao menos elas não conheceriam minha real aparência.

Peguei o menu para escolher, mas ela pediu por mim uma segunda vez.

– A cozinha aqui é francesa, mas serve um prato português que não se come igual em nenhum outro lugar do planeta.

Sem poder de escolha, deixei minha anfitriã conduzir. Por sinal, um dos melhores que experimentei nas terras lusitanas. A comida portuguesa de maneira geral me conquistou sem dificuldades, depois que acostumei com os sabores. Retomamos a prosa após um pequeno café feito com grãos brasileiros moídos na hora, segundo o que disse a nossa garçonete.

Lauren estava satisfeita com sua comida, mas ainda tinha uma cara de fome.

– Natan, eu deveria informá-lo sobre seu mentor, o senhor Azhym, e qual o papel dele no seu treinamento. Porém ele me pediu que deixasse esta parte para quando vocês se encontrarem novamente. Acho que ele quer dizer em pessoa qual a parte dele no seu aprendizado.

– Tudo bem, já estou tão envolvido com a Supremacy que não faz diferença.

– Que bom que você vê desta forma. Olha! São praticamente quatro da tarde e falei tudo que estava agendado para hoje. Na verdade falta uma coisa e quase esqueci. O senhor Azhym irá encontrá-lo no próximo final de semana.

Ela passou o endereço e o horário sussurrando as palavras como se fosse um segredo de estado.

– Não falte e leve sua esposa também, mas seja discreto, como foi em Santiago.

– Imagino que passar despercebido seja parte do treinamento.

– Touché! Vamos. Vou deixá-lo no mesmo lugar onde o peguei para não dar na vista.

Ela levantou e deixou sobre a mesa uma nota de quinhentos euros. A primeira que vi daquele valor, desde que cheguei a Portugal. Ela sequer pediu a conta e apenas olhou na direção da moça que nos atendia, indicando que nossas despesas estavam pagas.

– Me diga mais uma coisa antes de fecharmos o dia.

Ela parecia mais relaxada e arrisquei.

– Você com sua experiência dentro e fora da Organização. Eu vou chamar assim para não ficar repetindo o nome Supremacy sem necessidade. Como você me vê chegando nesse enredo? Acredita que tenho chances de ser bem-sucedido? Pergunto porque parece uma loucura toda esta história e queria uma opinião sincera.

Lauren parou com a cabeça baixa, parecia a procura das palavras certas para não cometer um equívoco na resposta. Retirou os óculos escuros, segurou minha mão e olhando minha aliança de casado respondeu transparecendo o que pensava.

– Alexandre Natan, eu auxiliei muitos como você e até hoje, não vi nenhum deles ter sucesso. Conto nos dedos os que conseguiram passar do primeiro estágio do treinamento. As pessoas são muito apegadas às suas famílias e aos seus bens materiais. Não sei se você aguentará o que vem pela frente, até porque decidiu trazer sua esposa consigo e isso vai pesar contra você.

Ela fez uma pausa longa antes de continuar.

– O treino será duro e vai doer na sua alma. A linha de Salomão é a mais rígida. Vai exigir a disciplina e a força de vontade que poucos detêm. O que posso dizer é que sinto em você a mesma força que sinto, quando pego nas mãos do meu marido. Garanto que farei de tudo para você alcançar a sua vitória. Que terá meu apoio incondicional até quando a Supremacy permitir.

CAPÍTULO 20
DE PAI PARA FILHO

Tessa por fim estava prestes a conseguir um emprego, após uma sequencia de entrevistas para uma agência de seguros. Não era o que ela gostava de fazer e menos ainda o que sabia fazer, mas tudo indicava que os dias de dona de casa estavam contados.

Aproveitei a situação para sugerir um passeio pelo centro de Lisboa. Algo que não fazíamos desde nossos primeiros dias em Portugal. O ponto de encontro com Azhym seria a Basílica da Estrela e foi fácil convencer Tessa a visitá-la.

A igreja impressionava ainda do lado de fora com a cor alva que refletia a intensa luz do belo dia de sol. No interior o chão feito de mármore cinzento exibia mosaicos em cores discretas que lembravam a todo momento o desenho de uma estrela. Os bancos também tinham a mesma simbologia. A imensa cúpula deixava apenas seletos raios de luz alcançarem o altar distante.

Desconhecidos rezavam baixinho. Turistas admiravam as pinturas espalhadas pelas paredes e os pilares que ornamentavam a construção. Sentado em um dos bancos da frente estava Azhym, com a cabeça baixa e o corpo reclinado. Como se estivesse em uma profunda oração.

Pedi a Tessa que aguardasse onde estava, pois precisava rezar sozinho e talvez demorasse alguns minutos. Ela tinha visto eu agir de maneira semelhante em Santiago e não estranhou o pedido, apesar de um tanto incomum. O som dos meus passos ecoavam e sorrateiro assumi o posto. Permanecemos em silêncio, lado a lado por bastante tempo e de maneira imperceptível, Azhym fez um envelope alcançar minhas mãos, ao mesmo instante em que sussurrou:

– Meu coração ficou feliz quando soube que você tinha chegado em Lisboa e que estava bem.

Eu não queria demonstrar que conversava com ele, caso Tessa observasse de longe e continuei com a cabeça baixa, voltada para a frente.

– Natan, desculpe, mas o nosso tempo não é tão longo quanto eu pretendia.

Murmurei um obrigado e passei o envelope retangular para debaixo da minha perna.

– Tem tudo que precisa aí neste documento. Vá agora, antes

que sua esposa perceba. Fique bem e aproveite o dia com ela.

A tensão do encontro fazia lembrar o encontro de dois espiões em um filme de sábado a tarde. Para esconder o envelope, curvei-me sobre um dos joelhos e com um movimento rápido, joguei-o para dentro da camisa. Ao levantar ajeitei-me e foi o suficiente para ter o documento seguro por um tempo. Na entrada Tessa ainda fazia suas fotografias.

– Pronto? Já falou com Deus? – Ela sem querer acertou.

– Sim. Já falei com quem devia. Agora vamos comer porque estou faminto.

– Do outro lado da rua tem um barzinho simpático. O que acha?

– Sim, perfeito. Vamos lá que aproveito para ir ao banheiro. O lugar era o refúgio ideal para abrir a carta de Azhym sem ser notado.

Alexandre Natan

Ruberte Henriques manda lembranças e pediu para dizer-lhe que ficou feliz por saber da sua determinação em entrar para a Ordem. Ele lamentou, de coração, não poder esperá-lo para dar as boas vindas pessoalmente. A esta altura ele está no Canadá e devido ao treinamento, o contato entre vocês será reduzido a zero daqui para frente. Aliás, Lauren o elogiou de maneira enfática, quando fez uma visita rápida e contou sobre vosso encontro.

Nas demais páginas desta carta você encontra uma fórmula, uma maneira para decodificar as mensagens da Ordem daqui por diante. Use o pequeno manual que o emissário Trindade ofereceu meses atrás lá no Brasil. Somente com estes dois métodos juntos será possível decifrar nossa comunicação. Você é um homem da tecnologia e tenho certeza que vai entender o funcionamento, tão logo comece a estudar os códigos. Também deixo um novo número de contato meu, mas apenas ligue se for algo de necessidade extrema e por favor, ligue do seu celular ou da linha da sua casa. Eu jamais atendo a chamadas desconhecidas.

Preciso confessar que também fiquei com a alma transbordando de alegria quando soube da sua chegada e inclusive, que tentava se virar em francês. A determinação de um homem em busca de suas vontades abre portas magníficas em nosso caminho. Cá para nós, eu ri um bocado com toda a situação do aeroporto, mas foi gratificante ver que tem coragem para tentar coisas novas. Falo isso porque você precisa mesmo, o quanto antes aprender a falar em inglês, porque no futuro isso será importante. A Ordem tem grandes planos para você.

Esta carta é a forma que encontrei de podermos conversar (apesar de ser em mão única) e compartilharmos certas coisas que estavam presas comigo. Também é uma forma de prometer por escrito, que toda a sua família no Brasil estará em boas mãos e em segurança. Eu mesmo providenciei tudo para que possa concentrar-se apenas no seu treinamento e que não gaste energias com preocupações de fora. Será um tempo de aprendizado e mudança na sua vida.

Não se espante com as minhas palavras, elas são pesadas, mas acredito que você vai enfrentá-las da mesma maneira que um menino enfrentou seu gênio, ou anjo da guarda, (chame como quiser) há muitos e muitos anos atrás, na escuridão de uma noite chuvosa.

Natan, tenho uma outra confissão a fazer e por mais louca que pareça, peço que tente compreender o que vou revelar.

Faz muitos anos eu casei com a mulher que amo, o amor da minha vida e com ela tive uma filha. Na minha cultura é algo particularmente triste quando não temos um homem para herdar nosso sangue. Pensamos em tentar outras vezes, porém minha esposa teve complicações e não pôde mais ter filhos. Apesar disso, certo dia, a trabalho nas terras brasileiras, conheci uma segunda mulher e tive um presságio claro e forte que através dela eu encontraria o meu filho. Tivemos um relacionamento que durou longos e difíceis anos, contudo o Senhor não me abençoou com um filho homem e desde então, passei a duvidar Dele.

Foram décadas de uma luta dolorida entre o Todo-poderoso e a minha ignorância, até que encontrei você, lá naquele restaurante em Belo Horizonte. Natan, eu vi o teto da minha casa desabar, os pilares de tudo que acreditava ruir e demorei para entender que tudo estava indo abaixo não por punição, mas por que Ele estava reestruturando minha vida. Eu já tinha ouvido falar por Ruberte, mas só quando coloquei os olhos sobre ti, voltei a acreditar nos planos de Deus e que Ele, só Ele, sabe a hora das coisas acontecerem.

Você não tem meu sangue e a possibilidade de parentesco entre nós, por uma linha genética ancestral beira o impossível. Conferi minha árvore genealógica dos últimos trezentos anos e acredite, estas informações são preciosas na minha família, mas nenhuma relação seria possível, nem mesmo se eu forçasse uma explicação não conseguiria uma. Depois de muito questionar procurei o mais alto membro que conheço na nossa Tradição, ou Supremacy – como preferir – e após explicar todos os fatos fui informado de uma possibilidade, tão rara como encontrar um raio petrificado nas areias de uma praia, mas que tornava possível entender nossa relação.

Segundo ele, constam alguns casos onde por uma bênção (ou um milagre) ocorre um nascimento divino. Diz a lenda que se duas pessoas atravessarem uma mesma Porta do Sol ou a mesma Black Lane, uma ligação ocorrerá entre elas. O que desejo dizer é que encontrei, em você, o filho que tanto pedi ao

Senhor. Mesmo sem laços sanguíneos me foi permitido conduzi-lo na Tradição, tendo em vista fatos que ocorreram tanto na minha vida como na sua. Em algum momento no futuro falaremos mais sobre isso, mas o que precisava saber agora é que você é hoje uma das pessoas mais importantes para mim, da mesma maneira que seu filho é para você. Sei que tem seu pai e sua mãe e eu jamais terei o lugar deles, (não é este o significado disto que lhe conto), mas sim uma imensa energia que nos faz trilhar o mesmo caminho.

Eu espero que não considere esta história louca demais. Sei que está sob forte pressão com informações chegando de todos os lados, mas é assim mesmo. Será bom para você se acostumar. Não sei quando nos falaremos novamente, mas de coração espero que seja em breve.

Guarde estas palavras com você, na sua mente e no seu espírito. São histórias que compartilhamos. Quem sabe um dia chegará o momento de compartilha-las com o mundo, mas até lá, serão histórias apenas nossas e por isso peço que se desfaça desta carta logo após ler e entender. O método para solucionar as mensagens codificadas também. Assim que assimilar seu funcionamento, destrua-os.

Fique com Deus e siga as orientações da senhora Grando. Na maioria das vezes, ela sabe o que faz.

Um forte abraço.

A.A.P.Z.

Nas palavras de meu mentor percebi que ele não estava acostumado a abrir o coração com frequência. Não levei a sério o lance sobre o parentesco divino, mas gostei de saber que ele olhava por mim. Pela primeira vez me senti seguro, mesmo com ele sabendo do meu segredo de infância, sobre o encontro com o homem de preto. Apenas meu pai de sangue sabia daquela história e talvez aquilo fosse um sinal claro, que estaríamos ligados de alguma maneira.

Examinei as demais páginas e percebi que não entenderia nada do que estava escrito além do título, que dizia "Para ler, decifrar e memorizar".

Passei o resto da viagem pensando no quão bem Azhym escrevia em português, mesmo que não fosse seu idioma materno. Fiquei tão envolvido com o que li que passei o resto do dia com um peso sobre os ombros. Eu tinha os pés doloridos de tanto andar pela cidade, visitando com Tessa, os cartões postais lisboetas, mas não lembrava de nenhum quando chegamos em casa. Na minha cabeça só pensava nas oportunidades que a Supremacy, começava a por no nosso caminho.

Só quando falei com a família no Brasil é que deixei o conteúdo da carta de lado. A saudade ainda era forte e marcava presença sempre que o programa do computador chamava, exibindo uma foto deles.

Tessa também fez contato com sua mãe, logo após ter recebido um email da agência de seguros, informando que ela não tinha sido aprovada para o cargo. Acho que foi este o principal motivo que fez dona Zoraide anunciar que estava na hora de juntar-se a nós em Portugal. Que estava definitivamente curada. Pronta para visitar a Europa.

Lauren enviava mensagens através do celular para forçar a assimilação dos códigos do novo alfabeto. Após eu identificar e ter certeza sobre a procedência, começava a parte mais trabalhosa. Procurar a mensagem em si, que vinha embaralhada através de um complexo sistema que combinava conjuntos de letras em textos de jornais, revistas, livros e até mesmo da internet.

No início precisei de paciência e levava dias para identificar letra por letra, mas não demorei para pegar o jeito. Eu precisava de prática e minha orientadora sabia como sobrecarregar seu pupilo.

Em paralelo ao meu aprendizado sigiloso, a ideia de Dona Zoraide morar conosco evoluiu e estávamos com o quarto extra da casa pronto para recebê-la nos primeiros dias de maio. Seria bom tê-la por perto, principalmente para Tessa, que passava suas tardes em frente à televisão sem expectativas quanto a arrumar emprego. Aquela altura era notório que rolava uma discriminação por ela ser imigrante. Foi preciso boa conversa para apaziguá-la quando, após voltar de uma entrevista, um gerente de hotel lhe disse com todas as letras que preferia ver sua empresa fechar, a contratar uma brasileira.

Por outro lado, eu estava firme no trabalho. Os números que produzia conquistavam certa autoridade. De leve, eu começava a me impor aos funcionários e invertia a forma como eles pensavam a meu respeito.

Existia uma estratégia em ação e seguindo o plano, elegi o chefe do departamento para ser o inimigo comum. Seria o suficiente para desviar a atenção. E com todos desgostosos com as atitudes dele, eu me fazia de amigo e intervinha nas informações que transitavam pelos corredores. Influenciar uma pessoa é um processo simples quando conhecemos bem o comportamento humano. Influenciar uma equipe é ainda mais fácil e não exige conhecimento algum, basta encontrar o momento certo para plantar uma intriga.

– Meus braços estão que não aguento. Não sei como você consegue! – Lancei a isca sobre meu vizinho de bancada.

– Ora que também acho uma injustiça trabalharmos tanto, mas um gajo precisa levar a vida. – Respondia o engenheiro Marcos, o mais antigo da casa, caindo na minha trama.

– Sim, claro, precisamos sobreviver, mas acredito que um profissional com o seu grau de conhecimento deveria ao menos ter um salário mais justo.

– Ora, aí está uma coisa certa. Este é o motivo pelo qual não trabalho como tu a fazer dez, vinte máquinas ao dia. Vou me matar por misérias? Não mesmo.

– Pá, mas tens o prêmio ao final se produzir bastante.

– Natan, este prêmio é como uma cenoura a frente de um burro a correr. O animal dá umas mordiscadas hoje, umas lambidas amanhã, porém nunca vai encher a pança. Passa um tempo e o burrico não aguenta nem ficar de pé. Ora pois meu caro, tu sabe bem o que acontece ao burro quando para de produzir, não sabes?

De certa forma ele tinha razão. Eu mesmo, por bom tempo usei daquela técnica com os funcionários no início da empresa no Rio.

– E por que não diminuímos o ritmo totalmente? Assim forças o patrão a vir perguntar o que está havendo e o poder sobre a situação passa a ser seu. Digo, dos engenheiros.

– Pá. Tu és um gajo valente. Tem mesmo as bolas onde deve ter. Tu podias nos liderar neste assunto.

– Claro! Passe a conversa adiante sem fazer alarde. Quem sabe juntos, conseguimos uma melhoria. Só acho que por agora, será melhor você falar com os colegas e não eu. Tu sabes, serei sempre o imigrante.

– Pá. Considere feito. Dá-me uns dias que falo com o pessoal e voltamos a conversar.

Pronto, era o que eu precisava. De maneira nenhuma eu conduziria um motim contra a empresa, mas precisava que os funcionários me colocassem à frente de seus objetivos, que eles deixassem de ver o brazuca para ver o líder. Só assim teria condições de sair da bancada. Era o meio mais rápido para conseguir argumentar por melhorias junto aos patrões. Seria o primeiro passo para controlar as engrenagens que movimentavam toda a entrada de dinheiro da empresa. Ninguém tinha percebido, mas o laboratório era o coração da companhia e com domínio sobre os funcionários, ou melhor sobre os engenheiros, eu poderia aumentar ou reduzir a produção conforme minha vontade, pressionando para que as coisas funcionassem a meu favor.

O treinamento orientado por Lauren fazia efeito e eu conseguia dividir meus afazeres dentro e fora do trabalho. Estava mais focado e tinha o domínio de cada minuto do meu tempo. Isso ajudou quando recebemos Dona Zoraide no aeroporto e nem parecia que estávamos sem nos ver por quase um ano.

Ter Dona Zoraide em casa revigorou o astral de Tessa. As duas passaram semanas como turistas e inventaram diferentes atividades para utilizar o tempo que tinham juntas. Sempre que possível, eu era incluído nos passeios do final de semana e apesar de ter a agenda lotada com atividades da Supremacy, procurava aproveitar o tempo em família.

Dona Zoraide foi a grande responsável por nossa mudança de vida, afinal ainda que a influência da Tradição fosse vasta, foi através do dinheiro da venda da casa de minha sogra que conseguimos chegar ali. Tessa comentou certa vez que sua mãe amava os famosos pastéis de nata e preparamos uma surpresa. Em um fim de semana fomos visitar a pastelaria de Belém onde os originais quitutes eram fabricados e vendidos ainda quentes. Afinal como meu primo Eduardo dizia, visitar Lisboa e não comer os originais pastéis de Belém é como ir à praia e não dar um mergulho.

Minha sogra e eu tínhamos uma forma de pensar contundente e acho que isso conferia um respeito mútuo. É claro que jamais teria o grau de conhecimento dela, que viajou o planeta inteiro, mas eu tinha minhas opiniões e ela parecia gostar da maneira como as defendia.

No meio das minhas mensagens na tela do notebook, identifiquei uma de Lauren. Vinha com o título codificado, mas que consegui traduzir com facilidade: *"Sua primeira missão a valer."*

O conteúdo deu trabalho para encontrar porque Lauren adorava usar o website de horóscopos para dispersar as mensagens. Por vezes era preciso ler todas as previsões do zodíaco para reunir as palavras e só então descobrir a informação final. Quando terminei de completar o quebra-cabeça, o teor da mensagem deixava claro que estava diante do primeiro teste prático. Apesar de curto o texto conferia autorização para que eu recepcionasse uma mensagem. Lauren ainda pedia que consultasse páginas específicas do "livro de receitas". Eu deveria estar pronto a reconhecer os trejeitos que identificavam os membros da Ordem.

Da cozinha Tessa convidava para o jantar. Ela serviria um prato novo que aprendera em um programa de TV, porém antes que ela preparasse a mesa, Dona Zoraide espalhou panfletos e papéis por toda parte.

– Vamos a Alemanha. – Minha sogra declarou com sua voz alegre e esbaforida.

Tessa e eu nos olhamos e ficamos sem saber do que ela falava.

– Vamos à Alemanha em outubro?

– Mãe, nós já falamos sobre isso. Não temos condições de viajar agora. Enquanto não estivermos os dois trabalhando fica difícil. Estou contando as moedas para não faltar nada.

Minha sogra não se intimidou com o desânimo da filha e mostrou um mapa com algumas cidades marcadas com caneta fluorescente.

– Pensei de irmos até Munique, esticarmos até Stuttgart e ficarmos um tempo em Karlsruhe que foi onde morei com seu pai.

– Mãe!

Minha sogra não deixou Tessa continuar.

– Tessália, eu pago. Não tem problema. Vamos os três e pago tudo. Será por minha conta. Só não quero ir sozinha.

Quietinho escondido atrás do meu prato de macarrão, decidi não opinar. Eu evitava ao máximo intrometer-me quando o assunto era dinheiro. Sabia que, por mais que fosse cuidadoso com as palavras, uma das duas poderia sentir-se privilegiada com o que eu dissesse e sobraria para o meu lado.

– Nós vamos e pronto. Não estou pedindo para ir comigo, estou intimando vocês.

Tessa soltou uma gargalhada, relaxando o clima.

– Está bem. Vamos preparar e planejar direito então. Só concordo se você me deixar fazer as coisas. Tipo hotel, transporte e locais que vamos visitar. Eu quero dar pitaco em tudo.

– Combinado. – Disse minha sogra mostrando os dentes de maneira forçada.

As duas teriam muito o que fazer nos próximos meses e seria perfeito, pois eu poderia dedicar-me aos estudos da Ordem e as estratégias do trabalho.

CAPÍTULO 21
ENGRENANDO

Agora eu trabalhava mancomunado com a responsável pela distribuição do serviço dentro do laboratório de reparações. Demorei meses para conquistar a confiança dela, mas por fim, estávamos cooperando com a desculpa de conquistar melhores salários.

Nosso acordo rezava que ela selecionasse os serviços mais simples e rentáveis para a minha bancada. Em troca eu a auxiliaria com meus conhecimentos gerenciais e administrativos. Além disso comprometi-me a fazer uma campanha de marketing para mudar a visão que a diretoria tinha a seu respeito.

Nosso pacto servia para manter meus números no topo, porém com menos esforço. Passamos algumas semanas neste esquema e Soares, o nosso chefe, concedeu a ela um prêmio por bom desempenho. O primeiro recebido por um funcionário que não era da bancada técnica.

Até o engenheiro Marcos começava a destacar-se. Ainda não oferecia risco a minha soberania, mas seus números serviram para motivar os demais. No fim das contas, tudo me favorecia e seria o trampolim para alcançar o posto de supervisor.

Em uma reunião que Soares fez com o grupo de engenheiros e o pessoal administrativo fui convidado a falar. Ele pediu para explicar o principal motivo que me fazia ser o recordista em equipamentos consertados. Receoso de estar em uma armadilha que fosse expor meu beneficiamento pela moça da distribuição, decidi arriscar tudo e seguir meu plano.

– O segredo deste brasileiro aqui pode ser descrito em uma única palavra.

Pequenos grupos se formavam quando a reunião ocorria no laboratório. Como era chamado o espaço entre as bancadas e as ilhas do departamento administrativo. As pessoas murmuravam e faziam diferentes caras ao ver o imigrante a frente do semicírculo, de posse da palavra.

– Necessidade. Esse é único motivo que me faz produzir tanto. Necessito ficar com meus braços doloridos durante meu tempo de folga, porque meu salário sozinho, sem a bonificação, não é suficiente para minha esposa e eu sobrevivermos. É simples assim. Todos os dias quando cruzo aquela porta, apenas um pensamento permanece firme em mim: O de fazer meu máximo, o meu melhor para que possa honrar meus compromissos financeiros e dar algum conforto a minha família aqui e no Brasil. Este é o segredo, esta é a minha motivação.

Imediatamente as começaram um protesto, resmungando que deveriam todos receber alguma melhoria nos salários. A fisionomia de Soares era a de um senhor feudal ávido por açoitar alguém.

A reunião foi encerrada com outra meia dúzia de palavras por parte da amiga da distribuição e o chefe arrastou-me para sua sala.

– Natan, você está maluco? Eu pensei que estivéssemos em sincronia. Eu te ponho a cargo da palavra e você solta uma bomba nos meus pés?! E agora como vou dar cabo disto?

Ele esbravejava mostrando os números e os gráficos com os resultados dos últimos meses da empresa. Existia uma curva acentuada entre o período antes e depois da minha chegada. Era nítido que minha influência nos processos do laboratório surtia efeito positivo na equipe. Nos gráficos do computador era fácil observar quem estava produzindo conforme o meu comando e quem ainda insistia em nadar contra a corrente.

– Chefe, veja bem. Estes números aí na sua tela são a ferramenta ideal para triplicar nossa produção e você assumir de vez todo o departamento.

– Natan, não estamos falando disso. Eu quero saber como resolver o problema que você criou quando estávamos na frente de todo mundo.

– Eu criei uma oportunidade. Eu até pensei em usá-la naquele momento, mas achei mais apropriado deixar que você, com sua visão macro do assunto e dos números, definisse quando agir.

Soares sentia-se bem quando eu usava o termo chefe no lugar do nome dele. O discurso fez sentido rápido aos seus ouvidos e ele percebeu não só o meu plano maquiavélico, mas também que o incluía como peça principal no jogo.

– Chefe, tempos atrás estive aqui na sua sala e disse que precisava ganhar mais. Você explicou que eu precisava mostrar o meu valor. E o que eu fiz? Passei a ser o melhor engenheiro da empresa, com reparações de maior qualidade. Desenvolvi um sistema particular que permite consertar computadores em série de maneira eficaz e eficiente. Hoje você perguntou qual era o meu segredo. Eu não poderia mentir, quando temos uma relação tão clara e profissional. Eu produzo porque você me paga. Ponto.

Agora, se as pessoas querem receber mais qual será a sua resposta?

Ele mudou a expressão do rosto e até ofereceu um café da sua máquina de expresso italiano.

– Você parece saber o que faz e pelo visto já tinha isso planeado, mas agora vejo onde queres chegar.

– Estou cansado da bancada. Você e os patrões prometeram que os novos colaboradores passariam por mim, mas apenas o engenheiro Santos é quem recebe os novatos. Olhe os números dele. Veja se isso é justo.

Na tela, o engenheiro Santos era o que menos produzia com uma média de três equipamentos por dia.

– Natan, tenho medo que não consigas gerir as tarefas em conjunto com a sua produtividade, não quero atrasar-lhe, pois como disseste lá a pouco, precisas do dinheiro da bonificação.

– Chefe, me dê um crédito. Seguindo este plano, até o final do ano o laboratório vai produzir cinco vezes mais e você poderá exibir de boca cheia, como falamos no Brasil, o melhor resultado já obtido por este departamento. Eu garanto que não vai dar errado e posso provar com os números. Primeiro com os meus e em seguida com os do engenheiro Marcos. Foi ele quem me treinou e não é segredo que temos um bom perfil profissional, mas logo que comecei a me destacar assumi com ele uma estratégia e aos poucos ele vem melhorando a produção.

Soares analisava as curvas e barras coloridas do monitor franzindo as largas sobrancelhas. Se ele aceitasse minha oferta eu não só teria minha produção diária garantida, como incorporaria aos meus números toda a produção dos estagiários e novos profissionais que fossem contratados, durante os primeiros três meses de experiência deles. Além disso começaria a executar um boicote intenso ao engenheiro Santos, o único que ainda se posicionava contra a minha liderança na equipe.

Santos era um bom profissional, porém amargurado com os baixos salários. Se valia do corpo mole para reivindicar melhorias, sem imaginar que a melhor estratégia era primeiro provar que merecia para só depois, pegar o que almejava. Seria questão de tempo, mas teria que eliminá-lo ou forçá-lo a mudar de atitude.

– Tudo bem. Este rapaz que está com o Santos não vai ficar. Não gostei dele e vou dispensá-lo hoje mesmo. No início de outubro vai começar o projeto que fechamos com as escolas de Lisboa. Ficamos combinados assim, então. Você vai cuidar dos estagiários e desta vez tens minha palavra sobre o assunto.

Cheguei em casa vibrando, doido para dividir com Tessa e minha sogra a sorte do meu dia na empresa. Eu já tinha comentado com minha esposa sobre a possibilidade de sair da bancada e entrar na parte administrativa. Ela deu total apoio porque estava cada vez mais preocupada com as dores que eu sentia nos pulsos e no antebraço.

Não havia ninguém em casa e o celular de Tessa estava fora de área. Estranhei porque ela nunca saia sem avisar e dei uma geral a procura das duas. Sobre a tela do computador encontrei um recado avisando que tinham ido ao teatro e chegariam tarde. Não era normal, mas também não era a primeira vez que acontecia, desde que Dona Zoraide veio morar conosco.

Liguei o computador e vaguei pela internet lendo as manchetes dos jornais de Portugal e do Brasil. Eu sentia um pouco de saudade de estar por dentro do que acontecia no meu país. Saber da corrupção dos políticos e até das barbaridades nas ruas do Rio de Janeiro. Talvez fosse uma característica de imigrante ler as notícias e relembrar o quão perto estava daquela realidade.

Demorava para romper a melancolia e por fim passar aos jornais portugueses que não se cansavam de falar sobre a crise econômica. Eu tentava ao máximo ficar a par dos dois mundos para não perder oportunidades de conversação com os colegas de trabalho. Fazia pouco tempo que tinha deixado escapar uma boa oportunidade, durante um jantar com meu primo e seus amigos, por não saber como andava o futebol carioca.

Na ocasião percebi o quanto os contatos são importantes para um imigrante. Ter um bom contato, as vezes ajuda mais que ter dinheiro e estar antenado com as notícias do mundo era o melhor gancho para uma conversa.

A casa vazia replicava o clique do botão do mouse. Nossa vizinhança era calma e eu podia ouvir o silêncio agudo e constante. Entre uma página e outra que se abria na tela do computador, minha visão periférica por vezes captava uma presença, se esgueirando entre as sombras dos móveis.

O medo obrigou-me a ir para a sala em uma tentativa de dispersar as alucinações. O dia fora bom demais para ter qualquer encontro macabro. Apontei o controle remoto para a televisão e antes de pressionar o botão de ligar deparei-me com a tela refletindo uma silhueta negra a poucos metros de mim. A iluminação da casa projetava minha sombra para a frente e tive a confirmação que ele havia retornado.

Devagar contrariei meu instinto de sobrevivência que dizia a todo instante para fugir. Os braços arrepiaram como se fosse o dia mais frio do ano e algumas ondas de pavor se alternavam, fazendo minha visão vacilar.

– Eu sei quem é você. Está chegando o dia em que dominarei meu medo e terei o controle. – Disse, gaguejando.

A criatura formada de sombras não se movia. Ostentava uma posição ameaçadora, deixando o que lhe parecia o contorno de chapéu de abas, em um ângulo descendente.

Não sei o que passou na minha cabeça, mas dei um passo contra a entidade e reuni toda a força que tinha para desafiá-la.

– Eu não tenho mais medo. Você não pode me controlar. Não sou mais aquele garoto na rua deserta.

Uma faísca de ódio brotou e minha respiração mesmo difícil, permitia ter um certo domínio próprio.

Aproximei-me o máximo que as pernas permitiram e estiquei as mãos em um movimento insano para afugentar a criatura inerte.

– Saia daqui!

Gritei sentindo na pele um toque leve e esfumaçado. Não era frio e nem quente, não era físico, apenas uma energia densa entre meus dedos. Sem aviso todas as lâmpadas da casa morreram. Nem mesmo as luzes da rua permaneceram acesas. Um escuro absoluto tomou conta do ambiente e nos segundos que demorei para meus olhos acostumassem com a escuridão, perdi de vista a criatura.

Estava exposto e teria que ir ao quarto pegar meu celular ou até a cozinha acender uma vela. Tateando as paredes cheguei até o meu notebook, mesmo com a bateria, ele permanecia desligado. Apalpei a mesa e tentei ligar o celular como um cego à procura de sua bengala.

Cravei as unhas no botão de ligar, mas o breu tomava conta de tudo. Nenhum aparelho eletrônico funcionava. Atravessei o pequeno corredor orientado pela coluna central que demarcava o trajeto. Eu caminhava como se estivesse em outra dimensão, preenchida com um silêncio sufocante e uma escuridão perturbadora. Tentava a todo custo chegar no balcão da cozinha onde poderia acender um palito de fósforo que guardávamos para emergências sobre a lateral do fogão.

Derrubei algumas panelas que bombardearam o silêncio

aumentando meu terror. Empurrei algumas cadeiras com os joelhos e finalmente conseguir riscar um fósforo que ao explodir em uma chama amarela recriou, bem a minha frente, a criatura embebida de trevas.

– Sai daqui!

Gritei, provavelmente fazendo com que todos os vizinhos pensassem que algo de errado se passava dentro da casa.

A criatura curvou-se na minha direção, paralisando todos os músculos do meu corpo. Sentia o ar esvaindo dos pulmões, passando pela garganta até ser sugado pela energia que formava a entidade.

Imaginei Tessa e Dona Zoraide encontrando meu corpo em pedaços pelo chão da cozinha. Pensei em desistir, talvez me entregar resolvesse o problema. O fósforo caído no chão estava prestes a apagar quando na altura das costelas, do lado esquerdo, comecei a sentir a pele queimar. A dor que parecia infligida por algum líquido corrosivo, arrancou lágrimas da borda dos meus olhos. Meu grito de sofrimento ficou sufocado. Caí com um dos joelhos dobrados ainda resistindo e sabia que desmaiaria. Meu corpo agonizava, desesperado por oxigênio e foi então que ouvi uma voz arrastada, porém nítida no fundo dos meus pensamentos. Um som ameaçador que foi repetido três vezes, com pequenos intervalos. A cada vez que o som se fazia presente na minha cabeça, a região esquerda das costelas ardia, por dentro e por fora.

Da mesma maneira que a luz se foi, voltou. Uma brisa invadiu a casa, mesmo com as janelas fechadas e trouxe de uma única vez minha respiração de volta. Tossi tanto que precisei sentar até recuperar as forças. Estava apavorado e meu corpo tremia. No chão da cozinha comecei a ouvir o ruído dos carros que passavam na rua de trás, enquanto chorava e fazia uma oração a Deus, pedindo por proteção.

Quando minha esposa chegou, eu já estava na cama. Tessa sabia que eu só dormia cedo se estivesse muito mal de saúde.

– Amor, o que houve? – Ela perguntou baixinho.

– Não estou bem.

– Mas não vai nem jantar? Trouxemos comida para você é só esquentar rapidinho.

– Me sinto mal, deixe lá que depois eu como.

Tessa sabia que algo estava errado, mas como dei sinais de resfriado durante a semana, ela presumiu que fosse uma forte gripe.

Passei a noite inteira entre pesadelos. Tessa ministrou remédios dizendo que eu estava com febre alta, embora não sentisse nada, nem calor nem frio. Ela ficou acordada a meu lado até o anunciar do dia pela fresta da janela do quarto.

– Que horas são? Eu tenho que trabalhar.

Tentei levantar, mas cada fibra do corpo parecia ter levado uma surra de martelo.

– Hoje é sábado. Descanse, você ainda está com muita febre. Quando minha mãe acordar vou na farmácia comprar um termômetro e mais remédios. Se não melhorar até o almoço vamos ao hospital.

Não discuti porque não tinha forças e acabei pegando no sono outra vez. Quando percebi ela estava arrumada, despedindo-se.

– Amor, tome. Fique com o celular e caso precise, é só ligar que volto correndo. Vou na farmácia da estação e não demoro.

Ela beijou minha testa suada e saiu, deixando-me com o som da televisão que vinha da sala, onde provavelmente minha sogra estava de prontidão.

Meus pensamentos embaralhavam-se e o som produzido pela entidade no final do encontro voltava a se repetir no fundo do meu consciente. Com dificuldade lembrei o número do telefone de Azhym. Até as juntas dos dedos estavam doloridas e discar foi uma tortura.

Por cinco vezes ouvi o tom de chamada, mas nenhuma resposta. Eu precisava falar com alguém rápido, porque não sentia melhoras. Disquei o número de Lauren, que mantinha disfarçado na agenda do aparelho.

– Por que está ligando? Perdeu o juízo?

– Socorro.

Foi a única palavra que a impediu de continuar falando sem parar, gastando o precioso tempo que eu tinha até Tessa retornar.

– O que houve? Onde você está?

– Tive um encontro com meu gênio ontem à noite e estou muito mal.

Minha voz saía fraca e moribunda. Parecia um homem de duzentos anos falando ao telefone.

– Ouça com toda a atenção o que vou falar. Pegue uma faca ou qualquer objeto de metal que seja utilizado para abrir coisas. Uma tesoura também serve. Toque com a lâmina nos seus ombros, também a testa e o umbigo. Faça um leste, oeste, norte e sul.

Quando tiver feito, reze para o que você acredita da maneira mais forte que conseguir. Entendeu? Natan? Está ouvindo?

Eu ouvia sem problemas porque ela gritava ao telefone. Desliguei antes mesmo que ela terminasse de falar. Meu peito estava dolorido e pesado quando Tessa retornou.

– Amor, o farmacêutico disse que este remédio é o mais forte que tinha para gripe. Anda, beba.

Sentei com a ajuda dela e só então percebi que estava com os lábios rachados, com pequenas feridas que ardiam ao toque da minha própria saliva. Tentei por quatro vezes engolir os comprimidos, mas não consegui.

– Amor, não vou conseguir beber. Já estou melhor, só preciso dormir um pouco e vou ficar bem.

Minha esposa parecia irritada com meu comportamento, sem entender como eu tinha ficado tão mal de uma hora para outra.

– Amor, me passe aquele abridor de correspondências que você me deu.

Ela não entendeu o pedido e provavelmente pensou se tratar de um delírio ocasionado pela febre.

– Que abridor? Você precisa beber o remédio.

– Eu sei o que estou fazendo. Acho que está sobre a mesa.

Tessa, a contragosto, entregou a pequena espada de prata.

– Saia do quarto e me deixe dormir umas duas horas. Se eu não melhorar prometo que vou para o hospital.

Ela agitava os dedos sobre os braços cruzados, por eu não deixá-la cuidar de mim. Furiosa, ela acabou fazendo o que pedi, apesar de ouvi-la reclamar com a mãe, dizendo que eu era um teimoso, cabeça-dura.

Fiz como Lauren disse e quando toquei com o metal no meu ombro, o lado esquerdo da minha barriga parecia estar em chamas. Alguma coisa parecia triturar minhas costelas de dentro para fora, rasgando pele e osso. Insisti e finalizei o sinal da cruz tocando com a pequena lâmina os pontos citados por minha orientadora. Como mágica a dor das costelas desapareceu e meus pulmões ficaram aliviados permitindo respirar sem dificuldades. Coloquei a pequena espada sobre o peito e fiz uma oração pedindo a Jeová que me iluminasse, que afastasse todo o mal e toda a energia que estivesse pondo em risco a minha saúde. Que protegesse minha família e então, embarquei em um sono profundo, sem nem mesmo ter dito amém.

Quando acordei, quatro horas depois, estava faminto e apesar de minha boca não estar curada, já não sentia dor. Estava bem-disposto, sem dores e podendo inspirar e respirar a plenos pulmões. Na sala, as duas recusavam-se a acreditar na espontânea recuperação.

Tessa em nenhum momento perguntou o que tinha acontecido. Nem porque usei o pequeno abridor de cartas. Ela sabia que eu tinha algo de diferente desde quando nos conhecemos.

Certa vez quando estávamos caminhando por uma trilha ela teve um momento de visão comigo. O caminho passava por um longo bosque escuro. Com medo e sozinhos no meio da mata, senti a necessidade de proteger a nós dois e fiz uma reza. Ao pedir proteção, conseguimos ver à nossa frente um vulto que abria espaço entre a neblina, nos guiando até a saída mais próxima. Ela acreditava na doutrina do espiritismo e quando falamos sobre o episódio, tempos depois, contou-me que acreditava ser o espírito da sua falecida avó, que esteve presente ao nosso lado para nos auxiliar. Na ocasião deixa-a acreditar que a protegida era ela.

Seria preciso encontrar o momento certo para expor a verdade. Nosso relacionamento só estaria protegido se ela soubesse onde e com o quê eu estava envolvido.

Lauren mandou dezenas de mensagens, mas em nenhuma perguntou sobre meu estado. As codificadas perguntavam se ouvi um nome durante o encontro. Respondi que sim, mas sem dar detalhes. Tempos depois eu ainda escutava a voz sinistra, em algum lugar entre os meus ouvidos. Não sabia ao certo se era um nome, mas anotei cada som, representado por uma letra, na busca de transpor para o papel o que ouvia.

CAPÍTULO 22
CERVEJA E MAIS CERVEJA

Nossa viagem se aproximava e Tessa estava radiante com a possibilidade de conhecer a região da Baviera. Lugar de onde vinham seus ancestrais e também onde seus pais moraram por tantos anos. O frio europeu já dava as caras com a meteorologia informando que pegaríamos entre cinco e dez graus na cidade de Munique. A sorte foi que minha sogra conhecia as manhas de sobrevivência nos países gelados. Foi ela quem nos recomendou comprar roupas para esportes de inverno. Em Portugal foi fácil encontrar uma rede especializada com preços acessíveis. Compramos vestimentas de baixo que se adaptavam bem. Além disso, por não serem volumosas, serviram para diminuir drasticamente nossa bagagem. Aprendemos a nos vestir em camadas, a usar roupas de boa qualidade por baixo para reter o calor do corpo e por cima um casaco simples para nos isolar do vento e da umidade externa.

No trabalho confirmei férias por uma semana e meia. Meu chefe, outra vez foi uma pessoa especial, adiantando o salário para o caso de uma emergência. Antes de sair ele ainda reforçou que deveria descansar e aproveitar porque quando voltasse, os estagiários e os novos contratados estariam a minha espera junto com uma montanha de máquinas para consertar. Pensei que fosse ter um tempo fora de toda aquela história de Supremacy, códigos, mensagens e que pudesse aproveitar a realização de um sonho junto com minha esposa.

Não tardou e recebi de Lauren as instruções sobre a missão. Ela começou a mensagem dizendo que por coincidência, a tarefa seria executada na Alemanha, porém não deu nenhuma diretriz. Mandei dezenas de mensagens implorando por informações, mas a única resposta veio, foi na véspera da viagem. Dizia que a Ordem tinha escolhido aquela missão por ser do tipo de eliminação sumária. Ela deixava claro que se fracassasse, meu treinamento encerraria, tão logo retornasse a Lisboa. Completava dizendo que não me preocupasse, bastava estar atento e receberia todo o suporte necessário. Fechou a mensagem com um, boa sorte, escrito fora do nosso padrão secreto.

Dei outra lida no livro de receitas e procurei memorizar da maneira orientada por Lauren. Depois do incidente com o gênio, eu não duvidava mais do conhecimento dela e preferia arriscar a pecar pelo excesso do que pela falta.

A viagem de avião foi rápida e inexistência de fronteiras entre os países da União Europeia facilitava o ir e vir. Demorei um tempo para acreditar que passeava pelas ruas de Munique. O ar continha um aroma fresco e trazia boas memórias de Petrópolis. As árvores davam um toque alegre com as folhas em amarelo e vermelho. "*Golden October*" – Disse minha sogra, explicando que era assim que chamavam aquele colorido da vegetação de outono. Sempre ouvi dizer que os alemães eram pessoas frias e carrancudas, mas naquela cidade estes adjetivos não espelhavam a realidade. Em cada lojinha, em cada museu ou hotel que passamos a atitude era cordial e acolhedora. O uso do bom dia, do obrigado, do por favor pareciam integrados ao idioma de maneira tão profunda que até eu aprendi os cumprimentos básicos em alemão, de tanto ouvir.

Nas ruas, nos transportes, era comum desconhecido desejando um bom dia. O Rio de Janeiro era conhecido como um dos lugares mais amigáveis do planeta, entretanto nunca recebi um bom dia ao caminhar no calçadão de Copacabana. A educação chegava a ponto de um completo desconhecido desejar um sonoro "saúde" quando espirei dentro do bonde.

– Gesundheit! - Um rapaz desejou a cerca de três ou quatro bancos de distância e minha sogra gentilmente agradeceu por mim, falando em alemão.

Diferente de minha esposa, nunca pensei em visitar aquele lugar, mas estava encantado pela cultura e conseguia entender o porquê de Tessa e Dona Zoraide sentirem orgulho daquela nação.

Eu não conseguia ter orgulho por ser brasileiro, vai ver fossem minhas experiências de vida que impediam-me de enxergar o devido valor do meu país. De algum modo nunca me enquadrei nos padrões, verde e amarelo. Como um atípico carioca eu não aprendi a sambar, nem a jogar futebol e tampouco gostava de cerveja para aliviar o calor. Contudo a Alemanha mudou o meu conceito sobre a bebida. Ao visitar uma das mais tradicionais cervejarias de Munique, um garçom fez papel de cupido. Ele sugeriu uma cerveja turva de cor dourada, quase alaranjada, produzida a partir de grãos de trigo e que arrebatou meu paladar aos céus. A atmosfera influenciava com as pessoas vestidas em roupas típicas alemãs, festejando com seu enormes canecos que mal conseguiam erguer até a boca. Mesmo com as mesas cheirando a azedo eu me sentia a vontade, vivo apesar de ser apenas um turista.

Não sei como fiquei sóbrio durante a viagem. A cada parada eu virava um caneco cheio. Bebi tanta cerveja que minha urina saía com o mesmo cheiro da bebida. Tessa e sua mãe estavam chocadas e faziam graça dizendo que ninguém resiste a uma autêntica alemã.

Passamos maravilhosos quatro dias em Munique, marchando pelas ruas e conhecendo os castelos das regiões mais distantes. Dona Zoraide esnobava sua cultura explicando cada canto da cidade. Os mais variados segredos que só um morador local era capaz de conhecer. O melhor restaurante, o bilhete de bonde mais barato, a sobremesa mais tradicional e onde encontrar as castanhas quentes de rua da barraquinha que fazia ponto ali por quase um século. Detalhes que tornaram nossa viagem memorável.

Nosso roteiro conduzia a cidade de Karlsruhe, mais ao sul, onde encontraríamos uma amiga de Dona Zoraide. Acordamos cedinho e eu brincava com a fumaça que saía da boca a cada vez que respirava. Na entrada da estação de trem milhares de bicicletas disputavam espaço, estacionadas umas sobre as outras e lembrei do meu pai.

Entramos no moderno vagão que parecia uma espaçonave por dentro. Em alguns trechos alcançávamos incríveis duzentos quilômetros por hora e nossa viagem foi rápida até Stuttgart, onde deveríamos fazer baldeação.

Os bilhetes tinham tudo escrito. Hora, plataforma, número do vagão, mas Dona Zoraide estava em dúvida sobre qual o trem correto que deveríamos pegar para continuar a viagem até Karlsruhe e foi com a filha em busca de uma confirmação.

Fiquei a cargo das malas e as amontoei sobre um banco no meio da plataforma que cheirava a óleo diesel. Estações são iguais em todo o mundo. O que muda, de lugar para lugar, são as pessoas. De pé, eu admirava os transeuntes. Imaginava quem estaria atrasado para o trabalho. Quem voltava de uma longa jornada, ansioso por encontrar a família. Quem estava apenas perdido a procura de um caminho que o levasse rumo à felicidade.

As duas demoravam e um senhor de terno cinza capturou minha atenção ao se aproximar do banco. Ele demonstrava calcular os próprios passos e vez por outra, envergava o pescoço conferindo o perímetro. Sua barba era longa e malcuidada. O nó da gravata estava torto e parecia deixá-lo desconfortável. Discreto, ele retirou um jornal da bolsa que carregava a tiracolo.

Fiquei na dúvida se olhava para ele ou para as malas à mercê. A proximidade dele incomodava, principalmente pela maneira como segurava o jornal sem dobrar corretamente as páginas. Era óbvio que ele não estava ali para ficar a par das notícias.

Na tentativa de intimidá-lo a sair de perto das malas, posicionei-me bem perto dele, invadindo seu espaço pessoal.

– O ônibus vai para a escola as nove e dez.

Ouvir o suspeito dizer uma frase em português, no meio de uma estação, em pleno coração de Stuttgart era a única coisa que eu não esperava. Primeiro fiquei em dúvida sobre o que fazer e se deveria responder, depois me questionei se estava mesmo ouvindo certo.

– Desculpe? – Perguntei em português, ainda atordoado.

– O ônibus vai para a escola as nove e dez.

Um tique nervoso o incomodava, fazendo tremer um lado do rosto.

– O ônibus vai para a escola as nove e dez.

Ele repetiu, mais áspero desta vez. Com cara de quem me esfaquearia a qualquer momento. Só então reparei que ele segurava o jornal com o dedo indicador direito levemente curvado sobre o dedo médio, em um sinal claro que pertencia à Supremacy. Eu havia estudado o gesto centenas de vezes, mas acho que o clima da cidade e os dias longe de Lauren forçaram o deslize.

O livro de receitas ensinava a desenvolver uma linguagem corporal que identificava de maneira única cada integrante da Organização. Usei a minha para confirmar quem eu era.

Ele acenou aprovando, conferiu o relógio de pulso e seguiu em direção a saída da plataforma, quase trombando com Tessa que voltava acompanhada da mãe.

– Tudo bem? Ela perguntou no automático.

– Um cara passou aqui e perguntou qualquer coisa, mas não entendi e fiquei sem responder.

– Oh! Meu amor. Já está com cara de alemão? Deve ter sido de tanta cerveja que você bebeu.

Tessa arrancava risos de Dona Zoraide, o que foi bom para disfarçar a tensão do meu primeiro momento crítico na Ordem.

Karlsruhe era maior do que parecia nas histórias da sogra. Havia um agito nas pessoas e no trânsito. Nas ruas um aroma de pão, que acabou de sair do forno, atraía as pessoas para as charmosas padarias.

Deixamos Dona Zoraide no hotel e saímos para fazer o que Tessa mais gostava em nossas aventuras, explorar a vida da cidade.

A cada esquina ela reconhecia um prédio, um monumento, uma referência mencionada por sua mãe desde que ela e sua irmã eram crianças. Minha esposa pertencia àquela atmosfera e com coragem arriscou falar em alemão para pedir um chocolate quente quando fizemos uma parada. Perguntou os preços, cumprimentos a todos com educação, seguindo as regras germânicas e mais uma vez me encantou com seu conhecimento.

Estávamos em lua de mel e depois de conhecer o zoológico local, tão recomendado por Dona Zoraide, fomos reencontrá-la.

Num primeiro instante ficamos preocupados ao ver que ela tinha o rosto inchado e os olhos vermelhos, mas logo esclareceu o motivo, dizendo que encontrou a tal amiga. Almoçaram juntas, depois tanto tempo longe uma da outra.

– Tessa, amanhã a Clarice quer te conhecer. Você também, Natan.

Fiquei contente por ser incluído na história.

– Nem conto a vocês. Achei o telefone dela na lista telefônica. Acredita nisso? Nos dias de hoje lista telefônica. Só na Alemanha mesmo.

Eu não tinha a lembrança de ver minha sogra tão feliz daquele jeito.

– Marcamos num restaurante perto da casa dela e fui de táxi, praticando meu alemão enferrujado. Quando cheguei vi uma pessoa parada na porta e não sei por que já cheguei abraçando, beijando e chorando.

– Que legal, mãe.

– É, só que não era ela. Eu me enganei e agarrei a pessoa errada. Afinal foram mais de trinta anos sem a ver.

Eu não resisti e caí na gargalhada imaginando a cena de minha sogra.

– Pois é. Eu não sabia onde enfiar a cara de vergonha. Tive que suar para me justificar e pedir desculpas a senhora. A sorte é que Clarice chegou a tempo e ajudou a explicar a situação.

Minha sogra era uma figura sem igual. Eu lembrava uma de suas histórias sobre uma visita a Itália quando jovem. Lá um homem pediu-lhe dinheiro para comprar bebida. Ela na tentativa de convencê-lo a utilizar melhor os trocados, acabou conversando com o cara por horas. Ela em português, ele em romeno e ambos se entendendo no meio daquela bagunça idiomática. Foi através de Dona Zoraide que aprendi que pessoas especiais têm um jeito comum, simples, de deixar boas lembranças por onde passam.

No dia seguinte conhecemos a famosa Clarice e o marido. Os filhos estavam casados e moravam longe. O dono da casa e eu nos entendemos bem. Ele em alemão, eu em português, tendo como interprete uma variedade de cervejas artesanais, presunto curado e uma seleção de mostardas da melhor qualidade.

Foram férias que ficaram perpetuadas na nossa história. Um daqueles momentos que ficamos ávidos por compartilhar com filhos e amigos.

Na volta para Munique, dentro do trem me peguei pensando no incidente entre minha sogra e a amiga. E se eu tivesse por engano, encontrado a pessoa errada?

Eu tinha confirmado os sinais, mas tudo que recebi foi uma frase sem pé nem cabeça. Nada até ali confirmava o bom cumprimento da tarefa e fiquei petrificado com a ideia de ser eliminado do treinamento. Tentei descontrair, mas era tarde, só resolveria o problema no dia seguinte ao voltar para Lisboa.

Meu telefone não funcionava fora do solo português e logo que o avião tocou o chão, uma enxurrada de mensagens surgiu na tela, entre elas, uma de Azhym.

"Parabéns". A palavra estava escrita sem a acentuação correta e continuava: "codifique e envie a mensagem para a senhora Grando".

Passei os olhos nas demais mensagens e fiquei aliviado por não ter cometido nenhum engano.

Tessa bisbilhotou as mensagens e disfarcei dizendo tratar-se daqueles avisos chatos que chegam quando entramos ou saímos do roaming. Ela estava cada vez mais perspicaz e eu precisava encontrar uma maneira de incluí-la de uma vez por todas na história. Com discrição enviei os códigos que representavam a frase que ouvi do estranho na estação de Stuttgart.

Eu ainda tinha o restante do final de semana para descansar da viagem, desarrumar as malas e curtir as lembranças da fantástica Alemanha. Além do mais, Tessa fez mais de cinco mil fotos e precisaríamos de tempo para organiza-las no computador.

CAPÍTULO 23
ARMANDO O JOGO

Quando cheguei na segunda-feira a bancada estava com duas cadeiras extras. Agora eu tinha uma área maior onde poderia fazer o trabalho sem deixar de observar os estagiários. Na reunião matinal, Soares não tardou a apresentar os novatos.

– Hoje iniciamos o projeto conjunto com as escolas. Aqui comigo estão: Renato, Afonso, Levi e Gregório. São técnicos em informática e farão parte do time por um tempo. Quero destacar Renato e Levi, para ficarem a cargo do Alexandre Natan, o Afonso a cargo do setor de logística e o Gregório para o administrativo. Ainda temos aqui comigo o Fernão e o Lázaro. Ambos são técnicos de loja, mas pediram para conhecer os processos do nosso laboratório e assim aprimorarem os serviços na ponta, direto com o cliente final.

Cumprimentei os dois rapazes que não deveriam ter mais que vinte anos. Em parte os dois lembraram-me meu antigo funcionário Daniel. Depois de um ano longe eu não tinha mais contato com ele. Sabia apenas que meu ex-sócio Tomas estava com dificuldades em manter as coisas por lá. Nem mesmo o dinheiro que combinamos ele conseguia enviar ao final de cada mês.

Antes de iniciar qualquer trabalho era necessário conhecer os novos integrantes da equipe. Falei alto para que todos os vizinhos de bancada captassem minha intenção de gastar o tempo daquela maneira.

Conversamos sobre quem eram, o que sabiam fazer, suas experiências anteriores e claro sobre suas aspirações e desejos profissionais. Abordei um pouco da vida pessoal dos dois de forma a saber o que poderia afetar a pontualidade ou a assiduidade. Depois de quase duas horas de papo abandonamos o local de trabalho e fiz questão de pagar uma rodada de café.

Levi mostrou-se de grande valia, apesar da inexistente experiência com reparação de computadores, ele possuía vontade. Seu discurso imprimia a todo momento a palavra "confio", "realizo", uma característica de quem sabe decidir quando é preciso.

Renato estava na casa dos vinte e seis anos, contrariando meu palpite sobre sua idade. Aquele era seu primeiro contato com um emprego a sério. Antes o máximo que havia feito era carregar compras para sua mãe e consertar seu próprio vídeo game.

O problema não era sua falta de experiência. Eu nunca aceitei o conceito de que larga experiência faz um bom profissional. Aos meus olhos isso era coisa de preguiçoso. Uma desculpa para não ensinar o trabalho a ser feito. É claro que ajuda, mas um bom profissional é formado em casa e precisa ter ímpeto para conquistar suas ambições. Renato era devagar nas palavras e até para responder demorava no processamento, parecia estar ali por obrigação.

De volta à bancada vestimos nossos jalecos de proteção, as pulseiras antiestáticas e começamos. Mostrei o que era o serviço, desde o ponto zero até a finalização do processo administrativo que envolvia cada reparação. Expliquei uma, duas, três, quatro vezes e depois criamos um procedimento, um passo a passo a seguir em todas as reparações. Gastamos a primeira metade do dia apenas com teorias e demonstrações. O engenheiro Santos antes de sair para almoçar veio até nós, sacudindo a cabeça com um sorriso camuflado em solidariedade.

– Hoje produziste duas máquinas, ou estou enganado?

Ele esquivou pela porta sem dar chance de resposta, mas eu estava apenas começando e o troco viria de maneira adequada.

Na parte da tarde mais orientações e anotações, sem que eles pusessem as mãos nas máquinas. Apenas eu conferia, processava, reparava, testava e enviava para o processo de controle de qualidade, onde a máquina seria testada outras vezes.

Aquele dia minha produção foi de cinco máquinas e nem mesmo no primeiro dia de trabalho, produzi tão pouco. O chefe passou e fez um sinal de positivo mantendo-se confiante na minha capacidade de gerir a situação. O risco era todo meu e seria o único a pagar o preço caso falhasse.

Passamos uma semana entre os procedimentos necessários a realizar uma boa reparação e sobre como evitar as garantias. Do meu ponto de vista o principal problema dos engenheiros eram os equipamentos que retornavam com os mesmos defeitos. Quando recebíamos nossa cota de máquinas no início do dia, os retornos por garantia, eram incluídos. Se tivesse cinco retornos, perderia tempo fazendo uma segunda intervenção. Pior do que isso as garantias não contavam na soma final, pois já tinham contado na primeira vez.

A produção só contava para um técnico quando o cliente final pagava e por isso os retornos eram um pesadelo. Quanto mais garantias, menos tempo, menos produção, menos bonificação ao final do mês e mais reclamações nas lojas. Aquele era o meu segredo chave. Trabalhar na qualidade para assegurar que o problema foi resolvido por completo. Quando possível, eu até prevenia outros futuros problemas, evitando que a máquina retornasse antes dos três meses de garantia determinados por lei.

Os rapazes quando terminaram a sexta-feira estavam excitados com a expectativa de iniciar a parte prática, mas para criar uma competitividade entre eles assumi outro um risco.

– Bem, como vocês sabem, tenho aqui uma vaga para o cargo de engenheiro, apenas uma. Na semana que vem vocês começarão a fazer reparações sob minha supervisão, mas aplicarei o mesmo sistema a que sou submetido. Quero dizer, vocês terão uma produção mínima a cumprir, uma margem máxima de tolerância de erros e tudo isso vira ponto, para avaliar e decidir qual dos dois fica com a vaga.

Ambos acharam o sistema justo e mesmo Renato, demonstrou-se comprometido com o desafio, quando sem aviso, esticou a mão para Levi, desejando que vencesse o melhor.

Lauren estava sumida. Por um lado eu acreditava que estava tudo certo sobre a missão, mas por outro ainda tinha receio. A congratulação enviada por Azhym não foi suficiente para me convencer, porém decidi esperar até que um deles tomasse a iniciativa.

Na reunião semanal o chefe não citou minha produção pela primeira vez em meses. Também não comentou a atuação dos estagiários e procurou focar nos resultados dos demais engenheiros e do setor administrativo. Entendi que tratava-se de uma cobrança silenciosa, forte o suficiente para deixar nas entrelinhas que na próxima semana eu precisava apresentar bons números.

Ao receber o lote de máquinas pré-selecionadas por minha cúmplice do setor de distribuição, tratei de separar as mais fáceis e distribuir entre os dois rapazes. O plano era deixá-los praticar com as simples e focar minha atenção nas mais complexas. Se tudo corresse bem eu teria uma dobra na quantidade de máquina em poucos dias.

Começamos a retirar os parafusos dos primeiros equipamentos e levei um susto quando duas caixas aterrissaram de maneira violenta sobre nossa bancada. Levantei da cadeira acreditando ter esbarrado por acidente, na prateleira acima de nós e foi quando deparei-me com um homem magrelo, vestindo um jaleco aberto e torto sobre os ombros. Ele empunhava o próprio queixo que parecia uma vassoura de fios negros estendendo-se até a cabeça. Os olhos esbugalhados não piscavam e ganhavam destaque no rosto triangular.

– Esta bosta está pior agora do que antes, de cá estar.

Arrogante no seu caminhar, o barba negra deu as costas, deixando todo o laboratório estarrecido e ávido pela minha reação.

– Isso é sempre assim? – Renato perguntou assustado, ainda com as mãos sobre a cabeça.

– Se não estava quebrado agora está. – Retrucou Levi.

Um sabor adocicado espalhou-se pela minha boca e achei que meu nariz fosse sangrar. Corri ao banheiro, mas não havia nada de errado. Lavei os pulsos e só Deus sabe como mantive o juízo. Retornei aos aprendizes e pedi que não comentassem a cena porque trataria da situação depois. Voltamos ao trabalho e as pessoas mantiveram a tensão do incidente, soltando risadinhas as escondidas. Peguei uma das máquinas difíceis de reparar e me concentrei para abstrair o episódio.

Eu tinha uma produção de dez máquinas, quatro de cada um dos rapazes e duas minhas, além de uma garantia. Tudo indicava um novo recorde para o final do dia. Antes de descer para o almoço, entregamos as máquinas ao controle de qualidade para agilizar o processo final antes da devolução aos clientes.

Evitei o elevador para ajudar na digestão do saboroso bacalhau com batatas que Tessa tinha preparado na minha marmita. Eu explicava aos dois novatos sobre o sistema de metas e o programa de bonificação quando ficamos os três, perplexos. Nossa bancada estava repleta de máquinas, todas com um adesivo vermelho escrito “reprovado no controle de qualidade”. Havia equipamentos por toda a parte, uma avalanche que se estendia da bancada ao chão. Os outros engenheiros foram chegando e se amontoaram à nossa volta sem dizer nada.

Os estagiários não sabiam o que fazer.

– Calma, pessoal. Não vamos nos amedrontar com isso. Já disse que vou verificar o que se passa.

Eu mesmo não sabia de onde tirava tanta calma. Minhas palavras não transpareciam a velocidade do sangue correndo por minhas veias.

Organizamos as máquinas por defeito e por tipo, depois aproveitei para ensinar como conferir mais aquele processo. Era normal o equipamento voltar as mãos do técnico quando reprovava no controle de qualidade, mas nunca ocorreu um retorno daquela dimensão.

Testamos cada computador duas vezes e quando terminamos faltava uma hora para o fim do expediente. O dia fora destruído pelos retornos e fui reclamar com o chefe sobre o novo responsável do controle de qualidade. Soares estava apagando as luzes de sua sala e antes que eu abrisse a boca ele disparou:

– Natan, o Fernão passou por aqui mais cedo e reclamou que nove, em cada dez reparações que você faz, apresentam problemas depois de algumas horas em testes. Ele inclusive argumentou que você só tem os números altos porque engana bem e não repara as máquinas como deve ser.

Preferi não discutir com meu chefe e percebi que alguém jogava baixo para me desacreditar. Deixei o chefe ir embora e no caminho para a sala do C.Q. um pensamento repentino me fez dar meia volta.

– Rapazes. Deixem as máquinas aí, não vamos entregar hoje.

– Mas o procedimento diz para entregar ao final do dia ou antes do almoço.

– Sim eu sei disso, mas fui eu que escrevi o procedimento. Coloquem todas debaixo da bancada e deixem os adesivos de reprovado sobre elas.

No dia seguinte ignorei o murmurinho nos corredores. Pedi minha parceira da distribuição que me desse o dobro da qualidade de máquinas que normalmente recebia. Inventei uma desculpa que precisava ensinar aos estagiários um processo novo e demandaria muitas máquinas parecidas. Ela adorou a ideia, uma vez que aumentar a produção do laboratório era sua função.

Começamos o trabalho com tantos equipamentos que precisei usar o chão ao redor para separar o trabalho de cada um. Tomamos o cuidado de não misturar com as escondidas sob a mesa e pedi aos rapazes que focassem no que faziam. Que perguntassem em caso dúvida e que se ao final do dia concluíssemos tudo, o café seria por minha conta.

O trabalho de engenheiro eletrônico é, em geral, simples. Depois que se conhece os equipamentos. Na maioria dos casos os defeitos são os mesmos, bem como suas causas e isso permitia administrar o tempo e a qualidade do conserto.

Nunca vi alguém trabalhar com tanto gosto por um café, mas fechamos o expediente com quarenta e oito máquinas. Todas reparadas e testadas. Olhei o enorme relógio na parede, as costas da administração e faltava meia hora para ir embora.

– Pessoal, vamos despejar agora nosso trabalho para o controle de qualidade.

– Natan, eles vão ficar loucos com tanta máquina.

– É, eu sei que vão.

Renato entendeu minha cara maquiavélica e um a uma, sobrecarregamos o departamento do barbudo metido à besta.

Enquanto os dois rapazes entupiam as mesas do controle de qualidade, entrei no setor pronto para iniciar uma guerra.

– Então você é o Fernão Patrício a quem não tive o prazer de conhecer.

O magricela com ar crapuloso aproximou-se com as mãos enfiadas nos largos bolsos do jaleco que mais parecia um pano de chão.

– Então, você é o Alexandre Natan de quem falam nas lojas e nos laboratórios do Sul e do Norte. O super brasileiro que está batendo recordes.

Senti a ameaça nas palavras dele, mas dei corda para ver o que acontecia.

– Sim, sou eu mesmo e aqui está o resultado do meu dia. Vim agradecer.

Ele cruzou os braços fazendo cara de quem não sabia do que eu falava.

– Ontem você devolveu doze máquinas que não tinham nenhum problema. Ainda assim todas foram reavaliadas e testadas.

– Pois! E você perdeu um bom tempo, não foi? – Ele forçou um sorriso ao lançar a pergunta.

Eu sabia que era de propósito. Para impedir minha produtividade.

– Na verdade eu ganhei, porque graças a você identifiquei um erro no seu sistema de avaliação. Mas não se preocupe, já preparei uma solução em forma de projeto e entregarei amanhã cedo para o Soares.

– Erro na minha avaliação? Você deve estar louco. O único erro aqui é você.

– Desculpe, mas você tem algum problema pessoal comigo ou é

impressão minha?

Ele não respondeu e deu as costas saindo da sala sem desligar as luzes conforme mandava o procedimento. Estava claro que minha vida estaria longe de ficar fácil.

Foi a semana mais produtiva de todos os tempos e mesmo com o boicote de Fernão, eu ainda conseguia mantê-lo sobrecarregado. Afinal éramos três contra um. Engrenamos tão bem que em poucas semanas batemos a marca de cinquenta unidades reparadas por dia. Não demorou e surgiu uma carência de máquinas para consertar, o que permitiu agraciar os estagiários com jornadas menores de apenas meio-dia de trabalho em certos dias da semana.

O chefe desfilava pelos corredores com um sorriso largo toda vez que cruzava com a diretoria, os donos da empresa.

Em casa, Tessa e Dona Zoraide ajudavam-me a conter as dores dos braços causadas pelos movimentos repetitivos. Eu tinha feito as contas e na média tirava e recolocava três mil parafusos por semana. No final do dia ainda tinha que estudar no computador as lições da Ordem. Eu queria estar afinado quando minha orientadora desse a cara. Às vezes ficava tão exaurido que dormia sentado no sofá. Outras, acordava sem saber como fui parar na cama.

Tinha tanto para pensar e fazer que mesmo a saudade da família no Brasil começava a ficar distante. As festas do final de ano estavam chegando e tentava a todo custo não levar para casa os problemas da empresa. Tessa já tinha suas frustrações por continuar sem emprego e o relacionamento com a mãe também começava a ficar conturbado, como no tempo em que morávamos em Petrópolis. Tornava-se comum ouvir as duas usando palavras duras durante discussões banais.

Levi e Renato entrosaram-se bem e até dividiam as descobertas que faziam quando consertavam um modelo novo. Toda a produção deles era repassada para o meu nome e já tinha os gráficos apontando que meus resultados eram o dobro de todos os outros engenheiros somados. Mesmo se dividissem meus números por três, continuaríamos a frente dos demais técnicos. Chegava a ser humilhante ver o chefe demonstrando os gráficos nas reuniões de segunda-feira antes de começar o expediente. Era como se um time de futebol ganhasse todos os jogos por cinquenta a zero.

Para compensar o esforço da equipe fiz uma surpresa e os convidei para almoçar. Nós tínhamos uma hora de pausa para comer e logo que saímos liguei do meu celular para a recepção da empresa. Comuniquei a recepcionista que o carro do técnico Levi tinha quebrado e por isso atrasaríamos nosso retorno. Renato ficou perplexo ao perceber que menti de forma tão crua.

– Veja bem, não se mente a ninguém sem um excelente motivo.

Eles riam, mas concordavam que um almoço por minha conta no meio da semana era sim, um bom motivo.

Comemos tanto que a lembrança de meu bom amigo Ruberte surgiu a minha mente, principalmente quando Renato pediu um prato transmontano. Levi contava fatos de sua vida particular, mencionado que se envolvera com drogas e bebidas no passado. Que tinha uma filha de nove meses e que quase morreu devido a amizades erradas. No pequeno e tradicional restaurante, entre os companheiros de bancada, pela primeira vez ele se abriu e agradeceu pela oportunidade de aprender uma profissão que poderia mudar em definitivo o seu futuro. Renato e eu ficamos comovidos com a história e nos sentimos obrigados a compartilhar as nossas.

Renato tirou da carteira uma foto da família que morava, metade em Angola e metade no Brasil.

– Eu sabia que você era esperto demais para ser um português de corpo e alma.

Brinquei com ele arrancado risos de Levi que apesar de ser cem por cento português concordou comigo.

– Minha mãe é brasileira e meu pai é meio português, meio angolano.

Ele ainda exibiu orgulhoso uma foto ao lado do rei do futebol Edson Arantes do Nascimento, O Pelé, em um jogo que assistiu na cidade de Santos, anos atrás quando viajou com seu pai a São Paulo no Brasil.

Ser brasileiro em terras estrangeiras nos causa um intrigante orgulho ao ver um compatriota bem-sucedido. Fiquei contente pela forma como Renato ostentava a fotografia com Pelé e acredito que foi a primeira vez que me senti bem por ser brasileiro, desde que saí do Brasil.

No meio da conversa o engenheiro Marcos ligou prontificando-se a nos ajudar com o carro danificado. Nossa história foi aceita com perfeição e o pequeno segredo reforçou a cumplicidade do time.

De volta as bancadas, outra vez, ao chegar, havia máquinas com os selos vermelhos. Eu não me importava, mas era fato que o psicológico dos estagiários ficava desestabilizado. O controle de qualidade foi criado por ordem direta do chefe Soares. Era considerado a arma secreta contra as garantias. Atacar o setor de Fernão seria um tiro certeiro, porém eu não sabia até onde meu chefe estava envolvido. Querendo ou não, meu sexto sentido avisava que o problema poderia vir de cima, principalmente depois que Soares recusou meu projeto para melhorar os procedimentos de testes do C.Q.

Na guerra conhecer o inimigo é parte fundamental da estratégia de ataque. Orientei os pupilos e inventei que meu acesso ao sistema apresentava problemas. Eu precisava encontrar informações sobre o tal Fernão Patrício. O laboratório era também a matriz da empresa e lá atuava um outro brasileiro, no departamento de Tecnologia da Informação. Um dos funcionários mais antigos e que conhecia todas as sedes espalhadas pelo país.

Enquanto ele checava o meu problema fictício do sistema, aproveitei para pescar.

– Depois que o Fernão veio para cá até o sistema começou a dar problemas. Por acaso ele não mexe aqui na área de TI, mexe?

– De maneira nenhuma. Aquilo já faz mal suficiente onde está.

Me fiz de bobo e aproveitei que o conterrâneo mordeu a isca.

– Como assim? Pelo visto rola aí uma rixa que não é só minha.

– Não é rixa não, é racismo mesmo, xenofobia e das bravas. Fique tranquilo que ele age assim com todos que não são portugueses natos. Se for africano, angolano, madeirense, o que for. Ele tem prazer em provocar. Se for "zuca" então, se prepare para sofrer.

– E ninguém faz nada? Isso não é crime?

– Rapaz, isso é crime lá na nossa casa. Aqui é patriotismo. Pelo menos é assim que gostam de chamar. E para piorar este infeliz é filho de um político importante.

– Está de sacanagem? Mas ele só anda largado, com aquelas roupas de trapo.

Eu tentava colher o máximo possível no tempo que me restava até darem minha falta na bancada.

– Já viu o carro dele? Quando sair repara, seu queixo vai ficar no chão. O cara vem trabalhar de Porsche.

– Não brinca!? Sério?

– Ora, pois. Sim, senhor.

Ele misturava o português do Brasil com o de Portugal, fazendo graça com as respostas. A história começava a fazer sentido. Explicava o desvio de caráter e também o comportamento mimado de Fernão.

– Seu acesso está perfeito, tente mais uma vez e se der problema me ligue que vou lá ver o que se passa.

Agradeci pela ajuda e voltei ao posto com a certeza que meus problemas estavam apenas começando. Se não bastasse a perseguição de Fernão, existia também a indicação que ele e o engenheiro Santos eram grandes amigos.

A rivalidade com Fernão Patrício não era declarada, mas visível suficiente em tudo que era pertinente a minha pessoa. Nas reuniões ele me questionava na frente de todos, no almoço criava situações embaraçosas e não perdia a oportunidade de envenenar as pessoas a meu respeito. A chefia não se pronunciava e Fernão vivia de papo com os patrões, dizendo em alto som que seu pai mandava lembranças. O interesse por detrás do infeliz impedia-me de puxar seu tapete, porque comprometeria os meus próprios. Seria preciso encontrar uma maneira de eliminá-lo, antes que meus tendões rompessem com tantos giros da chave de fenda.

Cheguei em casa e Tessa discutia com a mãe o porquê de ela ter assinado o recebimento de uma correspondência que não estava em nosso nome. Apartei as duas e com calma conferi o envelope que estampava o logo de uma empresa de seguros. Depois de um longo tempo ausente, Lauren estava de volta.

Tessa desistiu de preocupar-se com as correspondências equivocadas. Já as contas, estas sim vinham em nosso nome e ela precisava fazer milagre para conseguir pagar. Os prêmios pela minha mega produção auxiliavam bastante, porém passear ou comer fora de casa, só quando Dona Zoraide nos convidava.

Deixei Tessa e minha sogra dormindo e do lado de fora da casa liguei para a empresa avisando que estava doente. Mandei uma mensagem aos meus dois aprendizes com as diretrizes do dia e enfrentei outra manhã gelada até o ponto do ônibus.

Minha orientadora estava diferente quando acenou de dentro do carro estacionado. O cabelo de cor preta lhe caia bem apesar de conferir-lhe uma aura agressiva.

– Entre. Temos um monte sobre o que conversar.

Me acomodei no banco de trás ao lado dela. A frente um homem albino usando uniforme de motorista nos colocou em movimento.

– Como você está Natan?

– Na mesma. Trabalho, casa, estudos, trabalho, essas coisas.

–Você nunca pensou em trabalhar em algo menos cansativo?

Ignorei o que ela perguntou olhando pela janela, tentando adivinhar para onde estávamos indo.

– Natan, ficamos todos felizes com a sua missão. Acho que já está pronto para a segunda.

– Segunda? Ainda nem sei o que resultou da primeira.

– E nem vai. Já te falei que nossa função é uma pequena parte dentro de um todo, gigantesco e emaranhado. Faça como fez a primeira e teremos avançado com louvor no seu treinamento. Assim ganho eu e ganha você.

– Sim, senhora. – Respondi com o canto da boca ironizando.

– Algum novo encontro com seu gênio?

– Não. Nem sinal desde a última vez.

O carro levitava e em instantes chegou a um hotel no centro de Lisboa. Ela deu algumas instruções para o motorista logo após ele abrir a porta. Subimos até o clube executivo do prédio e ela cumpriu seu ritual ao pedir chá de frutos vermelhos e um cesto de croissants. Desta vez pude escolher e fui pelo seguro com um cappuccino e alguns bolinhos de limão.

– Natan. Como é o seu inglês?

– *The book is on the table.* – Respondi sem nenhuma intenção de sarcasmo, mas ela não entendeu.

– Natan. Você vai precisar do seu inglês afiado para daqui a alguns meses. Sua segunda missão vai exigir isso.

– Como assim? Eu sei um pouquinho, mas só o suficiente para ler os manuais técnicos do trabalho.

– Bem, então sabemos por onde começar sua preparação. – Lauren tinha a expressão carrancuda, demonstrando a gravidade da situação.

– Precisamos que esteja na cidade de Praga para receber outra mensagem. O que me diz? Já ouviu falar da República Tcheca?

– Conheço dos livros e de alguns filmes, nada detalhado, mas como eu vou chegar lá? Minha grana continua curta.

– Não se preocupe, daremos um jeito, mas você precisa fazer sua parte.

– E isso seria fazer o quê? Além do inglês, é claro.

– Bem mantenha-se visível e progredindo na empresa onde

trabalha.

– Tudo bem, eu vi um curso de inglês lá perto de casa e acho que consigo pagar.

– Ótimo. Inicie o mais rápido possível.

Lauren parecia aflita com os outros frequentadores do clube e a todo instante olhava na direção da porta de entrada.

– Natan. Você entende que o seu contato com o gênio foi um tanto prematuro e que isso pode ter mudado o rumo do seu treinamento?

– Claro que não. Como eu entenderia isso?

– Natan. Nós estamos dispensando um enorme número de pessoas para te dar cobertura desde que você chegou a Europa e logo que a notícia correu sobre o seu gênio.

Ela fez uma pausa e abaixou o tom de voz.

– Bom, as pessoas ficaram receosas. Está difícil proteger você e sua família.

Meu coração parou ao pensar que meu filho e meus pais estariam em risco. E ainda tinha Tessa e Dona Zoraide que ficavam o dia inteiro desprotegidas em casa.

– Lauren, sou do tipo de pessoa que quando assume um compromisso, vai até o fim. Eu pago para ver as consequências, portanto será como você disse. Eu farei a minha parte, se você fizer sua.

Ela pareceu gostar do que ouviu focando sua atenção em mim.

– Natan, tenho aqui um planejamento das suas primeiras missões. Foram definidas com base no seu progresso e no fato de já ter o primeiro contato com seu gênio.

Lauren retirou da pequena maleta que carregava um tubo de papel branco e o abriu sobre a mesa. Revelou um mapa-múndi, onde cada país tinha um símbolo e sob eles, um pequeno adesivo em amarelo com um nome. A partir dos pontos marcados, linhas coloridas se conectavam a outras localidades e nomes, fazendo o papel assemelhar-se a uma enorme teia de contatos.

– Esta é a previsão de ação da Ordem até o final de 2012. É o que nos cabe por hora. Queremos você nestes lugares e, como pode ver, seu desempenho terá impacto direto sobre outras tarefas e membros ao redor do globo. Por isso teremos que ter cuidado e mais do que nunca, disfarçar você e a missão em algo trivial. Algo que não chame a atenção de ninguém.

– Lauren, quando você fala assim sinto que sou um mafioso

fugitivo da polícia.

Ela deixou um sorriso escapar e tentou recompor-se usando a delicada xícara de chá como máscara.

– Nós não somos criminosos para fugir. Pelo contrário, somos os mocinhos. As suas missões, bem como as de todos os envolvidos com os planos da Supremacy, visam um bem maior para o mundo.

– Desculpe, mas não vejo como receber uma mensagem de um desconhecido com cara de psicopata, em uma estação de trem da Alemanha pode mudar o planeta. Juro que tento confiar no que conta, mas leio jornais, sei acessar a *deep web* para encontrar notícias cabeludas que não circulam por aí e além do mais, sou carioca, né! Eu percebo as coisas.

– Natan, o que posso dizer é que sua primeira missão salvará milhares de mulheres e crianças em um futuro próximo.

– Sei! O grande Natan prestes a salvar o mundo.

– Por que você não escreve um livro? Você tem jeito para isso e com suas tarefas terá material de sobra.

– Você não é a primeira pessoa que diz isso, mas sei lá. Talvez um dia?

Passamos a manhã tratando dos detalhes sobre como proceder nos preparativos dos próximos meses. Lauren esquivou todas as minhas perguntas sobre Azhym e evitou entrar no assunto do gênio mais uma vez.

– Eu tenho uma boa notícia para você. Estamos prestes a conseguir um emprego para sua esposa.

– Isso seria maravilhoso. Ela não aguenta mais. Acho até que perdeu as esperanças.

– É, imagino que deve ser triste, principalmente por não conseguir emprego por um motivo tão estúpido. – Ela parecia saber mais sobre o assunto.

– Como assim? Você sabe o motivo pelo qual ela não consegue trabalho e nunca me falou?

– Natan! E do que adiantaria falar? Além do mais achei que você já tivesse percebido.

Fiquei calado e minha mente dava voltas a procura de alguma explicação plausível. Quem sabe eu teria deixado passar um sinal desapercebido.

– Natan, emprego está escasso até para quem é natural deste país, imagine para imigrante? Pior ainda se for imigrante e mulher.

A cultura de alguns países reza que mulher só deve trabalhar nas tarefas de casa, cuidando dos filhos e do jantar do marido. Sua esposa não consegue emprego devido aos malditos xenófobos que arrastam para o buraco este extraordinário país chamado Portugal. É um absurdo, eu sei, mas é assim que acontece. Além do mais ela é responsabilidade sua, lembra? Foi você quem decidiu trazê-la consigo.

– Do jeito que fala sinto-me culpado. Não queria que ela sofresse por culpa das minhas decisões.

– Perceba o lado positivo. Tenho certeza que ela e sua sogra melhoraram a relação delas. No fim, pode ter sido uma oportunidade de aprendizado para ambas. Além do mais os portugueses são na maioria um povo de grande caráter, mas como em todo lugar, há sempre um grupinho que estraga.

– E porque a Ordem decidiu ajudar agora?

– A Ordem se mantém imparcial. Não misture as coisas. O que acontece é que com a missão da Alemanha você auxiliou pessoas além do esperado e isso cria oportunidades, abre portas. Ou esqueceu que você é um construtor?

Eu realmente tinha esquecido do conceito de construtores de Porta do Sol e *Black Lanes*, apesar de ter lido muito sobre ambos nos artigos codificados e no livro de receitas. Toda aquela história tinha ficado para trás.

– Tudo bem. Desde que ela esteja protegida, eu aceito.

– Não se preocupe mais com isso. Cuide do seu preparo para a próxima missão. Eu disse que está difícil protegê-los, mas não impossível.

Saímos de um prédio e entramos em outro para almoçar. Lauren tinha reservado uma mesa e antes de nos sentarmos o dono do lugar veio cumprimentá-la. Até o *chef* apareceu e deu um modesto olá como se ela fosse uma cliente habitual.

– Eles são ótimos em frutos do mar e como é por minha conta, pode pedir o que desejar. Não olhe o preço, será o meu jeito de celebrar sua primeira missão bem-sucedida, seu primeiro contato com o gênio e o começo de uma vida repleta de mudanças.

Os pratos variavam entre nomes que eu não entendia e outros que suspeitava saber o significado. Todos os preços eram de três dígitos, mas não me importei e fiz o pedido, arriscando qualquer um. O garçom nos ofereceu uma garrafa de vinho branco que parecia ainda mais caro que a comida.

– Lauren, enquanto nossos pedidos não chegam, eu queria saber mais sobre o lance do gênio.

Ela alisou os cabelos novos com a ponta dos dedos retomando a feição de assassina de aluguel.

– Natan, vamos focar nos preparativos de Praga.

Precisei aceitar a resposta curta e passamos o resto do tempo falando sobre suas férias com o marido em algum lugar paradisíaco da República Dominicana. Entre um assunto e outro, ela encontrava um jeito de me alfinetar, reforçando a importância da futura tarefa. No caminho de volta, pedi que me deixasse na frente do prédio onde tinha visto um curso de inglês e marquei mais um ponto, quando ela percebeu que era um dedicado aprendiz.

Na penúltima semana de dezembro Tessa recebeu uma ligação convidando-a para o processo de seleção de uma companhia de transportes aéreos. Não era o seu ramo, mas chegava em hora oportuna para injetar ânimo aos nossos planos. Quando ela contou que tinha passado na entrevista e que começaria na primeira semana de janeiro, agradeci mentalmente à minha orientadora. Desde a Alemanha, eu não via Tessa tão feliz.

Na empresa aprendi a lidar com os golpes que vinham do controle de qualidade. Tomei coragem e passei a anotar tudo que acontecia para montar um relatório incontestável contra meu opositor. Com apoio do meu amigo brasileiro de TI, eu pretendia apresentar para a diretoria da empresa todos os erros e perseguições de Fernão Patrício. Estava determinado a revidar, a procurar as autoridades se fosse preciso, acusando-o de crime de ódio, xenofobia.

Na festa de encerramento anual da empresa, meu chefe se encarregou de propagar o nome Alexandre Natan, vangloriando-se dos resultados de nosso projeto. Os engenheiros das mais de trinta lojas do país faziam questão de falar comigo dando os parabéns. A maioria não me via mais como imigrante ou fingia bem, mas uns poucos ainda insistiam em tratar-me como o "brasileiro".

Com ou sem preconceitos eles tinham o mesmo discurso. Reclamações sobre salários, exploração sobre as horas trabalhadas, sobre o chefe calhorda insensível. Mais do mesmo, como em toda empresa de grande porte. No entanto enxerguei naquilo uma oportunidade. Por dentro eu queria chacoalhar um por um, gritar para que abrissem os olhos. Para que investissem no trabalho a mesma energia que dedicavam nas reclamações.

Era preciso ser político, se quisesse sair da bancada. Apoiando a causa deles haveria uma chance de assumir o lugar do Soares. Seria minha tarefa ouvir o que os empregados tinham a dizer e alimentar seus egos na direção desejada. Desde cedo eu aprendi que as bases de toda empresa fornecem a munição necessária para qualquer um subir ou descer, cabe ao mais atenciosos manejar este arsenal.

Com o recesso da virada do ano Lauren enviou endereços na *darkweb*. Páginas inteiras contendo histórias sobre personalidades importantes da Supremacy no mundo. Eu deveria pesquisar e ler, até que ela retornasse de Veneza. Eram histórias que permitiam um melhor entendimento sobre a organização interna da Supremacy. Sobre como as pessoas se interconectavam através de pedaços de informação, trocadas entre si com o requinte de um cirurgião.

Eu não confiava em uma história tendo por base apenas um ponto de vista e a cada personalidade que revela-se, eu fazia uma pesquisa paralela na internet.

O curioso foi encontrar um artigo, de um velho professor da faculdade de Coimbra, que deparara-se com estranhas coincidências nos acontecimentos mundiais. Ele dizia na sua página que existia um rumor, sobre uma organização especializada em agir através de gente simples. Pessoas do cotidiano que através de minúsculas atitudes, planejadas e executadas com extrema precisão seriam capazes de interferir na linha de acontecimentos políticos e econômicos de grandes e poderosas nações.

O professor ia mais longe e por sorte misturava o verdadeiro sentido da tal Organização com uma famigerada teoria de conspiração. Ele até atribuía um nome: "A Mão que Governa o Mundo". A responsável por guerras, epidemias, eleições presidenciais e outros eventos. Tudo manipulado no intuito de ter o poder sobre o restante da humanidade.

Eu começava a entender minha participação no submundo da Supremacy. Que para curar uma ferida inflamada, primeiro era preciso retirar toda a sujeira, expelir o pus e só então tratá-la. Aos poucos aprendia que minha pátria ia além das cores verde, amarelo, azul e branco. Que os verdadeiros guardiões do mundo carregam bandeiras transparentes.

Tanto o natal como a virada do ano foram menos dolorosos. A presença de Dona Zoraide, do meu primo Eduardo e de sua esposa Petra ajudaram bastante. Falar pelo telefone com meus familiares passou a ser fonte de inspiração e nem parecia o Natan do ano anterior. Eu não passava mais as noites acordado, mentalizando que todos dormiam na casa de Piabetá, enquanto me imaginava a flutuar como um fantasma pelo quintal espantando qualquer mal que tentasse se aproximar deles. Eu estava mais convicto do meu caminho dentro da Ordem e sentia que no final teria uma vitória para compartilhar com minha família.

CAPÍTULO 24
2012

Tessa assinou o contrato de trabalho por exatos trezentos e sessenta e cinco dias, o que nos dava esperança para finalmente mandar ajuda financeira para a família no Brasil. De certa maneira sentia-me envergonhado com a situação. Eu sabia que as pessoas acompanhavam nossa vida pelas redes sociais. Que eles acreditavam que a vida fora do país era um luxo. Um sonho cor-de-rosa. Não lhes passava pela cabeça as dificuldades que enfrentávamos para sobreviver.

O plano para os próximos meses era montar um sistema de contingência. Juntar algum dinheiro para o caso de uma emergência. Tessa e eu não éramos o problema, mas Dona Zoraide passava dos sessenta e a variação de clima de Lisboa conseguia fazer qualquer um ficar doente da noite para o dia. Seria bom estar preparado caso uma emergência médica surgisse.

Entrei na empresa pisando forte. Patrões, chefe e um representante de cada departamento estavam presentes aguardando para a demonstração do projeto de desenvolvimento do laboratório. Fernão Patrício estava sentado ao lado de um dos patrões conversando baixinho enquanto os demais apenas me observavam conectar o laptop ao *projetor de imagens*. A reunião durou uma hora e treze minutos, entre perguntas e esclarecimentos, demonstração de custos prováveis e projeção de números sobre a produção. Para fechar apresentei um relatório minucioso sobre o efeito das garantias provenientes do controle de qualidade com os dados que levei meses reunindo.

Fernão continha sua fúria ao ser exposto na frente de todos. Às claras e sem entrelinhas, acabei com o disse me disse nos corredores. Não ficou dúvida que ocorria uma perseguição particular sobre a minha pessoa quando mais de noventa por cento dos defeitos apontados por ele nunca foram confirmados na bancada durante as reavaliações. Para o desespero do meu inimigo, realizei uma contraprova, passando para outros engenheiros, aliados meus, as máquinas que ele retornava. O parecer era unânime quanto à inconsistência das atitudes de Fernão Patrício.

– Meus senhores, os números não mentem. Eu tenho tudo documentado e arquivado com o pessoal do setor de TI. Qualquer detalhe que julguem necessário, qualquer dúvida, basta pedir e terei prazer em esclarecer, mas acredito que tudo ficou comprovado e claro.

Fernão saiu da sala como uma criança que perdeu o brinquedo preferido e entendi que era hora do tiro de misericórdia.

– Permitam-me dizer que uma empresa como esta, de pura origem portuguesa, não deve ter funcionários brasileiros ou angolanos.

Todos tinham acabado de aplaudir, mesmo sob suas máscaras, a minha explanação sobre os evidentes atos de xenofobia e ficaram em choque por um instante, antes que eu continuasse:

– Uma empresa como esta deve ter funcionários de todas as nacionalidades. Profissionais qualificados, não importa de onde eles vieram. Não interessa se vieram da China, da Rússia, do Irã ou do Brasil. Não importa se é branco, preto, amarelo, azul. Menos ainda se é homossexual, heterossexual ou se reza para os santos ou para Alá. Nada disso é parte do negócio que tratamos aqui. Somos uma empresa e estamos aqui para fazer dinheiro. Primeiro para os acionistas e cito os patrões aqui presentes, segundo para nós mesmos. Nossas vidas têm problemas demais fora daqui. Peço a vocês que me ajudem a erradicar este câncer que nos impede de conquistar novos horizontes. Vocês são portugueses e têm o meu respeito quando lembro que carregam o sangue dos conquistadores, dos primeiros colonizadores do mundo moderno.

Um silêncio instalou-se quando agradeci fechando a apresentação. Primeiro um aplauso, depois outro e no final, todos levantaram das cadeiras e exibiam suas caras sorridentes. Minha estratégia era de tudo ou nada, mas sabia que dentro deles a centelha do preconceito ainda se mantinha acesa. Eu marquei um bom ponto, mas precisaria suar para fazer a equipe entender que o problema eram eles e suas atitudes mesquinhas, não os imigrantes.

Nos dispersamos e antes de almoçar fui fazer minha dança da vitória sobre a carcaça morta do inimigo. Vencer por vencer nunca me saciou. O que me dava prazer era ver o inimigo se arrastando pela lama, agonizando antes de morrer.

Invadi a sala de Fernão que trocava-se para ir almoçar. Fazia tempo ele tinha colado cartazes em letras vermelhas, dizendo ser proibida a entrada de pessoas não autorizadas naquele setor. Cheguei na surdina e a tempo de ver uma tinta azul escorrer por seu pescoço, segundos antes dele jogar a blusa sobre as costas.

Ao notar minha presença ele deu um salto e tratou de cobrir-se com um casaco de coro, cheio de insígnias.

– O que você quer aqui? Não sabe ler?

Cruzei os braços e permaneci encarando-o, quieto. Ele evitava contato visual, mas teve coragem para se aproximar.

– Você sabe que eles não vão fazer nada contra mim. Meu pai manda nesta companhia e pode fácil iniciar um inferno para os patrões. Você pode perder seu tempo com o que quiser, mas vou continuar a atormentá-lo. Brasileiro nenhum vai passar pelo meu controle de qualidade e anote o que digo. Estamos só no começo do ano.

Se aquela cena tivesse acontecido há dois ou três anos, com o Natan das ruas do Rio de Janeiro em plena forma, eu teria partido para cima dele e perdido de vez a razão. Sofreria da minha cegueira irracional, frequente quando alguém me tirava do sério. Um vislumbre do futuro ocorreu-me, mostrando que se não me controlasse seria demitido. Quem sabe até enviado à delegacia policial, afundando em problemas, porque meus documentos, mesmo depois de um ano, ainda não estavam prontos pelo órgão responsável do governo português. Tudo que tinha era um protocolo de papel guardado em casa.

– Fernão. Não quero que você vá embora.

Ele fez uma careta expondo os dentes tortos.

– Pelo contrário, quero você aqui onde pode nos divertir com o seu circo. Aliás, fique sabendo que a cada chance, quebrarei um novo pedaço seu. E te digo o mesmo. Teremos um ano inteiro pela frente.

Patrício tinha o rosto enrugado e demonstrava sofrer de um transtorno psicológico, passando as mãos pelos cabelos, o que lhe conferia ainda mais um aspecto de louco.

– Quer saber, que se dane. – Ele esbravejou retirando de uma vez só o casaco e a camisa, fazendo os botões voarem pela sala. Deu um passo para trás e fez questão de mostrar uma enorme tatuagem de leão que corria de ombro a ombro, antes de descer até a base da coluna. Uma tatuagem em preto e azul de linhas perfeitas, como nunca tinha visto antes. Nos traços que criavam a juba do leão alguns escritos acompanhavam as curvaturas e com o movimento da pele tudo parecia ganhar vida.

– Agora você sabe o que eu sou. Se você está aqui para quebrar um pedacinho de cada vez. Bem, eu estou aqui para te partir por inteiro, corpo, alma e mente.

A visão de Fernão Patrício com a imensa tatuagem era intimidadora e apesar de tentar manter-me firme senti a região onde fui atingido pelo meu gênio, próximo as costelas arder de dentro para fora.

Ele colocou de volta as roupas e antes de sair apagou as luzes me deixando calado no meio do reflexo dos monitores ainda ligados executando seus programas de teste. Passei o almoço ali, sentado em um banco, no escuro, sem que ninguém notasse.

Talvez Lauren tivesse razão quanto a me preocupar. Me senti em perigo. Um louco como aquele poderia fazer mal a muita gente. Eu tinha ido longe demais e questionava minhas decisões desde o momento que deixei Ruberte acessar minha vida.

Só Deus poderia me ajudar. Meus pensamentos voltaram-se para Tessa, sozinha no emprego novo. A ideia de que alguém pudesse fazer-lhe mal me deixava ainda mais tenso. Isso sem contar que minha permanência na Europa, dependia do seu passaporte alemão. E se algo acontecesse a ela? Não éramos sequer casados no papel. Meu processo de legalização como imigrante em Portugal estava sob o motivo da empresa até aquele momento.

A ameaça do inimigo serviu para mostrar o quanto meus pilares eram frágeis. Agir rápido e mandei uma mensagem para Lauren dizendo que precisava falar com ela o quanto antes.

Para minha surpresa ela respondeu em minutos dizendo que acabara de chegar no aeroporto e que estaria a minha espera na saída do trabalho. Confirmei e naquele dia foi complicado produzir na bancada. Meus pensamentos estavam longe e se não fosse pelos dois estagiários, sucumbiria a pressão de Fernão.

Renato estava confiante que seria o escolhido para o cargo de engenheiro e questionava se eu tinha decidido quem ficaria com a vaga. Para desgraça dele eu não estava no melhor momento.

– Renato, nós ainda temos algum tempo e vou ser sincero, não acredito que nenhum dos dois esteja pronto para assumir a responsabilidade que um engenheiro tem aqui neste laboratório.

– Responsabilidade? Você fala como se fôssemos médicos e vidas dependessem de nossas chaves de fenda.

– Ouça bem, seu preguiçoso. Você acha que só porque tem uma foto com o rei do futebol na carteira vai conseguir o meu favor? Se enxergue, rapaz. Na sua idade eu já tinha um filho, estava no segundo casamento, era dono da minha própria empresa. Quem é você para pôr pressão sobre quem devo escolher? Meça suas palavras comigo, seu vagabundo filhinho de papai.

Eu não notei, mas minha voz se fazia ouvir a boa distância e todos olhavam testemunhando pela primeira vez meu lado menos gentil. Até ali eu era considerado um cara calmo, tranquilo. Cheguei a ouvir que não me parecia com os outros brasileiros que passaram pela empresa. Nem o engenheiro Santos, com suas piadas preconceituosas, me tirava do eixo. Renato ficou consternado e desculpou-se dizendo que não teve a intenção. Nós éramos quase da mesma idade, mas ele tinha uma alma leve de quem viveu sob a proteção dos pais. Não por opção, mas por necessidade.

– Acho que o Renato não teve a intenção de pressionar. – Levi tentou remediar a incomoda situação.

– Vamos decidir quando chegar a hora. Até lá, quero os dois dando o máximo. O melhor que tiverem a apresentar. Não vou aceitar menos do que eu faço com minhas próprias mãos. Se querem entrar para uma empresa de engenheiros terão que provar que são engenheiros.

Renato e Levi acenaram com a cabeça concordando e me despedi, anunciando que sairia mais cedo. Na descida das escadas ainda vestido com meu jaleco, encontrei meu chefe.

– Natan. Boas notícias. Amanhã terás mais dois estagiários para entrevistar, mas estes não são de escolas. Vieram por indicação e currículo.

– Sim, senhor, às nove estarei na sua sala para participar da entrevista, sem falta.

– Perfeito então. Até as nove.

– Ah! Só mais uma coisa, não estou bem e minha cabeça está explodindo, será que posso ir mais cedo hoje?

– Natan, não serão umas horinhas que impedirão de ser o recorde dos recordes na produção deste mês. Bom descanso e até amanhã.

Ele me entendia e de certa forma tinha razão, até porque mesmo longe ainda produzia o dobro de um dia comum pelas mãos dos estagiários.

Eu planejava ir para casa e no caminho mandar uma mensagem para Lauren cancelando tudo, mas quando cheguei ao portão principal, um carro prateado aguardava por mim. O vidro desceu e ela acenou para eu entrar. Às vezes eu ficava intrigado com estas coincidências e meu sexto sentido me pedia agora, para ter cuidado, mesmo com quem antes acreditava ser inofensivo.

– Não me diga que teve outro contato com seu gênio?

– Não, mas acabo de saber que tem um cara, aqui no trabalho, que quer me matar.

– De onde você tirou isso?

– Fernão Patrício é nome dele. Está aqui na empresa no setor de controle de qualidade e há algumas horas tivemos uma discussão feia. Do nada ele mostrou uma sinistra tatuagem de leão que carrega no corpo.

– Natan vá com calma. Você não está sendo sensato.

– Lauren escute. Ele disse com todas as letras que estou em perigo. Que vai fazer de tudo para me destruir. Estou com medo que ele possa fazer mal as pessoas que amo.

Ela fez um sinal para o motorista nos colocar em movimento. O carro ia sem destino enquanto Lauren usava o telefone. Eu ouvia o som de chamadas, mas ninguém parecia atender do outro lado da linha.

– Para quem está ligando?

– Xiiii!

Ela ligava e antes que alguém atendesse, desligava. Eu conseguia ouvir três chamadas e em seguida ela desligou outra vez. Esperava alguns minutos e repetia o processo. Até que o telefone dela iluminou-se ainda em suas mãos.

– Sim, sou eu. Eles o acharam e você vai precisar intervir.

Lauren ficou uns minutos ouvindo enquanto eu apenas ouvia uns sussurros que vinham do aparelho colado a sua orelha.

– Entendo. Faremos assim, então.

Ela tinha uma cara séria quando virou para mim, jogando o telefone dentro da bolsa.

– Vamos adiantar sua viagem a Praga.

– O quê? Você não ouviu o que eu disse? Minha família está em perigo. Eu não dou a mínima para o que a Supremacy quer. Preciso de ajuda para protegê-los.

– É isso o que terá. O único modo de obter proteção é cumprindo sua missão em Praga. Até lá faremos o possível para conter as ameaças.

– Quem era ao telefone? Azhym? Eu queria falar com ele.

– Não, o senhor Azhym está com alguns problemas na Turquia e fui direto à pessoa que um dia será o seu último anfitrião. Ele irá garantir que nada aconteça com sua família, mas só você pode se proteger.

Lauren tinha a voz trêmula e um semblante vago, pensativo. Parecia contrariada com as ordens vindas da pessoa no telefone ou por não estar autorizada a dar mais explicações.

– Natan, você já leu sobre os Leões Negros, certo?

– Claro que sim. São os criadores das linhas negras, as chamadas Black Lanes.

– Exato. Acredito que este homem do seu trabalho seja um.

– O que teria uma coisa a ver com a outra?

– Nossa organização tem inimigos poderosos que têm por missão principal arruinar nossos planos. Não duvidaria que ele fosse uma dessas pessoas colocadas perto de você para eliminá-lo do treinamento. Você lembra da Maud, não lembra?

As palavras dela começavam a deteriorar minha confiança na Supremacy. Eu sabia dos tais Leões Negros, mas achava que eram apenas outra linha de aprendizado na Ordem. Não tinha lido nada no livro de receitas que indicasse que éramos inimigos de vida e morte.

– Lauren, você precisa me contar tudo que sabe sobre esta gente e parar de evitar o assunto do meu gênio.

– Quando tivermos mais tempo prometo que falaremos. Os boatos a seu respeito têm crescido por todo o canto e precisamos nos comunicar com mais segurança. Vou deixar você na porta do curso de inglês. Assim não damos nas vistas de ninguém. Natan, tenha cuidado com este Fernão, é provável que ele seja um recém-iniciado, porque os Leões Negros não podem se revelar assim. É contra as regras deles, entretanto, deve existir um motivo forte para ele ter feito o que fez. De qualquer maneira, vamos passar por isso juntos, não se preocupe.

Fiquei tão nervoso que nem lembrei que Tessa estava no trabalho. Só quando Lauren parou em frente ao curso de inglês, eu me toquei.

– Temos que voltar. Tessa está no trabalho, esqueci que ela agora trabalha.

Minha orientadora ordenou que o motorista nos levasse de volta e forneceu de memória o endereço da empresa onde minha esposa trabalhava. Eu deveria mudar minha postura dali para frente. Ativar o modo carioca de ser com todos à minha volta. Não poderia mais viver relaxado e influenciado pelo clima europeu. A temporada de caça estava aberta.

– Nos falaremos em breve. Fique perto do seu telefone.

O veículo arrancou já com o sol quase se pondo. Fiquei à espera no único ponto de ônibus onde Tessa apareceria quando saísse. Tive tempo para refletir sobre minha conduta dentro e fora da empresa, até que ela surgiu caminhando ao lado de uma outra mulher.

– Amor? O que está fazendo aqui?

– Fui visitar uma loja com o chefe e por ser final do expediente ele me liberou. Como o caminho de volta passava por aqui resolvi fazer uma surpresa.

– Que delícia te encontrar assim. Esta é a Sofia. Ela trabalha comigo e também começou, faz alguns dias.

Cumprimentei a moça de sorriso amarelo que exalava um odor de tabaco.

– Olhe nosso ônibus está vindo. Até amanhã Sofia.

O alívio de tê-la por perto me rejuvenescia. Eu sabia que mesmo sendo um novato na Ordem da Supremacy, minha presença era a melhor maneira de protegê-la. Quando entramos em casa e ouvi a voz de famosos atores brasileiros vindo do quarto de Dona Zoraide tive a certeza que ela também estava segura, assistindo a sua novela pelo computador. Por precaução liguei para minha família no Rio e conferi se estava tudo bem com eles. Meu filho fazia a lição de casa com o auxílio da mãe que apareceu por lá de visita.

Agradeci a Deus por estarem todos bem. Orei pedindo proteção para eles, mesmo que fosse eu o causador de problemas e disfarcei mais uma vez minha preocupação sob a saudade de casa.

No dia seguinte eu era outro Natan. A noite mal dormida pensando nas ameaças de Fernão e dos leões negros, forneceram-me um semblante perfeito para deixar claro o que ele teria que enfrentar. Na entrevista com os candidatos eu mal deixei Soares abrir a boca e em cinco minutos dispensei o mais inexperiente. Com uma forte presença de espírito disse que ele não servia para o cargo abrindo a porta e pedindo que se retirasse. O segundo era um ucraniano que falava mal o português. O sotaque acentuado do idioma natal dava um ar melancólico ao rapaz e me solidarizei com ele. Eu tinha ensaiado ser duro com todo o mundo dali para a frente, mas o ucraniano me quebrou. Ao vê-lo à procura de emprego, com os sapatos gastos e uma roupa que na certa era emprestada para fazer bonito na entrevista, acabei esmorecendo.

– Muito bem. Se o meu chefe aqui aprovar, você começa na

segunda.

– Segunda-feira então, meu rapaz, traga seus documentos e faremos um mês de treinamento remunerado. Concordas? – Soares aprovou estendendo a mão para o estrangeiro.

O ucraniano parecia ter ganho na loteria quando ouviu as palavras de meu chefe e fez questão de nos cumprimentar duas vezes em agradecimento.

Feito o primeiro dever do dia dentro do meu novo estilo de ser. Fui pregar o bom estilo matador ao setor de controle de qualidade, antes mesmo de ir para a bancada. Estava bem vestido naquele dia e só faltava um paletó para acreditassem que eu era o novo dono da empresa. A moça da limpeza ao me ver chegar se retirou e não me deu chance de fazer um trocadilho sobre limpar aquele ambiente imundo. A frase ficou presa na ponta da língua. Ao fundo Fernão observava, agora com a cabeça raspada, sem barba e um olhar doentio emoldurado por um fino sorriso no rosto marcado pelo contorno dos ossos. Ele não era o primeiro maluco a cruzar meu caminho. Ficamos cara a cara e meu olfato captava um cheiro de produtos químicos saindo de suas roupas.

– Você tem amigos influentes. – Ele quebrou o silêncio, mas preferi manter a cara de fúria deixando-o continuar:

– Eu não tenho permissão para fazer mal aos seus. Talvez você não saiba, mas leões não brincam com comida.

Estava preparado para esmurrá-lo. Só precisava de um motivo para justificar meu ato depois do primeiro golpe. Não sei como, mas ninguém aparecia quando estávamos nos enfrentando. Ninguém passava pela porta aberta atrás de nós.

– Minha missão é com você, Natan. Pode ficar tranquilo a respeito dos seus parentes e amigos. Guarde sua preocupação para você mesmo e para o que eu vou fazer contigo.

Eu estava pronto para desferir o primeiro soco na base do nariz. Fazer o sangue jorrar com a quebra do osso nasal e o rompimento das micro artérias. Cheguei a estalar os dedos quando apertei o punho fechado, mas não consegui atacar. Uma pressão puxava-me para trás evitando que eu explodisse em fúria. Podia jurar ter ouvido murmúrios no meu ouvido, dizendo para sair dali. Eu conhecia aquela intuição desde de pequeno e graças a ela escapei de grandes encrencas. Resignei-me e dei as costas ao inimigo, me retirando da sala antes que perdesse a cabeça.

– Então é isso? Toda essa pose para sair encolhido e sozinho.

Ele desdenhava com uma gargalhada forçada e quando percebi a raiva escapou do meu controle em uma frase seca:

– Eu nunca estou sozinho.

Virei a tempo de ver seu sorriso murchar. Não sei o que ele viu naquele instante, mas fiquei tão assustado quanto Fernão, ao perceber que algo falou através da minha boca. Disfarcei para que ele não percebesse meu receio e me retirei da sala sentindo os espasmos do meu braço devido as lesões de esforço repetitivo. O som não identificado que ouvi na voz do meu gênio tempos atrás, voltou no fundo dos meus pensamentos, latejando. Procurei me acalmar buscando refúgio no banheiro antes de iniciar o dia com meus estagiários.

Por quase toda a semana não tive outro contato direto com Fernão. Nos evitávamos e nossas batalhas eram travadas à distância. Na sexta-feira Lauren enviou uma mensagem dizendo que tinha novidades e precisávamos nos ver.

Ela tinha sobre o colo uma mala prateada e fiquei receoso ao ver que ela mandou o motorista sair do carro antes de mostrar o conteúdo. Pensei até que fosse uma bomba e era só o que faltava, ser um terrorista dentro daquela organização que a cada estágio se mostrava mais perigosa.

– Tenho aqui três itens essenciais a sua próxima missão. Relaxe, não é nada perigoso.

Ela parecia ler meus pensamentos de vez em quando.

– Tem certeza que a missão número um foi bem-sucedida? Não sei porque mas tenho minhas dúvidas quando penso sobre isso.

– Natan, nós já falamos sobre isso. E além do mais, as missões demoram meses para ter todas as conexões prontas e cumprir seus objetivos. Não se preocupe, o importante é que você passou. Daqui a um tempo, quem sabe você esteja pronto para descobrir por si mesmo quais foram os resultados dos seus atos.

Eu tinha receio sobre o significado daquela última frase. Lembrei do meu pai dizendo quando eu era criança que aqueles que andam com porcos comem farelo no jantar.

– Aqui, preste atenção no que vou explicar.

– O que tem nestes frascos de vidro escuro? – Perguntei apontando com o dedo.

– É um composto que você deve ingerir uma vez por semana. Misture uma colher deste produto em um líquido. Pode ser água, suco, chá, porém nunca coloque em bebidas que contenham gás, como por exemplo, refrigerantes.

– O que acontece se eu beber com suco e dez minutos depois beber uma água tônica? Não vou explodir não, né?

Era raro arrancar um sorriso dela, mas fui tão espontâneo que ela deixou escapar um segundo de descontração.

– Não seja estúpido. Não acontece nada e este é o problema. O gás usado nas bebidas corta o efeito do composto.

– Que efeito?

– Este é um tipo de medicamento usado pela elite militar de certos países. Vai ajudar você a ficar menos sujeito a doenças e contaminações. É uma espécie de vacina de largo espectro. Se possível inclua nas bebidas de sua esposa também, mas evite dar para a mãe dela.

– Você sabe que Tessa é alérgica a um monte de coisas, tem certeza que isso não vai fazer mal?

– Não vai, não. Fique tranquilo. Claro que se você notar qualquer complicação deve suspender o uso, mas tenho certeza que vai correr bem, vocês não são os primeiros a consumir.

– E quanto a minha sogra?

– É inofensivo. A estrutura molecular deste produto só é ativa no metabolismo de pessoas com menos de cinquenta anos. Quando digo para evitar incluí-la é para não desperdiçar. Tome, pegue a prescrição sobre como fazer as dosagens.

O frasco não era muito grande, mas eu já tinha um plano para usar o medicamento sem ser notado. Apesar de ser comum beber água direto na torneira em Portugal, Tessa e eu preferíamos comprar as engarrafadas no mercado.

– Certo, agora este frasco menor é outro remédio. Este é para o caso de uma urgência.

– Você disse que eu estava seguro com a minha família. O que você quer dizer com urgência?

– Calma, posso garantir que estão fora de perigo. Este comprimido é para o caso de você precisar encobrir uma saída.

O encontro daquela tarde parecia um laboratório portátil de espiões e por um lado eu estava curioso para ver meus novos brinquedos em ação.

– Seria muito pedir para explicar melhor? Que tal um exemplo?

– Ah! Natan, às vezes não sei como escolheram você. Juro que não.

Foi minha vez de fazer uma careta debochada.

– Imagine que você está em casa e sua sogra ou esposa encontra estes frascos de remédios! Como você vai explicar? Dá para ver que não é remédio para ratos.

– Sei lá, não pensei nisso ainda.

– Pois é, nós pensamos. Este comprimido aqui se ingerido vai proporcionar uma soneca de dezoito horas e de brinde cria uma ruptura no sistema nervoso da pessoa fazendo-a esquecer as últimas três ou quatro horas de quando estava lúcida.

– Uau! Agora sim começamos a brincar.

– Alexandre Natan. Isso é sério e sua vida pode depender disso. Não arrisque.

Confirmei com a cabeça enquanto esticava o pescoço para ver o que sobrara dentro do acolchoado da mala.

– E esse cartão aí?

– Este será o seu passe para a missão em Praga. É um chip de telefone celular. Será através dele que receberá o que precisa para sua segunda tarefa. Depois de instalado no seu aparelho, vai funcionar até o momento que o retirar. Cuidado porque, quando retirado ele perderá todas as conexões internas e nenhuma tecnologia deste mundo obterá as informações que trafegaram por ele. Não haverá segunda chance, não existe margem para erro.

– Entendi. Mas ele não vai se auto destruir no meu bolso não né?

Desta vez minha piada não teve graça e ela prosseguiu me ignorando.

– Bem acho que é tudo. Guarde aí na sua mochila e tenha cuidado.

– Tudo certo Lauren, mas falta um detalhe, ou melhor três. Como vou viajar para a Republica Tcheca se ainda não tenho meu visto de residência? Também não tenho grana e não falo inglês, nem tcheco.

– Eu sei que parece loucura, mas acredite em mim. Estas coisas já foram providenciadas e em breve chegarão a você.

Ela fez uma cara que bloqueou qualquer tentativa de argumento da minha parte.

– Me deixe na porta do curso de inglês então, por favor. Pelo visto vai ser mais útil do que imaginava.

Lauren sabia que eu estava afoito com as novidades. Não era o seu primeiro aprendiz com certeza, mas ela parecia confiante que eu daria um jeito de lidar com a situação, de uma maneira ou de outra.

– Boa aula.

Ela se despediu e agradeci ao motorista anônimo que nem olhou para mim. Peguei fôlego para enfrentar mais uma aula, enquanto minha orientadora desaparecia com outro carro de modelo extravagante, pelas ruas de Carcavelos.

O final de semana foi com muito sol. Eu e Tessa aproveitamos para ir à praia tirar o mofo. Morávamos tão perto que dava para ir andando. Carioca sente falta de praia, não interessa em que parte do mundo ele está. O mar revigorava nossas forças para lidar com o dia a dia. Andar pelo calçadão clareava a nossa perspectiva quanto ao futuro.

A pauta da conversa não poderia ser outra que não o trabalho dela. As novas amizades, a supervisora malandra, também brasileira, que deixava tudo nas costas dos empregados. Os rotineiros tópicos corporativos que eu quase tinha esquecido que existiam.

Tessa estava bem e só falava sobre os bastidores da prestadora de serviços aéreos. Como funcionavam os processos sobre aeronaves, a relação com os aeroportos espalhados pelo mundo e com os passageiros. Bagagens perdidas eram o ponto alto do seu dia, mas por hora ela estava radiante com as novidades que aprendia. Dona Zoraide ao contrário, sentia nossa ausência em casa e passava a maior parte do dia trancada no próprio quarto vendo novelas e telejornais brasileiros, através do pequeno computador que arrumei para ela. Minha sogra reclamava que na programação portuguesa o assunto era sempre o mesmo e que não aguentava mais ouvir falar de austeridade e crise econômica.

Tessa me disse que a mãe estava desgostosa com Lisboa. Dona Zoraide reclamava por não entender direito o que os portugueses falavam e a dificuldade em obter transporte adequado para pessoas de sua idade a deixavam incomodada. Ir de Carcavelos a Lisboa só de táxi. Mesmo os teatros e cinemas eram repletos de escadarias e muitos sem acesso especial para pessoas com pouca mobilidade. Minha esposa acreditava que cedo ou tarde, a mãe se mudaria para a Alemanha em definitivo, onde estaria mais à vontade.

Lembrei da nossa chegada em Portugal e os planos utópicos de montar um restaurante de comida brasileira ou um pequeno hotel. Talvez um dia no futuro eu conseguisse abrir uma porta do sol para alguém importante que proporcionasse uma chance de realizar aquele desejo. Ainda não tinha ideia de como fazer uma porta do sol, mas meu sexto sentido dizia que estava na trilha certa.

Eu tinha Tessa nos meus braços, sentado no banco frio enquanto o sol se desfazia fraco no horizonte de inverno. A vontade de contar sobre a vida dentro da Ordem fazia eu me sentir culpado, tentando compensá-la com todo carinho que tinha. Eu ainda não tinha sinal verde para incluí-la de fato naquela confusão, a aposta seria muito alta. Ela por sua vez, não perguntava a respeito, mesmo quando suspeitava das minhas atitudes. A todo momento ela demonstrava sua cumplicidade e isso era tudo que precisava para seguir adiante.

CAPÍTULO 25
A CIDADE DAS CEM CÚPULAS

Minha bancada estava cheia de estagiários e precisei me espremer entre as cadeiras. Levi e Renato já trocavam conversa com o simpático ucraniano que buscava integrar-se sobre os procedimentos do trabalho.

Aproveitei as férias do engenheiro Marcos e instalei Levi na bancada dele. Na próxima semana seria a vez de Renato mostrar como atuaria sozinho e com isso poderia ter o meu novo amigo de sotaque carregado bem ao lado para mostrar o que sabia sobre computadores.

– Nikolay, não é isso?

– Sim, senhor Alexandre Natan. Sim, senhor.

Os demais funcionários fora da minha equipe sussurravam às escondidas, observando o meu time de estrelas internacionais.

– Atenção pessoal. – Esbravejei para que todos sem exceção parassem o que faziam.

– Este é Nikolay, nosso novo colaborador. Ele estará sob treinamento e a meu cargo, portanto ajudem-no como se estivessem ajudando à minha pessoa. Aos que não são simpáticos a ideia de mais um estrangeiro entre vocês, quero deixar claro que ele é minha responsabilidade.

As pessoas entenderam o recado e perceberam que se o prejudicassem teriam que se ver com o brasileiro que estava em vias de virar chefe do departamento.

O novato gostou da iniciativa e retirou da sua bolsa um conjunto de ferramentas. Ele estava ávido para começar, mas antes eu precisava conhecer a pessoa por trás daqueles óculos grossos, remendados com fita branca em uma das hastes. Batemos um longo papo sobre suas origens, como ele havia chegado em Portugal e suas experiências anteriores. Cheguei a me identificar com o homem de quase quarenta anos de idade, longe de casa e da família, desesperado por um emprego. As histórias transmitiam um passado sofrido e mesmo com alguma dificuldade para entender certas palavras, montei seu perfil profissional. Ele tinha duas universidades concluídas e um PhD em eletrônica digital.

Imaginei se aquele estrangeiro não seria uma versão menos bem-sucedida do Natan. Um que não tinha o apoio da Tradição. Enquanto ele procurava as palavras corretas do português para compor as frases, me questionava até onde Deus tinha aberto meus caminhos e qual era o limite entre sorte e suporte.

Antes que Nikolay terminasse, o chefe Soares surgiu falando ainda mais alto que eu para conter a atenção de todos.

– Atenção time, atenção equipe.

Ele precisou ordenar que parassem o que estavam fazendo, antes de iniciar seu comunicado.

– Quero anunciar que acabamos de firmar um contrato de centro credenciado com a White&Patterson. Acredito que todos conheçam a WP, pois é uma das maiores empresas do setor de tecnologia.

As pessoas aplaudiram a novidade que desde meu início na empresa estava em negociações. O chefe dava a notícia como se fosse o apresentador de um programa de prêmios.

– E mais. Sim tem mais. A WP quer que sejamos os únicos representantes de sua marca em todo Portugal e vai nos treinar para isso. Selando esta parceria, nos foi oferecido um treinamento de três dias na sede da empresa deles, com todas as despesas pagas para três pessoas, dois técnicos e um administrativo.

As pessoas se empolgaram com a possibilidade de uma viagem grátis e de maneira nada discreta, se amontoaram a frente. Expondo-se ao máximo, na expectativa que fossem escolhidas.

– Não quero ser injusto com ninguém, mas lutei meses por este contrato e acho certo que a vaga do administrativo seja minha. Também acho importante um técnico sênior tomar conhecimento sobre como nossos procedimentos mudarão daqui pra frente. O engenheiro Marcos, que é nosso colaborador mais antigo, portanto irá comigo.

A equipe de vinte e quatro pessoas ainda tinha esperança de ver um de seus nomes anunciados como se aguardassem a revelação dos números da loteria.

– Continuando, não é segredo que gosto mais de uns e menos de outros. Por isso deixei a responsabilidade com os patrões.

Soares era conhecido por ser franco. Muitas vezes era até mal interpretado com suas frases sinceras demais.

– Disseram que deveria premiar com esta oportunidade, um engenheiro que mostrasse seu valor tão bem quanto os valores de nossa companhia. Foram categóricos ao afirmar que os números sobrepõem qualquer boato. Bem, eu não preciso anunciar o nome porque todos sabemos quem é o nosso recordista em consertar equipamentos. Alexandre Natan, não fique aí escondido. Tu és o terceiro e vais conosco a República Tcheca, para a sede da WP em Praga. Parabéns.

As pessoas aplaudiam meio sem vontade, apenas para não deixar o chefe sem plateia. Eu ainda estava sentado ao lado do meu novo estagiário, procurando assimilar a informação. Nikolay, Levi e Renato davam tapinhas nas minhas costas, seguidos de repetidos parabéns. Levantei a mão agradecendo a oportunidade e confirmei que podia contar comigo.

– Enviarei o e-mail com os detalhes para você ainda hoje. Sei que mantém contato com o engenheiro Marcos, por favor melhore as férias dele com a notícia.

Decerto as pessoas acreditavam que estava esnobando por ter sido escolhido, com minha atitude natural, mas eu estava era embasbacado com o alcance da Supremacy. As palavras de Lauren cumpriam-se à luz do dia, na presença dos mais incrédulos e em algumas semanas eu estaria viajando para o leste europeu.

Em casa, contei a novidade e Dona Zoraide ficou empolgada. Me alugou por horas contando sobre a cidade das cem cúpulas, segundo ela, como Praga era conhecida, devido a majestosa arquitetura. Falou que há trinta anos esteve por lá e que apesar das ruas serem um tanto perigosas para os turistas, mereciam uma visita. Tessa me deu um longo beijo para comemorar aquele que parecia ser um marco incontestável do meu progresso na empresa.

– Quem diria, hein? De Piabetá para a República Tcheca.

Ela zombava enquanto pegava seu casaco.

– Comida chinesa para celebrar. – Ela sentenciou.

Mais tarde, depois do jantar, tratei de deixar minha orientadora a par do ocorrido, mesmo sabendo que ela já estaria por dentro de tudo. Agora era esperar as semanas passarem. Me dedicar ao inglês e às regras da Ordem para ter sucesso na missão. Na minha cabeça o tabuleiro de xadrez estava pronto e o primeiro movimento executado.

Por algum motivo Lauren não respondeu às minhas mensagens nas semanas que antecediam a viagem e por precaução decidi levar, junto com o chip de telefone, também o sonífero.

O hotel ficava na cidade nova, um pouco afastado do centro antigo, porém bem próximo da sede da WP. Chegamos no finalzinho do dia, com Um fino nevoeiro que parecia envolver os prédios da cidade. Uma atmosfera vampiresca, a ponto de fazer a imaginação perder os limites. Por segundos pensei na minha viagem a Belo Horizonte, também para fazer um treinamento e o impacto que ocasionou na minha vida. Meus dois colegas de trabalho pareciam maravilhados com as luzes que começavam a se acender nos letreiros escritos em tcheco.

Passaríamos três dias lá, porem só na tarde de sábado é que retornaríamos para Portugal. Soares ficou em um quarto só para ele, alegando que seria impossível um de nós dormir com seus roncos. Marcos e eu ficamos em um quarto duplo.

Da janela eu via ao longe a cidade toda iluminada e um sentimento confiante animou meu espírito. A Supremacy era uma realidade e estava na hora de assumir o controle. A Ordem, até então, tinha cumprido com o prometido e senti a responsabilidade de fazer minha parte.

Pela manhã os agradáveis dezesseis graus permitiam usar menos camadas de roupas. Nos identificamos na entrada de um prédio moderno, construído sob medida para a WP. A tecnologia estava por todo lado, desde as portas com sensores de presença, a vidraças que escureciam sozinhas, regulando a quantidade de luz no interior do ambiente. Nos elevadores as pessoas circulavam com seus computadores portáteis como universitários que carregam seus blocos de notas.

Uma moça simpática nos conduziu até o auditório onde outros participantes e os treinadores aguardavam. Dali em diante foi a mesmice de todo treinamento profissional.

Os participantes se apresentaram um a um, à exceção do meu chefe que fez questão de nos tomar a oportunidade, falando por nós. O inglês dele era bom e tanto eu como Marcos deixamos que ele assumisse o posto. No meu caso em específico, fiquei agradecido. Não queria fazer feio na frente de ninguém. Consegui terminar o nível básico do curso de inglês em Portugal, mas o que sabia falar seria o mínimo para não morrer de fome se ficasse perdido. Só então me dei conta que o curso seria todo ministrado naquele idioma.

Não era a primeira vez que acontecia. Quando trabalhei para o banco no Brasil, passei por algo semelhante. O gerente geral precisava de alguém que fosse da área técnica, mas que também conhecesse as burocracias dos contratos e a cultura do sistema bancário. Fui selecionado de supetão, duas horas antes do curso iniciar. Na pressa fui informado que seria apenas uma palestra.

Fiquei mais de doze horas trancado com um especialista de Telecom que viajou da Bélgica, exclusivamente para ensinar sobre a nova tecnologia. Para aumentar o desafio, ele não falava inglês, e contava com um americano que também não falava português para traduzir suas palavras. Uma verdadeira torre de Babel.

O resultado foi um curso inteiro através mímicas e desenhos. Por sorte treinamentos de eletrônica e informática seguem o mesmo padrão, com termos internacionais para sinalizar os procedimentos genéricos. No fim o belga elogiou a determinação brasileira e aprendi o suficiente para garantir o contrato.

O meu plano era fazer o mesmo em Praga. Eu anotava as palavras que entendia e no resumo geral conseguia captar o assunto.

O dia foi massacrante. Quando saímos do curso, Marcos e eu parecíamos dois drogados, perdidos entre as anotações. Soares queria aproveitar a luz do dia e fomos explorar as maravilhas da cidade velha. Praga apresentava-se com ruas repletas de histórias, ansiosas para serem vivenciadas. As vielas que cortam a cidade, se contorcendo em becos, assustava meus amigos, mas eu era carioca e quem já andou por favela, não tem medo de andar em nenhum outro lugar do mundo.

De loja em loja e um tanto perdidos, admirávamos as atrações que surgiam. Da minha parte estava curioso para ver o relógio astronômico que tinha mais de seiscentos anos. Uma verdadeira maravilha encravada em um prédio medieval no centro da cidade onde a cada hora cheia os bonecos que adornavam a torre do relógio iniciavam uma apresentação. Tessa tinha preparado um guia completo com todos os pontos interessantes e uma extensa explicação histórica sobre cada um deles. Apesar disso, nos desviamos em uma das ruelas e a atração ficou para o dia seguinte.

Entre uma parada e outra, usei o banheiro de um restaurante enquanto meus amigos procuravam no cardápio, algo bom e barato para nosso jantar. Sozinho no lavatório, coloquei o chip da Supremacy no telefone. Confirmei se o volume estava no máximo e por segurança, também o deixei pronto para vibrar quando recebesse qualquer mensagem ou chamada. A bateria estava no máximo uma vez que tinha deixado para carregar durante o curso.

Entre canecos de cerveja repassamos os assuntos do primeiro dia na WP. Marcos e o chefe discutiam as melhores formas de lembrar o treinamento quando estivéssemos de volta a Lisboa e terminamos nossa noite ali.

A comunicação era escassa e tanto eu, quanto Marcos, pegamos o *tablet* do chefe por alguns minutos para falar com a família via internet antes de nos recolhermos em nossos quartos. Em rápidos minutos matei a saudade de Tessa, que atendeu no meio do seu jantar, ao lado de Dona Zoraide. Aproveitei para avisar que só voltaria a contatá-la na sexta-feira, uma vez que meu telefone não funcionava e a internet do hotel era cobrada à parte. Apesar do último episódio com Fernão Patrício, me sentia menos preocupado por saber que tinham uma à outra. Além do mais confiava que Lauren tivesse alguém de olho nelas.

O segundo dia foi bem mais agradável para todos, primeiro porque eu não era o único a falar um mísero inglês e segundo porque, o que todo engenheiro, técnico ou curioso de eletrônica gosta de fazer, é meter a mão na massa. O curso passou à parte prática com montagem e desmontagem de modelos de equipamentos ainda não lançados no mercado pela WP. A novidade em primeira mão deixou a todos afobados como crianças na véspera do natal.

Ao fim do segundo dia o instrutor anunciou que tinha duas notícias. A primeira que seríamos liberados ao meio-dia da sexta-feira. Todos vibraram porque decerto desejavam conhecer um pouco mais de Praga. A segunda me deu um frio na barriga. Seria preciso fazer uma prova sobre nossos conhecimentos adquiridos no curso. Marcos franziu a testa e chamou pela ajuda de sua santa protetora. Me escondi sob a demonstração de insegurança do meu colega e o confortei com palavras de incentivo.

Eu sabia que responder a um exame em inglês seria um problema sério para mim, mas transparecer insegurança como ele fez, não ajudaria em nada. O chefe também ficou balançado com a notícia, mas poder conhecer a cidade e seus mistérios estava à frente de suas preocupações. Aquele homem era um visionário e tudo em que punha os olhos lhe dava ideias. Tinha um dom para transformar coisas do dia a dia em casos de sucesso. Muitos na empresa não o compreendiam e o tinham como uma pessoa de temperamento complicado, difícil de lidar. Para mim o segredo era deixá-lo viajar nas suas utopias e auxiliá-lo a separar o que poderíamos aplicar de fato, dos delírios de um apaixonado por vídeo games e tecnologia.

Saímos do curso direto para a gandaia da cidade velha e desta vez fomos direto conhecer o famoso relógio astronômico. Chegamos bem na hora em que o show dos bonecos tinha acabado. O engenheiro Marcos andava mais devagar que minha sogra e a cada cem metros reclamava. Meu chefe sofria da mesma obsessão que Tessa. Fazia fotos de tudo que passava a sua frente. Acho que só do imenso relógio ele fez umas mil fotos, mesmo tendo o dia nublado, ofuscando a luz natural.

– Natan, fique aí que vou fazer uma fotografia sua.

Posicionei-me entre outros turistas e fiz uma careta para zombar de meus amigos de trabalho. Aquela foto iria para o mural do laboratório onde todos passavam e viam as notícias da semana. Seria uma doce forma de cutucar meus rivais.

Fotografamos uns aos outros e pedimos a um turista italiano que fizesse uma de nós três juntos. A certa altura decidimos ir comer no mesmo restaurante da noite anterior, já que eu tinha gostado da cerveja, Marcos da comida e o chefe do preço. Por incrível que parece e por mais difícil que sejam os idiomas ao redor do mundo, sempre encontramos compatriotas nos mais diferentes lugares e quando o garçom percebeu que falávamos português, fez questão de se aproximar.

Nos cumprimentamos todos, porém Marcos, desconfiado, ressaltou que éramos portugueses. Fiquei orgulhoso e agradecido por ter sido incluído naquele pequeno gesto, como um dos seus. Aquele pensamento era o que separava os vencedores dos atrasados no departamento da empresa.

Brindamos quando a cerveja chegou e festejamos, falando da beleza das mulheres tchecas. A comida leve nos ajudou a narrar episódios engraçados de nossas vidas profissionais e pessoais. O melhor de um treinamento profissional sempre foi a oportunidade de estreitar as relações interpessoais. Depois daquela noite nos tornamos três engenheiros que compartilhavam, além dos manuais técnicos, um momento de nossas trajetórias.

No hotel, percebi que havia esquecido do meu telefone. Conferi a tela e tive uma síncope quando vi a mensagem de uma ligação perdida. Me tranquei no banheiro do quarto e liguei o chuveiro como se estivesse no banho para evitar qualquer suspeita por parte do meu colega que já começava a roncar na sua cama, mesmo com a TV ligada e as luzes acesas.

– Não pode ser.

Não havia mensagem de voz, nem de texto. Não havia sequer

uma segunda chamada, nada. Apenas um aviso de chamada perdida que revelava uma sequência de números quando eu pressionava o botão de detalhes da chamada.

Tentei manter a calma. Talvez se ligasse de volta para o número do visor teria uma segunda chance. Arrisquei, mas a chamada não completava, informando em inglês que o número estava incompleto ou era desconhecido.

Não deixaria minha chance passar daquela maneira. Falhar não era uma opção. Tudo que precisava era receber uma mensagem através daquela ligação. Pensei no que Lauren disse quando anunciou a tarefa. Em momento algum ela disse que eu teria apenas uma chance de receber a chamada. Ela tinha alertado sobre não retirar o chip do telefone, mas nada sobre receber apenas uma ligação. Implorei a Deus que não me deixasse falhar com aquela oportunidade. Enquanto rezava, andava de um lado para o outro no apertado banheiro.

Me despi e entrei na água gelada à procura de uma solução. Fiquei tanto tempo no chuveiro que meus dedos começaram a ficar enrugados.

– Já sei. – Pensei em voz alta.

Desliguei o registro da água tremendo de frio e depois de me enxugar peguei o telefone mais uma vez. A hora da chamada perdida indicava que estava na frente do relógio astronômico quando ligaram.

– É isso. Só pode ser. Amanhã preciso voltar lá.

Falei para mim mesmo, mantendo a esperança de uma segunda chance, mas no fundo sabia que tinha falhado com a Ordem.

O sono, o desespero do meu fracasso, os pensamentos sobre a prova do dia seguinte, a saudade de Tessa e as ameaças de Fernão se misturaram implodindo minha esperança de sucesso. Demorei horas para dormir e nem mesmo os roncos que vinham da cama de Marcos, do outro lado do quarto, dispersavam meus pensamentos.

Na manhã seguinte, eu olhava para a tela do pequeno laptop com as perguntas de múltipla escolha e tentava lembrar o significado dos termos técnicos para quem sabe, conseguir me aproximar da resposta correta por eliminação. Faltava apenas uma hora para terminar o exame e só tinha respondido duas questões, mesmo assim, cheio de dúvidas se estariam corretas. Soares foi o primeiro a acabar e trocava ideias com os funcionários da WP que organizaram o curso, certamente garantindo bons acordos com seu carisma forçado.

O pensamento sobre a falha na missão ainda me assombrava e complicava ainda mais o raciocínio. Marcos, sentado à minha diagonal, parecia ter finalizado o exame e gastava tempo analisando os detalhes do laptop que a WP nos emprestou para fazer a prova. Fechei os olhos e tentei evitar que os pensamentos negativos turvassem as respostas. Concentrei tanto que consegui ouvir bem no fundo, meu gênio repetindo aquele som outra vez.

Parei de ler as questões e respondi de forma aleatória em poucos segundos. Entreguei o pequeno computador ao instrutor e o agradeci em inglês pela oportunidade. Eu tinha uma gigantesca possibilidade de ter fracassado com meu propósito principal e não seria aquela prova que mudaria o destino. Com vinte minutos para acabar o exame, Marcos entregou o dele e foi o penúltimo a sair da sala para juntar-se a nós, no café de comemoração pelo fim do evento.

– Difícil a prova? – Perguntei a espera que ele me salvasse do vexame total.

– Eu acho que não fui mal, mas teve umas duas ou três perguntas que fiquei pensativo, pá. Acho que acertei o suficiente para não ter jogado o dinheiro da empresa pelo ralo.

Marcos sem querer me deu ainda mais preocupações. Se eu não passasse seria um prato cheio para Fernão e sua turma.

– O resultado vai direto para o meu e-mail quando concluírem as burocracias do contrato.

– Pá! Que drama é este chefia? Assim fico a me coçar todo. – Marcos parecia mesmo nervoso pelo resultado, até mais que eu.

– Olha, que tal aproveitarmos o dia e curtir mais um pouco da cidade? Tem um castelo interessante para visitar. – Eu sugeri preparando uma estratégia.

– Natan, não quero andar, pá. Estou com as pernas a me matar de tanto que caminhamos nestes dois dias. Além disso a cerveja deu-me uma dor de cabeça do caraças. Sabes como é, um gajo começa a ficar velho e tem dessas coisas.

Marcos quase arruinou meus planos que na verdade serviam para nos obrigar a passar pelo relógio outra vez e permitir uma nova tentativa de contato com a Ordem.

– Tudo bem então. Vamos ver o que o chefe quer fazer. No final é ele quem decide, certo?

– Sim, Natan, eu queria mesmo falar com vocês dois sobre isso.

– Diga, chefe.

– Os instrutores e umas pessoas da diretoria nos convidaram a celebrar com eles o fim do treinamento e a nova parceria, mas pelo que entendi seria algo só para administrativos, entendem?

– Como assim? Eles nos vetaram?

– Não vetaram diretamente, mas ficou nas entrelinhas e acho que sei o porquê. Creio que eles desejam estender nuances do contrato e a participação efetiva da nossa diretoria no negócio. Vocês dois não têm como ajudar neste ponto então, tomei à frente para servir de ponte entre eles e a nossa empresa.

Marcos recostou na cadeira com a cara de quem já esperava que nosso líder fosse aprontar a certa altura.

– Chefe, na boa, vai lá e detona com eles. Garante esta parceira, porque acho que não fui bem na prova.

– Nem eu. Acho que meti os pés pelas mãos com o inglês.

Marcos sem querer me ajudou.

– Não se preocupem com a prova. Eles disseram que é apenas rotina e a pontuação não conta de nada. Sabem como são estas empresas grandes.

Um peso saiu dos meus ombros.

– Olha, vamos fazer assim. Saímos agora para a cidade que quero voltar ao relógio com luz do sol para umas fotos e também para comprar um miminho para minha esposa. Aqui tem uns cristais incríveis e a ótimos preços. Se não der tempo de comer, deixo um valor com vocês em dinheiro e ficam os dois à vontade por aí. Só não vão arrumar problemas indo a casas de luz vermelha. Por favor, não quero ser eu a dar más notícias a vossas esposas.

Marcos ficou corado quando o chefe mencionou a opção de uma noite mais audaciosa, mas pareceu gostar da ideia, mesmo com as pernas doloridas.

– Tudo bem, então. Estou de acordo.

– Por mim está perfeito, desde que não andemos muito. – Insistiu Marcos.

– Pois estamos combinados, deixe-me só despedir dos gajos.

A paixão do chefe por fotografias estava para me salvar. Não que eu fosse puxa-saco, mas conhecer o perfil das pessoas ajuda quando as opções são limitadas. Além do mais eu sabia que se ele fosse bem-sucedido no contrato com a WP, minhas chances de assumir o laboratório estariam garantidas.

Uma multidão envergava o pescoço na direção do alto da torre.

O Orloj, como era chamado o relógio astrológico, estava prestes a bater exatas quinze horas da tarde. Os ponteiros e os símbolos Schwabacher, os mesmos encontrados no manual de descodificações da Tradição e no livro de receitas, marcavam o tempo brilhando na cor dourada, sob o fundo colorido. Logo abaixo, um segundo relógio marcava o tempo astral, representado pelas casas do zodíaco. Eu tinha certeza que o Orloj, de alguma maneira, estava ligado com a Ordem.

Todos estavam ansiosos pelo início da apresentação onde as pequenas esculturas de madeira, ficariam em movimento enquanto o sino principal estivesse soando.

Uma angústia me fez suspirar com dificuldade e me peguei esfregando o próprio pulso a procura do desenho que meu filho fez, as vésperas de sair do Brasil.

Desvencilhei-me dos pensamentos nostálgicos e com meus amigos de trabalho fiquei na expectativa. Sem aviso, um homem todo vestido de vermelho sacudiu uma sineta de metal no topo da torre e em seguida recitou o que parecia um poema. Ele gritava a plenos pulmões e repetiu o gesto cinco vezes. Eu não fazia ideia do que estava sendo dito, mas logo que o homem calou, um dos bonecos em forma de caveira começou a se mexer.

O estrondo do sino ecoava por toda a cidadela e a multidão vibrava com a apresentação dos bonecos que assemelhava-se a um teatro de marionetes para adultos. Tinha o meu telefone na mão, confiante que vibraria a qualquer instante.

Quando o Orloj finalizou a apresentação as pessoas aplaudiram e começaram a dispersar enquanto Marcos e o chefe procuravam o melhor local para fazer novas fotos. Nervoso pela chamada que não surgia na tela, evitei envolver-me desta vez.

– Venha Natan. Quero uma foto nossa com esta luz.

Tentei negar, porém Marcos me arrastou para junto deles e um turista fez nossa foto. Passamos quase uma hora entre poses e caretas. Eu sem soltar o telefone que permaneceu mudo. Comecei a acreditar no inevitável. Estava fora do treinamento. Fracassado na segunda missão, da mesma maneira que outros aprendizes de Lauren. Ela tinha dito para ser cuidadoso. Bastou uma distração e deixei tudo ir por terra.

Meu chefe apontou o caminho rumo à loja de cristais e a cada metro que ficava distante do Orloj, minha esperança se convertia em frustração, em raiva por ter sido estúpido no único momento em que não devia.

Marcos comprou um par de brincos rosa claro que brilhavam feito estrelas. Eu não conhecia sua esposa pessoalmente, mas não tinha dúvidas que ela ficaria encantada com o presente. Ainda mais se fosse uma surpresa, como meu chefe esperava fazer para a própria esposa. Além disso, é raro uma pessoa que viaja a trabalho se dar o requinte de comprar uma lembrança. Em geral a atribulação não nos deixa pensar nisso. Eu mesmo já tinha viajado inúmeras vezes pelo Brasil a trabalho e nunca lembrava de comprar nada para Tessa.

Soares chorou um desconto contando uma história triste sobre a crise econômica em Portugal. Negociou de tal maneira que conseguiu uma promoção para nós três. Minhas mãos coçavam. O dinheiro não estava mais tão contado, porém eu precisava resistir. Não poderia gastar dinheiro com presentes, mesmo que Tessa ficasse maravilhada com um daqueles cristais.

De repente ouvi uma voz melosa à minha esquerda e quando dei por conta uma das vendedoras estava ao meu pé, com um olhar sedutor.

– Ela perguntou se você não vai levar nenhum? – O chefe traduziu do inglês que não compreendi.

– Ah sim, claro. Desculpe, estava distraído.

– Natan, não vais aproveitar? O preço é uma pechincha. Sei porque minha esposa vive a pedir estas joias.

– Nah! Vai ficar para outra oportunidade.

– Natan! Se o problema é dinheiro, te empresto e pagas quando puderes.

Marcos era uma pessoa com um coração enorme. Chegou a tirar o cartão e a colocar na mão da vendedora dizendo para ela embrulhar o que eu escolhesse.

– Muito obrigado meu amigo, mas vai ficar para a próxima. Nem é pelo dinheiro. Acho que minha esposa não vai gostar. Ela tem uns gostos diferentes, sabe como é.

Imaginei Tessa pulando de alegria ao receber uma surpresa daquelas. O carinho com o qual eles escolheram pensando nas esposas me fez pensar em como fui egoísta durante tanto tempo da minha vida. Meu primeiro casamento terminou e não demorei para me convencer que a culpa não era minha, apesar de ter sido, sem sombra de dúvida. Minha postura com Tessa também não era um exemplo e por muitas vezes estive à beira de perdê-la. Um fio de gratidão me ocorreu por nunca ter traído a confiança dela. Prometi a mim mesmo que quando retornasse abriria o jogo e a colocaria no lugar que merecia na minha vida.

– Bem, se não vais comprar, então, vamos andando.

Agradeci uma última vez e pegamos a movimentada rua que nos levava para uma praça secundária onde barquinhas típicas estavam montadas. Cada uma com elementos diferentes da região. Umas com frutas, outras com carnes, algumas com bebidas, tudo com um cheiro que despertava o apetite. Em uma delas havia um porco inteiro girando sobre uma enorme churrasqueira crepitante. O cheiro do tempero fazia uma fila de gulosos à frente da barraca, à espera para receber pequenas tiras da carne, servidas em pães com mostarda preta. Depois de ter provado as delícias da cozinha alemã eu sabia que seria um pecado deixar passar aquela iguaria. Comprei um para cada um de nós e Marcos providenciou alguns copos de vinho local, que mais pareciam um suco de uvas fresco, do que uma bebida alcoólica.

Sentamos à base de uma imponente estátua no centro da praça. Nosso passeio estava chegando ao fim e agora me sentia sem vontade de voltar para casa, tentava achar uma justificativa para a minha falha e quem sabe convencer Lauren e Azhym que eles não tinham perdido o tempo deles, nem os recursos investidos na minha pessoa pela Supremacy.

– Bem pessoal, vou voltar para o hotel e descansar um pouco porque a noite será longa.

– Tudo bem, chefe, boa sorte lá com os caras.

– Olhe, Natan. Tu fazes questão de ficar por aqui? Digo, porque também me caía bem esticar as pernas e descansar a cabeça, pá.

– Por mim tudo bem Marcos, não se preocupe comigo. Quem já andou pelas ruas da Alemanha não vai se perder nas ruas de Praga.

Ele deixou um sorriso torto expressar sua dúvida sobre eu saber me cuidar.

– Bem então vamos, Marcos. Natan, tome aqui. Fique com este dinheiro e cuidado, não quero ter que ligar a sua esposa para dizer que você está preso por ter bulido com uma Tcheca.

– Sob controle, chefe, mas aqui tem muita grana, não vou precisar disso tudo.

– A moeda daqui vale bem menos que o Euro, por isso não te

preocupes, nós economizamos nestes dias e afinal de contas quem está pagando é a WP, ora bolas.

– Beleza, você é quem decide.

– Vamos Marcos, senão me atraso.

Me deram um tapinha nos ombros e os dois saíram, provavelmente comentando minha audácia de ficar sozinho em uma cidade onde era um verdadeiro forasteiro. Eu queria ver os outros pontos turísticos e aproveitar o tempo sem pensar em nada, afinal se estava ferrado, pelo menos iria levar boas recordações daquela cidade e quem sabe um dia voltar ali com Tessa.

Terminei meu vinho com calma olhando a paisagem ao redor. Os prédios antigos e coloridos, a imponente estátua esverdeada as minhas costas, as pessoas com caras e modos diferentes que desfilavam pela rua. Senti orgulho de estar ali e, de certa forma, realizado, apesar do fracasso da missão. Meus pensamentos iam até Piabetá, passavam Petrópolis, Rio de Janeiro, Lisboa, Cascais, Munique e voltavam permeados com saudade de meus pais, meu filho, Tessa, Eduardo, Petra e muitos outros que ajudaram em tantos momentos difíceis.

A melancolia fez surgir no ruído da cidade uma voz e pensei ter ouvido alguém chamar meu nome. Olhei ao redor da estátua, ao longo da praça e das ruas que se conectavam, mas no meio da multidão que circulava, ninguém conhecido. Acreditei que estava fantasiando quando ouvi mais uma vez, agora mais nítido. Larguei a comida e o copo sobre o banco improvisado e peguei o telefone. Meu instinto mandou que corresse de volta para o relógio, saindo em disparada.

A quantidade de gente pela rua impedia que atingisse o máximo de velocidade das minhas pernas. Era complicado desviar de crianças, velhos, adultos e turistas que só olhavam para o alto. Acelerei o máximo que pude, mas não queria chamar a atenção de ninguém com um acidente. Eu me desvencilhava das últimas barracas, quando fui bruscamente puxado pelo braço e atirado contra o fundo de madeira de uma delas.

– Aonde você pensa que vai?

O golpe foi tão rápido e violento que minha reação foi a de proteger meu rosto. Nos primeiros segundos não pude ver quem estava a minha frente, mas aquela voz era difícil de esquecer. O cheiro de almíscar era inconfundível ao ponto dela não precisar de apresentação.

– Você?! O que está fazendo aqui?

Empurrei-a para trás e consegui me soltar, preparado para o pior. Maud usava um casaco que lhe cobria por inteiro. Na cabeça os cabelos estavam escondidos sob uma touca listrada, deixando seus olhos ainda mais atraentes em contraste com o batom vermelho sangue.

– É falta de educação responder uma pergunta com outra.

– Deixe de falsidade porque sei quem você é e o que deseja. Fique sabendo que vai ser da maneira mais difícil.

Maud caçoou do meu estilo tudo ou nada e voltou a se aproximar. Eu sentia as batidas do meu próprio coração nas veias do pescoço.

– Você não sabe de nada mocinho.

A maneira como ela projetava o corpo sobre mim quebrou as minhas defesas sem dificuldade.

– Eu vou até o relógio ver se encontro meus amigos. Eles estão a minha espera.

– Sério? Eu sei que você é um excelente mentiroso, mas esta não foi das melhores.

Eu não sabia se olhava para a boca entreaberta que revelava a ponta de sua linga tocando os dentes perfeitos ou se mantinha meus pensamentos focados para não falar besteira e entregar o verdadeiro motivo de estar ali.

– Natan. Vi seus amigos pegando o metro em direção ao hotel onde vocês estão. O mais velho inclusive lhe deu algum dinheiro e posso jurar que você pretende dizer que gastou tudo, quando na verdade só vai usar o suficiente para voltar para o hotel.

– Muita coisa mudou neste Natan que você tentou matar. Não sou mais a mesma pessoa.

– Tentei o quê?

Maud soltou uma gargalhada tão alta que fez uma senhora que passava, vir perguntar se ela estava bem.

– Seu idiota, quem te falou isso? Já sei, só pode ter sido a franco italiana pé de chinelo.

Eu sabia que ela referia-se a Lauren, porém fingi de bobo.

– Não sei a quem se refere, mas é melhor me deixar ir.

– Ou o quê Natan? Ou o quê?

Ela me espremeu contra a barraca, deixando nossos corpos separados por milímetros.

– Saia de perto de mim. – A empurrei para longe sem saber ao certo como tinha resistido à provocação do seu cheiro.

– Olha a educação, rapaz. Seu padrinho não vai gostar de saber que maltrata mulheres.

Um homem com voz de gralha chamou minha atenção, causando um susto pois não vi de onde ele surgiu.

– Quem é você?

– Me chame de T. Fique tranquilo que estamos aqui para ajudar.

– Se estão comigo tudo bem, mas quem os mandou?

– Ninguém nos mandou e não estamos com você. Estamos com Z. Ela é nossa amiga.

– Z?

– É como ela se chama, Maud Z.

Se gritasse um *help* bem alto não teria tempo para sobreviver a um ataque, talvez estivessem armados. Decidi ganhar tempo usando uma das táticas furtivas que aprendi através do Livro de Receitas da Tradição.

– Estou em desvantagem, admito, mas se estão com ela certamente não tem como ajudar em nada.

Uma segunda mulher surgiu fechando o cerco. Apresentada apenas como K, ela não me olhava nos olhos. Ao contrário, tinha a vista perdida nas pessoas que passavam à nossa volta e se dirigia a mim quase que de costas.

– Alexandre Natan, é um prazer conhecê-lo. Permita-me dizer que ouvi falar boas coisas a seu respeito e acredito que jamais ficaria em desvantagem em uma situação de perigo.

Ela falava baixo, quase num sussurro e reconheci que era dela, a voz que chamou meu nome pouco antes.

– Natan, não temos a intenção de machucá-lo, mas perceba que temos ciência de sua tarefa aqui. Também temos conhecimento que sua iniciação se dará esta noite. Por esses e outros motivos você virá conosco.

Com o sino do relógio reiniciando ao fundo, mesmo que gritasse por ajuda ninguém viria ao meu auxílio. Maud, agora um pouco mais recuada, parecia um assassino a soldo, pronto a desferir o último golpe, logo que recebesse a comando.

– Tudo bem. Aceito o seu convite, ou melhor a sua imposição, mas que seja em um lugar público. Não vou correr riscos desnecessários.

– É claro que não Natan. Se corresse não seria um Construtor.

Foi a primeira vez que alguém me chamou de Construtor e a

entonação que ela usou causou impacto no meu ego.

– Z, acompanhe-o e venha atrás da gente.

Maud demonstrava fidelidade a mulher acatando as ordens sem piscar. Ela esticou o braço e pensei que quisesse me dar a mão, mas ela enroscou o braço no meu, forçando uma caminhada lado a lado como se fôssemos um par. Cruzamos uma dúzia de ruas até um bar que passava despercebido, incrustado na parede de um prédio quase em ruínas. Ainda estávamos próximos do relógio, mas a agitação das ruas deu lugar a uma Praga deserta, típica de filmes de espionagem.

K e T cumprimentaram o segurança que protegia a porta pelo lado de dentro. Trocaram apertos de mão e só depois o brutamontes fez sinal para que Maud e eu prosseguíssemos seguindo o casal. O interior do lugar era mal iluminado, com cheiro de madeira úmida e mofo. Repleto de largas mesas com grupos de dez a quinze pessoas que conversam de forma inaudível, ao som de uma música instrumental. Se não fosse pelos canecos de cerveja diria que ali funcionava um açougue.

K tinha o corpo bem torneado e suas roupas elegantes, ainda que em cores discretas, lhe conferiam uma presença marcante ao lado do parceiro que seguia o mesmo estilo. No entanto era para Maud que todos os homens do lugar direcionavam seus olhares pervertidos. Mesmo as mulheres torciam o pescoço para não perder os detalhes na bela mulher ao meu lado. Sentei de costas para a parede, e percebi que era o único turista perdido por ali. O lugar dava a impressão de ser uma feira do submundo da cidade. Um tipo de mercado negro onde as pessoas negociavam cara a cara.

O aquecimento ligado obrigou a tirar o casaco, deixando-o pendurado em um dos vários ganchos na parede. K fez deslizar sobre o tampo da mesa cheio de riscos, uma moeda de dois euros.

– Natan, esta é para você. Uma dica do que veio fazer aqui.

– Por que você não fala de maneira clara, sem rodeios? – Enfrentei a mulher com ar mandão.

– Não posso ser mais clara que isso. Além do mais, não quero influenciá-lo.

Pequei o objeto formado por um aro prateado com algumas insígnias e um círculo dourado ao meio onde escapava o valor e o símbolo da moeda única europeia. Do outro lado em alto-relevo a imagem de um pastor a salvar um cordeiro da boca de um leão. A imagem chamava a atenção e fiquei esfregando o polegar sobre ela antes de guardá-la.

– Obrigado, mas não acredito que a Ordem esteja atrás de dinheiro.

– Natan, são quase cinco da tarde e não temos muito tempo. Cale a boca e deixe de ser estúpido.

T não estava para brincadeira e parecia, da mesma maneira que eu, incomodado com os olhares que vinham das outras mesas.

– Vocês são três contra um. Sou todo ouvidos.

K pediu ao garçom que trouxesse algo para beber, mas eu estava determinado a não por nada na boca, fosse o que fosse que ela pediu em tcheco.

– Primeiro vamos esclarecer que Maud nunca teve intenção de te matar. No máximo teve algum desejo sádico, mas arrisco dizer que você gosta desse tipo de coisa.

Mantinha meu semblante intacto, mas os três soltaram um olhar malicioso entre eles.

– Há dois anos ela foi enviada para sua missão final, mas isso não incluía você. O mentor dela a informou apenas que seria uma tarefa das mais difíceis dentro da Supremacy. Os cinco orientadores envolvidos no treinamento de Maud chegaram a apostar sobre o resultado da missão em Belo Horizonte. Minha amiga sabia que estava para enfrentar um dos demônios mais poderosos que a linha goetia já teve conhecimento. Acho que você está habituado com os nomes e os termos, mas se por acaso não souber, pergunte. Terei prazer em explicar.

– Continuando! Maud encaminhava-se para seu confronto quando você entrou no caminho dela. Natan, eu não acredito em coincidências, mas o encontro de vocês não estava predestinado.

– Como assim? Isso parece uma historinha para programas de auditório do Brasil.

– Natan, no início, achei que o demônio fosse o bandido que os abordou, depois pensei ser o Ancião que lhe acolheu como aprendiz e cheguei até mesmo a pensar que fosse você, por alguns instantes.

K sabia detalhes de tudo que tinha acontecido naquela noite e falava de maneira confiante como se tivesse assistido os fatos em pessoa.

– E no final, qual a sua conclusão? Quem, ou o que ela deveria enfrentar?

– Ela mesma. – T antecipou a resposta.

Maud ouvia tudo olhando para os riscos na mesa e corria as unhas curtas sobre os encaixes que formavam pequenos desenhos.

– Sim, ela mesma Natan. Esta mulher é um dos demônios mais fortes que já viveu.

– Bem, se isso ajuda, desde o primeiro segundo que a vi, pensei exatamente que ela fosse um demônio, mas não no sentido literal da palavra. – Foi a minha vez de fazer trocadilhos libidinosos.

– Natan. Não estamos de brincadeira. É claro que ela não é um demônio, pois como deve ter aprendido, os demônios estão conosco e não em nós. Você mesmo já teve acesso ao seu. Sua orientadora na certa deu um nome mais meigo, algo como gênio ou entidade.

Maud bufou, expressando sua antipatia sobre o estilo de orientação de Lauren.

– Sim, sei do que estão falando.

– Pois bem. Maud carrega uma força singular com ela e naquele dia, fracassou em sua primeira missão depois de anos sendo implacável e bem-sucedida. Ela é uma pessoa que nasceu para ser um Leão Negro. Foi concebida com esta intenção, desde o momento que seus antepassados planejaram perpetuar os costumes da Ordem na família dela.

– K, me desculpe a rispidez, mas estamos aqui para falar dela? Pensei que vocês fossem contar algo que não sei.

– Como assim você sabe? Só K, T e eu sabemos disso. – Maud quebrou o próprio silêncio aguçando ainda mais o olhar sobre mim.

– Não interessa como sei, porém, vou considerar que está sendo honesta.

Meu discurso começava a ter efeito e a estratégia do manual surtia efeito, deixando-os um passo atrás no jogo.

– Natan, eu não sou paciente como K e vou direto ao assunto. Quero saber qual foi o resultado da sua primeira missão. Você não precisa dar detalhes do que fez, apenas quero saber se correu tudo bem.

– T, se estou aqui na sua frente hoje, acredito que isso é uma pergunta da qual você já sabe a resposta.

– Desculpe a irritação de T, mas ele tem alguns amigos que podem vir a sofrer terríveis danos, dependendo do desenrolar da sua primeira missão.

– E o que vocês pensam que vai acontecer?

– Bem, são fontes superficiais, mas com ajuda de Maud e outros amigos deciframos a frase: Criar um leão que defenda as mulheres e as crianças.

– Isso não significa nada para mim. Pode ser qualquer coisa e sinceramente não me interessa saber. Eu apenas construo a porta. Quem passa ou deixa de passar por ela não é da minha responsabilidade.

– É aí que você se engana Natan. Imagine se você puder criar a porta e também ajudar as pessoas a passarem por ela. Ou ainda, se você mesmo conseguir passar pelas suas próprias portas. Tenho certeza que ainda não se deparou com a sua porta do sol genuína, mas quando acontecer vai entender o que estou falando. O seu dom não é incomum dentro da Tradição, mas a sua maneira de exercê-lo sim.

As palavras de K prendiam a minha atenção e ela parecia bastante sábia para a sua idade. Avaliei suas mãos e seu pescoço, algo que costumava denunciar a idade das mulheres. Arriscaria dizer que ela tinha cinquenta anos, mas estava muito bem, assim como T que apesar da tinta no cabelo parecia em forma.

– Natan, até onde sabemos a sua primeira missão dará resultados em breve, pois todas as medidas necessárias para operar o milagre estão se alinhando e isso nunca é à toa dentro da Supremacy. O que K e T desejam é que a humanidade tenha mais justiça. Que possam ter a opção de fazer suas próprias escolhas, ao invés de serem conduzidas como gado rumo ao abatedouro. Os construtores têm influência para ajudar nesta causa.

Maud nem parecia a mesma falando sobre humanidade e justiça. Nada daquilo combinava com ela.

– Vocês são loucos se pensam que em algum momento vou trair a confiança que eles depositaram em mim. É certo que conhecem meu passado e de onde venho. Olhem ao redor. Não vou trocar o que conquistei por nada que não seja mil vezes melhor.

– Ah! Mas então existe uma possibilidade de troca?

Maud me pegou no contrapé e fiquei a procura de um jeito para escapar da armadilha que eu mesmo criei.

– Natan, você é livre para fazer o que quiser e não vamos forçá-lo. Te trouxemos aqui para esclarecer as coisas. As decisões são suas, bem como as consequências.

– Eu vejo que vocês dois parecem boa gente e sinto que não tem intenção de causar problemas.

– Que bom que consegue ver isso.

Nossas bebidas chegaram e todos calaram enquanto um brutamontes servia, obedecendo a ordem que K definia com o indicador.

– Por que vocês têm cerveja e eu tenho chá? – Perguntei apenas para incitar.

Os três se olharam esticando a sobrancelha para o alto após o primeiro gole, mas não responderam.

– Natan. Tenho mais uma pergunta. O que você consegue ver aqui?

T esticou o braço recolhendo a manga da camisa e expôs alguns símbolos tatuados.

– Não sei ler o que está escrito, mas de alguma maneira a sua tatuagem parece viva, digo, tem um movimento. O contorno das letras parece soltar-se da tinta e irradia pelo seu braço em direção ao seu peito. Vejo uma mistura de cores azul e roxo.

K repetiu o gesto e também mostrou sua inscrição tatuada. O idioma era o mesmo, mas no braço oposto.

– O seu tem o mesmo efeito, mas espera. Consigo ver algo mais.

– Diga o que vê Natan. – Insistiu Maud curiosa.

– As tatuagens parecem ir uma ao encontro da outra conforme se aproximam. Eu já vi algumas coisas assim antes, mas nada tão intenso. Apostaria que vocês são marido e mulher ou irmãos?

Maud assumiu a deixa: – As duas coisas.

E foi suficiente para encerrar o assunto, até que eles terminassem as bebidas. A minha estava intocada e seria uma forma de provar a K que eu tinha o domínio sobre minha vontade.

– Bem acho que podemos ir, agora que temos as informações mais claras sobre tudo e sobre todos.

– Ainda não. Vocês disseram que serei iniciado esta noite e sobre isso eu não tenho nenhuma informação. Além do mais não sei como posso ter respondido as suas perguntas se não respondi nada?

K se aproximou debruçando-se sobre a mesa.

– Natan, sobre a iniciação, saiba que sua orientadora está na cidade e deve fazer-lhe uma surpresa. Normalmente estes eventos são anunciados anos ou meses antes de acontecer, mas no seu caso, imprevistos devem ter acontecido.

– E como você sabe disso tudo? Devo entender que existe um traidor na ordem?

– Não, meu querido Natan, claro que não. Somos todos da mesma Ordem, da mesma Tradição. Todos sob o comando da Supremacy, da Mão que Governa o Mundo.

Eu não estava confiante sobre ter entendido o significado daquela mensagem, mas K transmitia suas intenções por meio das frases enigmáticas.

– Vamos deixar vocês dois à vontade, agora que não correm o risco de se matar. Juízo os dois e deixe que pago a conta na saída. Natan, fique com estas duas canecas de cerveja. Considere um agradecimento. Não é todo dia que temos a honra de uma consulta com um verdadeiro Construtor.

Não agradeci a gentileza. Observei T e K saírem, arrastando com eles metade dos olhares do lugar que estava mais cheio do que quando entramos. As pessoas pareciam cobiçar nossa mesa grande.

– Vamos mudar de mesa. Estas pessoas não gostam de desperdícios. Aqui cabem oito e agora somos só eu e você.

Maud leu meu pensamento e pulamos para uma mesa ornamentada com uma rosa dos ventos ao centro, toda trabalhada em pequenos pedaços de madeira enfiados com minúcia para formar um mosaico em diferentes tonalidades de marrom.

– De onde você conhece estes dois?

– K é brasileira e veio morar aqui faz anos. Acabou conhecendo T e hoje são marido e mulher.

– Mas você disse que eles eram irmãos.

– Sim. Eles são irmãos na tradição, porque como você viu na tatuagem, eles compartilham o mesmo demônio. Gênio, se preferir usar estes termos de criança.

Aquela explicação me deixou bem mais tranquilo em relação aos dois que saíram se apalpando pela porta estreita do lugar.

– Natan, você acreditaria se dissesse que nossas linhas de destino estão emaranhadas. Não sei explicar, mas desde que te vi em BH, fiquei... como vou dizer isso?

– Não precisa dizer, eu entendo. Só para saber, não consigo sentir o cheiro de almíscar sem pensar em você.

– Almíscar? Mas eu não uso perfume de almíscar.

– Que estranho, porque toda vez que nos vimos, notei este cheiro forte e acredite, este perfume tem um poder quase sobrenatural sobre mim.

– Hum! Bom saber disso.

O clima seguia em um sentido perigoso e a rosa dos ventos estampada sob minhas mãos, servia para definir que direção eu deveria tomar. Maud era uma mulher intensa, complexa e sabia bem o que estava fazendo. Talvez se eu fosse um pouco menos experiente com relacionamentos, nem tivesse percebido.

– Maud, me desculpe, mas não vamos por este caminho. Eu amo minha esposa, mais do que imagina.

– Mas você criou uma Porta do Sol perfeita para nós lá em BH, ou melhor para mim. Não é pecado tentar atravessá-la e de quebra, arrastar você comigo.

Me fiz de desentendido, deixando-a revelar um pouco mais dos próprios segredos.

– Ao menos não foi uma Black Lane. – Brinquei.

– Natan na maioria dos casos quando não se atravessa uma Porta do Sol feita por um Construtor como você, tudo que acontece depois é uma Black Lane.

Maud, sem querer mudar de assunto, mas você me culpa pelo seu fracasso na última prova da ordem?

Eu queria saber o que acontecia quando alguém falhava. Talvez conseguisse uma vantagem para usar em meu proveito. Ela me olhou de baixo para cima ajeitando com as mãos delicadas os cabelos sob a touca.

– Não. Meus planos para você vão bem além de culpá-lo. Na verdade, acho que a culpa foi mais minha que sua, naquela noite.

– Certo, podemos dividir se você concordar.

– Você pensa que me engana Natan, mas sei que você não é uma pessoa que divide o que tem. Pelo contrário.

A estonteante mulher olhava perdida para um canto distante. Em nada parecia um demônio naquele momento, mas eu sabia que a arma mais letal de um demônio era justamente a sua lábia.

– Está na nossa hora. Tenho que ir descobrir sobre esta tal iniciação.

– Não se preocupe. Eu vejo os seus gênios e quase consigo ouvi-los. Eles estão aqui ao nosso redor. Alguns a favor e outros contra, mas vai correr tudo bem.

– Gênios? Você quer dizer que vê mais de um?

Ela ignorou minha pergunta, mas continuei tentando esquivar do seu poder sedutor.

– Sei bem aonde podemos chegar se não me controlar, com ou sem gênios. Por favor, vamos deixar como está, ao menos já sei que você não quer me matar e isso é um alívio.

Maud parecia em transe, apenas ouvindo o que eu dizia. Seus olhos ficaram cativados pelo detalhe da mesa, perdidos em outra dimensão.

– Aliás, sendo você da linha dos Leões Negros, podia passar uma dica sobre o cara que trabalha comigo? Ele tem sido um pé no meu saco.

– Natan, tudo que você precisa saber é que em um grupo de leões quem caça é a leoa.

Ela alcançou o casaco que tinha pendurado em um gancho próximo ao meu. Quando se esticou, pude ver novas partes de sua imensa tatuagem espalhada pelo corpo esguio. Uma imagem assustadora de tão bonita.

– Se me visse nua conseguiria decifrar melhor o que vê. Talvez até descobrisse o significado.

Era certo que ela conseguia ler meus pensamentos e sabia como me deixar sem graça. Nos preparamos para o frio do lado de fora e seguimos conversando até o metrô. Segundo ela, Praga era a cidade perfeita para a minha iniciação na Ordem, devido ao ar místico e envolvente.

– Bem, nos despedimos aqui. – Disse a espera que ela fosse embora sem problemas.

A plataforma tinha poucas pessoas à espera do transporte. Apesar de toda a conversa sobre a real intenção de Maud a meu respeito, o instinto de sobrevivência ordenou que tomasse uma precaução. Eu não queria ser empurrado aos trilhos do tem que anunciava sua chegada. Segurei-a pelas bordas do casaco e a puxei para mim. Na pior das hipóteses cairíamos os dois.

Ela me abraçou entendendo errado a minha intenção e colocou os lábios colados a lateral do meu pescoço.

– Se você nos desse uma única chance. Conquistaríamos o mundo inteiro.

Disse ela no curto silêncio após o metro abrir as portas. Removi sua touca expondo seus cabelos e beijei-lhe a testa. Relutante, ela me deixou entrar no trem que seguiu por muitas estações até que sua imagem desaparecesse por completo da minha mente.

Demorei a encontrar a rua onde ficava o hotel. Naquele lado da cidade, todos os prédios pareciam iguais. Com arquitetura extravagante em ferro e vidro, tudo um tanto futurístico, com as vias largas e o asfalto bem alinhado. A confusão na minha cabeça talvez tivesse colaborado um pouco e quando finalmente vi o logotipo do hotel à distância lembrei que lá poderia tomar um banho quente e quem sabe, até dormir sem lembrar dos problemas.

Passei pelo saguão e aguardava o elevador segurando minhas canecas ainda cheirando a cerveja, quando um rapaz da recepção se aproximou.

– Senhor. Isto é para você. Tenha uma boa noite.

Ele falava um inglês esquisito, mas sua linguagem corporal ajudou no entendimento. Abri o envelope, pressentindo o que encontraria.

"*Estou no bar. Tome um banho, troque de roupa e encontre-me aqui em meia hora.*"

As iniciais de Lauren permitiram identificá-la sem qualquer necessidade de decodificar a mensagem. No final das contas K tinha razão. Minha orientadora estaria ali para me levar a tal iniciação da Ordem. Talvez ainda não soubesse do meu fracasso em receber a mensagem da última tarefa. Eu precisava fingir que não sabia de nada e acatei as ordens descritas no bilhete.

No quarto Marcos roncava e aproveitei para colocar no copo com água a sua cabeceira, o remédio para dormir e esquecer. Preferi não arriscar que ele notasse minha ausência. Tomei uma ducha rápida, troquei apenas a roupa de baixo e desci, revigorado, pronto para enfrentar meu destino.

Lauren usava um vestido prateado, com pequenos detalhes em preto e parecia à espera de seu par para receber uma estatueta do Oscar. Eu não tinha nenhuma roupa elegante e esperei pela reprimenda quando dei boa noite.

– Eu disse para você trocar de roupa.

– Qual o problema?

Lauren pousou a mão na testa com o cuidado de não desfazer a maquiagem e me deu vinte minutos de aula sobre como um homem, membro da Supremacy deve se vestir.

– Vamos, então. Vocês homens são todos iguais mesmo!

– Vamos aonde? Estou exausto, porque não conversamos aqui mesmo?

– No caminho te conto. Meu carro está aqui fora, venha.

Desta vez o carro dela arrancava suspiros de todos que entravam e saíam pela porta do hotel. Com linhas azuladas reluzentes nas laterais e pequenos detalhes prateados, o veículo parecia retirado de um filme de ficção científica.

– Diga a verdade. É você quem escolhe seus carros desta maneira discreta, não é?

– Não. Eu só escolho assim quando eu mesma vou dirigir.

Entramos no carro e eu ainda nem tinha posto o cinto de segurança quando ela resolveu comprovar se o motor entregava cem quilômetros em menos de dez segundos. As avenidas largas e desertas estimulavam o lado selvagem da minha orientadora, que trouxe de volta seus cabelos ruivos. Lembrei do comentário de Maud chamando-a de franco italiana pé de chinelo. Só não soltei um riso porque estava preocupado em segurar no banco. Logo que atravessamos uma ponte, cruzando o perímetro da cidade antiga, ela diminuiu e puxou conversa.

– Natan. Você não está surpreso em me ver. O que aconteceu?

– Estou surpreso de ainda estar vivo com você dirigindo desta maneira.

– Deixe de ser bobo, não é a primeira vez que conduzo com você no carro. E não mude de assunto.

– Não aconteceu nada, porém acreditava que você ou Azhym fossem aparecer. Não me pergunte como. Eu apenas senti.

Lauren parou o carro na frente de uma modesta casa e um homem, de terno e grava, abriu a porta para ela sair. A ruiva lhe confiou as chaves e percebi que ninguém repetiria o gesto para mim.

O lugar era calmo e parecia uma quinta de vinhos. Ao fundo holofotes realçavam pequenos arbustos que subiam o morro e se estendiam pela escuridão. Pairava um ar requintado e a julgar pela recepcionista, entendi o que Lauren disse sobre estar mal vestido. Deixamos nossos casacos com a gentil atendente e seguimos falando baixinho.

– Me sinto um mendigo.

– Eu disse para você se trocar. Se não fosse tarde, teria lhe comprado um terno na cidade.

Eu jamais imaginaria que o lugar fosse tão grande a julgar por fora. Salões inteiros se abriam com mesas imponentes, sempre decoradas com luzes quentes. As paredes deixavam à mostra a fundação da construção revelando de propósito os tijolos. Um cheiro de requinte misturava-se ao aroma delicioso que minha fome, deduziu vir da cozinha.

Subimos uma pequena escada de poucos degraus até duas largas portas de madeira escura com símbolos em alto e baixo-relevo. A porta por si, era uma obra de arte.

– Natan, daqui para a frente você irá sozinho. É uma pena não poder participar, mas como falei, sou apenas uma colaboradora. É importante que permaneça em silêncio e que se sente em uma das cadeiras que estão no final das escadas. Parte da cerimônia será feita em um idioma antigo, mas não se preocupe, porque haverá um tradutor para ajudá-lo.

Lauren girou a maçaneta e uma escada estreita, revestida por um tapete verde surgiu à minha frente.

– Vá! Estarei aqui fora quando terminar.

– Quando terminar o que mulher? Aonde você está me enfiando agora?

– Na sua iniciação na Ordem.

Fingi minha surpresa com a notícia e esbugalhei os olhos, relutando em pisar no primeiro degrau.

– Vá. Confie em você mesmo, vai dar tudo certo.

Logo que pisei o segundo degrau, as portas se fecharam atrás de mim e a medida que subia as luzes diminuíam de intensidade. A madeira rangia com a pressão da subida, até que alcancei uma plataforma suspensa. Na beirada do que parecia um palco de teatro flutuante em meia-lua, avistei três cadeiras. Um impulso me fez ocupar a do meio e só então percebi que, abaixo de onde estava, uma plateia de homens e mulheres, me observavam sob uma luz fraca.

Uma garota que julguei ter no máximo uns quinze anos sentou à minha esquerda. Atrás dela um homem barbudo se manteve de pé com os braços sobre seus ombros. Sorrateiro um terceiro ajeitou-se na cadeira à minha direita. Era um menino que aparentava ter seus dez anos de idade ou menos. Às suas costas, também de pé, um senhor de rosto liso repetia o gesto mantendo os braços estendidos ao redor do pescoço do rapaz. Todos tinham um semblante compenetrado e frio.

Percebi que alguém se aproximava e um par de mãos esgueirou-se sobre mim. Eu sentia as gotas de suor pingando de minhas axilas, mas encontrei coragem para fitar para cima com o canto dos olhos. Azhym acenou com uma piscadela por detrás de seu altivo bigode.

As pessoas abaixo de nós iniciaram um zunido semelhante a um inseto voador e gradualmente o ruído aumentava até que começaram a se pronunciar em um idioma indistinguível aos meus ouvidos. Falavam palavras soltas, um após o outro, enquanto os demais continuavam com o zunido. Contei quarenta e quatro, antes de me perder nos números e quando o último se pronunciou, todos calaram-se em sincronia. Azhym se abaixou um pouco e falou ao meu ouvido.

– Eles todos estão saudando você e os outros novos membros aqui ao seu lado. O que anunciaram foram seus devidos nomes ou como são conhecidos dentro da Supremacy. Agora é a nossa vez. Levante-se e fale seu nome.

– Alexandre Natan.

Obedeci meu mentor sem hesitar. O zumbido recomeçou ao fundo.

– Leonard Schwartz Wolfwood.

O rapaz se ergueu e proclamou fazendo o zumbido duplicar de intensidade.

– Elizandra Bruncvík.

O zumbido retornou ao seu ponto máximo e todos começaram a repetir nossos nomes entre eles. De repente calaram-se todos juntos.

– Amigos e amigas notáveis, quero que recebam nossos novos membros. Os três passaram por suas primeiras missões dentro da Tradição e devem ser vistos de hoje em diante como iguais. Cada um deles fará agora a sua iniciação dentro dos moldes que suas respectivas linhas elegeram adequadas. Separamos aqueles que Não podem Ver a porta e Não Passam por ela. Daqueles que podem Ver, porém ainda assim, escolhem Não Passar. Dos que Não podem Ver, mas que por motivos externos Passam. E claro, separar os que podem Ver e que tem bravura para Passar.

A garota então, foi acompanhada pelo homem até a parte de baixo, descendo por uma escada lateral. Um círculo se formou para recebê-la. Uma senhora estendeu um cálice e a garota bebeu o que estava dentro.

De onde eu estava não tinha uma visão perfeita da cena, mas conseguia distinguir o que acontecia.

O zumbido recomeçou e a menina se despiu, ficando apenas com as roupas íntimas. Uma venda dourada lhe foi presa sobre os olhos. Sua pele branca refletia a luz fosca que lhe conferia uma aparência fantasmagórica. Ela esticou os braços e se manteve no formato de cruz. Uma das pessoas entrou no círculo e escreveu algo entre seu pescoço e o seio direito, utilizando um pincel de cor vermelha. Outro utilizou uma cor que não consegui distinguir se era cinza ou prata e escreveu algo em suas costas. O zumbido cessou e ela foi retirada do círculo, ainda com a tinta escorrendo por sua pele e conduzida por uma porta dupla escondida na parede.

Azhym fez sinal indicando que era minha vez e me conduziu da mesma maneira que a garota. Provei do líquido transparente que a mulher ofereceu. Inspirei forte antes de tocar a bebida com os lábios, na tentativa de descobrir o que era, mas não havia qualquer cheiro e o sabor lembrava água morna com sal e açúcar. Meu mentor pediu que retirasse as roupas, ficando apenas de cueca enquanto colocava uma venda preta sobre meus olhos. Envergonhado, atendi ao pedido.

– Estique os braços, Natan.

Fiz como determinado e comecei a sentir a tinta gelada sobre minha pele. Não conseguia ver nada, mas tinha a certeza que as pessoas da multidão estavam escrevendo qualquer coisa em meu corpo. Primeiro nas costas na altura do ombro, depois nas costelas sob o braço esquerdo e então nas pernas e no rosto. As pessoas não paravam e eu sentia diferentes texturas atingirem minha pele. Ora me lembravam a ponta de canetas esferográficas, ora a ponta de dedos com unhas longas e por vezes pincéis aveludados. Eu percebia pelos passos, indo e vindo, que vários desejavam deixar sua marca. Quando pararam, não houve zumbido e a venda foi retirada. À minha frente estavam todos com um olhar estático, voltados para Azhym recuado no canto. Fiquei sem saber o que fazer e recolhi os braços tentando me reconfortar. À minha volta, o chão lembrava uma aquarela gigante, com diferentes cores e tonalidades espalhadas em borrões e respingos de tinta. Reparei que meus braços estavam da mesma maneira que quando entrei. As pernas, a barriga e todos as partes onde senti que escreviam, estavam intocadas.

Um homem despontou do fundo da sala dentre a atônita plateia. Me rondou como um cão cheirando um intruso em seu território. Parou a minha frente e pronunciou meia dúzia de sons deixando evidente que estava bravo.

Ouvi Azhym sussurrar para me vestir enquanto o estranho retirava-se abrindo um corredor entre as pessoas até o canto onde destrancou uma porta.

– Permaneça quieto e não se preocupe.

Meu mentor complementou, fazendo sinal para que eu seguisse pela estreita entrada que me obrigaria a passar de lado, bem espremido para não me machucar.

A cena toda me constrangia, porem eu só pensava no porque de terem tirado a venda, se não fizeram o mesmo com a garota.

Dei alguns passos antes da porta se fechar atrás de mim e fazer a luz desaparecer por completo. Um silêncio mortal pairava naquele lugar. Minha mente perdeu toda a referência de espaço. Não conseguia ouvir nada além de meus próprios pensamentos. Tateei o chão com a ponta dos pés a procura de uma referência, mas foi em vão. Tentei esticar os olhos expandindo os músculos do rosto na expectativa inútil que a dilatação das pupilas captasse um mínimo de luz. Desde os meus oito anos de idade que não sentia medo do escuro daquele jeito. Estiquei as mãos e caminhei arisco, buscando uma parede ou um apoio qualquer. Decerto estava em um dos amplos salões que vi quando passei com Lauren.

Era possível sentir a profundidade do ambiente como se estivesse em um pesadelo. Tudo que havia a minha volta era ausência. A escuridão começou a me deixar angustiado e tonto. Achei que fosse desmaiar e precisei sentar para evitar uma queda. Com as mãos no chão, pensando o que fazer, senti uma leve corrente de ar. Aproximei meu rosto do solo e notei uma fina brisa, vindo em intervalos cadenciados.

Eu não estava sozinho. O terror desencadeou uma reação automática que me projetou para trás e sem ter noção do que se aproximava, joguei minhas pernas onde imaginava ser a posição correta, chutando o breu sem me levantar. Meus pés em momento algum transmitiram o contato com algo físico e o pavor tomou conta de mim.

– Socorro!

Gritei na esperança que alguém encerrasse o sinistro ritual, mas o som parecia se dispersar nas trevas e não seguir mais do que um palmo adiante.

Certa vez, quando adolescente, mergulhei no mar durante a noite e a experiência assustadora me fez evitar o oceano às escuras. A energia que me envolvia ali era a mesma daquela vez, porém eu parecia envolto não em água, mas em fumaça. Algo denso o suficiente para ser sentido em toda a parte. Minha pressão sanguínea estava nas alturas, estava cheio de adrenalina nas veias, o que me fazia sentir calor, muito calor. Levantei e comecei a dobrar as mangas da camisa. Do meu braço um resquício de luz começou a emanar. Assemelhava-se a tinta fluorescente, com um brilho que só poderia ser notado em um ambiente de total escuridão. Retirei a camisa e percebi meu corpo inteiro cheio de símbolos e marcas estranhas, alguns pareciam escrita árabe, outros triângulos, tridentes e estrelas. Nunca tinha visto nada igual, nem mesmo nos manuais da Tradição, mas todos emanavam algum tipo de luz fraca e me permitiram ter uma ligeira noção de onde estava.

Fiquei só de cueca outra vez e o brilho sutil evidenciou ao meu redor formas que se diferenciavam. Dezenas de pessoas me observavam escondidas nas trevas. Tentei tocá-las esticando os braços que os atravessavam distorcendo suas silhuetas.

Pensei estar sob efeito de alguma droga, provavelmente misturada no que bebi antes de entrar.

Os desenhos no meu corpo começaram a se mover da mesma maneira que eu tinha visto no braço de Ruberte, em Azhym, Maud, Fernão, T e K. A tinta, ou o que fosse aquilo que usaram, começava a arder e parecia desencadear uma crise alérgica. De maneira estranha as que mais queimavam, produziam menor brilho. Me sentia atacado por dezenas de águas-vivas e em minutos voltei a ficar no breu total. Minha pele já não emitia qualquer luz e foi então ele se revelou.

Dentre as silhuetas que sentia ainda estarem ao meu redor uma tomou forma e era tão negra que meus olhos a distinguiam, mesmo no escuro da sala. Sentia a sua aproximação como das outras vezes em que nos encontramos. Com a respiração ficando pesada e com câibras pelas pernas, era difícil manter o foco no que supunha estar vendo. De repente o silêncio foi quebrado e o som que meu gênio disse no último encontro explodiu no fundo da minha glândula pineal. Caí de joelhos com as mãos cobrindo os ouvidos.

Senti que morreria ali, sozinho. Tessa jamais acharia meu corpo, meu filho cresceria sem saber o que aconteceu com o pai e dezenas de boatos reforçariam a ideia de que fui um louco por ter saído de perto de minha família. Meus pais chorariam e sofreriam mais uma vez por minha causa. A vida passaria e eu não estaria lá para deixar minha marca.

Com dificuldade me levantei outra vez e fiquei frente a frente com o absoluto vazio que tomava a forma de um homem vestido com um chapéu de abas largas. Eu não tinha outra opção senão enfrentá-lo. Deixei a dor que vinha dos latejos da minha cabeça coordenarem minha reação e saltei na direção do que via, caindo no vazio que produziu um eco pelo lugar.

– Acredita que pode vencer?

Eu estava louco e tinha ouvido meu gênio falar comigo.

– Não me interessa se vou vencer, mas vou lutar. Não morrerei aqui.

– É claro que não vai morrer, mas também não vai sair vivo como entrou.

Fui atingido por um deslocamento de ar brusco e tudo à minha volta ficou diferente. Agora podia ver o horizonte com o cair da noite em um céu de azul-escuro, com uma penumbra soturna em tons de roxo. Um descampado com vegetação rasteira, apesar do solo arenoso. Do meu lado uma tocha acesa permitia ver um arco de pedras. Dentro dele, a luz do sol iluminava quilômetros de estrada entre campos de grama verde, mas a luz não conseguia atravessar o portal e parecia contida pelas trevas do lugar onde eu estava.

– O que é isso?

Pensei sem imaginar que obteria uma resposta.

– Sua porta do sol. Ou como você a imagina ser. Estamos no meu domínio e aqui somos um só.

– Como assim? Por que agora consigo ouvir sua voz, mas não consigo vê-lo?

– Você sempre pôde ouvir, porém foram raros os momentos que decidiu escutar. Você não me vê porque estou em todo lugar.

Acontecimentos de toda a minha vida passaram pelos meus olhos em um vislumbre. Decisões que tomei baseadas no que chamava de instinto, sorte ou mesmo ajuda divina, mas que agora sabia de onde tinham vindo.

– O que quer dizer quando diz que somos um só. Eu não sou um demônio, não quero morrer.

– Somos um só. – A voz repetiu.

Por trás do portal que represava a luz do sol, centenas de silhuetas ressurgiram. Eram tantas que se perdiam como estrelas no céu, uma após a outra, amontoadas com o que pareciam olhos luminosos de diferentes tamanhos.

– O que são estas coisas? E porque não me sinto mais preso como antes?

– Agora você não sente mais medo de mim ou deles. Você está

livre. Somos entidades que habitam sua realidade desde antes do tempo dos homens. Você, assim como muitos outros, são nossas portas para acessar o que chamam de mundo. É através dos seus atos, pelos seus olhos, pelos seus pensamentos e desejos que atravessamos este portal.

– Mas vocês são demônios! Não desejo ser utilizado para infligir mau as pessoas.

– O que você entende sobre demônios senão o que lhe foi dito? O que te ensinaram como bem e mal pode ter sido distorcido, mas você vai começar a entender que estamos além do conhecimento dos vivos ou dos mortos. Por eras andamos de mãos dadas com os homens.

Minha cabeça pesava uma tonelada e a cada palavra latejava em uma forte enxaqueca que se estendia até os nervos do pescoço. Eu precisava aguentar, mesmo que aquilo fosse um sonho ou uma alucinação, eu precisava continuar de pé.

O nome do meu gênio voltou a ecoar dentro da minha cabeça.

– O som que está ouvindo é como o chamamos e como você deve nos chamar. Quando cruzar por aquele caminho terá a sua alma marcada e conforme os anos forem passando vai aprender o suficiente para nos permitir ajustar o que precisa ser ajustado.

Senti uma pressão na região sob as costelas que misteriosamente não queimavam na presença do gênio.

– Eu serei possuído ou algo do tipo? Estou vendendo minha alma ao demônio? É isso que você está dizendo? Eu jamais deixaria a Graça de Deus.

– Deus? O que você sabe sobre Deus foi o que nós escrevemos com sangue em couro humano.

– Responda às minhas questões. – Consegui insistir com uma voz firme.

– Não. Você não será possuído. Somos um só, mas saberá quando sua vitória ou fracasso teve nossa influência. Seus sentidos estarão conectados conosco. Você não deveria ter saído de casa naquela madrugada.

Minhas pernas deram sinais que falhariam a qualquer segundo e a cada respiro o ar ficava mais pesado. Era certo que desmaiaria.

– Vá, atravesse a porta ou desista dos seus sonhos. Desista de tudo que pode se abrir para os seus descendentes. A decisão é sua.

– Deixe minha família longe disso. Se eu fizer o que está sugerindo, serei eu e você.

– Errado. Seremos todos nós e você.

A entidade invisível parecia ansiosa que eu cruzasse o arco de pedra rumo ao dia ensolarado do outro lado e eu não via nada que me impedisse. Meu corpo inteiro parecia atraído pela luz amarela que vinha de lá. Todos os conceitos que tinha aprendido diziam que a luz era o caminho e talvez fosse isso que aquele portal simbolizava.

Dei alguns passos em direção ao portal e antes de entrar fechei os olhos, lembrando da oração que minha mãe sempre fazia comigo quando as coisas estavam difíceis.

– Senhor, não me deixes cair em tentação e livra-me de todo e qualquer mal. Amém.

Atravessei o portal e a luz desapareceu. Estava de volta à sala escura quando ouvi a voz de Azhym.

– Alexandre Natan. – Ele repetia com insistência o meu nome.

Uma porta se abriu e pude alcançar minhas roupas que estavam a uns cinco metros de distância.

– Você está bem?

Azhym tinha uma cara preocupada e os olhos cheios de água quando pôs os braços sobre mim.

– Vista-se e vamos celebrar.

A luz que vinha de fora da sala me permitiu ajeitar os botões da camisa. Sentia meu corpo leve e conforme me movia Azhym ficava em câmera lenta.

– Deixe-me te ajudar. Venha, você deve estar fraco.

Quando saí pela porta as pessoas estavam de pé ao redor de suas mesas e tinham suas taças erguidas. Lauren estava entre eles, de braços dados com um homem de cavanhaque prateado. Homens e mulheres elegantes e com uma presença luxuosa ergueram um brinde comedido.

Só depois que sentei entre Azhym e Lauren, os demais ocuparam seus lugares e um banquete foi servido no suntuoso restaurante.

As pessoas conversavam entre si lançando olhares na minha direção. Não faziam questão de esconder que eu era o assunto em todas as mesas. Eu não conseguia comer nem beber, estava enjoado demais e ainda me sentia fora do próprio corpo. Lauren, Azhym e um outro senhor conversavam sem se importar se eu estava no meio da conversa ou perdido com a imagem da última cena ainda diante de meus olhos. As pessoas usavam todas, um tipo de roupa de gala, mas em nenhum lugar vi os outros dois novos membros que tinham participado do ritual. Um homem pouco mais velho que eu, se levantou de uma das mesas próximas e veio cumprimentar Azhym.

– Natan. Este aqui é o meu amigo Schwartz, da Suíça. Ele não fala português muito bem, mas está dando os parabéns.

– Obrigado. Diga que agradeço.

– Ele me pediu que você entregue a mensagem que recebeu na sua missão.

Eu teria ficado pálido se sentisse que tinha algum sangue correndo pelas veias, mas estava tão atordoado que apenas apontei para a recepção, onde tinha deixado o casaco.

Um dos empregados do restaurante, a pedido do amigo de Azhym, trouxe meu velho e surrado sobretudo. O homem apertou alguns botões no pequeno teclado e balbuciou para si qualquer coisa inaudível, antes de retirar a bateria e recolher o chip, devolvendo o aparelho desligado.

– Ele agradece mais uma vez o seu empenho em nos ajudar.

Tentei sorrir em retribuição ao agradecimento apenas para não parecer rude com o amigo do meu mentor que se retirou logo após.

– Azhym, eu pensei que tivesse fracassado na missão, uma vez que perdi a chamada que fizeram para o meu telefone, mas parece que ele encontrou o que procurava no aparelho.

Azhym me colocou de lado com discrição e falou baixinho:

– A ligação era a mensagem meu filho. Os números que apareceram na tela do seu aparelho, era o que precisávamos para chegar a Roma.

Me senti um idiota por não ter pensado naquilo, mas ainda não estava recuperado para argumentar.

– Acho que você deve estar cansado. Quer ir para o seu hotel? Lauren pode leva-lo quando desejar.

– Ela dirigir não seria uma boa opção para o meu enjoo.

Lauren fez uma cara brava, mas o homem misterioso a seu lado pareceu concordar comigo.

– Ela vai se comportar, prometo. Vá. Sua parte aqui já foi estendida além da conta.

– Azhym, o que aconteceu com os outros dois iniciados? E isso que aconteceu comigo, foi real ou efeito de algum alucinógeno que tinha naquela água?

– Muitas perguntas meu filho, muitas perguntas, mas as

respostas virão em breve. Por agora você deve ir dormir e descansar. Amanhã pegue seu voo para casa e aproveite para matar a saudade de sua bela esposa. Mande cumprimentos meus.

Lauren deu um beijo no homem a seu lado que por sua vez me cumprimentou quando levantei sem notar que todos os outros presentes ergueram-se e mais uma vez acenaram para mim com suas taças. Agradeci o gesto, mesmo sem saber o motivo, e com ajuda de minha orientadora segui até a saída onde o carro dela nos aguardava.

– Que horas são?

– Quase seis.

– Seis da manhã? Quer dizer que passamos a noite toda lá?

– Sim senhor.

Não acreditei, mas enquanto o carro deslizava pelas ruas da cidade entendi porque o dia parecia ter durado tanto.

– Lauren espere. Ali é a ponte do rei Carlos?

– Ela mesma, porquê?

– Poderíamos parar uns minutos? Eu não quero ir embora sem ter caminhado por ela.

– Estranho você pedir isso, mas ok, um pouco de ar da madrugada vai te fazer bem.

Paramos no limite da entrada da ponte que era definido por uma torre de arquitetura medieval. O cheiro da manhã gelada me trazia de volta à realidade e foi o suficiente para que pudesse apreciar as estátuas que adornavam a lateral do famoso cartão-postal. Meia dúzia de pessoas estavam por lá, mesmo naquela hora da manhã e entendi o motivo, quando vi no horizonte o brilho do amanhecer no céu.

Em meio ao nevoeiro ralo um espetáculo reservado apenas aos corajosos que saíssem bem cedo de suas camas quentinhas em um sábado.

– Estou orgulhosa de você.

Lauren olhava o céu amarelo e laranja por detrás do castelo ao longe, quase submerso na névoa. Ela tinha a voz trêmula, diferente da mulher firme que me dava broncas.

– Obrigado. Não sei bem o motivo, mas se está orgulhosa, deveria estar por nós dois então. Afinal foi graças a sua ajuda que cheguei aqui.

Ela deixava transparecer em seu rosto a emoção, porém, talvez para não estragar o momento, ficou calada e não disse outra palavra até chegarmos ao hotel.

– Não se preocupe com seu colega de quarto. Ele deve ter dormido como uma pedra depois que bebeu o comprido que coloquei na bebida dele enquanto jantava.

A cara que fiz deve ter revelado o que acontecera, mas deixei como estava e me despedi, correndo para dentro do hotel evitando o frio da rua.

Quando o telefone do quarto tocou dei um pulo. Cheguei a derrubar as coisas que estavam sobre o pequeno móvel a minha cabeceira.

– Natan. Cadê vocês, pá? Estamos na hora de ir para o aeroporto. Estou aqui à espera tem quase uma hora.

– Desculpe chefe. Perdemos a hora. Me dê uns minutos e já chego ai.

– Tudo bem, mas apresse o passo.

Do outro lado do quarto Marcos estava todo torto na cama dele, com metade do corpo no chão e a outra metade enfiada sob os lençóis. Mesmo o ruído de quando cheguei, o telefone tocando ou as coisas que deixei cair não o acordaram. Aproveitei e usei o banheiro primeiro, para só então acordá-lo. Com muito custo ele levantou e foi tomar um banho.

Arrumei as coisas na mochila e em vinte minutos estava pronto.

– Vamos, Marcos. Estamos atrasados e o Soares vai nos matar.

– Pá! Estou mesmo a ficar velho, não sabes? Depois da prova de ontem este sono me pegou de cheio. Nem me lembro de ter sonhado com nada e mesmo assim ainda estou sonolento.

Meu amigo esbofeteava o próprio rosto lutando contra o sono. Ele já tinha quase tudo organizado desde o dia anterior e não demorou para descermos. O chefe para adiantar, já tinha pago a conta e chamado o táxi que nos aguardava.

– Desculpe pelo atraso.

– Pá. Eu acordei as dez e pensei que tinha lascado tudo, porque dormi demais. Quando cheguei aqui e não vi vocês fiquei a imaginar o que ficaram a fazer durante a noite.

Uma risadinha escapou no meu rosto e logo entendi a brincadeira, porém Marcos já estava sentado outra vez no sofá do lobby.

– Marcos! Acorde, homem.

– Chefe, não adianta. Eu não sei o que houve com ele, mas a noite deve ter sido boa, a ponto que ele nem se lembra.

– Oh! E isso faz sentido, porque enquanto vos esperava perguntei a menina da recepção se tinham saído e ela contou que um de vocês tinha acabado de chegar da rua. Agora está explicado. Este Marcos, pá, surpreendeu-me com este comportamento, no próximo já não sei se o trago comigo.

Me senti culpado, mas meu amigo soneca não lembraria nada e nem poderia negar. No final das contas, ele não perderia muito. Caso eu assumisse o posto da chefia, no futuro trataria de apagar aquele episódio do histórico dele. Pegamos nosso amigo pelo braço e o arrastamos para o táxi. No aeroporto bebemos um café logo que passamos pela conferência dos passaportes.

– Chefe, fica de olho aí nas malas porque o Marcos dormiu de novo. Preciso dar um pulo no banheiro.

Soares me autorizou a ir enquanto recriminava o dorminhoco largado sobre a cadeira de espera no terminal de embarque. Andei pelas lojas dentro do aeroporto e dei de cara com uma das lojas de cristais. Passei os olhos pela vitrine analisando o que poderia ou não pagar, até que a vendedora me abordou.

Ela tinha um inglês perfeito e uma fala macia que permitia identificar letra por letra do que falava.

– Gostaria de algo para minha esposa. Algo não muito caro, mas que seja exclusivo.

Fiquei impressionado com o meu próprio inglês e moça apresentou um cristal verde e preto, envolvido por uma camada transparente de formato oval, preso por um fio de prata.

– Este é o único que a loja tem. Garanto que não vai encontrar outro igual em lugar nenhum fora de Praga. Todas as nossas peças têm um significado e este aqui é um colar feito para homenagear a lealdade.

Comprei o colar e de troco recebi algumas moedas locais, porque havia pago com o dinheiro que o chefe deixou comigo. As moedas eram novas e tinham a gravura de um leão, diferentes da que K me entregou. Aquele seria o presente perfeito para meu filho. Comprei um cartão-postal para meus pais e pronto, estava tudo feito.

O voo de volta foi tranquilo e passar pelo controle de imigração não teve nenhuma complicação quando mostrei o protocolo que assegurava estar em dia com as autoridades do país. Ao passar pela porta de saída lembrei do Natan que atravessou por ali, quase dois anos atrás. Os filhos do meu chefe invadiram a área de desembarque e o abraçaram felizes querendo montar no carrinho de bagagens que ele arrastava. Mais à frente ele se encontrou com a esposa e Marcos também era esperado pela mulher e os dois filhos. Eu não conhecia a família deles, mas ambos fizeram as apresentações, oferecendo carona para me deixar em casa. Recusei, mais por inveja de vê-los com suas famílias do que por orgulho. Eles se foram e fiquei pensando no preço que pagava para ser aquele Natan, para me transformar naquele Alexandre Natan. Coloquei a mochila nas costas e pretendia pegar um ônibus, mas fui surpreendido ao ouvir, mais uma vez, meu nome pronunciado em uma voz feminina.

Tessa quis fazer uma surpresa e se atrasou no trânsito, o que por pouco não causou nosso desencontro. Nos beijamos ali mesmo e eu não sabia que estávamos com tanta saudade um do outro. Foi a primeira vez que nos separamos desde que viemos morar na Europa. Ainda que só três dias, foram as setenta e duas horas mais longas e agitadas de minha vida. Ser recebido por ela no aeroporto foi o suficiente para me desfazer de qualquer dúvida sobre a construção do novo Natan.

CAPÍTULO 26
DONA ZORAIDE VOLTA AO BRASIL

Fazia mais de um mês sem notícias de Lauren ou Azhym. Depois de Praga a vida seguiu, apesar de inúmeras pessoas dizendo que eu estava diferente. Dona Zoraide foi a primeira e comentou que tinha algo novo na minha maneira de agir.

Pela câmera do computador minha mãe disse que estava mais bonito e até que tinha ganhado algum peso, mas mãe sempre diz estas coisas quando a saudade aperta. No trabalho constantemente alguém dizia que estava com o olhar mais vivo, mais intenso e ainda mais presente nas atividades.

A produção continuava nas alturas, permitindo o luxo de ficar fora da bancada quase o dia inteiro, participando de reuniões com a diretoria. Eu começava a gostar de ser o interino de Soares que mantinha-se ocupado com os trâmites da WP.

Levi, Renato e Nikolay produziam sem parar, orientados pelo guia de procedimentos que ajudaram a criar. A dedicação dos três repercutiu junto aos demais engenheiro ocasionando uma produção recorde no final do mês de maio, para todo o laboratório. Em média recebíamos duzentas e cinquenta máquinas para reparo em um dia, mas estávamos tão afiados e comprometidos que zeramos a entrada de equipamentos.

Quando comecei na empresa o prazo devolver um equipamento consertado era de quatro semanas. Agora as lojas anunciavam que o prazo era de quarenta e oito horas. Meu projeto de desenvolver um sistema de reparação de máquinas de tecnologia estava concluído. O processo era eficiente e modular, o que possibilitava, inclusive, ser vendido como franquia para outras companhias no futuro.

As vias de contrato da empresa inflaram e o setor comercial contratou mais gente para dar conta dos pedidos que chegavam de todos os cantos do país. Uma outra companhia espanhola chegou a nos visitar com o interesse em uma possível fusão o que expandiria nosso trabalho a toda a península ibérica. Os patrões em certo ponto começaram a traçar planos para abrir filiais em Angola, Brasil, Inglaterra e até na Alemanha. Eu finalmente estava a um passo de reestabelecer o que tinha deixado para trás no Brasil, no que se referia a minha carreira profissional. Se tudo continuasse nos trilhos, poderia trazer meu filho para me visitar ou ir visitá-lo, o que serviria também para aliviar a saudade dos meus pais.

Em casa Dona Zoraide sentia a ausência de Tessa que começava a ter problemas no emprego, ainda sofrendo do preconceito por ser uma estrangeira. Eu não sabia como ajudá-la e por mais que quisesse, não tinha recursos para isso. Uma opção seria falar com Lauren sobre o assunto, mas ela continuava sem dar notícias.

Uma noite, durante o jantar Dona Zoraide nos bombardeou.

– Estou voltando para o Brasil no final do mês.

Ficamos em choque e pensei que ela completaria a frase com uma piada.

– Mãe! Deixa disso, já falei que tem que sair de casa, ir fazer as coisas que você gosta. Vai no teatro, no cinema. Aqui pertinho tem daqueles filmes franceses que você tanto gosta.

– Estou bem e não tem nada a ver com ficar em casa ou não. O que acontece é que sinto falta das pessoas que conheço, de falar com todo mundo na rua quando vou comprar pão, de ir e vir batendo papo com o motorista do táxi, de tomar um caldo de cana na padaria do Severino. Estas coisas.

Eu entendia bem o que ela dizia. Para alguém que viveu na Alemanha trinta anos atrás, tudo tinha mudado muito. O mundo era outro naquela época e as tradições quase todas tinham desaparecido. Dona Zoraide sentia saudade daqueles tempos e morar em Portugal, mesmo viajando, não seria suficiente para levá-la de volta ao passado.

Quando você cria raízes profundas com o lugar e as pessoas onde vive, não adianta você querer mudar e sumir. O lugar, as pessoas, o comércio, o barulho, a violência, tudo vira um pedacinho da gente. Para superar isso, a única maneira era o sistema da Ordem. Destruir os laços com o passado e forjar novas raízes completamente diferentes.

– Além do mais, tem a sua irmã. Não gosto de estar longe dela. Você tem o seu cavaleiro protetor aqui com você. Ela não tem ninguém.

– Tem meu pai, ué! – Tessa argumentava.

Dona Zoraide virou a cara e preferiu não continuar a conversa.

– Não estou pedindo a vocês. Estou apenas informando o que vou fazer.

Tessa não levou a sério o que ouviu da mãe e tratou de mudar o assunto falando sobre seu dia na empresa.

Não passou uma semana e Dona Zoraide já tinha comprado malas novas e a passagem de primeira classe. Só então Tessa se deu conta que perderia sua referência de família outra vez. Eu ainda teria meu primo que apesar de ocupado com seu trabalho na academia de Jiu-Jítsu, conseguia nos ver para um almoço ou outro.

Passamos os últimos dias do mês ajudando nos preparativos da viagem que seria em uma segunda-feira, às oito da manhã. Tessa tentou pedir o dia de folga no trabalho mas foi negada pela chefe, que não tinha nenhuma simpatia por ela. Por outro lado, eu tinha carta-branca para chegar e sair da empresa quando quisesse. Estava com tantas regalias que cheguei a pensar em pegar emprestado um dos carros do setor de vendas, mas Dona Zoraide insistiu em pagar um táxi, inclusive o da minha volta para casa.

Às quatro e meia da manhã eu ajudava o motorista a colocar as malas amontoadas de lembrancinhas e pastéis de nata que minha sogra teimou em levar para os amigos do Brasil. Tessa e sua mãe se despediam entre abraços e um choro comedido, como se tivessem as duas tentando não demonstrar o quanto sentiriam falta uma da outra.

No caminho Dona Zoraide olhava pela janela, se despedindo das terras lusitanas. Seus cabelos brancos arrumados no dia anterior em um salão chique de Cascais, ajudavam a esconder a vontade de permanecer e a ansiedade de retornar.

Chegamos cedo e o portão de embarque não estava liberado. Fomos beber um café para fazer o desjejum. Nós éramos filhotes do subúrbio carioca. Ambos gostávamos do pão com manteiga feito na chapa e do café pingado de leite no início do dia. Era certo que a cozinha europeia tinha mudado meus hábitos alimentares e principalmente o paladar, tanto para a comida como para a bebida, mas eu ainda, me sentia bem ao relembrar minhas raízes cariocas.

Matamos o tempo jogando conversa fora sobre a crise em Portugal, até que chegou a hora dela partir. Despachamos as malas e conferimos se tudo estava em ordem na pequena bolsa com a estampa do bonde amarelo de Lisboa que ela carregava.

– Passaporte, passagem, óculos, remédios, tudo a mão?

– Certo. Sim, senhor.

Ela brincava contendo a emoção da despedida e esticou a mão para me cumprimentar. Ignorei o gesto e a abracei, também com o choro fluindo rosto abaixo, enquanto ela pedia para eu cuidar de sua filha.

– Cuidarei melhor dela do que mim. Não se preocupe.

– Eu sei disso. Pode apostar que sei. Vocês têm sorte de terem um ao outro.

Ela se recompôs e seguiu pelo portão, quase esquecendo de mostrar a passagem ao guarda que controlava a entrada. Acenou uma última vez, mandando um beijo com a mão, antes de sumir no corredor de tapumes.

Aquele dia foi esquisito e quando voltei para casa sentia que faltava alguma coisa. O quarto de minha sogra ainda tinha sobre a cama, os lençóis de mil fios de que comprou. Suas revistas de sudoku permaneciam no beiral da janela como se ela fosse chegar a qualquer instante.

Decidi que não trabalharia aquele dia. Fiquei em casa atoa, saboreando a ausência de tudo. Sem ninguém por perto, sem saudade, sem missões, tradições, entidades, demônios ou gênios. O vazio que sentia dava-me prazer. Fazia uma longa data que não me sentia tão bem comigo mesmo.

CAPÍTULO 27
EXORCIZANDO FERNÃO

– Preciso falar com você.

Renato não me deixou falar o bom dia. Só de olhar para ele, eu sabia que o expediente seria problemático. Não que isso fosse novidade, porque quando as pessoas nos veem como chefe elas nos evitam com seus problemas, mas quando elas nos veem como líderes, não tem como escapar. Eu finalmente havia conquistado as pessoas da empresa. Ainda existia um grupo que não queria um brasileiro a frente das operações, mas eles não tinham força para lutar contra os próprios colegas que apoiavam a minha promoção. Era questão de tempo para que tudo fosse oficializado. Até o engenheiro Santos cedeu nas suas firmes convicções, comprovando que de bobo aquele português não tinha nada.

O rapaz que chegou até a minha bancada, tempos atrás, com cara de lerdo e sem motivação para girar a chave de fendas não existia mais. Do meu lado estava um profissional empenhado e que se continuasse naquele caminho, alcançaria tudo que desejasse.

– Natan, quero primeiro agradecer por tudo que me ensinou e pelas oportunidades que abriu para mim. Peço que não fiques chateado comigo e saiba que onde estiver vou sempre lembrar dos seus conselhos.

– Uau! Caramba Renato. Obrigado cara. Fico feliz de ouvir isso e já que estamos sendo sinceros, quando você me abordou pensei que iria estragar o meu dia, mas... Uau! Estou sem palavras.

– Pois, mas a verdade é que estou de partida. Consegui um emprego na empresa do meu padrasto e tem tudo a ver com reparações de equipamentos, segurança da informação e estas coisas. Tu sabes que estou apaixonado por tudo isso.

Concordei enquanto bebia o café sem açúcar.

– Vão pagar-me um bom salário e poderei estudar para aprimorar meus conhecimentos na área.

– Meu amigo, fico feliz por você. É claro que não queria perder um talento da equipe, mas se você ficará feliz, eu também ficarei.

Ele foi direto ao ponto e pedi apenas que desse uma semana para tomar as providências. No fundo eu desejava obter uma bonificação adicional para ele, como agradecimento, mas precisaria de um tempo extra para convencer a chefia. Combinamos que só anunciaríamos sua partida dali a vinte dias, o que daria tempo para reestruturar a equipe sem perdas na produção.

Quando fui contar para Levi e dar a notícia que agora ele seria efetivado, devido à saída de Renato, fui surpreendido.

– Natan, estou a saber de tudo desde a semana passada.

Malandro, ele confessou que vinha influenciando Renato a procurar um lugar melhor para trabalhar e sua estratégia deu resultados além do premeditado. Do meu ponto de vista a abordagem foi perfeita, até porque em nossas várias reuniões semanais, era visível que Renato vinha se destacando sobre ele.

Nikolay ainda estava um tanto enrolado e, apesar da tremenda determinação, o idioma o atrapalhava. Com frequência tinha dificuldades de captar o teor do que lhe era informado para fazer. Como se não bastasse, as pessoas o elegeram como novo alvo das perseguições. Eu sabia da injustiça contra o ucraniano, mas desde que eu não estivesse no foco da guerra, encontraria uma maneira de recompensá-lo depois.

Levi foi oficialmente contratado e como estratégia final solicitei aos recursos humanos que contratasse mais estagiários. Um para cada engenheiro e todos teriam metas mínimas a cumprir.

No mesmo dia que a nova equipe começou, os donos da empresa ofereceram-me o cargo de gerente geral de produção. Eles incluíram nas funções do cargo a supervisão de todas as lojas do país. E, embora nada estivesse oficializado, seria minha tarefa garantir que toda a empresa funcionasse com mesma eficiência do laboratório matriz. Segundo os patrões, toda a operação deveria começar imediatamente, caso eu aceitasse. Contudo a minha promoção efetiva, a valer no papel e no salário, dependeria do fim do processo de aquisição do contrato da WP.

Na visão deles a transição exigia tempo e por isso eu seria marinado no processo até o início do próximo ano. Por um lado, estava bom, porque meu objetivo se concluiu e não precisava mais ficar na bancada. Por outro, nem tanto, pois o salário ficaria menor, sem os prêmios da produção. No resumo estava no lucro, porém um detalhe ainda me incomodava.

Desde nosso último duelo, antes de Praga, Fernão Patrício estava na dele e sua covardia limitava-se a mutilar os próprios amigos que passaram a torcer por mim. Vez por outra ele implicava com as máquinas de Levi, mas nada que não ficasse logo resolvido quando os dois conversavam. Levi tinha jeito para a política e conseguia lidar com a situação, apesar de ter chegado ao meu ouvido que ele usava meu nome para se beneficiar, mas ainda assim era esperto o suficiente por ter encontrado nisso uma arma de contra-ataque.

O alvo primário de Fernão era o ucraniano que, sem misericórdia, tinha dezenas de máquinas reprovadas no controle de qualidade. Fernão repetia a sua perseguição da mesma maneira que fez comigo e acho que foi por isso que não intervim. Queria que Nikolay agisse, que lutasse pelo que acreditava, ao invés de aceitar e se subjugar. Ainda tentei facilitar com as máquinas menos problemáticas, mas a sua dificuldade de associação com o grupo deixava-o exposto demais e os abutres aproveitavam.

Através da vidraça do que agora era minha sala, eu apreciava a eficiência da empresa. Às vezes recebia um segundo de paz e aproveitava para desfrutar de um café, feito na máquina de expressos, que Soares deixou de herança.

Momentos de paz sempre vêm seguidos de grandes desafios e não demorou para uma das moças que cuidava da distribuição invadir minha sala.

– Senhor Natan, precisas vir ter comigo, urgente. Temos um problema com o Renato.

Na hora pensei que o rapaz tinha deixado para se acidentar justamente na véspera de sair da empresa. Perguntei o que tinha acontecido, mas a colega insistia que estava irritada demais para contar e que seria melhor ouvir da boca do próprio Renato. Um milhão de coisas passaram pela minha cabeça e corri para ver meu pupilo.

Renato estava sentado no chão do banheiro com o rosto vermelho. A seu lado, Levi e Nikolay andavam de um lado para o outro a minha espera.

– Me deixem sozinho com ele. Quero saber o que ouve.

Uma voz se fazia ouvir na minha cabeça, bem lá no fundo me prevenindo sobre o real motivo daquilo tudo.

Os dois ficaram do lado de fora e foram acalmar os curiosos que desejam saber o que se passava com o rapaz.

– Renato. Somos amigos, certo? Vamos lá, o que te aconteceu para ficar assim? Levou um choque, cortou um dedo, está a sentir o quê?

Eu perguntava, mas sabia que o problema era outro, porque não via sangue, nem sinal de queimaduras ou marcas no corpo dele. Além do mais os sistemas de proteção que a empresa tinha implantado não permitiriam que ninguém sofresse uma lesão grave no caso de acidentes.

– Renato, se você não falar, fica difícil ajudar? Vou chamar uma ambulância por precaução.

– Não, calma, não precisa.

– Como não? Está aí no chão, todo largado, parece que vai ter uma convulsão a qualquer momento. Seu rosto parece até inchado.

– Estou bem, só preciso de um tempo.

– Sem problemas, respire.

Saí do banheiro e pedi que ligassem para a ambulância.

– Levi, vai ficar com ele que vou descobrir o que aconteceu. Os demais, por favor tratem de dispersar, vamos continuar o trabalho, porque o cliente precisa do seu equipamento consertado e não dá a mínima para os nossos problemas.

Comecei a perguntar o que tinha acontecido, mas ninguém contava, diziam que não sabiam ou que não estavam por ali quando ocorreu, não tinham visto nada. Mesmo minha amiga da distribuição dizia que foi de repente que ele apareceu chorando e todo inchado em direção ao banheiro.

Na voz deles eu sentia que algo estava errado, mas se ninguém queria contar eu descobriria sozinho.

A ambulância comprovou a eficácia do sistema de emergência lisboeta e em menos de dez minutos meu amigo saiu acompanhado por Levi e uma moça dos recursos humanos, rumo ao hospital.

Fui à sala de T.I e pedi que liberassem a filmagem, mas o sistema de monitoramento era a única parte da estrutura da empresa que não tinha mexido ainda. O sistema utilizava uma gravação quadro a quadro muito lenta e sem focar determinados setores. O que recebi depois de esperar por quase duas horas foi um vídeo onde não se via nada além de uma parede na gravação da primeira câmera e uma visão limitada do setor de logística na segunda.

Senti o peso da culpa por não ter percebido antes a importância das câmeras de monitoramento. Não teria como ajudar com as ferramentas que dispunha e preferi usar o tempo para corrigir a falha. Levantei custos, montei um esquema dos pontos cegos e dos lugares mais importantes a serem vigiados em cada setor. Elaborei um projeto inteiro para submeter a aprovação da diretoria no dia seguinte. Não saber o que tinha acontecido com Renato serviria de discurso para convencer os patrões da necessidade urgente de implantar a nova ideia.

Foi quando finalizei a leitura da última mensagem do dia que Levi retornou.

– O que faz aqui de volta, seu doido? Já passou do seu horário de pegar sua filha no infantário.

– Não te preocupes, pedi minha esposa para ir ter com ela quando sair do trabalho, mas não vou finalizar a máquina que está aberta na bancada, pá. Amanhã termino, se não te importas.

– Deixa disso rapaz. Só tem o engenheiro Marcos que é um fominha. Os outros já foram faz tempo. Deixa lá isso e vai descansar, mas antes diga como ficou o nosso amigo lá no hospital.

– Ora pois! Ele está bem, mas já sabes do ocorrido, pois não?

– Mais ou menos, ainda tenho aqui umas peças para juntar, mas me conte o que sabe.

Levi olhou a volta, ressabiado e fechou a porta da sala antes de retomar a palavra.

– Pá, o que aconteceu é que o Renato e o Fernão tiveram uma desavença!

Cerrei os olhos de raiva, mas deixei que Levi continuasse.

– Isso por que hoje o Fernão retornou cinco máquinas dele e nenhuma tinha problema de verdade. Nosso amigo foi reclamar com todo o direito que tinha, mas Fernão não aceitou bem. No meio da discussão disse que tanto Renato como tu, deveriam lavar a boca antes de questionar o trabalho de um europeu de berço, que tem nome e família tradicionais, de sangue legítimo português. O Renato é esquentado, tu sabes, ele tem aquela cara de caramujo, mas quando se acende, ninguém apaga, tu bem sabes.

– Sei sim, mas aí, como você sabe disso tudo? – Meu instinto dizia que Levi tinha o rabo preso na história de alguma maneira.

– Eu estava na sala quando aconteceu, porque estava a discutir sobre minhas máquinas que também tinham retornado. Mas foi aí que o Renato passou-se por completo e disse poucas e boas para o infeliz do Fernão, pá. Só faltou chamar a mãe dele de porca. Foi um discurso à brasileira daqueles que só tinha visto nas telenovelas que importamos.

– Mas porque o Renato estava com a cara inchada? O Fernão bateu nele? Agora fala tudo, abre o bico Levi.

– Bem, primeiro me desculpe por não contar quando perguntou, mas achei que se contasse mais cedo, tu pegaria para ti o problema, e aí minha nossa senhora de cima e de baixo, não teriam como te segurar nos tamancos.

– É, você fez certo, mas vamos lá, diga o que perguntei.

– Durante a intensa discussão, Fernão falou mal de ti e o Renato lançou-lhe na testa um dos teclados que estava por perto. Voaram teclas para todos os lados, mas o Patrício escapou e na volta deu lhe uns murros de mão aberta, por toda a cara.

– Então os dois caíram na porrada?

– Sim, mas quem começou foi o Renato e até por isso não falei nada porque ele sai amanhã e não queria criar problemas para o gajo. O Fernão a gente já sabe como é, pá.

Marcos acabara de desligar as luzes e acenava se despedindo. Fitei o fundo do corredor do lado oposto e o controle de qualidade ainda tinha movimento.

– Levi, obrigado por me colocar a par, mas depois resolveremos isso da melhor maneira. O importante é que ninguém se feriu e no fim das contas, abafamos o caso. O Renato nem precisa vir amanhã. Deixa comigo e pode ir tranquilo.

Meu amigo de bancada sabia que estava sendo expulso quando, tirei meu jaleco e dobrei as mangas da camisa.

– Até amanhã então e juízo não faças nenhuma besteira que possas se arrependeres. Sabes de quem ele é filho, não sabes?

– Aí é que está. Ele é que não faz ideia de quem é meu pai.

Levi foi embora para não testemunhar o que sabia ser inevitável. Em pleno ano de dois mil e doze ainda existiam pessoas como Fernão Patrício e por mais que eu desejasse dialogar, sabia que ele só ouviria da pior maneira.

Desliguei as luzes de todos os setores no quadro geral de energia dando a entender que o expediente havia terminado, exceto para o C.Q. Normalmente os funcionários saíam da empresa às dezoito horas em ponto, mas julguei adequado precaver. Fernão era um dos poucos que estendiam o horário. Na verdade ele abusava da amizade entre os patrões e seu pai, fazendo seu próprio horário de trabalho. Mesmo que a atitude prejudicasse o tempo de entrega das máquinas, ninguém falava nada contra ele.

Parei no início do corredor pensando nas consequências do que estava para fazer. Depois de tanto tempo à espera, finalmente o governo Português concedeu meu visto de residência, mas uma loucura como aquela poderia me mandar de volta ao Brasil. Lembrei de Renato chorando ao me defender e ignorei meus receios. Esgueirei até a porta do controle de qualidade e ouvi

Fernão cantando baixinho, ainda com os fones no ouvido. O plano que tinha era invadir a sala no momento oportuno e antes que ele percebesse, o acertaria com um golpe na região do abdômen com toda a minha força. Se o ódio permitisse, tentaria não deixar marcas comprometedoras.

Inspirei fundo e avancei, libertando de uma única vez toda a minha ira, mas quando cruzei a entrada fui deslocado para trás. A cena ficou em câmera lenta, distorcida e de uma perspectiva externa. De súbito passei a ver um outro Natan, correndo ao encontro da vítima que foi pega de surpresa sem piedade. Meus braços tinham veias aos sobressaltos e as do pescoço pareciam que iam explodir, mostrando uma coloração esverdeada. A face do Natan que permanecia na sala estava desfigurada e por seus olhos uma energia aterrorizante era projetada contra o inimigo. Mesmo fora de mim, sentia a pressão dos meus braços chacoalhando o corpo de Fernão como se fosse um saco de carne.

Ele tinha a boca escancarada e parecia implorar por ajuda a plenos pulmões, mas tudo que eu ouvia era o crepitar de uma tocha que ardia do meu lado. Tentei me mexer e percebi que meus pés estavam colados no chão arenoso. Eu respirava normalmente, mas sentia o efeito da densa escuridão ao redor. Por fim me toquei que estava de volta a dimensão do gênio. Pelo portal que antes se preenchia com o calor do sol, agora eu assistia a um outro Natan, em um ataque feroz.

Uma dor imensa explodiu na minha mão direita, e quando dei por mim estava de volta, com Fernão acuado num canto entre as mesas, se protegendo sob as cadeiras. Ele tremia e gaguejava com o próprio choro sem conseguir falar. Acima dele, na parede de gesso, um buraco indicava de onde vinha a dor no meu punho.

Estava tão desnorteado quanto ele, porém com raiva o suficiente para erguê-lo pelo colarinho, desta vez consciente do que estava fazendo.

– Seu desgraçado preconceituoso. Se você queria fazer algo contra alguém que fizesse contra mim, não contra o rapaz que não tem nada a ver com nossa briga.

Fernão não se mexia.

– Fale alguma coisa, seu bosta. Você envergonha este país.

Ele parecia assustado demais para falar. Eu o sentia tremer enquanto ele esquivava com a cabeça, evitando a todo custo olhar nos meus olhos.

– Agora escute aqui. Se você contar o que houve, juro que não vai sobrar ninguém da sua importante família. Se um único detalhe do que aconteceu vazar, você vai experimentar toda a fúria de um construtor de portas do sol. E não pense que seu pai vai safar-te desta vez. Fique sabendo que político importante, também morre.

Fernão, parecia em transe, sem reação. Não se movia, não tentava escapar, nem mesmo revidar. Joguei-o contra as mesas e retomei por completo o controle sobre minhas ações, entretanto não tinha certeza se as últimas palavras foram ditas por mim ou por algo, através da minha boca.

Eu sabia que o segurança noturno nos esperava no primeiro andar e que ele seria a única testemunha. Pensei rápido e arrastei Fernão escada abaixo como se estivesse ajudando um amigo bêbado até a porta de saída.

– Vá! Não quero mais ver a sua cara por aqui. – Gritei com um tom de brincadeira para disfarçar.

Fernão saiu cambaleando sobre as próprias pernas e conseguiu caminhar em linha reta.

No estacionamento, o carro dele tinha as lanternas acesas e para evitar que me vissem, o deixei ir sozinho. Me coloquei atrás de um contentor de lixo e fiquei espiando, quem esperava por ele.

A porta se abriu para ele entrar pelo lado do carona. O carro fez a longa manobra contornando todo o edifício para sair pelo único portão do complexo. Saí do meu esconderijo a tempo de ver que um braço fino e delicado se esticou para apertar o botão que abria a saída. Não tinha certeza, mas imaginei já ter visto aquele braço antes.

A julgar pelo estado psicológico de Fernão ele precisaria de um tempo até retornar ao trabalho. Quem quer que fosse em seu carro teria nele um bom exemplo do que acontece quando mexem com o meu time. Voltei para a empresa e dei de cara com o vigia que decerto assistiu a cena.

– Rapaz não sei o que dá nesse povo. Eu sei que a crise está feia, mas ficar aqui até essa hora por uns trocados não é saudável. E este aí, como se não bastasse ainda inventou de fumar um baseado no local de trabalho. Acredita nisso?

– Pá! Esta juventude está perdida. O senhor tem toda razão em agir.

– Pois, agora veja, tive que expulsar o cara. No final quem é que vai pagar as horas extras para ele ficar lá em cima no ar condicionado, chapado e ouvindo música até essa hora?

– É isso aí, senhor Alexandre, impõe respeitos nestes putos.

Pronto, eu tinha o vigilante sobre controle, mas preferi reforçar minha autoridade, garantindo que ele estaria do meu lado, caso Fernão tentasse usá-lo como testemunha. Peguei minhas coisas e antes de sair preparei um café duplo.

– Humm! Que cheirinho bom. – Disse o segurança antes mesmo de me ver chegar.

– Segura aí, Baltazar. Esse veio direto da sala da diretoria para alegrar a sua noite. Fique com Deus e qualquer problema não ligue para mim! Ainda não sou pago para isso.

Ele riu e agradeceu umas cinco vezes antes de trancar a porta, depois que saí.

A noite tinha um ar gostoso, frio e seco. Minha mão ainda estava dolorida, mas me sentia bem, como na manhã em que caminhei pela ponte em Praga. Me convenci que as outras pessoas estavam certas. Eu estava mesmo diferente.

O incidente com Fernão me deixou mais próximo de Levi, que sem opção, ficava imaginando qual teria sido o motivo de Fernão ter em pessoa, solicitado a própria transferência. Ao mesmo tempo que me livrei de Fernão, encontrei meu substituto caso viesse a precisar no futuro. Até porque eu não iria contar com aquele posto de chefia por muito tempo. Poder é igual chocolate, basta saborear um pouco para querer mais.

Com o laboratório matriz indo a todo gás eu pouco precisava fazer para manter as coisas em ordem. Sem inimigos para nos boicotar, era possível dar o próximo passo e desenvolver soluções mais audaciosas para outras áreas de negócios. Com o contrato da WP se arrastando, meu chefe agora estava na área de ampliação da empresa, chamado elegantemente de "projetos futuros". A operação agora era o centro nervoso da empresa e eu tinha o controle pleno das equipes.

Envolvi Levi cada vez mais, levando-o comigo nas reuniões. Não sei se foi a ganância que tinha nos olhos ou as histórias tristes que ele contava quando tomávamos nosso café nos intervalos, mas ele conquistou minha confiança.

Lauren e Azhym permaneciam fora de área. Eu tinha muito para contar à minha orientadora, principalmente o ocorrido com Fernão e ficava a cada dia mais ansioso. Em casa, Tessa e eu curtíamos o tempo sozinhos e por incrível que pareça agora mantínhamos mais contato com Dona Zoraide do que quando ela estava conosco. Tessa e ela falavam pelo menos três vezes na semana através do computador e às vezes ficavam horas papeando.

Meus pais e meu filho continuavam a cobrar uma visita ao Brasil, afinal estava a poucos meses de completar dois anos ausente. Eu os via pela câmera e falávamos pelo telefone com frequência, mas não era a mesma coisa. Vez por outra, sonhava estar caminhando na rua da casa de Piabetá, na madrugada avançada, quando nem mesmo gatos ou cachorros arriscavam sair na escuridão. Coisas que imaginava possível através do uso de meu gênio, mas que decerto eram apenas minha criatividade funcionando quando conseguia fechar os olhos.

CAPÍTULO 28
PEQUENOS AJUSTES

Lauren e a garçonete, a mesma de quando estivemos ali pela primeira vez, conversavam baixinho com os rostos quase colados. A moça se levantou e passou por mim um tanto envergonhada, mas me cumprimentou pelo nome. Minha orientadora tentava disfarçar algo que eu nem sequer teria notado se ela reagisse de maneira natural.

– Bom dia. Vai a algum funeral?

– Claro que não. Eu ia supervisionar umas lojas quando recebi sua mensagem e tive que mudar minha programação.

– Hum... Você fica bem de terno e gravata, deveria usar com mais frequência, talvez sem gravata, num estilo despojado. Fica com pinta de escritor famoso.

– Escritor? Eu?

Ignorei o que ela falou, perguntando se já tinha pedido comida.

– Sim eu pedi os croissants que tanto gosta, chá para mim e cappuccino para você.

– Uau! Quanta eficiência. E a mocinha que estava aqui anotando o pedido? Vai ser para viagem?

Lauren me olhou atravessado girando apenas o globo ocular e entendi que entrava em terreno perigoso.

– Natan, vamos direto ao ponto porque nosso tempo hoje é limitado.

– Calma! Para que a pressa? Faz tanto tempo que não a vejo, que acho que esqueci as novidades que tinha para contar.

– Que pena, porque as que quero conversar com você estão bem aqui. Podemos começar com o que fazia no bar de Praga com aquelas pessoas. Pode inclusive contar se rolou alguma coisa com Maud.

Eu não precisava esconder nada dela, mas a maneira como falou, quebrou qualquer possibilidade de reação da minha parte e o silêncio causou uma interpretação errada.

– Sim, eu sei de quase tudo, Natan, só não sei por que não contou sobre o ocorrido enquanto ainda estávamos lá.

– Ei! Espere, calma. Não precisa tirar conclusões precipitadas assim. Eu posso explicar.

Lauren silenciou enquanto a moça retornou para nos servir e se posicionou na cadeira como uma rainha que está prestes a condenar um escravo, ante o seu último desejo.

– Para começar, acreditava que tinha falhado na missão. Sei que fui estúpido, mas entendi que receberia uma ligação e só então alguém diria a tal mensagem.

– Bem! Isso explica a sua cara quando o senhor Azhym pediu seu telefone.

– Pois é. Não quis falar nada para não estragar o momento. Desculpe, mas esta era uma das coisas que queria mesmo te contar, porém não sabia que demoraríamos tanto tempo para nos ver.

– Até aí você não respondeu o que perguntei e não que eu deva qualquer satisfação a você, mas precisei sumir um tempo para resolver uns assuntos.

Lauren estava séria e mexia o chá, mesmo sem ter posto açúcar.

– Sobre o bar, serei sincero. Fui abordado na rua por Maud e um casal de amigos dela. Os três meio que me obrigaram a ir com eles.

– E o que queriam? Tiveram acesso à mensagem da missão?

– Não, claro que não, o telefone estava comigo todo o tempo e…

A imagem de Maud sendo educada ao pegar o casaco para mim, pouco antes de expor a tatuagem, me deixou em dúvida.

– Natan? Pelo amor de Deus, não diga que…

– Acho que não.

– Acha?

– O telefone com a mensagem estava no bolso do meu casaco e por segundos Maud teve acesso a ele, digo, ao meu casaco.

Lauren sacou o celular da bolsa e ligou para alguém. Pediu licença e se distanciou da mesa. Aproveitei para comer um croissant, mas o sabor estava diferente do que conhecia em um bom folheado francês e mesmo o cappuccino não estava nenhuma maravilha. Depois da primeira mordida coloquei de lado e procurei não ser deselegante, escondendo-o com o guardanapo. Ela falava baixinho, porém gesticulava como uma típica italiana. Demorou uns vinte minutos até que voltou menos tensa.

– Natan. Acredito que tudo esteja em ordem. Mesmo que ela tenha visto, não teria como intervir, a esta altura dos acontecimentos.

– Ufa! Que bom, mas devo dizer que em Praga Maud estava mais sociável e inclusive, mencionou que nunca quis me matar, ao contrário do que você contou.

– Natan, eu não falei isso. Disse que ela tinha a missão de neutralizar você. Ela poderia apenas ter removido você dos planos do pai dela naquela noite e por pouco não conseguiu. Ou estou sendo leviana em algum detalhe?

– Espera, pai dela? Você não quer dizer que...?

– Sim, o senhor Azhym é pai de Maud.

Meu mundo ficou por segundo completamente escuro e a cada vez que piscava me via na sala de iniciação, diante da legião de demônios ao redor do portal ensolarado.

– Imaginei que tivesse descoberto quando falamos dela a primeira vez. – Disse minha orientadora com naturalidade.

– Claro que não e como eu... Ah! Quer saber deixa pra lá.

– Natan, você correu um enorme risco voltando a se encontrar com Maud em Praga. Você ainda não estava e não está pronto para enfrentar alguém como ela.

– Eles só queriam conversar e explicar melhor o que são os Leões Negros.

– Natan e por acaso ela não tentou seduzi-lo, novamente? Vai dizer que não ficou atraído por ela? Me desculpe invadir assim, mas preciso saber o que aconteceu.

– Não posso negar. Ela mexe comigo de uma maneira sobrenatural, mas resisti e não aconteceu nada. Chegamos a nos abraçar quando nos despedimos, mas foi só.

– Deixe eu explicar uma coisa para você. Acho que está na hora. – Lauren se aproximou de mim olhando para os lados receosa e desta vez fui eu quem se contorceu na cadeira à espera.

– Você sabe por que consegue ver as tatuagens se moverem?

– Sim, porque sou um construtor de Portas do Sol.

– Natan, você não apenas vê o gênio das pessoas como também pode capturá-los. Quando uma pessoa revela sua entidade, você consegue capturá-la.

Lembrei da inúmera quantidade de silhuetas que havia na ocasião da iniciação. Além disso Maud viu vários gênios ao meu redor. Pensei em argumentar, mas deixei que minha orientadora continuasse:

– De forma inconsciente, você já deve ter adquirido várias entidades e nem notou, porque tatuagens são apenas para membros da Ordem. Uma pessoa comum pode revelar seu demônio a qualquer momento. Agora, o problema é que algumas destas entidades são tão poderosas que podem influenciar no seu comportamento.

– Entendo. Isso faz sentido.

– Natan, um demônio como o que Maud controla, pode causar sérios danos em você se for provocado.

As coisas começavam a clarear com aquela explicação.

– Para seu conhecimento, Maud já tirou de circulação um alto membro da Supremacy através da entidade que ela carrega.

– Alguém que tentou roubar o demônio dela? – Perguntei engolindo seco.

– Pelo contrário. Foi ela quem tentou roubar. A vítima foi um alto ancião da Supremacy que pensava estar apaixonado por ela. Eles chegaram até a se casar.

– O cara morreu?

– Não, mas… enfim, tome cuidado. Você pode perder o controle na presença dela e convenhamos que seu histórico deixa brecha quando se trata de mulheres. Outra coisa importante é o fato de você ser considerado como um filho pelo senhor Azhym. Soaria mal você relacionar-se com a filha de sangue dele, não acha?

– Este papo que Azhym me considera filho espiritual dele... Isso seria mais palpável se tivéssemos mais contato e quem sabe até se me financiasse de alguma maneira.

– Financiar? Natan, você sabe que ele é um diplomata não sabe?

– Sei e por isso mesmo imagino que dinheiro não seja um problema.

– Só para você saber, ele doa, desde que conseguiu o primeiro emprego, tudo que sobra dos rendimentos para uma instituição de caridade.

– Doa? Poderia doar para mim então.

– O livro de receitas da Supremacy reza que devemos devolver um terço de tudo que recebemos, você sabe disso. Além do mais o senhor Azhym é uma alma santa que se importa com os outros. Que não deixa faltar nada para a família na Turquia e menos ainda para a mãe de Maud no Brasil. Se pensar bem, vai ver que nada lhe faltou Natan.

– Uau! E como Maud consegue viajar por aí e tudo mais? Ela não tem cara de classe média.

– É difícil dizer se Maud controla o gênio dela ou se ela é controlada por ele. O fato é que ela herdou uma fortuna do ex-marido. Ela é inteligente, não se pode negar. Até onde sei, ela possui investimentos no mercado da moda. É acionista de grandes marcas por todo o mundo.

A informação deu o que pensar, afinal ela tinha razão ao dizer que juntos dominaríamos o mundo.

– Natan, Maud deseja descobrir como você faz para capturar as entidades das pessoas. Esta é a busca da vida dela.

– A propósito, existe alguma coisa que eu possa fazer para me proteger dela?

– Quanto mais você aprender sobre a Tradição e os ensinamentos, mas forte vai ficar e mais diferente do Natan que existia há dois anos. A verdade é que estamos moldando você para que possa se defender sozinho.

– Obrigado por me dizer a verdade sobre ela. Eu realmente lhe sou grato, como disse lá na ponte de Praga.

– Eu que agradeço. Ganho mais do que você imagina com o seu sucesso.

Ficamos um tempo calados. A troca repentina de agradecimentos nos deixou tímidos.

– Na verdade acho que já começou a mudar, certo?

– Sim, as pessoas repararam, desde que voltei da República Tcheca, mas não acho que seja assim tanto.

– Está falando o homem que amava croissant e que largou o melhor que existe em toda península ibérica, com apenas uma mordida.

– Talvez esteja certa, vai saber? – Não quis concordar com ela.

– Natan, aqui está a sua terceira missão, mas não falaremos sobre isso hoje. Estou de volta até as vésperas de você iniciá-la e temos tempo. Agora me diga o que você queria contar sobre o problema no trabalho.

Fiquei olhando meu croissant mordido e a voz na minha cabeça indagou o por que da pergunta de Lauren se eu não tinha mencionado nenhum problema no trabalho. Ela poderia ter seus contatos, mas saber sobre o que aconteceu necessitava de uma fonte exclusiva.

– Era você no carro com Fernão aquela noite? – Fulminei-a esperando uma reação corporal que a comprometesse.

– Do que você está falando? Que carro? Que noite?

– Você pode não saber sobre carro, ou sobre noite, mas com certeza sabe que algo aconteceu na empresa.

– Natan, é claro que sei. O Baltazar é um homem muito gentil que trabalha a décadas conosco. Além do mais sou sua orientadora e tenho a obrigação de protegê-lo, mesmo que não saiba os sacrifícios que faço para isso.

Ela não precisou insistir e contei uma versão diferenciada daquela noite. Na minha história foi apenas o Natan que perdeu a paciência e atacou Fernão. Achei melhor ela não saber a respeito da interferência do meu gênio durante o combate contra meu inquisidor.

– Não importa. A situação do trabalho está resolvida e em breve serei oficialmente o chefe de todo o departamento. Deu trabalho, mas estou perto do meu objetivo.

Lauren esticou um envelope e com um corte ríspido no assunto, pediu que só o abrisse em casa. Ninguém poderia ver ou saber de nenhum detalhe da terceira missão.

– Eu pago a conta, mas acho que você precisa ir fazer a supervisão da loja antes que o dia acabe. Eu tenho que resolver um assunto com a garçonete.

A menina, volta e meia nos rodeava, sempre olhando para Lauren com cara de fome.

– Mantemos contato, então?

– Como sempre fazemos, Natan. Cuide-se. É um momento importante para todos nós no seu treinamento. Concentre-se para não fazer besteira.

CAPÍTULO 29
CASTELO DA PENA

Minha intenção naquele dia era atormentar Fernão Patrício. Eu sabia que ele estava sofrendo represálias dos colegas na loja onde foi realocado. Não tinha certeza se foi sorte minha ou azar o dele, mas em seu novo posto de trabalho ele estava rodeado de imigrantes. Enfim estava amargando o tratamento que suas próprias ações lhe renderam.

Não que tivesse um lado vingativo exaltado, mas fiz questão de visitá-lo. Para minha tristeza, fui informado que Fernão estava doente e faltou justo naquele dia. Minha decepção não ficaria barato. Conversei com o responsável da loja, um cabo-verdiano e dei a dica para ele apertar, ainda mais, com o novo colega. Se possível deixando-o com os piores horários, com os turnos dos finais de semana, feriados, tudo que o forçasse a pedir para sair da empresa.

Com tudo acertado, parti rumo às outras lojas e apesar de encurtar o tempo das visitas, consegui completar meu cronograma e pegar minha esposa no trabalho dela.

Tessa estava cada vez mais estressada no trabalho e eu voltava a ser válvula de escape. Eu via na situação dela uma pequena amostra do que acontecia com Nikolay. Por vezes pensamentos sombrios dominavam minha mente e eu acabava piorando a situação com conselhos insensatos que graças a Deus, ela não seguia.

Desde que Dona Zoraide voltou para o Brasil, assumi o posto da cozinha. Enquanto preparava a comida, gostava de usar o tempo para ouvi Tessa desabafar. Assim, quando o jantar fosse servido, estaríamos livres dos assuntos estressantes.

Aproveitei que ela caiu no sono cedo e fui verificar a terceira missão. Dentro do envelope encontrei um *pen drive* tão pequeno que tinha dificuldade em manuseá-lo.

O dispositivo parecia de boa qualidade e tinha na base um símbolo gravado em amarelo sobre um fundo vermelho. Uma concha, semelhante à que vi em dezenas de lojas quando visitamos Santiago de Compostela. Junto, um pedaço de papel escrito TP0812-B. Fiquei até as três da madrugada tentando decifrar o código. O pen drive também não fazia sentido. Verifiquei mil vezes e tudo que encontrei eram os arquivos base do dispositivo que só poderiam ser acessados pelo fabricante do pen drive. Tentei descobrir informações escondidas através de programas de segurança que conhecia, mas tudo foi em vão.

No dia seguinte acabei perdendo a hora e quando cheguei na empresa, Levi já encerrava a reunião. Ele ainda tentou passar a palavra para eu conduzir, mas entrei na dele e agradeci por ter cumprido com o nosso combinado. As pessoas dispersaram e o puxei para um café como agradecimento.

– Então, meu caro amigo. Acho que está preparado para assumir mais responsabilidades?

– Pá! Natan, não me apronte nada, que só estava querendo ajudar. Peço mil desculpas por ter assumido o teu lugar.

– Levi, deixa disso rapaz, adorei a iniciativa e acho que você seria a pessoa certa para ser o meu substituto mais a frente.

– Natan, não sei, pá. Fico lisonjeado com a oferta, mas estou com uns problemas em casa e minha cabeça não anda bem.

– Sim, notei que tem ficado até tarde na bancada e é sempre o primeiro a chegar. A paciência também anda lhe faltando com os colegas, principalmente com o nosso amigo ucraniano. Aliás você deve cuidar dele um pouco melhor. Ele é uma pessoa de bom coração.

– Eu sei, Natan, mas às vezes ele irrita-me de uma maneira que tenho vontade de lhe partir a mossa.

– Pega leve! Ele precisa de tempo para assimilar o que falamos. Lembre-se que ele está aqui há pouco tempo e português não é o idioma mais fácil do mundo.

Levi torceu a cara, mas prometeu tentar ser mais paciente com Nikolay.

– E os estagiários como estão?

– Faço com eles o que aprendi com o mestre. Estão a progredir dentro do planeado, inclusive acho que um deles já pode ficar sozinho e passar à fase dois, focando em defeitos mais graves, com equipamentos mais delicados.

Dediquei uns minutos para analisar cada palavra que Levi cuspia. A forma como respirava pesado. O olhar perdido. A maneira como pegava na xícara e levava até a boca com os dentes castigados pelo cigarro. Seu comportamento esquivo não dava espaço para ver além da armadura que ele vestia.

– Certo! Mas agora me conte este seu problema de casa. Desabafe aqui com seu, meio amigo, meio chefe.

Ele estava relutante e olhava a televisão ao longe sobre o balcão da cafeteria para escapar a minha intromissão.

– Vamos lá, pode falar. É papel do chefe ouvir o que deixa o funcionário menos produtivo e não se preocupe com as máquinas na sua bancada. Se for preciso te dou uma mão depois, eu mesmo, para matar saudade da bancada.

Levi riu sem acreditar que o ajudaria e um tanto tímido comentou que estava para voltar a morar com a ex-esposa. Ficamos quase uma hora esquecidos do tempo, batendo papo sobre o que era bom e ruim para ele reconstruir o casamento. Eu tinha uma boa vivência no assunto e minhas experiências de vida, no mínimo, serviriam de exemplo a não ser seguido.

– Natan, só de ajudares com a contratação efetiva, tu transformaste minha vida. És o assunto que não sai da pauta lá em casa. Minha mãe queria até te conhecer.

– Que nada, só ajudo quem faz por onde e você vem fazendo até mais. Agora vamos, porque já ficamos aqui tempo demais. Não quero que os outros achem que você tem privilégios.

Enfim tinha encontrado um jeito de conhecê-lo melhor. No meu entendimento, dentro da empresa ninguém é amigo. Quem diz ser, ou é um bom mentiroso, ou ainda não recebeu uma oferta para te sacanear. Por isso, a melhor estratégia para ganhar a lealdade de Levi seria uma aproximação através da sua vida pessoal.

Passei pelas bancadas e como gostava de fazer, fui a cada um dos setores encontrar um jeito de motivar as equipes. Caminhar pelos corredores da empresa renovava os meus pensamentos. Toda vez aparecia um colaborador ocioso, pronto para dar uma ideia ou sugerir uma forma diferente de fazer o trabalho. Meu serviço era o de recolher estas pérolas e saber o momento certo de utilizá-las a meu favor.

Enrolei o bastante perambulando até encontrar com o brasileiro do setor de TI.

– Cara, talvez possa ajudar com este pen drive. Um dos estagiários me desafiou a encontrar uns arquivos aí dentro. Já revirei tudo, mas no final acho que deve estar é com vírus e queria ter certeza que não fui feito de bobo.

– Deixa eu ver. Temos aqui uma máquina isolada da rede que roda uns programas sinistros para este tipo de problema.

Ele encarou como um desafio encontrar as informações e fiquei a seu lado como um cão de guarda. O conterrâneo usou todo o conhecimento que tinha para isolar o sistema da empresa e manter qualquer informação que encontrasse sob máxima proteção. A ameaçar de encontrar um vírus me deu a garantia que precisava para ter sigilo absoluto. Eu não poderia correr o risco de ter uma missão da Supremacy comprometida por um descuido.

– Acho que alguém queria brincar com você.

– Como assim? O que você achou?

– Pois é. Não achei nada. Está completamente vazio.

O rapaz era confiável e o sistema que checava o dispositivo gerava um relatório sobre cada comando que ele digitava. Além do mais o monitor à nossa frente deixava claro o que ele fazia.

– Você quer dizer que me fizeram de besta procurando algo que não existe?

– Se foi isso, acho que conseguiram.

– Valeu cara. Obrigado pela tentativa, mas agora será a minha vez de brincar com quem me deu isso.

– O que pretende fazer? Me conta quem vai perder o pescoço.

Antes de ir embora, sem dar explicações ao meu amigo, apaguei eu mesmo qualquer vestígio que identificasse as nossas atividades.

– Ei, Natan! Uma coisa antes de sair. Será que podia dar uma olhada nas minhas férias? Estou a fim de passar o final do ano em Londres com minha mãe e queria confirmar se está tudo certo. Desculpe, mas é que no ano passado, com o outro chefe, deu uns rolos e...

– Sem problemas. Se não estiver marcado como você quer, darei um jeito.

– Só você mesmo para dar esta força. Obrigado.

Meu amigo de T.I cresceu por mérito e esforço dentro da empresa e tinha uma reputação privilegiada de norte a sul do país, entre os colaboradores. Além disso, era um exemplo de determinação, pois começou como balconista e após anos de luta conseguiu chegar a supervisor geral do departamento de tecnologia de informação. Todos os dados gerenciais e administrativos eram obtidos, processados e distribuídos por ele antes de chegar aos patrões e aos empregados.

Mandei uma mensagem para Lauren, logo que me livrei dos afazeres e retornei à minha sala de chefia. Queria tirar a limpo aquela história de um pen drive vazio e por que a mensagem que veio no papel não fazia sentido com o sistema de decodificação. A resposta não demorou e veio de maneira bem direta.

"Castelo da Pena. Amanhã. 17:25."

Arrumar uma desculpa para sair de casa sozinho no sábado estava fora de questão, mas vi na mensagem de minha orientadora a oportunidade que esperava por tanto tempo. Seria fácil convencer Tessa a visitar o ponto turístico.

Passamos em frente ao café francês, mas nem sinal da garçonete amiga de Lauren. No seu lugar, um rapaz bem-apessoado cuidava das mesas. Com toda certeza ele não pertencia a Ordem, mas por precaução recusei a sugestão de Tessa para entrar. Era tarde de um gostoso sábado de sol, porém precisava ganhar tempo até poder subir para o castelo na hora marcada.

Caminhamos as longas ruas do pequeno bairro e foi difícil não comentar nada com Tessa sobre as pequenas incursões que tinha feito ali. Pensava em como tinha uma vida dupla e em como aquilo poderia ser usado contra mim algum dia. Senti medo que Tessa viesse a saber do meu segredo por terceiros e tomei uma das mais importantes decisões da minha vida.

– Amor, lembra que tempos atrás, na verdade, muito tempo atrás, comentei sobre umas pessoas e um grupo que estaria disposto a me treinar para fazer parte de uma organização.

– Claro que lembro.

– Você sabe que tenho mantido contato com eles, não sabe?

– Sei sim amor, mas você me pediu que ficasse de fora, quando ainda morávamos lá na casa da minha mãe em Petrópolis e por isso tenho respeitado.

De fato, minha esposa tinha uma memória extraordinária e sua perspicácia em nada ficava a desejar.

– Pois é. Desde que chegamos aqui em Portugal tenho falado com eles e em boa parte foram eles que nos ajudaram com nossas conquistas até aqui. O que acontece é que não me sinto bem tendo que esconder certas histórias de você. Não quero que pense que tenho segredos, mas é que...

Ela interrompeu escondendo-se da luz do sol que descia baixo no céu azul.

– Amor, eu sei que você não pode contar tudo. Eu entendo e desde que não nos separe, por mim tudo bem.

Agradeci com um beijo e lembrei de quando caminhávamos voltando da padaria perto da casa da mãe dela, após a pior discussão que tivemos. Na ocasião também estávamos falando daquele assunto.

– Eu sei que casei com um louco, mas fazer o quê, se é esse

louco que eu amo.

Eu não merecia a mulher que tinha, mas estava grato por tê-la ao meu lado.

– Venha! Você vai querer ir lá na parte alta do castelo, não vai? Hoje o tempo está ótimo, mas temos que subir logo, senão vai fechar.

Pegamos um pequeno ônibus que levava até a entrada do castelo e em minutos compramos os bilhetes, sendo os últimos a terem a entrada permitida naquele dia. O guarda chegou a dizer que teríamos pouco tempo para ver as atrações, porque as cinco e trinta o complexo fecharia por completo. Com gentileza o senhor nos aconselhou a voltar outro dia.

Insisti e mesmo com o horário apertado entramos. Tessa não sabia, mas acho que fazia alguma ideia do real motivo de estar ali e apesar de não perguntar, deixava que eu escolhesse o caminho.

Rodeamos o palácio e andamos na direção contrária ao fluxo de pessoas que se colocavam rumo à saída. A construção do século XIX, com elementos de inspiração árabe enchia nossos olhos de encanto. Por fora eram bem visíveis as diferentes marcas que o tempo e as civilizações deixaram na estrutura do castelo. A arquitetura impressionava e nos elevava a ter uma vista panorâmica das cidades vizinhas. Tessa tirava fotos de cada detalhe, de cada estátua, das flores do jardim e até das maçanetas das portas. Passamos por uma parte escura atravessando a base do palácio em direção aos fundos.

Descemos uma sequência de degraus em pedra crua e fomos agraciados com um momento mágico. O sol quase posto, projetava sua luz avermelhada contra as paredes amarelas do castelo, criando um tom laranja que parecia impregnar o ar de todo o ambiente com uma energia inspiradora. Na muralha que cercava a parte externa, amplos arcos vazados emolduravam o vale de árvores verdes, tendo mais ao fundo um pedaço do litoral.

Abracei Tessa com a certeza que testemunhávamos uma verdadeira bênção e me senti privilegiado.

– Lindo! – Foi tudo que ela disse depois de um longo tempo de meditação.

– É uma visão magnífica. Acho que uma das mais lindas que já vi. – Disse ainda com ela em meus braços.

– Fica aí que vou tirar uma foto sua. Você combina com este cenário. Vai ficar bonitão.

Tessa pegou distância, fez a foto e aproveitou para coletar outras imagens da parte mais recuada do pátio que lembrava um teatro a céu aberto.

– Já volto! – Ela gritou acenado com a máquina na mão.

Percebi quando Lauren se aproximou. Discreta com seu visual de peruca loira, óculos escuros, chapéu de madame e uma bolsa com fivelas douradas que tentavam competir com a paisagem.

– Estou deixando aqui o que precisa saber. Manteremos contato.

– Obrigado. Pego assim que você sair.

– Sua esposa é realmente uma mulher linda. Você tem sorte, cuide bem dela.

Virei para pegar a encomenda, mas ela já estava a alguns passos em retirada sobre os saltos altos. Se Tessa estivesse perto quando ela chegou, notaria sua presença como alguém que é qualquer coisa, menos uma turista. No parapeito da muralha, sob o arco, estava outro envelope, bem menor que o primeiro. Guardei de qualquer maneira e coloquei no bolso da calça protegido pela carteira.

Tive um momento sozinho e debrucei sobre o balcão de pedras da muralha. Contemplei os últimos suspiros do sol que desapareceu no horizonte por detrás de uma montanha ao longe. Lembrei dos meus pais e do meu filho, do quanto queria poder dividir aquele momento com eles. Dividir minhas conquistas seria a melhor parte da vitória.

– Fica aí e não se mexe. Você ficou bem nesta porta de sol.

– O que você disse?

Fiquei imóvel. Não para a pose, mas porque Tessa sem querer revelou o real significado de estarmos ali. Foram as decisões que tomei, ou que tomamos, que nos conduziram até aquele ponto. Tive certeza que Deus estava mostrando um pouco do seu imenso poder e que estava certo em seguir em frente. Com gênio, demônios ou anjos, me sentia abençoado e começava a entender o significado de uma porta do sol.

– Vamos. O guarda está mandando a gente sair.

Abracei mais uma vez minha esposa e a beijei para ter certeza que não estava sonhando. Seria hora de começar a cumprir mais uma das regras, descritas nos manuais da Supremacy. A obrigação de devolver um terço de tudo que foi conquistado deveria ser respeitada a qualquer custo. Prometi a mim mesmo que dali para frente dividiria minhas conquistas com quem participasse ou não do meu caminho.

Em casa esperei que Tessa entrasse no banho para conferir a mensagem. Enrolado em um papel havia um segundo pen drive. Idêntico ao primeiro, mas desta vez continha um arquivo chamado "*NaCI Tupi*" com data de gravação de 2008. Achei estranho um arquivo tão antigo para uma missão que ainda estaria por vir. O nome Tupi chamou atenção porque se tratava de uma tribo indígena, algo inconfundível para qualquer brasileiro.

Abri o documento apesar de nenhum dos meus programas instalados no computador ter identificado o formato. Na tela surgiu um monte de códigos como resultado de ter aberto o arquivo com um programa inadequado. Antes que comprometesse as informações desliguei tudo e guardei em segurança. Sabia quem poderia ajudar com o assunto. Na aba do envelope, escrito em letra de mão, um complemento da mensagem de minha orientadora: "*O anterior estava vazio, foi erro meu. Desculpe. L*"

CAPÍTULO 30
ACERTOS

– Então meu amigo como anda este setor de tecnologia da informação?

– Na boa, chefe. Tudo na paz. O que você tem para mim hoje?

– Você sabe que só venho aqui quando preciso de um favor.

– Chuta! Não se preocupe que por enquanto você tem crédito na casa.

– Lembra do pen drive que você vasculhou para mim? Pois é, achei um arquivo mas fiquei intrigado com o conteúdo. Queria que desse uma olhadinha.

Ele largou de lado o que estava fazendo e curioso tomou o dispositivo das minhas mãos.

– É! Agora vejo o arquivo, mas pera aí? Isso é um arquivo com encriptação em 4D.

– O quê? Nunca ouvi falar disso.

– Não é uma novidade, mas isso só é usado por quem tem acesso a computadores ultra poderosos, tipo agências de segurança do governo dos Estados Unidos. Caras deste nível assim.

– E você consegue abrir?

– Abrir não é problema, ler já é outra coisa. Nem com o programa correto, os computadores e as senhas necessárias seria possível ler, porque uma encriptação em 4D significa que os códigos necessários para ler o arquivo passam por quatro camadas de proteção. É algo próximo do impossível para qualquer hacker profissional.

– Nossa! A coisa é séria mesmo.

– É sim, mas onde você conseguiu este arquivo, se é que posso perguntar?

Tratei de arrancar o dispositivo do computador sem dar outras explicações.

– Para o nosso bem é melhor deixarmos assim. Se existir algum tipo de registro do que vimos aqui, apague.

– Tudo bem, mas isso me deixou curioso agora.

– Olha, você é meu amigo e só por isso vou contar, mas não se envolva porque isso pode dar demissão e até prisão se a coisa vazar.

– Pá, pé, pi, pó, pú! Parei então. Não posso perder este emprego não. Prefiro nem saber.

– Melhor mesmo. Apague tudo que tenha registrado e eu nego até a morte que estivemos os dois aqui.

Meu amigo desconectou o computador e, após conferir se havia alguma testemunha, causou um curto-circuito na tomada do equipamento, provocando enormes faíscas que levaram a fumaça ao ponto de ativação do alarme de incêndio.

– Você está maluco, cara?

Outras pessoas entram na sala perguntando se tudo estava bem, mas meu amigo tratou de despachá-las com seu tom irônico, sem dar detalhes.

– Calma pessoal. Não é hoje que teremos churrasco.

Depois que ficamos sozinhos ele retirou a unidade de armazenamento do equipamento e o colocou sob uma máquina.

– O que vai fazer?

– Este aqui é o exterminador. Usamos para destruir dispositivos que guardam informações quando os clientes abandonam equipamentos nas nossas mãos. Assim podemos garantir que ninguém tenha acesso aos seus dados. Você sabe que isso é importante e o quanto pode dar problemas.

– Claro que sim, só não conhecia este trambolho aí. – Me aproximei com perspicácia da máquina que parecia um picador de papéis gigante.

– É triturador industrial.

Ele mostrou um reservatório com milhares de pedaços de plástico, metal e vidro, onde não era possível identificar quase nada.

Eu não sabia se aquilo era medo de perder o emprego, de ser preso, ou apenas vontade de usar o tal exterminador. O importante é que agora somente eu tinha acesso aos dados do pen drive.

Voltei para minha sala e no computador tentei decifrar a mensagem que recebi no primeiro envelope e que ainda estava válida. Joguei no *website* de pesquisas, porém não consegui nada de útil. Fui preparar um café e a moça que fazia a limpeza pediu permissão para entrar.

– A senhora aceita um cafezinho?

– Oh! Senhor Natan, estou tão cansada hoje que nem vou aceitar não.

– Cansada? Faz assim então.

Tomei o esfregão das mãos dela e puxei a cadeira, forçando-a a sentar enquanto ligava a milagrosa máquina de expressos.

– Então me conte: como estão as coisas? Aproveite e descanse as pernas por cinco minutos.

– Ah! O senhor é brasileiro também e sabe como a gente sente saudade da nossa terra.

– E como sei. É a coisa que mais dói nessa jornada de imigrante.

– Pois é, eu tenho uma amiga que trabalha em outra empresa e ela também é imigrante, mas ela é da Grécia e acho que este povo não tem noção de quanto difícil é ir pro Brasil.

– Como assim?

– Ah! Quando ela está saudosa da família ela pega um avião e em duas, três horas está lá. Passa um final de semana e volta, sem gastar uma fortuna. Agora pra gente atravessar aquele marzão fica mais difícil.

– Você tem razão. O preço não ajuda mesmo e além do que, ir para ficar um final de semana nem compensa.

A mulher olhou o copo descartável, onde só restava a espuma parda no fundo.

– Esta minha vida aqui está pior do que a de lá, mas vamos indo. Com fé a gente consegue. Obrigadinha pela prosa e pelo café. O senhor colocou mais um tijolinho no seu castelo do céu.

Deixei uma risada sincera escapulir ao ouvir sobre o castelo no céu. E de alguma maneira as palavras da dela ficaram no meu subconsciente.

Retomei a pesquisa no computador e inseri o código em um localizador de passagens aéreas. Não demorou e o resultado mostrou um voo para dali a menos de um mês. Fiquei assustado com o que achei e ao mesmo tempo tive vontade de gritar pela expectativa. Eu tinha minha tarefa decifrada, ou pelo menos parte dela e tudo indicava que seria no Rio de Janeiro.

Se por um segundo eu tivesse imaginado que o código era o número de um voo comercial eu teria perguntado a Tessa. Afinal ela trabalhava em uma companhia aérea. Entretanto, acabei por ficar grato com a solução que encontrei. Quanto menos ela soubesse sobre a missão, melhor.

Ir ao Brasil naquele momento, nunca me ocorreu. É claro que tinha vontade de rever as pessoas, meus pais e meu filho. A missão juntaria as coisas mais importantes da minha vida e não resisti a agradecer minha orientadora.

"*Brasil? Não sei de onde vou tirar dinheiro para ir, mas obrigado.*"

Em alguns minutos recebi mensagem de volta.

"*Trate de preparar sua esposa. Ela deve ir junto.*"

No caminho de casa pensava como daria a notícia para Tessa. Precisava convencê-la a juntar dinheiro. Talvez um empréstimo com o banco ou um adiantamento com a empresa fosse a solução. Eu sabia que estávamos conseguindo juntar alguns poucos Euros, mas tinha certeza que não seriam suficientes.

Quando cheguei Tessa se despedia da mãe pela câmera no computador e ainda deu tempo para eu mandar um beijo corrido. Tessa ordenou que eu fosse para o banho antes do jantar que estava quase pronto. Aquela era a sua noite de enfrentar a cozinha.

– Então o que temos aqui que cheira tão bem?

– Fiz uma receita de bacalhau e batatas que uma amiga do trabalho ensinou.

– Amiga? No trabalho?

– É só maneira de falar.

Comemos tanto bacalhau naqueles dois anos que nem me importava mais com o tipo ou o modo como era feito. Durante toda a vida no Brasil, bacalhau era sinônimo de grandes eventos. Só havia da iguaria em festa de fim de ano e era uma posta pequena para servir uma família imensa.

– Então, como está sua mãe? Tudo bem com ela?

– Está ótima, fazendo cursos de desenho, de canto, indo a teatros, tudo que ela gosta.

– Bom ouvir isso.

– É, acho que ela no final, percebeu que a Europa de hoje é diferente da que ela conhecia.

– É! Com certeza era outro mundo naquela época, nem mesmo o espaço Schengen existia naquele tempo. Imagina isso? A Europa com fronteiras e controle de passaporte a cada cem metros. Sem contar a questão da guerra fria. Nossa! Devia ser um inferno viajar.

– Não sei, pelo que ela falou, antes as coisas eram mais organizadas, menos sujas e misturadas. Acho que ela não gostou de ver as ruas como estão. Lembra lá na Alemanha, a barulheira que era? A sujeira pelas ruas do centro. Ela comentou comigo que tudo estava muito diferente.

– É, imagino que ela tivesse mesmo uma outra ideia. Eu também tinha, mas eu não conto, porque na verdade nunca achei que um dia fosse conhecer a Alemanha, então o que veio foi lucro.

Tessa parecia esconder alguma informação de mim e me olhava à espera do momento certo para disparar. Primeiro achei que fosse apenas uma reação normal para saber sobre a comida, mas logo percebi que ela esfregava as batatas de um lado para o outro. Batatas são sagradas na casa de um alemão.

– Amor, tenho uma novidade.

Meu primeiro impulso foi pensar que ela estava grávida e quase engasguei com a comida que ainda descia pela garganta.

– Ihh! Quando você vem com novidades assim, ou é muito bom ou é muito ruim.

– Finalmente o nosso pedido de casamento foi oficializado na conservatória regional de Lisboa e deram três opções de data. Estou nervosa desde que recebi a carta.

– Isso é realmente uma boa notícia. Depois do tempo que levaram para aprovar o meu visto de residência, achei que o registro de casório levaria uns cinco anos para sair.

– Nossa. Como você é exagerado.

– Bem, deixa ver então as datas, ou melhor, marque para a mais próxima?

– Isso tudo é pressa de casar comigo? – Ela resmungou com ironia.

– Amor, estamos juntos há anos, mudamos de casa várias vezes, mudamos de cidades, de país e até de continente. Você acha que um papel vai fazer alguma diferença na nossa vida?

– Eu sei que não.

– Vamos fazer assim, marque a data mais próxima e oficializamos isso de uma vez. Assim você fica responsável perante a lei por todas as minhas dívidas.

Rimos muito e até comemoramos com vinho do Porto. O assunto estendeu e Tessa ligou uma segunda vez para a mãe.

Minha sogra ficou sem entender o porquê de querermos nos casar depois de tanto tempo, mas aos poucos e no meio das brincadeiras, acabou demonstrando que estava contente com a notícia. Tão contente que se ofereceu para pagar a lua de mel.

– Amor, você toparia ir pro Rio? – Levei um susto com a proposta de Tessa.

– Rio? De onde você tirou isso? Com tantos lugares para conhecer, você quer passar a lua de mel no Rio?

– Ah! Estou aqui pensando que seria legal rever as pessoas. Acho que como presente de casamento seria perfeito e compartilharíamos o momento com todos. Que acha?

Lembrei da promessa que fiz no Castelo da Pena, sobre dividir as conquistas da nossa jornada.

– Está certo. Você tem razão. Se a sua mãe topar nos ajudar com as passagens, usamos o dinheiro que temos guardado para as despesas por lá.

– Ela já disse que paga, mas se ficar apertado peço a ela para financiar no cartão e depois devolvo o valor na conta dela, um pouco a cada mês.

– Mas e o seu trabalho? Quero dizer, será que já tem direito a férias? Por que no meu é tranquilo, tenho um monte de dias que posso tirar.

– Sim, eu vi isso também e a lei aqui permite tirar dois dias de férias por mês. Não precisamos esperar um ano inteiro igual no Brasil.

– Combinado então. Vamos programar isso direitinho.

– Eu já dei uma olhadinha e tenho aqui os voos, onde podemos ficar para curtir um pouco do Rio de Janeiro, onde podemos ficar para economizar e ao mesmo tempo rever minhas amigas, a família e seus pais. Está quase tudo esquematizado. Até peguei umas informações com o seu primo Eduardo que esteve por lá no mês passado.

Fiquei me perguntando se aquilo rolava a mais tempo do que parecia. Sentia como se fosse o último a saber da história, mas meu instinto dizia que existia um dedo da Ordem por perto. Mais uma vez a Tradição nos manipulava como peças em um tabuleiro de xadrez.

– Tudo bem, você que sabe. Vai ser bom para matar a saudade de todos, mas vamos avisar meus familiares só quando estivermos com as passagens compradas.

– Outra coisa, a comida, como ficou?

– Sim, ficou boa, um pouco salgado, mas as batatas ajudaram.

– Não sei porque ficou tão salgado, desculpa.

– Quanto tempo deixou na água para dessalgar?

– Como assim? Eu só lavei para tirar o excesso do sal do peixe.

Tessa com as mãos na cintura, ficou olhando o monte de bacalhau que ainda havia na panela, indignada por não ter atinado para o detalhe do sal. Antes que ela ficasse triste, providenciei a sobremesa. Fiquei na cozinha terminando de lavar a louça, já que invertemos as tarefas naquela noite. Quando surgiu a primeira brecha, mandei uma mensagem a Lauren perguntando se a Ordem tinha algo a ver com aquela coincidência.

"O que precisa ser feito, será. Não se preocupe com isso. Boa noite. L"

Ela não deu margem para levantar outras questões, mas eu cobraria explicações na próxima vez que a visse.

Em dois anos trabalhando eu só fiquei ausente para ir a Alemanha e a Santiago. Os dias que faltava não eram contabilizados como férias, mas sim como ausências por doença, o que rendeu um ótimo número de dias disponíveis para folgar. Aproveitei que mexeria nas minhas datas e tratei de definir a do meu amigo de TI, garantindo sua satisfação e o bico fechado.

Conversei com o chefe sobre deixar Levi como interino no meu posto durante a ausência, mas ele não aceitou bem a ideia. Talvez por não estar mais tão envolvido com as atividades do laboratório. Segundo ele a responsabilidade seria minha sobre qualquer um que escolhesse. Eu já estava decidido e fiz o que achei correto.

Movi as peças para que apoiassem o trabalho de Levi, dentro e fora do meu setor. Falei com cada responsável de equipe sobre a importância em manter tudo em funcionamento, enquanto estivesse no Brasil. Se cumprissem meu plano demonstrariam a diretoria que a empresa estava alinhada na perfeição. Muitos não engoliram a ideia de ter um recém-contratado como líder, mesmo tratando-se de um português nato e na verdade eles tinham certa razão. Levi, nas poucas vezes que precisou demonstrar sua capacidade de liderança, a exerceu por meio da força e isso é típico de quem não possui o talento para liderar. Precisava que ele aprendesse a conduzir a equipe de maneira mais suave, sem ser um carrasco quando descumprissem suas ordens, mas ao mesmo tempo fazer valer a autoridade de seu posto.

Dei dicas sobre como conquistar as pessoas, como influenciar nas soluções, como se impor nas horas que fazem diferença. Meus quinze anos de carreira profissional foram entregues a ele sem qualquer condição.

Na véspera das minhas férias ficamos até tarde na empresa para lhe passar as últimas orientações. Como compensação ele se ofereceu para me levar em casa no seu carro modelo dos anos setenta.

Falávamos em voz alta quando o porteiro sinalizou, apontando para um carro parado no recuo da entrada da empresa.

– Está parado ali faz um tempão, senhor Natan. Perguntaram pelo senhor, mas não quiseram que eu o avisasse.

– Obrigado. Eu sei quem é.

Meu substituo temporário queira saber o que um carro de alto luxo fazia à minha espera e me acompanhou de fininho.

– Levi, obrigado, mas minha carona já está aqui. Cuide de tudo e se precisar mande um e-mail. Dia sim, dia não, vou dar uma olhadela nas mensagens, portanto se demorar a responder, não se assuste.

– Está bem. Espero não precisar e tenha lá uma ótima viagem.

Apertamos as mãos e me coloquei entre ele e o carro mais a frente, forçando-o a seguir seu rumo sem saciar a curiosidade. Assim que pegou distância entrei no veículo.

– Pensei que fosse dormir aí dentro!

– Pois é, sabe como são estas coisas.

– Não, graças a Deus eu não sei não. Nem quero saber. Já sofro demais com meu trabalho de orientadora da Ordem, imagina se fosse trabalhar assim. Não, não, nem morta. – Lauren dramatizava o seu horror ante ao trabalho duro.

– Ué?! Mas você disse uma vez que trabalhava em uma agência de imóveis.

– Natan, eu não trabalho em uma agência de imóveis. Eu tenho uma agência de imóveis.

Calei-me para não deixar minha língua dizer o que realmente pensava.

– Vejamos então. Daqui a dois dias você viaja certo? Está com o pen drive?

– Sim, mas antes disso, pode explicar como a minha esposa conseguiu comprar precisamente o mesmo voo que você tinha marcado semanas antes?

– Não se responde uma pergunta com outra pergunta Natan.

Eu já tinha ouvido aquela expressão antes e ao perceber isso, fiquei desatento.

– Desculpe, como disse?

– Falei para não se preocupar com os detalhes. A Ordem está além das pequenas missões que eu e você executamos, nós somos apenas um degrau em uma imensa escada que serve para alcançar o objetivo.

– É, eu sei, mas é ruim não saber o porquê das coisas. Me sinto mal com estas missões sem saber o que acontece de fato. Fico me perguntando qual as consequências do que fiz ou do que deixei de fazer. Vai que por minha causa alguém lança uma bomba ou mata alguém. Toda vez que lembro que estou fazendo parte de uma organização secreta, me vêm os atentados do onze de setembro na cabeça.

– ALEXANDRE NATAN!

Ela gritou pela primeira vez meu nome de maneira que deu medo.

– Jamais diga uma besteira destas. Eu não perdi meu tempo e beleza com você para que fique pensando este absurdo. É inadmissível que pense algo deste tipo sobre o que somos. A Tradição existe justamente para evitar que coisas deste tipo ocorram. Somos a última linha de defesa contra estes lunáticos que pensam poder dominar as pessoas. São desconhecidos como você e eu que fazem todo santo dia, a sua parte no jogo para proteger crianças, mulheres, idosos e inocentes ao redor do mundo. Se o senhor Azhym te ouvisse a dizer uma blasfêmia desta, daria um tapa no seu rosto. E com toda a razão.

– Puxa, desculpe Lauren. Não tive a intenção.

Ela não me ouvia e tinha o rosto vermelho, os lábios em forma de bico e as veias do pescoço revelando um pouco mais da sua verdadeira idade.

– Se você me colocasse mais a par do que acontece, eu teria outra impressão. Eu sei que devo confiar em vocês, mas algo fica dizendo na minha orelha, que não está tudo certo. E convenhamos que quando, algo não é dito as claras, no mínimo dá margem para um mal-entendido.

Lauren respirou fundo e virou o rosto para a janela.

– Natan, algumas teorias dizem que pequenos eventos podem desencadear gigantescos acontecimentos. Já ouviu falar disso?

– Claro que sim. Efeito borboleta ou teoria do caos, um monte de blablabá.

– Então. Imagine se alguém possuísse uma maneira de não só executar estes pequenos eventos, mas também tivesse a pessoa certa, na hora certa, com as ferramentas adequadas. Isso garantiria uma margem de sucesso bastante atraente. Não acha?

– Concordo, mas precisaria ser feito de forma meticulosa e ainda assim as variáveis que envolvem o comportamento humano são quase impossíveis de prever. – Mostrei a Lauren que sabia do assunto, citando o que tinha aprendido em minhas pesquisas.

– Pois é Natan, mas para algumas criaturas isso não é tão difícil.

– Como assim para algumas criaturas? Não entendi.

Ela respondeu com o silêncio, acompanhado do mesmo olhar que a minha professora da escola primária fazia quando eu errava a tabuada.

– Você quer dizer que os gênios têm a ver com as missões?

– Claro que sim Natan. É claro que tem, mas isso é assunto para quando você dominar o seu e ainda falta muito. Até lá, cale a boca para as perguntas e abra os ouvidos para o que preciso dizer.

Com a ordem sutil eu não tive outra opção senão obedecer.

– O pen drive que possui é de extrema importância como deve ter percebido. Preciso que o esqueça sobre o assento do seu voo de ida para o Brasil. Não faça mais nada, além disso. Quando aterrissar no Rio e as pessoas estiverem saindo, espere a maioria ir na frente e então deixe o dispositivo sobre o seu assento.

– Você está louca? Se é tão importante como vou deixar largado em um banco de avião?

– Natan, siga as instruções e não se preocupe. Uma outra pessoa estará pronta para pegar o dispositivo. Temos tudo planejado.

– Tudo bem e o que mais?

– Mais nada.

– Como assim, mais nada? É só isso?

– Sim. Só isso. Este seu pequeno ato pode mudar o mundo do petróleo daqui uns anos, mas isso não compete a mim e nem a você. Como te disse, somos apenas um pedaço da operação.

Achei melhor não forçar além do limite com minha orientadora. Cedo ou tarde eu teria acesso a tudo que precisasse saber, bastava ter paciência.

– Só mais uma coisa. Desde que fui iniciado na Ordem, não tenho mais contato com meu gênio, digo, meu demônio, desculpe mas prefiro chamar assim. Soa mais dramático.

Ela balançou a cabeça reprovando outra vez minha piada.

– Só você mesmo. O que estou falando é sério. Temos muito em jogo Natan.

– Eu sei, fique calma! Eu só queria saber porque, mas tudo bem. Já entendi, que esta época do mês deve ser aquela mais complicada para você. Está um tanto sensível hoje.

Ela bateu no vidro e o motorista arrancou com o carro.

– A iniciação é para abrir a comunicação entre o aprendiz e o seu gênio. Eu não gosto do termo demônio porque nem sempre se trata de uma entidade ruim. Meu marido já apresentou pessoas da

Ordem, cuja entidade era boa. Ele mesmo usou o termo anjo, algumas vezes, para referir-se a elas. Do meu ponto de vista, quem determina o tipo de entidade que vai ter é a própria pessoa.

– Quer dizer que se sou bom, meu gênio é legal, agora se sou mau, o bicho pega? É isso?

– Dois anos em Portugal e ainda não perdeu esse jeito carioca de falar?

– Desculpe, é que andei falando com o pessoal lá de casa e o sotaque voltou.

– Natan, respondendo à pergunta: não é bem assim, mas acredito que a pessoa é quem influencia o gênio e não vice-versa. Alguns dizem que não, mas pense. Se fosse o contrário seria impossível determinar qualquer evento futuro através de nossas tarefas, não acha?

– Sim, concordo. Aliás nós nunca discutimos sobre o que aconteceu na minha iniciação lá em Praga. Você desconversou e até hoje não tive a oportunidade de perguntar o que queria.

– Guarde estas perguntas até que possa perguntar a quem saiba respondê-las. Com toda a certeza, não serei eu.

– Mas você estava lá e deve ter trabalhado com outros que passaram pelo mesmo, ou não?

– Sim, trabalhei, mas nenhum jamais chegou tão longe. Você é o primeiro que chegou a ser iniciado pelas minhas mãos. E em tempo recorde, se isso te deixa orgulhoso.

O carro parou na rua próxima a minha casa, perto do ponto do ônibus para não ser notado.

– Faça uma boa viagem e aproveite para matar a saudade da sua família. Não sabemos quando terá outra oportunidade como esta.

– Obrigado. Mais uma vez obrigado e desculpe se falei alguma besteira.

– Sem problemas. Estou mesmo naqueles dias do mês.

Estava tudo pronto e em quarenta e oito horas estaria tocando a campainha da casa de meus pais. Aquela viagem soava mais como uma recompensa do que uma missão da Ordem, mas precisava estar atento aos detalhes. No final estava sob treinamento e trabalho é trabalho.

CAPÍTULO 31
BRASIL

Na véspera da viagem, Tessa e eu oficializamos nosso casamento. Com uma cerimônia relâmpago, onde assinamos os documentos no cartório sob a aprovação de uma juíza e na presença das testemunhas. Depois de anos juntos, éramos marido e mulher perante a lei.

O voo levaria cerca de onze horas. Passamos a maior parte do tempo conversando para aliviar o nervosismo. A sensação de estar naquele avião em nada se assemelhava a de quando chegamos a França, na conexão antes de Portugal. No começo achei que fosse sentir uma felicidade incomensurável ou mesmo uma tristeza descabida por estar ante um momento tão sagrado. Porém sentia como se estivesse indo fazer compras no centro de Lisboa, com o inconveniente do *jetlag*. Talvez eu também estivesse nervoso, mas o fato é que tinha um olho no voo e outro na missão.

A companhia aérea mesmo com preços baixos, oferecia todas as regalias que um passageiro podia desejar. Assistimos filmes, séries, desenhos animados, jogamos uns desafios no monitor a nossa frente e até usamos a internet para distrair um pouco. As poltronas eram tão confortáveis que Tessa se acomodou e caiu no sono. Eu, por minha vez, não conseguia pregar os olhos.

Dei uma volta pelos corredores e tentei sacar a fisionomia de cada pessoa, imaginando que entre os trezentos ou quatrocentos passageiros, estaria o receptador da Ordem.

Tivemos uma refeição leve e saborosa. Segundo as comissárias de bordo a empresa aérea tinha um chefe de cozinha que cuidava especialmente da alimentação. Tessa e eu voamos bastante, mas aquele foi o melhor que fizemos. Cheguei a anotar o nome da companhia e o programa de milhagens para uma filiação.

A viagem foi tão boa e prazerosa que quando percebi o comandante anunciou nossa aterrissagem no aeroporto internacional Antônio Carlos Jobim. Senti um frio na barriga e segurei a mão de Tessa.

O avião tocou o solo de maneira delicada e todos aplaudiram ao som de uma música no estilo bossa nova. Agora era minha deixa e enquanto as pessoas recolhiam suas malas, procurei ver se alguém ficava para trás à espera do meu movimento. Com uma mão eu segurava a mala de documentos e com a outra escondia o pen drive. Levantei e dei passagem para minha esposa, fazendo uma gentileza, insinuando que ela fosse na frente. Assim que ela deu o primeiro passo, escondi o dispositivo sobre a poltrona, discretamente, sob o cinto de segurança. Seguimos em frente e minha vontade de saber quem era o receptor obrigou-me a virar para trás já quase na saída do avião.

– Meu casaco! – Fingi ter esquecido para não levantar suspeitas.

Tessa me ouviu e acenou dizendo que esperaria do lado de fora. Quando cheguei à poltrona o pen drive tinha desaparecido. Em poucos segundos, no mínimo intervalo entre ir e voltar pelo estreito corredor, alguém fez sua tarefa. Talvez alguém da tripulação. Imaginei. Fiquei frustrado, mas era tarde. Ao menos a missão estava cumprida. Ao sair, uma aeromoça juntou-se ao capitão do voo que agradecia por ter escolhido viajar com aquela companhia. Eles ainda ofereceram um jornal local como brinde, como se fosse preciso depois do tratamento de rei que recebemos.

Recusei o presente, e por instinto meus olhos foram parar na plaquinha sobre o lenço do uniforme da comissária. O nome Débora escrito em letras vermelhas me fez recuar no tempo.

Meu retorno ao Rio começava com duas certezas. Que jamais saberia a verdade sobre ela e que, definitivamente, coincidências não existem.

Do lado de fora do avião, ainda no corredor que interligava a aeronave com o terminal de desembarque Tessa aguardava e logo que saí me senti estranho. O ar pegajoso tocou minha pele e achei que estava sendo atirado de volta à dimensão onde encontrei com meu gênio. Um cheiro de azedo, em uma mistura de óleo e maresia deixou claro onde estava.

– Nossa! O que é isso? Estou colando.

– Bem-vindo ao Rio de Janeiro meu amor, esqueceu como é?

Tessa tinha razão. Eu não estava em outra dimensão, apenas não lembrava da sensação de ter trinta e cinco graus ambiente. O cheiro vinha da Baia de Guanabara, não longe do aeroporto e que devido ao sol escaldante levantava sua marola impregnada de esgoto e resíduos químicos.

Entramos no terminal e o ar condicionado impedia que o efeito se perpetuasse. Após pegarmos as malas, demos de cara com Dona Zoraide à nossa espera. Foi revigorante encontrá-la. Ter alguém nos esperando no aeroporto fazia toda a diferença. O pai de Tessa também estava presente e nos deu um abraço de boas vindas, mas logo seguiu seu rumo para evitar qualquer problema com a ex-esposa.

Alugamos um carro e pegamos a estrada rumo à casa dos meus pais onde éramos aguardados com um jantar de boas vindas.

A campainha quebrada não foi surpresa e por não ter mais a chave precisei socar o portão para que alguém viesse abri-lo. Dez minutos depois uma prima surgiu pronta a xingar quem bombardeava o portão de ferro.

Tudo estava da mesma maneira que deixei. Atravessamos o terreno e lá no fundo, correndo como um pequeno leopardo de cabelos loiros, meu filho despontou.

Ainda no embalo da corrida ele saltou para o meu colo. Abraçá-lo depois de dois anos, oito dias, dezenove horas e quarenta e dois minutos trouxe de volta a emoção do dia em que o deixei.

Ficamos chorando no meio do quintal e senti quando minha mãe nos envolveu em seus braços, também aos prantos. Não sei estimar quanto tempo ficamos ali, os três, mas me pareceu pouco. Eu não conseguia parar de chorar. Tessa, mais atrás, com o sogro e alguns primos também deixava correr as lágrimas diante da cena.

Todos nos abraçamos e nunca me senti tão bem por estar naquela terra de clima quente e ruas perigosas, onde vivi com tamanha dificuldade. Onde tentava a todo custo sobreviver pelo caminho que julgava correto apesar de ser jogado contra o chão a cada tentativa de conquistar o meu espaço.

Meu irmão, a esposa e os filhos agora moravam no mesmo quintal. Eles tinham usado o espado para construir uma casa e procuraram acalmar minha mãe com um copo de água com açúcar.

Acho que ninguém deveria sentir uma emoção assim, de ter um filho longe, de ter os pais e a família fora de alcance por tanto tempo. Uma pena que as pessoas que podem estar sempre perto dos que amam, não conseguem perceber a falta que eles fazem.

Já menos sensíveis ao reencontro, caminhamos para a parte detrás da casa onde prepararam mesas para servir o jantar. Aos poucos, os outros parentes e agregados começaram a chegar. Todos queriam um abraço, um beijo, um aperto de mão, saber se estava tudo bem. Uns diziam que eu tinha engordado, outros que estava com uma cara mais séria, mais velha, outros que a Europa estava fazendo bem.

Meu filho não saía de perto e mesmo minha ex-esposa, acompanhada do marido marcou presença. Foi incrível ver que laços tão fortes estavam ainda firmes daquela maneira após tanto tempo longe.

Dois anos não parecem muito se olharmos o número de forma fria, mas quando medimos os acontecimentos neste intervalo, percebemos o quanto de vida nos passou à esquerda.

Meu pai queria saber como eram os carros, as estradas e o preço dos combustíveis de Lisboa. Meu irmão perguntava se existia violência como ali no Rio, meus tios se as mulheres eram bonitas e se os times de futebol eram populares como no Brasil. Cada um tinha a sua pergunta e íamos respondendo à medida que tentávamos saborear o jantar preparado com todo carinho por minha mãe.

Até meu avô já bem velhinho apareceu para dar um abraço. Apesar de estar meio doente, fez questão de comparecer e rever o neto mais velho. Claro que também tinha sua pergunta, querendo saber sobre os passarinhos, se lá em Portugal criavam passarinhos nas gaiolas como ele fazia.

A festa entrou noite afora, mesmo com o pessoal tendo que trabalhar no dia seguinte. Minha mãe insistia que comêssemos, porém o sabor da comida estava estranha para nós, muito salgada. E as bebidas com gosto de açúcar puro.

– Estamos cansados da viagem, mãe, eu comi, mas estou enjoado do avião. Tessa também deve estar. – Estiquei a desculpa na tentativa de salvá-la.

Da mesma maneira que chegaram, as pessoas se despediram dizendo que deveríamos voltar em definitivo. Diziam que o Brasil estava em fase de pleno sucesso e desenvolvimento. Que a nação verde e amarela nunca esteve tão próspera.

Quando o relógio marcou três da manhã a casa estava em total silêncio. Meu filho dormia no colchão improvisado ao lado da nossa cama. Tessa estava apagada e suspirava, de tão cansada. Fugi até a cozinha no segundo andar, de onde dava para ver todo o quintal e uma parte da rua.

A noite quente com o céu cheio de estrelas me fez pensar se toda aquela jornada valia a pena. Tanta dor que tinha provocado, tanta solidão que meu filho vivia por não poder contar comigo ao seu lado, todo ressentimento que eu sentia pela minha escolha. Azhym estava certo quando disse que o preço seria maior do que poderia pagar. Ele só não me disse que o pagamento seria feito em conjunto com as pessoas que eu amava. De qualquer maneira, era tarde demais para voltar atrás e eu sabia que meu único caminho seria em frente.

Na manhã seguinte, acordei as sete com o cheiro do café. Feito com um segredo que só minha mãe conhecia. Tudo muito simples, humilde e repleto de carinho, o tempero perfeito para saciar a saudade.

Eu tinha histórias para contar, afinal tinha conhecido o mundo. Minha bagagem estava recheada de histórias para compartilhar com eles.

Meu pai ouvia fascinado e o desejo de vivenciar as aventuras ficava nítido nos seus olhos bem abertos, ávidos a captar cada detalhe do que eu dizia. Tessa se juntou a nós e não demorou para meu filho chegar. Ele faltou a escola para aproveitar o dia conosco e também perguntava a cada instante um pouco sobre tudo. Mostrava as novidades, queria jogar videogames como fazíamos antigamente. Tudo ao mesmo tempo, na sua velocidade acelerada.

Estar de volta era um prazer, apesar de me sentir um pouco deslocado. Eu começava a ver que as coisas não estavam tão iguais como pensei. Algo estava diferente. As pessoas, a casa, a rua, a comida, a bebida, o calor do dia. Tudo soava fora do contexto, como se eu assistisse uma peça de teatro sobre minha própria vida.

Tessa tinha um planejamento sobre o que fazer. Um mapa detalhado para todos os dias que passaríamos no Rio. Ela queria visitar um monte de amigos, o pai e, claro, passar também algum tempo com Dona Zoraide.

À exceção dos familiares, não fazia questão de visitar ninguém. Não tinha amigos e no máximo falaria com aqueles que o acaso colocasse no nosso caminho. Tessa tinha uma legião de amigos de infância e de trabalho. A agenda tinha uns cinco dias marcados, tomados apenas para isso. No entanto naquele dia, ficamos com meus pais e a família. Queríamos descansar da viagem e distribuir as lembrancinhas que compramos. Como a maioria morava na mesma rua, foi fácil visitar um a um.

Levamos Dona Zoraide a Petrópolis e no caminho fiquei observando o que tinha mudado na cidade. Algumas lojas diferentes, uma ou outra rua asfaltada. Tirando isso, tudo permanecia o mesmo caos de antes, a mesma desorganização entre pessoas, carros, bicicletas, carroças e cachorros. Meu pai dizia que quem consegue dirigir em Piabetá dirige em qualquer lugar do mundo. Agora eu sabia bem o quanto ele tinha razão.

Passamos em frente à nossa antiga empresa e no lugar agora havia uma loja de roupas e calçados. A fachada ainda tinha traços do logotipo na parte mais alta, uma lembrança boa. Parei o carro uns minutos e fiquei imaginando aonde estariam os meus antigos funcionários. Que caminho teriam seguido, depois que a empresa fechou nas mãos de Tomás. Debruçado na janela ainda cumprimentei um ou dois conhecidos que me reconheceram e fizeram questão de vir dar um oi. Foi inevitável não pensar em Ruberte e a cena da velhinha. Agradeci em silêncio ao meu amigo, a quem não via desde aqueles tempos.

Depois de deixar minha sogra em casa, voltamos pela serra da Estrela. Relembrando um pouco mais de casa. Tessa fazia suas fotos e registrava o momento, porém não tanto como de costume. Parecia mais preocupada em manter um registro sensorial e ficava olhando, ouvindo, sentindo o lugar e a paisagem, que apesar de conhecida, ainda nos encantava.

Passamos os dias assim, curtindo ao máximo as pessoas.

O melhor era estar presente, ainda que por poucos dias, com meu filho. Acompanhá-lo até a escola e levá-lo na natação. Participar da vida em família. Pedalando a bicicleta velha e barulhenta do meu pai. Ficar sem camisa pela rua, apenas de bermudas, sentido o ar queimar a pele que após alguns dias de sol carioca, apresentava uma cor mais viva.

No final de semana, tarde da noite, começamos a ouvir uma música alta na vizinhança. Era tão alto que as paredes vibravam. Tessa e eu não lembrávamos mais dos famosos bailes funk que rolavam até o dia raiar. Estávamos condenados a ouvir a letra obscena da melodia que sacudia as janelas. Não era possível dormir, nem assistir televisão, muito menos conversar com o barulho.

Fazia tempo que não me sentia incomodado daquele jeito. Forçar a vizinhança a ouvir aquele barulho era um abuso. Eu entendia que as pessoas tinham direito ao seu momento de lazer, mas o pensamento do dono da festa era um autêntico "*que se dane*".

A polícia quando aparecia no local a pedido de um incomodado, recebia a propina, recolhia umas cervejas e fazia vista grossa. Somente quando a festa atrapalhava alguém de família importante é que tomavam as providências. Ainda assim, nada que impedisse a festa de procurar um novo local e recomeçar. A falta de respeito pelo próximo lembrou-me o motivo pelo qual minha vida era triste naquela cidade.

Furioso, atravessei o quintal para alcançar a rua. Fiquei parado no meio da via deserta, olhando na direção de onde vinha a música. Fechei os olhos e desejei com toda minha alma que a festa acabasse. Que eu pudesse compartilhar do pouco tempo que tinha com minha família em paz e tranquilidade.

Um vento quente passou por meus braços e um ruído surdo, contínuo, se fez ouvir ao longe. Eu nunca esqueci aquele som e corri para casa.

Mau passei pela porta e uma chuva desoladora despencou. Trovões encobriram a música, apesar de sacudirem ainda mais as estruturas da casa. Não demorou e a energia se foi. Minha mãe acendeu umas velas e ficamos todos juntos na sala esperando a chuva acalmar. Na primavera sempre chovia daquela maneira. Tempestades de verão surgiam do nada e colocava metade da cidade submersa quando os rios transbordavam.

Chovia tanto que nem nos demos conta quando a música sumiu. Tessa e eu tínhamos saudade de chuvas como aquela, do tipo que se pode tomar banho e lavar o espírito. Em Portugal o máximo que fazia era uma chuva gelada que molhava a ponta do nariz e causava resfriados de uma semana.

Foram trinta minutos de chuva intensa e quando parou, a energia retornou, quase que ao mesmo tempo. Quando morava ali a energia demorava dias para voltar e talvez meus tios estivessem com a razão sobre as coisas estarem melhor.

No dia seguinte o telejornal do meio-dia nos deixou com indigestão. Primeiro com a notícia de que a chuva provocou uma série estragos pelo bairro. Segundo, por noticiar um ataque terrorista no Paquistão. Algum lunático extremista atirou contra crianças em um ônibus escolar e a comunidade europeia estava toda mobilizada com o assunto. No início achei que fosse apenas outra dessas tragédias, cada dia mais frequentes. Porém, um detalhe chamou minha atenção. A repórter que cobria a matéria em português, narrou que por volta das nove e dez da manhã as crianças seguiam para o colégio, quando ocorreu o atentado.

Uma testemunha contava que o agressor gritou um nome e assim que identificou sua vítima abriu fogo, acertando-a no rosto. Por sorte a menina não morreu.

Torci para que o episódio fosse uma simples coincidência, mas eu conhecia a verdade. Aguardei até mostrarem a foto do homem que fez os disparos e respirei aliviado ao ver uma pessoa diferente, da que encontrei na estação de Stuttgart. De qualquer forma meu sexto sentido dizia que havia alguma ligação entre aquele episódio e a missão na Alemanha. Lauren e Azhym precisariam ter fortes argumentos para me convencer do contrário e decerto eu cobraria explicações.

Tentei não demonstrar preocupação diante da minha família, mas uma ponta de remorso apareceu e fiz uma oração. Implorei para que meus atos não tivessem nada a ver com o acontecido. Pedi a Deus para que as vítimas sobreviverem e caso eu realmente tivesse participado daquela barbárie, que me desse forças para corrigir meu erro. Que iluminasse o caminho para eu fazer os culpados pagarem por aquilo.

Com a cara tensa minha mãe perguntou se eu estava daquela forma por medo de algum ataque terrorista em Portugal. Tive que rir e expliquei que os ataques que Portugal sofria eram provocados pelos próprios políticos de lá. Meu pai tentou continuar a conversa, mas eu não queria falar de crises econômicas. Ao retornar teria muito que averiguar, mas por hora só queria ficar com a família, enquanto não dava a hora de ir buscar meu filho no colégio.

Foram doze dias de completo revigoramento e na hora de partir, apesar do choro, sabia que precisava voltar a Lisboa. Minha vida agora, era uma parte da Tradição e meu destino, junto com as pessoas da Ordem. Quem sabe um dia meu filho, teria como colher os benefícios de ser filho de um membro da Supremacy. Por mais que lhe roubasse os bons momentos que não viveríamos juntos, eu estava certo que ele não precisaria repetir minhas escolhas.

Na despedida senti menos culpa do que tinha imaginado. Dei um longo abraço no meu filho e prometi que o levaria a conhecer os castelos da Europa no futuro.

– Pronta para retornar à nossa casinha lusitana?

Tessa conferia os documentos na bolsa de mão, sentada a meu lado enquanto me despedia da cidade.

– Pronta. E você, gostou do tempo que passamos aqui?

– Adorei, mas fiquei surpreso com as mudanças.

– Que mudanças, meu amor?

– Ah! A reação das pessoas ao nos ver, o cheiro do ar, a movimentação nas ruas, o café típico brasileiro, o requeijão, o feijão com arroz. Achei tudo muito diferente.

Tessa parecia não entender do que eu falava e de onde tinha

surgido o meu apego.

– Amor, do meu ponto de vista está tudo igual, o que mudou foi você, fui eu, foi a maneira como enxergamos as coisas.

Toda a nossa viagem fez sentido naquela frase. Ela estava outra vez certa em sua afirmação.

– Tem razão. – Pensei o quanto foi duro partir na primeira vez.

– Acho que estou com saudades de casa. Digo, de Carcavelos.

Tessa riu mas confessou que também sentia falta do seu chuveiro com aquecimento a gás e da nossa cama. Apesar de toda hospitalidade e carinho das nossas famílias, nada era como nossa casa.

– Quero chegar logo, estou louco para descansar.

– Xii! Acho que isso não vai ser possível.

Tessa tinha um sorriso maquiavélico que tentava esconder olhando a estrada que passava rápido do lado de fora do carro.

– Amor? O que você está aprontando?

– Ah! Não queria contar antes da hora, mas tudo bem. É que comprei passagens para irmos a Paris no final de semana que vem.

– O quê? Você o quê?

– Amor, é seu aniversário e queria fazer uma surpresa.

– Bem, acho que conseguiu.

– Eu juntei estes meses e como as coisas não estão boas lá no meu emprego usei todos os dias de férias que podia, juntei com os feriados e ainda sobrou um dia que podemos deixar para o natal ou o ano novo.

– Bom, não vou reclamar de um presente assim. O que mais um cara como eu pode querer? Aniversário, Paris e a mulher mais linda a meu lado. Só posso agradecer.

Tessa nem tinha chegado em casa e já fazia planos para a próxima viagem. A ansiedade nem teve chance de baixar e passamos o voo de volta planejando o que ver e o que fazer pelas ruas francesas.

Quando chegamos em casa me senti renovado e só então percebi que tinha esquecido algo. Passei os dois últimos anos esperando ver meu pai e argumentar sobre a sua frase, quando deixei o Brasil da primeira vez. Eu tinha deixado a oportunidade passar e talvez, no fundo, fosse melhor assim. Minha alma estava leve apesar dos efeitos do voo. Mandei uma mensagem para Lauren informando-a que estava de volta, que tudo tinha corrido bem, mas que precisava vê-la com urgência.

CAPÍTULO 32
PARIS DAS FITAS COLORIDAS

– Pensei que fosse ficar em definitivo no Brasil.

Minha orientadora usava um perfume adocicado e o cheiro misturava-se com o do estofado do carro.

– É, eu também senti saudades suas.

– Então, o que é tão urgente que não podia esperar até a próxima semana?

– Vou direto ao ponto. Estarei ausente na semana que vem. Minha esposa preparou uma surpresa e viajaremos a Paris em comemoração pelo meu aniversário.

– Ulalá! Mas espera. Normalmente é o homem que leva a mulher para a cidade luz? Esquece, não importa. Eu sabia que sua esposa tinha bom gosto e o que vale é o romance.

– Pois é. Imagine você, Natan em Paris. Admito que nunca passou pela minha cabeça ficar frente a frente com a Torre Eiffel.

– E por que não? Natan, agora você é um membro da Ordem e deve ir se acostumando a visitar os melhores e mais seletos lugares do mundo. Com o que temos planejado para você, então... Não perde por esperar.

– Planejado? Então existe todo um mapeamento do que devo ser.

Ela ficou com as bochechas vermelhas de repente e procurou no vestido uma sujeira que não existia, passando a ponta dos dedos na tentativa de limpá-lo.

– Fico feliz por vocês dois. Garanto que vão amar. Não é a minha cidade favorita, mas caminhar nas ruas, tomar um café nas padarias do bairro francês, é um charme.

– Lauren, outra coisa que quero dizer é sobre meu gênio. Quando estava no Brasil, na casa de meus pais teve um momento em que fiquei muito chateado com uma determinada situação e... bem, acho que de alguma maneira acionei meu gênio sem querer.

– Hum... Explique melhor isso.

– Eu fui até a rua, porque havia uma festa com som muito alto e de alguma maneira desejei que aquilo cessasse. Acontece que por minutos eu parecia estar de volta a sala de iniciação da Ordem. Foi como se observasse por uma janela, ou por uma porta, onde tudo à minha volta ficou escuro, possibilitando ver o que estava para acontecer.

– E o que aconteceu?

– Bem, uma chuva torrencial devastou o lugar por quase trinta minutos e fiquei me sentindo mal com aquilo. Não sei se fui eu, porque não acredito que o gênio tenha poder para fazer algo daquele tipo.

– Natan, Isso não foi a primeira vez que aconteceu, foi?

– Foi, sim. Eu nunca senti e nem vi nada parecido.

Lauren inclinou a cabeça para o meu lado e esticou as pernas tocando as minhas com um cutucão proposital.

– Não minta para mim. Vai dizer que nunca ficou chateado com uma situação e por algum milagre, o que estava incomodando desapareceu. Nunca ficou furioso com alguém e tal pessoa, do nada, caiu doente ou acabou sumindo do seu caminho? Alguém que tentou fazer-lhe mal e de súbito sofreu algum tipo de evento que eliminou a ameaça? Vai dizer que eventos assim nunca lhe ocorreram?

Eu sabia bem do que ela falava. Lembrei na hora de uma ocasião no trabalho, ainda no Rio de Janeiro, em um dos meus primeiros empregos, onde desejei que um rapaz que competia comigo por uma posição de supervisor saísse da disputa. Semanas depois do meu desejo egoísta ele sofreu um acidente de carro e ficou afastado por dois anos. Na altura, me senti mal por ter desejado tal coisa, mas me convenci que foi apenas um triste infortúnio.

– Natan, posso apostar que tem aí alguma história passando por sua cabeça. Acho que posso dizer que te conheço, depois de tudo que já vivemos. Vamos, me conte.

– Ah! Eu estava aqui lembrando quando meu filho tinha uns dois aninhos e ele ficava tacando coisas no chão. Certa vez ele aprendeu a tacar coisas em mim e tudo que pegava ia sempre parar na minha cara. Coisa de criança, mas o estranho, agora que mencionou, é que lembro de ter pensado em dar um susto nele. Fazer com que parasse com aquela atitude e durante um almoço de fim de semana, apenas um ou dois dias após eu ter desejado, algo ocorreu.

Ele brincava na sala da nossa casa, que ainda estava em fase de construção na parte do segundo andar. Foi quando nossa caixa-d'água explodiu sem qualquer explicação e toda a água que havia nela, correu direto pelo buraco da escada circular, ainda inacabada, e jorrou sobre ele de uma única vez. Sabe aquelas caixas-d'água de amianto, quadradas, que ficam no topo das casas? Nunca encontramos uma explicação para aquilo.

– Pois é, Natan. Mesmo os mais queridos podem sofrer os efeitos do seu gênio. Tenho certeza que se pensar aí, vai encontrar outras dezenas de histórias como esta. O que tenho a dizer sobre o que aconteceu é que você precisa ter cuidado com o que pede, porque todo mundo tem um demônio dentro de si, mas algumas pessoas sabem como despertá-lo.

O motorista fumava do lado de fora enquanto conversávamos no parque do estacionamento do Lagar de Oeiras. Próximo ao ponto de ônibus que eu utilizava para ir trabalhar.

– Uma outra coisa que preciso perguntar é sobre a missão. Tem alguma confirmação de que correu bem? Digo, já se passou algum tempo e como estava ilhado não tive nenhuma resposta.

– Sim, ao que tudo indica, a informação do *pen drive* chegou onde deveria e poderão usá-las no leilão do ano que vem.

– Leilão?

– Ah! Desconsidere esta minha última frase. Vou participar com meu marido em um leilão na semana que vem e estou com a cabeça nas nuvens com uma coleção de guarda-chuvas que será vendida no evento. Mas sua missão foi bem-sucedida sim.

Eu não quis entrar no mérito do que seria um leilão de guarda-chuvas, mas sabia que ela estava enrolando.

– Só mais uma pergunta antes de ir. Você viu os atentados que aconteceram no Paquistão?

Lauren se ajeitou no assento que imediatamente ficou desconfortável e parecia menor do que suas pernas.

– Vi sim. Uma monstruosidade. Por quê?

– Fiquei pensativo, se por acaso alguma destas missões não têm nenhum desfecho como aquele. Eu realmente me sentiria muito mau de participar de algo assim.

– Natan. Eu entendo você, mas o que fazemos é mais complicado do que isso. Um dia você vai entender os porquês, os como, os quando, mas se ajuda a deixá-lo melhor, ninguém morreu no decorrer das suas missões. Não estou dizendo que esteve envolvido no que aconteceu com a menina paquistanesa, mas se, de alguma maneira alguém planejou aquela bestialidade, temos que tirar proveito da situação. Transformar um evento negativo em algo útil para o mundo. O senhor Azhym sempre diz que um ato negativo tem dezenas de conclusões positivas. Às vezes fazer o mal é a única maneira de fazer o bem.

– Eu não concordo com isso. Se é mau, é mau e pronto. Não tem isso. Uma gota de veneno ou um litro podem ser perigosos do mesmo jeito.

– Errado, Natan. Se você beber uma gota, tem mais chances de sobreviver do que se beber um litro, não acha?

Me calei apesar de descordar do que ela tentava filosofar, evitando uma resposta clara.

– Mais para frente teremos uma visão maior sobre tudo que aconteceu por lá e garanto que vai encontrar suas respostas, quando todas as peças estiverem no lugar correto.

– Tudo bem, Lauren. Tenho que acreditar no que fala. Por hora não tenho escolha e preciso ir.

Abri a porta do carro e já tinha o pé para fora quando ela me puxou pela alça da mochila que ainda estava presa às minhas costas, me fazendo deitar no banco traseiro do veículo. Minha orientadora se posicionou sobre mim colocando o decote do vestido bem à mostra, me deixando aflito com o que viria a seguir.

Ela tinha os lábios sem batom e o rosto com pouca maquiagem, quando se aproximou e tocou meu queixo com os lábios.

– O que está fazendo? Ficou maluca?

Ela se recompôs e permitiu que eu levantasse ainda em choque.

– Calma, foi só meu presente de aniversário para você. Aproveite Paris.

O motorista assumiu seu posto ao mesmo tempo que saí do carro sem olhar para trás, ainda perturbado com a atitude da ruiva.

Saímos do aeroporto direto para ver a estrela maior da capital francesa, a Torre Eiffel. A empolgação era enorme e nem deixamos as mochilas no hotel.

– Amor, o que houve? – Questionei Tessa que parecia cabisbaixa.

– Nada. Porquê?

– Parece um pouco triste. Está emocionada por estar aqui aos pés da torre?

Tessa olhou para a incrível armação de aço que estendia-se em direção às nuvens. Franziu a testa e soltou minha mão medindo a torre entre os dedos polegar e indicador.

– Achei a torre pequena.

– Pequena? Não dá nem para ver a ponta daqui da base.

– Sei lá. Nos filmes e nas novelas parecia imensa, mas ao vivo, parece uma torre anã. Fiquei frustrada.

A expressão no rosto de Tessa era a mesma de uma criança que ficou apenas com a casquinha vazia, depois que o sorvete caiu no chão.

– Ah! Deixa disso. Olha como é linda e... uau! Dá para subir lá. Olhe isso.

– Sim, eu sei, nós vamos subir, mas só no dia do seu aniversário.

Ela pegou minha mão e beijou a ponta dos meus dedos, arrastando-me pelo caminho até as margens do rio Sena. Achamos um espaço para sentar sobre o parapeito, feito de pedras largas, à beira da ponte que cortava a imagem e embelezava ainda mais o cartão-postal.

– Lembra quando me perguntou se algum dia conseguiríamos viajar pelo mundo?

Ela se ajeitou nos meus braços, recostando sobre mim, à procura de uma visão panorâmica e de uma resposta.

– Lembro quando falamos da nossa vontade de conhecer a Europa. Lembro de você com seu olhos brilhantes naquele sofá-cama que dividíamos no calor do Rio de Janeiro, sem ventilador. Na verdade, ainda ouço o que disse naquela época.

– É? Então me ajude que já esqueci.

– Disse que deveríamos confiar em Deus e fazer a nossa parte, porque só os que acreditam de verdade são capazes de receber e aproveitar Suas bênçãos.

Eu não lembrava de ter dito aquilo, mas era um outro Natan naquela época. Fiquei calado, refém do próprio esquecimento, apreciando minha bela esposa enquanto namorávamos à beira do Sena.

Ao chegar ao hotel, Tessa seguiu o hábito de deixar tudo organizado, como se estivéssemos prontos para partir. Não importava se viajávamos com dez malas ou apenas com uma mochila.

Ela tinha um método próprio para manter tudo arrumado. Da minha parte eu gostava, porque graças ao sistema dela, evitávamos perder ou esquecer nossos itens. Quando finalmente ela foi tomar banho conectei a internet do hotel ao meu telefone. Minha caixa de mensagens mostrou entre os anúncios inúteis, uma mensagem de Lauren. Confirmei se Tessa não estava para aparecer e usei um pedaço de papel e caneta para decifrar o código que estava mais complicado do que o normal: "*Leões no seu encalço em Paris, fique atento.*"

Para ela avisar, existia um risco iminente. Não fazia ideia se poderia contar com alguém da Ordem para nos proteger, de qualquer forma não iria arriscar e logo que Tessa apareceu procurei uma maneira de montar uma estratégia.

– Amor, onde vamos amanhã? Qual será a nossa programação, já que você é a guia desta deliciosa surpresa?

Ela espalhou o roteiro de cinco páginas que me obrigou a imprimir na empresa, logo que voltamos do Brasil, quando fui negociar meus dias de folga estendidos com os patrões da empresa.

Sugeri alterações e mantive apenas as atrações mais importantes, invertendo as datas da programação. No final ela até gostou e concordou que poderíamos aproveitar melhor o tempo daquele jeito.

No dia seguinte bem cedo, saímos com um forte nevoeiro que cobria toda a cidade, era difícil ver o outro lado da rua, mas insistimos e fomos conhecer o palácio de Versalhes. Um majestoso prédio da época do rei Luís XIV que logo nos portões de entrada mostrou-se glamoroso. Por dentro pinturas, esculturas, arquitetura e um monte de turistas que ficavam babando com a beleza dos detalhes arquitetônicos. Nos jardins e no imponente edifício identificávamos fácil que aquela era uma autêntica morada de reis e rainhas. A penumbra gelada durante boa parte da manhã nos atrapalhou a ter uma visão completa do local, mas assim que se desfez, deixando o céu azul, vislumbramos a imensidão dos jardins. Fontes, plantas e árvores raras, esculturas para todos os gostos espalhadas a cada canto e claro, dois ou três charmosas cafeterias que ficavam em pontos estratégicos para saciar a longa caminhada dos turistas.

A todo momento eu ficava alerta com a aproximação de alguém. Tessa pegava distância para uma foto, ou para ir ao banheiro e eu imitava um cão de guarda. Minha preocupação não foi difícil de esconder entre o fascinante passeio e as lições que Tessa gentilmente me concedia sobre a história local. Dona Zoraide era professora de História e Tessa herdara o conhecimento que a deixava ainda mais irresistível. Em um determinado momento ela pediu para fazer uma foto dela sozinha ao lado de uma das estátuas que adornavam uma enorme fonte, bem na entrada do palácio. Fiquei impressionado por ela saber o nome de cada uma das estátuas, o que elas simbolizavam, quem tinha feito e até de que materiais eram construídas.

Apesar do tamanho do palácio de Versalhes, terminamos nossa visita antes do almoço e seguimos nosso plano. Estávamos fascinados com a cidade. De maneira particular me sentia bem, estando por aquelas ruas agitadas. Era um privilégio conhecer a catedral de Notre Dame, a ponte com os milhares de cadeados chamada *Pont des Arts*, o centro, conhecido como a Broadway Francesa, onde ficava o famoso Cabaré Moulin Rouge, os Champs Elysées e as famosas avenidas que levavam ao Arco do Triunfo. Cheguei a esquecer do aviso de perigo em meio a tanta informação que recebia.

Iniciamos o terceiro dia com dores nas pernas de tanto que andamos. Paris exige que usemos as próprias canelas para conhecer cada uma de suas extravagantes belezas. No programa teríamos a galeria Lafayette e uma igreja de nome complicado que mesmo com Tessa repetindo inúmeras vezes não consegui aprender a pronúncia correta. Decidimos então tomar um chocolate quente, porque as onze da manhã, ainda fazia frio. Minha esposa conferiu o mapa e sugeriu aproveitar para conhecer uma famosa cafeteria. Ela queria conhecer a arquitetura interior do lugar onde personalidades históricas degustaram a deliciosa culinária francesa.

O prédio pelo lado de fora, em uma primeira impressão, não deu nenhuma motivação extra para entrar. No entanto quando o fizemos, atravessamos um portal mágico que nos levou para os anos sessenta. As cadeiras, a decoração das paredes, os menus sobre as mesas no estilo *art nouveau* e um ar chique, tomavam conta do ambiente. Tessa escolheu um lugar, mas antes de sentar meu instinto fez perceber que ali existiam todas as condições necessárias para conceber uma emboscada. Notas que do Livro de Receitas, surgiram na minha cabeça e meu sexto sentido forçou-me a argumentar com Tessa para que fôssemos embora.

Com relutância ela cedeu e a desculpa que os preços eram salgados para nossas economias acabou servindo bem. Com nossa antecipação aproveitei para sugerir uma visita a praça da Bastilha e ao museu onde se localizava o túmulo de Napoleão Bonaparte.

Depois da parada na cafeteria, fiquei cismado e a percepção entrou em estado de alerta total. Quando estávamos bem perto de chegar ao nosso destino e já conseguia ver a estátua, no alto da imensa coluna a brilhar com o sol, comecei a sentir os joelhos fraquejarem, a visão ficou turva e pedi a Tessa que diminuísse o ritmo da caminhada.

– O que foi, amor?

– Não sei, mas não estou legal. Estou com muito frio e acho que vou desmaiar.

Minha esposa parou por um momento, talvez achando que eu brincava, uma vez que em todo nosso tempo juntos ela nunca ouviu nada semelhante da minha parte.

– Acho melhor voltarmos para o hotel. Preciso descansar.

– Mas estamos quase na Bastilha e você queria tanto vir aqui. Vamos até um café e ficamos um tempo parados para você se recuperar. Isso deve ser uma fraqueza por falta de açúcar no sangue.

Eu sabia que insistir me deixaria pior e talvez com menos tempo para voltar ao hotel que ficava a uns quarenta minutos, usando o transporte público. Andamos mais alguns metros e comecei a ver a luz do dia reduzir como se alguém ajustasse a luminosidade do sol para o mínimo possível. O meu corpo pesava quinhentos quilos e andar provocava intensas fisgadas que irradiavam desde as pernas até o tórax. Sentia minhas mãos frias, os dedos duros.

– Tessa, preciso parar. Não sei o que é, mas temos de retornar ao hotel.

– Tem certeza que quer voltar? Podemos procurar um hospital.

Sentei na calçada, quase sem forças, e ela entrou em desespero à procura de ajuda. Esperta, abordou um casal que passava e que de pronto nos auxiliaram.

– Venha, o senhor disse que tem um ponto de ônibus do outro lado da rua, a uns duzentos metros. Vai ser mais rápido que a estação de metrô. Venha, vamos devagarinho que você consegue.

Eu sentia calafrios passando pelo corpo. As gengivas latejavam como se estivesse anestesiado na cadeira do dentista. Os olhos ardiam em brasa. O ar era pesado, difícil de respirar. Com dificuldade alcançamos o ponto de ônibus e por sorte embarcamos rápido. Tessa me olhava espantada, sentada ao meu lado e quando saiu para perguntar onde ficava o hospital mais próximo para o motorista, a segurei pela mão.

– Espere. Estou melhor.

Não sabia o que tinha acontecido ao certo, mas à medida que o ônibus se distanciava da praça da Bastilha, eu melhorava e os sinais semelhantes ao de um enfarto, desapareciam de maneira drástica a cada curva. Depois de vinte minutos em silêncio percorrendo as ruas com trânsito parisiense, com Tessa ainda apavorada ao meu lado, me sentia recuperado quase que por completo.

– Amor, acho que não precisamos ir ao hotel. Já estou melhor.

– Mas o que você teve? Será que foi alguma coisa na comida de ontem?

– Não sei, me senti muito mal. Vai ver que foi o frio ou a inversão térmica. Talvez até por ter andado demais ontem, respirando o ar gelado. Não sei, mas estou bem melhor agora.

Ela conferia minha temperatura e ajustava o meu cachecol sobre o casaco.

– Vamos para o hotel assim mesmo. Você descansa um pouco e se quiser ficamos quietos o resto do dia.

– Está bem.

Dei-lhe um beijo como agradecimento por cuidar de mim. Ela não fazia ideia, mas segundo o que tinha lido nos documentos do treinamento da Ordem Supremacy, um demônio, proveniente de um leão negro, acabara de me atacar.

Paramos em um restaurante próximo ao hotel e depois de uma longa conversa com a atendente que só falava francês, conseguimos decifrar o que pedir do cardápio.

– Amor, pelo visto você está melhor.

– Sim acho que foi o frio. Estava mal agasalhado e deve ter sido isso o motivo do piripaque.

– Achei que você estava tendo um ataque cardíaco, mas do jeito que você come esta omelete, tenho que repensar meu diagnóstico.

Minha esposa fazia graça do meu apetite pela cozinha francesa. Eu fingia estar envolvido na conversa durante o almoço, mas meus pensamentos estavam focados no ataque que sofri. A sensação de morte iminente só poderia ter sido provocada por um membro poderoso da ordem e talvez fosse sobre isso, o aviso de Lauren. Com toda certeza estávamos sendo seguidos, porque aquele ponto turístico foi escolhido ali, quando já estávamos em Paris e não tinha sido marcado em nenhum mapa. Não quis deixar Tessa preocupada e procurei descontrair para que aproveitássemos o resto do dia sem pensar em problemas.

– Se você estiver melhor de verdade, que acha de andarmos pelas ruas do centro? Podemos dar uma olhada na moda das vitrinas, fazer uma caminhada sem esforço.

– Por mim tudo bem. Você quem decide. Estou em plena forma.

Ela não parecia acreditar quando me levantei ainda meio tonto. Passamos o restinho da tarde perambulando de café em café, de loja em loja, mas evitando gastar.

Caminhamos abraçados pelas charmosas ruas turísticas. A todo momento surgia um pouco da arte e da cultura francesa com referências a escultores, músicos, pintores e os mais diversos artistas franceses. Às vezes prédios inteiros homenageando seus heróis nacionais. De repente chegamos à base de um morro íngreme. Uma escadaria sem fim surgiu à nossa frente, ladeada por muros de pedra e separada ao meio por um corrimão feito de canos de ferro pintado em verde.

– Aguenta? Ou vai ter outra ziquizira?

Olhei a irregularidade dos degraus e outros turistas parados, bem mais acima, tentando recuperar o fôlego.

– Tem que ser em um pique só. – Respondi aceitando o desafio.

Não sei o que me passou pela cabeça, mas peguei na mão dela e começamos a subir feroz, as centenas de degraus. Quando passamos da metade algumas pessoas nos olhavam e nos incentivavam a não parar. Tessa e eu bufávamos e o suor já despontava em pequenas gotas na minha testa.

– Continue, continue. – Repetimos um para o outro quase morrendo sem ar.

Tessa apertou o ritmo e fui obrigado a acompanhá-la. Quando chegamos no topo as pessoas que estavam por lá aplaudiram a nossa loucura, enquanto nos jogamos em um dos banquinhos que de propósito, ficavam à beira da escadaria no patamar mais alto. Queria elogiar Tessa pela façanha, mas precisei esperar uns minutos.

– Vamos ver o que tem mais pra cima.

Ela me puxou pela mão e quando saímos de trás da barreira de árvores, uma majestosa igreja branca brindou nosso esforço. Com sua cúpula principal ao centro e outras menores ao lado, no formato de torres circulares. A igreja ficava em um dos pontos mais elevados da cidade e fornecia uma vista singular da torre Eiffel.

– Esta é a igreja que queria visitar. A Basílica de Sacré Coeur.

– Sacré o quê?

– Couer! Sacré Coeur. Cadê o seu francês aprendido com tanta dedicação?

Ela debochou ao ver que não consegui entender o nome da igreja.

– Sagrado Coração – Respondi, ainda fascinado pela beleza da construção.

– Quer entrar?

– Sim, vamos ver como é por dentro, mas vamos parar, mais acima um pouco, que quero fazer umas fotos.

Desviamos da multidão que espalhava-se sentada pela escada larga até o topo, onde Tessa pode conferir com sua câmera uma vista única.

Entramos no vasto salão adornado por uma pintura sob o teto curvo da abóbada principal. O interior não fazia jus à imponente construção que se via pelo lado de fora. Tessa e eu havíamos estado em muitas igrejas de diferentes religiões desde que chegamos à Europa e quase todas tinham este aspecto em comum. Por fora espelhavam o poder e impunham respeito ao olhar dos visitantes, mas na parte onde os crentes se ajoelhavam, paredes humildes serviam de conexão entre criatura e Criador.

– E aí, gostou?

– É bonita, porém esperava mais.

Eu não esperava uma resposta diferente dela, depois de ouvir que a torre Eiffel era pequena.

– Vamos. Está quase anoitecendo e teremos que descer este morro inteiro.

Tessa queria mesmo era fazer mais fotos, antes que a luz do dia acabasse. Saímos por uma das portas laterais, oposta à que entramos e ao passar pelo arco de madeira escura avistei alguns pedintes. Sentados à beira da saída, lamentando o que parecia uma prece. Mulheres, crianças e homens disputavam os trocados dos turistas. Alguns com cartazes, outros com bebês no colo, todos com a expressão de total desamparo e sofrimento bem estampados.

A cena me abalou. Talvez pelo contraste com a visão de cartão-postal que vinha sobre a pequena mureta atrás deles. Um dos pedintes era um senhor de barba e cabelos brancos, muito sujo, vestido apenas com uma bermuda furada e uma camisa com remendos. Magro até os ossos, ele estendia a mão com as unhas ressecadas em um tom esverdeado sobre a carne. A pele enrugada do rosto e nos braços cativaram meu olhar de uma maneira intensa.

Uma energia diferente de tudo que já tinha sentido desde que tinha entrado para a Supremacy parecia emanar daquele homem. Observei mais atento e percebi que a mão, sobre o colo, expunha seus dedos e em cada um deles havia um símbolo tatuado. As linhas eram tortas, a cor desbotada, mas ainda assim, moviam-se lentamente quando eu focava minha atenção sobre elas.

Saquei algumas moedas de Euro e abaixei até a altura do homem que ficou com o olhar fixo em mim, sob seus cabelos revoltados. Ele repetia três palavras que eu não consegui identificar. Estendi minha mão com as moedas para colocar na pequena caneca que tinha a sua frente, mas quando larguei a primeira, ele esticou o braço e pegou no meu pulso, pronunciando uma palavra com o que lhe sobrava de ar nos pulmões.

– So...il. – Ele tremia enquanto tentava dizer algo, ainda me segurando com os olhos arregalados.

Apesar do susto, cumprimentei-o e ele retribuiu, imitando o aperto de mãos de Azhym. Foi bom reconhecer alguém da Ordem de uma maneira tão restrita. Ainda assim, fiquei incomodado com a situação do senhor que fedia a urina e parecia não comer havia um bom tempo.

Sacudi a cabeça como mandava o livro de receitas da Ordem e ele soltou minha mão, agradecendo em francês.

Estranhamente o senhor mudou sua expressão. Agora parecia mais leve e seu olhar mais vivo. Imaginei que fossem poucos os que contribuíam com trocados.

Tessa observou todo o episódio, mas não disse nada. Paramos para ver o restinho do pôr do sol que ao longe, deixava o céu rosado, pronto para receber o brilho das primeiras luzes da cidade lá embaixo. No patamar seguinte da descida, margeado por um jardim verde, turistas apontavam suas câmeras para a torre. Eles pareciam aguardar algo especial e em um passe de mágica, toda a estrutura metálica cintilou em um espetáculo de cinco minutos, alternando as cores da bandeira francesa através da armação da Torre Eiffel.

Ouvi quando Tessa agradeceu baixinho a Deus por aquele presente e antes de descer achei melhor explicar a cena de pouco atrás.

– Você sabe que às vezes preciso passar ou receber mensagens, certo?

– Sim, você mencionou qualquer coisa. Eu só não esperava que fosse algo assim. A situação me constrangeu um pouco. Sei lá, fiquei com pena do moço.

– É, senti o mesmo, mas fico feliz que entenda.

Ela segurou minha mão, sem lembrar que era a mesma usada no cumprimento com o velho.

– Está escurecendo. Vamos para o hotel descansar.

Fomos devagar, degrau por degrau e em determinado momento nos vimos cercados de vendedores de bugigangas. Vendiam óculos escuros, relógios, peças de roupas, brinquedos e lembranças de Paris. Às dezenas, os vendedores pareciam um enxame de moscas.

Tentamos passar despercebidos, mas um dos homens veio em nossa direção mostrando fitas coloridas e falando em um idioma que não era francês, nem inglês, nem português ou nada que Tessa e eu identificássemos. Um rapaz negro, alto e com o rosto muito expressivo insistia em colocar uma das fitas no meu braço.

Recusei e continuei andando, mas o vendedor nos seguia e gritava, como se estivesse brigando comigo por não ter comprado a maldita fita. Passei Tessa para a minha frente e o homem correu para pegar no braço dela, outra vez impondo que comprasse o produto. Ela puxou o braço com violência e para nossa surpresa o vendedor fez menção de agredi-la.

As luzes da cidade apagaram-se de uma única vez. Não havia mais som, nem frio, nem cheiro, nada além de uma abertura na escuridão de onde eu assistia, em câmera lenta, as fitas caírem esparramadas pelos degraus. Eu via um Natan com um semblante de fúria, pronto a jogar o rapaz escadas abaixo.

Senti quando Tessa me puxou pelo braço e voltei à razão sem perder a consciência. Quando dei por mim, pronunciava palavras estranhas com minha voz distorcida. O vendedor se afastou, sem nem mesmo pegar as coisas do chão. Cedi à força que Tessa fez, puxando para baixo, enquanto o homem fez o sinal da cruz e sentou no degrau, protegendo parte do rosto.

Descemos apavorados com a abordagem do homem.

– Que cara abusado. – Disse Tessa ainda assustada olhando para o alto das escadas.

– Vamos embora daqui, melhor não dar bobeira. Vamos antes que algo estrague nosso dia. Passamos a viagem inteira do metrô comentando a bizarra situação com o vendedor, mas em momento algum Tessa falou sobre a minha reação.

– O que eu fiz lá? Me diz o que você viu.

Tessa apertava minha mão e olhava para as próprias pernas.

– Não sei o que vi. Só sei que você me protegeu e resolveu a situação. É o que importa.

– Desculpe, mas acho que perdi o controle quando ele te atacou.

– É, eu sei. Não se preocupe. Está tudo bem. Já estamos quase em casa.

Nossa viagem pela França estava tão intensa, com dias tão cheios que ela já chamava o hotel de casa. Entendi que não era hora para forçar sobre o assunto. Precisávamos de um banho quente, algo para comer e uma calma noite de sono.

Nossa despedida da capital francesa estava dividida em duas partes. Visitar o museu do Louvre e subir a Torre Eiffel. Simples assim, porque estávamos com os pés feridos, cheios de bolhas de tanto que andamos nos dias anteriores e apesar de saber que o museu era o maior do mundo, não imaginava que ocupasse todo o quarteirão do chamado eixo histórico da cidade. Em um dos panfletos de Tessa, um informativo mencionava que para conhecer as galerias na plenitude, seriam necessários cinco dias. O prédio por fora não chamou atenção, exceto pela entrada, com sua pirâmide de vidro, que serviu de tema para nossas fotos. No interior a arquitetura e a decoração de cada setor eram um espetáculo à parte e por vezes encantavam mais que as obras de arte apresentadas. A movimentação era um tanto confusa e difícil devido à quantidade de pessoas que superlotavam o local a procura da Mona Lisa.

Quando entramos na sala do famoso quadro de Leonardo da Vinci, progredimos centímetro a centímetro, até uma pequena bancada que marcava o ponto máximo de aproximação da obra. Presa sob um vidro transparente nitidamente grosso e resistente, o quadro de mais ou menos uns sessenta, por setenta centímetros, era a atração principal. Eu sempre via nos desenhos animados e nos filmes aquele ícone mítico, mas ali, olhando o retrato da pobre senhora de cabelos longos e sorriso tímido, entendi como Tessa se sentiu diante da Torre anã. Percebi que a verdadeira obra de arte estava na publicidade em torno das atrações.

Vimos centenas de quadros e esculturas de quase todos os cantos do mundo, alguns tão raros que nem mesmo Tessa sabia da sua existência e depois de horas andando pelos infinitos corredores, agradeci quando ela disse estar satisfeita com o que tinha visto. Que tinha conhecido tudo que planejara e que poderíamos ir comer em algum restaurante do lado de fora do museu.

– E aí? Feliz de ter conhecido o Louvre? Chique você, hein?

Ela adorava brincar entre uma foto e outra.

– Gostei, mas achei a Mona Lisa um tanto pequena também.

– Viu? Eu te falei que o povo aqui é meio estranho. Fazem maior propaganda das coisas e no fim tem uma torre anã e um retrato três por quatro da Mona Lisa.

Tive que concordar com ela, mas afinal a cidade luz tinha seu charme que não estava apenas na história, nos badalados pontos turísticos e nem nos moradores locais. O glamour de Paris estava na nossa mente, no romantismo e aconchego que sua atmosfera emprestava a todos os seus visitantes.

– Vamos comer por que estou faminta.

Passamos muito tempo no almoço comentando e discutindo o problema francês a respeito de tamanhos e quando vimos, estávamos atrasados para nossa última atração.

No alto, a mais de trezentos metros de altura, protegidos por uma grade e uma placa de vidro que impedia o vento de nos derrubar sobre os carros lá em baixo, era possível ver a cidade de uma maneira espetacular. O sol mais uma vez descia lento, no horizonte marcado pela poluição. O rio Sena aos nossos pés, a igreja Sacré Coeur ao longe e do meu lado a mais estupenda de todas as mulheres.

Recostei-a no vão triangular, formado pela estrutura da torre e a grade de proteção. Abracei-a e nos perdemos em um longo beijo.

– Feliz aniversário.

Disse ela baixinho, seguido de um: "Eu te amo". Era tudo que eu precisava para enfrentar qualquer Leão Negro. Tudo que precisava para construir a nossa própria Porta do Sol.

A noite foi completa e chegamos sem correria no aeroporto. Com o voo no horário estávamos ansiosos para chegar em casa e descansar. Aproveitei para esclarecer o assunto do dia anterior e passamos as duas horas falando sobre o acontecido de forma clara para que minha esposa soubesse quem, ou o que estava agindo naquele momento, diante do vendedor de fitas coloridas.

CAPÍTULO 33
CHEIRO DE RATO

Tessa decidiu tomar as rédeas no emprego. Daria mais um mês de chance e caso o ambiente hostil continuasse, pediria demissão até o fim do ano. A minha situação era mais confortável e apesar do salário dela ajudar bastante na hora de pagar as contas, apoiei a escolha.

Para variar, nada de Lauren responder as mensagens. Queria falar sobre o incidente na praça da Bastilha, mas teria que esperar pela boa vontade e a agenda lotada de minha orientadora.

Quando cheguei na empresa as pessoas diziam ter sentido minha ausência. De alguma maneira foi recompensador ouvir que afinal o brasileiro tinha seu lugar naquela equipe. No andar de cima, Levi estava com os engenheiros reunidos e fiquei ouvindo das escadas, evitando ser notado:

– Não podemos nos dar ao luxo de chegar atrasados em uma segunda-feira. Aos que assim fizeram, não quero ouvir desculpas. Terão que compensar. E sem pagamentos extraordinários, porque a empresa não tem culpa dos problemas de vocês.

Ele tinha um tom ríspido. Parecia brigar com as pessoas ao invés de explicar quais eram os objetivos.

Ninguém contra-argumentar e mesmo eu, que tinha sangue de barata, percebi uma ameaça nas palavras dele. Até porque aos olhos de todos, eu também estava atrasado em plena segunda-feira. Cheguei a pensar que Levi, de maneira sorrateira, estivesse plantando sementes para tomar meu lugar.

Revelei minha presença e quebrei, de propósito, o discurso do interino.

– Muito bom dia a todos vocês.

Falei firme, bem no meio de uma frase dele.

Pela primeira vez me senti acolhido pelo time que veio em peso me receber. Ganhei até um presente de casamento atrasado. Comprado com a recolha de dinheiro entre os funcionários dos departamentos. Agradeci a todos com meu sorriso carioca, mas sem desviar a atenção do meu alvo que escorregou para a sombra do armário a seu lado.

Tomei da reunião quase trinta minutos. E o clima de harmonia e prazer de trabalhar no laboratório tomou novo fôlego. Só então fui cumprimentar Levi e pedi que ele continuasse de onde tinha parado. Pedi a todos que o ouvissem com atenção, mas era tarde demais. O sol tinha espantado qualquer nuvem que pudesse ocasionar trovões e tempestades dali para frente. Levi apenas agradeceu com meia dúzia de palavras pela chance de liderar durante a minha ausência e se recolheu para sua bancada.

Algo me incomodou naquele dia e talvez se não fosse o seu jeito de lidar com as pessoas, eu não teria notado que era a pessoa errada para me substituir.

– Levi, tem um tempo para conversarmos sobre as últimas semanas?

Abri o terminal da minha sala e sobre o teclado um bilhetinho assinado pela moça da limpeza, explicava que ela estava de volta para o Brasil, em definitivo. No cartão escrito de próprio punho ela desejava sorte e um caminho de luz.

– Eu coloquei aí porque a moça da limpeza insistiu muito. Desculpe ter entrado na sua sala sem você aqui.

– Que isso meu amigo, você deveria ter ficado aqui mesmo, usado a sala como desejasse, até para ir se acostumando, ou quer ficar ali na bancada para sempre?

O rapaz curvou as sobrancelhas para o alto e deixou os ombros caídos. Parecia um cachorro que aguarda o dono, na incerteza de um passeio ou de uma bronca por ter babado as almofadas do sofá. No meu monitor os números mostravam uma ligeira queda de produtividade nos departamentos. Eu tinha a munição necessária para executá-lo se quisesse.

– Então cara. Vamos começar com estes números baixos do laboratório. O que aconteceu com a produtividade? E outra coisa, antes de começar a falar, o que era aquele sorriso cinza que as pessoas estampavam durante a reunião?

– Pois é, pá, estas semanas foram um caos aqui. No início correu bem, mas aí o nosso chefe geral veio fiscalizar e tu sabes como ele é, não?

– Ah! Então isso aqui não deve ser creditado na sua conta? É isso que está dizendo?

– Não, claro que tenho responsabilidade, mas há de convir que se ele não estivesse aqui talvez as coisas fossem bem ao modo.

Fiquei calado lendo os assuntos da minha caixa de mensagem que nunca esteve tão cheia. Deixava Levi na angústia à espera do meu argumento. Senti prazer ao vê-lo esfregar as mãos, uma sobre a outra, repetidas vezes, sem saber o que fazer com o nervosismo.

– Bem, eu tenho um primo que é mestre em jiu-jítsu e ele costuma dizer que não podemos julgar o trabalho do aprendiz pelo trabalho de seu mestre, mas devemos medir o sucesso do mestre pelo comportamento de seu aprendiz.

– Concordo contigo.

– Falamos na próxima semana. Deixarei este tempo para você fazer uma análise do seu momento de chefia. Em paralelo ouvirei o que os outros colaboradores têm a dizer. E Não se preocupe. Também falarei com Soares que não deveria ter interferido no seu trabalho e quero saber por que ele fez isso.

Levi ameaçou sair da cadeira, mas pedi que esperasse mais um pouco. Cozinhei o rapaz por infinitos cinco minutos, sem olhar para ele, apenas conferindo as mensagens no computador.

– Esquece, não é nada importante. Bom trabalho e qualquer coisa me chame.

O rapaz saiu mordendo os lábios e o acompanhei com o olhar até que sentou em sua bancada, sozinho, sem estagiário e ninguém à sua volta. A cena me mostrou um antigo Natan que não media esforços para conseguir o que queria quando trabalhava no Brasil, antes de abrir sua pequena empresa. Demorou, mas aprendi que para vencer no mundo empresarial era necessário ter as pessoas do meu lado. Fazer com que elas se sentissem bem por trabalhar comigo. Que tivessem confiança nas minhas decisões e não que agissem só pelo medo de perder seus empregos.

Se usasse a filosofia da Ordem para analisar aqueles dois momentos, poderia dizer que entendia o motivo de abrir as Portas do Sol para as pessoas e a importância de deixar que cada uma delas decida sua vida do jeito que bem entendem.

Aos que vissem e passassem pela porta, eu daria meu apoio total, fortificando minha base rumo aos meus próprios objetivos. Os que vissem e não passassem seriam usados como peças de apoio para incentivar as outras primeiras. Aos que não vissem e mesmo assim, passassem, eu serviria de guia. Aos que não visse e não passassem, eu os colocaria ao lado dos meus opositores como muralhas para me defender. A vida empresarial me dava a capacidade de percepção necessária ao meu treinamento.

Na hora do almoço o amigo brasileiro de T.I quis saber de todas as novidades vindas da nossa terra. Ele e a esposa não visitavam o Brasil há oito anos. Batemos um papo rápido e o atualizei sobre os números da violência nas ruas. A intenção era deixá-lo ciente que retornar ao Brasil, seria jogar dinheiro fora. Até porque eles não tinham parentes vivos na cidade natal, o que facilitava no quesito saudade. A mãe dele também morava fora e pelo menos uma vez ao ano ele a visitava.

A conversa acabou rendendo um convite para Tessa e eu, passarmos o ano novo com ele, a esposa e a mãe na Inglaterra. Aquele dia estava saindo cheio de surpresas, típicas de um retorno de férias.

Em casa, queria contar a calorosa recepção que tive no trabalho, mas Tessa estava para baixo, triste por mal ter chegado na companhia aérea e recebido um comunicado que metade das pessoas do seu departamento, não teriam o contrato renovado para o próximo ano.

– Amor, isso pode ser bom. Pense bem, você não ia dar um xeque-mate neles? Então, se calhar nem vai precisar se abalar por isso. Vamos seguir o plano e ver o que acontece nestes meses pela frente.

Eu não ia dizer nada sobre o convite para ir a Londres, mas viajar seria uma injeção de alegria na alma dela e não resisti.

– Amor, sabe o brasileiro que trabalha comigo? Aquele que nos recebeu com a esposa num jantar na casa deles, faz uns meses?

– Lembro sim. Troco umas mensagens com a esposa dele, vez por outra.

– Então. A mãe dele mora em Londres e nos chamaram para virar o ano por lá com a família.

Os olhos de Tessa brilharam e ela correu para o computador.

– Amor, vem terminar de jantar, depois você vê quem está chamando na internet.

– Não estou atendendo ninguém, não. Vim ver o saldo da nossa conta para saber se podermos ir, mas acho que não.

– Só você mesmo! Ainda falta um bom tempo até lá e não precisamos confirmar nada por agora. Ele só vai de férias na semana do Natal. Temos tempo e quem sabe até seguramos o dinheiro. Podemos apertar os cintos um pouco mais e ver se sobra.

– Eu adoraria. Já te contei que ia morar em Londres quando adolescente? Queira fazer um intercâmbio, mas meu pai acabou não permitindo.

– Sim você me contou esta história. Uma pena mesmo.

– Pena? Pensa que se eu tivesse ido, não teria conhecido você.

Olhei bem para ela. Coloquei os pratos ainda com comida para o lado e a puxei pelo braço.

– Eu te encontraria em qualquer lugar do mundo. Tenho certeza que se não estivesse no Brasil, encontraria estes seus olhos verdes de uma maneira ou de outra. Não pense que escaparia de mim tão fácil.

Ela gostou do que ouviu e se permitiu esquecer dos problemas do trabalho, dos números vermelhos na conta bancária e até do jantar.

Com a auditoria que fiz sobre as semanas ausentes cheguei a uma conclusão. Eu estava sofrendo da síndrome de eficácia. Um problema paradoxal que consiste em manter o funcionário no mesmo posto eternamente, por acreditar que ele é o melhor indivíduo para aquela função. A síndrome começa discreta, quando os patrões evitam falar sobre as falhas em razão de estarem satisfeitos com os resultados. Eles ignoram pequenos erros para não magoar o funcionário. Aos poucos ela evolui e o funcionário passa a ver pessoas menos qualificadas assumirem cargos mais altos que o dele. Os encarregados de manter a empresa funcionando escolhem importar talentos e não mexer na equipe que está ganhando. O empregado que sofre da síndrome só vai perceber quando for tarde demais. Quando observar que seu trabalho apesar de impecável já não lhe rende qualquer benefício extra.

Além da síndrome identifiquei um problema ainda mais grave. Levi, toda vez que podia, exaltava um ponto negativo na minha liderança. Criticava pelas minhas costas os meus bate-papos no café, os abonos de ausências ou atrasos que o pessoal de RH deixava passar em branco, chegou até a insinuar que fui antiético na maneira de lidar com o controle de qualidade, na época que sofria as investidas de Fernão Patrício.

A suspeita de que ele era mais ambicioso do que aparentava se confirmou. Seria preciso colocá-lo de volta aos cabrestos antes que me derrubasse da carroça. Uma punição sem aprendizado não ajudaria em nada, porque ele ainda era o mais apto a assumir caso eu pulasse para a sala da diretoria no próximo ano. Seria preciso bastante tato para ensinar-lhe uma lição e mantê-lo como aliado.

– Levi, está sabendo das novas impressoras que vamos começar a reparar aqui no laboratório?

– Estou sim, na verdade todos estamos, porque enviei o comunicado com os detalhes, além de ter mencionado nas reuniões da semana passada quando estavas ausente.

– Muito bom. Quando recebermos a primeira quero que seja o encarregado de apresentar o procedimento completo aos demais.

– Positivo. Mas perderemos umas duas ou três horas de produção, se todos pararem para aprender juntos. Não achas melhor fazermos aos poucos, um de cada vez, à medida que forem chegando as máquinas novas?

– Sim, acho melhor, mas desta vez, você não fará o que é melhor. Fará o que eu mando.

As pessoas estranharam a maneira rude como pronunciei a frase. Fizeram caras e bocas retorcidas, uns para outros, como se levassem um soco no rosto. Ninguém comentou, mas tinha certeza que aquele seria o tempero mais usado na hora do almoço.

Eu queria que Levi sentisse na pele o mesmo tratamento que dava aos colegas. Mudei meu comportamento do dia para a noite. Lançava um olhar afiado sobre todos os procedimentos, em todos os setores e pressionei os funcionários a darem tudo que tinham para um último mês de alta produção, antes de fechar o ano.

Manter a equipe na linha exigia um trabalho imenso e o desgaste era maçante. No final de uma manhã, logo após massacrar o departamento de logística com uma reavaliação dos prazos para entrega, recebi uma mensagem de Lauren. Ela pedia que fosse o quanto antes a um centro comercial em Lisboa, onde por sorte havia uma loja da nossa rede de reparos em computadores e possibilitaria a desculpa perfeita para me ausentar.

– Queria saber porque demora tanto para fazer contato depois que volto de viagem? Isso faz parte do procedimento dos orientadores ou é só charme seu?

– Pelo visto você deixou o bom humor junto com suas chaves de fenda e alicates lá do trabalho.

– Boa tarde para você também, moça.

– Acho que precisa repaginar seu guarda-roupa. Este paletó está surrado, veja os botões. Estão foscos e te deixa com aspecto daquelas pessoas religiosas.

– Como assim? Qual o problema disso?

– Sabe aqueles homens que fazem cultos nas igrejas do Brasil e saem às ruas pregando as mensagens da Bíblia? Você está com o mesmo aspecto. Se colocar um livro sob o braço não dou cinco minutos para alguém parar do seu lado e gritar aleluia. E digo isso sabendo que neste shopping tem muitos brasileiros espalhados. Eu mesmo, quando venho aqui só falo em francês para evitar inconvenientes. Se eles percebem que sou brasileira, começam a perguntar de que estado eu sou, para que time torço, se estou legalizada. Estas coisas que me deixam com urticária.

– Quando for rico ou estiver em uma situação melhor, terei um terno para cada dia da semana, mas por agora só tenho este. Vai ter que servir.

– Alias como está isso? Alguma novidade?

– Sobre ficar rico? Se soubesse com certeza já estaria.

– Bobinho! Quem trabalha nunca fica rico. No seu caso pelo menos o trabalho está rendendo resultados, pelo menos até onde sei.

– Sim, não posso reclamar. Só de ter saído da bancada e não precisar mais apertar milhares de parafusos, me sinto recompensado.

– Bem, toquei neste assunto e não foi à toa. Acho que você tem um rato na sua empresa.

– Um rato, como assim? Um informante, você quer dizer?

– Isso mesmo. Sabemos que o tal Fernão Patrício não está mais na ativa contra você, mas alguém passou a sua localização em Paris para Maud.

– Maud? Como você sabe disso? – Coloquei um tom seco na minha pergunta.

– Quando viajou para a França fui a uma reunião com o senhor Azhym e enquanto discutíamos alguns assuntos sobre o seu treinamento ele foi avisado que a filha estava com intenções de abordá-lo durante a sua viagem. Acredito que ela sabia que estava por lá em férias. Uma vez que não estava em missão, estaria descoberto pela Tradição e ela teria uma janela para tentar qualquer coisa.

– Mas ela não pode atacar assim! Isso é contras as normas dos Leões Negros.

– Sim, mas ela parece estar desesperada e usou de um recurso externo para atacar sua esposa. Aliás como ela está?

– Está ótima, mas…

Precisei me apoiar na mesa quando assimilei as palavras de Lauren.

– Exatamente, Natan. Ela iniciou um ataque contra a sua esposa e não contra você.

Soquei a mesa com o punho fechado fazendo os talheres saltarem.

– Natan. Ficamos sabendo que ela pediu a ajuda de um amigo para estragar sua lua de mel em Paris.

– Eu não contei que estaria em Paris a ninguém, exceto você.

– Espero que não esteja pensando que tenho algo a ver com isso.

– Claro que não, mas como ela teria acesso a informação?

– Justo por isso, acredito que ela tenha alguém de olho nos seus movimentos, lá na empresa. Quando voltou do Brasil, você não foi lá pedir a extensão das férias ao patrão?

A notícia chegava em péssima hora e se não bastasse eu ter de lidar com os conflitos de interesses, agora teria que procurar um informante.

– Natan, o fato é que o tal autor do ataque se deu mal e precisou pedir ajuda ao mentor dele. Lembra do Schwartz, aquele amigo do senhor Azhym em Praga?

Sacudi a cabeça afirmando, mas sem recordar com precisão de quem se tratava.

– Foi ele quem socorreu o seu agressor.

– Socorrer, o que aconteceu?

– Pois é! Aparentemente quando ele atacou sua esposa alguma coisa correu mal e ele perdeu a visão. O tal rapaz contou ter sofrido uma experiência terrível no momento do ataque. Disse ainda que Maud o orientou apenas a atacar sua esposa e não disse nada sobre você ser um iniciado da Ordem.

– E o que aconteceu com ele? O que a Supremacy faz com um membro que ataca um dos seus?

– Nós sabemos que ele foi manipulado, entretanto uma pessoa manipulável não nos ajuda, certo? Outro fator é que ele não identificou você, o que é uma falta grave.

– Gostaria de saber o destino dele, se possível.

– Esqueça. O importante é que você e sua esposa estão bem.

As palavras dela soavam levianas aos meus ouvidos. Na minha cabeça analisava que se Maud podia nos atacar através de algum membro fraco, nada a impediria de se rebelar. Sentia meus pensamentos em alta velocidade processando as informações à procura de uma saída.

– Lauren, você acredita que meu demônio protegeu Tessa naquele dia?

– Pelo visto você sabe sobre o que estou falando então.

– Claro que sei. Passei muito mal a caminho da Bastilha e senti que ia morrer com um ataque do coração. Como tinha visto sua mensagem identifiquei que se tratava de um ataque. Não sei dizer ao certo como resisti, mas graças a Tessa, conseguimos voltar para o hotel e melhorei à medida que fomos nos afastando do local.

– Natan, o que o rapaz contou é grave e explica uma série de acontecimentos que envolvem você, antes e depois de ter contato com a Supremacy.

Fiquei de ouvidos e olhos abertos, esperando o que ela tinha para revelar.

– Segundo ele, durante o ataque, uma nuvem negra o abordou.

– Nuvem? Como assim?

– Ele contou a Schwartz que foi envolvido por uma ausência completa de luz e rodeado por uma legião de gênios. Dúzias de demônios tentaram atingi-lo. No relato, ele cita que apesar das tentativas e do horror da cena, nenhuma das entidades conseguia tocá-lo. No entanto uma criatura feita de uma escuridão absoluta, uma energia negra envolta na silhueta de um homem alto, usando um chapéu de abas largas desferiu um golpe que o deixou paralisado e cego.

Minhas mãos tremeram só de ouvir a descrição, mas me mantive quieto.

– Até agora achávamos que seu gênio fosse o mesmo que o abordou na história contada a Ruberte, quando se conheceram. A tal história da entidade que tocava você e sua mãe, lembra? Porém este fato indica que estávamos errados. Na sua iniciação notamos que se tratava de um capturador de gênios, mas não imaginávamos o que estava por vir.

– Eu imagino que sim, Lauren. Esta figura que descreveu foi o meu primeiro encontro sobrenatural de verdade, digo, no lance da história com minha mãe eu ainda estava na barriga dela e nem considero.

– Natan o problema vai além. No relato do agressor ele jura ter visto os demônios obedecerem a tal criatura de chapéu.

– Eu sei do que você está falando. Quando fiz a iniciação presenciei um mar de olhos cintilantes, todos sob o comando da escuridão que falava comigo, incentivando a atravessar o portal.

– Natan, os livros antigos da Supremacy relatam um caso assim. Apenas um e o final da história não é nada bom.

– Imagino então que agora eu seja algum tipo de super-herói dentro da Ordem. Me sinto até poderoso com o que contou.

– É exatamente o contrário Natan. Nas lendas isso trata de um grande mal, que pode colocar em risco todas as missões realizadas pela Ordem, desde os tempos de Salomão. Pode expor nossas identidades e principalmente ferir de várias maneiras as pessoas inocentes à nossa volta. O que virá dentro de algumas semanas é bastante sério e pode determinar o seu futuro na Supremacy.

– Serei expulso? Espera, não tenho culpa se um maluco e uma patricinha desvairada decidem quebrar as regras e atacar minha esposa em plena luz do dia.

– Não sei o que acontecerá. O senhor Azhym está reunido com os outros membros para saber como proceder. Até lá você estará por sua conta. Este é nosso último encontro até eles decidirem.

Os olhos de Lauren começavam a piscar mais do que o normal e seu nariz ficou vermelho. Eu não sabia o que falar. Esperava algum tipo de comemoração quando cheguei, porém fui atropelado com toda aquela informação surpreendente. Sabia que não adiantaria argumentar e mesmo com o nó na garganta tentei demonstrar que aceitava a decisão hierárquica da Supremacy.

– Vai ser difícil continuar sem ter você por perto. Acho que me acostumei com suas broncas e seus chiliques, suas mensagens e até com os seus sumiços. Seja como for, vai fazer falta.

– Aqui está um número e será o único que lhe responderá caso precise de alguma coisa, mas só use se for um caso de vida ou morte. Me desculpe por isso, mas apenas sigo as ordens, você sabe.

– E Azhym? Ainda o verei uma última vez? Queria ao menos me despedir.

– Calma, você não foi expulso, ainda. Eles estão analisando a situação e será o próprio senhor Azhym o responsável por anunciar o veredito a você. Não sei quando, porque isso demanda dias, semanas ou até meses. Ele pediu que fique forte e paciente como foi até aqui. Que acredite e confie.

Respirei fundo e sentia minha garganta bloqueada, apesar de não ter comido nada. A elegante mulher à minha frente secava os cantos dos olhos com um pequeno lenço que combinava com a cor de sua bolsa.

Levantei e a peguei pelo abraço, gentilmente indicando que ela deveria fazer o mesmo.

– Obrigado, de qualquer forma. Se não voltar a te ver, saiba que tem um amigo aqui. Conte comigo sempre que precisar.

Choramos os dois abraçados e na certa, quem passava a nossa

volta imaginou que éramos um casal rompendo uma relação.

– Vá. Fique firme, Natan. Vá embora, senão você acaba amarrotando a minha roupa com sua mania de abraçar as pessoas. Já não chega ter destruído a maquiagem.

Agradeci mais uma vez e nem fui até a loja fazer o que deveria. Saímos cada um para um lado. Entrei no banheiro do centro comercial e lavei o rosto, antes de me trancar em uma das cabines. O que sentia era uma mistura de derrota e frustração. No meio do choro a imagem de Maud surgia alimentando meu ódio silencioso. Eu ainda não estava fora do jogo e aproveitaria os minutos da prorrogação para encontrar o rato dentro da empresa e através dele, chegar até ela. Estava decidido. Não mediria esforços, de luz ou escuridão, para fazê-la pagar pelo ataque a Tessa e por minha eventual saída da Supremacy.

No táxi de volta para a empresa, só pensava no risco que Tessa correu naquele dia e o que aconteceria se o tal ataque terminasse bem-sucedido. Não sabia quanto tempo teria dali em diante, mas tinha a convicção que precisava agir o quanto antes.

Mal saí do carro e fui abordado pelo responsável do setor de logística. Decerto eu estava com cara de poucos amigos, mas ele gentil, pediu um minuto e o segui a contragosto.

– Acabou de chegar. Mando subir? Os patrões falaram que você é quem decide estas coisas agora.

Era perfeito para executar meu plano e determinar se as suspeitas sobre o informante de Maud, estavam corretas.

– Pode subir, mas não agora. Quando faltarem uns dez minutos para o final do expediente suba e mande por na bancada do técnico Levi.

– Como quiseres. Acho que hoje alguém vai ter uma longa noite de horas extras.

– Exato, mas ele não imagina o que vai receber como pagamento. Pode apostar que não.

Da minha sala eu contava os minutos para começar a pressionar Levi sobre sua relação com Maud. Eu sentiria o gosto de socar sua cara sonsa quando todos fossem embora. Talvez fazer algo pior do que fiz com Fernão. Ou quem sabe, achar uma maneira de invocar o tal gênio das legiões e provocar danos psicológicos no rapaz. Agradava-me a ideia de deixá-lo babando pelo resto da vida, imobilizado em um manicômio. Imaginava a maneira mais certeira de fazer o trabalho sem deixar rastros e quando o relógio digital sobre minha mesa marcou precisos dez minutos para as seis, o elevador de carga chegou. O encarregado posicionou seu carrinho de transporte e deslocou a enorme impressora até seu destino. Todos ficaram alvoroçados ao ver a nova máquina que precisou de quatro pessoas para ser removida do carrinho até a bancada do técnico.

Em cinco minutos o laboratório ficou deserto. As pessoas do administrativo trataram de fugir para não ter que ficar até tarde com o elefante branco recém-chegado. Os outros engenheiros, como esperado, desapareceram por determinação do próprio Levi que pensava poder tratar do assunto no dia seguinte. As seis e um, meu alvo coçava a cabeça e olhava na direção da minha sala. Ele sabia que a ordem era não deixar equipamentos pendentes para o expediente seguinte.

Eu precisava ter certeza se era ele, o dedo duro, o que faria sentido desde que Fernão saiu. No entanto uma coisa ainda me deixava curioso. Se ele fosse um pau mandado de Maud deveria ter uma tatuagem e em momento algum vi algo que chamasse atenção. Em todas as pessoas tive algum tipo de pressentimento. Era certo que ele tinha encontrado uma maneira de esconder de mim, fosse lá qual fosse o seu demônio interno.

Apaguei as luzes da sala e dobrando as mangas da camisa fui em direção a última bancada do longo laboratório.

– Vamos fazer isso funcionar ou não vamos?

– Pá. Agora com o mestre aqui até fiquei motivado.

Ele levantou sem saber por onde começar e me deixou de frente para o compartimento de *toner*. Uma espécie de tinta em pó que a impressora utilizava no processo de impressão. O pó era tão fino que se o compartimento estivesse aberto, alguém poderia por acidente, inalar o produto sem perceber. Formado por carbono e polímeros químicos, bastava um toque com a ponta dos dedos para ficar com um borrão preto que levaria dias para desaparecer. No Brasil uma vez tive um acidente com uma impressora de menores proporções e fiquei dias cuspindo preto.

Eu precisava saber se Levi escondia alguma tatuagem e não tive dúvidas ao ver a alavanca do dispositivo. Abri o compartimento de pouco mais de cinquenta centímetros de comprimento por trinta de largura e o puxei com toda a força, mantendo a válvula de contenção aberta.

De propósito, fingi um descuido e, na tentativa de impedir que a unidade caísse, lancei-o ainda mais para o alto. Quando tocou a quina da mesa, parecia que uma bomba de fumaça havia detonado na sala. Começamos os dois a tossir sem parar pelo efeito do pó indo direto aos nossos pulmões.

– O que fizeste? O que fizeste?

Levi perguntava, rouco de tanto tossir e sem poder me ver por de trás dos óculos sujos. O rosto estava preto, bem como o jaleco e mesmo as roupas de baixo deveriam estar lotadas de pó. Quando arranquei o cartucho da máquina procurei sacudir na direção dele forçando um banho de fuligem negra.

– Olhe para isto, pá! Que minha esposa mal voltou para casa e vai querer me matar quando for lavar isto.

Ele passava a mão pelos cabelos e o pó criava pequenas nuvens que se desfaziam, acumulando-se sobre seus ombros.

– Cara, desculpe. Eu não tinha ideia que o toner ficava aqui na parte de cima da impressora. Pensei que fosse o motor e puxei. Rápido tire isso tudo, tire o jaleco e a camisa. Vá para o banheiro e tente se lavar o máximo que puder. Esta tinta é tóxica e não pode ficar em contato com a pele por muito tempo.

O rapaz que estava assustado por tossir sem parar, arrancou os botões que prendiam o jaleco de proteção e correu para o banheiro. Ainda no laboratório, gritei insistindo para ele ter certeza que não tinha nada dentro das calças ou das partes íntimas ou precisaríamos ir ao hospital. Esperei um tempo e o segui. O desespero do rapaz era tamanho em livrar-se do pó que usava a torneira do lavatório como chuveiro.

Entrei e fiz o mesmo na pia ao lado, atento a qualquer sinal que o denunciasse como um leão negro. Estava convicto que encontraria, por menor que fosse, uma tatuagem em movimento escondida em algum lugar do seu corpo.

– Natan, achas mesmo que precisamos terminar este serviço hoje, pá. Por que com tanto pó estou a passar mal. Acho que vou embora procurar um médico.

– Sim, se lave o máximo que puder e te chamo um táxi para ir ao hospital. Melhor precaver, certo?

– Mas e você, pá? Não vens comigo?

– Você pode ir que vou em seguida. Vou dar um jeito aqui na sujeira que fiz. Pelo menos passar um pano para retirar o excesso. Ainda não vi a moça nova da limpeza. Acho que ainda não repuseram a que retornou para o Brasil.

– Sim, já sim. Eu mesmo a recebi. Inclusive é uma gaja que meu Senhor Santíssimo. Deixou quase todos os gajos enlouquecidos, quando foi aspirar sob as bancadas. Que gaja quente, meu Deus.

A descrição fez soar um sino. Só poderia ser uma pessoa.

– Essa, eu perdi então. Quando foi isso?

– Ah! Não lembro bem não, acho que foi na semana que deveria ter voltado. Sim. Isso mesmo, foi logo depois que ela foi embora que o chefe avisou que você ficaria ausente mais uma semana.

– E ela limpou minha sala? Digo, não posso ser o único que perdeu esta maravilha.

– Sim, limpou sim, deixei ela lá limpando para garantir que faria um bom trabalho.

O infeliz poderia ter poupado todo aquele desastre com o pó de impressão. Se tivesse contado antes não estaria agora com a cabeça debaixo da torneira com medo de morrer intoxicado.

– Por que não me contou isso? Eu estava prestes a ligar para reclamar com a empresa de limpeza.

– Pá, acabei esquecendo e não achei que fosse importante.

Ele estava só de cuecas e meias, porém eu não via nenhum sinal de tatuagem, nenhuma marca viva. Era certo que Maud usara seu charme e tinha encontrado uma maneira de entrar na minha sala e acessar meu computador, no único lugar onde poderia encontrar algo sobre a viagem a Paris. No dia em que fui informar o chefe, usei o computador da empresa para imprimir os mapas e o guia que Tessa havia pedido. Além do mais havia o sistema de localização por GPS do telefone que eu tinha configurado para um eventual caso de roubo do aparelho. Uma vez sabendo onde eu estava, ficou fácil me rastrear nos hotéis, sendo ela quem é e com os recursos que dispõe.

– Vista-se que vou chamar o táxi.

Fiquei sentado sobre a bancada olhado metade do laboratório sujo de pó. Até as cadeiras da parte administrativa estavam impregnados. Quase matei o infeliz à toa e se foi um demônio que expulsou Fernão, desta vez, foi um anjo quem salvou Levi.

Apesar de ainda acreditar que ele estava ligado a Maud preferi deixá-lo ir. Literalmente, a sujeira estava feita, e encontrar aquela mulher seria mais difícil sem a ajuda de Lauren. Se ela tinha planejado aquilo, fez com perfeição. Eu precisava ser paciente e aguardar por um erro que a colocasse no meu caminho. A vista dos olhos dela, eu estaria mais vulnerável do que nunca e aparentemente sozinho. Aparentemente.

Apesar dos problemas que a administração de Levi causou, a produção não sofreu grandes perdas. Entretanto foram necessários vários cafezinhos para recuperar a credibilidade das pessoas sobre o meu futuro pupilo.

Consegui convencer o chefe a não se meter mais nos assuntos do laboratório, ainda que ele não enxergasse em Levi a pessoa certa para liderar o coração da empresa. Posterguei os assuntos mais difíceis até o máximo que pude para evitar confrontos e a todo custo procurava beneficiar os funcionários que acenavam com suas bandeiras a meu favor.

Com o final do ano as portas, decidi aceitar a oferta do amigo de TI. Eu não tinha mais dias de férias para usar e precisei deixá-lo ir para a Inglaterra, na frente. Tessa e eu nos juntaríamos à família dele em Londres, apenas para o final de semana estendido do réveillon.

Finalizei o relatório anual com uma semana de antecedência e mandei com os detalhes para a diretoria, acompanhado de uma mensagem de agradecimento e de uma boa expectativa para o próximo. Passei de mesa em mesa, bancada por bancada e deixei um chocolate com um cartão de boas festas. Apesar de assinar em nome da empresa, eles sabiam que aquela era a minha maneira de dizer obrigado e feliz festas.

CAPÍTULO 34
O SOL DE LONDRES

Londres nos deu boas vindas com um sábado típico de inverno e Tessa estava vislumbrada desde a nossa chegada na noite anterior. Ficamos hospedados fora do centro, porém o preço baixo do hotel compensava.

O sistema de metrô por sinal impressionou mais que o de Paris. Limpo, organizado, versátil.

"Tenha um adorável dia", falou em inglês o funcionário que nos ajudou a comprar os bilhetes. Talvez fosse o clima das festas de fim de ano, mas as pessoas eram educadas a todo momento.

– Então, amor, o que achou da cidade?

Cutuquei Tessa com a pergunta e ela jogou o cachecol sobre meu rosto, rindo como uma criança que tinha esperado o ano inteiro para ganhar seu presente do Papai Noel. Ela estava radiante. Não pensava mais nos problemas de dinheiro, saudade, preconceitos e decepções. Em menos de vinte e quatro horas, Londres fez sua mágica e injetou na sua alma uma forte dose de esperança.

– Estou maravilhada. Assim, nada contra Lisboa, mas aqui tem um ritmo que é mais a nossa cara. As pessoas são mais agitadas, mais proativas. Tudo parece funcionar como deve. Não sei explicar, mas acho que bateu uma paixão à primeira vista.

– Uau! Que bom.

– Sabe quando você chega e sente que pertence ao lugar? É isso que estou sentindo.

– Na verdade não sei. Ainda não senti nada desta maneira.

– Ah! Mas você gostou de Praga, não foi?

– Sim, gostei. Mas é diferente disso que você acabou de dizer. Não é essa a energia. É algo bom, uma lembrança que faz bem, mas sei lá, falta alguma coisa.

No segundo dia encontramos nossos amigos bem cedinho e tendo o casal como guia fomos conhecer os principais pontos turísticos. Percorremos as ruas do centro com a multidão que comprava enlouquecida tudo que via pela frente. Um cenário oposto à recessão de Portugal. A terra da rainha parecia generosa com seus súditos. Era certo que para colher os frutos de uma economia forte, o povo precisava fazer sua parte e fomos testemunhas que, mesmo em épocas de festas, todo o comércio funcionava até tarde da noite.

Meu amigo tinha um faro para bons restaurantes e talvez porque sua esposa cozinhasse bem, acabou encontrando um típico italiano com excelente preço. No fim do dia, exaustos, fomos ainda até a casa da mãe dele, conhecer a família. Para fechar, fomos todos jantar em um tradicional pub inglês da região.

Eu via nos filmes que os pubs eram bem frequentados, mas imaginava na minha ignorância, algo tipo um salão de faroeste. Não sei por que, mas esta era a imagem que me vinha à cabeça quando falavam de um pub.

Contrariando meu pensamento, o que encontrei foi um ambiente familiar onde pessoas assistiam a um jogo de críquete na enorme TV sobre o balcão do bar. Ao fundo famílias inteiras jantavam e confraternizavam. Até um aniversário estava rolando próximo de nossa mesa. A cerveja não era tão boa quando a alemã, mas afinal isso seria pedir demais. Entretanto uma saltou à vista, vinda da Irlanda e com seu sabor característico coroou definitivamente o pub como um dos mais confortáveis lugares para visitar na Inglaterra.

Conseguimos visitar as principais atrações do cronograma de Tessa e ela estava feliz com suas fotos. Entretanto, como não poderia deixar de ser, ela fazia questão de visitar duas igrejas. A catedral de São Paulo e a Abadia de Westminster, ambas de suma importância na história dos reis e rainhas do país. Antes de cair no sono, combinamos de acordar por volta das dez horas. Precisávamos descansar bem se quiséssemos ver a queima de fogos na virada do ano.

Ouvi de longe um ruído repetitivo, mas pensei ser parte de meu sonho e continuei a dormir. Quando fui ao banheiro, ainda estava bem escuro, mas ao conferir a hora no telefone, tratei de acordar Tessa que ainda estava quentinha debaixo da coberta.

– Amor! São quase duas da tarde. Acorda.

Tessa deu salto da cama e me surpreendeu ficando pronta em exatos vinte minutos. Saímos os dois com a cara inchada. Andando pela rua a procura de um café para o desjejum. Nos contentamos com um chocolate quente, saindo fumaça, para ajudar a manter o calor do corpo, enquanto descobrimos como chegar à catedral pelas ruas geladas.

Um ponto positivo da cidade era que mesmo as longas distâncias podiam ser feitas com eficiência pelo sistema de transporte público. Fiquei impressionado quando Tessa contou que o prefeito de Londres usava uma bicicleta para chegar ao local de trabalho. Algo impensável na maioria das capitais do mundo.

Quando vi a imponente igreja, pensei ser apenas mais uma, que apesar da cor clara, não seria nada além de muitos bancos, santos por todos os lados, cheiro de parafina derretida e claro, de gente velha. Porém ao entrar, não sabia mais se era uma igreja, uma biblioteca sem livros, ou um museu.

O salão principal era vasto e me fez sentir apequenado diante da absoluta limpeza do chão que refletia partes dos objetos da parede. A cúpula gigantesca no vão central conduzia a pensar que o próprio Jesus Cristo apareceria por ali a qualquer instante. A fila de bancos de madeira, alinhados e polidos, impunha respeito. A decoração limpa demonstrava de imediato a relevância do lugar que tinha resistido à segunda guerra mundial. Uma enorme estrela com muitas pontas ornamentava o chão e nos cativou.

Eu achava igrejas um tanto monótonas, mas tinha ficado bastante impressionado com a arquitetura daquela. Tessa admirava e mesmo sendo proibido tirar fotos, ela fazia uns cliques sem ninguém perceber.

– Venha, vamos subir para ver a vista lá de cima.

– Aonde?

Mal entendi o que ela tinha dito e fui arrastado para o início de uma longa escadaria. Antes de começar a subida, uma placa com sinal de perigo e advertência avisava em diversos idiomas, inclusive em português, que pessoas com problemas de coração ou de locomoção física deveriam reconsiderar. Tessa olhou para mim e rindo diante do desafio saiu na frente. Passamos pela primeira parte, onde pudemos recuperar o fôlego e apreciar a vista parcial da cidade. O dia não ajudou com a chuva fina. Os prédios de arquitetura única do centro empresarial mais ao fundo, um pedaço do rio Tâmisa e a roda gigante, a London Eye, davam um tom de grandeza ao lugar. As pessoas com medo de se molhar facilitavam a nossa vida e ficamos à vontade para Tessa realizar suas fotos por todos os ângulos. Enquanto ela tirava fotos reparei em um senhor vestido de marrom, parado em uma posição de águia. Ele se inclinava para a frente e sustentava uma bengala entre as mãos. A maneira como ele tinha os dedos posicionados era a mesma que os manuais da Tradição ensinavam a fazer quando estivéssemos à espera de alguém ou de uma mensagem.

Fiquei curioso por saber se estava certo e enrolei o máximo que pude para ver o que acontecia. Lauren sempre disse para nunca, jamais, em hipótese alguma, intervir em uma missão que estivesse em andamento, caso reconhecesse alguém daquela maneira. Segundo ela, esbarrar em um membro da Ordem durante uma tarefa era raro, mas existiam relatos de pessoas que tinham identificado integrantes por acidente.

A chuva aumentou e Tessa me forçou a abandonar a vigília para continuar subindo até a parte mais alta da catedral. Subimos mais de quinhentos degraus. Na última etapa em uma escada improvisada que apesar de segura, fazia o caminho que só um anão poderia percorrer sem bater com a cabeça nos tubos e canos de aço que se espalhavam pelo interior do prédio. Lá no alto, após o último degrau, saímos dentro de uma pequena sala escura, com chão de madeira e teto baixo. Meia dúzia de sobreviventes esbaforidos olhavam para baixo reclamando de vertigem.

Nos aproximamos, curiosos para verificar e foi possível ver através de uma escotilha de vidro. A cerca de uns duzentos metros de distância, a estrela de várias pontas no vão central lá embaixo. As pessoas, miudinhas, desfilavam pelo interior da igreja sob nossos pés, sem se dar conta que ali no alto, alguém os observava.

A surpresa do evento foi interessante, mas ao lembrar que precisaríamos descer, senti uma ponta de desânimo.

– Venha, vamos que ainda quero ir na outra igreja.

Respirei fundo e saí na frente, desta vez para protegê-la caso escorregasse nos degraus irregulares. Mais abaixo quando fomos passar pelo primeiro ponto de observação, onde estava o homem com a bengala, fui até o local onde ele observava tão compenetrado. Tessa achou que queria outra foto com a paisagem cinza e deixei que ela usasse seu talento para fotografar enquanto buscava entender o porquê do homem ter estado ali olhando naquela direção.

– Tira este jornal daí que está atrapalhando a foto.

Havia um jornal dobrado, enfiado no vão do parapeito e nem tinha notado. Não vi nenhuma lixeira por perto e pensei em colocar na mochila até encontrar uma. Puxei o jornal marcado pelos pingos de chuva e uma moeda saiu rolando de dentro de uma das páginas.

– Estamos ricos. – Tessa brincou enquanto eu enxugava a moeda de Euro.

"Liberté, égalité, fraternité."

Eram as palavras ao redor de uma árvore, cunhadas na moeda. Não fazia ideia do significado de ter uma moeda no jornal, mas meu instinto dizia que deveria guardar aqueles papéis.

– Já pode pagar o jantar mais tarde. – Insistiu ela na brincadeira.

Voltamos a descer as escadas e logo que passamos pelo interior da igreja depositei a moeda na caixa de doações. Eu não sabia ao certo se aquilo era um aviso ou um chamado, mas a voz na minha cabeça motivou a deixa-la por ali.

Mesmo com a chuva apertando eu também queria ir até a famosa igreja de Westminster, local de várias personalidades, sem falar que o lugar em si merecia uma visita por sua arquitetura. Quando finalmente chegamos, a entrada não era mais permitida. Fazia dez minutos que encerraram os portões e Tessa teve que contentar-se com fotografias marcadas por gotas de chuva da vista externa.

– Amor, que acha de irmos para o hotel e ficarmos por lá até a hora de sair para ver os fogos? – Sondei minha esposa torcendo que ela concordasse.

– Acho que vai ser melhor mesmo, porque com este frio e chuva não está dando. Eu queria muito ver a igreja, mas não sabia que fechava tão cedo.

– Pois é, amor, mas hoje é o último dia do ano, fico até surpreso por ter aberto.

– Venha, vamos passar ali por aquela praça, tiro mais uma foto sua com o Big Ben e podemos ir.

Chegamos no hotel ensopados e até minhas meias estavam geladas. Liguei o aquecimento do quarto no máximo e aproveitamos para secar nossas roupas pendurando-as sobre as placas de metal que emitiam calor. O conforto de um quarto de hotel em um dia chuvoso é incomparável e depois que recuperamos nossas temperaturas corporais, peguei o jornal para analisar. Passei as poucas páginas sem entender nada do inglês. Corri os olhos a procura de um sinal, um código ou uma mensagem feita no idioma encriptado da Supremacy.

As primeiras folhas estavam tortas e um pouco borradas devido à chuva, mas o interior estava legível e procurava por qualquer marca que mostrasse de onde a moeda saiu. Olhei com cuidado e nem percebi quando Tessa surgiu atrás de mim enrolada apenas em uma toalha.

– Vai ficar aí lendo este jornal velho?

Determinadas perguntas exigem uma resposta por meio de atitudes. Era assim que mandava umas das diretrizes da Ordem. E foi o que fiz.

O alarme tocou, porém permaneci deitado. No quarto o cheirinho típico de lugares com aquecimento reforçava o clima de preguiça. Com muita luta acendi a luz para chegar ao banheiro, quando voltei Tessa estava de pé, elétrica e ansiosa pelo espetáculo do réveillon.

Pensei em dar uma olhada no jornal enquanto ela se arrumava, mas teria tempo depois e apenas o guardei de volta na mochila junto com as tralhas da viagem. Aquele seria um momento especial para nós dois e marcaria a realização de mais um item da lista de desejos de minha esposa. Com o gelo que a Tradição estava dando em mim, teria tempo de sobra para me dedicar ao código quando voltasse para casa.

Aquele ano foi o primeiro que não falamos com nossa família no Brasil. Nossos telefones funcionavam precariamente fora de Portugal e a cobrança era absurda. Tanto eu como ela antecipamos nossas felicitações antes de viajar. Pensei no meu filho, em mais uma virada de ano longe. Nos meus pais que apesar de não serem de festas, estariam na casinha deles assistindo a queima de fogos mundo afora e quem sabe nos vissem pela televisão, junto à multidão desconhecida. Eu não me comovia mais quando pensava neles. O tempo ensinou a transformar a tristeza e a saudade em força motriz. Era assim que o novo Natan pensava. Havia toda uma nova vida pela frente, com ou sem a Supremacy, sabia que no meu caminho ainda surgiriam anjos e demônios.

Quando faltavam vinte minutos para a virada, as ruas que margeavam o rio Tâmisa próximo ao parlamento e a roda gigante de Londres pareciam um mar de gente. Para nossa surpresa um espetáculo de organização com uma agradável sensação de segurança. Nossos amigos chegaram por volta das dez da noite e já havíamos dançado e falado mal das pessoas que passavam à nossa volta. A noite estava com uma atmosfera especial. Enquanto Tessa e o casal conversavam, entre o agito da multidão e a música de fundo, olhei para os lados e fiquei reparando.

As árvores sem folhas, a rua ainda com algumas pequenas poças devido à chuva que deu uma trégua, gente de todos os lugares do mundo, umas sentadas no meio fio, outras pulando no ritmo da música que mantinha o alto astral. Crianças sobre os ombros de seus pais com uma visão privilegiada. Gente de toda idade, diversas religiões, idiomas, culturas, cores e cheiros.

Fechei os olhos e mesmo com toda aquela energia, tudo foi desaparecendo à medida que agradecia. Fiz uma oração, agradecendo por aquele ano maravilhoso, repleto de realizações e conquistas. Eu tinha conquistado o mundo e apesar de não ter a família de sangue por perto, tinha o que era mais próximo disso e pedi a Deus que me permitisse um sinal, algo que apontasse que estava no caminho certo. Que toda aquela história de Supremacy e treinamentos eram realmente o meu destino. Que permitisse que minhas ações, das mais simples as mais complexas desencadeassem luz, paz e amor na vida das pessoas. Me vi, no meio dos pensamentos, de volta a ponte de Praga com o nascer do sol. Desta vez, sozinho, sentido o sol aquecer a pele dos braços e levantar a bruma que envolvia a cidade.

Saí bruscamente do meu transe induzido ao ouvir a multidão vibrar.

– Vai começar. Falta um minuto. – Disse Tessa pegando na minha mão.

Prometi a mim mesmo, durante a contagem regressiva que quando chegasse a hora, a levaria aquela ponte. Quando a contagem cessou, o sino do Big Ben marcou o início de uma nova caminhada. O som era profundo e fazia sentir dentro do peito, aflorando nas pessoas em silêncio, uma emoção extasiante. Ao final de doze badaladas o céu foi iluminado em vermelho, azul e branco com a queima de fogos.

Presenciei por mais de uma vez o espetáculo dos fogos de artifício na praia de Copacabana no Rio de Janeiro, mas a magia de Londres não me permitia parar de olhar para o alto extasiado. Meu amigo capturava o momento com sua câmera, fazendo vídeos e fotos. Tessa estava tão fascinada que guardou a dela e ficamos abraçados contemplando mais uma conquista.

Foram vinte minutos de um bombardeio que deixou o público em delírio ao ponto de muitos continuarem a festa, mesmo depois que o céu retomou sua cor escura e chuvosa.

A multidão dispersou e acompanhamos nossos amigos em clima de despedida até a estação do metrô. No dia seguinte não nos veríamos e o casal ainda tinha mais uma semana de férias, enquanto Tessa e eu retornaríamos a Lisboa.

Foi uma noite das mais felizes de nossas vidas e, mesmo não sendo completa, foi rica, perfeita.

A viagem de volta a Lisboa era curta, mas eu tinha tempo de dar uma olhada no jornal, até porque no dia seguinte, deveria estar na empresa para iniciar o novo ano junto com a equipe. Tessa e eu ainda experimentávamos a inebriante sensação da noite anterior comparando a experiência enquanto o voo seguia tranquilo.

– Vai ler este jornal de novo? O que tem aí que te chamou atenção dessa maneira?

– Este jornal foi colocado lá para eu ler. Tem uma mensagem em algum lugar nestas páginas.

Ela franziu a testa de curiosidade. Abri então o jornal sobre nossas pernas, no espaço entre a poltrona da frente e a nossa.

– Olhe, aqui tem umas coisas marcadas.

– Onde?

– Aqui, olha.

Não via marca nenhuma, nem de caneta nem de lápis, mas Tessa identificou uma linha feita por um tipo de dobradura, no meio de uma das páginas que ficava no caderno de política.

– O que está escrito? Consegue ver? – Perguntei sem entender a escrita.

Ela puxou o jornal inteiro para si, sem me dar chance de tentar decifrar a mensagem.

– Está escrito em inglês… Pera, deixa traduzir tudo para ver se faz algum sentido pra você.

– Me diz o que tem que ponho na tela do telefone para não esquecer.

– Tá, digita aí então: A neve cairá em julho.

– A neve cairá em julho? Seu inglês está correto amor? – Achei estranho a tradução que ela fez.

– Claro que está. Estou traduzindo ao pé da letra, mas acho que não tem outra interpretação. Não parece nenhum tipo de jargão ou expressão local. E as palavras não estão juntas. Foram colocadas em separado, em uma linha diagonal de cima para baixo ao longo das matérias desta página.

Ela dobrou o jornal de maneira que fosse mais visível e se aproximou.

– Olha aqui, acho que isso é a marca da moeda que devia estar molhada quando colocaram no meio do jornal. Está vendo a sujeira fina em forma de um círculo falhado.

Realmente havia uma marca ali e só ela com a visão aguçada de um examinador forense conseguiria encontrar aquele detalhe.

– Faz algum sentido para você? Seja lá o que isso for?

– Não, acho que não. Pelo visto me enganei.

– É estranho, no mínimo estranho. – Disse ela intrigada com o enigma.

– O que amor?

– Neve em julho? Na Europa é neste mês que começa o verão e não acredito que tenha neve nessa época.

Fiquei imaginando o que a frase poderia dizer e se talvez Lauren estivesse por trás daquilo também, mas estava sem comunicação com ela e não poderia gastar a única ligação para Azhym por algo que nem ao menos era a uma tarefa minha.

– Vamos deixar para lá.

Tomei o jornal e o embolei colocando no porta-revistas à nossa frente, junto com o folheto de procedimentos de emergência do avião.

– Vamos aproveitar o restinho da nossa viagem. Me conte o que achou de ontem à noite. – Mudei de assunto, sabendo qual seria a resposta dela.

– Sem palavras. Só posso dizer que foi muito melhor do que jamais imaginei. Pensar que há pouco tempo estávamos nós dois lá no Brasil, na casa de Petrópolis vendo a mesma festa pela televisão. Se perguntassem naquela época onde estaríamos nos próximos anos, eu jamais diria: em Londres.

– Eu acertaria uma coisa. – Coloquei meu corpo de lado para olhar no rosto de minha esposa antes de continuar.

– Acertaria que aonde quer que estivéssemos, estaríamos juntos.

– Oh! Que bonitinho.

Rimos da minha resposta romântica, feita com segundas intenções, enquanto o comandante avisava que desceríamos em poucos minutos no aeroporto de Lisboa.

CAPÍTULO 35
2013

No trabalho o ano começava devagar e tinha tempo para pesquisar sobre o enigma do jornal de Londres. Por mais que tentasse focar na mensagem que Tessa encontrou, eram as palavras escritas na moeda que tomavam forma na minha mente. Estava convicto que a moeda era a chave para o mistério, porém longe da Supremacy, minha esperança limitava-se aos resultados das pesquisas no computador, através do livro de receitas.

Havia acabado a reunião particular com Nikolay quando o telefone acusou uma mensagem.

"Nos vemos em breve, tenho novidades. A.Z."

A expectativa sobre o parecer da Ordem deu lugar a um frio na barriga, como se estivesse prestes a realizar uma prova escolar.

Em casa durante o jantar, o programa de videoconferência nos interrompeu. Pegamos os pratos e fomos para o escritório. Mesmo sendo um momento ruim, Tessa e eu fazíamos de tudo para dar atenção, uma vez que chamadas daquelas significavam que alguém da família no Brasil queria falar com a gente.

Naquele dia ficamos surpresos quando a câmera revelou a pessoa do outro lado do Atlântico.

– Pai, você está ficando chique. Já usa até o computador para nos chamar.

O pai de Tessa apesar de gostar de tecnologia e as facilidades da vida moderna não tinha o hábito da nova escola. Ele preferia usar o telefone residencial para falar com a filha e mesmo assim falava o que era preciso e desligava em uma ligação de no máximo cinco minutos. Nunca entendi bem o porquê, mas meu sogro devia ter os motivos dele. Quem sabe mais um comportamento proveniente da genética alemã.

– Oi filha! Novidades?

– Ah! Por aqui tudo na paz. Reiniciando o ano, as coisas voltando ao lugar depois das festas. Sabe como é.

– Sei. Aqui também, tudo meio na preguiça. O pessoal à espera do carnaval.

– Ah é! Quase esqueci.

– Olha, quero saber se você vem para a formatura da sua irmã.

– Puxa pai! Eu sei que está chegando, mas acabamos de voltar de Londres e estes últimos meses fizemos uns excessos. Acho que não vai dar não. Eu até que gostaria, mas o dinheiro está curto este mês.

– Mas ela te convidou né?

– Claro que sim. Ai dela se não convidasse.

Eu achava incrível como Tessa sabia mais da vida de sua irmã do que as pessoas no Brasil. O carinho de irmã mais velha mantinha uma rede de contatos com as amigas que trabalhavam como espiãs dando informações sobre a caçula. Não era raro Dona Zoraide nos ligar para saber se a irmã de Tessa estava em casa. E o mais impressionante é que minha esposa sabia.

– Eu tenho umas milhas da companhia aérea que não gastei e se você quiser vir, posso trocar pela sua passagem.

Tessa se empolgou com a possibilidade de mais uma viagem que brotava.

– Mas os meus pontos só dão para uma passagem. Se o Natan quiser vir, teria que bancar do próprio bolso.

Tessa murchou as bochechas e disse ao pai que dava uma resposta no máximo até o dia seguinte, pois precisava conferir nossas economias. Eu sabia que estávamos no negativo outra vez, porém entendia que ela precisava fazer um esforço para comparecer a um momento especial na vida da irmã. Afinal ela estava se formando em medicina e não é todo dia que temos um médico florescendo na família.

Com o jantar frio voltamos para a mesa e eram nítidos os pensamentos.

– Acho que você deve ir. – Rompi o bloqueio do olhar bárbaro germânico.

– Amor eu não vou sozinha. Não mesmo.

– E porque não? Eu fui a Praga sozinho, porque você não pode ir ao Brasil?

– Ah! Eu não fiquei sozinha aqui. Tinha minha mãe. Não quero que você fique sozinho.

Eu a interrompi enquanto levantava a taça para beber o vinho e a segurei pela mão livre.

– Vai e aproveite por nós dois. Se a oportunidade surgiu para você, acho que você deve agarrá-la. Ligue pro seu pai e diga que vai. Não deixe para amanhã, ligue quando terminarmos de comer.

– Mas você vai ficar bem?

– Sem você comigo eu nunca estarei bem. Só espero que volte, senão vou arrumar uma portuguesa por aqui.

– Bobo. Claro que volto.

– Então está decidido. Que dia será a formatura?

– Acho que dia vinte e cinco agora.

– Uau! Está mesmo em cima da data.

– Pois é, não tinha dito nada porque sabia que não dava para ir.

– Ok, mas então confirme com ele e comece a pensar no que vai vestir na festa.

– Vou ligar então, eu já terminei de comer, mas quero você do meu lado quando falar com ele.

CAPÍTULO 36
OS TENTÁCULOS DA ORDEM

Os dias de inverno eram curtos e só percebi a proximidade da viagem de Tessa, quando nos encontramos no centro comercial de Cascais. Depois da mensagem de Azhym eu continuava no limbo, mas podia usar o tempo para mimar minha esposa. Pedi um adiantamento na empresa e compramos um vestido. Ao vê-la sair do provador, pensei em fazer um drama para que não fosse sozinha. Cheguei a fazer uma ou duas piadas sobre o assunto, mas era meu dever apoiá-la depois de tudo que vivemos juntos. Não seriam alguns dias fora que mudariam a confiança e a lealdade entre nós.

Quando chegamos em casa, fiquei com a impressão que tinha algo errado. Tessa preparava o jantar e fiquei encucado com a imagem do meu filho me abraçando no dia em que saí do Brasil. Resisti por um tempo, mas acabei ligando para a casa de meus pais. Sempre que ligava, quem atendia era meu filho ou minha mãe, e ouvir o alô na voz do meu pai era o indicativo que algo estava errado.

– Então? Como estão as coisas por aí?

– Oi Natan que bom ligou. Estávamos mesmo querendo falar com você.

– O que houve pai?

– Não foi nada não, é que o Max teve que ir ao hospital.

Uma pressão se fez no meu peito ao ouvir o nome do meu filho e a palavra hospital na mesma frase.

– Pai! Explica isso direito, não entendi.

– O Max se sentindo mal durante o dia e depois que voltou da natação, precisou ir para o hospital.

– Como assim? O que ele tem?

– A mãe dele o levou de táxi. Pelo que sabemos ele teve uma crise de apendicite.

– E vocês como estão?

– Preocupados. Eu e sua mãe estamos aqui à espera de notícias.

– Tá! Vou ligar no celular da mãe do Max e depois retorno para falar com vocês outra vez.

O sentimento de impotência me fez andar de um lado para o outro da sala enquanto a ligação não completava.

– Então, o que houve? – Nem esperei minha ex-esposa dizer

alô.

– Calma Natan. Calma que ele está bem. Vai precisar ficar aqui no hospital, mas está sob cuidados médicos. Confirmaram que vai precisar operar.

– Como, ficar calmo? Precisa de dinheiro, quer que mande alguém aí?

– Não precisamos de nada, fique tranquilo que tudo vai dar certo. Ele comeu umas besteiras na casa dos meus pais e acabou por ter uma complicação do apêndice. Ele só precisa operar e pronto, volta à vida normal em umas semanas.

– Mas ele está sendo bem atendido? Em que hospital estão?

– Natan, você sabe como é atendimento de hospital público, não sabe. Ele já passou pela emergência e está na fila, a espera de uma vaga.

– Como está na fila? Ele não precisa da cirurgia?

– Natan, você não ajuda em nada assim. Ligue depois que não posso ficar no celular. Não se preocupe.

Minha ex-esposa tinha o dom para cuidar das pessoas, mas eu estava desesperado. Sabia que meu filho precisava de mim. Estar ao lado dele, segurando a sua mão, gritando com os médicos e fazendo o impossível para que todos cuidassem dele da forma como eu não tinha feito nos últimos anos.

– Está bem, então. Liga para os meus pais, por favor. Eles estão preocupados também.

– Sim eu sei, vou ligar mais tarde quando tiver uma posição sobre a cirurgia. Os meus pais também virão aqui para dar um apoio. Fique tranquilo e me liga amanhã cedo.

Desliguei e expliquei, aos prantos, o que estava acontecendo para Tessa.

Ela tentava me confortar com abraços e dizia que ele estava cercado pela família, que Deus estava tomando conta dele.

– Amor, preciso fazer uma ligação. Me deixe sozinho um minuto.

Entre o choro e o nariz fungando fui para o escritório. Olhei o número de emergência da Supremacy e não tive dúvidas.

Fiz conforme o Livro de Receitas mandava. Liguei e desliguei após os primeiros três toques de chamada. Contei até trinta e liguei novamente.

– Alô Natan. O que houve?

– Azhym, desculpe ligar, mas preciso da sua ajuda.

– Calma rapaz. O que lhe acontece?

– Meu filho está em um hospital no Rio de Janeiro e precisa de uma cirurgia o quanto antes, mas estando aqui não tenho como ajudar em nada, preciso...

– Natan, pare de falar e ouça. Vamos resolver, seja lá o que precise, nós vamos resolver. Diga o nome do hospital.

– A mãe dele está junto, dando suporte. Você precisa do nome dela ou algum documento?

– Não preciso de mais nada Natan. Fique calmo, estou parando tudo que estava fazendo aqui e só retornarei aos meus compromissos quando tiver a certeza que ele está fora de risco.

Azhym nem se despediu e quando desliguei o telefone caí em um choro compulsivo. Tessa tentava de toda maneira me acalmar, mas eu só pensava no péssimo pai que tinha sido e que, quando meu filho e minha família mais precisavam, eu estava a dez mil quilômetros de distância. Minha única saída era orar e pedir que tudo corresse bem.

No dia seguinte, no trabalho estava mudo e nem café conseguia tomar. Olhar para as pessoas contaminaria o ambiente com a minha tensão e se falassem comigo, acabaria descontando nelas. Me tranquei na sala à espera que o tempo passasse. O fuso horário me impedia de ligar e apesar da noite em claro, não sentia sono. Não conseguia fazer nada, nem mesmo olhar as pessoas no laboratório, meu pensamento estava longe. Na incerteza do que estaria acontecendo naquele hospital do Rio de Janeiro.

– Alô! Como ele está?

– Oi, Natan. – Minha ex-esposa atendeu com uma voz sonolenta.

– Como estão as coisas aí?

– Olha, não se preocupe, porque ele está bem. Depois que falamos ontem uma médica apareceu. Decidiu que o caso dele não poderia esperar e fizeram a operação por volta das onze da noite. Graças a Deus foi um sucesso.

– Bendita médica, essa.

– Sim, bendita mesmo, porque tem gente pior que ele e ainda estão na fila à espera de atendimento. Para falar a verdade nem acredito que fomos e estamos sendo atendidos com tanto respeito.

– O que importa é que ele está fora de risco e vocês estão bem.

– Sim, claro. Ele está dormindo ainda, mas a operação foi perfeita. Agora ele só precisa se recuperar.

– Você, está bem?

– Foi um susto, mas estou sim. Passei a noite aqui acordada nesta cadeira do quarto com ele, mas consegui cochilar.

– Quarto? Estão em um quarto?

– Sim, parece até hospital particular. Como te falei, não dá nem para acreditar.

– Que bom então, pelo menos o imposto que pagamos por anos foi bem utilizado. – Minha ex-esposa ria do outro lado em um tom de ironia.

– Vou tomar um café e ligar para o pessoal de casa. Devem estar aflitos.

– Sim, sim, obrigado mais uma vez.

– Natan, eu sou mãe dele, não precisa agradecer, seu doido.

– Mesmo assim.

Encerrei a ligação com o coração menos apertado e fiz uma extensa oração de agradecimento. Ergui a cabeça e na porta da sala estava o amigo de TI.

– Pode entrar. – Resmunguei fazendo gesto com a mão.

– Desculpe aí. Está tudo bem?

– Mais ou menos. Meu filho, lá no Brasil, teve que fazer uma cirurgia às pressas, mas agora está fora de risco.

– Pô! Se quiser volto outra hora.

– Não, sem problemas, diga aí.

– Eu queria te dar uma cópia das fotos de Londres. Eram muitas e não dava para mandar por mensagem, então coloquei nesse pen drive. Copia e depois me devolve, mas sem pressa. Fica tranquilo.

– Valeu cara, eu ia mesmo pedir estas fotos para juntar com as da minha esposa. Ela é igual a você, tem o dedo nervoso para o clique da máquina.

– Sei bem como é. Só queria mesmo te entregar isso. Tem certeza que está bem?

Fiz um sinal de mais ou menos com as mãos, mas ele entendeu que daria conta da situação.

Ele a esposa eram pessoas especiais. Conseguiam captar o que existia de melhor nas pessoas e demonstravam ser sinceros em sua amizade. Seria legal ter ver os nossos filhos crescendo juntos. Ele e a esposa, sem perceber, foram incluídos na nossa família.

Carreguei as fotos no computador e comecei a recordar os bons momentos da festa na capital britânica. Eram centenas, uma mais louca que a outra, porém uma chamava atenção de maneira especial.

Ao ver a imagem, lembrei do momento que meu amigo fez o clique.

Eu tinha acabado de abrir os olhos, após a oração de ano novo e Tessa, me abraçara, encostando seu rosto no meu. Na ocasião não tinha reparado na expressão de felicidade dela. Com os olhos fechados, ela parecia abençoada, realizada por experimentar aquele instante.

Os sinais eram evidentes e mesmo um iniciante os reconheceria na imagem. Tessa atravessara uma Porta do Sol. Fiquei emocionado e concluí que a Supremacy estava mais profunda em minha alma do que imaginava. A intervenção junto a meu filho demonstrou de maneira inegável que poderia contar com eles. Decidi que se eu podia criar momentos como aquele para minha esposa, poderia de verdade, ajudar outras pessoas pelo mundo.

CAPÍTULO 37
REUNIÃO SUPREMA

– Tem certeza que você vai ficar bem?

– Certeza absoluta. Divirta-se e dê um beijo em todos por mim, principalmente no Max. Eu avisei que você levaria uma lembrancinha para ele, já que não vou junto desta vez.

– Está bem então. Está na hora de ir.

Demos um beijo demorado e as pessoas que transitavam pelo saguão do aeroporto brincavam com a gente, fazendo piadas.

– Não demora e estou de volta. Se cuida.

Disse ela passando pelo portão de embarque, ainda receosa de me deixar sozinho. Eu não tinha controle sobre meus gênios e a todo instante desejava que um deles tivesse acompanhado Tessa. Nos meus pensamentos pedia que a escoltassem, dando proteção, da maneira que faziam comigo. Que a trouxessem a salvo para mim. Sabia que era loucura da minha imaginação, mas me sentia mais confortável por pensar daquela maneira. Saí do aeroporto e fui direto para o trabalho, onde uma reunião com a diretoria me esperava.

Entrei sorrateiro, escondendo meu atraso, enquanto Soares finalizava sua fala.

– Bem pessoal. Quero dizer que no ano passado a empresa atingiu o seu patamar mais alto de lucratividade e claro, graças a vocês. Sei que deram o seu melhor e que estarão dispostos a repetir o esforço este ano, quando as recompensas, planejo eu, serão ainda melhores.

As pessoas ficaram aliviadas com a parte das recompensas, porém insistiam em não aplaudir o fim do discurso devido ao mau uso das palavras do palestrante.

– Eu quero que os patrões aqui presentes, deem a todos nós as ótimas notícias e façam a honra dos anúncios.

A empresa tinha dois donos. Eles assumiram a palestra e como habitual foram discretos e diretos.

– Teremos a abertura de cinco novas lojas. O início do projeto "exploradores" que vai nos colocar em capitais fora de Portugal. Teremos a implementação de uma área corporativa visando o atendimento exclusivo a clientes empresariais. E para completar estamos criando um novo setor, o de propaganda e marketing, para lidar com a imagem da empresa e de nossos serviços.

O segundo patrão concluiu com o anúncio de melhorias nos salários, através de uma reformulação do programa de incentivos, agora mais abrangente.

– Gostaria agora de passar a palavra ao vosso supervisor Alexandre Natan que acredito ter algo importante a dizer também.

Eu da parte do fundo sorri um tanto sem graça e dispensei a vez.

– Olha que este gajo sempre me surpreende. Quando penso que vai ficar calado, ele fala por horas até me convencer de suas ideias, quando lhe cedo a palavra, ele se cala. Ora, pois.

– Obrigado, mas vocês já disseram tudo. Qualquer coisa que fale será apenas redundância. Por mim vamos todos trabalhar e voltar a bancada para produzir.

– Bem, o homem está com a razão. Obrigado a todos e vamos a isso que temos um ano cheio pela frente.

As pessoas se dispersaram, mas me mantive encostado na parede à espera que ficássemos sozinhos, eu, Soares e os patrões.

– Natan, sei que queres falar sobre sua promoção como prometemos para este mês, mas se puderes esperar, prometo que não ficará decepcionado. Temos umas ideias novas e queremos envolver você.

Eu sabia que estavam enrolando, mas concordei abrindo a porta para que eles passassem, exibindo uma cara de insatisfação.

Fui de bancada em bancada conversando com os engenheiros e certificando que todos tinham entendido os objetivos do ano. Aproveitei para colher as opiniões pessoais sobre tudo que tinham ouvido. Entre os pessimistas e os otimistas, Levi continuava a contar com a minha ascensão para assumir meu posto.

– Então? Alguma novidade da sua promoção?

– Nada. Estão me cozinhando. Já nem sei se vai rolar.

– Sabes que se quiser é só avisar que coordeno uma parada do laboratório. É tu que mandas.

Eu continuava com minhas suspeitas sobre ele e Maud, mas não tinha tempo hábil de investigar. A demora em saber o parecer da Supremacy começava a me consumir.

Tessa tinha chegado bem e ficaria a maior parte do tempo com seu pai, o que me deixou bastante tranquilo. A viagem, apesar de curta, acabou sendo oportuna para conferir se Max estava se recuperando bem.

No dia da festa ela ligou para avisar que ficaria sem

comunicação. O celular dela não funcionava bem e só nos falaríamos quando estivesse para embarcar no voo de volta.

Em casa eu curtia o silêncio, após chegar do trabalho. Pretendia pedir uma pizza para aproveitar ao máximo o início do meu final de semana preguiçoso, quando o telefone tocou.

– Natan. Passo aí para te pegar as oito em ponto. Esteja pronto.

– Lauren?

– Quem mais poderia ser? Não reconhece mais a minha voz?

– Não. Não é isso, é só que...

– Pode falar a verdade. Nem lembra mais de mim.

– Hei! É muito bom ouvir você, moça. Estava com saudades deste drama.

Um silêncio curto se fez do outro lado da linha.

– Esteja pronto.

Meus planos para um jantar em frente à televisão foram cancelados e minhas mãos suavam pela expectativa. Decerto eles sabiam que tinha ficado sozinho em casa, do contrário minha orientadora não ligaria assim de forma tão descarada. Antes de sair, fiz uma oração e pedi proteção. Que Tessa e nossas famílias ficassem protegidas lá do outro lado do oceano, independente do que eu encontrasse.

Foram mais de dois anos de saudades da minha família, enfrentando preconceitos, confrontando meus piores medos, destruindo as articulações do pulso para sobreviver, viajando por países onde jamais pensei chegar. Missões concluídas, tarefas realizadas, treinamento encerrado ou não. Fosse qual fosse o resultado, eu tinha feito o meu caminho e o caminho havia moldado um novo Alexandre Natan.

Quando o motorista abriu a porta do luxuoso veículo para eu entrar, imaginei que daria de cara com a ruiva, mas me enganei. Em vinte minutos chegamos a um renomado hotel cinco estrelas do centro de Lisboa. Eu não tinha o hábito de sair à noite, mas fiquei maravilhado com a beleza noturna da cidade. Um rapaz de terno e gravata me recebeu e indicou onde aguardavam por mim.

Subi até o restaurante no último andar e a recepcionista apresentou a minha chegada. O lugar era do mais alto estilo, com imensas vidraças que permitiam uma vista das luzes de toda a capital portuguesa. Tanques com lagostas e frutos do mar se espalhavam pela entrada do salão.

Em uma mesa de seis lugares, Lauren estava deslumbrante e ao me ver levantou-se como uma rainha em seu vestido que exibia o corpo bem torneado. A seu lado, Azhym também ficou de pé, vestindo um terno semelhante ao meu, inclusive com a mesma cor de gravata. Ao lado dele, Schwartz, o mesmo de Praga, também se ergueu para cumprimentar.

Parei a uns metros olhando a cena e tive dificuldades em reconhecer a quarta pessoa de cabelos pretos que se levantou por último. Olhei com atenção para o homem de meia-idade que mastigava qualquer coisa e tinha um sorriso bobo na cara. Não acreditei quando percebi que era Ruberte. De cabelos longos e alinhados, porém o mesmo português de Trás-os-Montes. Ao lado dele, duas cadeiras vazias e me perguntei se mais alguém estaria por chegar.

Saudei minha orientadora que cheirava a um perfume seco e intenso, mas apropriado o suficiente para não contaminar todo o ambiente. Apertei as mãos de Azhym e Schwartz que deram um caloroso e característico cumprimento. E recebi um longo abraço de meu amigo sumido, todo importante em um terno de cor bege e gravata listrada.

– Pá! Que bom ver te aqui. Tive imensa saudade de ti. Venha cá. Dá-me mais um abraço.

– Assim você me constrange, meu amigo, mas tudo bem, dê aqui mais um abraço que não tenho como mentir e também senti a sua falta.

A noite foi regada dos melhores vinhos e champanhes da Europa, com um atendimento superior ao de reis e rainhas. Schwartz indicou as lagostas como as melhores de toda península ibérica e fez questão de escolher no aquário quais seriam degustadas no nosso prato principal.

A hora correu solta e depois da sobremesa quando quase não havia ninguém nas outras mesas, Azhym interrompeu minha conversa com Ruberte.

– Alexandre Natan, nós não viemos aqui só para comer e beber. À exceção de você, todos aqui já sabem o resultado do impasse sobre sua posição na Supremacy. Entretanto antes de começarmos. Diga como está seu filho.

– Quero agradecer a vocês, a todos vocês na verdade, pela assistência que prestaram. Muito obrigado mesmo. De todo o meu coração.

– Natan, pode sempre contar conosco da mesma maneira que

contamos com você.

– Mas agora, me diga, teve mais algum contato com seu gênio?

– Não, nenhum. Digo, às vezes sinto a presença dele. Hoje mesmo, senti quando falei com minha esposa mais cedo, que alias está no Brasil, mas acho que já sabem disso.

Todos concordaram com um aceno de cabeça menos Ruberte, que estava concentrado em uma torta de chocolate e morangos.

– Sinto que estão próximos, mas não tive nenhum contato direto e também nada ocorreu para que fosse necessário invocá-los.

– Você sabe que na sua iniciação, tudo que ocorreu, tem a ver com o que a senhora Lauren lhe contou a respeito das suas legiões, não sabe?

– Sim, eu fazia uma ideia. Quando ela disse que tinha mais de um gênio comigo, entendi o porquê de ter recebido tantas pinturas no corpo. Além disso, acho que pelo mesmo motivo, a tinta não fixou na minha pele. Uma espécie de proteção, talvez.

– Nós sabíamos que chegaria a resposta. Entretanto o problema nunca consistiu no fato de você ter as legiões. O problema era como poderíamos orientá-lo sem que fosse prejudicado por elas, durante seu treinamento.

– Natan, o que você acha de ir morar na Alemanha?

Lauren mudou de assunto, cortando a palavra de Azhym.

– Alemanha? Não sei, não, minha esposa talvez até gostasse, mas acho que o idioma seria um problema de início.

– Será? Acho que em um ou dois anos estaria adaptado, como fez aqui em Portugal. Eu sei que o idioma realmente não se compara, mas acho que vai conseguir.

Schwartz mostrou sua confiança em mim, mesmo eu não o conhecendo tão bem.

– Temos uma pessoa que pode ajudar nesta fase do seu treinamento. Sim, pode ficar feliz, porque você vai continuar conosco.

A minha alegria ao ouvir aquela frase era de saltar sobre a mesa.

– Se puder escolher prefiro ficar aqui. Tenho o emprego de que gosto. Minha esposa não está tão bem no dela, mas acredito que vai acabar encontrando seu espaço este ano. Tenho amigos que eu gostaria de acompanhar por longa data. Gosto do bairro onde moro e posso até dizer que sou um apaixonado por Cascais. Tenho meu primo por perto, que é uma referência forte de família. Em fim acho que mudar agora seria desnecessário.

– Natan, é bom ouvir estas suas palavras, mas diante do seu caso, não poderá ficar aqui.

Sentenciou Schwartz pedindo confirmação de Azhym com um olhar lateral.

– Natan, se continuar em Portugal, o seu caminho pode tomar um rumo diferente e acreditamos que não poderemos ajudá-lo com tudo que precisa para ser o homem notável que queremos que seja.

– Com todo respeito, Azhym, mas vocês são minha família também e não que eu seja contra mudanças, nada disso, mas seria complicado mudar de novo. Ir para um outro país. Veja bem, eu já não tenho vinte anos.

Os homens da mesa pareciam trocar mensagens telepáticas enquanto o silêncio só era quebrado pela melodia suave que os alto-falantes reproduziam no local.

– Meu amigo Natan. Deixa-me perguntar uma coisa. Você lembra para quê você veio aqui?

– Sim, claro, para fazer meu treinamento e aprender sobre a Tradição.

– Não. Você lembra que iria trabalhar em um jornal e que concordou em escrever algumas histórias para contar ao mundo?

Eu não tinha mais aquelas recordações, porém Ruberte tinha razão.

– Sim, meu amigo, lembro disso, mas a vida forçou-me a seguir um caminho diferente e para falar a verdade, nunca considerei virar repórter ou jornalista. Minha praia é outra.

– Mas você queria mudar de carreira lembra? Escrever chegou a fazer sentido dois anos atrás. O que mudou?

– Não sei o que mudou, talvez tenha esquecido da ideia. Durante a jornada é difícil manter o foco nos detalhes. É como prometi tempos atrás, devolveria um terço de tudo de bom que recebesse através de meus atos. Em parte, estou em débito com minha própria promessa.

Lauren pareceu pessoalmente irritada com aquele último pronunciamento, mas continuou na dela, sem comentar.

– Natan, o que você acha que aconteceu com a faxineira da sua empresa? A que voltou a viver no Brasil?

– Acho que ela fez uma má escolha e deve estar arrependida, querendo voltar para a Europa. Mas como você sabe disso?

Azhym ignorou minha pergunta e continuou.

– Aquela senhora hoje, não só é uma mulher melhor, como vive feliz e ajuda cinco cidades com um projeto maravilhoso que desenvolveu ao chegar na sua terra natal. Graças ao que você fez por ela. Graças aos seus pequenos gestos durante a jornada, ela tomou coragem para voltar e hoje podemos dizer que ela atravessou a Porta do Sol que a esperava.

– Mas eu não fiz nada além de conversar com ela poucas vezes e oferecer um ou dois cafezinhos. Foi só.

– Natan, acredite quando digo que seu dom de ajudar as pessoas vai além do que você consegue ver ou perceber.

Schwartz também tinha um exemplo e fez questão de me deixar ainda mais desconcertado, diante do que parecia uma chuva de elogios.

– Posso citar o seu estagiário defendido e que está firme com uma vida produtiva, depois que participou dos seus conhecimentos no laboratório de eletrônica. Posso enumerar seu chefe que está realizando um sonho de infância, ao ter a oportunidade de trabalhar no ramo dos jogos eletrônicos. Isso sem contar com o seu companheiro de bancada que apesar dos pesares também já vive uma vida mais plena e menos sofrida. Até ele que nem merecia isso, acabou sendo beneficiado.

Eu reconheci que ele referia-se ao chefe Soares que vez por outra aparecia na empresa usando um casaco com figuras de vídeo games. Além do engenheiro Marcos que sempre foi meu parceiro de bancada.

Azhym retomou a palavra: – Perfeitamente bem lembrado, Schwartz, e completo dizendo que, mesmo seu inimigo teve a vida do avesso. Lembra do Fernão, é claro?

– Sim. Como esquecer?

– Pois bem, hoje ele está próximo da família. Está para começar a trabalhar com o pai no poder judiciário. Namora uma moça de uma boa família angolana e não perturba ninguém.

Fiquei boquiaberto com as notícias de Fernão, principalmente sobre o namoro com uma angolana.

Lauren explique a ele o que, ou melhor, como, estes fatos ocorreram. Talvez assim ele entenda o porquê de sair daqui.

Ela limpou a lateral da boca com o guardanapo e começou a explicar que devido à minha interação com as pessoas citadas, de maneira inconsciente, eu havia roubado o gênio da pessoa, libertando-as. Em resumo quando abria uma Porta do Sol, o efeito era tão forte que mesmo os demônios eram forçados a se desprenderem. Era este o fator que gerava a captura e a formação de uma legião às minhas costas. A explicação ajudava a entender alguns acontecimentos recentes, mas ainda assim não convenciam a sair de Portugal.

– Vê, Natan, de certa maneira você retribuiu bem mais do que imagina para melhorar a vida destas pessoas. Se observar, o bem que espalhou, somado, é maior do que o bem que recebeu. Vamos fazer assim, eu e Schwartz temos tempo para decidir e podemos dar uma semana para você pensar no assunto e preparar sua esposa.

– Tudo bem, vou conversar com ela, mas dizer que vamos nos mudar com toda certeza vai obrigar a contar mais detalhes sobre a Supremacy.

– Não tem problema, confiamos nela tanto quanto em você. Quando você decidiu trazê-la, eu te disse, aos nossos olhos vocês são um só e ela é sua responsabilidade.

– Azhym, se as coisas foram assim tão boas em relação às pessoas por que não ficar aqui, então? Sinto que vocês estão escondendo alguma coisa.

– O que acontece se você criar uma Black Lane da mesma maneira que criou Portas do Sol para estas pessoas? Já parou para pensar nisso?

– Mas eu nunca criei uma Black Lane. Só um Leão Negro pode fazer isso.

– Natan, meu filho, foi esta a questão que nos obrigou a debater seu caso. Você é um Leão Negro.

As palavras de Azhym me atingiram como um murro no queixo.

– Como posso ser um Leão Negro se crio Portas do Sol? Não faz sentido, vai contra tudo que aprendi.

– Exato e isso é a raiz do problema. Nós só temos conhecimento de um homem capaz de fazer o mesmo, porém ele já não está entre nós.

Lembrei do homem com quem Maud havia se casado e aquilo me trouxe a lembrança de um assunto importante a mencionar.

– Seria o membro com quem sua filha se casou?

Azhym e Schwartz lançaram um olhar duro reprovando meu comportamento agressivo.

– Desculpe não ter contado sobre ela no início, mas minha filha tem problemas sérios. Se você não tivesse decidido vir com sua esposa talvez as coisas fossem diferentes. De qualquer forma fico feliz pelo que existe entre você e Tessa. Ela é uma mulher de fibra, cuide bem dela. Essa energia, esse compromisso que têm um pelo outro é mais poderoso que qualquer Porta do Sol ou Black Lane.

– Tudo bem, não quis ser rude. Peço desculpas, se ofendi de alguma maneira.

Azhym mostrou a palma da mão indicando que entendia.

– Então além de Portas do Sol, isso significa que posso estragar a vida das pessoas com uma Black Lane. Entendi.

– Natan, você não reparou que por onde passou existia sempre uma representação dos Leões Negros? Suas missões foram todas relacionadas a isso desde o início.

– Não entendi, senhor Schwartz, quer dizer que vocês sabiam desde o começo?

– O senhor Azhym suspeitava, desde que você quase roubou o gênio dele em um de seus encontros.

Schwartz contou que em Munique havia leões para todos os lados, em Praga o símbolo nacional, estampado inclusive nas moedas, era um leão, mesmo no Brasil, havia referências sobre leões que só agora ficavam evidentes. Na França a mesma coisa. Realmente fazia sentido e por onde tinha passado, existia um monumento, um símbolo, uma representação marcante e oculta.

– Agora que você falou, consigo perceber, mas não tinha relacionado uma coisa com a outra.

Todos deixaram o sorriso escapar enquanto me olhavam perdido nas lembranças, a procura dos detalhes. Lauren esticou as mãos e apertou as minhas em sinal de solidariedade.

– Eu sei que é difícil ver as coisas quando estamos do lado de dentro, mas acredite que mesmo assim você se saiu muito bem.

– Obrigado. Eu tive bons orientadores.

– Natan, sua orientadora me contou sobre sua preocupação a respeito da primeira missão. Você sabe que não podemos discutir ou revelar os acontecimentos, mas tendo em vista que o seu caso é um à parte. Gostaria de explicar que sua tarefa, ao receber aquela mensagem para a Supremacy, permitiu salvar as pessoas envolvidas naquele atentado abominável. Sem a sua contribuição e a do seu gênio, que o possibilitou entender o que lhe foi dito em um idioma desconhecido para seus ouvidos, nós jamais evitaríamos a perda daquelas vidas.

– Você quer dizer então que...?

– Sim. Sua tarefa, teve impacto direto na solução do problema. Te garanto que nosso plano era impedir o acontecido por completo, mas estes extremistas são imprevisíveis. Ao menos conseguimos prover o necessário para minimizar o problema e impedir que as vítimas viessem a falecer. O que importa é que no final as pessoas estão se recuperando e vão poder usar suas tragédias pessoais em prol de um bem maior. Espero que um dia possa estar lado a lado com as pessoas que salvou, através de uma simples mensagem, recebida em uma estação de trem da Alemanha.

As palavras de meu mentor deram conforto e me deixaram emotivo.

– Bem vamos deixar de trocar elogios que logo cada um de nós deve seguir para um país diferente e são quase uma da manhã.

Azhym, com aquela frase, decretou o fim do nosso encontro e enquanto Schwartz saiu com ele para pagar a conta, Lauren foi ao banheiro e aproveitei para papear com meu amigo português.

– Natan, fico feliz que tenha encontrado seu lugar conosco. Eu sabia desde o começo quando contou sobre a tatuagem se movendo, que era alguém especial.

– Aliás, me mostre aí. Quero ver como ficou o resultado.

Ruberte, retirou o paletó, esticou o braço e puxou a camisa para cima exibindo a bem trabalhada marca que carregaria por toda a vida.

– O que me diz?

– Parece viva, meu amigo, parece querer me contar algo sobre você. Se prestar atenção acho que escuto uma voz me sussurrando qualquer coisa.

– É, com toda certeza você não é deste planeta, meu amigo. Queria eu, ter este dom, não que não esteja satisfeito com o meu, mas isso que você tem, pode ajudar muita gente. Prometa que vai pensar sobre escrever e que um dia ainda vou poder ir a uma banca e ver seu nome em um artigo no jornal.

Aquele português não tinha perdido o senso de humor.

Quando descemos, cinco carros aguardavam com motoristas posicionados à nossa espera.

– Bom. Uma alegria grande te rever, Natan. Reflita sobre o que ouviu hoje. Estamos do seu lado para auxiliar.

Agradeci ao apoio de Schwartz que arriscava um português precário.

– Agora é minha vez de me despedir. Não me faça chorar

porque não quero ficar toda borrada. Daria muito trabalho refazer a maquiagem.

– Venha cá, eu só tenho uma maneira de me despedir de você.

Abracei-a forte por uns dois minutos:

– Obrigado. Não sei se voltamos a nos ver, mas obrigado por mim e por Tessa.

– Se ficar na Lusitânia, estarei com você, do contrário, só o tempo dirá, mas nada o impede de fazer uma visita, quando for a Veneza. Será um prazer receber você e à sua mulher.

– Talvez um dia. Quem sabe?

– Você sabe como me encontrar. Fique bem e cuide da sua esposa. Vocês são mais fortes juntos.

Ela me deu um beijo no rosto e partiu no segundo carro.

– Pá, que não vou te dar beijo não. Nem me venhas com olhinhos.

O português abriu um sorriso largo sem perder a oportunidade de fazer piada.

– Deixa disso, está me estranhando é? Gosto muito de você, mas sou casado.

Entrei no clima abrindo os braços para ele.

– De cá um abraço e continue a ser esta pessoa incrível que és. Continues com a tua fé no caminho.

Agradeci a Ruberte e trocamos tapinhas nas costas, felizes pelo reencontro.

– Olha antes de ir, uma coisa, pense com carinho no assunto de escrever as histórias e ainda te devo uma feijoada transmontana, pá.

Nem cheguei a responder. Ele embarcou no carro e o vi sumir pelas ruas do centro de Lisboa.

– Azhym, não tenho palavras para te agradecer. Acho que no final, você me conquistou como um verdadeiro aprendiz. Espero de coração não te decepcionar.

– Rapaz, nada do que fale será suficiente para me agradecer. E o mesmo serve para mim. Deus abençoou-me apenas com meninas, umas dóceis, outras nem tanto. Mas se tivesse um filho, teria orgulho que fosse como você. Agradeço a Deus, todos os dias por Ele ter concedido a chance de guiá-lo nesta jornada. E por ter entendido um pouco sobre a maneira como Ele age na minha vida.

Cheguei a ficar sem graça com a troca de elogios, mas minha curiosidade me possibilitou retomar a conversa.

– Azhym, antes de ir queria saber só mais uma coisa, se me

permiti.

– Não precisa. A cadeira vazia na mesa não era para Maud. Era para o seu futuro mentor, aquele que estará acima de mim e que o receberá quando estiver pronto.

– E porque ele não veio hoje?

– Você só o verá quando acabar seu treinamento por completo, mas isso não impede que tenhamos respeito e coloquemos um lugar para ele. De alguma maneira tenho certeza que ele esteve presente entre nós.

– Entendo. Obrigado pela sinceridade.

– Mais uma coisa Natan. Aqui neste envelope está um número de contato para me chamar quando decidir o que fazer. Estarei esperando até o próximo final de semana pela sua ligação. Aí dentro também vai encontrar a pintura da sua primeira tatuagem.

– Tatuagem? Mas não quero nenhuma tatuagem. Não me leve a mau, mas nunca gostei de marcar o corpo. Digo, acho bonito nas peças, em mim não.

– Meu filho, as tatuagens são a única maneira de manter o controle sobre os nossos demônios interiores. Por que na verdade, são nomes ou representações de nomes, das nossas entidades. Você receberá, quando chegar a hora, as instruções para fazer a sua. Por enquanto é apenas para ir se acostumando com a ideia.

Apertamos as mãos e antes de entrar no carro, segurou-me pelos ombros, com os seus braços retos e pronunciou umas palavras em seu dialeto natal. Um tipo qualquer de bênção que pareceu benzer mais a ele do que a mim.

Logo que ele se foi meu carro se aproximou e entrei com a sensação de missão cumprida. Não precisei dizer o endereço ao motorista, que me deixou a porta de casa, em uma noite de ar gelado.

A noite foi um sucesso e estava de volta à Supremacy, agora mais motivado e com a certeza que teria chances reais de sucesso. Enquanto pegava as chaves, pensava como estaria a festa de formatura de minha cunhada e se Tessa estaria se divertindo. Um banho seria a pedida ideal antes de dormir tranquilo sob o efeito da bebida ainda na corrente sanguínea, mas ao cruzar a porta pressenti algo estranho. Uma energia ameaçadora fez com que meus pelos se eriçassem e relutei em continuar. A sensação era conhecida e, contrariando o instinto, fui conferir do que se tratava.

Na sala iluminada apenas por um feixe de luz vindo da rua, um vulto se escondia no canto. Eu via a silhueta mover-se devagar, com os braços um sobre o outro como se despisse a própria pele.

Diferente das outras vezes, não sentia a presença do meu gênio, o que me deixou ainda mais tenso.

– Quem é você? O que faz aqui?

Sem resposta percebi que era uma pessoa real quando se posicionou para frente com um movimento caprichoso. Peguei o telefone do bolso para chamar a polícia, mas antes que discasse, ela se revelou.

– Todo leão deve reconhecer sua leoa pelo cheiro, ainda que não possa vê-la.

Eu conhecia aquela voz macia e com o andar na minha direção o cheiro de almíscar finalmente se fez notar.

– O que você faz aqui? Como conseguiu entrar?

– Não interessa. Vim porque sabia que estava sozinho. Meu pai foi gentil com você?

Ambos esquivamos das respostas. Ela se movia e o som do salto alto no chão de madeira marcava um compasso sincronizado com o meu coração. Vestindo apenas roupas íntimas que combinavam com a cor dos cabelos soltos e a forte maquiagem, Maud passou por mim e deu duas voltas ao meu redor, se exibindo.

– O que foi, não gostou do modelito ou o gato comeu a sua língua? Será uma pena porque tenho planos que começam pela sua boca.

Ela parou na minha frente, a uma distância tentadora. Seu corpo exibia a tatuagem completa que começava na lateral do pé esquerdo e subia pela batata da perna, se perdia pela coxa, contornava a cintura e espalhava-se por uma parte das costas, deixando delicados traços que alcançavam um dos seios e o umbigo. O desenho lembrava a ramificação de uma planta, feita de linhas negras com detalhes pontiagudos, que pareciam espinhos, folhas secas e flores distorcidas. A imagem continuava por todo seu lado esquerdo, estendendo-se pelo ombro e descendo pelo braço esguio quase até o punho. Pelo pescoço, as linhas sedutoras terminavam na parte detrás da orelha.

– Vamos aproveitar que a casa é nossa.

Ela passou o braço sobre mim e mesmo sob o tecido grosso da camisa, senti o calor de sua pele. Um pensamento insano tomou conta de mim.

Sem perceber fui arrastado para perto da tocha que sinalizava a entrada do portal, em uma outra dimensão. Tudo ficou em câmera lenta outra vez. Assistia a estonteante morena esfregar-se no meu corpo estático. A escuridão à minha volta escoava através dos olhos do Natan que havia ficado na sala. O portal funcionava como uma janela no espaço, por onde eu observava a tatuagem de Maud perder o movimento.

A presença dela era tão poderosa que mesmo fora de mim, senti quando seus lábios tocaram os meus, me trazendo de volta à realidade. Maud não chegou a cair, mas precisou se apoiar na parede, quando a empurrei para longe.

– Saia daqui! Suma!

– Você é patético. Ainda não percebeu o que podemos fazer se ficarmos juntos?

Ela se recompôs com seu olhar ameaçador.

– O que você perde? Me diga? Sei que aí dentro existe um leão negro e vou fazê-lo aparecer, custe o que custar.

– Você tem um minuto para se vestir e sair, ou vou chamar a polícia.

– Natan! Então vai ser assim? Vai dar uma de gostoso?

Ela falava alto, sem se importar com os vizinhos. Maud exibia um sorriso debochado e parecia não acreditar quando abri a porta da rua.

– Você deveria seguir os passos do seu mentor. Saiba que ele não resistiu quando conheceu minha mãe no Brasil e que tem, até hoje, duas famílias.

Ela mantinha sua pose ainda seminua, sem desviar os olhos, como uma leoa prestes a devorar sua presa.

– Nada do que fale me fará mudar de ideia e escute bem o que vou dizer. Se voltar a investir contra as pessoas que eu amo, nenhum demônio será capaz de impedir minha fúria por você. Este é meu último aviso. Agora saia, por favor.

Ela fez menção de dizer alguma coisa, mas recuou e ficou no meio da porta, sem sair, nem entrar.

– O que você fez comigo? – Ela esfregou uma das mãos sobre a tatuagem como se procurasse alguma coisa.

– Não fiz nada, mas vou fazer algo que não vai gostar se não sair imediatamente.

Forcei a porta contra ela, deixando a no frio que transformava nossa respiração em fumaça. Arrastei o sofá até a porta e fiz uma barricada impedindo que ela voltasse a entrar, caso tivesse as chaves. As janelas eram trancadas por dentro e não seria possível passar por nenhuma delas. A porta que dava acesso a cozinha não era utilizada, porém tinha um sistema de trancas em forma de barras que fechavam por dentro.

Ouvi quando ela bateu de leve na porta, insistindo para entrar. Maud pronunciava meu nome baixinho e pedia desculpas, mesmo sem eu entender o porquê.

– Natan, se vamos encerrar nossa história por aqui, vou confessar então o que meu demônio revelou quando te conheci.

Ela começou a falar e sabia que eu estava ouvindo. Apenas a madeira fria da porta nos separava. Maud em frases curtas contou que seu gênio lhe dava uma habilidade de ver pequenos trechos do futuro e as vezes do passado. Ela narrou eventos particulares da minha vida. Passagens que jamais saberia sem a ajuda do gênio.

– Você não tem como fugir de mim para sempre. Se não me deixar entrar neste instante, vou revelar as últimas visões que tive sobre você e sua esposa.

Eu estava gelado, vestido e do lado de dentro de casa e por pouco não me compadeci por ela. Resisti, ficando calado, aguardando que ela desistisse e fosse embora, porém Maud começou a profetizar.

Ela ficou uns dez minutos sem falar coisa com coisa. Suas frases tinham a sonoridade de uma pessoa alcoolizada, mas ainda assim a deixei falar até cansar. Entre seus agouros e pedidos de desculpas, preferi não responder. Qualquer palavra da minha parte seria motivo para mantê-la ali por mais tempo.

– Natan, eu não sei o que você pretende, mas vou fazer o seu jogo. Como toda leoa, vou esperar a hora certa até que me procure, mas quando o dia chegar o preço do que te ofereço hoje de graça, será impossível de ser pago. E não falo de passarmos esta noite juntos. Você sabe disto, aí dentro da sua cabeça, eu sei perfeitamente que sabe do que estou falando.

De repente ouvi os passos dela distanciando. Olhei pela fresta da janela e a vi andando, quase pelada, até um carro estacionado mais à frente, no qual arrancou cantando pneus.

Sentei no chão da sala, tentando digerir o que tinha acontecido. Eu conseguia sentir o cheiro do perfume dela em mim e a voz ainda era nítida nos meus ouvidos. Eu nunca fui de acreditar em profecias, mas as palavras de Maud despertaram uma visão diferente sobre os Leões Negros e suas Black Lanes, sobre os

Construtores e suas Portas do Sol. Fosse lá o que ela quis dizer, eu sentia que ela não seria mais uma ameaça.

No dia seguinte acordei com o telefone tocando. Olhei as horas e os ponteiros marcavam cinco da tarde. Eu tinha dormido quase o dia inteiro.

– Oi, amor, tudo bem por aí?

– Tudo sim, estou ligando porque não consegui falar no seu celular. É só para avisar que já estou no aeroporto à espera do embarque. Daqui a algumas horas chego aí.

– Puxa, desculpe, eu caí no sono vendo um filme e acho que o telefone ficou sem bateria.

– Tudo bem. Só fiquei preocupada.

– Tá, mas então venha direitinho que estou cheio de saudades. Estarei à sua espera no aeroporto.

– Não precisa acordar cedo só para me buscar, amor. Eu pego um táxi e ainda te encontro na cama quentinho.

– Que nada, faço questão e podemos tomar um café juntos. Que acha?

– Ótimo, agora deixa eu ir então. Beijo. Até daqui a pouco.

Tessa estava a caminho e na porta ainda havia o sofá de ponta a cabeça servindo de escora. Me questionava o que tinha acontecido na noite anterior e até mesmo a reunião com Azhym agora parecia ter sido um sonho. Ainda me sentia indignado pela invasão de Maud.

Peguei o envelope no bolso do paletó que estava jogado pelo caminho. O desenho do que seria a minha futura tatuagem era exatamente igual a marca que ví no chão da casa de Petrópolis, anos atrás. Apesar de intrigado, coloquei de escanteio e liguei para Azhym. Ele precisava saber que sua filha tinha ultrapassado todos os limites.

– Natan, não esperava que você tivesse problemas tão cedo.

– Eu não tive problemas, quem teve foi sua filha e se você não der uma solução definitiva, acredite que farei isso, custe o que custar.

– Espere, não faça nada. Prometo que você e os seus estão a salvo dela. Cuidarei disso ainda hoje. Tem a minha palavra.

– Obrigado. Nos falamos no final de semana, então.

Acreditei na palavra dele, até porque não tinha opções, mesmo assim seria bom trocar o segredo da porta o quanto antes e tomar as providências para não ter outra surpresa como aquela. A noite seria longa porque estava completamente desperto. Resolvi passar o tempo assistindo filmes, como havia planejado antes da ligação de Lauren.

Quando Tessa surgiu pelo portão de desembarque uma energia boa tomou conta de mim. Estava com muita saudade e mesmo que as últimas quarenta e oito horas tivessem sido um tanto agitadas, fomos conversando sem parar até chegar em casa.

Ela contava as novidades e como foi a festa. Sobre como estava orgulhosa da irmã, que a mãe estava bem e que teve bons momentos com o pai enquanto esteve hospedada na casa dele. Tessa estava renovada e eu conhecia aquele brilho. Sabia que quando ele despertava, existia uma razão mais profunda. Preferi não arriscar naquele momento. Depois que ela descansasse e o efeito da viagem desaparecesse, tocaria no assunto e talvez, também na história sobre mudarmos para a Alemanha.

Na semana seguinte, na volta para casa Tessa propôs que fossemos ao centro comercial próximo de casa para jantar. Tanto eu como ela estávamos sem inspiração para cozinhar.

– Amor, esta viagem para o Brasil, sozinha sem você foi ruim.

– Eu sei, você me disse isso, mas foi necessário.

– É, tem razão, acho que foi a correria que me deixou meio fora do eixo.

– Você me parece diferente. – Encontrei o momento exato para puxar o assunto.

– Jura? Realmente, não consigo esconder nada de você.

Eu achei que ela tinha feito de propósito, a expressão de menina perdida.

– Como assim esconder.

– Ah! Amor, eu tive um bom tempo para refletir sobre nossa vida aqui em Lisboa.

– Pelo amor de Deus não vai dizer que quer voltar para o Rio de Janeiro?!

– Não, que voltar o quê, está louco?

– Sei lá, do jeito que está falando até me assusta. – Ela riu fazendo caretas.

– Na verdade o que estava pensando e que preciso da sua ajuda para decidir, é sobre o meu emprego. Não vou continuar lá. Sei quanto o dinheiro do salário nos ajuda a ter uma vida mais equilibrada. Graças a isso conseguimos viajar no ano passado e deu até para ajudar a família no Brasil, como você queria.

– Sim, ajuda bastante, mas sei que você não está feliz.

– Então. Queria saber o que pensa sobre eu pedir demissão e voltar a procurar emprego.

– Olha, eu prefiro vê-la feliz a trabalhar em uma vida louca de hotel, igual à do Rio de Janeiro, do que te ver triste com os problemas que vem enfrentando. Tenho que concordar que o dinheiro fará falta, mas acho que arruma outro emprego mais fácil, agora que tem uma referência daqui.

– Não sei, não. Da outra vez fiquei mais de um ano parada e não sei dizer qual a pior situação entre as duas.

Tessa olhava para baixo esfregando o garfo e a faca sobre a comida e estava longe nos pensamentos.

– Mas o que mais tem para falar? Sei que tem algo mais te incomodando.

– Eu não queria dizer, mas acho que se não falar vai acabar sendo pior e uma das coisas que mais amo na nossa relação é que aprendemos a conversar. A maioria dos casais não se comunica, não se expõe um ao outro. Conheço gente que tem suas contas bancárias separadas, o marido não sabe quanto a esposa ganha e vice-versa. Um não mexe no telefone do outro, não compartilham suas senhas, seus segredos e vivem vidas separadas apesar de estarem juntos. Com a gente é diferente e não queria mudar agora.

– Amor, se é sobre as coisas que tenho feito pela Tradição e que já te expliquei mais ou menos, posso inclui-la mais nisso tudo. Se for deixá-la melhor, não vejo o porquê de não confiar em você.

– Não, não é isso. Sobre esta coisa do Grupo eu entendo que não posso saber dos detalhes e acho que nem quero saber. Com isso estou bem.

– Então não te entendo amor.

Comecei a ficar preocupado se ela sabia algo sobre o incidente com Maud. Talvez tivesse deixado passar um detalhe ou a maluca tivesse escondido algo na casa de propósito, para mexer com nosso casamento.

– Eu queria sugerir da gente se mudar de novo, mas você está tão bem na empresa. Não sei se seria justo com você.

Fiquei pasmo ao ouvir o que ela tinha acabado de dizer. Não poderia acreditar que ela estava fazendo o trabalho por mim.

– De onde você tirou esta ideia? Mudar, você quer dizer sair daqui de Portugal e ir para onde? Já sei, quer ir morar na Alemanha como era o nosso plano original.

Arrisquei lançar a semente que a conduziria rumo ao objetivo da Supremacy.

– Lembra que quando saímos do Brasil, tínhamos a ideia de abrir nosso próprio hotel aqui? Talvez comprar um pequeno castelo antigo no norte do país e fazer um hotel de charme ou um restaurante? Eu ainda tenho este pensamento, será que algum dia conseguiremos?

Tessa misturava uma expressão de frustração e ansiedade que partiam meu coração.

– Meu amor, eu praticamente não lembrava mais disso. Tenho que confessar.

– Eu queria sugerir de irmos para Londres. Me senti tão bem lá, com a vida urbana e ao mesmo tempo tradicional. Acho que nunca me senti tão bem. Não sei explicar o quê, nem por quê, mas desde que voltamos tenho pensado em falar com você sobre isso.

Pronto, ela tinha finalmente colocado para fora o seu plano.

– Londres? É! Não tinha pensado nisso. Se bem que o idioma será mais fácil que o alemão e apesar de não gostar do clima cinzento, talvez não seja uma má ideia.

– Mas não quero que decida só porque falei. Não quero estragar sua carreira na empresa. Você lutou tanto para chegar onde está.

– Amor, tudo que faço tem como único propósito a nossa felicidade e proporcionar uma vida melhor para o Max. Além disso não acredito que seja difícil encontrar um trabalho na Inglaterra. Meu inglês não é como o seu, acho que nunca será, mas arrisco uma ou outra palavra e com o tempo, imerso na cultura, acho que me adapto.

Lembrei da conversa com Schwartz sobre viver na Alemanha e de como eles confiavam na minha capacidade de inserção.

– Vamos fazer assim. Você junta informações sobre a vida em Londres. Tipo, custo de moradia, quanto pagam nos salários, se tem vagas disponíveis nos websites para você fazer o que deseja na sua área, se tem oferta de trabalho para técnico de eletrônica, quanto custa em média um mês de alimentação. Estas coisas que precisamos ter bem planejadas antes de tomar a decisão. Faremos da mesma maneira que fizemos o planejamento antes de vir para Portugal.

– Eu passei o início do mês fazendo isso. Tenho tudo que falou, e lembra da Joanna?

– Quem é Joanna? – Perguntei sem ter a menor ideia de quem

seria.

– Uma amiga minha lá do hotel onde trabalhava no Rio. Ela mora em Londres tem uns anos e conversei com ela pela internet. Ela passou uma boa noção do que podemos encontrar. Deu várias dicas sobre como arrumar casa no início, tipo, lá é comum ter casa compartilhada e acho que podemos tentar.

– Então você já tem tudo pronto? Estava este tempo todo só matutando aí né?

Ela ficou vermelha quando simulei que ia beliscar o braço dela, ao lado do prato como se estivesse bravo com a situação.

– Bem, então é isso. Reino Unido, nossa próxima parada?

– Você acha que será bom para nós? – Ela mudou o semblante a espera de uma resposta positiva.

– Qualquer lugar com você é bom para mim, mas antes de bater o martelo, precisa sair do seu trabalho, eu preciso conversar com o pessoal do Grupo e claro comunicar lá na empresa também.

Em duas horas de conversa definimos nossa vida e decidimos recomeçar mais uma vez. Ver minha esposa confiante que seríamos bem-sucedidos me deixava feliz e no fundo, aquilo não poderia ter chegado em momento mais oportuno. Já em casa fiquei pensando se ela não foi influenciada por alguém da Ordem de uma maneira sutil neste meio tempo. Me perguntava se aquela ideia na cabeça dela teria sido plantada através de uma missão, por um outro membro da Ordem com o intuito de nos abrir nossa Porta do Sol.

Marquei com Azhym em um pequeno café perto do trabalho e desta vez não inventei desculpas para Tessa. Disse com todas as letras que iria encontrar meu orientador, inclusive mencionei o nome dele e que minha conversa seria sobre o plano de ir para Londres. Ela ficou mais curiosa do que animada com o meu encontro, mas se manteve um passo atrás, à medida que eu mostrava-lhe mais esta parte do meu mundo.

Era uma manhã de sábado e o sol explodia sua luz sobre Lisboa. Entrar na cafeteria me deu um conforto enorme aos olhos. Meu mentor aguardava no fundo, com sua xícara de chá de menta que espalhava um aroma refrescante à sua volta.

– Meu filho, pela sua expressão, acho que chegamos a um veredito.

– Sim, tenho a resposta para você, mas antes quero saber o que foi feito com Maud.

– Se quer mesmo saber, fiz de tudo para encontrá-la e toda a

Supremacy tem ordem para ficar no encalço dela. Depois do que aconteceu na sua casa, consegui falar com ela por telefone, mas…

O homem de semblante cansado e olheiras profundas suspirou pesado como se uma faca forçasse em seu peito.

– Ela não falou muito, disse que sumiria por um tempo e que nem toda a Supremacy poderia encontrá-la. Não tive outra escolha a não ser pedir que a tirem do seu caminho.

– E o que isso significa? O que você fez?

– Calma, eu sou pai dela e essa menina me deve um mínimo de respeito. Não fiz nada que a machucasse, mas existem meios de controlar uma pessoa com atitudes iguais a dela.

– O que quero saber é se terei problemas ou não. Saber isso me basta.

– Você tem a minha palavra que nada vai acontecer, nem com você, nem com sua esposa e nem com aqueles que quer bem. Nem mesmo os mais distantes parentes poderão ser tocados pelos atos de minha filha rebelde. Nem se quer a rede de contatos de Maud poderá alcançá-lo. Eu te asseguro isso.

– Eu não tenho nenhum motivo para duvidar de você, Azhym. Hoje, mais do que nunca, o senhor tem minha lealdade e tenho certeza que sabe disso.

Ele sacudiu a cabeça de leve em uma mistura de agradecimento e concordância.

– Não iremos para a Alemanha.

Ele virou os olhos recuperando a firmeza de sua vasta experiência de vida, expressa nas rugas da testa.

– Jamais pensei que tivesse gostado tanto de Portugal.

– Também não vamos ficar aqui. Quero dizer, Portugal conquistou meu coração, mas...

Ele bebeu um pouco do chá para receber o que vinha após o pequeno suspense.

– Queremos ir para o Reino Unido. Londres, para ser específico.

Azhym ficou uns segundos refletindo enquanto bochechava sua bebida antes de engoli-la.

– Algo a ver com a gentileza que lhe fizeram quando esteve por lá no final do ano?

– Gentileza? Sim, eles são muito educados, Tessa e eu reparamos nisso, a cidade toda parece funcionar…

– Não, não sobre isso. Me refiro à gratificação que recebeu

quando estava por lá. A que lhe deram na igreja.

– Como você sabe disso?

Ele ficou apenas me olhando, mas eu imaginava que sendo ele uma espécie de pai emprestado, jamais me deixaria fora do seu olhar.

– Já que sabe, poderia fazer o favor de explicar. Até hoje não cheguei a uma conclusão sobre o que aconteceu, nem sobre o que encontrei no jornal.

– Não deveria, mas vou explicar para que entenda e tire uma lição desta vez. Aquele homem que o encontrou na igreja veio falar comigo, por intermédio de um amigo de longa data. Ele contou que passou maus momentos em confronto com os próprios demônios. Apesar de ser um homem de prestígio dentro da ordem perdeu a luta em dominar suas entidades. Por consequência, também perdeu a família, seus bens, sua dignidade. Perdeu o que possuía e o que era. Ele me disse que foi você quem o ajudou a superar o problema.

– Eu? E como poderia ter feito isso, se nem o conhecia? Foi o resultado de alguma das missões?

– Natan, você faz muitas perguntas, uma atrás da outra e deveria seguir o conselho de Ruberte em ser jornalista ou escritor. Mas voltando ao assunto, você o ajudou, as portas da igreja em Paris, quando retirou os demônios que o afligiam. Tenho certeza que vai lembrar agora.

A imagem do homem sujo e fedorento veio como um raio. O toque da mão dele com as unhas esverdeadas se fez na minha pele e repeti a sua voz fraca, quase num suspiro, pronunciando em francês:

– Soleil! Era o homem da escadaria da Sacré Coeur? – Meu francês engatou uma marcha e remontou a palavra que o homem tentou dizer naquele dia.

– Sim. Ele sofreu por muito tempo, mas graças a seu gesto, retomou seu lugar à mesa da Supremacy para dar continuidade ao trabalho.

Eu pensava no rosto do homem parado sob a chuva, mas não conseguia lembrar os detalhes e decerto se passasse por ele na rua não o reconheceria.

– Mas o que foi que ele me deu? Você disse que recebi uma gentileza.

– Sim, ele declarou perante a Ordem que retribuirá o favor que você fez a ele e para não ser injusto no tamanho do agradecimento deixou em aberto.

– Explique melhor Azhym, pare de falar cheio de rodeios. Vá direto ao ponto, por favor.

– Para certas pessoas, um favor feito de coração, é algo mais valioso que barras de ouro. É como o sol que vem de graça nos aquecer. Aquele que deve um favor tem uma dívida a pagar. A melhor maneira de retribuir um favor é através de uma gentileza. A pessoa se pronuncia perante a Ordem com uma espécie de cheque em branco que poderá ser usado quando e onde você quiser.

– Quer dizer que ele vai me dar dinheiro? Estou mesmo precisando.

– Se quiser dinheiro, pode ser. Mas acredite, meu rapaz, existem coisas mais valiosas que dinheiro no nosso meio. Tenho certeza que vai agir com sabedoria e reclamar seu prêmio quando a hora chegar.

– Talvez eu não peça nada. Afinal não fiz nada, porque devo ser recompensado? – Mudei de ideia tentando aparentar humildade junto a meu mestre.

– Natan, nada nesta vida vem ou vai de graça. Tudo tem seu preço e devemos receber o que nos é oferecido de coração aberto.

Estava surpreso com a notícia sobre o homem de Paris. Sozinho não teria qualquer condição de chegar aquele resultado.

– Mas e o lance da "neve cair em julho"?

– Ele tinha uma missão simples de fazer passar esta mensagem para um de nossos membros que aguardava no avião que trouxe você e sua esposa de volta a Portugal. Ele viu a oportunidade e juntou uma coisa à outra. Ao mesmo tempo que cumpria sua tarefa com o código escondido no jornal, também tentou mostrar quem era, ao lhe dar a moeda com as inscrições em francês.

– Mas eu doei a moeda. Ai, meu Deus! – Levei as mãos a cabeça acreditando ter feito uma burrada.

– A moeda era só um símbolo de gratidão, não tinha qualquer valor especial e o jornal acabou nas mãos de quem deveria. Não se preocupe, quando a neve cair no mês de julho, você entenderá do que se trata, da mesma maneira que outras coisas estão acontecendo, e se ficar atento, vai conseguir ler nas entrelinhas a sua participação.

Quem estava calado agora era eu apreciando o meu café quase frio e ouvindo com atenção.

– Natan, eu concordo com Londres e acho que você será extremamente útil por lá. Não poderia haver um lugar melhor para você ficar, que no Reino Unido. Aliás se fosse para o norte ou para a Escócia, tenho certeza que o próprio universo ficaria feliz com sua colaboração, mas uma coisa de cada vez, não é mesmo?

– Então. Estamos de acordo? – Me exaltei com a aprovação de meu mentor.

– Sim, mas devo avisá-lo que lá, você não terá o apoio da senhora Grando e seu único contato será o Schwartz. Ele é a pessoa que cuida dos treinamentos naquela região do mapa. Da minha parte, terei uns anos complicados pela frente e se conseguirmos nos falar duas ou três vezes será um milagre. Estarei sempre com você, mas nossa comunicação será limitada. Você não será o único membro por lá, mas pode vir a ser um dos mais bem-sucedidos se souber evitar os holofotes pelo tempo certo.

– Schwartz talvez possa ajudar nisso.

– Sim, meu filho, mas se você estava acostumado com a nossa bela braso-franco-italiana, vai estranhar o conceito suíço de calor humano. Além disso este novo estágio, vai exigir de você, atividades mais práticas, das quais ele vai tirar vantagens pessoais. Nada que lhe incomodará, tenho certeza, mas você verá com seus olhos.

– Perfeito. Então posso dar as boas novas à minha esposa.

– Sim, faça isso da mesma maneira que fez para vir a Portugal, com a mesma maestria e vocês dois serão bem-sucedidos. O Reino Unido é a boca de um poderoso leão e vai exigir tudo que puder em troca do seu sucesso. Vou providenciar os detalhes e acredito que em alguns meses poderá se mudar. Agosto é uma boa data, o que acha?

– Agosto? Eu e minha esposa estamos adiantados no plano. Pretendíamos que fosse no máximo em abril.

– Tudo bem, um tanto precoce eu acho, mas se vocês acham que estão prontos, por que não? Eu poderia ainda sugerir que você ficasse até agosto por aqui para melhorar seu inglês. Sua esposa poderia ir na frente arrumando casa e preparando o ambiente para a sua chegada.

– Não sei se seria uma boa deixá-la por lá sozinha.

– Uma hora ela será testada. Você sabe disso. Foi sua escolha trazê-la consigo e ela precisa estar preparada para te apoiar quando for necessário. Não que você vá precisar, mas é melhor ter ao nosso lado alguém que ajude a remar nos dias de calmaria do que alguém que serve de âncora nos dias de tempestade.

– Você tem razão, Azhym. Mas vamos ver como as coisas se ajeitam.

– Natan. Isso aqui é para você. É uma lenda antiga sobre os Leões Negros e acredito que já deva ter ouvido falar, mas aqui está o conto completo do folclore de um povo antigo, muito antigo. Lauren pediu que lhe entregasse. Se quiser um dia pode vir a usar a história em um dos seus textos.

– Vocês não se cansam com essa ideia, não é? Ficam falando disso, de tempos em tempos, plantando estas sementes quase imperceptíveis na minha cabeça, mas eu percebo. Fique sabendo que percebo.

– É claro que percebe meu filho. Hoje sairei depois de você, porque ainda tenho que conversar uns assuntos aqui com o dono do estabelecimento. Te aviso quando tudo estiver pronto, mas pode dar início à mudança. Fico muito contente de estarmos juntos, ainda que longe fisicamente, mas Deus sabe o que faz.

Antes de sair apertei-lhe a mão, mas não resisti e o abracei, dando uns tapinhas nas costas ao bom estilo de Ruberte. Azhym ficou tímido com o gesto, mas deixou escapar um sorriso carinhoso.

CAPÍTULO 38
UM NOVO RUMO

Naquele final de semana decidimos nossa mudança. Nos desfizemos dos móveis e utensílios que acumulamos ou herdamos de Dona Zoraide. A maior parte foi anunciada pela internet e vendida a preços irrisórios, mais para se desfazer que para ganhar dinheiro.

Tessa ainda não tinha assinado a renovação do contrato de trabalho e no primeiro dia após nossa decisão, comunicou por escrito que estava se desligando da empresa. Ela nem se dispôs a cumprir o tempo de aviso prévio. Uma nova aura tomou conta de minha esposa partir daquele dia.

Entramos fevereiro e quando vi a chamada urgente que o telejornal fez para anunciar a renúncia do Papa Bento VXI fiquei intrigado. Tempos atrás quando ainda estava sob o gelo da Ordem, pesquisei sobre a moeda que K me deu em Praga. O símbolo do homem, salvando um cordeiro da boca de um leão foi o escolhido pela santidade como logotipo para a moeda comemorativa do Vaticano. Era provável que a mensagem recebida no meu telefone na ocasião tivesse finalmente concluído seu objetivo. Tudo indicava que um novo Papa viria da América Latina.

Na empresa não deixei que os patrões tomassem a iniciativa de marcar a reunião sobre a oficialização da minha promoção. Em meados de março, coloquei meu cargo a disposição. Dei a desculpa que tinha aceitado uma proposta vinda de fora, de uma outra companhia, que precisava dos meus serviços no Reino Unido.

Os dois patrões ficaram em choque por um instante, mas desejaram sucesso. Soares, reagiu diferente.

– Pá! Natan, é o que li em um artigo de jornal certo dia destes. Uma empresa como esta, precisa saber se reinventar rápido para manter colaboradores do seu estilo. Tenhas toda sorte contigo. Só fico curioso por saber qual será o seu próximo desafio? – Ele indagou sem ter a noção do quanto eu tinha aprendido com ele durante as pequenas batalhas que travamos.

– O amanhã chefe. O amanhã será meu constante desafio.

Ele parecia esperar pela resposta que recebeu. Demos um aperto de mãos firme e ele desejou boa sorte. Depois de toda ajuda que forneceu, eu sabia que de certa forma, ele teria a sua Porta do Sol escancarada mais a frente.

Com a equipe foi o mais simples, apesar da surpresa que tive com a reação deles. Quando souberam que em poucas semanas estariam livres do brasileiro, demonstraram espanto e tristeza.

A todo momento alguém aparecia perguntando se eu tinha plena certeza da loucura que estava por fazer. Alguns chegaram a pedir que mudasse de ideia, talvez aflitos pela incerteza de quem seria meu substituto. Nikolay chegou a se emocionar e mesmo com todas as dificuldades financeiras que enfrentava, fez questão de pagar um café como presente de agradecimento. Pensei no quanto, talvez, eu não tivesse agido da mesma maneira que Fernão com aquele imigrante, deixando-o sem a devida proteção. Antes de me despedir, mesmo sem saber ao certo o que estava fazendo, coloquei as mãos sobre os ombros dele e desejei de coração que seus caminhos se abrissem, lhe permitindo vitórias dali para frente.

Levi só tocou no assunto no último dia. Até então, quando falavam sobre minha partida, ele disfarçava e fugia. Foi ele quem anunciou uma festa de despedida organizada pela equipe. Como eu já não tinha responsabilidades diretas, passei as últimas horas fazendo política. Levi estava quebrado, sem qualquer expectativa de me substituir, e ele tinha razão.

– Natan, quero de toda maneira agradecer pelo que tentou fazer por mim. Aprendi o que sei graças a ti. Espero que mantenhamos o contato.

– Claro, que sim Levi. Se for visitar a Inglaterra sabe onde pode tomar um café.

– Agradeço, mas a vida agora será diferente. As promessas que me foram feitas estão partidas e não sei se me seguro por aqui sem tua ajuda.

– Como assim, rapaz, do que está falando? Eu nunca te prometi nada. Tudo bem que fazia parte do plano, a sua carreira aqui dentro, mas você sabe como é a vida. Não podemos ter nada por garantido.

– Não falo sobre você, foram apenas alguns pensamentos soltos em voz alta.

– Levi, posso perguntar uma coisa? Não me leve a mal, por favor.

– Qualquer coisa. Manda isso.

– Você tem alguma tatuagem?

Ele retirou os óculos e esfregou os olhos, ganhando coragem para a resposta.

– Não tenho e pelo visto nunca terei.

A forma como ele cruzou os braços e ficou encarando, transmitiu a certeza que faltava. As palavras ficaram na ponta da minha língua, ávidas para sair e dizer que ele estava certo, mas tive pena. Não era preciso mencionar que ele estaria apenas no começo de uma longa Black Lane por ter confiado nas pessoas erradas.

Não cheguei a perguntar, mas decerto ele era um aprendiz da Ordem. O livro de receitas citava aquele tipo de gente. Pessoas sonsas que buscavam um atalho para conquistar cargos altos na Supremacy. Os sinais ficaram claros quando ele saiu e me deixou sozinho com o último cafezinho. Maud com certeza esteve manipulando aquele coitado.

Minhas suspeitas se confirmaram a tal ponto que depois da celebração com a equipe, no jantar de despedida, ele pediu desculpas, mas sem assumir de fato, com todas as letras seu pacto com a filha do meu mentor.

Com a parte profissional resolvida, tiramos uma semana de folga. Tessa e eu convidamos meu primo e a esposa para jantar fora. Eles eram nossa referência familiar e foi a única coisa que doeu, em todo o processo de mudança. Sabíamos que estávamos embarcando em uma missão de alto risco. Se antes meu primo, Petra e a família do jiu-jítsu estiveram, sempre prontos a nos ajudar, em Londres o jogo seria à vera. Tessa passaria a ser minha única família por perto e eu a dela.

Pela internet notificamos nossos pais no Brasil que não se abalaram sobre o assunto. Dona Zoraide disse que seria uma mudança boa e que apesar da comida em Londres ser horrível, estávamos mudando para uma vida melhor. Meu sogro seguiu a mesma linha e apoiou, colocando-se inclusive a disposição para ajudar no que fosse necessário. Meus pais e meu filho no Rio de Janeiro gostaram da novidade, mas para eles a saudade continuaria a mesma. Portugal, Alemanha ou Inglaterra mantinham milhares de quilômetros entre nós.

Na véspera da nossa viagem, Tessa e eu fomos convidados pelo nosso amigo do setor de T.I e a esposa, para jantar na casa deles. Durante a refeição, eles contavam que adoravam o estilo de vida inglês. Eu via o futuro que moldei para nossas famílias desmoronar. Seria bem mais complicado reunir nossas famílias e futuros filhos para as festas de final de ano.

Meu amigo se ofereceu para nos levar ao aeroporto e antes de partirmos, repeti o gesto que tinha feito com o ucraniano. Aquele casal merecia ter seus sonhos realizados.

Na sala de embarque, as seis da manhã do dia treze de abril de dois mil e treze, Tessa me olhava por detrás de sua enorme xícara de café. O nervosismo saltava a pele, mas não o suficiente para inibir sua confiança de vitória em nossa nova etapa.

– Você acha que estas coisas foram planejadas desde o início?

Ela quebrou a monotonia do nosso desjejum.

– Do que está falando?

– Da Supremacy. Você acredita que as pessoas deste seu Grupo, planejaram estes acontecimentos que nos guiaram até aqui?

– Talvez. Para a Ordem não seria difícil, mas, olhando bem, a maior parte dos acontecimentos que nos possibilitou chegar aqui, foram escolhas nossas. Quero dizer, existe a possibilidade deles terem influenciado, mas como separar o que é providência divina do que é manipulação dos fatos?

Minha esposa ficou pensativa e parecia avaliar em instantes as dezenas de coincidências que nos favoreceram nos últimos anos. O rosto amassado pela noite mal dormida escondia a verdadeira intenção de ter tocado naquele assunto, mas ela preferiu não insistir.

No telefone recebi uma mensagem de boa viagem, assinada por Lauren, Schwartz e Azhym e mostrei para minha esposa.

– Vê? Seja lá como for, ao menos acredito que estas pessoas estão apostando na gente. Além do mais, veja quantos dos nossos sonhos, realizamos até aqui. Não temos do que reclamar.

Tessa, esticou as mãos sobre a mesa e encontrou as minhas.

– Eu te amo. Você sabe disso, não sabe?

– Nunca duvidei. Também te amo muito.

Uma voz carregada no sotaque português anunciou pelo sistema de som que nosso voo daria início ao procedimento de embarque e nos colocamos a andar. Tessa vestia várias camadas de roupas. Usava três casacos e tinha as bochechas vermelhas de calor. Eu suava pelo canto da testa, mas aquela foi a única forma de evitar pagar o peso extra na mala. Ela brincava que parecíamos dois bonecos inflados pela forma como nos mexíamos. Em um momento ela se aproximou e cheirou sobre meu ombro, quase na altura do pescoço.

– Que cheiro bom. Estou sentindo faz um tempo, mas só agora percebi que vem de você.

Pouco tempo depois do último encontro com Maud percebi que passei a ser a fonte do cheiro almiscarado.

Disfarcei e brinquei com Tessa: – Com este monte de roupas e casacos que estou vestindo, você tem sorte de sentir um cheiro agradável. Vamos, que a fila começou a andar.

Embarcamos de mãos dadas rumo a mais uma Porta do Sol. Tessa, certa vez, disse que quando realizamos nossos sonhos, temos a obrigação de inventar outros novos e ela nunca esteve tão certa.

*****

Alexandre Natan e Tessa
estarão de volta no volume 2 desta saga,

LINHA NEGRA

*****

NOTA DE AGRADECIMENTO

Agradeço de coração, ao tempo que você dedicou a esta obra. É o bom leitor que abre "portas" para o diligente escritor. Por isso gostaria de saber o que achou deste livro. Por favor acesse um dos nossos canais de comunicação e compartilhe o seu ponto de vista sobre a história. Participe e abra você também uma Porta do Sol.

Obrigado.

SIGA O AUTOR E SUAS HISTÓRIAS:

WWW.SANDROVITASTORY.STUDIO

Facebook
https://www.facebook.com/sandrovitastory.studio/

Twitter
https://twitter.com/SandroVita